UMA COROA DE HERA E VIDRO

CLAIRE LEGRAND

TRADUÇÃO LUCIANA DIAS

UMA COROA DE HERA E VIDRO

COPYRIGHT © 2023 BY CLAIRE LEGRAND
COVER AND INTERNAL DESIGN © SOURCEBOOKS
JACKET DESIGN BY STEPHANIE GAFRON/SOURCEBOOKS
COVER ILLUSTRATION © NEKRO
INTERNAL DESIGN BY ASHLEY HOLSTROM/SOURCEBOOKS
MAP ILLUSTRATION BY TRAVIS HASENOUR

COPYRIGHT © 2022 BY CLAIRE LEGRAND. ORIGINALLY PUBLISHED IN THE UNITED STATES BY SOURCEBOOKS FIRE, AN IMPRINT OF SOURCEBOOKS, LLC. WWW.SOURCEBOOKS.COM
COPYRIGHT © 2024 FARO EDITORIAL

Todos os direitos reservados.
Nenhuma parte deste livro pode ser reproduzida sob quaisquer meios existentes sem autorização por escrito do editor.

Diretor editorial **PEDRO ALMEIDA**
Coordenação editorial **CARLA SACRATO**
Assistente editorial **LETÍCIA CANEVER**
Tradução **LUCIANA DIAS**
Preparação **TUCA FARIA**
Revisão **BARBARA PARENTE**
Diagramação e adaptação de capa **VANESSA S. MARINE**

Dados Internacionais de Catalogação na Publicação (CIP)
Jéssica de Oliveira Molinari CRB-8/9852

Legrand, Claire
　Uma coroa de hera e vidro / Claire Legrand ; tradução de Luciana Dias. — São Paulo : Faro Editorial, 2024.
　416 p.

ISBN 978-65-5957-575-6
Título original: A Crown of Ivy and Glass

1. Ficção norte-americana 2. Literatura fantástica I. Título II. Dias, Luciana

24-1580   CDD 813

Índices para catálogo sistemático:
1. Ficção norte-americana

1ª edição brasileira: 2024
Direitos de edição em língua portuguesa, para o Brasil, adquiridos por FARO EDITORIAL
Avenida Andrômeda, 885 – Sala 310
Alphaville — Barueri — SP — Brasil
CEP: 06473-000
www.faroeditorial.com.br

Para Ken, por me amar mesmo
quando — especialmente quando —
minha luz se apaga

1

Nunca apreciei visitar a minha irmã Mara, embora eu a amasse tão loucamente que às vezes me via convencida de que aquele sentimento não podia ser realmente amor, mas alguma coisa muito mais sombria: culpa, vergonha, uma repugnância confusa e defensiva.

Nós a visitávamos toda terceira quarta-feira do mês — Farrin, o meu pai e eu. Pelos meios convencionais, seria uma viagem de quatro dias, terrivelmente enfadonha, ao centro do continente, onde a Névoa se estendia de costa a costa como um fervilhante rio prateado.

Felizmente — ou infelizmente, de acordo com Farrin —, ninguém na família Ashbourne podia ser descrito como convencional. Séculos antes, na época da Destruição, centenas de famílias foram escolhidas pelos deuses para receber sementes dos seus poderes e servir como protetoras de Edyn, o reino dos humanos. A nossa família foi uma delas — um dos grandes clãs Consagrados. Porém, mesmo entre os nossos pares, os outros Consagrados, nós nos destacávamos. Gerações de magos ilustres, investimentos inteligentes e manobras políticas ainda mais inteligentes eram responsáveis por essa situação — uma realidade que Farrin desprezava.

Eu não, embora nunca fosse admitir isso para ela. Admitir que na verdade eu gostava de fazer parte não só de uma família Consagrada, mas de uma das mais respeitadas do mundo, significava reconhecer a terrível verdade para Farrin. Sim, quando a Guardiã esteve na nossa casa, doze anos antes, ela viera buscar *a mim*. Sim, eu era a filha originalmente destinada a servir na Névoa do Meio — Farrin, a sucessora; Mara, a reserva; e eu, Imogen, a caçula, a supérflua. E sim, Mara tomou o meu lugar porque, no último minuto, o meu pai ficou preocupado que eu, como um bichinho frágil que sou, não me adaptasse àquela vida.

E sim, Farrin, claro que sei que não foi muito depois de Mara ter sido levada para a Névoa que a nossa mãe nos deixou, porque a tristeza é mais mortal do que veneno, diz o nosso pai, e faz com que qualquer um desmorone irremediavelmente, não importa a sua beleza, astúcia ou a intensidade com que é amado.

Os rumores atravessaram o país como tempestades. Ninguém podia acreditar; a pequena Mara Ashbourne tinha realmente convencido a Guardiã da

Névoa do Meio, pela primeira vez na história de que se tinha registro, a quebrar a tradição de recrutar a filha mais nova para servir na Ordem da Rosa. Mara Ashbourne insistira em tomar o lugar da irmã caçula, e a Guardiã *concordara*. E não era incrível que os Ashbourne, inclusive, tivessem três filhas, quando a maioria das famílias Consagradas era abençoada com apenas uma ou duas?

Era isso o que eu nunca poderia contar a Farrin — que eu *gostava* da bisbilhotice toda; apreciei até quando os nossos vizinhos ruminaram os nacos da nossa dor como se fossem bombons, mais leves do que o ar e facilmente esquecidos. Mesmo na época, eu gostei de como as pessoas sussurravam, faziam uma reverência e nos observavam com uma admiração fantasiosa aonde quer que fôssemos. Eu gostava dos vestidos que a nossa riqueza e o nosso *status* nos proporcionavam. Eu podia entrar em qualquer restaurante na capital e imediatamente pegar a melhor mesa. Nas nossas festas luxuosas, eu podia segurar o meu leque de pedrarias de uma certa maneira, lançar um olhar de forma displicente para o salão e, em menos de dois minutos, estar cercada de vinte das pessoas mais refinadas do lugar, com os seus amplos casacos de brocado e decotes profundos, todas desesperadas para me servir.

Essa era uma parte da minha vida que eu apreciava. Sentia uma satisfação enorme. Que garota não sentiria o mesmo? Eu era deslumbrante, rica e amada, e não teria desistido de nada daquilo, nem mesmo se significasse trazer a mamãe e Mara de volta. Mesmo que algum artífice de olhos de diamante da Antiga Nação viesse a Ivyhill e me oferecesse um novo corpo, forte, livre de doença, medo ou estranheza, e em troca eu apenas precisasse viver uma vida humilde, mas tranquila, em uma fazenda em algum lugar no interior — ainda assim eu riria na cara dele e faria com que o papai o expulsasse das nossas terras.

Do nada, a história sobre o meu apelido na família surgiu na minha mente. Quando tinha três anos de idade, Mara, que insistia em falar com a maior frequência e empolgação possíveis, certa noite havia lutado com o meu nome de uma forma tão espetacular que "Imogen" rapidamente se tornou "Immie", depois "Genna", depois "Gemma", que afinal pegou. Sentindo-se vitoriosa por ter resolvido o problema daquela palavra, a pequena Mara deu um soco na mesa, catapultando uma colherada de purê de vegetais no colete do nosso pai, e gritou com entusiasmo:

— Gemma!

Imaginando a cena, o meu coração se partiu em mil pedaços — e mesmo assim, se houvesse oportunidade, eu não trocaria a minha vida boa pela liberdade de Mara.

Essa covardia egoísta era o meu segredo mais terrível e profundo. Eu não o dividia com ninguém, nem mesmo com a minha melhor amiga, Illaria. Farrin teria me desprezado por pensar assim. Ela provavelmente suspeitava da verdade e me desprezava do mesmo modo.

Ela desprezava muitas coisas, Farrin, mas nem sempre fora desse jeito.

Nessa manhã de primavera, enquanto nós três caminhávamos pelo labirinto de cerca-viva salpicado de orvalho logo antes do amanhecer, olhei de lado para Farrin, tentando encontrar no seu rosto claro um vestígio da garota risonha que ela já fora. Maçãs e queixo angulosos, uma boca pequena e tímida, que na maior parte do tempo estampava uma linha fina de desagrado. Cabelos dourados como mel, um pouco mais escuros do que os meus, penteados sem elegância, presos atrás em uma trança desleixada. Olhos castanhos, assim como os do nosso pai e de Mara. Um semblante sério que nunca parecia relaxar e assumir um ar jovial — pelo menos, não mais. Ela ficaria com rugas em um ano se não tomasse cuidado, e se continuasse a evitar qualquer tipo de encantamento. Em criança, Farrin sempre fora séria, mas nunca amarga, e jamais cruel. Agora, aos vinte e quatro anos, Farrin era feita de espinhos.

Logo antes de passarmos pelo atalho verde, ela percebeu que eu a observava. A sua boca afinou.

— Será que não me arrumei o suficiente esta manhã para satisfazer os seus padrões? — disse ela, rispidamente.

Em resposta, exibi o sorriso mais doce que consegui, embora o meu peito estivesse apertado de raiva. Em uma manhã comum, eu não faria outra coisa senão me encolher diante do golpe da língua ferina de Farrin, mas visitar Mara sempre me fazia sentir frágil como vidro antigo.

Depois de uma garota ter condenado a irmã a uma vida de servidão, não apreciava as horas em que deveria encarar a tal irmã.

— Você está deslumbrante, como sempre, minha querida. — Segurei as bochechas de Farrin. — Um modelo de bom gosto, elegância e atitudes refinadas.

Em seguida, olhei enfaticamente para o seu vestido bastante sério — cinza ardósia com gola alta, botões bem pequenos nos pulsos e na garganta, sem nenhum enfeite de renda ou fita. Ninguém usava vestidos assim havia décadas. Eu me lembrava bem: o continente inteiro de Gallinor de repente ficara fascinado com a Ordem da Rosa e começara a imitar as Rosas reclusas, recatadas. Eu detestara aqueles poucos meses. Com dez anos, eu já estava sem a minha irmã havia dois anos, e a minha respiração ficava presa dolorosamente na garganta toda vez que eu vislumbrava alguma debutante risonha vestida com o austero cinza da Névoa do Meio. Kerrish, a minha estilista — uma antiga víbora com olhos e mãos de aço —, me informara então que tais obsessões com a Ordem se espalhavam em Gallinor com uma certa regularidade. A fixação coletiva aparecia em todas as artes, da alfaiataria à culinária.

Farrin deixara de se importar com essas coisas fazia muito tempo. *Ostentação e moda são suas especialidades, Gemma*, ela dizia, com um sorriso tão falso quanto o meu.

Porém, antes que ela pudesse tomar fôlego para responder, antes que o papai pudesse me repreender por provocá-la, virei-me de costas com uma risadinha descontraída e fechei os olhos. Ignorando a dor subindo aos trancos pela minha espinha, com uma força que eu sabia por experiência própria que me machucaria, estendi o braço para alcançar uma cerca-viva próxima, grossa e brilhante com hera enrolada.

A meu toque, o verde deu lugar a uma corrente de ar fria e forte que envolveu completamente a minha mão. Conforme eu penetrava nesse puxão ávido, esperava que dessa vez fosse diferente. Na certa, dessa vez, alguma coisa dentro de mim mudaria — rezei desesperadamente para os deuses. Eu não mais adoeceria com o toque dessa magia. Sairia do atalho verde tão segura e despreocupada quanto Farrin e o papai, ambos logo atrás de mim.

A repreensão severa do meu pai me perseguia na escuridão. A magia do atalho verde distorcia a voz dele, primeiro tornando-a mais profunda, depois a emudecendo, em seguida deixando-a tão estridente e aguda quanto a de um gaio zangado. Mesmo sem entender as palavras dele, eu sabia quais seriam.

Gemma, você sabe que nunca deve entrar no atalho verde na frente. Você deve sempre seguir a mim ou Farrin.

Gemma, como pôde ser tão imprudente, se arriscando a adoecer e preocupar Mara?

Gemma, você sabe que essas regras existem por um motivo — para protegê-la.

O atalho verde me liberou com um pequeno empurrão violento, e caí de frente no chão, em uma área densa de trevos verdes nos fundos do jardim de Rosewarren. Ele ficava escondido da casa por um muro de pedra e um portão de ferro, este último entrelaçado com pesadas trepadeiras de flores de inverno.

Anos antes, quando a Guardiã levou Mara, meu pai havia contratado um elemental para realizar uma magia que fizesse com que esse grosso emaranhado de flores sempre soasse e tilintasse como pequeninos sinos de inverno para ocultar a nossa chegada. Aqui, a minha família podia emergir do atalho verde sem ser vista nem ouvida. As pessoas pensariam que tínhamos simplesmente passeado pela longa estrada sinuosa de terra que levava montanha acima a partir da via principal. Elas nunca saberiam sobre a magia verde — rara e caríssima — que nos permitia viajar instantaneamente da propriedade da nossa família, Ivyhill, até o priorado de Rosewarren. Elas não saberiam, mas desconfiariam, e ficariam curiosas, e, com os olhos brilhando, cochichariam com os amigos.

Afinal de contas, nós éramos Ashbourne.

Enrolei os meus dedos em volta de frias moitas de trevo, engolindo forte para conter a ânsia de vômito. Eu não permitiria, não desta vez. Eu me levantaria, alegre e sorridente, e o papai e Farrin teriam que admitir que as regras eram ridículas. Eu não precisava mais de proteção. O meu corpo havia se curado sozinho. Eu agora seria capaz de estar perto de magia, de trabalhar com magia, de *ser* magia — como sempre aconteceu com todas as outras pessoas da minha família — sem problemas.

Impulsionei-me para cima. Com um sorriso, me virei para ver Farrin e papai aparecerem. Eu estava determinada a enfrentar a dor, embora o meu estômago estivesse se revirando, e o meu peito, queimando.

Porém, naquele momento, papai e Farrin emergiram da boca do atalho verde, e a magia deles se ondulou na minha direção como o rastro de um barco se deslocando rápido na água. A onda me atingiu no estômago, dura como socos — um do meu pai, dois de Farrin.

Estrelas de dor surgiram nos meus joelhos e ombros, nas minhas costelas, atrás dos meus olhos. As minhas pernas bambearam, e eu caí de volta nos trevos, toda tremendo, e imediatamente vomitei aos pés do meu pai.

Ele permaneceu imóvel até eu terminar. Em seguida, depois de apenas uma leve hesitação, aproximou-se de mim, em silêncio, a pontada da sua decepção me puxando como um gancho na minha boca. As mãos que me ajudaram a me sentar limparam o meu rosto, afagaram as minhas costas até eu me acalmar — as mãos eram de Farrin. Sempre, por mais raiva que ela sentisse, por mais que eu tivesse testado a sua paciência ao máximo, lá estava Farrin.

Eu me permiti me recostar no seu ombro, retendo as lágrimas. Cada respiração que eu dava reativava a sensação de enjoo dentro de mim. Até mesmo o bater dos meus cílios provocava uma dor crescente pelos meus ossos.

— Acho que você não vai tentar isso de novo por um bom tempo, não é, Gemma? — comentou o meu pai de perto do portão de ferro, nem uma ponta de triunfo na voz. Ele estava cansado, eu sabia. Ele me amava, e eu o deixava cansado.

Farrin o olhou com raiva por cima do meu ombro. Eu podia vê-la ficando tensa, juntando os seus aparentemente intermináveis estoques de fúria, e eu soube que o que quer que ela dissesse só pioraria tudo.

Apertei a sua mão uma vez, depois inspirei profundamente e me levantei, ajeitando as dobras de seda do meu vestido. Tenho que admitir que me alegrou saber que, embora tivesse acabado de vomitar na terra, eu estava resplandecente naquele vestido — azul-turquesa com flores bem pequenas bordadas pelo corpete; um decote que exibia o meu colo perfeito e sedoso; uma faixa larga de renda que acentuava a minha cintura muito fina. Os meus cachos dourados estavam presos em um coque frouxo com fitas de cetim de um rosa bem claro.

Eu era a imagem da primavera em plena floração, e sabia disso. Nem mesmo o enjoo que rugia dentro do meu corpo traiçoeiro podia tirar aquilo de mim.

— Obrigada por esperar, querido pai — agradeci, suavemente.

Passando por ele, atravessei o portão e subi o caminho em direção a Rosewarren, tentando ignorar o puxão frio e irritado do atalho verde escondido atrás de mim nos arbustos. Eu podia senti-lo consumindo o que quer que ele tivesse tirado de mim — não maldoso, apenas selvagem. Até que a dor desse dia tivesse desaparecido e eu mais uma vez quebrasse as regras do meu pai, aquele emaranhado de verde iria se contentar em esperar, paciente e adormecido, por mais um gostinho.

* * *

Como Mara ainda estava na Névoa em patrulha, fomos forçados a almoçar com a Guardiã na sua sala privada — um lugar bastante agradável, como tudo em Rosewarren. A Guardiã era reconhecidamente rigorosa, só permitia às Rosas sob o seu comando determinados tipos de alimentos, trajes, lazer. Mas o priorado em si era repugnantemente luxuoso, projetado para impressionar e humilhar.

A sala privada da Guardiã ostentava vigas de madeira em arco pintadas de um vermelho amarronzado intenso, cada tábua elaboradamente entalhada com trepadeiras, pássaros e rosas. Janelas de vitrais representavam guerreiras memoráveis de gerações passadas, algumas lutando, outras rezando. Os móveis eram pesados e antiquados, monstruosos em tamanho e extravagantes em ornamentações, repletos de almofadas de veludo com franjas, em tons de esmeralda, vermelho, âmbar e violeta. Estantes do chão ao teto abarrotadas de milhares de livros cobriam todas as paredes. Aquela visão deveria me agradar devido ao meu amor por histórias, mas, em vez disso, sempre me deixava ligeiramente tonta. A minha imaginação invocava imagens de paredes ficando cada vez mais altas, mais largas, os livros se multiplicando, milhares se tornando milhões, e então desmoronando pelos salões em uma torrente de papel e tinta. Acabariam consumindo o priorado e as florestas antigas e estranhas que o cercavam, empurrando para a terra escura qualquer pessoa com azar suficiente para morar lá — incluindo Mara.

Eu me forcei a comer um biscoito amanteigado amolecido por um chá perfumado de ervas. Apenas as Rosas eram privadas dessas pequenas delicadezas; para os seus convidados, para as famílias das suas guerreiras quando as visitavam, a Guardiã não poupava esforços no quesito hospitalidade.

Agora ela estava debruçada sobre a mesa com Farrin de um lado e o meu pai do outro, todos eles inclinados atentos sobre mapas recém-desenhados da Névoa, presos e esticados pelos resquícios do nosso almoço.

— Como podem ver — a Guardiã ia dizendo com a sua voz fria e entrecortada —, essas novas rotas de patrulha aqui e aqui vão fortalecer a Névoa ao longo de todo o sudeste.

O meu pai apontou para o local mencionado.

— E quantas Rosas estão baseadas lá a qualquer hora?

— Uma dúzia. Mais do que o nosso contingente normal, mas, como o senhor sabe, foram avistados mais invasores de Marrowgate a Cawder nos últimos seis meses.

— Invasores? — Farrin ergueu o olhar. — Que tipo de invasores, exatamente?

A Guardiã pareceu não se incomodar com a rispidez na voz de Farrin.

— Temos ouvido relatos recorrentes de um grupo de mulheres monstruosas que percorrem o campo sequestrando civis. Mas a senhorita sabe como as pessoas podem ser histéricas. — A Guardiã ergueu uma única sobrancelha, com desdém. — Qualquer sombra dentro de uma faixa de oitenta quilômetros na Névoa do Meio deve significar a presença de algum monstro Antigo. Não importa que as pessoas desapareçam o tempo todo por motivos menos sinistros.

Farrin segurou a mesa com força, as articulações brancas.

— E é para aí que Mara vai na próxima missão?

— Claro. Mara é uma das minhas melhores garotas. Ela vai para onde houver maior necessidade.

O meu pai cruzou os braços, balançando a cabeça em admiração.

— Quem teria imaginado? A nossa pequena Mara, rainha das Rosas.

O seu sorriso presunçoso me deixou enjoada, embora tenha avivado o seu rosto abatido. Um pensamento distraído cruzou a minha mente: da próxima vez que Kerrish visitasse Ivyhill, eu ia encomendar um encantamento para suavizar o rosto do meu pai e iluminar a sua pele. Lorde Gideon Ashbourne, senhor de Ivyhill e uma notável sentinela Consagrada, realmente não devia parecer tão bruto.

Prontamente, a repulsa se infiltrou nos meus devaneios. Naquele momento, eu me odiei até mais do que a Guardiã, até mais do que o meu pai, que parecia imensamente satisfeito de escutar que a sua filha aprisionada estava cumprindo as suas funções obrigatórias tão bem. Eu não era melhor do que ele, distraída como estava com os meus pensamentos sobre encantamentos, quando deveria estar pensando em Mara. Apenas lá, perto da Névoa, eu me permitia duvidar da minha essência, do valor das coisas que eu amava.

Eu detestava a Névoa. Eu detestava a Guardiã.

Algumas vezes detestava até mesmo Mara.

Se ela não tivesse sido tão forte, tão ágil, veloz e irresistível para a Guardiã anos antes, quando tinha dez anos, e eu, somente oito, *eu* estaria na Ordem no seu lugar. Porém, Mara sempre fora tão atlética, tão cativantemente delicada em termos de afeição, e eu tão pateticamente debilitada. Nem mesmo a Guardiã pôde contestar a tradição quando se viu diante de nós duas. Ela praticamente salivara assistindo à pequena Mara lutar com o nosso pai, aguentando firme contra uma sentinela trinta anos mais velha.

E agora, doze anos depois, eu era a irmã com a vida radiante, mimada e paparicada, silenciosamente morrendo de culpa, enquanto a pobre e azarada Mara podia ficar tranquila em Rosewarren, segura por reconhecer a sua própria nobreza.

Nas noites em que deixava esses pensamentos me consumirem, o meu corpo transbordando do ressentimento que Mara não merecia, eu perdia o sono.

A Guardiã deu ao meu pai o menor sorriso possível, sua pele clara e firme mal se movendo. Eu achava que nunca havia visto aquela mulher parecendo genuinamente feliz, não que eu a culpasse. A única pessoa no mundo de quem eu sentia mais pena do que de mim e de Mara era a Guardiã da Névoa, condenada a passar a vida vasculhando na neblina cinza e agitada à procura de monstros e mandando garotas gallinoranas boas e fortes para a morte.

Autopiedade, ódio e a pontada amarga da vergonha — esses eram os sentimentos que eu conhecia mais intimamente. Que criatura patética eu era.

— Mara não é bem uma rainha, lorde Ashbourne — retrucou a Guardiã —, mas ela é sem dúvida uma guerreira impressionante.

O sorriso do meu pai se alargou. Farrin e eu trocamos um olhar cortante. Nós sabíamos no que ele estava pensando.

Essa era uma coisa da qual a família Bask não podia se gabar — de ter uma filha no alto escalão da Ordem da Rosa.

De repente não consegui mais suportar ficar naquele recinto. Lá estávamos nós, examinando mapas em uma sala de veludo, tomando chá e biscoitos, o meu pai com aquele ar satisfeito como se de fato estivesse pensando não nas filhas, mas nos malditos *Bask* — tudo aquilo enquanto Mara vagava pela Névoa, caçando invasores da Antiga Nação, cada um mais perigoso que o anterior.

A minha garganta ficou apertada e quente, eu me levantei da mesa e afundei em uma reverência.

— Se me derem licença — murmurei.

Naquele vestido em particular, a combinação da minha voz excessivamente formal e da soberba imagem do meu corpete teria encantado ao máximo qualquer outra pessoa, independentemente do gênero ou do posto.

A Guardiã, entretanto, nem me dirigiu o olhar. Ela se inclinou por cima da mesa, de costas para mim, o seu corpo alto e esguio naquele vestido preto rígido, os cabelos escuros presos em um coque apertado na nuca. Ela disse alguma coisa para Farrin e meu pai, mas o sangue rugindo nos meus ouvidos distorceu as suas frases assim como o atalho verde teria feito. A minha pele começava a formigar e esquentar, o ar parado e perfumado da sala se fechando próximo demais. O meu leve vestido primaveril de repente pareceu tão apertado a ponto de me sufocar.

Saí correndo do recinto, não me importando nem mesmo em impedir que a porta batesse, disparei pelo corredor e virei em algum lugar, desesperada para achar um canto silencioso onde pudesse me recompor — e corri direto para um borrão de cor e perfume que eu imediatamente soube que era Mara. A pele clara e os cabelos castanhos da minha mãe, olhos enormes e escuros como os de uma corça alerta, o cheiro penetrante e forte de terra e livros velhos.

Mara me apanhou antes que eu caísse, as suas mãos calejadas e quentes. O seu toque firme e forte foi como um alfinete em uma bolha na minha agitação crescente. A minha respiração explodiu e os meus joelhos vacilaram, e antes que eu percebesse, estava nos braços de Mara — eu, a caçula mimada que apreciava o tipo de vida confortável que deixava a minha pele lisa e macia como no dia em que nasci, chorei no colo da minha irmã serena e resignada, que por doze anos era praticamente uma prisioneira.

Era injusto da minha parte, até mesmo revoltante. Mas Mara nunca me repreendeu, embora tivesse mais direitos do que qualquer um. Ela simplesmente me conduziu para fora da casa, pelos jardins, até uma capela de pedra toda coberta de hera devotada a Kerezen, a deusa dos sentidos — a nossa deusa, a que Consagrou os nossos ancestrais com poder. O ar estava frio ali, a humilde construção circular cercada por carvalhos grossos. Mara me levou a um banco de pedra, onde se sentou ao meu lado em silêncio até eu controlar a respiração.

— Obrigada — finalmente sussurrei.

— Me conte o que houve — ela pediu. — Foi o pânico?

Eu podia ter chorado de novo ao ouvir a sua voz — doce e baixa, delicada como um gatinho. Como eu sentia saudade daquela voz... Me sentia impotente, sorrindo um pouco com o nosso velho nome dado para as minhas frequentes crises de medo e falta de ar sem explicação. *O pânico*. Limpei o rosto com a minha manga de *chiffon* esvoaçante. Jessyl, a minha dama de companhia, teria me matado por manchar o tecido de ruge, mas eu mal me importava naquela hora.

— Eu deveria era perguntar como você está, e não ficar aqui choramingando em cima de você, Mara. Deuses, não acredito que já passou um mês inteiro desde que nos vimos pela última vez.

Mara encolheu os ombros.

— Estou como sempre. Prefiro ouvir o que a preocupa. Farrin disse algo cruel? O papai perdeu a cabeça de novo?

Dessa vez a minha risada foi um pouco mais forte. Olhei para cima, pronta para transformar a minha angústia em alguma história inteligente, alguma coisa que fizesse Mara soltar a sua risada rouca que eu tanto adorava — mas quando olhei nos olhos dela, o que vi me chocou e me silenciou.

Agora que eu recuperara alguma estabilidade, vi que cortes vermelhos e inflamados marcavam o rosto de alabastro da minha irmã e serpenteavam descendo pelo pescoço, abaixo da gola da sua túnica sem graça cor de terra. Ela balançou os cabelos por cima das partes mais afetadas, mas nem mesmo as grossas ondas castanhas de Mara poderiam esconder o que eu tinha visto.

— Mara... — sussurrei.

Ela não me encarava. Fitava o chão da capela com uma calma inquietante.

— Parece pior do que é.

Soltei uma risada aguda.

— Ah, não. Você não vai me convencer, não desta vez. Venha, vamos falar com a Guardiã sobre isso.

Agarrei a mão dela, tentei puxá-la para se erguer do banco. Mas longos anos de serviço haviam deixado Mara forte, magra e com uma vontade firme como ferro. Era como tentar mover uma montanha.

— Vai ficar bom rápido. — Ela me olhava com firmeza. — Você sabe que vai. Sempre fica.

— Mas é o pior que já vi!
— Bem, você viu muito pouco da minha vida aqui.

Ela não falou aquilo de maneira indelicada, mas ainda assim as palavras me partiram o coração. Eu me levantei e tentei parecer autoritária.

— Não existe uma cláusula no contrato exigindo que a Guardiã forneça proteção adequada às mulheres sob os seus cuidados? Com certeza ela foi negligente e está violando o contrato. Levaremos você para casa. Venha, vamos falar logo com o papai.

Mara sorriu para mim, afetuosamente.

— Agora você pareceu Farrin falando.

Comecei a perceber que aquilo não levaria a lugar nenhum. Eu podia dominar um salão de baile cheio de admiradores, mas não conseguia me impor a nenhuma das minhas irmãs.

Ajoelhei-me na frente de Mara, segurei as suas mãos. Uma tática diferente, mais doce.

— Mara, por favor, me conte o que houve. Quem fez isso com você? Esse tipo de machucado é comum? Com que frequência acontece? Você já foi ver os curandeiros?

Mara soltou uma das mãos para afagar a minha face, ainda com o mesmo sorriso enlouquecedor de tão suave estampado no rosto.

— Você tem tantas perguntas. Por onde começar?
— Isso... isso dói?

Aquilo a surpreendeu. Vi no seu semblante: um mínimo vislumbre de uma tristeza enorme que escapou antes que ela conseguisse conter.

— Sim — Mara sussurrou. — Muito.

Aquelas palavras liberaram alguma coisa. Mara fraquejou um pouco, e notei linhas tênues em torno dos seus olhos e da sua boca — algo que eu não vira antes. Isso me assustou ainda mais do que os machucados, e a envelheceram em um instante. Bem diante dos meus olhos, pude ver a minha irmã de vinte e dois anos de idade se tornando frágil e velha, toda a vida arrancada para fora dela por esse lugar desprezível.

Então Mara começou a falar, e a sua voz mudou — cuidadosa, baixa. Os seus olhos castanhos se fixaram nos meus, me deixando atenta ao máximo.

— Preciso falar uma coisa — ela começou, devagar. — Uma coisa que você não pode contar ao papai. Ainda não. Mas conte para Farrin. Diga para ela pedir a Gareth para vir da universidade, e fale com os dois ao mesmo tempo. Não confio no correio, nem mesmo em um mensageiro dominador de animais, não em relação a isto. Certifique-se de que não tem ninguém por perto escutando. Talvez vocês três juntos possam fazer algo antes que seja tarde demais.

Mara riu um pouco, baixo, como uma respiração presa.

— No mínimo, os segredos que eu carrego vão pesar menos em mim quando você e Farrin dividirem o fardo comigo. — Então ela franziu a testa, desviando o olhar. — Todas as armas nas palmas das minhas mãos, e ainda assim elas estão atadas há muito tempo...

A expressão dela era tão distante e estranha, mudando de medo para tristeza, para raiva, que o meu sangue congelou de pavor.

— Não estou entendendo, Mara. Antes que seja tarde demais? Tarde demais para quê?

Ela caiu em silêncio, fitando o chão.

Toquei no seu queixo e a fiz me encarar.

— Mara, me conte agora o que você precisa contar.

Todavia, antes que ela conseguisse falar, um clangor de sinos explodiu do priorado, tão repentino e estridente que quase pulei com o susto.

Mara se levantou imediatamente, o cansaço desaparecendo. Ela se aproximou de mim, tensa e encolhida, a palma da mão se posicionando sobre a adaga na sua cintura. Um grito de falcão perfurou o ar, e Mara sussurrou:

— *Freyda.*

Em seguida, sem olhar para mim, ordenou com firmeza:

— Vá para dentro do priorado, Gemma. *Agora.*

Em seguida, Mara correu para fora do templo e desceu a montanha, as suas passadas líquidas e longas, passos quase silenciosos. Eu devia ter obedecido — ah, eu devia ter obedecido —, mas não conseguia esquecer aquela expressão horrível no seu rosto ou o tom apavorado da sua voz. E eu sabia o que aqueles sinos significavam.

Um invasor, como a Guardiã os chamava. Uma criatura ou um ser da Antiga Nação tinha deslizado pela Névoa do Meio, em algum ponto ao longo de seus mil e seiscentos quilômetros de extensão, abrindo uma brecha entre aquele reino e o nosso, fosse por acidente ou de propósito.

Para a Ordem da Rosa, a razão não importava. Invasores eram enxotados de volta ao lugar a que pertenciam, ou mortos. Sem exceções. Sem demora. Quando os sinos tocavam, as Rosas atacavam.

E se eu não agisse imediatamente, talvez nunca ouvisse o que Mara queria falar. O momento se perderia — ela fingiria ignorância e jamais comentaria sobre aquilo de novo, ou algo terrível aconteceria a ela, que perderia totalmente a oportunidade.

Antes que seja tarde demais, ela dissera. Palavras que eu sabia que precisava levar a sério, não importava o que me custasse.

Desci correndo a montanha atrás da minha irmã, desajeitada com as minhas botas e o meu vestido, impulsionando as minhas pernas finas com o máximo de velocidade que conseguia.

— Mara! Espere! O que você precisava me dizer?

Mara girou rápido a cabeça e gritou:

— Vá para dentro, Gemma!

Outras mulheres vinham surgindo do lado de fora do priorado — algumas mais novas do que Mara, outras mais velhas, todas elas graciosas de uma maneira impossível enquanto saltavam pelas árvores em direção ao denso rio prateado que fazia fronteira com os jardins.

A Névoa do Meio.

O meu sangue congelou enquanto eu as observava — os rostos insensíveis, as mãos segurando aljavas de flechas, sabres, bestas. Eu sabia que devia parar, que eu não deveria ver o que ia acontecer a seguir, mas tinha de saber o que Mara precisava me falar. Eu não podia voltar atrás, para aquele dia doze anos antes, e impedir a Guardiã de levá-la, mas eu podia fazer isso.

A Névoa não estava longe agora. O meu corpo paralisou de medo quando me aproximei do seu véu reluzente, mas me obriguei a seguir, ignorando os gritos de Farrin e do meu pai a alguma distância atrás de mim. As suas vozes desesperadas me mandavam parar, me imploravam para parar.

Dúzias de Rosas se lançaram no ar ou saltaram pelas árvores, os seus corpos se transformando diante do meu olhar perplexo — alongando, aprimorando, inchando. Pés descalços endureceram em garras escamosas. Das mãos segurando armas brotaram garras terríveis. Enormes asas de tons preto, cinza e marrom manchado irromperam das escápulas de cada mulher. Os seus corpos em transformação rasgaram todas as suas roupas, os retalhos de tecido flutuando para o chão como penas caindo; e então me ocorreu, arrancando uma gargalhada ofegante de mim, por que todas as Rosas usavam vestimentas tão simples e surradas. Qual era o sentido de usar roupas elegantes se elas seriam destruídas toda vez que os sinos tocassem?

Como eu era boba — jamais considerara a praticidade daqueles trajes, somente a falta de graça.

Logo antes de mergulhar na Névoa, inspirei e prendi a respiração, me preparando para o que viesse.

Não me decepcionei.

Enquanto a Névoa me atingia, me banhando com uma frieza estranha e suave, uma agonia me rasgou como nada que eu já tivesse sentido antes. O puxão violento do nosso atalho verde não era nada em comparação com aquilo. A Névoa tinha mil dentes implacáveis, e todos eles cavavam a minha pele, os meus músculos, os meus ossos.

Cambaleei, tonta e enjoada, e me apoiei contra uma árvore. Lutando contra o choque da dor, procurei loucamente por Mara, desesperada para encontrá-la antes que a escuridão que formigava e invadia a minha visão me engolisse por completo.

Contudo, enquanto eu estava lá, um coro horrível de guinchos atacou os meus ouvidos — primeiro, apenas alguns, depois dúzias, ferozes e claramente não do nosso mundo. O som intensificou a minha dor. Apaguei por um instante e caí de quatro na terra. Arfei tentando respirar, sem entender o que eu ouvia.

Eu pensava que Mara e as outras viajariam por um dos atalhos verdes do priorado para qualquer lugar na Névoa que tivesse sido invadido, por mais distante que fosse, mas esses gritos bestiais soavam perto e se aproximando. Invasores tão próximos de Rosewarren? Impossível. Inédito. Quando os deuses criaram a Névoa do Meio, logo antes das suas mortes no dia da Destruição, eles asseguraram que o território da Névoa perto do priorado fosse extremamente forte. Um prêmio de consolação final para quem estivesse condenado a servir ali.

Os invasores nunca conseguiram alcançar os terrenos de Rosewarren, nem mesmo a cidade próxima ou qualquer povoado em um raio de cerca de quinze quilômetros quadrados. Mas eles estavam ali agora, e isso só podia significar uma coisa: a Névoa do Meio, criada e fortalecida pelos próprios deuses, estava perdendo a força.

Porém, será que perdia força apenas ali, perto do priorado? Eu esperava que sim, apesar do perigo para Mara. A alternativa era horrível demais de se imaginar.

Por toda parte ao meu redor, as Rosas se chamavam na sua língua estranha, um híbrido de idioma comum e quaisquer palavras em código que a Guardiã lhes houvesse ensinado. Eu reconheci apenas algumas: *Eles querem a garota! Tirem-na daqui!*

Um buraco se abriu no meu estômago, e os meus instintos berraram para que eu corresse. Não havia nenhuma dúvida de que a garota de quem elas falavam era eu.

Tentei me erguer, mas não consegui, as minhas pernas não obedeciam. Tentei atabalhoadamente encontrar alguma coisa, qualquer coisa — uma árvore ou uma rocha atrás da qual me esconder, alguma arma caída com a qual pudesse fingir que sabia atirar —, mas eu estava perdida na Névoa, o mundo à minha volta, opaco com um cinza escorregadio.

E então ouvi um grito de fúria, ao mesmo tempo humano e não humano, rompendo no seu desespero, distorcido, multiplicado, como se o som tivesse sido arranhado com garras e cada linha de sangue possuísse a sua própria voz.

Contudo, eu sabia a quem o grito pertencia, e o meu peito se apertou com força em volta do meu coração.

Uma figura imensa emergiu das árvores e se jogou à minha frente, me protegendo de qualquer inimigo que estivesse se aproximando, e emitiu aqueles guinchos perfurantes.

A minha respiração ficou presa na garganta.

Mara.

Eu nunca a vira se transformar; nenhum de nós tinha visto. Ela garantira que isso não acontecesse. Mas agora eu estava na Névoa, uma intrusa, e ela não podia se esconder de mim — os seus olhos dourados cintilantes, as penas e os cabelos escuros rebeldes caindo em cascata pelas suas costas, as enormes asas marrons brotando de músculos nus e tensos que ela não tinha pouco antes, no templo. A sua pele não era mais inteiramente humana, mas um mosaico de carne clara, escamas e penas lustrosas. O rosto era o seu próprio, mas mais anguloso, selvagem, coberto por uma pelagem aveludada e brilhante.

— Saia, agora! — ela rugiu as palavras, a sua voz transformada se partindo de dor e vergonha, e eu queria fugir (deuses me ajudem, eu queria isso como fugiria de um monstro em um pesadelo), mas não tinha mais controle sobre os meus membros. A dor era forte demais, o meu enjoo, intenso demais. Tentei me desculpar, mas a minha voz murmurou em vão.

Uma mão forte agarrou o meu braço, me ergueu, me ajudou a correr. Eu a deixei me guiar, confiando, feliz, porque estava me levando para longe daquela criatura que tanto era a minha irmã quanto não era. O ar clareou; a mão me conduzia para fora da Névoa, graças a todos os deuses, e quando a minha visão voltou a funcionar, vi que a mão pertencia ao meu pai. O semblante dele estava totalmente mudado — não mais um pai orgulhoso e vaidoso, mas em vez disso um caçador feroz, uma sentinela. O seu poder Consagrado fazia aumentar a sua força e agilidade, dava-lhe uma precisão infalível com qualquer arma que ele usasse.

Mas não havia necessidade de armas. A velocidade do meu pai era suficiente para nos salvar. Passamos em disparada pelo portão de ferro e fomos até o arbusto onde Farrin, parecendo pequena e pálida, esperava — o tinido alegre das trepadeiras de flores de inverno à nossa volta de repente soou comicamente absurdo —, e então mergulhamos na entrada do atalho verde. A magia do atalho verde girou em volta de mim, ansiosa para sentir o cheiro da Névoa na minha pele, mas naquele momento eu não me importava com a avidez do atalho verde, nem com a recente dor que formigava e se espalhava veloz pelo meu corpo.

Eu só conseguia pensar em Mara, no uivo do seu desespero, nas lágrimas correndo pelo seu rosto — mulher e ave, tanto impressionante quanto repugnante.

Aquela foi a segunda vez que eu me lembrava de ter visto a minha irmã chorar. A primeira foi no dia em que a Guardiã a levou; e, nos dois casos, as lágrimas de Mara — o seu medo e tristeza, a perda terrível irradiando dela como ondas agitadas — eram por minha causa.

2

No momento em que botamos o pé fora do atalho verde e entramos nas elaboradas entranhas do nosso labirinto de cerca-viva, o meu pai me empurrou para longe. Perdi o equilíbrio e caí no chão, e nessa hora Farrin não me ajudou.

Ela ficou parada na boca do atalho verde, emoldurada pelas trepadeiras tremeluzentes, os braços rígidos dos lados e as mãos bem fechadas, com raiva. Um olhar para aqueles brilhantes olhos castanhos foi mais do que suficiente. Em vez de me concentrar nela, procurei o meu pai, cujas explosões de ira eram de curta duração.

Naquele dia, entretanto, foi diferente. Em um silêncio tempestuoso, ele deu alguns passos, se afastando. O caramanchão de ferro envolto com hera que cobria essa parte do labirinto desenhava faixas de sol e sombra na cauda esvoaçante do seu casaco.

Eu o observei por entre os cachos despenteados dos meus cabelos, que tinham se soltado das fitas que os prendiam. A cada respiração, as minhas costelas pareciam pegar fogo.

— Me desculpe... — comecei, mas o meu pai girou e apontou para mim, furioso.

— Não ouse se desculpar! — ele me interrompeu, com rispidez. — Qualquer coisa que você possa oferecer como desculpa para esse espetáculo imperdoável só vai servir para me deixar mais irritado. Garota idiota, egoísta!

O meu pai se virou, passando a mão nos cabelos, bem parecidos com o de Farrin, castanho-dourados, levemente ondulados, e depois se voltou de novo para mim.

— A *Névoa*, Imogen? Nas suas condições?

Ouvir aquilo me deu um impulso para me pôr de pé, mesmo com toda a instabilidade.

— Eu não me machuquei, pai. E quanto àquilo que estava atacando o priorado, seja o que for? E quanto a *Mara*?

— Mara, a Névoa, o priorado... Nada disso é da sua conta. "Não me machuquei", você diz? E como sabe? Nenhum de nós sabe! — Ele fez um gesto com o braço abarcando a si mesmo, a mim, Farrin, a nossa propriedade extensa. — Nenhum curandeiro conseguiu tratar você. Nenhum estudioso conseguiu encontrar um caso similar ao seu. Não sabemos qual magia vai passar inofensiva por você e qual seria fatal. E mesmo consciente disso, você correu, imprudente, para dentro da Névoa do Meio, justo o lugar mágico mais poderoso do continente.

Ele olhou para Farrin, incrédulo, como se para confirmar que estava certo no seu desprezo. Mas a minha irmã mais velha continuou em silêncio.

— Obrigada, sei muito bem que fardo sou para vocês todos. — Detestei o modo como a minha voz se enrolou em quase todas as palavras. — E eu não fui *imprudente*. Mara precisava me contar uma coisa importante, mas ela não conseguiu antes de os sinos começarem a tocar e...

Parei de falar, percebendo tarde demais como eu soava infantil, como eu tinha sido impulsiva.

O meu pai prosseguiu, com a expressão severa.

— Sim. Agora você entende, agora que já é tarde demais. Espero que sejam quais forem os espíritos maus que vivem na Névoa não tenham entrado em você, Imogen. Espero que não acorde berrando de noite porque alguma maldição Antiga está comendo as suas entranhas, pois eu preciso dizer que, neste momento, não tenho a menor certeza de que eu iria correr para te acudir! *Deuses.* — Ele olhou para o caramanchão de uma maneira amarga. — Às vezes acho que a sua mãe teve uma ótima ideia indo embora antes que pudesse ver como você se tornaria insensata.

Farrin inspirou rápido e sussurrou:

— Papai...

Ele piscou para nós duas, primeiro sem entender. A febre sentinela ainda estava nele, atiçada com força pelo perigo em que todos nós estivemos. O meu pai não conseguia evitar a raiva, não totalmente, e eu sabia. Uma vez desperta, a magia Consagrada no sangue dele que lhe dava as suas habilidades de sentinela dominava todo o resto do que ele era.

Porém, ele também era um homem adulto, quase sessenta anos de idade, e vivia com esse poder havia tempo suficiente para aprender como segurar a língua, mesmo com a violenta magia de guerreiro fustigando o seu corpo.

Encarando-o, eu mal conseguia respirar. A minha pele corou quente-fria, e senti um leve zumbido no ouvido, como se eu tivesse sido atingida com força nas têmporas. Não que eu alguma vez tivesse sido atingida com força nas têmporas, mas eu já lera centenas de romances nos quais alguém tinha sido, e imaginava que nenhum soco pudesse ser uma pancada mais forte do que as palavras do meu pai.

O rosto dele se entristeceu, o horrível aspecto abatido de volta. De repente, ele pareceu patético, apesar do colete e do casaco elegantes e da calça de corte perfeito. Até mesmo o seu bigode pareceu murchar.

— Gemma, eu não quis dizer isso — começou ele, estendendo as mãos.

Mas eu me recusei a escutar.

— Quis sim — rebati com firmeza. — Foi a pior coisa do mundo que o senhor poderia ter dito para mim, e nunca vou esquecer.

Então, corri, disparando para fora do labirinto e atravessando o terreno em direção aos estábulos. Nem Farrin nem o meu pai tentaram me impedir, e fiquei contente. Eu não queria ser consolada nem bajulada.

Quando me aproximei dos estábulos, vi Byrn, o nosso tratador de cavalos mais antigo, inclinado sobre uma cerca do padoque enquanto um dos seus aprendizes trabalhava com um potro. Byrn era um domador de baixa magia e o preferido de todos os nossos quatro cavalos — e da minha cachorra, Una, da raça fleethound, que estava deitada aos pés dele, as orelhas fofas em pé, me observando me aproximar. Byrn notou a minha presença logo depois. Eu devia estar uma imagem e tanto — os cabelos caindo sem forma, o vestido amarrotado e manchado, o rosto vermelho de chorar.

As sobrancelhas brancas e cheias de Byrn se ergueram, mas ele não falou nada. Nós nos entendíamos, eu e ele. Farrin estava sempre ocupada administrando a propriedade, o meu pai era obcecado com a sua pequena guerra. Eu escutava para valer as histórias de Byrn quando o visitava, e tinha a mesma idade da sua amada neta que ele havia deixado na sua terra natal, Lumyra, e toda vez que o pessoal da cozinha fazia bolos, eu levava um pedaço fresco e quentinho para ele. Eu evitava a maioria dos criados; eles já haviam me visto doente pela magia vezes demais para eu particularmente apreciar encará-los, a não ser que fosse necessário.

Mas de Byrn eu gostava. Ele era frescor, silêncio fácil e cheiro de cavalo, e nunca olhou para mim diferente de como olhava para qualquer outra pessoa. Naquele dia, ele não disse nada, não fez perguntas. Simplesmente preparou a minha montaria, uma linda égua tordilha cinza chamada Zephyr, e então deu um passo para trás para me deixar passar, a sua expressão preocupada tão doce e triste que tive vontade de chorar tudo de novo.

Antes que eu começasse, olhei para o outro lado e incitei Zephyr a iniciar um trote e depois um galopar macio. Una nos seguiu, as suas pernas compridas facilmente acompanhando o ritmo. Com as palavras do meu pai martelando nos meus ouvidos, fugi pelos jardins e escapei para dentro do santuário frio e abençoado da nossa arborizada reserva de caça. Os veados saíam correndo com a nossa estrondosa aproximação.

Insensata. Imprudente. Garota idiota.

Pisquei forte contra o vento, repetindo aquelas palavras para mim mesma sem parar. Melhor recordar a raiva do meu pai do que me lembrar da expressão no rosto de Mara quando me retraí para fora do seu alcance, boquiaberta com um pavor que não consegui disfarçar.

Mais tarde, quando Illaria atendeu às minhas batidas na porta da sua oficina, ela me fitou com olhos arregalados e me puxou para dentro da sua casa sem uma palavra.

Em dez minutos, a minha melhor amiga já tinha me acomodado na sua sala de leitura com uma xícara de chá de ervas, um prato dos meus *wafers* de chocolate preferidos polvilhados de açúcar de confeiteiro, e uma velha colcha macia enrolada em volta dos meus ombros. Una mastigava com satisfação um osso perto da lareira, e eu sabia que Zephyr seria quase tão bem cuidada nos estábulos de Illaria quanto em casa — algo que eu nunca admitiria para Byrn.

A cadeira onde me aconcheguei era enorme e estofada de veludo azul. Muito tempo antes eu a tinha declarado como "minha". Quando éramos crianças, e em todos os anos seguintes, Illaria e eu devorávamos um romance atrás do outro naquela sala. Os pais de Illaria eram prodígios de baixa magia, com talentos apurados para desenvolver aromas e um bem-sucedido império de negócios para administrar. Até considerarem que Illaria tinha idade suficiente para começar a sua aprendizagem oficial, ela e eu muitas vezes éramos largadas fazendo o que queríamos — ler, mexericar, praticar danças, treinar beijos. Essa sala, essa casa, às vezes parecera mais como o meu lar do que a minha própria casa. Aninhei-me nas almofadas macias e quase chorei de alívio.

Illaria se recostou na cadeira diante da minha, tirou as botas de trabalho com um chute e apoiou os pés descalços no banco com franjas à sua frente. Mesmo no fim de um longo dia supervisionando a sua oficina, o rosto sem maquiagem e as roupas rescendendo a aromas inebriantes demais para contar — café, sândalo, baunilha, rosas —, ela estava invejavelmente maravilhosa. Pele lisa cor de mel, uma profusão de cachos macios castanho-escuros, e olhos verdes penetrantes emoldurados por cílios grossos. Ela deixava até mesmo a sua calça simples de trabalho e o pesado avental de couro parecerem artigos da última moda.

— O que houve? — afinal ela disse. — Fale logo.

Escondi o rosto na minha xícara, desfrutando do vapor com aroma floral do meu chá.

— Esta combinação está divina. É sua?

— Claro. Todos os chás bons são meus. Todos os perfumes bons são meus. — Illaria balançou a mão. — Você não vai me distrair me bajulando. Conte o que aconteceu. Não é todo dia que você surge na minha porta parecendo que acabou de lutar para conseguir chegar à superfície de algum pântano fedorento.

Tomei um longo gole e fitei os dedos descalços dos meus pés.

— Podemos só ficar aqui sentadas em silêncio um pouco? Estou cansada.

Illaria arqueou uma sobrancelha elegante.

— Não posso imaginar por quê.

— Por favor, Lari. Só um pouquinho.

— Muito bem. — Por um momento, ela ficou quieta. Depois disse, bruscamente: — Tudo bem, já passou um pouquinho.

— Quase nada.

— Pelos meus cálculos, foi um bom tempo.

— Bem, o seu cálculo está errado.

— Isso quase nunca é verdade. — Illaria colocou a xícara na mesa ao seu lado e me examinou, o sorriso suavizando. — Estou apenas preocupada com a minha amiga, só isso.

Fiz uma inspiração e depois soltei o ar devagar.

— Visitamos Mara hoje.

— Nunca é um bom começo.

— E estávamos esperando que ela voltasse da ronda, almoçando com a Guardiã...

— Madame Insuportável — Illaria interrompeu, calmamente. — Continue.

Aquilo me fez sorrir um pouco.

— Não consegui aguentar ficar lá sentada naquela sala entulhada ridícula enquanto Mara estava fora em sabe-se lá que lugar pavoroso para onde ela tinha sido mandada. Eu não conseguia parar de pensar naquilo, e os pensamentos ficavam vindo sem cessar, e...

Olhei para o outro lado, ondas de vergonha me atropelando, me fazendo encolher. Odiava aquela sensação. Eu não era uma pessimista covarde. Eu era lady Imogen Ashbourne.

Porém, quando o pânico chegou, me reduziu a alguma outra coisa, alguma coisa que parecia totalmente desconhecida, como se uma força exterior estivesse se apossando de mim, me reformulando.

— E então o pânico apareceu — disse Illaria, com delicadeza.

Confirmei.

— E então o pânico apareceu.

Eu contei a resto — a conversa com Mara no templo, os sinos tocando. A Névoa do Meio, os gritos.

Mara, transformada.

O meu pai gritando comigo no labirinto de cerca-viva.

Quando terminei, se instaurou um silêncio que pareceu durar para sempre. Depois Illaria se levantou, tirou o avental e subiu na minha cadeira, se aconchegando contra mim. Fechei os olhos, deixando o calor do corpo de Illaria se impregnar no meu e escutando o fogo estalando. Una, agora dormindo de costas com as pernas para o ar, estava imersa em um sonho, arfando baixo.

Mara às vezes me abraçava assim durante as nossas visitas, quando a agenda dela permitia. Ela e Illaria eram as únicas pessoas que entendiam que muitas vezes aquilo era o que eu mais necessitava — ficar sentada em silêncio, sentir o toque delas, respirar em sintonia com elas até eu me encontrar de novo. Sem falar, sem perguntas preocupadas, sem olhares de piedade. Eu tinha aguentado mais do que o suficiente daquilo na vida.

Finalmente, Illaria limpou a garganta e mudou de posição. Os aromas da sua perfumaria emanaram da sua pele.

— O seu pai — ela declarou — é um idiota.

Eu ri. A sua indignação me reconfortou completamente.

— Ele nem sempre é assim.

— Mas hoje foi.

— Isso eu tenho que admitir.

— Ele devia saber que não é para perder a paciência com você. Ele é um homem adulto, pelo amor de deus.

Satisfeita, me aconcheguei nela.

— Exatamente o que pensei.

Ela fumegou em silêncio por mais alguns instantes antes de eu senti-la lentamente começando a relaxar.

— O que você vai fazer sobre Mara? A sua irmã não falou mais nada que desse alguma pista do que ela precisava falar?

Balancei a cabeça.

— Uma parte de mim acha que ela pode ter ficado feliz que o sino tocou bem na hora. Foi como se até mesmo começar a falar sobre o tal segredo fosse uma agonia para ela.

— Bem, me parece que a primeira coisa que você precisa fazer é outra visita assim que possível. Escreva para a Guardiã, peça uma licença.

Uma sensação de náusea apertou o meu estômago. Eu não conseguia me imaginar encarando Mara nunca mais, muito menos *assim que possível*.

Então, tive uma ideia.

— Uma festa — murmurei.

— Que festa?

Eu me sentei, me livrando da tristeza do dia como se fosse uma capa fora de moda. Podia ver o evento todo se desenrolando diante dos meus olhos — as faixas de luzes douradas, as cortinas transparentes nas janelas, as brilhantes travessas de prata repletas de bolos confeitados, a orquestra de cordas tocando uma valsa perto da parede de janelas no Salão de Baile Azul.

— *Minha* festa — anunciei. — Logo todo mundo vai saber do ataque tão perto de Rosewarren, mais perto do que jamais tinha ouvido falar, sem dúvida. As pessoas ficarão com medo e vão querer fazer perguntas. A histeria da Névoa vai se espalhar pelo interior.

— Hist-*évoa*! — Illaria exclamou, achando graça.

— E existe coisa melhor para desviar a mente de todo mundo em perigo do que uma festa grande, opulenta, de varar a noite?

— E qual é a maneira melhor para os Ashbourne exibirem a sua riqueza e o seu *status* na frente dos Bask? — Illaria acrescentou, com sarcasmo.

Eu a ignorei, abanando a mão. A guerra do meu pai com a família Bask era problema dele, não meu. Se a minha festa por acaso o satisfizesse e nos desse alguma vantagem naquela briga, melhor ainda. Ele e Farrin poderiam rir, tripudiar e conspirar tanto quanto quisessem. Eu garantiria o convite para os Bask, mas a minha contribuição terminaria aí. Eles nunca haviam me pedido ajuda em relação àquela guerra rancorosa e sem sentido entre as nossas famílias, e eu não estava prestes a começar a ajudar.

— Ah, que se danem os Bask — murmurei. — Essa festa vai ser para *mim*.

A voz de Illaria era quase inocente:

— E para todas as pessoas boas de Gallinor, a quem você quer tanto confortar nesses tempos incertos.

De novo balancei a mão distraidamente para ela.

— Claro, claro.

Era como se eu tivesse ficado presa em um inverno sombrio e de repente a primavera inteira se precipitasse de uma vez só. A minha visão se aguçou; os meus membros pareceram fortes e revigorados. Eu me levantei da cadeira e comecei a caminhar. Una acordou e observou ansiosa os meus passos, sua cauda batendo no tapete.

— Amanhã, logo cedo, vou pedir para a sra. Rathmont começar a preparar um cardápio. — Comecei a conferir os itens com os dedos. — A orquestra... Não, algo menor, mais simples... O Octeto Ogwood, acho. Preciso agendar com eles logo. Ah, espero que estejam disponíveis. Estamos bem no meio da temporada de festas da primavera.

Girei, bati as mãos e olhei para Una, cuja cauda começou a abanar com mais intensidade assim que os meus olhos encontraram os dela.

— O meu vestido! Vou ter que pensar nele seriamente. Ele precisa transmitir o equilíbrio perfeito entre confiança, formalidade, júbilo e gratidão.

Não, não precisamos nos preocupar com aquele ataque em Rosewarren, pensei. *Uma mera aberração. Sim, temos de homenagear devidamente a Ordem da Rosa, que lutou com tanta coragem. E sim, também precisamos comemorar com uma alegria desmedida o fato de estarmos todos vivos, seguros e protegidos pela graça dos deuses.*

Agachei-me do lado de Una e peguei o seu comprido focinho branco.

— Pela visão, audição, paladar e tato, pelo cheiro do vento e a força dos meus membros, obrigada a Kerezen, deusa do meu corpo, criadora de ossos e sangue. E que seja assim para sempre. — Fui sussurrando a oração e fazendo carinho atrás das orelhas peludas de Una o tempo todo. — Sim, Una, minha garota, precisamos agradecer apropriadamente a ela e a todos os outros adoráveis deuses antigos, não é?

Atrás de mim, Illaria bufou.

— Acho que nunca ouvi você rezar com tanta convicção.

— Bem, é isso o que acontece quando se fica cara a cara com a morte — brinquei. — A pessoa sente uma gratidão renovada pelos deuses, pela vida e por tudo a que tem direito.

Una estava em um estado de puro êxtase, a sua barriga branca exposta para um carinho, mas o tom sério de Illaria me fez virar.

— Gemma... — Inclinada para a frente com os cotovelos nos joelhos, as mãos entrelaçadas, Illaria mantinha toda a atenção centrada em mim. — Uma festa é tudo de bom. Não tenho como me contrapor ao seu raciocínio, por mais que eu queira. O rumor do ataque vai se espalhar, e uma festa dos Ashbourne será uma coisa normal e familiar. Uma maneira de tranquilizar. E uma distração, dando tempo para a Guardiã e as Rosas fazerem o seu trabalho.

Triunfante, abri a boca para concordar, mas ela me interrompeu:

— No entanto, antes de você sair correndo para atacar o seu armário e reunir o seu pessoal, preciso falar duas coisas. Uma é uma pergunta. A outra, não.

Os sentimentos levianos passando dentro de mim diminuíram e encolheram, dando espaço mais uma vez às lembranças do meu dia horroroso — o desespero de Mara, as asas de Mara, a fúria do meu pai.

Recusando-me a lhes dar atenção, lancei a Illaria um sorriso tímido.

— Como você ficou misteriosa de repente... Continue.

Illaria soltou uma expiração forte.

— Você sabe que te amo. Sabe que fico feliz de me encontrar com você, escutar o que diz e segurar a sua mão durante mil ataques de pânico, se chegar a isso. Mas algum dia precisará realmente conversar com alguém além de mim sobre o que você está passando. Um curandeiro, uma enfermeira, um acadêmico... Alguém que possa ter algum conhecimento sobre o que significa quando o pânico surge tão forte e rápido que você não consegue respirar, comer ou dormir.

A sua expressão se suavizou.

— Eu nunca tinha visto você como hoje, Gemma. Você estava em frangalhos. Quando abri a porta, você não falava coisa com coisa. Chorava e lutava para respirar. Você por acaso lembra? Lembra-se de sair de Ivyhill montando Zephyr?

Eu a encarei. Lágrimas de humilhação se formaram atrás dos meus olhos, mas o meu sorriso as conteve. Dei de ombros. Eu não podia lhe contar a verdade: que eu me lembrava muito pouco do que havia acontecido entre eu montar Zephyr e inalar o vapor do chá. Aquele período de tempo era um abismo confuso de cores nítidas e um medo turbulento e irrefreável.

Illaria se aproximou e pegou a minha mão.

— Me prometa que vai pelo menos pensar nisso. Eu me recuso a acreditar que você é a única pessoa no mundo que se perde para um pânico que não consegue controlar. Alguém por aí entende o que você está sentindo. Alguém por aí pode ajudar muito mais do que eu.

Desviei o olhar, fitando a lareira até a minha visão clarear. Eu não suportava encarar o seu rosto meigo e franco por mais nenhum instante.

— Prometo — acabei por afirmar, a mentira praticamente um sussurro. Havia algo extremamente errado comigo, e eu nunca deixaria a verdadeira extensão daquilo extrapolar os limites daquela sala, não importava o que eu prometesse para a minha amiga.

Quando me recompus, tornei a fitá-la, os olhos secos.

— E a segunda coisa... A pergunta?

Illaria me examinou por um bom tempo. Depois segurou os meus ombros e disse com o máximo de seriedade:

— Você, Imogen Ashbourne, me dá a honra de adornar os seus pulsos e o seu pescoço com a minha mais nova fórmula na noite dessa festa sem-dúvida-lendária?

Fiquei tão aliviada que caí na gargalhada.

— Você está me dando a chance de apresentar para toda a sociedade de Gallinor o mais novo aroma da mestre perfumista Illaria Farrow? Como eu poderia recusar?

Ela se derreteu, sorrindo com a satisfação de um gato mimado.

— Você vai amar. Notas de lírio branco e pinho, uma pitada de sal marinho rosa, um toque fresco de maçã. É fresco, sedutor e surpreendente. — Ela empinou o queixo, afofando os cachos. — Bem como eu mesma.

Depois fez uma reverência, e eu a aplaudi com tanto gosto que Una se levantou com um salto e começou a latir, exuberante como um filhote. Illaria pediu chá fresco, e bebemos e conversamos, rindo noite adentro enquanto ela me regalava com o último mexerico das dramáticas vidas das suas aprendizes.

Mesmo então, no fundo da minha mente, eu agarrava com força as cordas de aço da minha determinação.

Promissora ou não, eu era uma Ashbourne. Uma Ashbourne doente, sim — frágil, exaustiva, um estorvo, uma decepção e carrasca involuntária da minha irmã do meio. A única da minha prestigiada linha de Consagrados a nascer sem magia desde que os meus ancestrais foram escolhidos séculos antes pela deusa Kerezen para receberem um pouco do seu poder.

Contudo, ainda assim eu era uma Ashbourne, rica e privilegiada, a grande beleza da minha geração. A minha festa seria o assunto do continente, como as minhas festas sempre eram — e o pavor vergonhoso que morava dentro de mim continuaria sendo um fardo só meu e de mais ninguém.

3

Mesmo em um dia comum, Ivyhill, a propriedade da minha família, era um lugar esplêndido — cerca de trinta quilômetros quadrados de parques e jardins, fazendas e campos cultivados por nossos arrendatários, chalés para os jardineiros e templos construídos séculos antes para glorificar os deuses.

E aí, claro, havia a casa principal. Duzentos e cinquenta cômodos e uma equipe de cinquenta pessoas; moradia para todos os nossos criados, nobres, diplomatas e comerciantes visitantes, e nossa família estendida — um bando de primos e tios que vinham e iam sem muita cerimônia. Poucos deles, mesmo aqueles com talentos de magia razoavelmente divertidos, me interessavam além de qualquer fuxico que traziam de outro lugar.

Eu ansiava por boatos mais do que qualquer coisa. Devido à minha debilitante sensibilidade à magia, eu ficava constantemente confinada em Ivyhill sob o olhar vigilante do meu pai. Durante esses períodos, parecia que o resto do mundo não existia mais e eu estava sozinha, presa dentro da teia esgarçada dos meus próprios pensamentos agitados e frustrados. Havia muito tempo eu me resignara de que um dia definharia nos meus majestosos aposentos na torre quando me tornasse doente demais para sair de lá.

Havia, claro, lugares piores para se ficar confinado para sempre. Eu não era ignorante sobre o resto do mundo para não ter essa consciência. Mas uma prisão deslumbrante à qual alguém foi relegado para benefício próprio ainda é uma prisão.

Portanto, duas semanas após o dia em que testemunhei Mara se transformar, no dia de minha festa — uma noite de primavera, amena e fresca, o ar com aroma de delicadas árvores em floração, o país inteiro reunido com animação em nossas portas — eu garanti que Ivyhill brilhasse como nunca antes.

Conferi tudo enquanto nossos convidados chegavam, movimentando-me suavemente, entre apresentações e cumprimentos apropriados, apesar de concentrar a maior parte de minha atenção nas cortinas de seda das janelas, nas escolhas de músicas do octeto, nas velas tremeluzindo em cada suporte, nos lustres decorados abarrotados de luz mágica, nos criados deslizando habilmente do salão de baile para a sala de estar para o hall de entrada com bandejas de aperitivos.

Em cada sala — decorando cada portal, pendendo de cada corrimão, penduradas em cada viga — havia as trepadeiras de hera lustrosas e frondosas que minha mãe, Phillipa, projetara logo depois de se casar com meu pai.

Uma elemental de uma família de baixa magia perfeitamente respeitável, a jovem Philippa Wren, tão adorável e espirituosa, sabia manipular os extratos vegetais, assim como muitos de sua família. Os Wren tiveram a boa sorte de receber magia de Caiathos, deus da terra, logo após a Destruição. Foi apenas uma pequena quantidade de magia dispersa e lançada no mundo após sua morte, concedida mais por acidente do que por desígnio, e assim se tratava de uma família de baixa magia, em vez de uma família Consagrada, com poderes limitados, mas confiáveis. Philippa, entretanto, só conseguia usar sua magia com um esforço enorme e com a ajuda de outros.

Uma combinação ruim, todos haviam pensado sobre meus pais, céticos e achando graça; Gideon Ashbourne, como muitos homens antes dele, tinha sido vítima de um rosto bonito e esquecido o que realmente importava. Mas então a nova lady Ashbourne dera início a seu trabalho, começando com um broto de hera e cuidando da planta durante várias semanas até ela se tornar a segunda pele de nossa casa. Ela havia contratado um alquimista e um criador de feitiços para ajudar a assegurar a longevidade das trepadeiras, e ninguém podia argumentar contra os resultados, nem contra a enxurrada de visitantes deslumbrados que passaram pela casa nos meses a seguir para admirar o trabalho de minha mãe e se maravilhar com sua capacidade. Ora, a obra de arte absolutamente ostensiva formada pelas trepadeiras valorizou a já impressionante propriedade e ampliou a mística da família! Que sagaz, que astuta! Philippa Wren — quem teria imaginado? E então ela trouxe a pequena Farrin ao mundo, um perfeito rouxinol, e uma cria de Kerezen tanto quanto seu pai sentinela. Ninguém ousou duvidar do valor de Philippa Ashbourne depois disso.

Eu me enfiei embaixo de um arco de pedra coberto com as tais trepadeiras e habilmente manobrei lady Grattery para longe da sua inimiga, lady Keighline, elogiando efusivamente os deslumbrantes brincos de esmeralda que ela usava. Eu a conduzi em direção à Sala Rosa, onde o coronel Mettalin, do Exército Inferior, iniciara um barulhento jogo de cartas, e só então me permiti uma pausa para recuperar o fôlego em uma das acortinadas salas de estar ao longo do perímetro do Salão Azul.

Eu já me sentia combalida da cabeça aos pés pela proximidade de tantos convidados dotados de magia no sangue. Algum desconforto sempre me acometia em Ivyhill; era inevitável com meu pai e minha irmã Consagrados, assim como com a presença das trepadeiras de minha mãe. Eu não me atrevia a pedir a retirada das trepadeiras, já que elas eram tudo o que restara dela. Porém, minha festa havia levado a Ivyhill não somente diversos membros de famílias Consagradas, mas também dezenas de pessoas que possuíam baixa magia. Eu sempre fazia questão de convidar um grande número de cidadãos com baixa magia. Afinal, eles não tinham culpa de seus ancestrais não terem sido escolhidos pelos deuses. No momento em que os deuses morreram — um acontecimento conhecido como a Destruição —, a magia se espalhou pelo mundo em milhares de estilhaços ao acaso, e os que tiveram sorte suficiente para ingerir, inalar ou simplesmente colocar os olhos sobre um desses estilhaços tinham ganhado sem querer uma pequena quantidade de magia verdadeira, ainda que diluída. E agora seus descendentes podiam receber tais poderes também, junto com as habilidades bastante úteis que vinham junto — domesticação de animais, feitiçaria menor e magia de elementais, uma memória aguçada.

Ivyhill fervilhava essa noite — a alta magia dos Consagrados e a baixa magia dos sortudos. Para mim, o som era igual ao de um enxame de abelhas, e o odor de tantos indivíduos com magia me deixaram sentindo como se eu estivesse presa em uma estufa a vapor, as fragrâncias conflitantes de cem diferentes flores tecendo uma tapeçaria fétida. Mas eu não era uma anfitriã tão inexperiente que me deixasse ser vencida por esse ataque violento.

Coloquei dois dedos na têmpora esquerda, desejando que minha cabeça latejante se acalmasse, e lentamente tomei um gole de meu vinho espumante, uma mistura frutada deliciosa que levou uma corrente de calor para meus membros doloridos. Depois de beber metade da taça, comecei a procurar meu cartão de dança para a noite. Eu mal tinha prestado atenção ao bando de admiradores solicitando danças, simplesmente escrevendo cada nome com uma risada sedutora antes de continuar circulando pelos salões.

O primeiro nome no cartão era Rasia Reest, o que me encantava. Uma habilidosa artesã de baixa magia do continente de Aidurra, reconhecida por suas deslumbrantes pinturas a óleo, Rasia certamente teria as notícias culturais mais recentes do outro lado do Mar da Alvorada.

Depois dela, havia o tenente Arkin Martel, um notório libertino que servia no Exército Inferior em Beroges, na costa sul de Gallinor. Para todos os efeitos, era uma tarefa bastante maçante; sabia-se que a fronteira entre mundos em Beroges se afinava um pouco durante a maré alta, mas só um pouco, e só cinco vezes por ano. Arkin era uma dessas pessoas sem sorte, cuja família não tinha recebido nem deparado com magia durante a Destruição, mas o que lhe faltava de magia, Arkin compensava com delicadeza nas mãos e na língua. Estremeci de prazer, me lembrando de nosso primeiro e breve encontro amoroso, quando eu tinha dezoito anos, durante a qual o bom tenente me mostrou como podia ser delicioso quando o amante de uma garota a beijava entre as pernas.

Talvez, pensei, eu pudesse seduzi-lo para me seguir até em cima depois de nossa dança. Ri um pouco, levantando minha taça para outro longo gole. Como eu sabia muito bem, nenhuma sedução seria necessária. Toda vez que o tenente estava por perto, fazia questão de me visitar, sem necessidade de declarações de amor ou promessas que nenhum dos dois iria cumprir. Apenas um rápido encontro em qualquer canto escuro que pudéssemos encontrar, um beijo afetuoso de despedida, e mais uma lembrança amena para me consolar da próxima vez em que eu caísse de cama.

Suspirei de satisfação, voltando a olhar o cartão de dança. Varidien Nighy, Erya Remkin, o delicioso tenente Martel mais uma vez, Arden Odair, Talan d'Astier.

Franzindo a testa, parei. Eu não me lembrava de conhecer um Talan d'Astier. Na verdade, eu nem reconhecia esse nome, apesar de ter sido a responsável por selecionar os convidados da noite. Isso só podia significar uma coisa: se nem eu conhecia um Talan d'Astier, só havia uma pessoa presente que podia conhecer.

Engoli o resto do vinho, desesperada pelo calor borbulhante que traria, e saí de meu ponto de esconderijo para procurar meu pai — mas, antes de ir longe, uma mão segurou meu braço e me puxou para outra alcova acortinada.

Durante os vinte anos de minha vida, eu havia sido agarrada com bastante frequência por minha irmã mais velha, em geral para me impedir de me aproximar muito de alguém com a magia especialmente volátil. Eu conhecia muito bem sua força ao fazê-lo. Ainda bem que o calor do vinho suavizou o beliscão de seus dedos de ferro.

— Os *Bask* estão aqui — sibilou Farrin, espiando detrás da cortina.

Segui seu olhar até o outro lado do salão, onde um pequeno grupo reunido conversava. No centro, havia duas figuras inconfundíveis — Alastrina Bask, alta, magra e pálida como o inverno, envolvida em um vestido azul-marinho cintilante, os cabelos pretos na altura dos ombros enfeitados com fios dourados e prateados; e seu irmão, Ciaran, com um casaco de brocado espetacular, um colete azul-marinho para combinar com a roupa da irmã, e seu próprio cabelo escuro preso atrás com uma fita de couro trançada. *Ryder*, ele preferia ser chamado, o que irritava Farrin ao extremo e, portanto, me deleitava. Eu me permiti um momento para admirar sua barba rústica e a forma deliciosa como sua calça impecavelmente cortada abraçava seus quadris.

Depois me soltei de Farrin.

— Claro que eles estão aqui, irmã. Eu os convidei. Todo o mundo que é alguém vem a minhas festas, e eles sem dúvida são *alguém*, não importa o quanto você e papai desejem outra coisa. — Então olhei para o vestido dela, tentando, sem sucesso, esconder minha decepção quando contemplei a roupa: simples e cinza como o auge do inverno, a gola rígida, alta e abotoada. Os únicos enfeites eram linhas bordadas de folhas prateadas bem pequenas nas bainhas das mangas e da saia. — Farrin, definitivamente esse não é o vestido que escolhi para você.

— O vestido que você escolheu pinicava mais do que minhas pernas no inverno. E você me disse que não convidaria essa família.

— Eu menti.

Farrin girou para me olhar, manchas coloridas de irritação nas bochechas.

— Sua idiotinha exaustiva. Eu queria uma noite, só uma noite, sem pensar nem falar sobre a maldita família Bask.

— Farrin, pelo amor dos deuses. — Do bolso oculto costurado dentro de meu corpete tirei um recipiente contendo uma das misturas de Illaria, uma tintura aveludada com essência de rosa. — Você só tem vinte e quatro anos, mas parece uma solteirona velha e sisuda.

Farrin me olhou séria enquanto eu aplicava a tintura em seus lábios.

— Você fala *solteirona velha e sisuda* como se fosse uma coisa ruim, em vez de um desejo que guardo bem perto do coração.

Revirei os olhos.

— Você é uma Ashbourne, não é? Podia pelo menos tentar se mostrar apresentável. As pessoas a veem como exemplo.

Ela bufou.

— Exemplo de quê? De cor dos lábios? — Ela deu uma espiada no pequeno espelho dourado pendurado perto da cortina e fez uma careta. — Tudo bem, admito que ficou bom. E o cheiro é bom.

— *Você* está bonita, mesmo nesse vestido horrendo. Valoriza sua figura impecavelmente, mas, mesmo assim, estou tentando não murchar como uma casca seca de vergonha pensando em você parada perto de Alastrina Bask com uma coisa tão sem graça.

— Não precisa se preocupar com ela. Assim que eu conseguir arrumar um jeito de tirar Alastrina e seu irmão desagradável daqui, eles irão embora. — Ela beliscou o nariz, esfregou a parte de cima. — O papai está se coçando por uma briga nessas últimas semanas, e a última coisa que precisamos hoje é que ele decida que quer cruzar espadas com Ciaran Bask no meio de todas essas pessoas.

— Ryder.

— O quê?

— Ciaran prefere ser chamado assim. É um apelido. Ele é um cavaleiro bastante habilidoso, ao que parece, mais ainda do que um típico dominador de animais Consagrado.

Farrin revirou os olhos.

— Que maravilha para ele. — Depois ela parou, parecendo ainda mais aborrecida. — Aquele segundo violinista precisa se acalmar antes que eu faça isso por ele. Todas as peças que eles tocaram hoje ele adiantou até não poder mais.

Mexi nos cabelos de Farrin, soltando algumas mechas douradas para suavizar seu rosto. Não pela primeira vez, desejei intensamente ter a capacidade de criar um encantamento para minha irmã — ou para criar qualquer tipo de encantamento. Fazer *qualquer coisa* mágica, até mesmo um pequenino feitiço de atração. Como seria divertido ter algo assim para ocupar minha mente quando eu me sentisse doente ou quando a dor me invadisse após ficar tempo demais perto de alguém com mais poder do que meu corpo podia suportar.

Afinal, se a magia era veneno para meu corpo, parecia certo que eu pudesse *aproveitar* um tanto desse veneno de vez em quando.

— Houve anos inteiros em que você não precisou pensar nos Bask, sabe? — sussurrei para Farrin, enxotando meus pensamentos sombrios.

— Isso não importa — retrucou Farrin. — Eles estão aqui agora.

— Como você era feliz naquela época. Você sorria de verdade. Você *ria*.

— Eu ainda rio.

— Você dá um sorrisinho de vez em quando.

Farrin empurrou minhas mãos.

— Não sei por que vim buscar conforto com você. Não sei por que vim para esta festa, afinal.

— Porque Gareth está aqui, e você seria uma amiga horrível se o abandonasse para sofrer na festa sozinho. E porque não consegue decepcionar o papai.

— Talvez você possa me dar lições de como fazer isso melhor.

O golpe resvalou em mim. Eu estava acostumada a me desviar deles.

— Talvez *você* devesse falar para o papai fazer as pazes com os Bask, e colocar um fim em tudo isso.

A expressão em seu rosto estremeceu.

— Não posso. *Ele* não pode, e você sabe.

Eu quis saber:

— E você pode me dizer por quê? A verdade, não apenas lendas malucas.

— Não.

— Porque o papai disse que não? Ou porque você não *sabe* a verdade?

Farrin cerrou a mandíbula.

— Sim.

— Sim para qual?

Ela não disse nada, apenas me lançou um olhar de desdém.

Eu já esperava por isso. Quando o assunto envolvia a questão da rivalidade de nossa família com os Bask, meu pai e Farrin nunca me confidenciavam nada — para meu próprio bem, eles me garantiam. Na maior parte do tempo, eu ficava satisfeita por deixá-los com suas próprias maquinações e viver minha vida, tal como era.

Mas nessa noite não consegui conter minha irritação.

— Eu já fiz essa pergunta muitas vezes, Farrin, mas talvez essa vá ser a noite em que a questão finalmente fará com que você ganhe algum juízo. Você pelo menos sabe a razão por que nossas famílias se odeiam?

Uma leve pulsação.

— Não.

Não acreditei nela, mas continuei pressionando assim mesmo:

— É por causa de algum rancor antigo provocado por uma briga idiota de que ninguém se lembra?

— É possível.

— Custou a todos tempo, dinheiro e ferimentos ao longo dos anos e quase matou todos nós em mais de uma ocasião?

— Sim.

— E foi exatamente isso que fez a mamãe ir embora?

— Muitas coisas fizeram a mamãe ir embora.

Peguei uma taça de vinho fresco da bandeja de um criado que passava.

— Pelo que ela está agradecendo aos deuses agora, com certeza.

Farrin se inclinou em direção ao criado, um homem de meia-idade com pele corada e cachos ruivos arrumados. Ele era novo em nossa criadagem, e seu nome era... enfim, eu não conseguia lembrar. Ruborizei ao me dar conta de que não conseguia me lembrar de quando ele fora contratado ou se eu tinha falado com ele ao menos uma vez durante todas as preparações para a noite da festa.

Uma amarga sensação familiar surgiu no fundo de minha garganta quando me lembrei das palavras de meu pai.

Garota idiota, egoísta!

— Você fez um trabalho incrível com esses arranjos florais, Carver — Farrin falou em direção ao criado, que se virou e abriu um sorriso, agradecendo efusivamente com tanta sinceridade que me constrangeu.

Quando ele saiu, Farrin ficou em silêncio por um momento. Em seguida, tocou de leve em meu braço.

— O papai não devia ter falado aquelas coisas para você no outro dia. Sinto muito que ele tenha dito.

— Não sinta. — Bebi o resto de meu vinho com um sorriso alegre e triste. — Eu não sinto. Ele estava certo. Eu *sou* uma idiota, e egoísta também. Imprudente, acho que foi o que ele disse... Enfim, você está certa em não me contar sobre os Bask e toda essa besteira. Sem dúvida eu arruinaria tudo.

— Gemma...

— Ah, não me olhe como se eu fosse a *pobre* Gemma. Aquele dia não foi a primeira vez que o papai me machucou com palavras, e tenho certeza de que não vai ser a última.

— O que eu machuquei? — a voz surgiu do nada.

Farrin deu um salto; eu não. Eu o havia visto chegando.

Entreguei minha taça vazia a Farrin, deslizei para fora da alcova e peguei o braço de meu pai. Estendi meu cartão de dança.

— Talan d'Astier. Alguém colocou o nome dele em meu cartão de dança, e não fui eu. Você conhece esse rapaz?

Meu pai me fitou, e em um breve momento sustentamos o olhar um do outro, e ambos sabíamos no que o outro estava pensando — naquele dia no labirinto de cerca-viva, o ar acre com a magia furiosa de meu pai, a violência de suas palavras. Achei ter visto algo como tristeza em sua expressão, e meu coração bobo deu um pulo por isso.

Então ele baixou o olhar para o cartão de dança, e percebi que o momento passara. Nunca falaríamos sobre o que acontecera naquele dia. Era assim a dinâmica entre nós dois — eu o desobedecia, ele explodia de raiva. Eu me arrependia de minha imprudência, ele se arrependia de perder a cabeça. Eu o perdoava, sabendo que a partida de mamãe o havia transformado para sempre, sabendo que ele me amava e que às vezes sua preocupação comigo e seu desespero real por minha segurança viravam uma coisa horrível. E ele me perdoava, sabendo que era injusto para uma linda jovem ficar presa na casa do pai com tanta frequência, atormentada por uma enfermidade e uma dor sem fim que não eram culpa dela, sabendo que era injusto da parte dele direcionar seu sofrimento frustrado para mim.

Pelo menos era isso que eu imaginava que ele sentia. Esse era o conflito que eu esperava que fizesse seu coração se apertar tão profundamente quanto o meu.

Engoli em seco com força contra essa dor e a abafei, como eu sempre fazia, e me inclinei para mais perto, de forma cúmplice, enquanto dávamos um passeio pelo salão.

— Talan d'Astier — disse meu pai. — Um de meus convidados pessoais para o fim de semana. Não falei dele para você?

Aquela expressão distante em seu rosto, distraída e entediada, como se desejasse estar em qualquer outro lugar.

— Acredito que não — comentei, alegremente, forçando um sorriso. — Creio que me lembraria de um nome assim. Ele é de Vauzanne?

— Isso mesmo. O único herdeiro de uma família de baixa magia, composta em sua maior parte de artesãos e intelectuais, que já foi importante, mas caiu em desgraça com a rainha suprema na virada do século.

Apesar de meus esforços, senti uma pontada de intriga. Poucas coisas me interessavam mais do que os infortúnios de outras pessoas, talvez porque me lembrassem de que minha família não era a única cheia de angústias.

— O que eles fizeram para merecer o desagrado da rainha?

Meu pai cumprimentou com a cabeça madame Lisabetta de Blighdon, uma elemental de baixa magia dona de fundições que forneciam suprimentos ao Exército Inferior em dois continentes, além de provavelmente mais roupas até do que eu. Ela estava reclinada em uma *chaise longue* de veludo no canto, fumando um cachimbo de água aromatizada e recebendo a corte de seus muitos admiradores ardentes. Ao passarmos, ela me olhou de cima a baixo, descendo pelo meu vestido até subir de volta para meu rosto, e inclinou a cabeça devagar para mim, indicando aprovação antes de voltar sua atenção para o jovem deslumbrado a seu lado.

Resisti a um sorriso triunfante, a dor em meu corpo momentaneamente esquecida. Eu sabia que estava certa ao escolher este vestido: um mosaico cintilante de cores iridescentes e estampas de trepadeiras se enrolando, impecavelmente drapeado para acentuar as leves curvas de meu físico delgado. De bom gosto, mas, ao mesmo tempo, provocante. Uma das criações de Kerrish, claro. Fiz uma nota mental para lhe mandar um buquê de camélias de nossos jardins.

— O que entendo — meu pai estava dizendo — é que, em vez de cultivar a magia que seus ancestrais tiveram a sorte de receber por acidente, a família d'Astier resolveu plantar *uvas*, imagine só, embora ela possuísse a magia de Jaetric, e não a de Caiathos. Por que escolheram rejeitar sua magia ancestral e se voltar para as práticas de outro deus é um mistério ainda não descoberto. Talan era uma criança na época, e não tem conhecimento do assunto.

— Em geral o clima de Vauzanne *é realmente* perfeito para plantar uvas — observei.

Papai prosseguiu, ignorando meu comentário:

— Eles adquiriram incontáveis vinhedos, alguns magicamente aprimorados por elementais, o que custou uma boa soma de dinheiro, como você pode imaginar. Logo ficaram sem dinheiro e sem as graças da rainha, e tanto seu negócio incipiente quanto sua reputação foram arruinados. O patriarca, acredito, tirou a própria vida por causa da enorme humilhação. Pobre coitado. Que os deuses o recebam e o guardem.

Ao passarmos por uma das mesas de bebidas, meu pai pegou mais uma taça do mesmo vinho que eu apreciara e tomou um longo gole.

— É uma pena mesmo — continuou, com um olhar de apreciação para sua taça. — Havia alguma coisa lá, sabe, a despeito do poder de Jaetris. Esse aqui veio das lojas d'Astier, na verdade. Um de seus melhores vinhos antigos que sobraram. Um presente de Talan. Dá até para pensar que eles *foram* abençoados por Caiathos, afinal.

Ah, eu começava a ver o motivo de tudo.

— E Talan d'Astier acha que, fazendo amizade conosco, ele talvez possa restaurar o nome da família aos olhos da rainha.

Meu pai finalmente me encarou, genuinamente satisfeito.

— Você está certa, minha menina doce. Devemos ver o que achamos dele, não é? Talan tem uma proposta de negócios interessante: levar o vinho para cada estabelecimento de nível em Gallinor, e fazer nossa família ganhar um bom dinheiro. Mas será que ele merece a marca Ashbourne de aprovação? — Meu pai deu uma batidinha carinhosa em meu braço. — Vou confiar em seu aguçado senso de avaliação de caráter para me ajudar a decidir.

As duas taças de vinho que entornei uma atrás da outra começavam a se apossar de mim. Em vez de ficar irritada pelo afeto de meu pai — ele certamente não tinha me achado *doce* no labirinto de cerca-viva —, senti orgulho, me deleitei com aquilo. *Minha menina doce.* Quando eu era criança, ele me enchia de palavras assim. Eu era seu tesouro, sua alegria. *Meu coração mais amado*, ele me chamava. *Minha pombinha radiante*. Porém, quanto mais fui crescendo, menos frequente ficaram seus gestos de afeto. Sempre que eu encontrava coragem para conversar com Farrin sobre isso, ela logo rejeitava minhas preocupações e culpava os Bask por qualquer comportamento estranho de nosso pai. Às vezes eu até acreditava nela; foi só quando os Bask reapareceram havia pouco mais de um ano que meu pai se fechou completamente.

Outras vezes, entretanto, eu me convencia de que qualquer crueldade que surgisse em meu pai de alguma forma voltava para mim — alguma coisa ignorante que eu havia feito, o que quer que tenha acontecido para fazer minha mãe ficar com medo e ir embora, as ocasiões em que fui impaciente e quebrei as regras da casa. Algo vinha afastando meu pai de mim, mas nessa noite as coisas pareciam diferentes. Familiares, e como já tinham sido antes. Entre as palavras de meu pai e o vinho, eu estava começando a flutuar.

Foi aí que meu pai parou de andar, e seu sorriso aumentou por causa de alguma coisa atrás de mim.

— Ah, Talan! Aí está você. Venha, minha Gemma está ansiosa para conhecê-lo.

Uma onda de excitação passou por mim. Ali estava o homem em si, uma oportunidade de provar a meu pai que sua confiança em mim não era infundada. Ignorando minha incômoda suspeita de que meu pai ia incluir esse convidado novo, sem saber, em algum tipo de esquema para humilhar os Bask, virei-me para cumprimentar Talan d'Astier com um sorriso de interesse educado no rosto — e fiquei muda de choque.

4

Há muito tempo eu me considerava uma especialista no campo da beleza, tanto por conta de minha própria aparência quanto por minha avaliação das outras pessoas. Mas em todo meu estudo de roupas e joias, flores e decoração, cabelos, olhos e corpos, eu nunca tinha visto uma criatura tão bonita quanto Talan d'Astier.

Ele era ainda mais claro do que Mara, com cachos soltos castanho-escuros que eram quase pretos — cuidadosamente arrumados, mas como se estivessem frouxos de uma maneira displicente, como se ele tivesse acordado naquela manhã exatamente da maneira como estava no momento. Uma mecha, uma onda escura brilhante, beijava sua testa, e fui tomada por uma vontade absurda de passar os dedos por seus cabelos e testar sua maciez. O rosto dele tinha uma espécie de delicadeza, com um bonito maxilar, uma mandíbula bem definida e uma boca com os cantos ligeiramente virados para cima, praticamente implorando para ser beijada. Sob sobrancelhas sérias e marcantes, havia olhos escuros como café preto e impregnados com um tipo de tristeza serena e paciente que me parecia um resquício da desgraça de sua família. Ombros largos, cintura fina, colete preto brocado embaixo de um paletó comprido de veludo vermelho. Apesar de ser esbelto, exalava dele um certo poder, uma presença sólida e firme que insinuava uma força silenciosa.

Precisei usar todo o meu controle para não me inclinar para o corpo dele e sentir aquela força em mim.

— Lady Gemma... — Talan me cumprimentou, a voz macia e intensa como mel derramando, cadenciada por um ligeiro sotaque de Vauzanne. Ele fez uma reverência, depois me ofereceu um sorriso acanhado que levou um calor brilhante àqueles olhos tristes. — É realmente um prazer. Todos que eu conheci em Gallinor falaram muito bem da senhorita.

Tentei não imaginar como eu certamente estava parecendo uma boba, boquiaberta na frente dele com uma clara admiração, e rapidamente transformei minhas feições em um sorriso provocante. Nenhum forasteiro lindo com um passado trágico iria me vencer em meu próprio jogo.

— O senhor não vai longe comigo me bajulando, sinto dizer. — E lhe ofereci a minha mão. — Mas dançando pode ser, se conseguir me acompanhar.

Ele arqueou as sobrancelhas. De fato, parecia charmosamente desorientado.

— Mas, lady Gemma, achei que houvesse vários outros antes de mim em seu cartão. Eu não gostaria de ofender...

— Esta festa é minha, sr. d'Astier. Posso dançar com quem eu quiser na hora que quiser.

Com um sorrisinho e uma olhadela breve e nervosa para o salão lotado, ele pegou minha mão com delicadeza.

— Bem, então, eu ficaria honrado de dançar com a senhorita tanto quanto desejar. E por favor, me chame de Talan.

— Na verdade, acho que não vou chamar. Ainda não. — Dei um sorriso rápido, e enquanto nos movíamos para a pista de dança, olhei por cima do ombro em direção a meu pai.

Mas ele não mais nos observava, já engajado em uma conversa com um grupo de oficiais uniformizados do Exército Superior.

Cerrei a mandíbula, expulsando a sensação crescente e familiar de amarga decepção. Não importava. Caso meu pai se desse ao trabalho de prestar atenção, ou não, ainda assim eu cumpriria com minha obrigação.

O octeto tocava uma valsa bem lânguida que eu reconhecia, uma das mais populares obras recentes escritas pelos compositores da corte da rainha suprema. Esperando pegar Talan desprevenido e reafirmar minha autoridade, eu o girei sem aviso para dentro da apertada espiral de dançarinos, ignorando a pontada de dor na parte mais baixa de minhas costas. A magia que eu estava sentindo a noite toda era mais poderosa na pista de dança, concentrada em um espaço pequeno e ampliada pelo entusiasmo quente e suado de dezenas de corpos rodopiando. Apertei os dentes por causa da sensação de formigamento que me varria e que me levava a imaginar cem pequeninas garras cravando pequenas luas crescentes em minha carne. Experimentei um mísero conforto ao imaginar que esse homem de olhos tristes com certeza tinha medo de mim.

Entretanto, para minha grande decepção, Talan deslizou graciosamente no ritmo da dança sem parar, a mão firme em minha cintura.

— Não se costuma esperar o início da próxima música para começar a dançar — disse ele em algum lugar acima de minha cabeça — e assim não atrapalhar os outros dançarinos e fazê-los perder os passos?

— Sr. d'Astier — respondi alegremente —, devo dizer que acho estranho o senhor vir a uma festa em uma terra estrangeira e querer ensinar à anfitriã os costumes do lugar.

Levantei o olhar — ele se destacava bem acima de mim, uma figura alta e esguia, deslumbrante em seu paletó vermelho rodopiante. Mas, mesmo assim, parecia envergonhado, os olhos imensos de apreensão.

— Me perdoe, lady Gemma — murmurou ele, baixando um pouco a cabeça, o que fez com que alguns cachos macios caíssem para a frente e beijassem sua testa de uma forma frustrantemente atraente. — Não quis ofendê-la. Tem sido... difícil acertar meu passo desde que cheguei a seu continente. Não estou acostumado a reuniões como esta.

— Festas, o senhor quer dizer?

Ele confirmou.

— Com todas as regras, os protocolos que não são ditos e devem ser obedecidos para que não sejamos rejeitados justo pelas pessoas que desejamos impressionar. — Ele me deu um sorriso triste que aqueceu minhas bochechas. — Receio que eu nunca tenha sido muito bom em entender coisas assim. Não tenho instinto para isso. Meus pais também não tinham.

— Isso me surpreende, sr. d'Astier — afirmei com frieza, esperando pegá-lo em uma mentira. — Para alguém que alega ser ignorante em tais coisas, o senhor parece se virar muito bem em uma pista de dança, e em uma conversa.

— Destreza nos pés e perspicácia aguçada são bem diferentes de compreender os meandros da alta sociedade.

Um bom argumento do qual eu não tinha como discordar. Dei um giro rápido.

— Meu pai me disse que o senhor pretende restaurar a reputação de sua família com a rainha suprema Yvaine caindo em nossas boas graças.

Talan cambaleou um pouco, e eu abafei um sorriso presunçoso enquanto corrigia nosso passo errado, nos conduzindo de volta ao ritmo certo. Mais alguns triunfos daqueles e eu esqueceria completamente a dor crescendo por meu corpo.

— A senhorita é bem direta, lady Gemma — ele disse depois de uma pausa. Depois, riu com timidez, um som baixo e suave que me tirou de minha zona de conforto de tão sedutor. — Eu estou inseguro do que dizer.

— Prefiro que seja a verdade.

Ele limpou a garganta, as bochechas atraentemente coradas.

— Bem, nesse caso devo admitir que o que a senhorita disse é verdade. Todos com quem falei me afirmaram que sua família é das preferidas da rainha.

— Principalmente Farrin, que é a favorita dela — confessei. — O resto da família é amada por associação e porque, bem... A rainha sempre gostou dos Ashbourne. É simplesmente isso.

— Lady Farrin é sua irmã mais velha? A musicista?

— Sim, se bem que ela quase não toca mais, o que, como o senhor pode imaginar, escandaliza a sociedade. Uma Consagrada prodígio ignorando a alta magia doada pela própria Kerezen a seus ancestrais? Se ela não fosse uma amiga querida da rainha, não tenho certeza se ficaria impune.

— Eu soube que ela fez um recital quando era criança que causou uma espécie de rebelião.

— O senhor pesquisou bem, não? Foi menos uma rebelião e mais uma... expressão de êxtase espiritual, digamos assim. — Eu ri descontraidamente para despistar um tanto do prazer que sentia por ser o objeto do olhar escuro e franco desse homem lindo, uma sensação ao mesmo tempo deliciosa e perturbadora.

— Seja como for, Farrin está ocupada demais administrando a propriedade agora, e eu acho que ela está satisfeita assim, de verdade. Ela não sabia o que fazer com todos aqueles aplausos, o grande número de admiradores. Ver as necessidades de nossos arrendatários, administrar os funcionários, manter todas as contas direito... Ela fica bem mais confortável fazendo isso do que ficava em um palco diante de centenas de pessoas.

— Ela fica mais confortável — Talan ponderou em voz baixa — ou simplesmente se sente mais segura?

Afastei-me um pouco, surpresa. Esse era um tópico que eu discutia com frequência com Gareth, o melhor amigo de Farrin, quando cismávamos de incentivar minha irmã a voltar para sua música, mas certamente não era algo que eu já tivesse conversado com mais alguém no mundo.

Talan estremeceu de leve.

— Eu não devia ter dito isso. Me perdoe. É só porque sei bem como é fácil se convencer de que uma pessoa está ótima e confortável na vida que leva quando, na verdade, se sente desesperadamente infeliz, e só permanece onde se encontra porque imaginar-se fazendo outra coisa é amedrontador demais.

Eu o avaliei em silêncio absoluto até ele desviar o olhar, constrangido, e morder seu delicioso lábio inferior. Satisfeita por ter adquirido de volta a vantagem, falei com suavidade:

— Bom, Talan d'Astier, de Vauzanne, o senhor é ousado, talvez até mesmo atrevido, mas não está errado. Pode ser que, depois de nossa dança, o senhor e Farrin consigam compartilhar suas histórias tristes na frente da lareira.

Talan riu, depois balançou a cabeça um pouco e limpou a garganta.

— Bem, agora que fiz totalmente papel de bobo, talvez eu possa tentar ajeitar nossa conversa. A senhorita falou sobre Farrin administrar a propriedade, as contas, os arrendatários. Estou curioso, essas tarefas não são de seu pai?

— Já foram — respondi —, mas ultimamente meu pai anda ocupado demais planejando a ruína dos Bask para se preocupar com coisas mundanas como contabilidade.

As palavras saíram de minha boca antes que eu pudesse impedi-las. Xingando Talan por me tirar do prumo de forma tão desconcertante, e o vinho por soltar minha língua, mesmo assim olhei desejosa uma bandeja de taças de bebida ao deslizarmos passando por elas.

— Os Bask? — Uma ligeira pausa, e aí Talan estalou a língua. — Ah, sim! Aquela família do norte que desapareceu, não é? E só reapareceu recentemente?

— Humm, não que eles tenham *desaparecido* — eu o corrigi —, mas na verdade eles estavam *aprisionados*.

— Aprisionados? Como assim?

Olhei surpresa para ele, mas não havia malícia em seu rosto, apenas questionamento puro e adorável.

— Quer dizer que o senhor está neste continente há mais de uma hora e ainda não ouviu a história?

Ele balançou a cabeça se desculpando.

— Era para eu ter ouvido?

De repente, percebi que havíamos parado de dançar no meio do salão, atraindo olhares curiosos de dançarinos que rodopiavam. Irritada comigo mesma por tantas razões que nem conseguia contar, empurrei Talan com força de volta para nossa valsa.

— A história dos Bask tem sido o assunto do continente no último ano — expliquei —, para grande desgosto de meu pai. Não é de admirar que ele tenha convidado o senhor para o fim de semana. Papai está desesperado pela companhia de alguém que não esteja arrebatado pela história da pobre e lamentável família Bask. — Inclinei-me para mais perto de Talan, apreciando o calor de seu corpo alto e magro tão perto do calor do meu, muito menor. — Eles foram aprisionados por uma maldição, sabe, a propriedade deles ficou escondida do mundo durante anos por uma floresta impenetrável.

Aprisionados sem dúvida. Um pensamento surgiu do nada: como seria estar aprisionada entre uma parede e o corpo de Talan, puxando o colete dele enquanto sua coxa se encaixava entre as minhas pernas e eu colava seus lábios nos meus?

Dei uma sacudida, quase tropeçando em meus próprios pés. A potência daquele vinho não devia ser subestimada.

Os belos olhos escuros do desinformado Talan se arregalaram.

— Aprisionados? A família toda? Quem faria uma coisa dessas com eles?

Dei uma risadinha, trêmula de nervoso. Mesmo bêbada como estava, uma parte distante de mim entendia que eu pisava em terreno perigoso. O fato de nossa família e a família Bask serem inimigas havia muito tempo era de conhecimento público, mas pouquíssimos sabiam da extensão real daquilo, inclusive eu.

— *Nós* faríamos uma coisa dessas — respondi. — Nós, Ashbourne. Houve um incêndio, sabe, alguns anos atrás, quando minhas irmãs e eu éramos mais novas. Boa parte de Ivyhill pegou fogo. Nenhum de nossos guardas conseguiu apagar. Nem nosso jardineiro-chefe, um elemental formidável, foi capaz de combater as chamas. Tivemos que reconstruir quase tudo. Minha mãe precisou replantar todas as suas trepadeiras com pequenas mudas.

— Um incêndio que conseguiu derrotar os guardas de uma família Consagrada? — Talan ficou extasiado, minha história o envolvendo assim como o vinho tinha me envolvido. — Eu nunca pensaria que isso seria possível.

— Normalmente não seria. Mas os Bask são especiais, e nós também. Veja o senhor...

Fiz uma pausa, olhando ao redor para me assegurar de que ninguém podia nos ouvir, e descobri que Talan e eu não estávamos mais dançando. De alguma maneira, havíamos vagado para uma das alcovas acortinadas perto do salão, encolhidos juntos como amantes compartilhando segredos.

Exasperada, tentei afastá-lo, mas esse esforço quase me fez desabar no chão. Talan me pegou e me ajudou a me acomodar no banco estofado da alcova. Olhei em torno, imersa em uma névoa de confusão, sem nenhum traço de minha sagacidade anterior.

— O senhor poderia fazer a gentileza de me relembrar de como viemos parar aqui? — balbuciei, agarrando a barra do estofado de veludo para permanecer ereta.

Talan parecia profundamente constrangido por minha causa.

— Bem, a senhorita meio que desviou da pista de dança e cambaleou para cá. Posso lhe trazer um copo de água? Ou talvez um tecido gelado para sua cabeça?

— Ou talvez — eu disse devagar, pressionando um dedo contra o peito dele — outra taça de vinho.

Ele fez um som de dúvida, a testa franzida com uma preocupação sincera que derreteu meu coração.

— Acho que isso não seria sensato. Na verdade, creio que seja melhor eu achar algum de seus criados para ajudá-la a subir para seus aposentos.

— Antes de eu terminar minha história? — Eu o encarei, indignada. — Acho que não, senhor! O senhor precisa escutar, e escutar com atenção, porque é importante, e o senhor precisa saber, se vai ficar aqui em Ivyhill. Meu pai não convida hóspedes sem um objetivo. Ele vai querer usá-lo de alguma maneira em um de seus planos. Os empreendimentos de negócios, o que quer que ele tenha dito sobre as lojas de vinho de sua família, isso é apenas a superfície das coisas. Então, veja, o senhor precisa me escutar. O senhor precisa *entender*.

— Tudo bem — disse Talan com uma paciência admirável. — O que eu preciso entender?

— Os Bask e os Ashbourne, nós somos especiais — repeti. — O senhor vai escutar todo tipo de histórias explicando o motivo. Farrin e meu pai não vão contar a história *real*. Eles provavelmente têm medo de que eu possa revelar a alguém como o senhor, e eu não posso dizer que os culpo por isso, mas aqui está a história mais popular que as pessoas gostam de contar. É absurda, e uma espécie de lenda neste país. E em parte explica por que o povo gosta de nós. Nós somos *misteriosos*.

Balancei os dedos para Talan, depois me aproximei dele e sussurrei:

— Existe um demônio, sabe? Um demônio que nos prometeu vida e poder eternos e predileção infinita por parte da rainha Yvaine se destruíssemos os Bask, mesmo que fosse literalmente, ou espiritualmente, ou apenas manchando a reputação deles de uma forma tão completa que eles não pudessem se recompor. E não podemos parar de brigar uns com os outros, nunca, ou o demônio provocará uma destruição impensável sobre nós e sobre todos que já conhecemos. É o que dizem. Os detalhes variam dependendo de quem está contando a história, assim como acontece com todas as lendas plausíveis. O Homem com a Coroa de Três Olhos. Esse é o nome do demônio, segundo dizem, ou pelo menos um deles. Seu nome verdadeiro, claro, sendo ele uma criatura da Antiga

Nação, não pode ser pronunciado por uma língua humana. Foi o que Gareth, o melhor amigo de Farrin, me contou. Ele é estudioso dos arcanos, um sábio Consagrado, um bibliotecário com uma mente privilegiada. Ele é professor na universidade na capital.

Era como se algum feiticeiro tivesse me encantado, arrancando cada palavra de mim em uma corda atada que eu simplesmente precisava expelir de meu corpo. Eu não conseguia parar de contar a história, e eu não queria parar. Era *bom* falar em voz alta toda aquela porcaria ridícula. Até achei meio engraçado, sentada lá nas sombras acortinadas com Talan me encarando, estupefato, embora nada sobre a situação de minha família jamais tivesse parecido engraçado para mim antes daquela noite.

— E o demônio ofereceu o mesmo preço aos Bask — continuei, sem tomar fôlego —, e foi por isso que eles atearam fogo em Ivyhill quando eu tinha sete anos. Isso realmente aconteceu — acrescentei, satisfeita pela expressão horrorizada de Talan. — Aquele incêndio quase matou Farrin porque ela ficou presa dentro de casa. E então, como vingança, minha mãe e meu pai chamaram um enfeitiçador para lançar uma maldição em Ravenswood, a casa ancestral dos Bask, e essa maldição envolveu Ravenswood com uma floresta por onde ninguém conseguia passar. Ninguém conseguia entrar, ninguém conseguia sair. Durante *anos*. Doze anos, na verdade. E todos pensamos que tinha acabado. Nós havíamos vencido. E Farrin ficou feliz e meu pai ficou feliz. Bem, o mais feliz que alguém consegue ser quando sua mãe ou sua esposa vai embora, já que minha mãe nos deixou não muito depois de Mara ser levada para a Névoa.

Minha mãe. Mara. Névoa. À medida que as palavras saíam de minha boca, nenhuma delas soava muito real. Dei uma risadinha, tombei um pouco, então me segurei no banco. As mãos quentes e fortes de Talan me ajudavam a permanecer reta — uma mão em minha cintura, a outra delicadamente em volta de meu pulso esquerdo. Seu toque era terno, respeitoso. A sensação me fez sofrer.

— Mas até mesmo as maldições poderosas só podem se manter por um tempo — continuei —, e quando essa caiu, a floresta murchando como colheitas mortas, os Bask estavam vivos e bem, não tinham morrido de fome nem enlouquecido, nem um pouco. Eles estavam magníficos até, saudáveis naquela maneira resistente do norte. As roupas que eles haviam feito para si mesmos durante seu confinamento eram tão absurdamente fora de moda que todos de fato os viram como ousados e sofisticados. Foi como se a maldição nunca tivesse existido, apesar de ter prejudicado os Bask aos olhos de Gallinor. E então a guerra continua. Uma guerra iniciada por um *demônio*, para quem acredita na lenda, o que absolutamente não é meu caso. Demônios e promessas de vida eterna: uma bobagem completa. Não, essa guerra foi iniciada por homens arrogantes e estúpidos eras atrás, e permanece graças a seus descendentes arrogantes e estúpidos que não conseguem suportar ter uma atitude sensata e pedir uma trégua. De qualquer modo, os Bask retornaram há pouco mais de um ano, e meu pai tem sido um belo imbecil desde então. E esta é a coisa mais importante para se lembrar de tudo isso: Gideon Ashbourne é um imbecil, e eu queria conseguir odiá-lo.

Afundei contra a parede, totalmente exausta, e olhei para Talan com um sorriso sentimental e idiota no rosto.

Porém, o olhar de Talan tinha mudado, sua expressão se tornou rígida por alguma coisa tão sombria que eu não conseguia nomear. Ódio, talvez, ou medo. Uma desolação tão completa que, por um momento, fiquei atordoada em meu torpor cheio de vinho e zumbidos.

— O que foi? — perguntei, as palavras ligeiramente arrastadas.

— A senhorita conhece a história da desgraça de minha família? — A voz dele estava extremamente suave, carregada de emoção.

Um arrepio silencioso desceu por minha espinha.

— Meu pai disse que vocês caíram em desgraça com a rainha — consegui falar. — Vocês foram Consagrados por Jaetris, e rejeitaram sua magia ancestral, escolhendo cultivar vinhas no lugar.

Ele riu com amargura, desviando o rosto.

— Não, não houve *escolha*. Meus pais foram forçados, obrigados, coagidos a fazer o que fizeram, o tempo todo com plena consciência de que aquilo os condenaria ao fracasso, arruinaria tudo o que seus ancestrais haviam construído e insultaria tanto a rainha suprema quanto os deuses. — Outra risada sombria, suave e cheia de espanto. — Como é estranho, como é absolutamente conveniente, que tanto minha família quanto a sua tenham sido arruinadas pelo toque de um demônio. Seu demônio aprisionou sua família em uma rivalidade absurda, violenta e interminável. O meu entrou na cabeça de meus pais, os transformou, os seduziu, os atormentou, os iludiu. E quando o demônio cansou de nos assistir nos destruindo e resolveu assombrar alguma outra família, o estrago já estava feito. Estávamos acabados. Minha mãe definhou. Meu pai se matou. Nossa propriedade caiu em ruínas. O nome d'Astier era como veneno. Ninguém queria tomar conhecimento de que algum dia tínhamos existido.

A voz dele falhou, e toquei no seu braço delicadamente.

— Talan...

Ele se virou para mim, segurou minhas mãos e as levou aos lábios. Deu um beijo forte em meus dedos, os olhos bem fechados pelo sofrimento. Inquieta e desnorteada como eu estava, mexida com o triste desamparo de sua história, não consegui desviar os olhos de Talan. Na verdade, me deu uma vontade repentina de abraçá-lo, acariciar sua cabeça morena, e quase não consegui me conter.

— Podemos ajudar um ao outro, Gemma. — O sussurro dele pareceu seda contra minha pele. — Preciso acreditar que podemos nos ajudar.

Então ele ergueu o rosto, e seus olhos se fixaram nos meus, e eu senti como que um líquido quente descendo pelo meu corpo — uma sensação de segurança, como se eu estivesse com os pés firmes no chão quente do verão, todo o calor agradável do mundo fazendo pressão contra meus dedos. Era uma sensação de que tudo estava absolutamente certo, e aquilo me apavorou, já que chegou sem aviso e parecia ter vontade própria.

— Como poderemos fazer isso? — murmurei.

Para além do mundo sombreado de nossa alcova, o octeto começou uma nova valsa, uma valsa alegre e rápida, de tirar o fôlego.

— Passei os longos anos que se seguiram à morte de meu pai aprendendo tudo o que eu podia sobre demônios — afirmou Talan. — Fui instruído por estudiosos dos arcanos, como Gareth, o amigo de sua irmã, e juntei inúmeras histórias de outras pessoas que foram atormentadas por essas criaturas vis. Se a senhorita me ajudar a restaurar o nome e a honra de minha família — ele disse muito baixo, os olhos fixos em mim, a respiração quente e doce pelo vinho em minha boca —, eu a ajudarei a caçar o demônio de sua família, e não descansarei até que ele esteja destruído e a senhorita e os seus estejam livres. Não pude salvar minha própria família. Mas talvez, se trabalharmos juntos, eu possa salvar a sua.

Eu o fitei, meu coração martelando com tanta força que podia senti-lo em minhas bochechas. A história da ruína da família dele desenterrara muitas lembranças indesejadas de minha própria história — Farrin coberta de cinzas e mal respirando, o lamento de tristeza de minha mãe no dia em que a Guardiã levou Mara. A primeira vez que meu pai me alertou para não abraçá-lo ou a Farrin, porque, se eles estivessem cansados, doentes ou distraídos, a magia deles poderia me atingir com violência e me machucar. E se um dia se tornasse impossível para mim ficar perto de minha própria família, o que eu faria? Para onde iria? Era melhor, meu pai dissera, agir com cautela.

Meus pensamentos começaram a disparar, e senti um buraco no estômago com a sensação familiar e violenta do mundo girando para baixo tomando conta de mim. O pânico vinha vindo. O choque dessa conversa, a dor de meu corpo castigado pela magia e o próprio sofrimento de Talan combinaram para me fustigar, me deixando vulnerável, como um soldado totalmente desprovido de sua armadura. Senti-me impotente diante do pânico, bêbada e derrotada demais para encará-lo, fraca demais em corpo e mente para lutar contra ele.

— Porém, a lenda do demônio de nossa família é só isto: uma lenda. — Eu começava a me arrepender de ter falado qualquer coisa. Começava a me arrepender de pegar a mão de Talan, de beber aquele vinho, até mesmo de sonhar com essa festa, para início de conversa. — É uma história que as pessoas inventaram para tornar uma rivalidade estúpida e chata entre famílias ricas uma coisa mais interessante, um objeto de boatos. Não existiu nenhum demônio em Gallinor desde a Destruição.

Talan balançou a cabeça.

— E ainda assim um deles estava em meu continente, em Vauzanne, e causou a ruína de minha família. Nem mesmo os deuses em toda a sua glória foram perfeitos, e, com uma irmã servindo na Névoa do Meio, a senhorita devia saber melhor do que os outros que nenhuma vedação entre mundos é impenetrável.

A lembrança foi como uma facada, rápida, mas mortal — a transformação de Mara, os gritos dos monstros com quem ela tinha a obrigação de lutar, fossem quais fossem. A neblina prateada da Névoa serpenteando por todo lado a minha volta.

— Em toda lenda — Talan falou em voz baixa, com urgência, me puxando de volta para si — existe um fundo de verdade, e quando a palavra *demônio* é pronunciada, não se pode menosprezar de jeito nenhum. Se uma dessas criaturas está de fato por trás do conflito entre suas famílias, deve haver algo ainda mais profundo e tenebroso em ação. Posso ajudá-la a descobrir. Posso ajudá-la a caçá-lo, uma troca justa para que interceda com a rainha suprema a meu favor. Mais ainda, contudo, Gemma, seria uma chance de eu matar seu demônio, já que nunca consegui matar o meu.

Ele deu um sorriso de canto de boca e passou a linda mão branca pelos cabelos.

— Os deuses realmente trabalham de maneiras misteriosas. Que meu caminho tenha me trazido para cá, nesta noite, e para a senhorita...

Eu me levantei e me afastei dele rápido demais, os joelhos trêmulos. Minha cabeça rodava, e me apoiei com força contra a parede para me equilibrar. Qualquer conforto que o vinho tivesse dado a meu corpo dolorido estava começando a diminuir, e rapidamente, como se as palavras de Talan tivessem me atingido como socos. A magia frenética no salão de dança fervilhava e girava logo ali a meu alcance, se aproximando a cada respiração trêmula que eu dava.

Talan me segurou na hora, uma mão forte em torno de minha cintura e a outra puxando delicadamente para trás o cabelo molhado que grudava em meu rosto. Eu suava e tremia como se estivesse acometida por uma febre.

— Gemma, o que houve? — A voz dele veio de algum lugar distante, tensa de preocupação. — A senhorita está doente? Vou chamar um de seus criados. Espere aqui um instante, tente respirar devagar.

Agarrei seu braço para mantê-lo perto de mim, balancei a cabeça, lutei para recuperar o fôlego.

— Estou bem — afirmei com fraqueza, minha língua pesada e lenta. — Muito vinho. Meu corpo não gosta de salas assim, tão cheias de pessoas e seus brilhos.

Ele disse mais alguma coisa, alguma coisa que eu não consegui ouvir por causa do ruído pulsante dentro de meu crânio — a dor de meu corpo e o pânico de minha mente se juntando em um caos terrível —, mas cavei fundo procurando qualquer resto de força que conseguisse encontrar, agarrei firme seu braço e olhei para ele.

— Me encontre amanhã ao meio-dia — eu disse, rápido. — Perto das estufas do lado da pequena ponte há um chafariz, uma estátua de Kerezen e, do lado, um velho carvalho. Vamos conversar mais lá. Não consigo... — Cerrei os dentes e desviei o olhar para que ele não visse como a perturbação repentina de meu corpo me destruíra completamente. — Por favor, vá embora. Encontre um criado, peça que chamem Jessyl. É minha dama de companhia. Ela me ajudará.

Virei-me de costas, pressionei minha bochecha em chamas contra a pesada cortina de veludo. Senti um movimento, e depois o banco embaixo de mim, e o chão latejando sob meus pés; ou talvez meus pés fossem as coisas que latejassem, todos os ossos de meus pés em guerra uns contra os outros. Alguma coisa macia roçou minha testa molhada. E então os dedos de Talan pressionaram os meus com doçura, e ele passou apressado por mim e desapareceu, assim como eu.

5

Acordei com os aromas familiares de lavanda e bergamota, e soube na hora, antes de recuperar totalmente meus outros sentidos, que eu estava segura.

Sentindo um toque de maciez a meu redor, mudei de posição, aos poucos me dando conta de que eu me encontrava em meu quarto, em minha cama, aninhada entre travesseiros com estampas florais e duas colchas com as quais eu dormia desde criança — uma dourada, de um azul-hortênsia e rosa-claro, a outra um *patchwork* verde de heras bordadas salpicadas de flores brancas bem pequenas. As duas tinham sido feitas por minha mãe havia muito tempo, durante os meses em que eu ainda estava dentro dela, e ela, confinada a seu leito. Foi uma gestação difícil e um parto ainda mais árduo.

Meus olhos arderam quando pensei nisso, e tateei na pouca luz de velas com os braços doloridos.

— Jessyl? — chamei, rouca, minha garganta ferida e com gosto de vômito.

Um medo horrível se abateu sobre mim: tudo a meu redor era um sonho, um truque de minha mente — na verdade eu morrera lá naquela alcova acortinada, comida viva por meus pensamentos apavorados e intermináveis enquanto Talan fora procurar ajuda inutilmente.

— Estou aqui, lady Gemma, estou bem aqui, está tudo bem — veio a voz familiar de minha dama de companhia, seguida pelo farfalhar reconfortante de sua saia formal.

Chorei de alívio ao ver o rosto sardento e o cabelo ruivo, o leve e sério franzido na testa que ela sempre tinha quando focada no trabalho. Jessyl tinha a mesma idade de Farrin, apenas quatro anos mais velha do que eu; suas maneiras eram vigorosas, mas era dona de um coração terno, e a pessoa mais competente que eu conhecia.

Jessyl se apressou até mim, segurando uma bandeja de chá e torrada.

— Mil desculpas, senhorita. Achei que estivesse dormindo e fui pegar algumas coisas. Seus óleos, um pente, um romance para quando a senhorita quiser.

Ela se sentou na cadeira do lado de minha cama, apanhou um pano molhado de minha mesa de cabeceira e deu batidinhas em minhas têmporas e testa. Sua própria testa estava tensa, os lábios franzidos de forma séria. Segurei seu braço enquanto ela trabalhava, extremamente agradecida por Jessyl estar lá, por eu me encontrar segura em meu quarto, por nenhuma palavra ser necessária entre nós para explicar o que havia acontecido comigo, e por saber que nem meu pai nem Farrin descobririam nada daquilo. Jessyl era uma mestra em discrição; para cuidar de mim, ela precisou exercitar essa habilidade em particular. Sem dúvida, meu pai e minha irmã ainda estavam lá embaixo, na festa, sem saberem o que tinha acontecido — um, circulando pelo lugar; a outra, taciturna nas sombras e fazendo cara feia para Ryder Bask.

— Não insisti para a senhorita não beber hoje? — indagou Jessyl, com delicadeza suficiente para me repreender sem parecer. — Com tantas pessoas em volta, e a senhorita tendo trabalhado até quase morrer desde aquele dia para conseguir arrumar tudo...

Aquele dia. O dia em que vi Mara se transformar; o dia em que fugi da fúria de meu pai para a segurança dos braços de Illaria e decidi que eu devia dar uma festa.

— Você insistiu — admiti —, porque é sábia e boa da cabeça aos pés, e eu não te mereço.

Jessyl me deu um sorrisinho atrevido.

— Está certa mesmo, senhorita.

— Ainda estão todos aqui?

— Ah, sim. Quatro da manhã, e a casa continua cheia de dança, bebida e convidados escapando furtivamente para os andares de cima para sabem os deuses o quê. O pobre Gilroy está fora de si.

Dei uma risada fraca quando pensei em nosso paciente mordomo-chefe tentando em vão manter em ordem uma casa com centenas de pessoas.

— Creio que vamos precisar dar umas longas férias para ele depois disso.

— Acho que será necessário, senhorita, ou ele poderá muito bem se revoltar.

Jessyl se levantou e começou a se movimentar atarefada pelo quarto, arrumando e acendendo velas novas, tudo enquanto me contava como a criadagem tinha se saído durante a noite. Lilianne, uma de nossas criadas mais novas, fora flagrada beijando a jovem lady Porsha na copa, motivo pelo qual nossa governanta, a sra. Seffwyck, a teria demitido se não fosse pela intervenção de Jessyl. Ellys e Bradeny, dois de nossos mordomos assistentes, haviam deixado cair uma bandeja gigante de tâmaras enroladas em bacon arrumadas meticulosamente em camas em espiral de hortelã e tomilho, o que fizera com que nossa cozinheira-chefe, a sra. Rathmont, urrasse de fúria.

Observei Jessyl trabalhar e deixei a reconfortante melodia irônica de sua voz me inundar. Logo precisei fechar os olhos, que ardiam, e lágrimas escorreram por minhas faces, mas Jessyl as deixou cair sem um comentário sequer. Ela sabia como aquilo me cansava totalmente — os ataques de pânico que me assolavam, a constante revolta de meu corpo —, e sabia que falar no assunto só me cansaria mais. Não que isso fosse impedi-la de me repreender sem rodeios por minha imprudência quando eu estivesse adequadamente recuperada.

Porém, até lá ela me pouparia. Em vez de me censurar, ela simplesmente trabalhava e fofocava, sua voz me ninando. Em algum momento, pensei tê-la ouvido falando o nome de Talan e tentei lhe perguntar como ele estava, o que ele achara de meu colapso, se ela lhe mandaria uma mensagem de agradecimento em meu nome. Mas a exaustão tomou conta de mim antes que eu pudesse tomar essa atitude, e me entreguei ao sono com o nome dele nos lábios.

Estava perto do alvorecer quando acordei de novo. Uma fraca luz cinza entrava de mansinho pelas cortinas de renda, já que Jessyl tinha amarrado os panos bordados mais pesados com fitas grossas de veludo. Ela sabia como eu adorava as manhãs.

Sentei-me, avaliando o quarto. Jessyl dormia em sua cadeira preferida perto da lareira, os pés apoiados em um banco e um livro aberto virado para baixo, na barriga. Todas as velas tinham queimado inteiras, menos a que se achava em minha mesa de cabeceira, um cotoquinho tremulando.

Tinha algo diferente. Alguma coisa mudara enquanto eu dormia nas últimas horas, embora não soubesse dizer o quê. Tive essa sensação imediatamente, a pele de minha nuca formigando como se eu estivesse sendo observada — mas a sensação não me assustou. Ela me despertou. Eu me sentia toda sagaz e ágil, como uma fera encolhida pronta para dar o bote.

Permaneci em meu ninho de travesseiros por um momento, observando aquela sensação, avaliando meu corpo e o ar silencioso em volta. Com cuidado, flexionei os braços e as pernas, girei os pulsos com um movimento contínuo, para alongar e melhorar sua costumeira rigidez — mas *não havia* rigidez, nenhuma dor, nenhum estalo. Senti apenas uma pontada violenta de fome na barriga e uma inquietação enorme que me deu vontade de gritar e acordar a casa toda. Abafei o som na garganta, balancei as pernas devagar para o lado da cama e então me levantei, mal respirando. Um movimento muito repentino poderia quebrar o feitiço do que certamente era um sonho, já que eu não me lembrava de algum dia ter me sentido tão forte, tão vigorosa. O constante grito de dor em meu corpo era um eco distante, facilmente ignorado. Meus pensamentos estavam silenciosos, livres de crueldade. Eu só sentia necessidade e avidez, um desejo de *movimento*.

Tateei com cuidado por meus aposentos — quarto de dormir, sala de estar, sala de visitas, o átrio pequeno e arrumado repleto de plantas. Espiei cada canto sem medo, revistei o *closet* calmamente, puxei cada cortina sem fazer barulho. Mas não havia nenhum intruso nos quartos, nenhum bandido à espreita.

E mesmo assim eu sabia que Jessyl e eu não estávamos sozinhas. Havia uma outra presença muito perto, como se eu pudesse estender o braço e tocar nela com facilidade, embora não houvesse nada para tocar. Por um momento, pensei se alguma coisa da Antiga Nação conseguira vir até aqui para me observar dormindo, mas descartei esse pensamento imediatamente. Um batalhão de guardas protegia Ivyhill de invasões; nada penetrava naquelas fronteiras desde o incêndio, tantos anos antes. E os Bask não eram idiotas; eles decerto não ousariam arriscar sua nova popularidade realizando um ato de total vilania, não em uma festa animada cheia de convidados felizes.

E mesmo assim...

Entrei no banheiro, os ladrilhos brancos do piso como uma placa de gelo embaixo de meus pés. Acendi uma vela nova e me sentei à penteadeira, coloquei as mãos espalmadas na madeira polida e examinei as bandejas de cremes, joias e grampos que brilhavam a minha frente, um mar de enfeites. Eu vi, mas não vi. Eu estava lá, contudo não estava. A presença que eu sentia me puxava para algum lugar, e, embora eu ainda não a tivesse seguido, era isso o que eu queria desesperadamente fazer. Eu sabia que ela me levaria para algum lugar incrível. Algum lugar fresco e luminoso, um lugar de pinheiros e terra e orvalho. Um céu preto enfeitado com um milhão de estrelas, florações roxas pulsando com luz. Eu só precisava olhar para cima, e estaria lá, naquele mundo distante de beleza incomparável. Eu só precisava olhar para cima, e teria tudo o que queria.

Olhei para cima.

O que me encarava de volta era meu próprio reflexo, cercado pela moldura dourada enfeitada de meu espelho. Meus olhos azuis — os olhos de minha mãe — brilhavam na fraca luz de velas enquanto eu me contemplava. Toquei de leve minhas bochechas, meu queixo, a seda macia dos pelos finos de minhas têmporas. Olhei para baixo, ávida pela imagem de minhas clavículas claras, à mostra pelo amplo decote de minha camisola, e as protuberâncias de meus seios sob o tecido branco translúcido, e as linhas esguias de meu tórax.

— Linda — sussurrei, pois eu era, e tracejei as linhas de meu corpo com mãos trêmulas porque eu sabia que, por mais bonita que estivesse, eu ainda podia ser mais. Eu podia ser deslumbrante. Podia ter o mundo inteiro de Edyn a meus pés, e todos os meus companheiros humanos, fossem abençoados ou ignorados pelos deuses, implorariam por um simples toque, um mero olhar.

Se eu tivesse a coragem de tentar.

Como imaginei, meu coração disparou. Um leve calor formigou nas pontas de meus dedos; um aperto na barriga me levou para mais perto do espelho. Tudo o que eu precisava fazer era elaborar um único pequeno encantamento — talvez um biquinho maior com meu carnudo lábio inferior, ou um pescoço um pouco mais comprido para remeter à imagem das bailarinas-prodígio que dançavam balé em Fairhaven, a cidade da rainha. Eu não precisaria de mais do que um leve empurrão na direção certa para brilhar de verdade.

Fazia anos que eu lia sobre a arte do encantamento. As biografias dos mais famosos estilistas de magia da história de Edyn eram os únicos livros pelos quais eu deixava de lado meus amados romances. E sempre que eu marcava uma hora com Kerrish — minha própria estilista Consagrada, uma das mais prestigiadas do país; meu pai não se contentaria com nada menos do que isso —, eu a bombardeava com mil perguntas e pedia que ela tentasse todos os últimos feitiços em mim. Mudasse a cor de meus olhos, trançasse meu cabelo com prata e ouro, tingisse minha pele com um brilho azul-claro. Ela nunca cedia a meus pedidos. Era meu pai que pagava seus honorários, afinal de contas, e ele proibia essas coisas. Tudo o que Kerrish fazia comigo era feito com escova, pó, agulha e linha — divino na forma, mas não na substância.

No entanto, eu sempre fazia minhas perguntas, e observava cada movimento seu com olhos de águia. Eu lhe implorava por descrições dos encantamentos que ela realizava nas outras clientes, e quando Kerrish ocasionalmente cedia e me satisfazia, eu devorava cada palavra, ávida pela magia que eu nunca veria.

Já tinha passado da hora de eu colocar todos os meus anos de estudos intensos à prova, e, com meu corpo tão seguro e firme, eu nunca antes me sentira mais capaz para fazer isso. Devia haver *algum* pedacinho de magia em mim, mesmo que só um pedacinho, enterrado lá no fundo. Eu era uma Ashbourne, escolhida pela deusa Kerezen. Todo o resto de minha família Consagrada havia sido abençoada com o dom de seu poder. Meu pai e Mara tinham a ágil força guerreira das sentinelas; Farrin possuía sua voz devastadoramente cristalina e habilidosos dedos de pianista que faziam até mesmo os músicos da corte da rainha chorarem de inveja. Havia muito tempo que eu ansiava por me juntar aos níveis deles, mas nessa manhã, minha vontade estava voraz, irresistível.

Fechando os olhos, respirei devagar e profundamente. Alguns usavam palavras para fazer sua magia, mas eu achava aquilo deselegante, até vulgar. Kerrish me contara havia muito tempo que ela trabalhava em silêncio, e decidi que faria o mesmo. O truque, eu havia lido, era imaginar o que eu queria criar — não apenas uma imagem efêmera, mas alguma coisa específica, intencional e pequena. Uma imagem ampla de meus desejos só resultaria em caos. Eu precisava pensar em cada cor, cada pincelada específica da pintura em minha mente.

Levantei as mãos, me imaginei enfiando os dedos em grossas poças de cor — verde-água, violeta, amarelo-ouro — e então os passei pelo cabelo. Aquele único movimento me abriu, como a superfície de um lago congelado que finalmente aquecera o suficiente para se romper.

Fiz tudo rápido, uma série de imagens que eu não entendia direito passando por minha mente, como se alguém tivesse me segurado e levado para baixo de uma forte cachoeira. O mundo estava borrado pelo grande volume de água, mas eu ainda conseguia ver formas vagas, estranhas e distorcidas embaixo da espuma — minha linha do maxilar ficando mais pronunciada; meus músculos comuns tornando-se mais ágeis e firmes.

Quando finalmente abri os olhos, meu reflexo me deixou sem ar.

Eu ainda era eu mesma, sim, mas também estava diferente, *mais*. Meus cabelos eram uma cascata cintilante, mechas luminosas de âmbar, lilás e azul-turquesa brilhando entre meus cachos claros normais. As maçãs do rosto estavam pronunciadas como facas; quando eu piscava, meus olhos mudavam de azul para dourado à luz das velas; e minha pele de alabastro reluzia, uma luminescência ondulada. Eu estava temível, magnífica, como se alguma criatura de outro mundo tivesse deslizado para dentro de minha pele, e meu corpo tivesse se transformado para acomodá-la.

Toquei meu rosto com cuidado. As pontas de meus dedos formigavam com o trabalho que eu realizara, e comecei a perceber de verdade o que havia acontecido — que, de alguma forma, apesar de nunca ter sentido nem mesmo uma pontada de magia em mim, eu conseguira um encantamento que até Kerrish iria aprovar. Soltei uma risada, sem fôlego e com medo. Eu devia estar com *mais* medo, mas minha beleza havia me deixado extasiada demais para sentir qualquer outra coisa.

Tracei as delicadas linhas de meu queixo. Aquilo transcendia o trabalho de um mero estilista. Era uma coisa mais próxima de uma lenda, do trabalho que os artífices da Antiga Nação podiam fazer, de acordo com os relatos. Os encantamentos deles não desapareciam com o tempo. Eram mudanças reais no corpo — permanentes, reversíveis somente pela magia do encantador original. Ossos quebrados e remodelados, entranhas envenenadas por doenças sendo retiradas e outras novas criadas com o que sobrou colocadas no lugar. O trabalho de um artífice não era sobre curar o que estava machucado, nem era uma obra de mero disfarce; era, segundo as histórias contadas, sobre transformação real. Uma alquimia de pele, sangue e carne.

Um barulho atrás de mim chamou minha atenção. Ao me virar no banco, vi Jessyl parada na porta, o rosto fascinado com admiração, as faces coradas.

— Senhorita? — ela sussurrou, e então correu em minha direção, rápido demais para eu me mover ou até mesmo pronunciar seu nome. Ela me puxou do banco e me pressionou contra a parede, as mãos segurando meu rosto enquanto avaliava freneticamente minha aparência, e então Jessyl deu um soluço e me beijou.

Primeiro fiquei chocada demais para fazer alguma coisa a não ser me submeter a seus beijos ardentes. Mas depois ela começou a mexer nos botões de minha camisola, e o êxtase que me assolou quando realizei meu encantamento desapareceu na mesma hora. Ouvi o choro de Jessyl em meu pescoço e a empurrei a uma distância suficiente para ver o pavor em seus olhos, as lágrimas riscando seu rosto.

Algo estava muito errado. Quem quer que fosse essa mulher — *o que* quer que fosse —, não era a minha Jessyl.

Um frio horrível inundou meu corpo, e em seu rastro, todas as minhas antigas dores começaram a voltar. Mirei meu reflexo no espelho; as novas cores de meus cabelos continuavam lá, assim como o novo formato de meu rosto e meus olhos que mudavam de cor, mas eu já conseguia ver o encantamento começando a desaparecer, como se ele e a doença não pudessem existir ao mesmo tempo.

Jessyl arfou falando meu nome — uma súplica desnorteada e ofegante — antes de me puxar com força para seus braços. A expressão apavorada de minha dama de companhia me chocou e me obrigou a agir. Fazendo uma oração silenciosa aos deuses para Jessyl me perdoar, eu a afastei com força, depois agarrei um vaso pesado de minha penteadeira, joguei a água e as flores no chão e bati com o vaso em seu ombro.

Jessyl desabou com um gemido e caiu no tapete, imóvel como se estivesse morta. Larguei o vaso. Meus joelhos cederam, e afundei no chão. Engatinhei até ela, levantando sua cabeça com delicadeza e colocando-a em meu colo. Alguns minutos se passaram, durante os quais eu juro pelos deuses que não respirei, não existi, e então os olhos castanhos de Jessyl piscaram e se abriram. Dei uma risada e beijei sua testa várias vezes, já que era a verdadeira Jessyl que me olhava de volta. Fosse o que fosse que se apoderara dela havia desaparecido, e percebi, quando olhei ao redor do quarto, onde um enorme espelho estava encostado contra a parede, que fosse lá o que houvesse se apoderado *de mim* — o encantamento que eu realizara — também tinha desaparecido. Meus cabelos estavam com um dourado humano comum; meus olhos, azuis. As incríveis linhas pronunciadas de meu rosto tornaram a ser redondas e joviais.

Pressionei os lábios com força para abafar um choro de medo e frustração. Eu queria de volta aquela coisa secreta que tinha feito em mim mesma — como fiquei primorosa, feroz e vital, iluminada como se tivesse sido inteiramente beijada pelo sol e pelas estrelas. E mesmo assim eu sentia que, se tentasse novamente, aquilo poderia me destruir do mesmo modo como destruíra Jessyl. Nenhum encantamento que eu já tivesse visto tinha afetado alguém perto daquela maneira, deixando a pessoa louca de desejo. Talvez um artífice na Antiga Nação pudesse fazer coisas assim, mas era apenas uma suposição, e não algo de que eu já tivesse ouvido falar em Edyn.

Resolvi trancar aquele incidente em uma gaveta bem no fundo de minha mente, nunca pensar ou tocar naquilo novamente.

Uma mentira, e mesmo naquele momento eu sabia disso. Porém, tentei acreditar naquilo com todas as forças.

— O que aconteceu, senhorita? — Jessyl murmurou, gemendo ao tentar se sentar. — Eu caí? — Aí ela percebeu minha camisola rasgada, e seus olhos se arregalaram. — Lady Gemma! A senhorita está machucada?

Um pavor silencioso fechou minha garganta. Ela não se lembrava de nada, e mesmo assim meus lábios ainda ardiam pela força de seus beijos violentos.

Minha voz tremeu quando respondi:

— Foi uma briga. Uns bêbados idiotas subiram vindo da festa, e nós tentamos impedi-los de se matarem, mas eles bateram em nós duas.

Jessyl tentou se sentar mais uma vez, o rosto ficando duro de raiva, mas eu a acalmei logo.

— Não se preocupe, minha querida — eu disse com delicadeza. — Estou bem, e meu pai se encarregou de tudo. Aqueles brutos nunca mais vão colocar os pés em Ivyhill. Agora, deixe que eu cuide de você, para variar.

Enquanto eu ajudava Jessyl a voltar para a cadeira, emitindo palavras tranquilizadoras que eu mal me lembrava de formular, lutei para não olhar por cima de meu ombro para o espelho da penteadeira. Sua presença me levava ao lugar quente e dolorido entre minhas omoplatas, como se meus olhos encantados e cintilantes estivessem enterrados naquela folha de vidro, me observando ir embora.

6

Apenas algumas horas depois, ao meio-dia, eu me escondi atrás de uma de nossas estufas e espreitei o outro lado para espiar Talan d'Astier.

Ele esperava perto do chafariz de Kerezen como eu o instruíra, as mãos cruzadas às costas, o olhar erguido para a estátua da deusa: uma mulher envolvida em túnicas de rainha, os longos cabelos caindo até os joelhos. Na mão ela segurava um berrante, por onde gotejava água descontraidamente. Ela não tinha rosto, já que era considerado uma blasfêmia tentar capturar o verdadeiro esplendor dos deuses em qualquer forma de arte — mas mesmo sem olhos, nariz ou boca, ela era primorosa.

Pressionei as pontas dos dedos contra a parede de vidro liso da estufa, buscando coragem. Tentei não pensar na noite horrível que eu tinha acabado de passar — os beijos violentos de Jessyl, a imagem de minha aparência radiante alterada no espelho; em vez disso, foquei nas linhas longas e esbeltas do corpo de Talan. Maldito sofrimento emocional; impossível ignorar tal beleza em sã consciência.

Naquela manhã ele usava um colete cinza claro por cima de uma túnica branca macia e calça justa com estampa de espirais claras. Ele havia dobrado as mangas até os cotovelos e segurava o paletó sobre o ombro com um ar masculino e despreocupado que provocava coisas impronunciáveis em meu íntimo. E quanto a seus lustrosos cabelos escuros, lindamente despenteados pelo vento, achei que até a própria Kerezen aprovaria.

Talan caminhou em volta do chafariz, então encontrou um lugar embaixo do carvalho próximo, cujos galhos pesados tocavam o chão. Ele sorriu para aquela árvore velha e bateu no tronco grosso admirando-a, um gesto estranhamente cativante que diminuiu os nós rijos de tensão em meus ombros.

Eu conseguia fazer isso. Conseguia esquecer as lembranças horríveis da noite e ser só eu mesma: lady Gemma Ashbourne, que não temia nenhum convidado do pai, por mais perturbadoramente bonito que ele pudesse ser, por mais tristes que fossem as histórias que ele tinha para contar.

Empinando o queixo, sorri e atravessei o gramado para me encontrar com Talan. Ele me viu chegando e saiu de debaixo do carvalho, encolhendo os ombros no paletó. Depois estreitou os olhos por causa do brilhante céu do meio-dia, tirou o paletó e pegou, de cima do muro baixo do chafariz, uma bengala com uma pedra de topázio no castão. Equilibrando o paletó e a bengala de uma maneira atrapalhada, um sorrisinho nervoso no rosto, ele parecia um estudante universitário elegante, mas estressado, no primeiro dia de aula.

Não era, tenho de reconhecer, uma imagem ruim.

— Lady Gemma — disse ele, com uma espécie de reverência desajeitada.

Engoli meus comentários provocativos.

— Sr. d'Astier, obrigada por me encontrar. Tenho certeza de que o senhor preferiria ainda estar na cama por conta das festividades da noite.

— Ao contrário, lady Gemma, eu mal consegui dormir; estava tão ansioso para vê-la e me assegurar de que a senhorita estava bem... — Ele inclinou um pouco a cabeça, procurando meu rosto, depois desviou o olhar e afagou timidamente os cabelos. — Me perdoe por ser tão ousado, tão invasivo. Eu... Lady Gemma, fiquei muito preocupado com a senhorita. Quando achei sua dama de companhia, ela correu com a senhorita para cima com tanta pressa que nem tive chance de me despedir.

Fiz um gesto com a mão, e desfilei na frente dele para permitir que tivesse uma visão completa de meu vestido — num rosa pastel como uma suave floração de primavera, as mangas com rendas aplicadas nos cotovelos, um corpete justo, um decote desenhado para dar asas à imaginação.

— Pobre sr. d'Astier. — Olhei por cima do ombro para fitá-lo e soltei uma risadinha descontraída. — O senhor não precisava se preocupar por minha causa. Simplesmente deixei o vinho borbulhante de sua família tomar conta de mim. É delicioso, aliás, sem falar do efeito. Na verdade, minha cabeça ainda está um pouco zonza pelas borbulhas.

Talan pareceu mortificado.

— Ainda que eu desejasse incendiar todo o nosso estoque, ele infelizmente é a única coisa que tenho para oferecer como agradecimento a quem me recebe.

Comecei a circular o chafariz, ignorando meus pensamentos dispersos sobre nossa conversa na noite anterior: demônios e pais mortos, a prisão na floresta da família Bask.

— Me perdoe a franqueza — disse Talan, se juntando a mim, a voz séria —, a senhorita parecia muito mais perturbada na noite passada do que qualquer pessoa bêbada que eu já tenha visto.

— Ah, mas o senhor não me conhecia antes, não é, sr. d'Astier? — Virei-me para examiná-lo, girando displicentemente meu guarda-sol de seda. — Meu pai não contou? Eu sou *sensitiva*.

Talan franziu a testa.

— Acho que não entendi.

— A magia me deixa doente — informei, sem rodeios. — Me machuca. Às vezes a dor é tão avassaladora que me faz desmaiar.

Talan me encarou.

— Mas a senhorita é uma Ashbourne, uma Consagrada. Seus ancestrais foram escolhidos por Kerezen...

— Sim, e todos os Ashbourne desde então foram abençoados com magia. Menos eu. — Dei meia-volta e continuei com minha caminhada tranquila. — Algo deu errado. Toda a magia em meu sangue virou do avesso e de cabeça para baixo, esqueceu como funcionava, talvez. E agora aqui estamos. Nem um pouquinho de poder disponível, e, no lugar, uma porção de enfermidades.

Minha garganta se apertou com essas palavras. Engoli em seco com força.

Nem um pouquinho de poder sem dúvida. A não ser que o encantamento que eu realizara durante a noite tivesse vindo de outro lugar — outra *pessoa* —, então algum tipo de magia, afinal, existia em mim. Um tipo aterrorizante.

Eu preferia a primeira explicação. Muito mais aterradora do que a ideia de um intruso noturno incutindo sua magia em mim era a ideia de que a magia foi por minha conta mesmo, e de não saber como eu havia feito aquilo, ou se conseguiria replicá-la — ou, se eu *conseguisse* fazer novamente, se a magia dominaria alguém como tinha acontecido com a pobre Jessyl.

— Sinto muito, lady Gemma, de verdade — disse Talan, depois de um tempo, muito sério. — Eu não sabia que a senhorita tinha esse distúrbio. Viver em Ivyhill deve significar que a senhorita está em constante desconforto.

Apesar da minha determinação em permanecer tão solar quanto o dia, uma risada sombria saiu de dentro de mim.

— Desconforto... Sim, é uma palavra boa para descrever a sensação. Estar aqui, contudo, é mais seguro do que em qualquer outro lugar. Todos, desde meu pai até Farrin e os criados, restringem sua magia perto de mim sempre que possível. Uma solução imperfeita, mas é o melhor que podemos fazer.

Eu esperava que ele lamentasse novamente, mas, em vez disso, ficou em silêncio. Virando-me, deparei com Talan fitando a água que ondulava do chafariz como se estivesse perdido nos pensamentos.

— Eu o entediei, sr. d'Astier?

Ele me olhou sem sorrir.

— Exatamente o contrário, lady Gemma. Na verdade, estou pensando... O demônio do qual a senhorita falou na noite passada, o Homem com a Coroa de Três Olhos...

Meu sorriso sumiu. Eu esperava abordar o assunto à minha própria maneira.

— Como eu falei, ele pertence a uma história inventada por um povo entediado. Meu pai e Farrin ficam especialmente felizes em fomentar essas obsessões vulgares sobre os Antigos. Isso nos mantém em destaque nas mentes das pessoas.

— Muito bem — cedeu Talan. — Mas *se* esse demônio existir... Apenas acompanhe meu raciocínio por um momento. Se ele existir, será que seus males poderiam ser parte do projeto dele para sua família? Poderia ser uma maldição que ele lançou sobre a senhorita. Mais uma maneira de ferir seus pais e enfraquecê-los, torná-los vulneráveis.

— Nossa, que imaginação o senhor tem. Quando eu digo que meus pais trouxeram todos os curandeiros do mundo para Ivyhill, para me tratarem, não estou exagerando. E nenhum deles encontrou sinal algum de uma maldição em mim.

— Mas demônios são ardilosos, e o alcance real do poder deles não é conhecido. E nem mesmo o curandeiro mais habilidoso ou o pesquisador mais culto pode entender tudo sobre a Antiga Nação. É impossível. É vasto demais, estranho demais.

Eu me virei com um suspiro enfadado, embora sentisse mais do que um pouco de náusea.

— O senhor devia conhecer o amigo de minha irmã, Gareth.

— O bibliotecário? — perguntou Talan.

Com uma pontada de dor, me lembrei de que havia falado de Gareth para Talan durante minha lamentável enxurrada verbal na noite anterior.

— Isso mesmo. Ele está visitando Ivyhill agora, mas normalmente se divide entre a universidade em Fairhaven, onde dá aulas, e a propriedade de sua família em Big Deep. O senhor conhece esse lugar? Ou seus estudos sobre nosso continente não são tão aprofundados quanto o senhor quer que eu acredite?

Pisquei para Talan de maneira inocente, e ele abriu a boca, mas logo tornou a fechá-la.

Recusando-me a ser seduzida por aquela charmosa ruguinha entre suas sobrancelhas, eu me virei.

— O senhor e Gareth iam se dar muitíssimo bem, com toda essa conversa de tradição e lenda.

— Lady Gemma...

— A Antiga Nação é real e perigosa; concordo com o senhor nesse ponto. Mas pelo menos, neste continente, temos o Exército Inferior e o Superior, e a Ordem da Rosa, incluindo minha própria irmã, que poderia acabar com o senhor se eu pedisse.

— Mas, *Gemma*...

Fiquei agressiva:

— Por que insistir? O que o senhor ganha tentando me convencer de que minha dor se deve a algum demônio que colocou as garras em mim? Eu sou *doente*, Talan. Não sou amaldiçoada. E se isso é repugnante para o senhor, se tira meu encanto, então vou pedir que o senhor vá embora logo e leve todo o seu vinho medonho junto.

Talan deu um passo para trás, parecendo completamente envergonhado.

— A senhorita está longe de ser repugnante para mim, lady Gemma. Exatamente o oposto. Desde o primeiro momento em que a vi cruzando o salão na noite passada, fiquei fascinado.

Fiz um gesto de escárnio, mas ele continuou, o rosto ficando manchado pela vergonha:

— Não apenas por sua beleza, Gemma, mas por sua *luz*. Sua perspicácia, o brilho entusiasmado em seus olhos, uma atitude calculada por trás desse sorriso deslumbrante. Fiquei pensando em quantos admiradores veem esse fogo na senhorita.

Boquiaberta, quase fiquei sem ar. Aquela voz profunda tinha se tornado um pouco rouca, aqueles olhos ardentes se iluminaram como se estivessem com tempestades distantes. Ninguém, em todos os meus dias de vida, até mesmo em minhas relações amorosas mais divertidas, jamais tinha me olhado daquela maneira.

Apesar de minha determinação de não ser afetada por ele, meu corpo todo corou com um calor lento e dormente.

— E agora — disse Talan, um pouco mais suave —, acho que entendo que parte do que eu sentia na noite passada foi o puxão do destino trançado pelos fantasmas dos deuses.

Ele hesitou, então estendeu a mão, o olhar esperançoso como o de um filhote.

Eu não queria aceitar o convite, mas aceitei assim mesmo, pousando minha mão suavemente na dele. Uma parte traiçoeira de mim esperava outro discurso apaixonado sobre meus olhos. Mas ainda mais do que aquilo, eu desejava um toque gentil de alguém, algo reconfortante depois de tudo o que havia acontecido durante a noite. As palavras dele tinham quebrado as defesas que tentei reforçar com tanto afinco nas últimas horas.

Fiz uma inspiração trêmula. Os olhos de Talan estavam travados nos meus com um foco singular que fez meus joelhos oscilarem — *meus* joelhos, que não eram novos nessa dança em particular —, e percebi que eu não desejava o toque gentil de qualquer pessoa. Eu desejava o *dele*. De repente, senti que, se eu fosse lhe contar tudo o que tinha acontecido, se eu fosse chorar como eu realmente queria fazer e lhe confessar como ficara assustada e fascinada com meu reflexo transformado, como quis uivar de tristeza quando a sensação de força ávida me deixou — ele não me julgaria nem me ridicularizaria; em vez disso, me escutaria e me abraçaria até que me controlasse.

Como se ele soubesse no que eu estava pensando, Talan inclinou bem a cabeça, como fizera na noite anterior, e deu um beijo suave em meus dedos. Esse beijo se espalhou por minha pele em uma suave onda de calor. Fiquei admirada de como ele me tocou com extrema delicadeza, como sua mão segurou a minha com tanta ternura e, apesar da lembrança recente do ataque enlouquecido de Jessyl, não fugi. Com a pressão dos lábios de Talan, senti uma calma fácil, confortável, um cobertor de serenidade, uma sensação que me deixava tão feliz a ponto de não questionar.

Uma pontada de pesar reviruou em meu peito quando ele se endireitou e deixou minha mão cair.

— Não quero assustá-la — disse ele, recitando essas palavras com a solenidade de uma oração. — Mas desejo trabalhar com a senhorita. Uma aliança, lady Gemma, como propus ontem.

— Eu ajudo o senhor a restaurar o nome de sua família, e o senhor me ajuda a caçar um demônio que não acredito que exista — disse categoricamente, depois de recuperar o poder da fala. — Espero que o senhor me perdoe quando digo que parece uma oferta desigual.

— Eu poderia aumentar, se ajudar a convencê-la. — Ele pronunciou essas palavras quase num sussurro, o que provocou em mim um leve arrepio.

— Como?

— Caçar um demônio não é uma tarefa trivial. Demandará tempo, paciência e esforço. Nesse meio-tempo, posso oferecer meus serviços a sua família, ajudando-a a desgastar a popularidade dos Bask.

Sorri para ele, sem dúvida surpresa.

— Ora, sr. d'Astier, que proposta realmente perversa. O que os pobres Bask já fizeram com o senhor? — Com um gesto, desdenhei seu protesto diante da palavra *perversa* e comecei a me afastar. — Além disso, meu pai nunca permitiria. Essa guerrinha não é para pessoas de fora. Claro que o senhor não acha que é o primeiro alpinista social que nos oferece auxílio, não é?

Então parei de andar e fiquei imóvel, de costas para ele, pois a mesma sensação de calma que eu experimentara quando Talan beijou minha mão voltou de repente, absolutamente duplicada apesar de estarmos a vários passos de distância. Eu não estava equivocada; a sensação de felicidade fluía dentro de mim como uma onda de chuva suave de verão. E como resultado, eu só sentia uma paz completa. Densa, pacata, felina. Procurei a dor em meus ossos, a agonia constante em meu estômago e, ao contrário, o que encontrei foi um aconchego confortável que me induzia à tranquilidade. Quando tentei afastar essa sensação, ela resistiu.

E eu soube de uma vez só o que aquilo significava. Meu pai ensinara muito bem a minhas irmãs e a mim como reconhecer tais sensações.

Virei-me devagar, agradecida, ainda que surpresa, ao ver o desconforto de Talan estampado tão claramente em seu rosto. A sensação de calma recuou em um piscar de olhos, e quase chorei de desespero ao senti-la partir.

— Meu pai me contou que seus ancestrais encontraram um resquício da magia de Jaetris depois da Destruição — eu disse, devagar.

Ele concordou.

— O deus da mente.

— Estudiosos. Bibliotecários. Escritores. Sua família possui *baixa* magia.

— Sou um dos poucos dentre os d'Astier com sorte suficiente para possuir uma magia mais alta.

Tais desalinhamentos não eram inéditos. Embora não fosse comum, em uma família de baixa magia *podia* surgir alguém com uma magia tão poderosa que seria capaz de se passar por um Consagrado. Ou, em uma família Consagrada, uma alma azarada podia não ostentar nada da magia impressionante própria de sua posição social, e, ao contrário, possuir apenas uma magia inferior: um estilista cujos frágeis encantamentos duravam só o suficiente para a pintura de um retrato, ou um músico-prodígio que, diferentemente de minha irmã, tocava piano apenas bem o suficiente para entreter um público bêbado em uma taberna. Magia com resultado, mas destituída de inspiração e genialidade.

Mais raro ainda, claro, era minha circunstância em especial — uma garota inútil sem absolutamente nenhum talento de magia, cercada por seus parentes Consagrados.

Em suma, a magia era imprevisível.

Entretanto, isso não era desculpa para o que Talan tinha feito.

— O senhor é um empático — afirmei.

Ele elevou os ombros e me olhou direto nos olhos.

— Sou, Gemma.

A fúria explodiu em mim com o som de sua voz suave.

— Não sei nada dos costumes de Vauzanne, mas aqui em Gallinor é considerado rude, até mesmo imperdoável, um convidado esconder um fato desses do anfitrião.

Em seguida, saí apressada, pretendendo ir direto até meu pai com essa informação. Talan, porém, correu adiante de mim e barrou meu caminho, me alcançando com uma expressão sincera e suplicante. Recuei, e ele estacou, erguendo as mãos em deferência.

— Me desculpe, Gemma, de verdade. — Ele balançou a cabeça. — Claro que eu devia ter contado, mas não houve tempo. Nós nos conhecemos, dançamos, conversamos... A senhorita falou bastante, na verdade. Acabou passando mal, e foi se deitar.

Olhei para ele zangada, sem me impressionar.

— Lady Gemma, eu sou empático.

Eu parei, refletindo sobre aquelas palavras.

— Sim, tem razão, *levou* muito tempo para me contar.

Afastei-me de novo. Talan me alcançou com facilidade.

— Eu mereci isso — ele disse após um instante. — Mas pense no seguinte: como o único sobrevivente de uma família destruída, eu já não tinha certeza de como seria recebido em Ivyhill. Se tivesse revelado a verdade sobre minha magia, eu poderia ter sido mandado embora.

— E esse teria sido um direito nosso!

— A lei de Gallinor não exige que um empático revele sua identidade...

— Claro que não — falei, horrorizada ao pensar nisso, e parei de repente.

Havíamos chegado à maior de nossas quatro estufas, que logo estaria lotada de convidados dando um passeio antes do almoço. Escondi-me embaixo de um salgueiro dourado, ao lado de uma parede de vidro verde, o mundo além dela abundante em cores vibrantes. Quando Talan se juntou a mim na redoma particular dos galhos finos do salgueiro, cada um cheio pelas flores cintilantes cor de mel, me virei em sua direção.

— Quando visitar a casa de alguém — eu disse, irritada —, onde as pessoas acreditam que estão seguras e, portanto, baixam a guarda...

— Eu sei. — Os ombros de Talan afundaram. Ele passou a mão pelos cabelos, encarou firme o chão por um tempo e depois olhou para mim com um tipo resignado de determinação. — Eu a enganei, senhorita. Não posso mudar isso. Mas poderei compensá-la. Poderei provar minhas boas intenções mil vezes, se aceitar minha proposta.

Fixei os olhos nele com um olhar penetrante que copiei de Farrin.

— O senhor me ajuda a destruir os Bask aos olhos de Gallinor e da rainha suprema de forma que a guerra termine e minha família possa finalmente viver em paz...

— E eu a ajudo a caçar o demônio que mantém as duas famílias prisioneiras.

— Sim, claro, e me ajuda — infundi sarcasmo na voz — *a caçar o demônio de minha família*, e, em troca, eu o ajudo a restaurar a honra de sua família.

— E também posso oferecer outra coisa como pagamento — Talan acrescentou logo, correndo para dar um passo em minha direção antes de recuar e fechar os punhos nas laterais do corpo. — Eu falei que podia aumentar a oferta.

Desconfiada, ergui uma sobrancelha em expectativa, sem nada dizer.

— Meu poder, minha magia empática. A sensação de calma que lhe dei há poucos instantes. Eu posso... Gemma, posso fazer isso de novo. E mais outras vezes. Posso lhe dar essa paz pelo tempo que trabalharmos juntos.

Meu choque foi completo. Eu tinha ficado com raiva demais da intrusão dele em minhas sensações para sequer imaginar pedir isso, mas agora que *ele* havia sugerido, a ideia parecia perfeitamente razoável. Razoável, intrigante e totalmente tentadora; era um alívio pensar a respeito, tanto que me senti atordoada, desequilibrada, como se tivessem tirado meus pés do chão. Nem consegui me mostrar envergonhada com o pequeno som de desejo que escapou de mim.

— Não posso curar seus males — afirmou Talan, delicadamente, os olhos tão suaves e tristes que ao mesmo tempo eu desejava golpeá-lo e beijá-lo, uma sensação nada desagradável. — Todavia, posso lhe oferecer um alívio. Não posso eliminar a dor, mas disfarçá-la, tirar sua atenção sobre ela. E meu poder não requer toque para funcionar — acrescentou ele. — Requer apenas um encontro de mentes. Uma aproximação e uma intenção. — Seu sorriso ficou cautelosamente irônico. — Em outras palavras, eu não teria que segurar sua mão constantemente.

Permaneci imóvel, no mesmo lugar, enquanto lágrimas repentinas rolavam por meu rosto. Quando Talan enfim se moveu lentamente em minha direção e pegou meu rosto com a palma da mão, não consegui me impedir de me inclinar para seu toque, fechar os olhos e dar meu consentimento com a cabeça contra seus dedos.

— Por favor — sussurrei, ávida demais para me odiar por estar suplicando.

Uma paz imediata me envolveu mais uma vez, me deixando leve como o ar, dócil, serena e *feliz*. Pelo menos uma vez na vida eu podia respirar o ar repleto de magia da casa de minha família e não me sentir indisposta. Eu podia mover meu corpo sem uma dor maçante e distante latejando em minhas articulações. Eu podia *pensar* sem uma nuvem de dor como companheira, colorindo todos os meus momentos em vigília.

Separando os lábios como se eu fosse saborear uma bebida doce, abri meus pensamentos entorpecidos para a presença próxima de Talan, imaginando a voz dele em minha cabeça, lembrando-me dos lábios dele contra minha pele, qualquer coisa para potencializar essa sensação. Como era apavorante entender naquele momento, mais do que eu já tinha entendido antes, como a doença e a dor tinham cruelmente definido minha existência, e como seria viver sem aquilo.

De pálpebras ainda cerradas, dei um passo para me afastar dele e balancei a cabeça, as mãos fechadas. Esse presente era primoroso demais, estimado demais, mesmo sendo uma forma de pagamento em uma transação justa, e ainda assim eu não conseguia resistir.

Eu não conseguia resistir a ele.

Quando abri os olhos, pensei em Farrin e em sua coragem pétrea, a voz de aço, mas minha própria voz saiu engasgada ao sussurrar:

— Eu odeio o senhor, e sempre vou odiar, por me oferecer essa coisa que não consigo recusar.

Talan desviou o olhar, seu queixo tremendo.

— Pela oportunidade de vingar minha família e também ajudar a sua — ele disse em voz baixa —, ganhar seu ódio é um preço que pagarei. Não com prazer, mas consciente.

— Assim que tivermos terminado o que definirmos fazer — pressionei, um nó crescendo em minha garganta —, assim que os termos de nosso acordo tiverem sido tratados, o senhor irá se despedir de mim e nunca mais me verá ou ouvirá falar de minha pessoa outra vez. Porque, enquanto o senhor estiver por perto, vou aceitar sua oferta. Vou lhe pedir para fazer isso, mascarar minha dor repetidamente, sempre, sem parar, e não quero estar em dívida com o senhor pelo resto da vida. E enquanto o senhor *estiver* aqui, e nós formos aliados, vai me oferecer esse alívio apenas quando eu pedir. — Inspirei de uma maneira irregular. — Não vou trocar a prisão de minha doença pela prisão de ansiar o poder de outra pessoa.

Talan concordou com o rosto pálido e tenso.

— Entendi sua demanda, e vou fazer como definiu.

— Então, retire sua magia neste instante. — Tive de forçar as palavras a saírem. — Tire essa sensação de mim.

Dei um passo atrás para me afastar dele, cerrando os dentes à medida que a sensação de paz lentamente esmaecia, deixando meu corpo vazio e dolorido, a conhecida nuvem de doença voltando a penetrar nos meus pensamentos como tinta na água.

— Vamos começar nosso trabalho logo — eu exigi, bruscamente, fechando o guarda-sol com força antes de abrir caminho entre os galhos do salgueiro e começar a andar de volta para casa. — De fato, se há alguma verdade nessa ideia de demônio, meu pai talvez saiba, talvez não. De qualquer modo, ele não vai me contar, e perguntar a ele só levantará mais suspeitas.

Talan me alcançou com passos largos.

— O amigo de sua irmã, Gareth... Ele é bem versado em folclore demoníaco em particular, ou seu conhecimento dos arcanos da Antiga Nação é meramente genérico?

Balancei a cabeça, agradecida pela mudança de assunto. Aquilo me distraiu da proximidade de Talan, da consciência do que aquele lindo corpo e aquela mente podiam fazer comigo.

— Vamos abordar Gareth no momento oportuno. Mas primeiro eu gostaria de descobrir o que podemos fazer sem contar para mais ninguém. O senhor subestima a velocidade e a ferocidade com que cada pessoa em minha vida vai nos repreender se formos descobertos.

— Tem razão. — Depois de refletir um momento, com a testa franzida, o que eu começava a perceber que ele fazia com frequência, Talan disse: — Minha proposta é fazermos uma visita aos Bask, e aí vemos o que podemos coletar de um encontro com eles. Como se chama a propriedade dos Bask? Ravenswood?

— Sim, mas não podemos simplesmente fazer uma visita, pelo menos não uma visita formal. Ir a uma festa é uma coisa, mas pronunciar perguntas incisivas sobre rivalidades e demônios é outra bem diferente. Iríamos precisar de uma boa desculpa, ou...

Um arrepio desceu por meus braços quando me dei conta do que precisaríamos fazer, me causando um formigamento doloroso, meu corpo cru e sensível em consequência do poder de Talan.

— Meu pai visita Ravenswood uma vez por mês desde que a floresta sumiu — falei baixo. — Farrin deixou escapar uma vez. Eu fingi que não tinha escutado. Não sei quando ele vai lá, e não sei por quê. Para espionar, creio, ou colocar armadilhas. Me pergunto como ele chega lá e volta. Acredito que seja por um atalho verde, mas nenhum que eu conheça. Deve ser escondido, bem protegido.

— Atalho verde? — Talan franziu a testa. Depois relaxou. — Ah, a magia dos criadores de atalhos. Caminhos de poder, enraizados na magia de Caiathos, relacionada a terra.

— Meus ancestrais encomendaram vários deles durante a construção de Ivyhill. — Respondi pensando rápido. — Vamos fazer como o meu pai faz e visitar Ravenswood em segredo. Deve existir um mapa dos atalhos verdes no escritório de meu pai, ou pelo menos uma pista de suas localizações. Algum código, quem sabe? Ele e Farrin estão sempre falando em código. Me encontre no átrio do norte às oito da noite. Vou alegar que estou com uma dor de cabeça persistente por causa da festa, e entramos no escritório de meu pai sem ninguém nos ver enquanto ele estiver lá embaixo jantando.

Talan escutava com atenção.

— Átrio do norte. Visitar Ravenswood, espionar e bisbilhotar. Estudar os movimentos deles, conhecer seus hábitos. Existem truques para rastrear a presença de um demônio que eu posso usar: mudanças no ambiente natural se um demônio tiver sido morto recentemente, certos cheiros que eles deixam para trás, itens de proteção que os Bask podem ter lá.

— Excelente. Enquanto isso, vou arrumar um circuito de festas para o senhor ir, cheias de pessoas que precisará conhecer se algum dia quiser ter uma audiência com a rainha.

Diante da expressão de desânimo no rosto de Talan, eu ri, diminuí o passo e enganchei meu braço no dele. Na altura a que chegamos em um dos caminhos de pedrinhas no jardim, que serpenteavam em volta da casa principal, foi como se nossa conversa embaixo do salgueiro nunca tivesse acontecido. Se alguém espiasse os jardins, veria apenas lady Gemma Ashbourne flertando com o belo convidado estrangeiro do pai. Assumi satisfeita meu papel familiar.

— Não se preocupe, vou acompanhá-lo à maioria delas, se minha saúde permitir — tranquilizei Talan. — Só não irei a nada oferecido por Dayne Towland. Não suporto aquela mulher. Ela se recusa a usar o perfume de Illaria. Em vez disso, se encharca de elixires baratos das Ilhas do Norte, todos com cheiro de velas aromatizadas acesas para disfarçar o fedor de uma taberna decadente.

Talan balançou a cabeça, parecendo realmente confuso.

— Depois de tudo o que acabou de acontecer, é sobre isso que quer falar?

Dei uma batida no braço dele e ofereci um sorriso radiante. Talan havia visto fogo em mim, ele dissera. Eu esperava que naquele momento ele pudesse ver como queimava de verdade.

— Não pense nem por um momento que confio no senhor, Talan d'Astier — afirmei. — Posso saber como garantir que você seja convidado para todas as festas mais importantes da temporada, e o que usar em cada uma delas, e quais perfumes valem o preço, mas acredite em mim quando digo que o senhor seria inteligente se não me subestimasse. Ao primeiro sinal de problema, ao primeiro indício de uma mentira vinda do senhor, acabo com tudo isso e conto para meu pai. Uma sentinela, tenho certeza que sabe, com a alta magia de um guerreiro Consagrado. Conto para ele que o senhor usou seu poder empático para me coagir a caçar um demônio para sua própria missão egoísta de vingança, mesmo sabendo como a magia me afeta negativamente. E então, o senhor estará arruinado, assim como qualquer chance de redenção para sua família.

Com isso, me inclinei para mais perto, lhe oferecendo uma visão de meus seios justos no corpete — e ele, fiquei satisfeita por constatar, não pôde resistir a dar uma olhadinha.

— E aí — continuei suavemente, como se o estivesse seduzindo para minha cama —, meu pai irá caçá-lo, não importa para onde o senhor fuja, e não vai parar até que tenha quebrado seu pescoço com as próprias mãos.

Com essas palavras, subi afetadamente os degraus amplos de pedra da varanda, onde os aprendizes da sra. Rathmont estavam dispondo uma refeição de sanduíches de pepino, quiches de espinafre e limonada gelada. Uma vez dentro das sombras da casa, a salvo, subi correndo para meus aposentos sem olhar para trás, bati a porta ao entrar, arranquei as luvas e deslizei para o chão, as mãos cobrindo a boca para abafar meu súbito choro angustiado.

A perda insuportável do poder de Talan me derrubara. Cada pedacinho de paz que ele me dera havia desaparecido, e o que permaneceu foi só eu mesma — meu corpo desprezível, minha falta de magia, minha doença incurável. Eu o detestava por me mostrar uma vida que eu queria tão desesperadamente e nunca teria de verdade. Eu me detestava por lhe permitir fazer isso comigo.

E detestei meu corpo com um ódio tão súbito e violento que comecei a socá-lo. Bati em meus braços e em meu rosto. Belisquei minha pele até tirar sangue. Escondi o rosto em minhas saias e gritei até minha garganta doer.

Um pensamento familiar e exaustivo abriu caminho, esgotado, por minha mente, um pensamento que só se mostrava nesses momentos mais desolados: *que alívio seria morrer*. Sem mais dor; sem mais *nada*. Sem ter que sair discretamente de salões de dança para vomitar no cômodo mais próximo. Sem ter que passar os dias de cama e em agonia depois de um encontro fortuito na rua com alguma viajante infeliz vendendo seus truques de cartas de baixa magia para crianças. Sem ter que escutar uma vozinha em minha cabeça me dizendo como aquilo tudo era fútil — os vestidos, o sexo, as festas, Illaria, Farrin. No final, depois de tudo aquilo, eu ainda era eu, e ainda sofria, e ainda era uma aberração doente em uma família que, ao contrário de mim, era superlativa.

Chorei até não poder mais, até meu estômago doer e minha cabeça latejar. Chamei Jessyl para ela me ajudar a me despir e fiquei lá sentada em um monte de seda rosa, esperando. Enquanto isso, fungando e com os olhos embaçados, fitei sem interesse um distante borrão iluminado pelo sol na parede. Quando minhas bochechas secaram, entendi que aquele borrão na verdade era o meu espelho, o mesmo que apenas horas antes exibira meu reflexo transformado — ferozmente, devastadoramente, sobrenaturalmente lindo —, e arquitetei um plano.

Eu nunca quis acreditar nas histórias sobre o demônio ligando minha família e os Bask à nossa estúpida guerrinha. Mas também nunca tinha acreditado que pudesse realizar alguma magia — nem uma vez na vida eu consegui, e os deuses sabem como tentei; e ainda assim, na frente do espelho, eu *realizara*. Eu tinha mudado meu rosto, e sua beleza havia levado Jessyl à loucura.

Levantei-me devagar e andei até o espelho, o coração disparado. Toquei no vidro frio com os dedos e examinei meu reflexo inchado e borrado. Alguma coisa tinha estado dentro daquele espelho na noite passada, algo que havia me puxado em sua direção com tanta certeza quanto um peixe é atraído por uma isca. Ou a isca tinha sido o meu próprio ser, finalmente percebendo meu poder? Era a minha própria magia que havia me transformado, ou era a magia pertencente a outra pessoa, alguém escondido?

Não sabia responder a essas perguntas, mas eu sabia do seguinte: Talan comentara que a Antiga Nação nunca seria totalmente compreendida. Era vasta e estranha demais. Ele não estava errado. Como Gareth gostava tanto de dizer, *Edyn é inegável, a Antiga Nação é indefinível*. Talvez os demônios agora vivessem em Gallinor. Talvez um deles possuísse minha família, e os Bask também.

Talvez uma mulher nascida sem magia consiga *ganhá-la*.

Talvez, uma vez alcançada, aquela magia pudesse mudá-la para sempre.

Se esse demônio das histórias, esse Homem Com a Coroa de Três Olhos, existisse de verdade, e se Talan e eu o encontrássemos, eu não lutaria contra ele nem suplicaria que ele terminasse com a guerra de minha família.

Não, eu lhe diria que queria uma magia minha, que eu desejava ser refeita até os ossos — e então eu perguntaria que preço eu precisaria pagar para ele me ajudar.

7

Naquela noite, às oito horas em ponto, observei escondida pelas sombras quando Talan entrou no átrio norte do lado de fora do escritório de meu pai. Determinada a aproveitar qualquer vantagem que eu pudesse, cheguei cinco minutos antes e me escondi atrás de uma estátua de um grifo empinado feita de mármore branco. Seria *Talan* que estaria vulnerável, parado lá como um bobo ao luar, esperando *minha* chegada ansiosamente, e eu iria me aproximar dele quando sentisse vontade.

Contudo, eu precisava admitir que ele estava lindíssimo à luz da lua, mesmo depois de ter parado de repente para fitar o teto com puro espanto. Usando calça e botas sujas de montaria, luvas com punhos de pele e um paletó de noite escuro com colarinho alto, ele parecia pronto para uma cavalgada tarde da noite. Esperto. Ele poderia facilmente ter cruzado comigo nos corredores e parado para conversar, incapaz de resistir a minha figura com minha camisola comprida de renda e robe de veludo azul-marinho — frágil, com uma dor de cabeça, vagando pela casa à procura de alívio. Cachos dourados caindo, pés descalços.

Era uma boa mentira, saída direto de um de meus romances mais deliciosos, e sorri enquanto observava Talan olhar em volta admirado, a satisfação aquecendo meu peito. Os pensamentos que tinham enchido minha cabeça a tarde toda, espalhando-se em asas sombrias, haviam sumido.

Onde quer que minha mãe estivesse — morta, viva, mas escondida ou talvez vivendo uma vida feliz com um novo nome, contente com uma família muito mais comum e digna de amor —, dirigi a ela uma oração silenciosa em agradecimento.

Quando a jovem Philippa Wren se casou com meu pai, seis anos antes de eu nascer, e se tornou lady Ashbourne de Ivyhill, imediatamente se pôs ao trabalho, modificando a mansão para ficar de seu gosto — rebuscadas estátuas de deuses e várias feras da Antiga Nação; as incontáveis trepadeiras de hera que se espalhavam pela casa como veias verdes; átrios como este, e criados para receber com segurança os elementos externos.

E parecia que nem mesmo o lindo Talan d'Astier era imune aos efeitos da obra de minha mãe.

— Ah, o senhor está aqui — eu disse, despreocupadamente, por fim me aproximando de Talan. — Eu estava meio convencida de que iria pensar duas vezes e correr de volta para casa, em Vauzanne. Fico feliz de ver que gostou do átrio. Devia vê-lo no inverno. A neve que cai desliza do teto e desaparece logo acima das janelas inferiores, o que nos permite apreciar a atmosfera invernal enquanto nos mantemos secos e limpos.

Talan traçou com os dedos a parte mais baixa onde o luar alcançava, como se fosse uma coisa tangível que ele pudesse puxar para o nível dos olhos.

— Deve ter sido uma feitiçaria bem cara — murmurou.

Satisfeita, dei de ombros como se não me importasse.

— Terrivelmente cara, mas minha mãe não ia descansar enquanto não terminasse. Ele se virou para me encarar, os cabelos escuros prateados pela lua.

— E também, como eu disse, não tenho mais casa em Vauzanne. Não exatamente. Se eu fosse embora daqui, não teria para onde ir. Ia precisar de muita coisa para me assustar a ponto de ir embora.

Abri a boca para responder, mas ele se antecipou, de uma forma quase jovial:

— E quero deixar claro logo que não me assusto fácil. Só para amenizar qualquer preocupação que a senhorita possa ter sobre eu cumprir minha parte nessa parceria. — Ele fechou as mãos às costas e me fixou um olhar penetrante. — Onde está sua mãe agora? — ele perguntou, tranquilo, como se estivéssemos conversando no chá da tarde. — Não tive a sorte de conhecê-la ainda.

Aquilo foi mais do que suficiente para me arrancar de meu estado de admiração estupefato por essa linda figura masculina iluminada pelo luar.

— Não tenho a menor ideia — respondi, passando por ele. — Se um dia o senhor descobrir, me conte.

Talan acenou com sinceridade, a testa franzindo como se ele estivesse repassando na hora os pensamentos em busca de registros de minha mãe.

Exasperada, enfiei com força minha cópia da chave na fechadura da porta de meu pai. Eu não conseguia ler esse homem. Ele era sincero ou só uma enganação? Aquela observação sobre não se assustar com facilidade tinha a intenção de me tranquilizar ou amedrontar? Em um dado momento eu me sentia no controle da situação; no minuto seguinte, Talan dizia algo que me irritava, ou o simples fato de sua beleza fazia isso.

— Controle-se — murmurei, meu nervoso me deixando desajeitada com a fechadura.

Talan se aproximou de mim em um silêncio que parecia um veludo.

— Seu pai autoriza que você tenha uma chave do escritório dele?

— Tanto Farrin quanto eu temos. É um dos... — Engoli o resto da frase, apavorada por quase ter informado a Talan que o escritório de meu pai era um de nossos quartos seguros, conectado com uma rede de passagens e túneis que nos permitiriam fugir da propriedade se fosse necessário. Meus pais haviam encomendado o trabalho treze anos antes, assustados com o resultado do incêndio dos Bask, que chegou perto de nos matar a todos.

Nervosa, finalmente consegui destrancar a porta e espiar lá dentro, meu coração subitamente martelando com um tipo eufórico de medo.

— Temos talvez uma meia hora até alguém se levantar da mesa — eu disse —, então, sugiro que procuremos rápido.

Como Talan não reagiu, eu o olhei por cima do ombro.

— Algum problema?

A expressão no rosto dele — triste, um pouco chocada, um pouco zangada, tudo rapidamente reprimido — provocou um arrepio que desceu por minhas costas. Avaliei meu corpo imediatamente, mas não senti nenhum traço do poder dele em mim.

Mesmo assim, embora eu tivesse checado o espelho dez vezes antes de sair do quarto, de repente senti como se todas as partes de meus braços e de meu rosto onde eu tinha batido mais cedo houvessem ganhado vida. Talan me mirou dos pés à cabeça, seu olhar se demorando no detalhe de renda do decote amplo de minha camisola — e então encontrou meus olhos de novo.

Eu o fitei, com a boca seca. Não era possível que ele soubesse o que eu tinha feito em meus aposentos. Não havia nenhum sinal físico de minha agressão. Ele não estava usando seu poder no momento; eu saberia. Meu corpo doía como costumava acontecer. Meu estômago experimentava aquela sensação de eterno enjoo. O poder de Talan trouxera conforto e uma intimidade estranha e reconfortante, e naquele momento eu não senti nada do tipo.

— O que foi? — Eu ri um pouco, como se ele fosse uma criatura ridícula. — Está me examinando? Ficou satisfeito? — Fiz uma pausa, abri um sorriso para ele. — Será que o senhor está vendo algo de que goste?

— Gemma... — ele disse baixo, a voz dolorosamente terna.

Mas então, após outro momento em que examinou meu rosto, aquilo que tinha tomado conta dele, fosse o que fosse, passou. Ele retribuiu meu sorriso, um pequeno movimento dos lábios que fez meu coração palpitar.

— O luar fica bem em você. — Talan tornou a abrir a boca, se mexeu ligeiramente.

Eu prendi a respiração. Ele ia dizer mais alguma coisa? O que eu *queria* que ele dissesse?

Mas ele simplesmente passou por mim entrando no escritório, a mão roçando na manga de minha roupa quando deslizou do meu lado.

— Me lembre por que não podemos simplesmente seguir seu pai por aí até ele próprio nos levar para Ravenswood.

Eu me controlei e entrei apressada atrás dele, deixando a porta entreaberta. Se alguém nos encontrasse, falaríamos que eu estava fazendo um tour pela casa com o curioso sr. d'Astier, esperando que isso me fizesse esquecer a dor de cabeça.

— Isso seria um risco muito grande. Meu pai é uma sentinela Consagrada. Ou ele se moverá tão rápido que não vamos conseguir acompanhar, ou vai nos escutar seguindo seus passos, e então... — Engoli em seco com força, assustada com minha própria imaginação. — Bem, papai com certeza me trancaria em meus aposentos para sempre e colocaria guardas na porta noite e dia. O senhor ele provavelmente só iria matar.

— Ah. Uma boa razão, sem dúvida. — No enorme aposento, Talan olhou ao redor, coçando a nuca com um sorriso sombrio. — Vasculhar o escritório dele sem permissão, então. Por onde alguém começa com um crime desses?

— Duvido que meu pai deixasse um mapa dos atalhos verdes da propriedade por aí à vista, mas ele e Farrin conversam em código, jogam juntos. E se alguma coisa acontecesse com o papai e ela precisasse ter acesso aos assuntos particulares dele? O papai deve ter deixado pistas para ela no escritório, indicando onde encontrar tudo.

— Um mapa de objetos e piadas secretas. — Talan falou enquanto examinava as prateleiras. — Uma ideia interessante.

Uma pontada de nostalgia perfurou meu peito. Eu a ignorei, começando uma pesquisa cuidadosa nos papéis espalhados em cima da mesa de meu pai.

— Sim, bem, eles sempre tiveram uma língua secreta. Acho que Farrin começou depois que minha mãe foi embora para entreter meu pai, distraí-lo.

Parei de falar, fechando bem a boca. As histórias de minha família — não os rumores ou lendas, mas as histórias verdadeiras e dolorosas — não eram da conta de ninguém, só nossa.

— Ele deve ter sofrido terrivelmente com a ausência dela — disse Talan, de costas para mim. — E foi a maneira de sua irmã de ajudar.

— Sem dúvida — afirmei com calma —, e pareceu funcionar. Eles são melhores amigos desde então.

— Isso incomoda a senhorita?

Folheei uma pilha de papéis com tanta pressa que quase rasguei um.

— Fico feliz que eles tenham um ao outro. Farrin tem poucos amigos, e meu pai, menos ainda. Não é bem que sejam amigos de verdade. Eles precisam um do outro. — Lancei os papéis na mesa, com repulsa. — Nada de interessante aqui, só contas financeiras. Achei que podia ter um código escondido nelas, mas, deuses, eu não sou uma erudita. Precisamos de Gareth para nos ajudar com isso.

— Eles costumam comentar sobre algum livro com frequência? — Talan puxou um livro de uma das prateleiras enfileiradas no cômodo e soprou para remover uma leve cobertura de poeira de sua capa de tecido marrom. — Ou personagens, lugares, figuras históricas? Talvez as coisas sobre as quais eles falam em conversas casuais, coisas que ninguém pensaria em escutar com muita atenção, guardem pistas.

— Talvez — eu disse, só meio escutando. Estava parada perto da escrivaninha, olhando distraidamente para o chão. A menção ao nome de Gareth me lembrou de ter visto Mara em Rosewarren, suas palavras enigmáticas, sua transformação em uma criatura mais à vontade na Antiga Nação do que aqui em Edyn.

Muito tempo se passara desde aquele dia, e nesse período eu enxotara com teimosia a forma estranha e assustadora de Mara para o fundo de minha mente. Eu precisava falar com Gareth e com Farrin, e também ver Mara de novo. Era preciso encontrar o atalho verde que levava à propriedade dos Bask, engendrar um plano que os destruiria e ganhar a aprovação de meu pai; e incluir Talan nas festas da alta sociedade nas semanas seguintes, talvez até mesmo o baile de máscaras da rainha no próximo mês; e encontrar esse demônio e pagar para ele me *consertar* e...

Eu precisava...

Girei para longe de Talan a fim de esconder meu rosto, quase berrando de frustração. O ataque de pânico chegara. Como eu fora estúpida: eu o *deixara* surgir, não tinha dormido o suficiente e passara a tarde toda chorando em meu quarto; e depois, me permitira cair em uma espiral de pensamentos desesperados. E agora ali estava ele, e era tarde demais para contê-lo. Em seu efeito repentino e violento, eu me via indefesa, arrastada por suas correntes frenéticas e pela dor crescente em minhas articulações. O cômodo de pesados móveis estofados, paredes revestidas de madeira brilhante e livros em cima de livros e mais livros me fez recordar a sala privada da Guardiã no priorado. Um mar de cores escuras, cada uma se mesclando na seguinte. Paredes que cresciam e arqueavam no alto, como os galhos retorcidos de uma grande floresta. Eu queria abrir a janela e inspirar ar fresco, mas, em vez disso, mordi a língua com força e tentei simular uma sensação de calma.

Fui até uma pilha de papéis pousada em uma pequena mesa do outro lado do escritório, mal percebendo o que fazia, sem notar que as lágrimas que eu impedia de cair formigavam quente, até a mão coberta por luva de Talan delicadamente tocar na minha e me estabilizar. Depois, ele inclinou meu queixo para cima de forma que fui forçada a travar meus olhos nele, e a expressão em seu rosto era tão terna, tão querida e aberta — como se ele pudesse ver bem dentro de meu íntimo, e não simplesmente se compadecesse de minha dor, mas a *conhecesse* —, que por um momento o ar me faltou.

— Gemma — Talan disse, suavemente —, eu estou aqui. Estou bem aqui do seu lado. Respire comigo. Para dentro e para fora. Estou bem aqui.

Balancei a cabeça e desviei o olhar.

— Não ouse usar seu poder em mim, homem horrível.

— Não preciso de poderes empáticos para vê-la tremendo, ou escutar sua respiração difícil, ou notar o sofrimento em seu rosto. Jurei não usar meu poder para influenciá-la ou lê-la sem seu consentimento, e vou honrar essa promessa.

— Não posso descrever como odeio ter que confiar na palavra de alguém que mal conheço — consegui falar, lutando para recuperar o ar.

— Entendo. Não é o ideal. Só vou lembrar que podemos acabar com esse acordo a qualquer hora, se assim o desejar.

— Sim, e então eu teria que ficar assistindo o senhor fugir como um cachorrinho expulso e viver para sempre com a culpa de virar-lhe as costas.

Ele falou sabiamente.

— E a culpa de saber que condenou a reputação de minha família a permanecer para sempre arruinada.

— Continue me aborrecendo assim e vou muito bem fazer isso. — Exausta, afastei-o com um gesto da mão, procurando uma cadeira. — Preciso me sentar.

— Claro. — Ele me ajudou até uma poltrona de leitura surrada, e de alguma forma dobrou de maneira graciosa seu corpo alto e lindo em um banco muito pequeno a meus pés. — Sinto muito por ter perguntado por sua irmã. É só que eu precisava falar sobre *alguma coisa*. — Esboçou um sorrisinho, erguendo o olhar e me fitando entre os cachos escuros que lhe caíam na testa. — A verdade, lady Gemma, é que a senhorita me deixa nervoso.

Deixei sair uma pequena risada com um soluço.

— Ah, pelo menor de todos os deuses...

— É verdade. Essa é minha primeira incursão em uma intriga política, sabe? Antigas rixas de família, códigos secretos, e com uma gatinha selvagem e parceira tão extraordinária. É difícil saber o que fazer em uma situação como essa.

Talvez eu devesse ter me eriçado com o elogio tão surpreendente, mas na verdade fiquei contente durante um momento doce e delicioso antes que a realidade de quem sou se impusesse.

— Não sou uma gatinha selvagem — retruquei com uma risada amarga. — Farrin é que é. Ou até Mara. Eu sou apenas... — Impotente, me odiando por desmoronar na frente de Talan por duas noites seguidas, dei de ombros. — Sou a nanica da ninhada. O coitado do gatinho que manca e nunca deveria ter nascido. *Deuses. Me escutem.* Que praga grudenta e patética. — Eu me arranquei da cadeira, esfregando o rosto para secar. — Estou tão brava agora que seria capaz de gritar.

— Bem, talvez seja melhor ainda não — Talan disse de forma positiva, ainda sentando no banquinho. — Todo mundo subiria as escadas correndo para resgatá-la, e as coisas podiam ficar estranhas muito rápido.

— Pare de tentar me animar. O senhor não sabe o que é viver assim.

— Assim como?

— *Assim!* — Girei e gesticulei para meu corpo. — Com essa dor horrível e gritante vivendo dentro de mim, que pode ser desencadeada por qualquer coisa a qualquer momento! E o enjoo que chega como um martelo se eu ousar fazer uma coisa simples como visitar minha irmã; e a dor lancinante se alguém que possui o tipo certo de magia potente chega muito perto. E...

Paralisei. Os olhos de Talan se arregalaram. Nós dois tínhamos ouvido: passos rápidos no corredor.

Não havia tempo para mais nada. Meu rosto estava borrado e inchado, minha respiração, ainda oscilante, meu corpo, tenso. Eles pensariam que Talan tinha me machucado ou que havíamos tido uma briga horrível que precisaria de uma explicação desajeitada. Nosso plano desmoronaria antes até mesmo de colocar os pés no chão.

Então eu fiz o que tinha que fazer. Corri na direção de Talan, puxei-o pelos braços com firmeza e, quando ele ficou de pé, me lancei para ele, enganchei uma de minhas pernas na dele e o beijei.

8

Embora meu corpo fosse pequeno comparado ao dele, Talan cambaleou para trás, pego totalmente desprevenido. Mas eu agarrei seu paletó com força e o puxei para mais perto de mim. O tolo não entendeu de imediato. Soltei um gemido de frustração, e o som liberou algo em seu interior. Seu corpo se enrijeceu contra o meu enquanto ele assumia o controle, aprofundando nosso beijo com a língua. Ele deslizou as mãos por baixo de meu robe para segurar na minha cintura, e fiquei excitada ao me lembrar de como ele estava completamente vestido ao passo que eu usava apenas uma camisola fina.

O calor cresceu dentro de mim com tanta ferocidade que por um instante esqueci onde nos encontrávamos, o que fazíamos, *por que* estávamos fazendo aquilo. Tudo o que eu sentia eram os lábios dele em meu rosto; suas mãos prendendo meu corpo; a seda de seus cabelos por baixo de meus dedos enquanto eu segurava sua cabeça, ansiando ainda mais, ávida por seu gosto...

— U-*hum*.

O som de uma voz delicadamente aborrecida cortou a névoa de meu desejo como o fio de uma faca. Dei meia-volta, a força abrupta de meu movimento fazendo Talan cambalear de novo para trás.

Além de meu pai, a pessoa em Ivyhill que eu menos queria que nos encontrasse ali, na verdade, nos encontrou: a bibliotecária de nossa família, carregando um pacote de papéis encadernados em couro e não demonstrando absolutamente nenhuma surpresa ao me encontrar naquele estado.

— Sra. Baines! — Cobri a boca com a mão e dei uma risadinha nervosa, tentando me recompor. Meu robe tinha deslizado por meus braços, e eu o puxei de volta com pressa para me cobrir. — Eu... Eu não percebi que havíamos deixado a porta aberta, eu... Ah, estou morrendo de vergonha. — Olhei para Talan e estendi a mão para ele. — Talan d'Astier, esta é a sra. Adamantia Baines, a bibliotecária de nossa família. Sra. Baines, Talan d'Astier, de Vauzanne.

Talan pegou a minha mão e inclinou a cabeça.

— Sra. Baines, que surpresa adorável — disse ele, a voz ligeiramente rouca. E limpou a garganta. — Seu nome foi mencionado na festa de ontem à noite, e eu realmente esperava conhecê-la logo.

A sra. Baines arqueou uma sobrancelha, o que me deixou enjoada de nervoso. Na superfície, ela era uma mulher de aparência perfeitamente agradável — um tanto rechonchuda com uma pele clara invejosamente perfeita, cachos castanhos lustrosos, e olhos castanhos realmente bonitos contornados de rugas de expressão. E eu nunca — nem uma única vez — vira aquela mulher rir ou sorrir. Pelo menos não para mim.

Isso podia ter alguma coisa a ver com o número de romances que eu perdera ou danificara sem querer quando lia nos jardins — ou com o número de vezes que ela me pegou na livraria com alguém, decididamente *não* lendo, mas usando as prateleiras como... bem... *apoio*.

— Sr. d'Astier — disse a sra. Baines, olhando para Talan com frieza —, acho absolutamente improvável que alguém naquela festa tenha mencionado meu nome, e na verdade estou bastante espantada com a inconsistência de sua mentira. É um prazer conhecê-lo.

— Pelo contrário — continuou Talan —, lorde Ashbourne me contou de forma bem entusiasmada sobre seu trabalho traduzindo e catalogando os diários de Willem Ashbourne. — Talan balançou a cabeça em admiração. — Não a invejo nessa tarefa. O gallinoriano do século III não é uma leitura fácil. Isso que a senhora está carregando são os originais?

Um dos cantos da boca da sra. Baines enrugou no que eu esperava ser um sinal de concessão.

— Não, estas são cópias. Lorde Ashbourne as solicitou para avaliá-las. E para uma bibliotecária como eu, o trabalho de tradução, mesmo nesse grau, não é uma tarefa muito onerosa. — Ela depositou os livros na escrivaninha e começou a circular pelo cômodo, inspecionando todos os lugares por onde estávamos vasculhando. Meu estômago revirou de apreensão. Não tínhamos sido muito cuidadosos. Havia papéis espalhados, livros fora do lugar...

— Quer dizer que a senhora é uma sábia? — Talan falou de forma agradável.

A sra. Baines pegou delicadamente um pedaço de papel da mesa de meu pai.

— Uma sábia *Consagrada* — disse ela. — Meus ancestrais foram abençoados por Jaetris em pessoa.

— Sendo assim, o trabalho de bibliotecária é bem adequado para a senhora — continuou Talan. — Os Ashbourne têm muita sorte em contar com a senhora como funcionária.

— Sem dúvida eles têm sorte. — A sra. Baines olhou da mesa para mim. — A senhorita precisava de algo, lady Gemma?

— Ah, não, nada — respondi, lançando um sorriso tímido na direção de Talan. — Quer dizer, nada no sentido de livros, é isso. Eu só queria fazer um tour com o sr. d'Astier pela casa, e o escritório de meu pai estava vazio, então...

— Pergunto apenas porque estou vendo pelo menos vinte e três itens neste escritório que estão fora do lugar desde que eu trouxe a remessa anterior de cópias há meia hora. Está claro que a senhorita procurava por algo. — Sua boca se afinou. — Ou a senhorita teve dificuldades, decidindo qual parte do escritório macular com suas atividades?

Minhas bochechas pinicaram de calor quando a sra. Baines me fitou — ela nunca teria repreendido meu pai ou Farrin como se eles fossem crianças levadas. Mas então tive uma ideia, acendendo minha mente com um tipo diferente de fogo, e encontrei as palavras seguintes rapidamente, meu coração martelando com uma súbita animação.

Ali estava a bibliotecária de nossa família, com uma memória que guardava tudo o que encontrava.

E ali a meu lado, os lábios ainda corados por nossos beijos, se encontrava um empático com a habilidade de fazê-la se sentir feliz e despreocupada — tão estupidamente alegre, talvez, a ponto de compartilhar qualquer informação que pedíssemos.

— Ah, sra. Baines, claro que a senhora já maculou um ou outro escritório — eu disse com doçura, lançando um olhar recatado para Talan. — Quando alguém é tão charmoso e bonito quanto o sr. d'Astier, não dá para não se envolver.

A expressão de Talan se suavizou, os olhos tão escuros e ternos que senti como se pudesse mergulhar neles e me manter segura para sempre, aquecida para sempre. Ele levou minha mão até seus lábios e a beijou, os olhos ainda cravados nos meus, e a dor quente entre minhas pernas retornou ainda mais intensa.

— Humpf... — A sra. Baines pegou um livro fora do lugar que Talan tinha olhado e se virou para devolvê-lo à prateleira. — Acredito que a pessoa pode controlar seus desejos mais primitivos em qualquer situação, se ela simplesmente tiver força de vontade suficiente.

Com ela de costas, movi os lábios para Talan dizendo "Use seu poder" sem emitir nenhum som, e em seguida dei uma olhada intencional na direção da sra. Baines.

Ele ergueu as sobrancelhas na hora. Franziu a testa, se afastando de mim, e balançou a cabeça.

Eu entendi. Usar seu poder para influenciar a sra. Baines sem o conhecimento dela era uma violação moral que, em qualquer outra circunstância, teria me deixado horrorizada.

Contudo, eu precisava encontrar aquele demônio, se ele realmente existisse — deuses, pela primeira vez em minha vida, eu esperava que as histórias bobas sobre o algoz de minha família fossem verdadeiras —, e visitar Ravenswood era o melhor lugar para começar.

"Por favor", eu disse silenciosamente, apertando a mão de Talan e mordendo o lábio. Como eu sabia que ia acontecer, seu olhar desceu até minha boca, e, embora parecesse insatisfeito com aquilo, ele apenas soltou um pequeno suspiro antes de dizer:

— Sra. Baines, suponho que a senhora não tenha tempo de fazer um tour comigo em sua biblioteca hoje, não é?

A mudança no ar foi sutil: um ligeiro aquecimento, como se o sol tivesse saído um pouco de trás de uma nuvem. Minhas articulações sofreram uma pontada de dor quando Talan usou sua magia, como se estivessem protestando que ele ousasse dirigir seu poder não para mim, mas para outro alguém. Cerrei os dentes e ignorei a pontada, observando a sra. Baines com a respiração suspensa.

Então ela se virou, e quase engasguei ao ver sua expressão tão mudada — aberta e suave, totalmente relaxada, como se ela... bem, como se ela tivesse maculado algum local recentemente.

— Ora, sr. d'Astier — disse, radiante, a bibliotecária, os olhos com um brilho sonhador —, nada me encantaria mais. Por favor, me siga. A senhorita também, lady Gemma, gostaria de vir? Não acredito que o senhor ainda não teve um tour apropriado. — Ela se aproximou de mim e enganchou meu braço no dela com um uma batidinha maternal. — Esta aqui ama os romances — ela disse para Talan, sem se virar —, mas pouca coisa além disso. Recomende um texto histórico e o senhor vai achar que ela foi presenteada com a cabeça decepada de alguém.

Enquanto seguíamos para a biblioteca, Talan logo atrás de nós, ignorei qualquer surpresa de minha parte — assim como a pontada de culpa em meu estômago — e disse com cuidado:

— Sra. Baines, enquanto está conosco, queria saber se pode me ajudar com uma coisa.

— Qualquer coisa, menina. — A sra. Baines suspirou jovialmente, um som de felicidade tão pura e irrestrita que mal parecia possível que ela pudesse ter produzido. — Preciso falar, nunca me senti tão à vontade na vida. O que posso fazer pela senhorita?

— Bem, veja, eu queria mostrar a propriedade para o sr. d'Astier. Um tour adequado, pode-se dizer. E não apenas a casa, mas também o terreno.

— Isso parece perfeitamente razoável. — A sra. Baines se virou para sorrir para Talan. — Nossa lady Gemma é uma anfitriã maravilhosa. Ela sempre sabe a melhor maneira de entreter os hóspedes de lorde Ashbourne. Ora, ela planeja as festas dele desde que tinha oito anos de idade! Desde que lady Philippa foi embora. — Ela enrugou o nariz. — Mulher horrível. Abandonando a família assim, *sumindo* sem explicação, suas queridas meninas acordando e descobrindo que a mãe foi embora. Lorde Ashbourne não saiu de seus aposentos por *semanas*.

— E se eu for mostrar a propriedade para Talan, quero ter certeza de não ter esquecido nada — eu disse logo, minha garganta se apertando ao me lembrar daquela época horrível. Minha mãe tinha partido, Mara havia acabado de ser levada para a Névoa, meu pai se fechara no quarto, Farrin dava seu melhor para manter a casa funcionando, e eu, chorava sem cessar, pendurada em suas saias como um bebê.

— Ah, sim — a sra. Baines concordou. — O sr. d'Astier deve ver todos os jardins, o aviário e o pomar coberto, os templos de oração, as casas de verão perto do lago...

— E, claro, os atalhos verdes.

A sra. Baimes cambaleou, subitamente ficando em silêncio. Aquilo a sacudira, mesmo tomada como estava pelo poder de Talan. Olhei para ele desesperadamente, e Talan balançou a cabeça um pouco, colocou um dedo nos lábios e fechou os olhos.

O ar aqueceu novamente, uma onda súbita de força e calor que me fez engolir um grito, por conta da dor que surgiu em minhas têmporas. Talan me estabilizou com a mão forte em minhas costas.

— *Claro*, os atalhos verdes — concordou a sra. Baines depois de um bom tempo, seu tom alegre de volta. — São trabalhos impressionantes de magia. Os Ashbourne, remontando até os dias logo após a Destruição, não pouparam gastos em nada aqui em Ivyhill, mas principalmente não naquela magia verde. Os criadores de atalho cobram um preço criminoso por seu trabalho, em minha opinião, mas nenhum Ashbourne jamais sequer negociou. Ah, chegamos!

Ela abriu as portas da biblioteca — um feito impressionante, considerando que elas eram enormes e de madeira, entalhadas de cima a baixo com espirais complexas de trepadeiras em flor — e nos guiou para dentro. A sala era imensa, as paredes impressionantes com a altura de quatro andares. Mezaninos equipados com mesas e poltronas de leitura ofereciam diversos lugares para se sentar e trabalhar; escadas polidas com rodas douradas estavam apoiadas contra incontáveis prateleiras de livros. E em cada superfície — as paredes, os azulejos no chão e no teto —, murais pintados representavam cenas da história de Edyn. A vitória naval do Exército Superior sobre a insurgência de monstros marinhos da Antiga Nação. A coroação da rainha suprema Yvaine Ballantere.

Os deuses, todos os cinco irrompendo em extasiantes raios de luz no dia de suas mortes — a Destruição.

Talan agarrou meu braço, me contendo.

— Não estou gostando disso, Gemma — afirmou ele, a respiração quente contra minha orelha. — Não uso meu poder assim. É uma violação. É errado.

Estremeci de leve e me afastei dele.

— Também não estou gostando, mas não vamos desperdiçar essa oportunidade de acelerar nossos planos. Nós dois precisamos disso, Talan. Eu sei que você concorda. Pense em sua *família*, em tudo o que você sofreu. Esta é sua chance de mudar tudo isso.

Era golpe baixo de minha parte usar a memória da família dele em minha vantagem, mas minha determinação estava no limite do desespero.

A boca de Talan afinou.

— E se eu me recusar a participar?

— Nesse caso, tomarei essa atitude como um sinal de que esse acordo nosso chegou ao fim e pedirei para os guardas de meu pai acompanharem o senhor para fora da propriedade.

Ele desviou o olhar, a testa franzida pela angústia e os ombros elevados.

— Nós *vamos* falar mais sobre isso depois.

— E agora?

— Agora eu vou continuar. *Muito contra minha vontade* — acrescentou.

Engoli um nó quente de vergonha na garganta, me preparei contra a dor que continuava a pulsar por meu corpo enquanto o poder de Talan passava por mim em ondas, e me apressei para acompanhar a sra. Baines. Ela andava agitada em direção a uma das salas dos fundos da biblioteca, que alojavam coleções especiais — diários de Willem Ashbourne, relatos meticulosamente conservados desde os dias da Destruição, missivas da rainha Yvaine para a família Ashbourne nos primeiros dias de Gallinor.

— Começar nosso tour por aqui — a sra. Baines falava alegremente. — Lorde Ashbourne se orgulha de ter a maior coleção de documentos históricos relacionados a Gallinor no país. Bem, exceto pelos arquivos reais, claro.

— A senhora mencionou os atalhos verdes antes — eu disse rapidamente, interrompendo-a. — Estou ansiosa para mostrar todos eles para Talan, sabe? — Fiz uma pausa, depois sussurrei com uma risadinha nervosa: — Estou bem desesperada para impressioná-lo, na verdade. Acho que posso estar apaixonada.

A sra. Baines parou na frente da porta de uma das salas dos fundos e cantarolou de bom humor enquanto procurava em seu molho de chaves.

— É só que, apesar de eu saber a localização de alguns dos atalhos verdes — continuei —, imagino que existam vários que eu *não* conheça.

— Ah, tem razão sobre isso, senhorita. — A sra. Baines começou a abrir a série de fechaduras da porta. — Existem trinta e oito atalhos verdes na propriedade.

Pisquei de surpresa.

— Isso tudo?

— Desses todos, dezoito são conhecidos apenas por lorde Ashbourne e lady Farrin.

Essa informação me magoou de verdade.

— Eles não me contaram sobre *dezoito* atalhos verdes diferentes?

— E ainda existem dois que só lorde Ashbourne conhece. — A sra. Baines se virou para trás e me fitou intencionalmente. — Não fique ressentida, minha querida. Nem mesmo lady Farrin sabe de *tudo*. — Ela terminou de destrancar a porta e a abriu com um floreio. — Acho que a senhorita pode ver por que seu pai me paga tão bem. Como uma sábia Consagrada, meu poder garante que me lembre de tudo o que há para se saber a respeito desta propriedade. Ouso dizer que sei mais até do que a antiga lady Ashbourne. Meus serviços valem um salário robusto; meu silêncio vale ainda mais.

Eriçada, abandonei todas as tentativas de sutileza.

— Me diga onde estão esses atalhos verdes. *Agora*.

A sra. Baines parou, piscando diante do cômodo pouco iluminado à frente. Ela balançou a cabeça e colocou a mão na têmpora.

— Os atalhos verdes secretos? — murmurou.

Talan deslizou para a frente, me lançando um olhar sombrio, e delicadamente tocou no braço dela.

— Sra. Baines...

— Os atalhos verdes secretos...

— Por que não nos sentamos um pouquinho e pedimos um chá? A senhora pode nos contar sobre a história da...

— Bem — a sra. Baines disse em voz baixa, como se estivesse em transe —, existe o atalho verde que conecta ao armarinho no Distrito Comercial da capital, que é uma fachada para um dos empreendimentos de negócios mais inescrupulosos de lorde Ashbourne, alguma coisa sobre sementes de papoula contrabandeadas de Aidurra, que eu *não* aprovo, devo confessar. E também há o atalho verde que leva lorde Ashbourne para o norte, para Ravenswood; e também tem o atalho verde escondido, o submerso, o que vai direto para...

— Ravenswood — falei rápido. — É esse que nós queremos. Diga onde é. Por favor, sra. Baines.

Distraída, ela caminhou até uma das prateleiras na sala destrancada e, cantarolando para si mesma, os olhos um pouco vidrados, pegou um único volume fino.

Eu o tomei dela, meu coração martelando com tanta velocidade que podia senti-lo no fundo da garganta.

— Está aqui — ela disse de maneira sonhadora, com uma risadinha suave e um olhar juvenil dirigido a Talan. Deu tapinhas na capa do livro com um dedo. — Achei.

Talan franziu a testa.

— O atalho verde está dentro de um livro? A magia dos criadores de atalho pode fazer isso?

— Claro que não — respondi, sorrindo devagar, porque a capa do livro exibia uma ilustração desbotada que reconheci imediatamente. — Fica no lago.

— Sua família tem um lago?

Lancei-lhe um olhar significativo. *Claro que temos um lago.*

— Muito obrigada, sra. Baines, pela ajuda. — E devolvi o livro nas mãos dela. — Infelizmente precisamos ir agora, portanto, vamos terminar nosso tour outro dia.

A sra. Baines cambaleou para trás com um suspiro risonho, e de alguma forma desajeitada conseguiu alcançar uma poltrona de leitura sem derrubar nada.

— O que fazemos com ela? — sussurrei para Talan. — Ela vai ficar bem, não vai?

Talan me fitou, zangado.

— A senhorita só está pensando nisso agora?

Ruborizando de vergonha, empinei o queixo.

— Tive que pensar rápido, e você também não estava oferecendo nenhuma outra alternativa brilhante.

— Preciso cuidar dela por um tempinho — afirmou ele com um suspiro irritado. — É uma prática empática paliativa, para garantir que ela esteja relaxada e que não vai ficar assustada quando a magia terminar.

— Excelente. Vou vigiar as portas. Depois iremos para o lago.

Ele levantou as sobrancelhas.

— Hoje?

— Consegue pensar em algum motivo para esperar?

— A senhorita quer dizer um motivo que não seja "Essa noite rapidamente mergulhou em um caos desconfortável"? — Ele parou. — Não.

— Bem, então, faça o que precisa fazer para podermos ir — sussurrei, acenando para a figura caída da sra. Baines.

Foi só então, ao caminhar apressada em direção às portas, que a culpa surgiu em meu peito como uma onda escaldante que eu não conseguia deter. Errado. Foi *errado* o que fizemos, e eu sabia disso e forcei assim mesmo.

Irritada, andei de um lado para o outro na porta até Talan ressurgir, parecendo surpreendentemente satisfeito consigo mesmo.

— O que você fez? — murmurei.

— Por sorte, uma rápida busca no escritório da boa bibliotecária rendeu uma garrafa de vinho guardada na mesa dela — disse Talan. — De minha família, na verdade. Esvaziei a maior parte e deixei a garrafa no colo dela. Quando acordar, a sra. Baines culpará o vinho por qualquer coisa de que se lembrar.

— Qualquer coisa de que se lembrar... — Dei um passo para trás, horrorizada. — O senhor quer dizer que seu poder pode alterar a *memória* das pessoas?

— Não, nada do tipo. Não é uma alteração. É mais um borrão que desaparecerá com o tempo. Mas a essa altura ela terá se convencido de que tudo foi um lamentável lapso de julgamento devido ao vinho, e vai descartar qualquer outra explicação.

A percepção de como eu sabia tão pouco do poder de Talan — e, no entanto, a rapidez com que o destinei a outra pessoa — me pesou como uma pedra. Enxotei a sensação. O que estava feito estava feito. Será que Farrin teria hesitado em usar do mesmo estratagema se isso significasse uma possibilidade de encerrar nossa briga com os Bask? E meu pai?

— Espero que o senhor esteja certo — sussurrei. — E... me desculpe por ter lhe pedido para fazer isso. Entrei em pânico. Eu não sabia mais o que fazer, e estava com uma sensação horrível de que essa era nossa única chance. De que se não agíssemos hoje, nunca mais conseguiríamos.

A expressão de Talan se suavizou. Ele tocou minha mão.

— Agradeço suas desculpas. E garanto, a sra. Baines vai ficar bem. E, alguma hora, vamos melhorar nisso.

— *Nisso*?

— Nisso. Você sabe. Nossa parceria cuidadosamente pensada de intriga, conspirações e subterfúgios.

Sorri de leve. Era uma boa tentativa de aliviar o clima, mas meu estômago ainda revirava com uma sensação que eu conhecia intimamente. Por sorte, a vergonha era minha companheira constante desde o dia em que a Guardiã veio me levar para Rosewarren e levou Mara no meu lugar, e, depois de tantos anos convivendo com esse sentimento, aprendi a ignorá-lo muito bem. Em vez de focar nele, concentrei-me no que importava: meu pacto com o demônio — *ah, deuses, eu rezava, por favor, façam com que realmente exista um demônio* — e o que isso me daria. Um corpo novo, inteiro e sadio. Resistente, firme e reluzente. Renascido com o toque de um demônio.

Pensar nisso me trouxe força.

— Para o lago, então? — perguntei.

Talan concordou com a cabeça.

— Para o lago.

9

Três horas mais tarde, eu estava sem ideia do que fazer, as bainhas de minhas roupas, destruídas, e meus pés, frios como gelo.

— Nós nos arrastamos por essa lama em volta deste lago inteiro — eu disse entre dentes cerrados —, e não vi nem senti uma única maldita *folha* com magia verde.

Olhei com inveja para as grossas botas de couro de Talan, profundamente arrependida de minha própria escolha de vestimenta. Minha vaidade me levara a selecionar um vestido floral com um bonito decote coração e botas cinzentas macias, que não serviam para nada mais intenso do que um passeio pelos jardins. Elas estavam ensopadas; minhas meias, molhadas até os joelhos. Eu podia muito bem ter ficado de camisola, robe e pés descalços, em vez de gastar um tempo precioso subindo sem ser notada para meu quarto para trocar de roupa, por todos os benefícios que elas estavam me trazendo.

— Sua magia embota os sentidos das pessoas, Talan? Será que a sra. Baines podia estar fora de si quando nos mostrou aquele livro?

— Ser influenciado por um empático não é como estar bêbado — disse Talan em um tom irritantemente paciente.

— Com certeza era o que me parecia.

— Para seus olhos destreinados, talvez. Entendo como a senhorita possa interpretar mal as coisas.

Abri a boca para emitir uma resposta inflamada, mas, antes que eu pudesse fazer isso, Talan parou de andar e pegou minha mão com delicadeza.

— Gemma, *precisamos* mesmo voltar para casa. Você está tremendo.

— Não estou — insisti, bem na hora em que um inconveniente arrepio de frio me fez estremecer.

Os lábios dele se franziram, achando graça.

— Um argumento convincente.

— Quem sabe o que vai acontecer quando a sra. Baines se recuperar? Essa pode ser nossa única chance de explorar o lago antes de meu pai... sei lá, descobrir o que fizemos e fechar o atalho verde de vez. — Girei, apontando para a superfície preta brilhante do lago. — Se for realmente *aqui*. Os deuses devem estar chorando de rir nos assistindo.

— Se eu fosse um deus, certamente estaria. — Talan deu de ombros. — Escute, estamos cansados, estamos andando há horas, e sua festa foi só na noite passada. Vamos voltar para casa, dormir um pouco, e conversar sobre isso amanhã no almoço.

Mas eu mal o ouvi. Fitando o lago imóvel e silencioso, senti uma ideia se formar.

— É dentro do lago — murmurei.

— O que foi?

Eu girei, radiante.

— É *dentro* do lago. Tem que ser. Afinal, esse é um dos atalhos verdes secretos de meu pai. Ele não ia simplesmente deixar no meio das árvores para qualquer um ver. — Eu ri, exultante, e fechei as mãos embaixo do queixo. — Deuses, *é claro*. Por que não pensamos nisso antes?

Talan fitava o lago com uma enorme apreensão.

— Você não pode estar falando sério.

— Tão sério quanto uma velha sábia rabugenta. — Soltei um grito, levantando minhas saias e entrando na água. — Não posso imaginar o preço que meu pai pagou por esse...

Talan pegou minha mão e me puxou de volta para seus braços. Seu corpo estava tão quente que eu quase não lutei contra o desejo de grudar nele.

— Gemma, você enlouqueceu? — Ele riu, sem acreditar. — Não podemos sair nadando pelo lago em busca de atalhos verdes. Atalhos verdes não *existem* dentro de lagos. São atalhos *verdes*, não atalhos d'água.

— Ah, mas existem plantas que vivem na água. E onde há plantas, há potencial para magia verde, o senhor não acha?

— Mas eu nunca sequer ouvi falar em algo assim! — Talan passou a mão nos cabelos, exasperado. — A senhorita já?

— Não, mas faz total sentido para mim, agora que estou pensando nisso. — Dei um tapinha bem na ponta do nariz indignado de Talan antes de me desvencilhar de seus braços para me virar de volta em direção à água.

— Ah, não, não, não! — Talan segurou meu braço de uma forma tanto firme quanto delicadíssima. — Não vamos mergulhar na água e nadar pelo lago indefinidamente. Se a senhorita insistir em fazer isso, vamos procurar de novo da margem...

— Mas mantenha os pés dentro da água para sentir melhor a presença do atalho verde.

Talan olhou para baixo, para minhas botas ensopadas, e um sorriso sincero e perplexo iluminou seu rosto de uma forma tão bonita que perdi o fôlego por um momento.

— A senhorita é uma criatura enlouquecedora — disse ele, balançando a cabeça. Depois, pegou meu rosto com as mãos e fixou os olhos nos meus.

Nossas testas se tocaram, sua respiração acariciou meus lábios, e quase derreti, me lembrando da forma doce como aquela boca havia me beijado apenas poucas horas antes. O ar ficou tenso entre nós, e por um instante meu corpo desejou abandonar nossa busca juntos e, no lugar disso, se pressionar contra o dele.

— Se seus pés congelarem — Talan falava sério —, é melhor não me culpar.

— Prometo. — Eu sorri, e depois me virei antes que fizesse alguma coisa totalmente idiota, como arrebatá-lo lá mesmo na lama.

Eu teria que fazer algo — e logo — sobre os pensamentos selvagens que se infiltravam em minha mente sempre que olhava para ele. Eles me distraíam *demais*, e eram tão impressionantemente arrasadores que daria para pensar que eu nunca tinha beijado ninguém antes.

Rodeamos o lago mais uma vez, vasculhando as partes rasas, que chegavam à metade de meus joelhos. Atentos em nossa busca, nenhum de nós falou nada. A noite estava silenciosa, sem vento, interrompida apenas pelo farfalhar ocasional de um animal procurando comida. Dessa vez, direcionei meus pensamentos não em direção à densa floresta e à vegetação rasteira que cercavam o lago, mas em direção à água em si.

Peguei a mão de Talan e fechei os olhos, permitindo que ele me guiasse enquanto eu me concentrava na sensação da água fria batendo em minhas pernas, em minhas saias sendo puxadas, no barulho surdo da lama embaixo de minhas botas. Eu tinha viajado por atalhos verdes com minha família desde sempre, e conhecia muito bem a dor aguda que perfurava minha espinha para cima e para baixo sempre que me aproximava de um deles. Instintivamente meu corpo se tensionou, se protegendo contra a dor que eu temia que chegasse, mas segui em frente assim mesmo, tentando relaxar ainda que minha pele começasse a pinicar de dor com a lembrança. Da última vez que passei por um atalho verde — no dia em que Mara havia se transformado —, a magia verde me golpeara sem pena, estrelas de dor explodindo atrás de meus olhos como fogos de artifício.

De repente, alguma coisa me sacudiu — uma chicotada rápida, mas violenta, como se uma flecha atirada das profundezas da água tivesse raspado em meu tornozelo. Cambaleei, me inclinando com força contra o calor sólido de Talan.

— O que foi? — A voz dele estava tensa de preocupação. — Você se machucou?

Meus olhos se abriram aos poucos. Cerrei os dentes contra a sensação familiar de agulhas sendo enfiadas em minhas pernas.

— Está aqui — sussurrei. — Está perto. Consegue sentir isso?

— Sentir o quê? — Talan ficou imóvel, olhando em volta. — Não estou sentindo nada.

— Está me machucando. Deve estar perto.

— *O que* está machucando a senhorita?

— O atalho verde. — Afastei-me de Talan, entrando ainda mais na água. — Eu falei que a magia me machuca. Quanto mais potente a magia, pior a dor. — Mirei o outro lado do lago, quase sem respirar, escutando a pulsação de minha dor e tentando descobrir sua direção.

Então eu vi.

— Lá — sussurrei, apontando. — Aquela lagoa.

— Mas... aquilo não estava lá antes — Talan disse, devagar. — Estava? Como é possível não termos notado?

Tremendo, mantive os olhos fixos na pequena enseada na beira do lago.

— Não — concordei —, não estava lá antes.

Nenhum dos dois questionou; sabíamos tão bem quanto qualquer um em Edyn que a magia podia ser instável, até mesmo evasiva. Quanto mais caro o feitiço, mais complexo podia ser. Um enfeitiçador podia até mesmo inserir uma personalidade distinta ao feitiço que realizava para o cliente.

Havia carvalhos cobertos de camadas pesadas de musgo escuro do lado da lagoa, e quando passamos por eles para chegar à clareira, o ar ficou mais denso com um som baixo de sucção. O mundo além do círculo de árvores desapareceu. Não havia nenhum som além de nossa respiração — a de Talan, eu notei, mais rápida e rasa do que a minha.

— Não estou entendendo — ele sussurrou.

Agora era eu que tomava a mão dele, estabilizando-o. De alguma forma, Talan parecia mais jovem naquelas árvores, os olhos mais abertos ao espreitar, a testa franzida com confusão e medo. Em me vi desejando envolvê-lo em meus braços, talvez perto de uma lareira crepitante, e acalmá-lo com uma trilha comprida e sinuosa de beijos.

Dando uma sacudida para me livrar da distração de outro devaneio, tornei a olhar para a água imóvel da lagoa.

— Podem ser inúmeras coisas. Talvez a lagoa seja encantada para reconhecer o sangue Ashbourne, ou talvez ela só se mostre para quem a estiver procurando. Quem sabe a complexidade dos disfarces que meu pai elaborou? Ou talvez tenha sido alguém antes dele. Meu avô Darrien, ou o pai *dele*, ou...

Um soco de dor atingiu minha barriga e a retorceu.

Eu me dobrei, lutando para respirar.

Talan me segurou, me levantou.

— Gemma? Gemma! O que foi?

A agonia rasgando o meu corpo abafou a voz dele. Estendi-lhe a mão sem enxergar, minha cabeça girando e urrando. Senti outro golpe, um soco horrível no estômago. Pressionando meus órgãos, apertava e repuxava. Meu corpo traiçoeiro lutou contra o puxão da magia próxima — e aquela magia estava claramente impaciente para ser encontrada por qualquer criatura estranha que estivesse resistindo a seu chamado.

Outra onda de dor varreu meu corpo, estalando e queimando. Um pensamento louco me ocorreu, de que devia ser assim a sensação de ser atingida por um raio. Então, bati em alguma coisa fria, o choque me apunhalando como faca, e afundei rapidamente em uma escuridão completa. Tentei inspirar ar, mas, em vez disso, me engasguei na água.

Um barulho distante de mergulho soou de algum lugar acima de mim. Ouvi alguém gritar, a voz distorcida pela escuridão espessa da água.

Água.

Eu estava dentro da lagoa.

Algo roçou na minha perna — uma mão, pensei, até conseguir vislumbrar na escuridão um enorme emaranhado de samambaias e ervas flutuantes. Apesar de tudo, senti uma pequena onda de entusiasmo. Lá estava. A pressão em meus membros e as palpitações agudas e dolorosas tomando meu corpo eram inconfundíveis.

O atalho verde secreto de meu pai, que até mesmo Farrin desconhecia.

Lembrando-me de Talan, duvidando de que ele algum dia tivesse atravessado um atalho verde tão poderoso quanto esse certamente era, desejei poder explicar para ele o que estava prestes a acontecer. Mas aquilo exigiria respiração, e retornar à superfície não era uma opção. A magia do atalho verde era insistente, voraz, como se uma grande boca no centro do mundo tivesse se aberto e estivesse pronta para devorar tudo o que pudesse encontrar, inclusive eu.

Os pulmões queimando, bati os pés com o máximo de força que consegui e mergulhei em direção à vegetação ondulante. Um movimento a meu lado, outro peso abrindo a água, me encheu de esperança. Talan estava lá, nadando junto comigo. Seus braços se debatiam, me procurando. Agarrei a mão dele, segurei firme e mergulhei para dentro das plantas, rezando para ainda estarmos vivos ao emergirmos.

O atalho verde nos jogou por uma passagem estreita e escura. Uma pressão imensa me levou para baixo, uma carga brutal apertando meus ombros, minhas costelas, meu crânio. A magia verde rugia e uivava a nossa volta — não feroz, mas como se o mundo em si estivesse girando, rangendo, se remodelando —, e bem na hora em que eu temi que meus ossos se partissem e eu explodisse como um inseto pisoteado, tudo parou.

Arfei procurando ar, engasgando e tossindo, e depois de alguns instantes com o corpo queimando, percebi que estava deitada no chão frio e molhado, piscando para o céu polvilhado de estrelas.

Conseguíramos atravessar. Tínhamos sobrevivido ao atalho verde.

Ri um pouco, ainda tossindo, e tentei em vão me impulsionar para me erguer. A agonia ricocheteando por meu corpo queimava, bolas de fogo voavam para a frente e para trás como catapultas implacáveis.

Imediatamente Talan foi para perto de mim, me ajudando a sentar, ensopado e tremendo assim como eu, e, quando meus sentidos pulverizados começaram devagar a absorver o choque, percebi duas coisas: eu ia vomitar e Talan estava chorando.

Virei-me de costas para ele bem na hora. Enquanto eu esvaziava o estômago, ele esfregava o ponto dolorido entre meus ombros e segurava meus cabelos encharcados. Tremendo, limpei a boca com uma manga molhada e me virei de novo para ele.

— Você está bem? — sussurrei, minha voz muito rouca.

— Se *eu* estou bem? — Talan soltou uma risadinha engasgada. — Gemma, eu pensei...

Ele balançou a cabeça, incapaz de falar, e me segurou junto a seu corpo. Pressionou beijos frios em minha testa e em minhas bochechas, e eu me aninhei contra seu peito, deixando-o enfiar minha cabeça embaixo da dele. Mesmo pingando e encharcado, Talan de alguma forma emitia calor, como se seu corpo abrigasse um fogo interno que se recusava a ser apagado. Fechei os olhos e segurei a lapela de seu casaco, permitindo que seu abraço desesperado me aquecesse.

— O senhor está chorando — sussurrei contra seu colarinho.

— Achei que a senhorita estivesse morrendo — Talan afirmou, a voz pesada e rouca. — Pensei que fosse se afogar. Eu não sabia o que estava acontecendo.

— Eu também não, a princípio. Mas parecia a única coisa sensata a fazer.

— Mergulhar em uma grande massa de algas no fundo de uma lagoa encantada?

— Justamente. — Afastei-me apenas o suficiente para pegar o rosto dele com meus dedos frios e trêmulos, e lhe ofereci um sorriso frágil. — E pensar que... dois dias atrás o senhor nem me conhecia, e agora aqui estamos nós.

Ele sorriu, deu dois beijos vigorosos em meus dedos e esfregou o rosto com força na manga.

— Sim, lady Gemma, aqui estamos nós. — Ele olhou para as árvores escuras. — Onde quer que seja *aqui*.

Encolhida perto dele na terra, levei um momento para olhar em torno, e vi que estávamos em uma mata densa de pinheiros negros, os galhos sobre nós, congelados de neve. Precisei de muito esforço para ficar em pé; meus joelhos vacilavam como os de um potro recém-nascido, meu vestido grudava em mim como uma pele pegajosa, e respirar com a dor ainda afligindo meu corpo me deixava zonza.

No entanto, ao me apoiar em um pinheiro perto e espreitar por entre as árvores, não pude evitar um sorriso.

— O que foi? — perguntou Talan, ficando de pé a meu lado. — A senhorita achou algo?

Apontei adiante de nós e para cima. Além da floresta, tão escondida que eu mal conseguia distinguir sua silhueta, havia uma casa imensa, ladeada pelo sopé de uma montanha intimidante.

Mesmo ainda tremendo, senti a excitação violenta do triunfo ao sussurrar:

— Ravenswood.

10

Talan permitiu o que deve ter sido meia hora vagando pela silenciosa mata encostada na propriedade da família Bask antes de delicadamente pigarrear a meu lado.

— Acho que a senhorita vai concordar que eu tenho sido extremamente paciente — ele disse com calma.

— Admiravelmente — respondi.

— E acho que a senhorita sabe que está respirando muito mal, revelando a exaustão que insiste em negar.

Eu me forcei a andar ainda mais rápido, ignorando a pontada de cãibra que atormentava a lateral de meu corpo.

— Minhas pernas não são tão compridas quanto as suas, e não estou acostumada a esse chão de pedras, mas garanto, Talan, eu posso...

— Acho que a senhorita também concorda — ele me interrompeu, bloqueando meu caminho — que está muito tarde e terrivelmente frio, e que nós devíamos voltar a Ivyhill de uma vez antes de um de nós ou os dois cairmos mortos.

Contornei-o e segui em frente.

— Sabe, este lugar não é tão assustador quanto eu sempre imaginei, o que é bem decepcionante.

— Gemma...

— Eu sempre pensei que estas terras do norte seriam desertas e monótonas, já que são isoladas das regiões mais povoadas do continente. O senhor sabia que a única maneira de viajar entre o norte e o sul é por mar? Quer dizer, a não ser que o indivíduo seja rico o suficiente para ter um atalho verde que leve de um lado da Névoa até o outro. Seja como for, realmente existe alguma coisa bem revigorante na neve e no frio, nas montanhas impressionantes. E as estrelas parecem tão mais brilhantes e mais próximas do que lá em casa...

— *Gemma*.

Dessa vez, quando bloqueou meu caminho, ele tomou minhas mãos, as esfregou, soprou nelas, e, quando o calor retornou a meus dedos com um formigamento hesitante, percebi com algum choque que na verdade eu tinha começado a ficar entorpecida.

Talan deu um sorriso sem graça. Seus cachos escuros cobertos com um leve polvilhado de gelo emolduravam sua testa clara.

— Está vendo? São dedos adoráveis, e além disso, muito úteis. Acho que a senhorita não quer perdê-los.

Soltei uma respiração irritada e olhei para o outro lado.

— Mas nós viemos até aqui...

— E podemos vir de novo, com a roupa apropriada, e menos caminhadas em lagos, e talvez usando botas que não estejam se desfazendo. — Com os dedos delicados em meu queixo, Talan trouxe meu olhar de volta ao dele.

Ele sorriu para mim, e depois levou meus dedos a seus lábios, cada articulação, cada dedo, um por um, até eu me sentir toda quente, beijada de volta à vida pela sua boca.

— Aconteceu muita coisa hoje — ele falou em voz baixa. — Mas não precisa acontecer *tudo* hoje.

Eu me senti perigosamente perto de me irritar.

— Da próxima vez que viermos, vamos estudar este lugar, fazer um mapa.

— Excelente ideia.

— O senhor disse que sabia como localizar demônios, como identificar onde eles estiveram há pouco tempo e reconhecer unidades de proteção.

— Isso mesmo.

— E o senhor não viu nenhum sinal de demônios aqui hoje?

Talan suspirou.

— Honestamente, Gemma, não estou tão preocupado em localizar demônios quanto em decidir se vou ou não jogar você em cima do ombro e carregá-la de volta para o atalho verde.

— Olhe, essa é uma boa ideia — falei com malícia, o efeito bem diminuído por um tremor do corpo inteiro seguido por uma ligeira tosse.

Talan arqueou uma sobrancelha, os olhos escuros brilhando.

— Vou falar para a senhorita que estou resistindo a fazer uma dúzia de comentários presunçosos neste momento.

Eu o olhei de cara feia, procurando em meus pensamentos exaustos e lentos uma resposta cáustica e espirituosa — mas então coloquei dois dedos nos lábios de Talan e congelei.

Ele também ficou imóvel, uma pergunta nos olhos.

Fiz um movimento com a cabeça por cima do seu ombro, na direção do som que eu tinha escutado.

Esperamos, quase sem respirar. O pio distante de uma coruja desceu ameaçadoramente do céu.

Então ouvimos o som de novo, mais alto e mais demorado. Finalmente percebi que era de muitas asas batendo. Em seguida veio o relinchar alto e nervoso de um cavalo seguido por duas vozes, de um homem e de uma mulher.

Meus olhos se fixaram nos de Talan. Sem falarmos uma palavra, nós nos viramos e seguimos os sons através da mata, abrindo caminho com uma lentidão excruciante no meio da densa vegetação baixa de musgo e samambaias. Finalmente, quando um pouco de neve começou a cair, um brilho fraco laranja se infiltrou pelas árvores adiante. Meu corpo ansiava por correr para lá; certamente aquele brilho significava fogo e calor.

Entretanto, nós nos agachamos na samambaia cheia a alguns passos de distância da clareira. Com cuidado, Talan puxou para o lado uma grande folhagem congelada para obtermos uma visão melhor, revelando uma cena que fez meu sangue correr ainda mais frio do que já estava.

Os Bask.

Alastrina Bask e seu irmão Ryder, para ser exata — juntos no meio de um grande círculo de tochas e cercados por dezenas de gigantescos pássaros pretos.

— Corvos — sussurrou Talan. — Bem apropriado.

Eu não disse nada, minha bile subindo à medida que minha memória trazia à tona aquele dia horroroso de minha infância — o gosto de cinzas e o cheiro acre de fumaça. Chamas tingindo o terreno com um laranja grotesco e trêmulo. Meu pai, Byrn e Gilroy e três outros homens de nossa equipe lutando com todas as forças para impedir que minha mãe, aos prantos, corresse de volta para a casa em chamas. Farrin estava do lado de dentro, presa em algum lugar no meio daquela floresta horrorosa de chamas crepitantes — as chamas que os *Bask* tinham ateado em nossa casa —, e ela ia morrer. Esse era o único pensamento ocupando meu pequeno corpo de sete anos de idade naquela noite enquanto eu tremia nos braços cheios de suor e fuligem de uma das criadas, assistindo àquele fogo monstruoso devorar minha casa: *minha irmã vai morrer.*

Talan tocou na minha mão, me puxando de volta para o presente.

— Gemma? — sussurrou ele.

Balancei a cabeça, desviando meu olhar das tochas acesas e soltando o galho a minha frente, que eu agarrara com mãos de aço.

— Estou bem — murmurei, expulsando os ecos persistentes dos gritos de lamentação de minha mãe. — Estou *bem*.

Deslocando-me para a frente o máximo que ousei, espreitei por entre as árvores para ter uma visão melhor. Os corvos estavam por todo lado — uma cobertura preta e brilhante no chão, nos galhos perto da clareira, e até mesmo em cima de Alastrina Bask, como se ela tivesse costurado em si uma impressionante capa de penas.

Apesar de meu estado — quase congelada, meu corpo ainda latejando de dor de nossa passagem pelo atalho verde —, precisei admitir com uma relutante aprovação que Alastrina estava mais deslumbrante do que eu jamais a vira. Ela usava apenas um vestido de trabalho simples — escuro, com gola alta e uma coluna de minúsculos botões de metal subindo pelas costas. Um belo detalhe, embora deva ter sido a morte para sua criada fechar tudo aquilo.

Mas não foi o vestido que me impressionou em Alastrina. Foi seu *brilho*, a serena confiança com a qual ela ficava ali parada, cercada de corvos, seus cabelos pretos na altura dos ombros presos em um pequeno e prático coque na nuca. Ela estendeu a mão, e um pássaro pousou em seus dedos. Mesmo àquela distância, eu podia ver o brilho de seus frios olhos azuis. Ela sorriu para o pássaro, afagou seu peito e então o levou para perto da boca e cochichou para ele, com a mão em concha e tudo, como se compartilhasse com o animalzinho algum segredo empolgante. Depois ela soltou o pássaro, e ele voou embora noite adentro.

Alguns segundos depois, um segundo pássaro tomou seu lugar. Mais uma vez Alastrina o afagou para cumprimentá-lo e cochichou alguma coisa em sua brilhante cabeça preta.

— O que ela está fazendo? — sussurrou Talan, sua voz com o mesmo tom de admiração horrorizada que eu sentia.

O segundo pássaro, tendo recebido o segredo, voou na direção oposta à do primeiro. Um terceiro pássaro pousou na mão estendida de Alastrina, e de uma vez só o mar de corvos reunidos ondulou como se eles tivessem ido para a frente em uma fila ordenada de penas.

O medo apertou meu estômago.

— Ela é uma dominadora de animais Consagrada — eu disse, baixinho. — Ryder também, mas ela sempre foi a mais talentosa. Alastrina deve estar mandando os pássaros espionarem para ela. Eles vão ser seus olhos e seus ouvidos. Depois que ela os dominar, onde quer que eles estejam no país, ela vai poder se mover para dentro e para fora dos corpos deles se precisar.

Talan estava obviamente impressionado.

— Essa aí é um tipo de magia muitíssimo útil.

— Queria saber para onde ela os está enviando. Para Ivyhill talvez, para nos espionar, ou para a área do torneio em Bathyn. A trapaceira...

— Que torneio?

— Aquele ao qual o senhor me acompanhará no mês que vem.

— Ah. — Talan ficou quieto por um instante. — Acho que a senhorita me falará melhor sobre isso depois, não é?

— Claro. Deuses, se eu vir *um* corvo a quinze quilômetros de Ivyhill, vou abater a ferinha desprezível com minhas próprias mãos.

— A senhorita também é uma arqueira habilidosa? — Talan quis saber, de forma calma. — Minha nossa, lady Gemma, existe algo que a senhorita não possa fazer?

Ignorando-o, examinei Ryder. Ele estava sentado no chão não muito longe da irmã, embalando um corvo nas mãos. Vários outros se achavam empoleirados em seus ombros e pernas, e notei — e com uma quantidade significativa de admiração — como ele era incrivelmente bonito. Um titã grande e corpulento, com uma barba jovial e cabelos compridos escuros presos para trás, o pálido rosto da gente do norte, como se ele se imaginasse como um marinheiro endurecido pelo mar — e ainda assim embalava o corvo com suas mãos grandes com o máximo de delicadeza, como faria com um gato recém-nascido. Era um estudo poético de contrastes que, mais uma vez, meu coração amante da beleza não podia ignorar.

O pássaro que ele segurava grasnou baixo, e Ryder pareceu murmurar alguma coisa em resposta. Atrás deles, um imenso cavalo escuro, que reconheci como o cavalo de Ryder, bateu os pés e relinchou.

— Queria saber o que ele está falando com os bichos — comentou Talan.

— Avaliando a saúde deles, talvez?

— Afinal de contas — retruquei secamente —, a pessoa precisa avaliar as condições de seu pássaro antes de utilizá-lo em esquemas de trapaça e trabalho de espionagem.

— A senhorita não tem como saber se eles estão fazendo alguma coisa ilícita.

Eu me virei para ele, incrédula.

— São os *Bask*. Claro que é ilícito.

Talan me fitou de uma maneira indagadora e piedosa, como se pudesse ver minhas lembranças e estivesse decidindo a melhor maneira de me confortar. Mas antes que eu pudesse tirar aquela ideia da cabeça dele, o galho bem do lado de minha orelha esquerda se moveu, as folhas farfalhando.

Girei com um grito mudo e fiquei cara a cara com um corvo enorme.

A criatura horrível tinha acabado de pousar, o galho ainda balançando com a sua chegada. O pássaro piscou seus olhos redondos e pretos para mim algumas vezes em silêncio antes de inclinar a cabeça — esquerda, depois direita —, e então abriu o bico e soltou um grito estridente e áspero.

Imediatamente os corvos reunidos na clareira se lançaram para o ar. O som de suas asas voando era ensurdecedor. No meio do barulho estrondoso de mil asas batendo havia gritos roucos, que, para meus ouvidos apavorados, soavam como berros raivosos de aviso.

Em um movimento veloz, Ryder se pôs de pé, apanhou o arco preso nas costas e encaixou nele uma flecha grossa com penas pretas. Alastrina, parada dentro do ciclone de seus pássaros como uma rainha assustadora, apontou em minha direção e gritou uma palavra que eu não conhecia. Porém, mesmo a linguagem não sendo familiar, a intenção era clara: *atacar*.

Os corvos se reuniram e se reorganizaram, como se fossem uma só criatura em vez de muitas. Uma nuvem preta se ergueu girando para os ares acima da clareira.

Talan agarrou minha mão, rompendo meu choque paralisante, e corremos para trás em direção ao atalho verde, atropelando as árvores e atravessando grossos emaranhados de samambaias. Eu me sentia desajeitada, achei que estivesse irremediavelmente condenada. Meus pés pesavam como pedras; tropecei e caí diversas vezes, arranhando minhas pernas e as palmas das mãos, e era puxada de volta por Talan para ficar de pé. Meu peito ardia por engolir o ar gelado, e quando nos aproximamos do atalho verde, meu corpo se revoltou, a dor familiar explodindo em minhas articulações e latejando contra minhas têmporas como marretas.

Mas eu não podia parar de correr. Atrás de nós vinha a cascata estridente de corvos nos perseguindo, um furor de asas e gritos hostis de pássaros, e com cada respiração dolorosa que eu fazia, eles ficavam cada vez mais perto de nos alcançar.

Um dedo de meu pé se enganchou em uma raiz retorcida, e eu caí, batendo o queixo com força contra o chão frio.

Talan voltou para me pegar, me envolveu e me puxou para cima. Agarrei o casaco dele, enterrei o rosto contra seu pescoço e o direcionei pela mata, lendo o ritmo da dor arrasando meu corpo como se fosse um mapa sinistro. Minha visão se tornou um mar agitado de formas vermelhas desconjuntadas — havia árvores, um arranhão cortante de alguma coisa contra meu rosto, depois a água fria e horrível, uma pressão de rachar o crânio. Talan chamou meu nome. Tentei responder, mas me sufoquei em uma escuridão espessa e sombria, e permiti que ela me afogasse.

11

Quando acordei, eu não estava sozinha. Minhas companhias eram uma dor de cabeça latejante, Una gemendo baixo perto da lareira e, pior de tudo, Jessyl, sentada na cadeira de sempre no canto e parecendo mais furiosa do que nunca.

A expressão em seu rosto sardento foi suficiente para me fazer sentar de um salto, com um desespero cego — depois do qual eu imediatamente afundei de volta em meu ninho de travesseiros, gemendo e segurando a cabeça.

— Jessyl — falei com a voz rouca —, o que aconteceu? Que horas são?

— *O que aconteceu*, de fato — foi só o que ela disse.

O silêncio que se seguiu, quebrado apenas pelo som do fogo estalando tranquilamente, continha uma pergunta significativa. Eu me apressei para inventar uma desculpa para explicar e negar o que quer que Jessyl estivesse pensando, mas não sabia exatamente o que houvera entre o momento em que entrei no atalho verde e em que acordei em meu quarto, portanto, eu só consegui abrir a boca sem falar nada olhando para ela como um peixe confuso.

Jessyl reagiu de maneira brusca, como se meu silêncio confirmasse suas piores suspeitas. Então ela se levantou da cadeira para se empoleirar empertigada na beirinha de minha cama. Só aí percebi que seus cabelos ruivos ondulados, normalmente presos em um coque perfeito, estava caindo dos lados, mechas desgarradas descendo soltas por seu pescoço. Una se sentou, a cauda batendo hesitantemente contra o tapete.

— Só vou falar três coisas, senhorita — começou Jessyl, com os olhos fixos na parede em vez de em mim. — Um: eu nunca fiquei mais assustada na vida do que na noite passada quando descobri que a senhorita não estava na cama. E na verdade em nenhum outro lugar da casa. Dois: eu nunca fiquei tão *aliviada* na vida como quando o sr. d'Astier irrompeu pelo seu quarto hoje de manhã cedo e a trouxe de volta para mim, mesmo meio viva e delirando como a senhorita estava.

Meu peito se apertou em torno de meu coração, e fiz uma rápida oração de agradecimento para Jaetris, o deus da mente, por eu, de alguma forma em meu estado delirante, haver reunido bom senso suficiente para não revelar o que eu e Talan tínhamos feito.

— E terceiro — disse Jessyl, que depois parou e finalmente me olhou, seu lábio inferior tremendo e os olhos brilhantes. — Não sei o que a senhorita e o sr. d'Astier aprontaram na noite passada, mas da próxima vez que resolver desaparecer na noite em alguma aventura secreta, voltando arranhada, machucada e meio congelada de uma maneira que eu precisei usar metade de meu estoque para tratá-la... Pelo menos *me* conte o que houve, para eu poder disfarçar se alguém me indagar sobre seu paradeiro. E para que eu possa saber, pelo bem de meu próprio coração, que a senhorita está bem e viva, e que vou vê-la de novo com certeza, *de preferência* inteira. E se a senhorita voltasse em um estado ainda pior e eu não conseguisse tratá-la? Nesse caso, talvez eu tenha de mandá-la para a sra. Moreen, e aí nós *duas* teremos explicações desconfortáveis para inventar.

Completamente envergonhada e sem palavras, fitei meus dedos até Jessyl me dar um pequeno sorriso lacrimejante, apertar minhas mãos e irromper para a porta que dava em minha sala de visitas. À soleira, ela parou e olhou para trás.

— Voltarei para ver como a senhorita está em uma hora, mais ou menos — ela disse, suavemente. — Trarei almoço e qualquer coisa doce que a sra. Rathmont tenha assado para nós hoje. A senhorita precisa descansar. E não se preocupe, eu falei para seu pai que a senhorita não está se sentindo bem. Antes de precisar vê-lo, vou curá-la bem. Una, cuide dela enquanto eu estiver fora.

Jessyl me deu mais um sorriso e saiu, fechando a porta sem fazer barulho. Una saltou para cima da cama, deu dois giros, se sentou a meu lado de uma maneira adoravelmente estranha com seu elegante perfil de focinho comprido e deitou a cabeça em minha perna com um suspiro melancólico.

Por um bom tempo, tudo o que consegui fazer foi ficar lá deitada entre os travesseiros, agarrar a colcha verde de minha mãe e distraidamente coçar o ponto macio atrás da orelha esquerda de Una. Parecia impossível que eu estivesse de volta a meu quarto, sã e salva — mas lá estavam meu pequeno átrio e sua alegre profusão de flores, lá estavam meu banheiro e meu *closet* repleto de vestidos...

E lá, enfiado embaixo de um jarro de água em minha mesa de cabeceira, havia um pequeno pedaço de papel assinado com a letra *T*.

O coração disparado, peguei o papel e o desdobrei. A caligrafia de Talan era, como esperado, primorosa, toda com linha simétricas e floreios elegantes.

Lady Gemma,

Jamais em minha vida experimentei uma noite arrebatadora como a que passamos juntos. Vou, espero, ter sorte suficiente para vê-la logo amanhã de manhã às onze horas. Estarei a sua espera em nosso chafariz com respiração suspensa, e até lá ansiarei ouvir sua voz mais uma vez, sonhar com seu cheiro e sentir o beijo aveludado de seu toque. Descanse esse delicioso corpo e deixe que seu coração seja tranquilizado pelo calor do dia. Nunca vi um céu azul tão deslumbrante, sem nenhuma nuvem ou pássaro para perturbá-lo. Talvez o sol também esteja enamorado da senhorita e não tolerará distrações, já que busca ardentemente sua cama. Eu conheço bem a sensação.

*Seu,
Talan*

Embora eu reconhecesse o bilhete pelo que ele era — um artifício inteligente concebido para dissipar quaisquer suspeitas sobre como e onde havíamos passado a noite, sem mencionar a garantia de que nenhum corvo nos seguira —, as palavras de Talan, contudo, me aqueceram da cabeça aos pés. Eu me contorci um pouco contra os travesseiros, me permitindo imaginar por apenas um breve momento essa noite inventada que tínhamos passado juntos. O que *teríamos* feito?

As imagens se desenrolaram suavemente por minha mente. De fato teríamos feito um tour pela casa, mas nosso tour teria sido interrompido, porque em algum lugar perto da galeria de arte no terceiro andar da ala leste, a luz da lua entrando pelas janelas, teríamos sucumbido ao deleite irresistível da beleza um do outro. Talan teria me beijado embaixo daquelas pinturas a óleo retratando carrancudos antepassados Ashbourne, suas lindas mãos claras desabotoando minha camisola até eu estar deitada nua ao lado dele, e talvez não conseguíssemos *aguentar* pensar em pegar todo o caminho de volta para meu quarto.

Em vez disso, talvez ele tivesse me tomado lá mesmo contra a parede, atrás da solene estátua branca do Pastor que Ouvia a Canção dos Céus. Ainda usando seu casaco de montaria escuro, as faces coradas de desejo, ele teria colocado uma mão coberta de luva sobre minha boca, para abafar meus gritos de prazer.

Olhe para mim, Gemma, ele poderia ter dito, a voz suave e macia caindo como uma música contra minha pele. *Mantenha os olhos abertos quando gozar para mim.*

Una latiu, me arrancando de meu devaneio inesperado, mas não indesejado. Meu rosto queimou de humilhação, como se ela tivesse realmente pegado a mim e Talan no meio da maculação.

— Você — eu disse para mim mesma, dobrando o bilhete decididamente — precisa se acalmar de todas as maneiras.

Tirando da cabeça as imagens de um Talan seminu, peguei uma caneta e um pedaço de papel em branco da gaveta da mesa de cabeceira e depois beijei o espacinho macio entre os olhos castanhos de Una. Minha mente estava uma confusão, meu corpo parecia ter sido pisoteado, e eu precisava pensar.

Sem hesitação, comecei a escrever tudo o que tinha acontecido desde a noite da festa para extrair tudo de meu cérebro e determinar o que deveria ser feito em seguida.

Escritório de meu pai.
Sra. Baines — do que ela lembra?
Poderes empáticos do Talan — descobrir mais.
Atalho verde secreto de meu pai no lago.
Outro atalho secreto — que nem mesmo Farrin conhece?
Ryder e Alastrina — corvos dominados. Espiões? Mensageiros?
O torneio de Bathyn.
O encantamento que fez Jessyl enlouquecer — como aconteceu? O que o causou?

Uma pontada de culpa apertou meu peito. Relutantemente acrescentei mais um item à lista:

Mara — o que ela queria me falar? Faço uma visita?

Parei, mastigando o lábio ansiosamente enquanto minha mente corria por cenários possíveis. Eu podia entrar escondida no atalho verde que levava a Rosewarren e visitar Mara sozinha, mas precisava preservar minha força para as visitas que eu e Talan faríamos a Ravenswood. Eu poderia viajar para Rosewarren de carruagem, mas isso demoraria demais, e eu não podia perder tempo. Eu poderia apelar para a compaixão de meu pai e implorar para ele me acompanhar adequadamente, mas isso demandaria um pedido oficial para dispensa pela Guardiã, e talvez lançasse uma atenção indevida sobre mim, o que era a última coisa que eu queria no momento. Eu poderia tentar convencer Farrin a ser minha acompanhante então, mas isso parecia o menos provável entre todos. Minha irmã era muito adepta de ordem; ela abominava quebrar as regras e me criticaria só de sugerir algo semelhante.

E mesmo se eu chegasse a Rosewarren de alguma maneira, e então? Uma vez que Mara fizesse seu pedido para mim ou revelasse qualquer informação que a estivesse atormentando tanto, eu não poderia mais ignorar a lembrança de seu rosto assombrado — e, pior ainda, a lembrança de sua óbvia e completa humilhação quando testemunhei sua transformação. Eu não teria outra opção a não ser ajudá-la, embora não pudesse imaginar que ajuda alguém como eu poderia fornecer. Além disso, pensar em dedicar minha força limitada a qualquer coisa que não fossem meus planos junto com Talan me deixava tensa a ponto de entrar em pânico. Precisávamos descobrir se o Homem com a Coroa de Três

Olhos existia e, se existisse, eu não conseguiria suportar que alguém ou alguma coisa me distraísse do pedido que eu faria a ele:

Me cure. Me refaça. Me prenda a você, se for preciso. Ofereço qualquer coisa que você pedir em troca: minha riqueza, minha lealdade, meu corpo.

Não. Nada me desviaria de meu objetivo. Nem mesmo Mara.

Una latiu, me arrancando de minhas reflexões. Ela abanava a cauda enquanto me observava. Sem dúvida estava ansiosa para sair para uma longa caminhada sob o céu azul sem pássaros a respeito do qual Talan falara de forma entusiasmada.

— Hoje não, meu docinho — sussurrei, acalmando Una com uma série de coçadinhas na barriga. Sorri um pouco, determinada a ignorar o gosto amargo da vergonha em minha língua, e continuei a escrever.

Farrin — posso contar nosso plano para ela?
Gareth — devo mandá-lo para Rosewarren em meu lugar?
Illaria — contar a ela sobre a "noite arrebatadora" com Talan.
Talan.
Talan.
Talan.

Fitei minha lista por um bom tempo, evitando os nomes *sra. Baines* e *Mara*. Talvez fosse meu maior talento: virar as costas para aquilo que me assustava ou me oprimia e fingir que não existia. Em vez disso, me concentrei na palavra *Talan*. Eu tinha escrito o nome dele muitas vezes, incapaz de formar um pensamento coerente sobre ele, mas, por outro lado, escutando seu nome fluir por minha mente — quase uma *sensação* —, como se fosse o tamborilar de meu sangue.

Sentindo-me um pouco mais lúcida, minhas preocupações trancadas com sucesso nos cantos mais obscuros de minha mente, dei uma olhada final em minha lista e me levantei da cama; com os pés doloridos, fui mancando até a lareira silenciosa, rasguei o papel em pedaços e alimentei o fogo com ele.

Permaneci na cama pelo resto do dia tendo apenas Una como companhia.

Após somente algumas horas, meus pés estavam quase curados, graças à impressionante coleção de Jessyl de suprimentos medicinais raros, e consequentemente caros — unguentos e tinturas, uma parede inteira de gavetinhas cheias de ervas e raízes meticulosamente etiquetadas, e até mesmo alguns elixires experimentais inventados pelos reclusos Irmãos Consagrados de Kerezen no Mosteiro Pallas. Muitas vezes tentei dissuadir Jessyl de gastar seu salário nessas coisas, mas ela não ouvia meus protestos. *Nunca se está preparado em excesso para uma catástrofe* era sua contestação inabalável.

Eu sabia o que isso significava. Jessyl morara em Ivyhill a vida inteira, filha de dois de nossos agricultores arrendatários que trabalhavam na parte sudeste de nossa propriedade havia gerações. Jessyl tinha onze anos quando o incêndio dos Bask quase destruiu a mansão. Muitos de nossos empregados sofreram queimaduras, assim como eu, mas Jessyl tinha tido muita sorte de sair ilesa de casa, e desde então ela passou a colecionar remédios obsessivamente, se preparando para algum futuro ataque catastrófico.

Claro que havia outra razão para esse hábito de Jessyl: um dos remédios que ela colecionava podia um dia se provar a coisa perfeita para curar meu corpo de todas as minhas enfermidades.

Fiquei matutando sobre isso, na luz do final do dia, perversamente achando graça em imaginar como Jessyl reagiria quando um dia eu entrasse pelas portas da frente não apenas curada, mas *refeita*, cortesia não da medicina, mas de um demônio.

Quer dizer, se Talan e eu conseguíssemos encontrá-lo.

E se ele fosse receptivo a minha proposta.

E se ele de alguma maneira não me tirasse de minha pele e começasse a usá-la como uma capa para passear por Gallinor.

Una ganiu, levantando a cabeça do travesseiro.

Olhei para ela de cara séria.

— O que foi? Vou descobrir como. Ainda tenho tempo. Antes precisamos *encontrar* o demônio, afinal das contas.

Ela ganiu de novo, aparentemente não convencida. Depois ficou imóvel por um minuto antes de girar a cabeça e fitar a porta do quarto com as orelhas em pé e a cauda abanando, esperançosa.

Eu me sentei, prestando atenção. Primeiro não ouvi nada — nenhum passo se aproximando, nenhum rangido de fechaduras —, mas então, muito baixo, um distante trinado de música chegou a meus ouvidos. Era impossível, mas soava como se alguém estivesse tocando piano. Uma melodia crescente flutuou pela casa, os acordes dramáticos, mas apurados, e sem uma única nota fora do lugar.

Um pequeno arrepio de alegria eriçou os pelos de meus braços, e na mesma hora abri um sorriso, e tudo o que eu estava ruminando saiu de minha mente. Deixei a cama com dificuldade, peguei meu robe mais comprido para cobrir meus machucados ainda aparentes e um par de botas de couro macio que protegeriam meus pés. Com a maior velocidade que meu corpo ainda dolorido conseguia suportar, percorri às pressas o longo corredor com janelas onde estavam localizados os quartos de minha família, passei pelo jardim de inverno, samambaias exuberantes e palmeiras espalhadas entre as imponentes colunas brancas, e desci com cuidado um lance de escadas para a ala central, que abrigava, entre outras coisas, o Salão Verde.

Uma pequena multidão extasiada se amontoava na entrada — criados, primos, convidados da festa que ainda permaneciam por lá. Alguns sorriam como crianças, as mãos sobre as bocas como se mal pudessem conter a alegria. Outros pressionavam as orelhas nas portas duplas, os rostos contorcidos com um desespero silencioso. Nosso mordomo-chefe, Gilroy — um homem sisudo e incrivelmente competente, com uma tez avermelhada e assustadoras sobrancelhas pretas capazes de impressionar até meu pai —, estava deitado no brilhante piso de tacos, as lágrimas rolando silenciosamente por seu rosto.

Uma imagem constrangedora em qualquer outro contexto, porém, dado o que acontecia no salão, eu não podia culpar nenhum deles.

— Tenho certeza de que todos vocês têm lugar melhor para ir — eu disse bruscamente, lutando com força contra minhas próprias emoções ao me aproximar.

Una, inutilmente, corria em círculos doidos em volta de mim.

— Isso não é um circo para vocês ficarem embasbacados. Saiam daqui, todos vocês, agora mesmo!

A maioria se dispersou logo, mas alguns permaneceram, incluindo Gilroy, que havia se erguido do chão, mas ficou lá imóvel, fitando, com pura admiração, as portas do salão.

Eu me coloquei diretamente na frente dele, dizendo:

— *Gilroy*. Controle-se, ouviu? E leve todos que estão neste andar agora para outro lugar. Para fora, para a cozinha, não me importa.

Ele piscou para mim, impotente e perplexo, até eu tentar uma tática diferente e tocar de leve seu braço.

— Você sabe o que isso significa, não é, Gilroy? — eu falei, baixo. — O que significa para nossa família. O que significa para *ela*.

Isso pareceu arrancá-lo de seu torpor. Ele tossiu, enxugou os olhos depressa, bufou algumas vezes e depois se virou para os retardatários boquiabertos.

— Acredito que todos ouviram lady Gemma — declarou Gilroy, sua profunda voz de barítono rouca de emoção. — Vamos todos passar para a varanda com vista para o gramado sul, onde eu pedirei para a sra. Rathmont mandar refrescos.

Com expressão séria, esperei nas portas do salão até Gilroy conseguir despachar todo mundo. O último — um primo de segundo grau de meu pai, um homem seco e extremamente maçante — se agarrou à moldura da porta de um saguão, implorando permissão para ficar, o que obrigou o pobre Gilroy a usar a força física para arrancá-lo de lá.

Quando o foyer ficou vazio, inspirei profundamente, pressionei a cabeça sedosa de Una contra minha perna por um instante para me tranquilizar, e entrei no salão.

Lá no centro da sala, sentada ao piano, estava Farrin.

Por um momento, eu simplesmente apoiei as costas contra as portas fechadas e entrei em cena, meu coração martelando no peito. O piano era um glorioso instrumento de cerejeira nobre, decorado com intricados detalhes de trepadeiras delicadamente entalhadas e encomendadas para Farrin por nossos pais quando ela mal tinha idade para andar. Estava óbvio mesmo naquela época qual era seu poder Consagrado, e embora já tivessem se passado anos desde aquela desastrosa performance final que quase incitou o público a um motim extasiado, Farrin claramente não havia perdido nada de seu dom doado pelos deuses.

O momento em que minha irmã mais velha ficava mais bonita era quando ela tocava música, fosse o instrumento um piano ou seu amado violino — que não saía de seu estojo forrado de veludo havia anos — ou simplesmente sua própria voz. As linhas severas de seu rosto se amenizaram, a tensão nos seus ombros se desfez, e seu corpo pareceu se *encaixar* nela com mais facilidade, como se essa fosse a única coisa que ele deveria fazer e todo o resto fosse simplesmente passar o tempo como um soldado amargurado e entediado do Exército Inferior.

As mãos de Farrin dançavam sobre as notas, batendo em cada uma com uma combinação de poder e inimaginável delicadeza, e seu rosto brilhava com tanta felicidade que chegava a ser doloroso vê-la tocar. Mechas de cabelos dourados tinham se soltado de sua habitual trança sóbria. Ela parecia uma criança novamente, banhada na luz do sol da tarde entrando pelas janelas viradas para o oeste em rios de um dourado vivo. Até mesmo o salão em si parecia imbuído de vida nova. Vazio exceto pelo piano, suas paredes verdes pareciam de veludo macio na luz quente, cada uma enfeitada simplesmente com cortinas brancas compridas e as trepadeiras de hera onipresentes de minha mãe. O molde dourado cintilava, e até mesmo as flores brancas pintadas que enfeitavam o chão pareciam mais vívidas, como se tivessem florescido recentemente.

E então Farrin terminou com uma lenta e delicada onda de notas em cascata, começando pelos registros mais graves e terminando nas teclas mais agudas como suaves pingos de chuva. Ela parou, as mãos pairando sobre as teclas, e suspirou e relaxou, se recostando no banco almofadado com um sorrisinho secreto no rosto.

Vendo-a daquela maneira, meu peito se apertou de dor. Eu detestava perturbar um momento tão raro de paz, mas seria pior se Farrin se virasse e me flagrasse espiando.

Pigarreei com o máximo de delicadeza que consegui.

— Farrin, eu te amo tanto que quase não consigo respirar.

Minha irmã se enrijeceu e olhou de cara fechada por cima do ombro. Osmund, seu gato preto de pelo longo — uma criatura linda, salvo por uma eterna expressão de escárnio no rosto —, saltou de onde estava, colocando-se ao lado de Farrin, e começou a limpar suas patas de forma empertigada. Uma ação perfeitamente inócua para outro gato, talvez, mas o aviso era claro: se eu fosse me aproximar, deveria ser devagar e com muito cuidado.

Obedeci, Una andando em silêncio a meu lado, para variar. Eu desejava desesperadamente puxar Farrin para meus braços e abraçá-la como eu não fazia no que pareciam anos; em vez disso, sentei-me no chão aos pés do piano e olhei para ela, esperando. Com hesitação, Una enrolou seu corpo comprido como uma bolinha esquisita no chão a uma distância segura de Osmund, que tinha parado de se limpar para observá-la.

Farrin fitou as teclas, o corpo um pouco debruçado como se esperasse um golpe. A expressão suave e aberta estampada em seu semblante momentos antes tinha sumido.

Depois de bastante tempo, ela murmurou:

— O papai deseja que eu toque no torneio.

Uma raiva súbita inflamou meu peito e minhas bochechas, mas sufoquei minha explosão.

— E quando você diz *deseja*, você quer dizer *manda*.

Farrin soltou uma risada baixa.

— Chocante, não é?

Mil palavras indignadas se reuniram em minha língua — ou seja, como era injusto por parte de meu pai pedir isso para ela quando ele sabia muito bem como Farrin tinha ficado totalmente apavorada depois da última performance —, mas me mantive em silêncio. Farrin tinha um grande respeito por silêncio e quietude; eles lhe davam espaço para pensar.

— Eu não tocava uma única nota desde aquele dia — ela falou devagar, ainda olhando para as teclas reluzentes do piano. — Já faz dez anos.

Sorri um pouco.

— Diga isso para seus dedos. Eles parecem achar que não se passou tempo nenhum.

— Ao tocar agora... — Farrin se calou, sua boca franzindo.

Quando ela me fitou, seus olhos estavam brilhantes, e precisei sentar em cima de minhas mãos para me impedir de tocar minha irmã.

— Eu me sinto como se tivesse estado morta todos esses anos — sussurrou minha irmã —, e hoje a música me trouxe de volta à vida. — Com reverência, leve como o beijo de uma borboleta, Farrin encostou nas teclas e tocou uma nota suave. Depois fechou os olhos com força. — Mas eu não consigo aguentar, Gemma. Não consigo tolerar a ideia de ouvi-los gritando o meu nome, me enchendo de flores, me implorando para casar com eles, me implorando até mesmo para *olhar* para eles, urrando e me xingando quando eu recuso. Não foi essa a intenção dos deuses. Não é isso o que eu *quero*.

Farrin tremeu ao inspirar e, ao abrir os olhos, seu rosto demonstrava uma determinação firme.

— Vou me apresentar no torneio. Isso deixará o papai feliz, e tão poucas coisas fazem isso atualmente. Mas depois, nunca mais vou tocar de novo, nem mesmo aqui em casa. É perigoso demais. Eu sei que eles estão escutando lá fora. Pude sentir o amontoado de gente suada ansiosa para abrir as portas. — Ela riu com amargura, limpou o nariz com o braço, olhou para o teto e piscou com força. — Eu sei. Que mentira. Se o papai me pedir para tocar de novo, é claro que vou tocar. Vou tocar todas as vezes, por pior que isso me faça sentir. Vou morrer, viver e morrer de novo às ordens dele.

Tomada pelo tom desolado de sua voz, eu mal me movia, mal conseguia respirar. Cada resposta que veio a minha mente pareceu um mero bálsamo risível de um sofrimento tão cru. Eu me lembrei da lista que queimei. *Farrin — posso contar nosso plano para ela?*

Talvez eu pudesse algum dia, quando o torneio fosse uma lembrança distante. Até lá, eu sabia que não podia sobrecarregar Farrin com os segredos meus e de Talan, e certamente não aqueles segredos que eram só meus. Demônios, atalhos verdes e o estranho encantamento anômalo que eu tinha feito pareciam bobos, até infantis, naquele momento.

Finalmente falei a coisa mais segura em que consegui pensar:

— Me diga sobre o que é essa peça que você acabou de terminar. Você que compôs, não é mesmo?

Farrin apertou as mãos no colo e confirmou com a cabeça.

— Você se lembra do menino brilhante, Gemma?

Claro que me lembrava — o garoto que Farrin jurou que a tinha salvado do incêndio dos Bask. Meu pai já havia desistido fazia muito tempo de convencê-la de que o que quer que ela vira não passara de uma aparição evocada por sua mente moribunda e cheia de fumaça.

— Quando veio até mim — Farrin falou devagar, uma recitação familiar —, ele brilhou como se estivesse banhado em luz branca, e usava uma estranha máscara de tecido com olhos cobertos. Ele estendeu a mão para mim e disse: "Não tenha medo. Eu sei o caminho para sair daqui." — Ela inspirou e expirou devagar. — E ele sabia mesmo.

Eu nunca soube no que acreditar sobre aquela história, se era para se acreditar em algo; entretanto, eu amava o romantismo, o mistério. Real ou não, o garoto brilhante tinha guiado minha irmã para longe daquela morte horrorosa e escaldante.

— A música é sobre ele, então? — perguntei.

— Sim. Sobre aquela noite, e onde ele possa estar agora. *Quem* ele possa ser. Como seria se nos encontrássemos agora que já somos adultos. E como seria se eu passasse minha vida toda pensando nele e nunca encontrasse uma resposta.

No silêncio que se seguiu, Osmund — chocando a todos nós — caminhou até Una e se enrolou do lado dela como um gatinho filhote com a mãe. Seus olhos amarelos e maliciosos se estreitaram com satisfação, como se nós fôssemos bobas por duvidar dele. Minha querida Una não ousou se mexer. Sua cauda deu uma única abanada cautelosa.

Farrin e eu rimos, e ela enxugou os olhos com uma balançada torta da cabeça, e por um momento — fugaz, e por isso sobretudo precioso —, éramos crianças de novo, antes de Mara ir embora, antes de minha mãe ir embora, amontoadas juntas em nosso sótão de brinquedos, fingindo que éramos feras da Antiga Nação e gargalhando loucamente sabem os deuses do quê.

Pus a mão no braço de Farrin.

— Toque de novo para mim...

Os olhos castanhos de minha irmã, normalmente tão penetrantes e sérios, se suavizaram quando ela me olhou. Farrin beijou o topo de minha cabeça e então, com um suspiro curto e corajoso, começou a tocar.

Enquanto as notas de sua composição me inundavam e a luz da tarde nos aquecia, só pensei em minhas irmãs — uma perto, outra longe — e como seria estar aninhada entre elas mais uma vez, como acontecia tanto quando eu era pequena. Mara segurando um livro aberto, Farrin lendo em voz alta, e eu esmagada no meio, feliz, os olhos arregalados colados nas páginas coloridas, as mãos agarradas na manga de Farrin, silenciosamente implorando aos deuses para fazer a história durar para sempre.

12

Dois dias depois, passados quarenta e cinco minutos de minha hora semanal com a estilista Kerrish, ela jogou as mãos para o alto, deu um passo para trás e fez uma careta para meu reflexo no espelho.

— Fale logo, seja o que for — disse ela, abruptamente. — Você vem agindo de modo estranho desde que cheguei, e agora está tão tensa que tenho medo de parti-la em duas com um puxão errado de minha escova. E aí vou ter que ir até seu pai de joelhos, segurando as duas metades de seu corpo em meus braços, e implorar por perdão.

Uma pausa significativa. Então, Kerrish arqueou uma sobrancelha perfeitamente feita.

— Imagino que isso não seria muito bom. O que acha?

Engoli em seco e olhei com timidez para minhas mãos, rapidamente vendo passar por minha mente tudo o que Talan e eu havíamos conversado no dia anterior. Não era a primeira vez que eu tentava bajular Kerrish para conseguir alguma coisa, mas *era* a primeira vez que a ajuda dela realmente importava.

— Me desculpe, Kerrish — comecei a falar baixo, mas ela me interrompeu com um estalo desdenhoso da língua, virou minha cadeira até estarmos de frente uma para a outra e se sentou no banco do outro lado.

— Não me faça perder tempo, Gemma — disse ela. — Se você quer alguma coisa de mim, peça. Ou isso ou pare de se mexer. Está me deixando nervosa.

Ergui os olhos para o rosto de Kerrish. Minha estilista Consagrada era uma mulher velha e admirável — robusta e baixa com olhos castanhos pequenos e perspicazes, e a pele marrom-dourada macia como a de uma criança, o que tornava impossível adivinhar sua idade real. Seus cabelos grisalhos grossos brilhavam como a luz das estrelas; naquele dia seu penteado era uma elaborada coroa de tranças. Seus cílios eram longos e abundantes, as unhas estavam pintadas de um rosa pastel brilhoso, e suas orelhas cintilavam pelas joias. Ela usava um extravagante vestido lilás azulado com uma gola alta de rufo, um decote profundo, um corpete de espartilho que valorizava suas curvas voluptuosas e uma enorme anquinha de renda e cetim que fazia barulho chamando atenção quando ela andava.

Naturalmente o vestido fora desenhado por ela, o que significava que logo seria copiado centenas de vezes por qualquer um que prestasse atenção à moda — mas não antes do torneio em Bathyn, quando eu estrearia minha própria versão dele, que Kerrish tinha prometido que seria ainda mais bonito do que o original.

Ser uma Ashbourne — e, além disso, a queridinha de Kerrish — tinha seus benefícios.

— Bem, sabe — comecei, depois hesitei, mordendo o lábio e sorrindo recatadamente —, conheci uma pessoa.

— Chocante — disse Kerrish, os olhos brilhando. — E quem é o amante sortudo desta vez?

— O nome dele é Talan d'Astier.

— Um vauzaniano?

Confirmei com a cabeça enfaticamente, piscando forte os cílios que Kerrish acabara de curvar e pintar.

— Conheci Talan em nossa festa. Ele tem uma história tão triste, e uma boca tão prazerosamente talentosa... Nós, hum...

Mordi o lábio de novo, depois tirei do bolso o bilhete de Talan e o entreguei a Kerrish. Ela o leu rapidamente e revirou os olhos.

— Ah, deuses destruídos! — exclamou, sorrindo com uma careta. — O "beijo aveludado de seu toque"? Não sei se parabenizo você ou se questiono seu gosto.

— Ah, parabéns é *definitivamente* melhor. — Eu me inclinei para a frente com um sorriso. — O homem não cansa nunca. Ele me levou ao clímax quatro vezes durante nossa primeira noite juntos. E... — Olhei em torno para meus aposentos vazios como se preocupada que alguém estivesse escutando. — Na noite passada, ele me tomou bem na frente da janela que dá para a varanda do gramado sul, que estava *abarrotada* de hóspedes apreciando o jantar sob as estrelas. Se alguém tivesse se virado para cima... Deuses, talvez alguns deles tenha *olhado*. Bem, se olharam, tiveram um show.

Eu me recostei no banco com um suspiro sensual, toda acalorada, com minha história inventada.

— Ele é tão... *divertido*. E libertador. Quando estou com ele... — Balancei a cabeça, rindo um pouco, e então disse, ardentemente: — Kerrish, quando estou com ele, esqueço minha dor. Não sinto dor de cabeça, nem dores nas juntas latejantes, nem mesmo a espetada de magia no ar. Eu só percebo como ele faz com que me sinta *bem*.

O sorrisinho de compreensão de Kerrish se suavizou. Delicadamente ela apertou minhas mãos entre as suas, e senti uma pontada de culpa com a cortina de mentiras que eu estava tecendo.

— E por quanto tempo esse deus entre os homens ficará em Ivyhill? — Kerrish quis saber.

— Indefinidamente, que eu saiba. Ele é amigo de meu pai. Eles estão trabalhando em um plano para vender as lojas de vinhos que Talan herdou. — Dei uma risadinha, cobrindo a boca com uma mão. — Não tenho certeza se meu pai teria deixado que ele se aproximasse mais de trinta quilômetros da propriedade se soubesse a veemência com que o sr. d'Astier arrebataria sua filha.

— Tsc, tsc. Garota levada. — Kerrish deu um tapinha em minha mão, depois se levantou para continuar penteando meus cachos com um óleo amaciante. — E o que você quer, então? Mais um vestido novo, talvez que seja fácil de tirar?

Senti o nervoso na barriga como asas batendo. Consegui dar uma risada leve.

— Não exatamente. Sabe, Talan e eu queremos visitar Derryndell, mas não pretendemos ir como *nós mesmos*, no caso de sermos... — pigarreei delicadamente — ... pegos em uma posição comprometedora. Eu quero *ajudar* Talan a restaurar o nome de sua família, não arruinar as chances de vez.

Em meus cabelos, o pente de Kerrish ficou imóvel.

— Você quer que eu realize encantamentos para os dois — ela disse, o rosto sério no espelho —, para que possam perambular pela cidade que é praticamente toda de seu pai? Onde você pode encontrar magias dispersas de vários viajantes estranhos, de tipos que só os deuses sabem *quais* são? E aproveitar uma noite de sexo selvagem em público com um homem que você conhece há apenas poucos dias?

Minhas faces pareceram estar queimando, tão intensa era minha culpa crescente; entretanto, encontrei os olhos de Kerrish com a expressão que eu havia praticado mais cedo no espelho — séria, mas com uma resignação determinada.

— Ninguém sabe o que há de errado comigo, Kerrish — falei em voz baixa. — Ninguém sabe se vou acordar amanhã e aproveitar um dia comum ou se Jessyl me trará o desjejum e me encontrará morta, com a vida tirada de surpresa por sabe-se lá que doença maldita pelos deuses eu tenho. — Inspirei profundamente, surpreendendo até a mim mesma pela facilidade com que consegui invocar poças gêmeas de lágrimas. — Você pode me culpar por querer aproveitar ao máximo essa vida de tortura que os deuses me deram? Quer dizer, por mais quanto tempo eu viver.

Fiz uma pausa, temendo que minha performance tivesse ido longe demais. Mais cedo, eu ensaiara meu pequeno discurso sem problemas, mas fazê-lo em voz alta para Kerrish fez soar mais como verdade do que mentira. Um tipo de calma quente-fria se instalou em mim quando me lembrei que efetivamente era *possível* que eu fosse para a cama e não acordasse mais, que algum dia uma magia com a qual eu nunca havia deparado antes pudesse se provar surpreendentemente fatal para meu corpo frágil.

Pensamentos terríveis e familiares começaram a se infiltrar devagar para dentro de minha mente.

Eu podia morrer, e não havia nada que quem quer que fosse pudesse fazer a respeito. Ninguém sabia o que havia de errado comigo. Ninguém sabia como me curar.

Eu podia morrer, e talvez não fosse uma coisa tão terrível.

Eu podia morrer até mesmo com a ajuda de um demônio — ou *por causa* da ajuda de um demônio.

Contudo, eu precisava tentar, não é? E se até mesmo isso falhasse, se nem mesmo um demônio pudesse me consertar, então talvez isso fosse um sinal dos deuses de que eu nunca nem deveria ter existido, de que havia alguma coisa errada bem dentro de mim, de que eu devia desistir, afinal.

O som de Kerrish fungando me assustou e me libertou de meu transe mórbido. Até mais surpreendente, ela me puxou para um abraço apertado — o primeiro abraço que trocamos.

— Certo — disse ela, a voz grave. — Sua garota horrível, eu faço isso. Mas é melhor esse camarada Talan cuidar bem de você durante todo esse sexo que vocês vão fazer porque, se algo acontecer com você enquanto estiver com ele, eu juro que vou rezar todas as manhãs depois para os espectros de Zelphenia atormentarem suas *duas* almas até a Reconstrução.

Uma onda de alívio descartou os pensamentos sombrios que ainda restavam. Forcei uma risada alegre e forte.

— Ah, Kerrish, *obrigada* — soltei entusiasmada, segurando as mãos dela. — Você não sabe o que isso significa para mim!

Kerrish me afastou com um sorriso.

— Quatro vezes na mesma noite, você disse? Minha querida, graças a sua tendência persistente de compartilhar demais, eu sei de fato *muito* bem o que isso significa.

Com essa frase, ela retornou ao trabalho — polvilhando meu rosto com pó reluzente, passando sombras escuras em minhas pálpebras. Por último, franzindo os lábios com uma desaprovação silenciosa, ela cedeu a meu pedido por um pequeno encantamento. Com um leve roçar de seus dedos e um choque de dor quando sua magia me atingiu, Kerrish tirou os últimos hematomas autoprovocados em meus braços.

Marcas de amor, eu contara a ela dissimuladamente. *Eu falei para Talan ser tão bruto quanto quisesse.*

E por um momento, com meu adorável reflexo sorridente me encarando de volta, deixei-me acreditar em minha própria mentira.

Quando Talan e eu saímos do atalho verde, encharcados e ofegantes, eu caí de quatro nas frias samambaias da floresta de Ravenswood.

Eu tinha sido esperta o suficiente para não comer muito naquele dia na expectativa de nossa viagem para a propriedade dos Bask, mas mesmo assim meu estômago protestou com nossa dura passagem pelo atalho verde — o quinto em duas semanas —, e minha cabeça pareceu apertada entre enormes mãos escaldantes determinadas a me esmagar.

Com um solavanco de frustração e animação em medidas iguais, percebi o que eu precisava fazer. Durante nossas quatro primeiras viagens para Ravenswood, estive teimosamente determinada a não pedir ajuda a Talan, a não ser que surgissem circunstâncias extremas, mas decidi que uma dessas circunstâncias era exatamente estar meio fora do ar com dor e tontura enquanto espreitava a floresta dos Bask.

— Talan — sussurrei —, preciso de sua ajuda.

Ele foi até mim de imediato, abrindo a pequena bolsa de suprimentos pendurada em volta do torso — uma criação à prova d'água de Kerrish, feita de couro tratado. Minha *bolsa,* encomendada para minhas supostas noites na cidade com Talan.

— O que posso fazer? — ele perguntou baixo, abrindo a bolsa. — Você quer um tônico para sua dor de cabeça?

— Não — respondi —, preciso da sua *ajuda.*

Ele se abaixou para olhar para mim. Nossa quinta ida a Ravenswood e eu ainda não estava totalmente acostumada à imagem de Talan encantado — certamente não era pouco atraente, mas mais redonda do que sua própria, com suaves olhos castanhos e uma bagunça desalinhada de cabelos castanhos. Sua boca beijável, entretanto, carnuda e ligeiramente curvada nos cantos como se ele tivesse acabado de pensar em alguma coisa deliciosamente safada — isso pelo menos era dele mesmo. Um presente de Kerrish, que, quando viu Talan pela primeira vez, ficou boquiaberta, atordoada, por um bom tempo antes de se virar para mim e exclamar com uma aprovação calorosa: *Deuses reconstruídos, garota.*

— Que boca linda você tem, marido — murmurei.

Minha dor de cabeça lancinante junto com a boca de Talan me dificultavam o raciocínio, mas eu me recordei da historinha falsa e divertida que havíamos inventado. Nossas versões encantadas eram um marido e sua esposa, uma sapateira e um ferreiro, casados e felizes por anos em grande parte devido a suas peregrinações exibicionistas por Gallinor.

— Você tem que me falar em palavras claras... ahn... mulher — disse Talan, de forma um pouco esquisita. — Precisa que eu diminua sua dor com meu poder empático?

Achando engraçada sua formalidade séria, eu ri, o que obviamente piorou a dor. Encurvei-me, a boca aberta em um grito silencioso de agonia.

— Gemma — Talan me chamou com urgência.

— Sim — ofeguei. — Use o seu poder e faça isso parar, ou qualquer coisa sem sentido que você disse.

O alívio foi imediato — uma onda de calor tranquilizante que se espalhou rapidamente por meu corpo inteiro. A sensação de contentamento calmo foi tão imediata, tão reconfortante e completa, que desmoronei como um montinho irregular no chão da floresta.

Talan me ajudou a me sentar apoiada no peito dele.

— Desculpe se foi forte demais — ele sussurrou. — Parecia que você estava sofrendo tanto, eu quis agir logo.

Tremendo, agarrei-me nele enquanto ele removia delicadamente as mechas dos meus cabelos pretos que caíam em meu rosto encantado — mais corado do que o meu próprio, com uma mandíbula quadrada e incríveis sobrancelhas arqueadas. Fechei os olhos, permitindo que meu corpo se deleitasse com sua nova força. Uma falsa força, mas eu não me importava. Era a primeira vez desde o início de nosso acordo que pedia a Talan o dom de seu poder, e naquele momento eu não conseguia entender por que eu tinha levado tanto tempo. Meus olhos, minha cabeça, minhas juntas — tudo parecia limpo e fortalecido, como se aquele calor sublime tivesse de fato recomposto cada um de meus ossos mais do que simplesmente disfarçado seu tormento.

As lágrimas se amontoaram traiçoeiramente em meus cílios, mas pisquei e as retive, e não disse nada até ter certeza de que meus olhos estavam secos.

— Obrigada por isso — murmurei.

— Por nada — respondeu Talan —, e pelos deuses, Gemma, espero que me peça ajuda com mais frequência de agora em diante, em vez de sofrer em silêncio sem necessidade. Fico destruído toda vez que a vejo apertando os dentes, claramente sentindo dor.

Eu me levantei, revigorada pela nitidez de minha visão e a estabilidade de meus membros.

— É incrível o que conseguimos experimentar sem uma dor constante estragando tudo — comentei suavemente, embora eu não achasse que Talan se deixasse enganar.

Ignorei sua expressão de piedade, e depressa peguei a bolsa que estava com ele, que continha alguns frascos tampados de remédios dos estoques de Jessyl, panos para nos secarmos e, o mais importante, um pequeno diário e uma caneta.

Uma vez nossas aparências cuidadas da melhor maneira possível, abri o diário, localizei a última anotação escrita durante nossa visita anterior e caminhei na direção oeste entre as árvores, Talan logo atrás. Trabalhamos em silêncio; era nossa quarta sondagem séria da área com florestas que cercava Ravenswood, e decidimos, depois de nossa primeira investida desastrosa, falar somente quando fosse absolutamente necessário. Sinais simples com as mãos, expressões faciais e ocasionais rabiscos abreviados em nosso diário haviam se mostrado supreendentemente eficazes, como se estivéssemos perambulando em missões secretas em território inimigo havia anos.

Sorri para mim mesma enquanto trabalhávamos, anotando as localizações de pontos de referência significativos, ladeiras perigosas no terreno, muros de pedra baixos que ziguezagueavam no meio da vegetação como serpentes antigas. A ilusão de meu corpo galvanizado me deixava alegremente satisfeita e me dava espaço para pensar em outras coisas, tais como a maneira como eu deveria alguma hora propor a Talan que aproveitássemos uma noite *verdadeira* na cidade, e depois me deleitasse com a expressão no rosto dele quando eu sugerisse como devíamos passar a noite.

Merecemos alguma diversão depois de tanto nos esconder, eu lhe diria, talvez desabotoando lentamente qualquer roupa que estivesse usando no momento — não uma revelação completa, apenas o suficiente para provocar. *Você não me quer, Talan?*

De repente, Talan travou e estendeu o braço para me deter. Fiquei paralisada, escutando. Tivéramos sorte de não encontrar ninguém durante nossas visitas anteriores, nem mesmo um único corvo — mas naquela noite, com a meia-lua iluminando de leve os arbustos baixos e um vento frio arrepiando as pontas de meus cabelos, alguma coisa de súbito pareceu diferente. Tensa e alerta. Meus instintos gritaram um aviso: não estávamos sozinhos.

— Está sentindo esse cheiro? — sussurrou Talan. — Um travo ácido, como sangue ou metal.

Inalei com intenção.

— Na verdade, sim. E um leve aroma doce também. Me lembra flores mortas apodrecidas em um vaso. — Olhei para Talan. — O que isso significa?

Talan esquadrinhou o mar de pinheiros com os olhos estreitados.

— Acho que significa que existe uma pedra vigia por perto.

— Uma pedra vigia. Uma proteção contra demônios. Não é isso?

A boca de Talan se contraiu.

— Então você *realmente* escuta quando eu conto as coisas.

— Hum... Só de vez em quando.

— Se conseguirmos encontrar a pedra vigia e levar de volta para Ivyhill, poderemos descobrir alguma coisa com ela: se foi criada para defesas demoníacas em geral ou para alguma coisa específica, como o Homem com a Coroa de Três

Olhos. E, se *tiver sido* criada como defesa contra ele e conseguirmos decifrar o feitiço, talvez consigamos descobrir qual a aparência dele e quantas vezes chegou perto da pedra vigia.

— Se ele realmente existir — falei, indiferente, um refrão familiar no qual eu insistia, embora por dentro estivesse fervilhando de excitação. Finalmente encontráramos algo útil.

Talan suspirou.

— Acho que estabelecemos a esta altura que sim, tudo isso será irrelevante se esse demônio não existir de verdade.

Então seu corpo ficou tenso, toda a graça foi embora. Segui seu olhar e vi por mim mesma — no topo de um pequeno morro rochoso logo adiante de nós, para além de um grupo de três pinheiros inclinados precariamente por cima do declive, havia uma criança. Uma menina, de dez anos talvez, encolhida atrás de um dos pinheiros. Vestida com trapos enlameados, pálida e com os olhos arregalados, os cabelos loiros opacos bagunçados, ela chorava baixinho.

— Vocês podem me ajudar? — a criança choramingou, a voz doce como um miado. Ela se aproximou, e ficou iluminada. Listras de sangue marcavam seu rosto. — Por favor, me ajudem. Eles estão me machucando. Não me deixam ir embora.

A visão daquela menina cambaleando descendo a colina partiu meu coração. Comecei a caminhar na direção dela imediatamente, mas Talan agarrou meu braço e me puxou, me girando de frente para ele.

— Não vá até ela — disse ele, tenso. — Nem olhe para ela. O cheiro é *dela*. É uma aparição vigia.

— Uma *o quê*? — sussurrei.

— Eu já li sobre isso. Pedras vigia criam diversos truques para distrair e atrapalhar os intrusos, para afastar os demônios de suas presas. Aparições vigias são uma dessas defesas.

Senti um tapinha em meu braço.

— Você está me escutando? — arrulhou uma voz lamentosa. — Estou com tanto frio... Eles estão me machucando. Você pode me tirar daqui?

Um arrepio levantou todos os pelos de meus braços. Aquela criança mancando não conseguiria se aproximar de nós tão rápido.

— Não olhe para ela — alertou Talan. — Olhe para mim. Ela vai enfeitiçar você, e você ficará indefesa e presa a ela.

— Você não está me *escutando* — disse a criança, um ligeiro tremor na voz. — Você não quer me ajudar?

Uma ideia começou a se formar.

— Mas ela é só uma criança, e precisa de nossa ajuda.

— Ela é uma ilusão — sibilou ele. — Um tipo de magia criada para nos matar, se assim for necessário.

Uma mãozinha imunda puxou a manga de Talan.

— Me escute! — a criança gritou, agora a meu lado.

— Ela precisa de nossa *ajuda*. — Olhei fixa e incisivamente para a floresta.

— Eu posso ajudá-la, querido amigo, se você não o fizer.

A expressão de Talan se suavizou. Ele piscou duas vezes.

— Ah. Entendi.

Meu coração gelou de medo quando me virei para me ajoelhar na frente da criança e forçar um sorriso gentil. Rezei desesperadamente para os deuses para que isso funcionasse, que eu conseguisse distrair a menina tempo suficiente para Talan encontrar a pedra vigia. Precisávamos daquela pedra e da informação contida nela; *eu* precisava.

— Olá, pequena — falei em voz baixa. — Acalme-se. Me conte o que aconteceu. Me conte tudo desde o início, e assim vou saber a melhor maneira de ajudar.

A criança parou seu choro furioso, fungando até ficar quieta. Passou uma manga suja no rosto para enxugá-lo e me encarou com uma expressão estranha e curiosa.

— Você é interessante. — Ela franziu a testa e inclinou a cabeça para o lado. — Eu gosto de você. Gostaria de saber mais sobre você. — Ela estendeu a mão esquerda com um sorriso tímido. — Você pode vir comigo?

Mordi o lábio com uma sensação crescente de medo, me recusando a olhar de volta para Talan, que estava se deslocando devagar pela floresta.

— Você não quer me contar o que aconteceu com você? — perguntei com delicadeza. — Podemos nos sentar aqui, embaixo dessas árvores agradáveis...

— Ah, eu vou contar. Vou contar tudo. Mas primeiro precisamos pegar Willow. É a minha gatinha. Não podemos deixá-la.

Hesitei.

— Onde está Willow?

A criança apontou para trás no topo do penhasco em direção à distante mansão Ravenswood.

— Não é longe — ela disse alegremente, pegando minha mão. — Venha, eu lhe mostro!

Mais uma vez eu hesitei, mas a menina me segurava com mão de ferro e, enquanto ela me fitava com aquele rosto sangrento e sorridente, percebi que eu não a tinha visto piscar nem uma única vez.

Fiz duas rápidas orações — uma para Kerezen, para que ajudasse Talan a se mover com velocidade e procurar bem, e outra para Zelphenia, deusa do desconhecido, para que ela me mantivesse imune ao estranho ser me levando pela floresta.

A criança começou a cantarolar para si mesma, cada nota feliz apertando o nó de pavor em meu estômago.

— Qual é seu nome, menina? — perguntei, desesperada para ouvir alguma outra coisa além daquela música sinistra. — Você não me disse.

— Não tenho nome, sua boba. Olhe! — A criança apontou para onde havia menos árvores. — É lá que Willow mora.

Engolindo em seco com força, mal resistindo à vontade de olhar para trás disfarçadamente em busca de Talan, deixei a criança me guiar por uma clareira limpa em direção a uma grande construção de pedra. Tochas estalavam vividamente em suportes em cada canto da estrutura. Mais duas tochas marcavam a entrada para uma estrada de pedra lisa que acabava em uma ladeira coberta de árvores — para a mansão dos Bask na encosta da montanha, supus.

Ao nos aproximarmos do prédio, a criança puxou meu braço com violência e começou a andar mais rápido, e mais rápido, até eu mal poder acompanhá-la. Uma nova dor passou por meu corpo como torrentes fortes de chuva. Preocupada, percebi que Talan devia estar muito longe para que seu poder me ajudasse. Ou pior: algo terrível acontecera com ele.

— Ah! — a criança gritou com satisfação. — Meu bichinho preferido!

Ofegante, lutei para ajustar minha visão, que de repente começou a oscilar. Escutei um cavalo relinchando de leve, senti cheiro de ração e esterco, e relaxei um pouco. A construção era um estábulo, então, e provavelmente não se tratava de algum abominável antro de tortura.

— Achei que Willow fosse uma gatinha — consegui falar, logo antes de a criança me arrastar virando à direita no estábulo e me mandar cambaleando direto para Ryder Bask.

Por um momento, nós simplesmente nos entreolhamos, meu coração disparado retumbando em meus ouvidos.

Ryder carregava uma sela recém-tratada com óleo hidratante e trazia um rolo de corda pendurado em um dos ombros. Sua camisa e sua calça estavam imundas, as botas de montaria, surradas, e os cabelos, amarrados com um nó bagunçado no topo da cabeça. Ridículo, mas minha mente achou importante reparar no pedacinho de palha enfiado embaixo de sua barba escura.

Ryder deu um olhar incisivo para a menina.

— Quem é essa?

A criança balançou de um lado para o outro, as mãos às costas e uma expressão de adoração, quase embevecida, no rosto.

— Uma intrusa, lorde Bask. Mas eu gostei dela. Por favor, não a mate.

A palavra *mate* me fez mergulhar em um pânico animal. Dei meia-volta e corri em direção às árvores, as risadinhas da aparição vigia me perseguindo.

Ryder me alcançou com facilidade. Ele me girou e torceu meu braço para trás.

— Você está sozinha? — grunhiu ele, sua boca quente contra minha orelha.

Ele tinha cheiro de esterco e óleo, e a força em suas mãos grandes e calejadas me garantiam que Ryder podia me matar em dois segundos se quisesse.

O pavor me deixou muda.

Ryder puxou meu braço para uma posição ainda pior, com tanta força que achei que meu ombro pudesse se separar de meu corpo. Gritei, e por um instante o mundo ficou preto. Uma sensação estranha, como caminhar dentro d'água, me fez estremecer. O mundo tremeluziu brevemente, como se eu estivesse enxergando-o através de vidro ondulado, e apavorada percebi que meu encantamento ia sumindo.

Ryder também viu. Seus olhos se estreitaram, e ele me girou para que eu ficasse totalmente de frente para ele.

— Quem é você? — perguntou, com a voz mortalmente baixa. — Você tem cinco segundos para me falar alguma coisa útil antes de eu quebrar seu braço.

— Meu lorde Bask, por favor, me deixe ir! — implorei, ofegante, meus pensamentos loucos e atrapalhados. — Estão atrás de minha pedra vigia, aquela criança e seu responsável! Não sei o que ela é, talvez uma metamorfa da Antiga Nação, mas ela roubou meu rosto e está fingindo...

— Patético — interrompeu-me Ryder, dando risada. Seus olhos azuis cintilavam com uma luz cruel. — Você não é uma aparição vigia, garota, nem uma Antiga. É o que, então? Uma ladra? Uma caçadora ilegal? Ou é uma merdinha imprestável trabalhando para os Ashbourne?

Antes que eu conseguisse dar qualquer tipo de resposta, o ar se transformou a nossa volta como se o vento tivesse de repente mudado de direção. Senti um calor familiar tocar minha região lombar.

Eu podia ter chorado de alívio. Talan estava perto.

O rosto de Ryder perdeu a cor, se contorcendo em uma expressão de pavor absoluto.

— Ah, deuses... — Então ele me soltou de repente e correu para o lado oposto, em direção à estrada que subia para a mansão.

Perplexa, fiquei assistindo a sua fuga.

— Trina! — gritou ele, a voz alta. — *Trina!*

O nome da irmã, proferido com um dor tão crua que meus braços se arrepiaram.

— O maior temor de Ciaran Bask — falou uma voz suave e cansada atrás de mim. — A irmã dele sofrendo, a irmã dele morta. Ele praticamente fede com esse cheiro. Não foi difícil descobrir, nem me aproveitar disso.

Perdi todo o ar. *Talan.*

Virei-me e corri para seus braços, sem me importar com meu ombro gritando de dor e feliz de uma maneira tão inexplicável por ver seu rosto encantado que deixei sair um choro engasgado.

Ele beijou minha testa, depois se afastou com um chiado.

— Você está machucada. A dor está saindo de você em ondas. Um músculo de seu ombro está rompido.

Acenei com as mãos para ele não se importar com isso. Eu não conseguia suportar a ternura por trás de sua preocupação, não até que estivéssemos seguros em casa.

— Você encontrou a pedra vigia?

Talan deu uma olhada em sua bolsa.

— Encontrei. É... É muito mais evoluída do que qualquer coisa sobre a qual já li. Um mecanismo elaborado... — Tenso de repente, Talan fitou alguma coisa atrás de mim. — Você consegue correr?

Como resposta, saí em disparada para as árvores em direção ao atalho verde, tentando não pensar em como estava longe — pelo menos eu achava isso. Tudo antes de pegar a mão da aparição vigia era um borrão confuso.

Talan corria a meu lado. Olhei para ele na mesma hora em que ele olhou para trás.

— Me desculpe, mas não posso gastar energia para diminuir a sua dor — disse ele.

— O que é? — perguntei, ofegante, me esquivando de um galho mais baixo. — A aparição vigia?

— Estou tentando descobrir, mas é rápido e esperto.

De trás de nós irrompeu um grunhido não humano em uma língua que eu não entendia — algum idioma da Antiga Nação? Fosse o que fosse, gelou meu sangue. Outros gritos rasgaram os céus da noite, como os prenúncios de morte de alguma grande ave de rapina, mas um após o outro soavam cada vez mais distantes. Logo antes de nos jogarmos no atalho verde, cuja magia sedenta puxava meus membros, um guincho furioso ecoou pela floresta, e então de repente tudo ficou em silêncio.

Do outro lado do atalho verde, próximo da desembocadura preta da lagoa secreta de meu pai, encontramos as roupas secas que havíamos deixado para trás.

A dor em meu ombro queimava como fogo. Talan a aliviou o suficiente para eu me vestir, um de costas para o outro. Quando nos viramos, nossos encantamentos tinham passado, desfeitos pela força de duas passagens brutais pelo atalho verde.

Talan era ele mesmo agora — pálido, os olhos escuros, usando uma simples túnica branca e calça marrom, os cabelos pretos ensopados e desgrenhados. Ele se sentou na margem da lagoa, exibindo um cubo de pedra na palma da mão. Entalhes elaborados marcavam sua superfície: um olho que nos fitava, uma estrela gorda com sete pontas, uma mão aberta estendida para cima como se repelisse um inimigo.

— Ela correu para longe demais da pedra vigia — murmurou ele. — A distância a extinguiu.

Fiquei parada diante dele, tremendo em um vestido leve de seda cinza cintilante, decotado de forma a revelar um pedaço escandaloso de pele. Se alguém nos encontrasse escondidos nos jardins no meio da noite pensaria que estávamos fazendo algo completamente diferente.

— A aparição vigia? — perguntei.

Ele fez um som de afirmação.

— Qualquer que fosse a defesa que essa pedra dava a Ravenswood, não existe mais. — Talan levantou o cubo ao nível dos olhos, analisando de perto. — Mas ainda existe muita coisa para se aprender aqui, aposto.

— Você sabe como fazer isso?

— Aprender com ela, você quer dizer? — Talan balançou a cabeça. — Não muito. Conheço a *teoria* de desmontar pedras vigias, mas na verdade nunca fiz eu mesmo, e cada pedra tem um projeto único, tanto no interior quanto no exterior. Sem mencionar que os restos de qualquer feitiço que permanecerem intactos lá dentro podem estar elaborados em uma linguagem que nenhum de nós saiba.

— Gareth poderia nos ajudar.

Ele olhou para mim.

— O amigo de sua irmã?

— Ele sabe mais sobre os arcanos da Antiga Nação do que qualquer pessoa que eu conheça, e tem inúmeros contatos na universidade e na capital. Podemos mandar para ele amanhã...

— Não, não iremos confiar isso a um mensageiro.

Refleti por um momento, tão cansada e com uma dor tão forte, tanto no ombro quanto no corpo pelos dentes afiados do atalho verde, que minha mente parecia lenta, recalcitrante.

— Bem, Gareth estará no torneio em Bathyn — eu disse, exaurida. — Será possível falar com ele na ocasião.

— Uma ideia excelente. — Talan ficou de pé em um salto com uma energia renovada, os olhos brilhando. — Até lá, você vai precisar esconder a pedra.

— Eu?

— E não contar para ninguém. — Talan pegou nossa sacolinha e enfiou a pedra vigia lá dentro com cuidado. — E se os Bask, ou alguém pior, tentarem roubar de volta? Eles não ousariam atacá-la diretamente, pois correriam um sério risco. Mas eu, um simples hóspede em Ivyhill? Sou mais vulnerável para capturar, atacar, interrogar. Não *posso* saber onde está. Será mais seguro dessa maneira.

Dei uma risada fraca, balançando um pouco. A dor irradiava de meu ombro como um incêndio, invadindo minha visão em ondas quentes e vermelhas.

— Interrogar? — murmurei. — E eu achando que *eu* era dramática.

Talan imprecou baixo e correu para meu lado.

— Pelos deuses, Gemma, me desculpe. Estou aqui tagarelando e você mal consegue ficar em pé. — Ele pegou meu rosto com as mãos e afagou minhas bochechas com ternura, usando os polegares. — Como posso ajudar? Me diga o que você quer.

Olhei para ele, minha expressão exausta. Aqueles lindos olhos escuros estavam suaves e calorosos ao analisar meu rosto, aquela testa querida, franzida com uma preocupação tão sincera.

— Não tenho certeza se você aguentaria escutar todas as coisas que quero de você — eu disse, minhas palavras ligeiramente arrastadas.

Ele sorriu e balançou a cabeça.

— Vamos, Gemma, me diga para fazer. Diga as palavras, amor.

Fechei os olhos e apoiei a testa contra a face dele.

— Um marido tão dedicado — sussurrei. — Sim, Talan. Por favor, me ajude. Faça a dor ir embora.

Eu o senti sorrir. Ele beijou minhas têmporas, os cantos de minha boca, a curva de meu queixo. O mundo se transformou quando ele me ergueu para seus braços. Escondi o rosto contra o pescoço dele, deixando o calor de seus beijos — e a onda relaxante de seu poder percorrendo meu corpo — me levar a um estado de alheamento abençoado.

13

UMA SEMANA MAIS TARDE, NA MANHÃ EM QUE TODOS DEVERÍAMOS VIAJAR para o sul para o torneio de Bathyn, o céu estava com um azul brilhante, sem um fio de nuvem à vista. Fiquei olhando para cima, minha boca seca apesar do delicioso café da manhã que eu acabara de consumir. Meu coração martelava como se eu não tivesse desfrutado de um piquenique no gramado, mas sim de uma corrida de uma ponta a outra de Ivyhill.

O estado em que eu me encontrava era totalmente culpa de Talan. Ele estava deitado bem junto a mim, esticado de costas em um lindo terno diurno cinza-chumbo. Uma perna comprida apoiada na outra, o paletó arrumado do seu lado. Ele dobrara as mangas da camisa branca, e eu não conseguia parar de roubar olhares dos músculos delgados de seus antebraços, as delicadas voltas de seus pulsos, seus dedos longos distraidamente trançando folhas compridas de grama. Ágil, hábil.

Enquanto eu ficava imaginando o que aqueles mesmos dedos podiam realizar em circunstâncias bastante diferentes, cenas realmente lascivas rodopiavam em minha mente — uma distração que eu não podia me permitir ter. Deixar Talan me abraçar na sequência de uma viagem perigosa até Ravenswood era uma coisa; porém, à luz do dia, eu não podia ignorar que nossa parceria, em sua essência, era uma conspiração. Nada mais.

Observando de relance à direita, além da aba de meu guarda-sol e através da cortina de azaleias brancas e rosa de nosso lado, vislumbrei os hóspedes tomando o desjejum na varanda ao sol matinal — amigos de meu pai, alguns conhecidos meus e diversos primos, todos vindos para viajar para Bathyn conosco. Os sons distantes de vidros tilintando e conversa educada chegavam a meus ouvidos. As azaleias nos abrigavam um pouco, mas qualquer espectador curioso conseguiria nos ver muito bem.

Se visse, acharia muito estranho me espionar deitada de costas rija como um cadáver, as mãos bem fechadas em cima da barriga. Talan e eu devíamos passar a imagem de um novo casal flertando, desfrutando de um piquenique antes da viagem do dia.

Inspirei longa e lentamente outra vez, virei-me de lado para fitar Talan, forcei meu corpo a relaxar e toquei no braço dele — um movimento que pareceu bem seguro, e ainda assim aquela única suave pressão de meus dedos na pele quente logo acima do pulso dele fez meu coração subir até a garganta.

— Você está com o feitiço? — perguntei num sussurro, tentando manter um sorriso espevitado e deixando minha voz soar bem no limite entre modéstia e alguma coisa mais sugestiva.

Talan se virou para mim e se apoiou nos cotovelos.

— Eu podia jurar que já lhe falei isso. — Sua testa estava franzida com uma falsa preocupação. — Está guardado em meu paletó. — Ele puxou uma uva do cacho meio comido. — Em um bolso interno secreto... — Colocou a uva na boca e a mordeu com um sorrisinho atrevido. — ... protegido e seguro. — Inclinou-se para mais perto de mim, a voz baixando para se igualar à minha: — No estojinho de metal.

Estremeci um pouco e olhei para o outro lado com uma risada.

— Jogo limpo, senhor.

— Ora, madame — replicou ele, todo inocente enquanto estourava outra uva na boca —, eu não tenho ideia do que você quer dizer.

Permiti que meu olhar caísse até aquela linda boca mais uma vez, percebendo um pequeno brilho de suco no canto, e então cometi o erro de olhar para cima de novo para encontrar os olhos dele. Eles brilhavam com alegria, e ainda assim pensei ter vislumbrado alguma coisa menos brincalhona naquelas profundezas escuras — algo mais quente, uma vontade que talvez combinasse com a minha própria.

Talan esticou a língua para limpar o canto da boca, os lábios franzindo em um sorrisinho maroto, e rapidamente desviei o olhar, achando graça sem querer, e fiquei toda corada.

— Devíamos repassar nossos planos para o torneio mais uma vez — sugeri rapidamente. Eu era perfeitamente capaz de me controlar e focar na tarefa em questão. — Hoje à noite, na tenda da minha família, vamos mostrar a Gareth a pedra vigia e, com a ajuda dele, começar o processo de desmontá-la. Então, amanhã, no show de dominação de animais de Alastrina Bask...

— Lady Gemma — Talan me interrompeu, aquele sorriso ainda iluminando seu rosto —, repassamos nosso plano pelo menos uma dúzia de vezes.

Séria, eu o encarei, determinada a ignorar o quão devastadoramente lindo ele ficava ao sol da manhã — sua pele clara, lisa e sedosa, a luz dourando as ondas escuras e macias dos seus cabelos. Engoli em seco com força, exercitando cada pedacinho de autocontrole que eu possuía para resistir a correr meus dedos por aqueles cabelos e puxá-los em minha direção para um beijo.

— *Amanhã* — insisti —, no show de dominação de animais de Alastrina Bask...

Ele suspirou e se espreguiçou, aquele homem terrível, me permitindo uma vista agradável das longas linhas de seu corpo.

— Vamos esperar até a hora da apresentação de Alastrina — recitou ele —, quando o público está mais envolvido, depois soltamos o feitiço.

Me sentei e arrumei minhas saias de uma maneira pomposa.

— O que vai arruinar a tal apresentação e humilhá-la na frente de milhares de pessoas. — Passei as mãos pelo corpete de meu vestido, limpei pedacinhos de grama que não existiam.

Os olhos de Talan se fixaram imediatamente em meus dedos, seguindo-os aonde quer que fossem — meu decote, a leve protuberância de meus seios, a curva de minha cintura.

Mordi o lábio em um sorriso. Ele não era o único jogador desse jogo em particular.

Olhei para ele com frieza, arqueando uma sobrancelha.

— E então?

— No dia seguinte, na arena de lutas, vou usar meu poder para incitar Ryder Bask a ficar violento. Fazer com que enfrente uma batalha de sentinelas sem nenhum cuidado nem noção. Forçar os oficiais do torneio a desqualificarem-no e bani-lo das futuras competições. De novo... — Talan se virou de lado para me olhar — ... humilhação completa.

Imaginar a desgraça pública de Ryder e Alastrina me fez sorrir.

— Eles vão ficar furiosos demais da conta.

— Vão, sim. — Talan ficou sério, a voz grave. — Você está preparada para isso, Gemma? Se e quando eles descobrirem que fomos nós que provocamos isso...

Eu o interrompi com um gesto de mão.

— Não vão descobrir. Como descobririam? Você teve cuidado ao viajar, e usava o encantamento de Kerrish.

Talan não parecia convencido. Durante a semana anterior, enquanto uma sombria Jessyl cuidava de meus machucados de nossa noite aterrorizante em Ravenswood, e meu pai e Farrin estavam na correria preparando o torneio, Talan tinha viajado para o noroeste para a pitoresca cidadezinha de Tullacross. Lá morava uma enfeitiçadora de baixa magia chamada Serra Breen, uma antiga amante minha que possuía não apenas uma língua habilidosa e um talento engenhoso para feitiçaria menor, mas também um incrível senso de discrição. Nós tínhamos lhe encomendado um feitiço, que ela conseguira criar com facilidade e sem questionamentos; o único sinal de curiosidade, Talan registrou, foi um leve movimento da boca quando ela lhe entregou o feitiço pronto, guardado em um pequeno estojo de metal forrado de veludo com o formato de um sapo.

— O feitiço não deixa marcas de identificação — continuei. — Confio em Serra e confio em você. — Fiquei imóvel, fixando nele um olhar sério. — Você está insinuando que eu não deveria confiar?

Talan balançou a cabeça devagar.

— Não, Gemma. Você pode confiar em mim, e deve. — Ele se sentou e se aproximou mais de minha pessoa. O calor de seu corpo de repente estava tão perto do meu que quase desmaiei literalmente, e tive que me segurar na coisa sólida mais próxima, que por acaso era sua coxa.

Ele olhou para além de mim, em direção às azaleias, e se inclinou, sua boca pairando sobre a minha.

— Uma mesa de convidados está nos observando e fofocando — murmurou. — Acho que é melhor dar a eles um pouco do que querem tão desesperadamente.

Eu o fitei, perdida em seus olhos, e me forcei a manter a mão bem onde estava, segurando o músculo firme de sua coxa, e não movê-la nem um centímetro para cima, por mais que eu quisesse.

Contudo, meu controle estava longe de ser perfeito. Antes que eu me desse conta do que fazia, umedeci os lábios e sussurrei:

— O que *eles* querem?

Alguma coisa surgiu nos olhos de Talan — um calor sombrio que me fez me contorcer.

— Gemma — ele falou, baixo.

Eu o ouvi engolir em seco, ébria na imagem de sua óbvia preocupação perturbada com minha boca.

Quente dos pés à cabeça, a pele pinicando, eu me aproximei dele e rocei meus lábios nos de Talan. Um beijo leve, casto, comparado ao falso beijo que compartilhamos no escritório de meu pai, e ainda assim foi o mais íntimo que tivemos — minha mão em sua coxa, sua cabeça escura inclinada sobre a minha, a emoção ilícita de nossos planos, a lembrança de nos escondermos pela sombria floresta Ravenswood. O perigo daquilo, a ousadia do que havíamos feito e faríamos.

Embora tivesse sido eu a começar nosso joguinho, logo me vi dominada. Deixei escapar um suave arquejo contra a boca de Talan, me empurrei contra ele para aprofundar o beijo. Minha mão soltou sua coxa, tateando cegamente. Encontrei a frente da sua camisa e a agarrei, e a mão dele circundou minha cintura, tanto me estabilizando quanto me puxando forte contra seu peito. Sentada lá na manta, metade em seus braços, meu guarda-sol esquecido, me lembrei vagamente do que Talan dissera alguns momentos antes, e me afastei apenas o suficiente para sussurrar contra o canto de sua boca:

— Me diga então, Talan d'Astier, por que devo confiar em você.

Ele imediatamente ficou imóvel, e eu abri os olhos para encará-lo. Estávamos os dois um pouco sem fôlego, ardendo por dentro e por fora. O calor de seu desejo era evidente o suficiente para me fazer corar, e o ar entre nossos corpos parecia tão tenso que eu meio que esperava que estalasse e pegasse fogo.

Talan examinou meu rosto, sua expressão subitamente séria o suficiente para me deixar alarmada, mas então ele cerrou as pálpebras, levou a palma de minha mão até os seus lábios e a beijou. Ele permaneceu na mesma posição, segurando minha mão contra sua boca, sua respiração tremendo em minha pele, até um sino tocar vindo da direção das portas da frente da casa. Era o sino da carruagem, significando que os lacaios tinham começado a carregar nossas bagagens no transporte e que a caravana sairia para Bathyn em meia hora.

Talan se afastou, baixando minha mão com delicadeza.

— Na verdade — disse ele, enfim, a voz deliciosamente rouca —, não existe uma boa razão para você confiar em mim, Gemma. Quando digo que não há nada mais importante para mim do que aquilo que eu e você estamos tentando fazer, por minha família e pela sua, você simplesmente pode acreditar na minha palavra ou não.

A expressão dele se tornara tão triste, tão mortalmente séria, que não consegui me impedir de estender o braço e acariciar de novo as ondas pretas despenteadas caindo por cima de sua testa corada.

— Não precisa ser tão dramático — falei, delicadamente.

De repente as coisas ficaram tensas entre nós por alguma razão que eu não consegui explicar. Eu me senti desesperada para fazer essa sensação ir embora, para voltar a nosso beijo e então transformar o beijo em outra coisa maior, uma coisa fácil e alegre que removeria as sombras do rosto dele.

— Sei muito bem que não tenho razão nenhuma para confiar em você, mas escolhi confiar mesmo assim. — Arqueei uma sobrancelha, brincalhona. — Por enquanto, pelo menos. Você deve ficar com medo do dia em que meu bom senso alcançar minha ambição e eu afastar você para sempre.

Talan balançou a cabeça de modo carinhoso, a expressão terrivelmente terna — mais do que eu achava que minhas palavras mereciam —, e estava tão doce e pensativo, como se estivesse me admirando, me olhando pela primeira vez, que meu peito ardeu.

— Deuses, o que você faz comigo... — sussurrou ele. — Eu nunca...

E aí ele se afastou, me soltando totalmente. Em sua ausência, o mundo pareceu mais frio, mais solitário. Agarrei firme minhas saias em vez de estender o braço para segurá-lo, como eu tanto desejava.

— Você nunca o quê? — perguntei quando minha voz voltou.

Ele havia se virado de costas para mim e olhava o gramado que descia em direção ao chafariz e seu vizinho, o velho carvalho.

— Nunca me senti assim — respondeu Talan, a voz cuidadosamente equilibrada. — Nunca. Nunca achei que pudesse me sentir.

Estendi-lhe o braço de novo, mas ele recuou como se meu toque fosse doloroso.

— Por favor, vá, Gemma. Junte suas coisas e pegue a pedra vigia. A caravana sairá em breve, e preciso de alguns momentos para me tornar respeitável.

A voz dele soava amável, contudo, escutei um tom de desespero silencioso junto, um desespero que parecia imenso demais para a simples decepção de desejo frustrado. Isso me enervou e me deixou imaginando a profundidade com que seu passado trágico o havia machucado. Como eu ainda sabia tão pouco a respeito do homem que eu beijara, do homem em quem eu tanto confiara.

Afastei-me rápido, sentindo-me tola e vulnerável após nossa estranha conversa. Encaminhei-me para minha sala segura e a pedra vigia que lá se encontrava, sem olhar para trás uma única vez. Quando entrei na casa principal, minha dor voltou depressa, não mais abafada pela presença de Talan e alimentada por minha frustração. Cada passo fazia latejar uma agonia nova em meus ossos, mas eu me recusava a diminuir o passo. Quando alcancei o terceiro andar da ala leste, a caminhada apressada me deixara sem fôlego e meu estômago revirava, enjoado com uma potente combinação de dor e nervoso, dúvida e desejo permanente.

Tão preocupada eu estava que prestei muito pouca atenção a minha volta e quase trombei na sra. Baines.

— Ah, lady Gemma, graças aos deuses — disse ela. — Estou querendo falar com a senhorita há algum tempo. Mas não tive coragem, sabe?

Eu a fitei, de repente sem palavras pela volta impiedosa de minha culpa abafada. Nem eu nem Talan tornamos a ver a sra. Baines desde a noite em que ela nos revelou a localização do atalho verde de Ravenswood, e, embora às vezes me envergonhasse de admitir, eu preferia assim. A sra. Baines não tinha percebido a verdade do que acontecera naquela noite nem contara a meu pai; ela não caíra morta por uma reação adversa pela magia de Talan, e nós havíamos encontrado nosso atalho verde. Em minha avaliação, não havia razão para pensar mais a respeito da sra. Baines do que eu já pensava — ou pelo menos era isso o que eu dizia para mim mesma, desesperada para justificar o que tínhamos feito.

— Sra. Baines — consegui falar, sorrindo com educação. — Que surpresa agradável vê-la esta manhã. O que posso fazer pela senhora?

Primeiro, ela não disse nada, apenas torceu as mãos e olhou de relance furtivamente para o corredor como se temesse que a própria hera estivesse escutando. Meu corpo ficou rígido de alerta quando notei o quanto a sra. Baines havia mudado desde que eu a vira pela última vez. Seus cachos castanhos normalmente perfeitos estavam uma bagunça crespa, sem ostentar nem um pouco do brilho de sempre. Ela emagrecera de uma maneira que sugeria noites insones e alimentação pobre, as bochechas fundas e as roupas amarrotadas e frouxas. Seus lábios pareciam rachados e mordidos, sua pele normalmente perfeita se mostrava oleosa e pontilhada com pequenas espinhas, e ela exalava uma sensação de fragilidade, como se uma rajada de vento pudesse passar e espalhá-la com se ela fosse um monte de gravetos.

— Sra. Baines... — Estendi a mão para ela, depois hesitei, minha mão pairando constrangedoramente no ar. — O que houve?

— Estou muito envergonhada de falar abertamente sobre isso — respondeu ela com um sussurro tenso, o olhar frenético e indo de um lado para o outro. — Me desculpe por não ter vindo conversar com a senhorita antes, mas eu... senhorita, eu estava com tanto medo... Não quero ser dispensada. Não sei para onde eu iria. Eu poderia achar um emprego, veja bem, claro que poderia, uma sábia Consagrada como eu, mas não sei bem como isso funcionaria, já que tenho conhecimento de todo tipo de informações que lorde Ashbourne não quer que ninguém saiba. O que me traz à coisa que preciso contar à senhorita.

Ela começou a cutucar as unhas, que eu percebi que estavam rachadas e sujas.

— Naquela noite em que a senhorita e o sr. d'Astier pediram um tour pelas instalações da biblioteca...

Ela se calou, os olhos vidrados. Esperei o máximo que consegui suportar, o coração martelando com tanta força que me senti doente na hora.

— Sim? — eu a encorajei.

— Não existe desculpa para meu comportamento humilhante — ela disse, enfim —, mas preciso me desculpar por ele. Não sou uma beberrona irresponsável, garanto, e não sei *por que* eu bebi uma garrafa inteira de vinho naquela ocasião, mas eu bebi, e não consigo me lembrar exatamente de tudo o que fiz enquanto não estava me comportando como eu mesma, mas eu me lembro de algumas coisas, coisas confusas. Eu me lembro...

A sra. Baines fechou os olhos apertado.

— Eu me lembro de contar à senhorita e ao sr. d'Astier sobre os atalhos verdes de lorde Ashbourne. E de tagarelar sem parar, embora a senhorita tenha tentado me impedir.

Agora fiquei enjoada de verdade, tão completamente envergonhada que eu me sentia capaz de explodir. Abri a boca para esclarecer tudo para ela, sem me importar com as consequências que aquela confissão pudesse causar, mas a sra. Baines continuou o discurso antes que eu pudesse falar.

— Por favor, eu imploro com toda a força que possuo, não conte a ninguém o que eu revelei naquela noite. Sobre os atalhos verdes ou sobre qualquer outra coisa que eu possa ter exposto de uma maneira tão estúpida. E por favor, peça o mesmo ao sr. d'Astier. Ah, eu não tenho coragem de pedir eu mesma. A senhorita eu conheço desde que nasceu. Por isso, consigo de alguma forma lhe falar tudo isso, mesmo sendo tão horrível.

Nesse momento, ela segurou minhas mãos, apertando com tanta força que doeu. Seus olhos estavam desvairados, vermelhos.

— A senhorita não contou a ninguém, não é? Contou a seu pai? Cheguei tarde demais?

Pelo menos sobre isso eu podia responder a verdade, com um ar de serena magnanimidade que de alguma maneira consegui assumir, apesar de meu estômago revirando.

— Não, sra. Baines, nem Talan nem eu contamos a ninguém sobre o que aconteceu naquela noite, nem nunca vamos contar. Prometo. A senhora não tem nada com que se preocupar, e se houver algo que eu possa fazer para ajudá-la a deixar para trás todo esse assunto infeliz...

— Ah, lady Gemma! — Ela soltou minhas mãos e, para meu pavor, me puxou em um abraço de quebrar os ossos. — Obrigada, obrigada, mil vezes obrigada! Não sei como colocar em palavras meu alívio. Foi um mês de tormento, de verdade, a senhorita não tem ideia do que minha mente tem...

Ela parou, calando-se abruptamente. Seu corpo inteiro de repente ficou tenso, como se estivesse terrivelmente apavorado. A sra. Baines se virou e esquadrinhou o corredor, as vigas arqueadas incrustadas com vitrais coloridos, as rebuscadas tapeçarias alinhadas nas paredes revestidas de madeira.

— Viu aquilo? — ela murmurou.

Olhei em volta depressa, temendo que alguém tivesse escutado nossa conversa, mas parecia que a ala inteira estava vazia, já que todos se preparavam para a partida para Bathyn. Não ouvi nada a não ser a respiração em pânico da sra. Baines e os sons distantes dos preparativos das carruagens.

— Eu ouvi — sussurrou a sra. Baines. — Eu vi, e ouvi. Ouço todos os dias. Tenha cuidado. Até as sombras têm olhos hoje em dia. E elas nunca fecham os olhos, nunca dormem.

Meu sangue correu gelado em minhas veias enquanto eu a observava indo embora, ainda murmurando para ninguém, ainda olhando de um lado para o outro, agitada como um coelho, se encolhendo a cada ruído.

Depois que ela sumiu, fiquei parada por um instante com os braços em volta do corpo, reunindo meus pensamentos dispersos e lutando para me acalmar. A mulher tinha simplesmente se imposto um pânico similar a meus próprios ataques ocasionais, fora isso o que acontecera. Sua vida ordenada ao extremo tinha se desordenado ao extremo naquela noite em que a sra. Baines flagrou nós dois no escritório de meu pai, e ela se achava aflita por sua posição como chefe da biblioteca desde então. O fato de que ela havia espiralado em um desespero tão grande sobre aquilo tudo não era culpa minha, nem eu era obrigada a correr atrás dela e acalmar sua mente perturbada.

Essas foram as mentiras que contei a mim mesma ao descer apressada o corredor.

Dentro de uma salinha bem pequena que dava para o gramado norte, uma tapeçaria desgastada retratava a deusa sem rosto Neave em uma clareira florida, segurando um bezerro recém-nascido. Atrás da tapeçaria havia uma parede normal de madeira maciça — a não ser que se soubesse qual tábua empurrar: nesse caso, se abria uma portinha que revelava uma pequena sala segura cheia de provisões. Na parede mais distante havia uma porta trancada, encantada para ser aberta somente com o toque de minha mão. Além dela, uma passagem que atravessava a casa e descia pelo subsolo, cruzando toda a reserva de caça; a outra ponta estava escondida por um matagal espesso.

E no meio do cômodo, onde a pedra vigia devia estar, guardada em nossa bolsa impermeável, não havia nada.

Encarei em choque o chão vazio por um instante, esperando que de alguma forma eu estivesse enganada. Mas uma busca desesperada nas provisões estocadas confirmaram a verdade: a pedra vigia sumira. Alguém, de alguma maneira, conseguira roubá-la.

14

NO SEGUNDO EM QUE NOSSA CARRUAGEM CHEGOU AOS JARDINS DO TORNEIO de Bathyn, antes até mesmo de as rodas pararem completamente, saltei para fora e corri para as tendas coloridas e agitadas reservadas para minha família, ignorando os gritos furiosos de meu pai atrás de mim.

Apesar de usar todo meu controle para esconder meu medo desesperado e evitar sair correndo a toda velocidade, eu sem dúvida parecia uma mulher louca — laços do chapéu voando, cotovelos de um lado para o outro, saias erguidas até os joelhos.

Eu passara todas as quarenta e oito horas da viagem de carruagem fervilhando em silêncio com os nervos em frangalhos, enquanto Farrin e meu pai se ocupavam com uma de suas enlouquecedoras confabulações secretas — sem dúvida sobre os Bask —, e uma de minhas primas distantes mais irritantes, lady Delia Ashbourne, me tentava seriamente a cometer um homicídio. Uma articulada Consagrada cujos talentos linguísticos lhe proporcionaram fluência em todos os idiomas conhecidos, incluindo as línguas da Antiga Nação, nas quais ela não tinha nenhum interesse, Delia, de vinte e seis anos, também era uma tagarela incessante, cuja voz, eu estava convencida, assombraria meus sonhos para sempre. Mas nós *finalmente* chegáramos a Bathyn, eu escapara da falação de Delia, e agora precisava encontrar Talan — *imediatamente*.

No entanto, o local do torneio fervilhava de magia. A última vez em que estive perto de tanta magia foi na noite de minha festa, e a pequena goma medicinal que Jessyl me dera — uma massa branca e farinhenta com gosto de morte — só aliviava um pouco a dor latejante em minhas juntas. Manter-me ereta constituía um desafio, e minha cabeça era um lamaçal em turbilhão.

Pisquei com força para dissipar as manchas pretas atrapalhando minha visão e irrompi na tenda principal de minha família, uma imensa construção de lona verde-clara enfeitada com flores e, claro, trepadeiras de hera. Dentro, havia mesas de carvalho envernizado postas para a refeição, com talheres de prata brilhantes, guardanapos adornados com renda, taças de cristal. Nossa equipe, que chegara aos jardins algumas horas antes, havia começado a servir o jantar — frango assado dourado sobre uma cama de tomilho e sálvia; uma sopa de legumes leve com ramos de alecrim por cima; fatias quentes de pão recém-assado brilhando com molho de alho.

Eu estava faminta, e meu estômago roncou com força; entretanto, passei às pressas pelos canapés folhados e amanteigados cheios de salmão defumado, endro e raspas de limão, virei em um labirinto de mesas, criados e pratos fumegantes, me esquivei de tiras de alegres flâmulas azuis e amarelas e quase gritei de alívio. Lá estava Talan bem a minha frente, vindo em minha direção, parecendo muito menos angustiado do que quando o deixei no gramado.

Detestando o que eu precisava dizer a ele, agarrei seu braço e o puxei em direção à extremidade da tenda, onde havia um pequeno recanto enfeitado com heras junto a uma das vigas de madeira que serviam como suporte à tenda.

— O que foi? — a voz de Talan, suave de preocupação, me beijou como uma brisa gelada. — Eu a vi do outro lado da sala. Você está branca como a neve, Gemma. Parece desesperada.

Balancei a cabeça, engolindo em seco com força para evitar meu enjoo crescente.

— Primeiro, por favor, me ajude. A dor está imensa agora.

Ele obedeceu sem pestanejar. O ar ficou mais quente e suave e, de repente, senti-me confortável e segura como se Talan estivesse com os braços em torno de mim, me protegendo do mundo.

Oscilei um pouco pelo súbito alívio, sorrindo como em um sonho, e me permiti um momento de pausa, para me recostar nele. Talan ajeitou um cacho úmido que estava grudado em meu rosto e levantou meu queixo com um dedo delicado.

— Você está assustada — ele disse suavemente. — O que foi?

Tentei recuperar o fôlego, meu coração ainda aos pulos.

— A pedra vigia... sumiu.

Talan ficou completamente imóvel.

— O quê?

— Fui até a sala segura para pegar a pedra depois do café da manhã, e ela tinha *sumido*. Não havia nada diferente, nenhum sinal óbvio de invasão, mas alguém roubou, Talan. Alguém está nos vigiando.

— Mas isso é impossível. Você garantiu que ninguém conhecia sua sala segura além de você.

Era verdade. Cada uma das garotas Ashbourne tinha recebido cinco salas seguras de nossos pais, e nem mesmo eles sabiam suas localizações na casa.

— Só a equipe que criou e protegeu as salas seguras sabe onde elas ficam — confirmei. — E o negócio deles é de elite, prestigiado. Eles fazem somas assombrosas de dinheiro e se orgulham de sua discrição. Não podem estar por trás disso. Nunca houve nenhum roubo desde a construção das salas, nem mesmo um único caso de invasão. Farrin teria me dito. — Fiz uma pausa, pensando se aquilo era verdade, depois deixei aquela dúvida de lado. Eu só conseguia me afligir com um tanto de preocupações de cada vez. — E de qualquer modo, como alguém saberia que a pedra vigia estava lá?

Talan soltou uma longa expiração e olhou para outro lado, observando sem atenção os demais hóspedes surgindo para o jantar.

— Alguém deve tê-la seguido no dia em que você escondeu a pedra lá — ele murmurou bruscamente. — Isso *não* é bom.

— Ninguém me seguiu — insisti, eriçada. — Eu fui meticulosamente cuidadosa, e além disso, os quartos naquela ala não estão sendo usados no momento. Nem os criados vão lá todos os dias.

Então, fiquei em silêncio, meu coração pesado ao me lembrar de minha conversa de mais cedo com a sra. Baines.

Talan percebeu na hora.

— O que houve? Você pensou em alguma coisa.

— Eu... — Balancei a cabeça, a frustração dando um nó em meu peito. — Quando fui pegar a pedra vigia hoje de manhã, deparei com a sra. Baines. Uma aparência horrível, Talan. Ela vem se sentindo atormentada pela culpa desde aquela noite em que a enganamos. Ela não está nada bem. Ficou olhando em volta com um medo absoluto, e aí ela disse...

— Me conta — pediu Talan, de forma mais suave.

— Ela disse: "Tenha cuidado, lady Gemma. Até as sombras têm olhos hoje em dia. E elas nunca fecham os olhos, nunca dormem".

Talan me fitou, o rosto pálido.

— Sua magia pode, de alguma maneira, ter feito a sra. Baines ficar doente? — sussurrei. — Você garantiu que ela ficaria bem, mas ela não estava bem de jeito nenhum...

— O poder empático não pode fazer mal para as pessoas assim, não se as medidas apropriadas forem tomadas. E eu *tomei* essas medidas quando arrumei a farsa com a garrafa de vinho. Acalmei a mente dela com uma oração chamada Bálsamo de Jaetris... esse é o remédio paliativo que eu tinha mencionado. Lembra?

— Mas podem existir pessoas para quem até mesmo os trabalhos mais cuidadosos de magia empática sejam nocivos? — Pareceu que um buraco se abriu em meu estômago quando considerei essa hipótese. — Você já usou a sua magia em uma sábia Consagrada como a sra. Baines? Alguém com a mente tão complicada e densa?

Agitado, ele passou a mão nos cabelos, despenteando suas ondas escuras e brilhantes.

— Não, nunca em uma sábia Consagrada. Porém, os princípios são os mesmos, não importa a mente. O que eu realizei não deveria fazer mal a ela.

Mordi o lábio, pensando naquela noite sobre a qual tentei tanto *não* pensar.

— Mas você foi agressivo — eu disse, minha voz bem baixa —, e fez aquilo porque eu pressionei. No fundo, eu ameacei.

Talan ergueu uma sobrancelha, baixando os olhos para mim, achando graça, com uma expressão atormentada.

— Você tem metade de meu tamanho, Gemma. Não era nenhuma ameaça para mim.

— Mas eu disse que o mandaria embora de Ivyhill...

— Irrelevante. Eu podia ter me recusado a usar meu poder na sra. Baines, e não me recusei. É minha culpa, não sua.

Eu não concordava, mas estava tão enjoada e tensa de ansiedade que por um momento não consegui falar. Precisei de toda a minha força para acalmar meus pensamentos disparados e evitar um escorregão rápido para o pânico.

— Você disse que ela falou algo sobre as sombras terem olhos. — Talan, com as mãos às costas, fitava o chão, imerso em pensamentos. — Talvez isso seja importante, e não simplesmente um pensamento vago de uma mente perturbada.

Uma lembrança retornou a minha mente com uma clareza ardente e enjoativa — a noite de minha festa, quando eu me sentara à penteadeira, puxada para lá por alguma presença oculta, e tendo realizado pela primeira vez na vida uma magia: o encantamento que deixara Jessyl temporariamente fora de si.

— Eu já senti isso antes — murmurei. — Olhos nas sombras, quer dizer. Na noite de minha festa, eu senti uma coisa muito parecida com isso. Mas não era assustadora, como claramente é para a sra. Baines. Ou melhor, não era *totalmente* assustadora. Eu...

Fiquei corada, me lembrando de meu reflexo transformado no espelho: uma imagem nítida, deslumbrante e destemida, transbordando de luz. Mais do que eu era de verdade. *Melhor* do que eu era. Aquela lembrança fez minha garganta doer.

Talan me encarou com firmeza.

— Descreva a sensação. Havia um cheiro diferente no ar quando isso aconteceu? Você se sentiu mudada de alguma forma, como se uma influência externa a estivesse levando a fazer algo fora do comum?

A tenda estava quente e repleta de gente, cheia de aromas de comida e ruídos altos de risadas, e mesmo assim eu ainda senti um pouco de frio de desconforto com a pergunta de Talan.

— Não me lembro do cheiro — respondi —, mas certamente me senti mudada, mais lúcida, como se o mundo estivesse mais aguçado, e eu também. Eu me senti forte, até... poderosa. Alguma coisa me chamava, e eu precisava seguir.

Talan pegou minha mão com delicadeza, me virando para encará-lo.

— Isso é importante, Gemma. Pode ter havido magia demoníaca agindo naquela noite. Algum demônio atuando sozinho, ou até mesmo o Homem da Coroa de Três Olhos em pessoa, veio seduzir você a comando dos Bask. Me diga *exatamente* o que aconteceu, do início.

Mas antes que eu pudesse começar a descrever aquela noite horrível em palavras, uma gargalhada familiar surgiu atrás de mim, e um par de braços musculosos e bronzeados me pegou e me girou em um abraço forte.

— Gemmy-Gem, sua joia perfeita! — disse o homem me abraçando. — Não tente me repreender pelo estado de minhas roupas. Quando estou longe, esqueço logo todo o seu bom senso para me vestir e regrido para voltar a ser um pesquisador distraído. Por isso me desculpo e humildemente imploro seu perdão.

— Vou pensar — eu disse com uma risada, meu humor terrível melhorando apesar de tudo, porque sorrindo para mim estava Gareth Fontaine: bibliotecário brilhante, professor adorado, um pateta incorrigível e o melhor amigo de Farrin.

Minha irmã surgiu atrás dele, os braços cruzados.

— Seria mais do que ele merece — ela afirmou, irônica, mas não me enganou. Eu vi a viradinha no canto de sua boca e como seus ombros tinham perdido um tanto da rigidez tensa normal.

Gareth jogou o braço em volta do ombro de Farrin e plantou um beijo no rosto dela.

— Estou podre, não estou?

— Como um monte de esterco de vaca.

Ele estalou a língua, os olhos brilhando.

— Que boca imunda essa sua.

Só então Gareth pareceu notar Talan, que, parado, assistia, espantado. Gareth estendeu-lhe a mão.

— Gareth Fontaine. E você deve ser Talan d'Astier, o misterioso vauzaniano com a beleza arrasadora que encantou tanto nossa pequena Gemmy.

Talan apertou a mão de Gareth com um sorrisinho.

— É um prazer, professor Fontaine. Ouvi muito falar do senhor e de suas realizações.

— Falando bem de mim, hein, Gem? Muito querida. — Gareth deu uma piscadinha para mim, depois bateu uma mão grande nas costas de Talan. — Venha, meu camarada — disse ele com imponência —, vamos nos sentar, jantar e desfrutar de nossa incrível boa sorte, pois esta noite temos a companhia dessas mulheres Ashbourne maravilhosas.

Talan me olhou de soslaio, as sobrancelhas erguidas, como se dissesse: "Este é o supostamente brilhante desmontador de pedras vigias?".

Entretanto, ele permitiu que Gareth o guiasse em direção a uma das mesas centrais do lugar, tagarelando sobre sabem os deuses o quê. Tudo e mais alguma coisa, muito provavelmente. Eles não podiam ser mais diferentes: Gareth, magro e bronzeado com cabelos louros despenteados e olhos verdes brilhantes por trás de um par de óculos com armação marrom, cada centímetro de seu corpo emanando alegria. E Talan, bem claro e com os cabelos escuros, o corpo tenso de uma preocupação que talvez ninguém mais pudesse perceber... mas eu podia. Eu sentia o mesmo enquanto seguia Farrin para nossos assentos.

Até as sombras têm olhos, a sra. Baines dissera. Quando peguei minha taça de ponche, a mão tremendo, fiquei pensando se aquilo era verdade, se aqueles olhos pertenciam a um demônio ou a um dos Bask, e se eles estavam lá agora, escondidos nos cantos de nossa tenda fervilhante, me observando e esperando.

Horas depois, entrei cambaleando na tenda de dormir que eu deveria dividir com Farrin, mas minha irmã não estava lá.

Em vez dela, encontrei Illaria, bebericando calmamente um último copo de conhaque em um copinho de cristal. Ela usava um vestido de *chiffon* violeta escuro e um xale com franjas e bordados dourados envolvendo os ombros nus.

— Ah, graças aos deuses — murmurei. A tensão da noite saiu de mim de uma vez só. Eu corri até Illaria, a envolvi em um abraço bem apertado e enterrei o rosto no macio volume negro dos seus cachos. Ela tinha cheiro de sândalo e flor de laranjeira, sua fragrância do dia a dia, e o aroma familiar me aqueceu até os pés. — Nem sei dizer como é maravilhoso ver você, Lari. Tenho tanta coisa para contar!

— Se é sobre esse tal de Talan d'Astier — começou ela, a voz fria —, então eu já sei bastante sobre ele, não graças a você.

Apenas então me dei conta de que Illaria estava parada tensa nos meus braços, se recusando a retribuir o meu abraço.

Dei um passo para trás para avaliá-la.

— O que houve? Você está zangada comigo.

Illaria olhou para mim calmamente por um momento e depois suspirou, sua expressão se suavizando. Ela pousou o pequeno copo em cima da mesinha entre a minha cama e a de Farrin.

— Não estou zangada com você — respondeu ela. — Não mesmo. Só me pergunto por que não a vejo há um mês, por que você não respondeu às minhas cartas, e, mais do que tudo, pergunto-me por que você não me contou sobre esse estrangeiro misterioso por quem aparentemente caiu de amores.

— Caí de amores? — Eu ri. — Lari, eu não chamaria de *amor* de jeito nenhum. Só conheço Talan desde a minha festa.

— A festa na qual você me ignorou — acrescentou Illaria, me observando com atenção. — Então não é amor. Vou aceitar isso por um momento. O que é, portanto?

Hesitei para responder. Talan não ia querer que eu revelasse todos os nossos segredos, mas eu estava acostumada a contar tudo para Illaria — cada detalhe da minha vida, cada esperança e medo secretos —, e de repente, parada lá com ela me observando tão de perto, as semanas desde a festa assumiram uma nova clareza surpreendente. Um *mês*. Tinha se passado um *mês* inteiro desde que eu conhecera Talan, e durante aquele período eu não tinha visto nem falado com a minha melhor amiga.

Aquela constatação penetrou no meu corpo como uma onda gelada.

— Suas cartas — sussurrei. Afundei devagar na cadeira ao lado da minha cama. — Eu guardei em uma gaveta, e tinha planejado escrever para você. Eu tinha, Lari. Eu simplesmente... me esqueci.

Toquei nas minhas têmporas, aborrecida com as lembranças que vieram à tona: as costumeiras cartas semanais de Illaria levadas ao meu quarto por Jessyl, seladas e dobradas, enfiadas na minha mesa de cabeceira pelas minhas próprias mãos, sem abrir.

— Esqueci até que tinham chegado, para ser sincera — continuei, desconcertada e trêmula. — Que estranho. Acho que eu estava desatenta.

Illaria permaneceu em silêncio por um momento, e então se sentou na ponta da minha cama e pegou as minhas mãos.

— Gemma, me escute. Você está me escutando? Olhe para mim. Me mostre que está me ouvindo.

Obedeci, encontrando preocupação nos seus olhos verdes.

— Esse homem, Talan... — começou Illaria. — Eu não confio nele, e acho que você também não deveria.

O meu espanto foi completo, a minha indignação, imediata. Arranquei minhas mãos, que ela ainda segurava, me sentindo subitamente exposta, como se Illaria tivesse me apanhado fazendo alguma coisa terrível.

— Não sei o que eu esperava que você dissesse, mas certamente não era isso.

Illaria franziu a testa.

— Está vendo? Agora você está com raiva de mim por desconfiar dele.

— Não estou. — Só que, inexplicavelmente, eu estava.

— Conheço você a vida toda, Gemma. Posso ver no seu rosto.

Tentei suavizar qualquer expressão que ela tivesse visto e abrandar a voz:

— Me desculpe por ter estado distante, Lari. De verdade. É só que... — Lutei para encontrar as palavras que eu tinha dito para Kerrish quando a convenci a realizar os nossos encantamentos. — Eu me sinto diferente quando estou com ele. Eu me sinto mais livre, menos sobrecarregada por *isto*. — Indiquei o meu corpo com as minhas mãos e uma expressão de asco. — Ele me ajuda. Ele... me *anima*, me tira do meu pânico, da minha dor, do meu desespero. Quando estou com Talan, esqueço de mim mesma. Tudo o que eu odeio, tudo o que escurece os meus pensamentos, desaparece. E — acrescentei com um sorrisinho — nunca senti tanto prazer como quando ele está na minha cama.

Uma pequena mentira, mas que não era imperdoável. Afinal de contas, eu sem dúvida passara muitas noites do mês anterior pensando nele — que tipo de amante ele devia ser, como seria a sensação dos seus lábios enquanto ele beijava todos os lugares onde o meu toque não conseguia satisfazer.

Illaria, entretanto, não parecia nada impressionada.

— Ele fede, Gemma.

Eu a encarei.

— O quê?

— Ele fede. O cheiro dele é horrível. É bom na superfície. Pinheiro, jacarandá e anis, uma pitada de capim-limão. A maioria das pessoas só sentiria *esse* cheiro. Mas eu não sou a maioria das pessoas. O odor embaixo, Gemma, é podre. Estou tentando descrever o fedor para mim mesma, e o melhor que posso pensar é que parece uma parte úmida e fechada da floresta onde alguma coisa morreu e o ar está almiscarado pelo apodrecimento.

— Que poético — eu disse sem emoção. — Você nem conheceu Talan. Como saberia o cheiro dele?

A expressão de Illaria mudou um pouco.

— Eu estava na sua festa, sabe, embora nós duas não tenhamos nos falado. E eu estava na sua tenda hoje, jantando à sua mesa. Você não me viu lá?

Minha pele pinicou. Revivi as minhas lembranças da noite e não consegui achar Illaria em nenhum lugar.

— Eu... acho que eu estava...

— Desatenta? — A expressão de Illaria era triste. — Você já teve muitos amantes, mas nunca deixou a nossa amizade de lado por causa deles. Não até Talan.

O meu pânico confuso e crescente me fez sentir raiva.

— Ah, então é isso. Você está com ciúme.

— Não, Gemma, eu estou *preocupada*. Você não parece você mesma.

— Por que você não ia querer que eu me sentisse melhor? Ele me faz me sentir melhor. Ele me faz *sentir*, de todas as boas maneiras e nenhuma ruim.

— E isso não parece estranho para você? Existem bem poucas coisas na vida que são sempre boas o tempo todo.

— E talvez ele seja uma dessas coisas raras, pelo menos para mim. — Pus-me de pé, escutando o barulho forte do meu sangue correndo, sentindo no peito um emaranhado conflitante de ira e desânimo. — Tenho de dormir — eu disse, imperiosamente. — O meu pai estará nas arenas de luta de manhã, e Farrin se apresentará de tarde. Precisarei estar na minha melhor forma para apoiá-los. Boa noite, Lari.

Illaria me observou por um bom tempo, parecendo triste e miúda na beirada da minha cama. Depois, ela se levantou e me abraçou, delicadamente, mas com firmeza.

— Eu sempre vou te amar — ela mumurou contra o meu rosto —, mesmo quando você me acusar de ciúme, mesmo quando você estiver indo para a cama com um homem de quem eu sinceramente não gosto. Lembre-se disso. Estarei aqui para a apresentação de Farrin, amanhã. Quando o torneio terminar, vá me visitar em casa. A sua cadeira e eu estamos com saudade.

Então ela apertou as minhas mãos e me deixou. Eu a observei deslizar para fora da tenda com um nó quente na garganta e uma sensação incômoda de enjoo no estômago, ambos os quais desapareceram quando dormi, abrandados pelos sonhos com Talan se movendo dentro de mim, sussurrando o meu nome. A terra úmida embaixo de nós e o céu acima. Nossos corpos nus e reluzentes, salpicados de lama. Minhas pernas enganchadas nas dele, impulsionando-o para entrar mais profundamente em mim. Seus olhos escuros tristes fixos no meu rosto, implorando em silêncio, com desespero, por alguma coisa que eu não conseguia entender.

15

NA MANHÃ SEGUINTE, PARADA NO CANTO DA ARENA DE LUTAS CENTRAL, eu assistia de cima enquanto o meu pai quase tirava a vida do oponente. Lorde Grey Runnemead era o nome do homem, uma sentinela Consagrada formidável da cidade de Summer's Amble — um popular destino de férias, famoso por suas flores silvestres, suaves colinas e as supostas qualidades excitantes dos seus famosos ventos suspirantes.

Mas nenhum vento estimulante, parecia, tinha preparado o pobre lorde Runnemead para esse combate em particular.

O meu pai atravessou correndo o chão da arena com uma velocidade extraordinária, saltou para a parede, na qual correu horizontalmente por um momento como uma aranha ágil, e depois pegou impulso na parede, girou no ar em direção a lorde Runnemead e desferiu um soco retumbante na mandíbula do adversário com um estalo horroroso — tudo no espaço de três piscadas de olhos.

Lorde Runnemead desabou, a multidão rugiu quando o meu pai, o peito nu, suado, jogou os braços para cima comemorando a vitória, uma equipe de curandeiros correu pelas escadas da arena para tratar da mandíbula destruída de lorde Runnemead, e eu, as mãos agarradas com força no corrimão de madeira envernizada, estremeci. Não por causa da violência na minha frente ou do barulho alto da multidão ou da magia tremeluzindo violentamente pelo ar como o calor do verão, mas da vibração inebriante da proximidade de Talan.

Ele acabara de emergir da multidão para se juntar a mim no canto da arena, e inspecionou a cena com um assobio baixo e impressionado.

— Brutal — comentou ele —, e eficiente. Imaginei que a luta fosse se estender por algum tempo, e agora eu já a perdi.

Um árbitro do torneio estava entregando ao meu pai o seu prêmio pelo primeiro *round* da luta — um envelope selado de papel dourado marmorizado, marcado com o brasão real e contendo um vale com dez cobiçados convites para o baile de máscaras da rainha suprema.

Eu me virei de costas para aquela algazarra toda, embora devesse ter ficado acenando para o meu pai com um sorriso atencioso, acenando graciosamente para todos que gritavam o nome dele.

— Quando eu falo da capacidade do meu pai — eu disse —, não estou exagerando.

— De jeito nenhum. — Talan esboçou um leve sorriso. — Imagino como ele iria me esquartejar se descobrisse sobre as nossas viagens secretas ao norte.

— Da maneira que ele considerasse ser a mais dolorosa para você.

— Naturalmente.

— Ou usando qualquer método que eu solicitasse.

Ao som da minha voz tensa, Talan me espiou de relance, mas eu o ignorei e mantive a mandíbula cerrada com força enquanto atravessávamos as extensas áreas do torneio em direção aos picadeiros de dominação de animais. A multidão se afastava à nossa passagem, com murmúrios de admiração.

Nós formávamos um casal deslumbrante, Talan com seu colete preto elegante e paletó comprido, ambos bordados com trepadeiras em homenagem aos seus anfitriões, as ondas dos seus cabelos escuros praticamente iridescentes à luz do sol, seu caminhar suave e confiante. E eu ao seu lado, no vestido que Kerrish fizera para mim, que tinha tirado o meu fôlego quando ela me mostrara mais cedo, naquela manhã. Era parecido com o que eu a vira usando — uma gola alta de rufo, um decote que mergulhava até o meu umbigo, mangas transparentes ajustadas nos pulsos com fileiras de delicados botões de madrepérola, uma anquinha criada para atrair os olhos para os meus quadris. Mas em contraste com o lilás azulado vivo do seu próprio vestido, Kerrish tinha criado o meu com um *chiffon* creme, adornado com renda, que combinava perfeitamente com a minha pele. A distância, parecia que eu estava usando simplesmente uma malha de trepadeiras cor de esmeralda e pequenas flores douradas bordadas. De perto, o vestido implorava por uma inspeção mais detalhada: onde aquele tecido fino e discreto terminava e onde minha pele clara começava?

Enquanto caminhávamos, a minha saia esvoaçando nas minhas pernas, um calor insistente que não tinha nada a ver com o sol do meio da manhã subia pelo meu pescoço nu. Os meus sonhos não estavam distantes da minha mente, nem as palavras inquietantes de Illaria.

Uma parte úmida e fechada da floresta onde alguma coisa morreu.

Talan continuava me olhando, cada passo deixando o ar entre nós mais tenso. Quando a multidão se acotovelando nos empurrou de leve um contra o outro, o meu corpo cantou com o contato, mesmo a minha mente perturbada querendo me retrair.

— Perdoe o meu silêncio — disse Talan, depois de um momento. Ele passou por baixo do galho comprido de um carvalho decorado com pequenos sinos com laços, um atalho para evitar as multidões. — É só que eu estou com dificuldade de achar palavras para descrever como você está linda hoje, Gemma.

A sua voz suave tão perto de mim trouxe a minha noite de sonhos de volta em ondas vívidas. Sentindo-me ligeiramente histérica, fiz uma anotação mental para voltar à minha tenda antes da apresentação de Farrin e trocar as minhas roupas íntimas; se eu não conseguisse controlar os meus pensamentos, até a hora do almoço as peças de seda, coitadas, já estariam imprestáveis.

Ondas de luxúria colidiram com a lembrança do aviso de Illaria, e parei de repente embaixo do carvalho e permaneci parada com os punhos cerrados em frustração. Talan também parou, destacando-se alto ao meu lado. Eu podia sentir a sua preocupação mesmo sem olhar o seu rosto. Mirei além dele, para a árvore retorcida.

— O que foi? — ele quis saber. — Há algo errado. A sua presença está carregada e pesada. Turbulenta. Aconteceu alguma coisa? — Talan olhou em volta, então se inclinou para a frente e falou mais baixo: — Andei procurando por qualquer pessoa suspeita na comitiva dos Ashbourne, mas não encontrei nada. Nenhum pensamento violento, nenhum sinal de dissimulação, nem um único traço de malícia furtiva que pudesse indicar um ladrão.

Eu me preparei para a beleza do rosto dele e o encarei, séria.

— Você usou o seu poder para determinar isso?

— Estou sendo muito sutil — ele me assegurou. — Sem invadir as emoções das pessoas, mas simplesmente testando o ar. Como molhar um dedo e estendê-lo para cima para ver de que lado o vento está soprando.

— Molhar um dedo... — repeti de forma neutra, a expressão me evocando uma série de imagens que não ajudavam em nada. Pela primeira vez na vida, eu me vi desejando ser indiferente a sexo ou simplesmente satisfeita com a minha própria imaginação, como Farrin parecia ser. Uma vida assim me parecia sem graça, mas certamente seria menos frustrante.

Talan franziu a testa e tomou as minhas mãos nas suas. Eu nunca antes agradecera tanto pela invenção das luvas. Se as minhas mãos estivessem nuas, eu poderia ter me perdido com o toque da pele dele.

— Gemma, me diga o que está acontecendo — pediu ele. — Você não parece bem.

Soltei sem pensar:

— Illaria me disse que eu não devia confiar em você.

Talan piscou, me encarando, genuinamente perplexo.

— Illaria. Sua amiga perfumista, não é?

— Minha *melhor* amiga. Ela disse que você fede a alguma coisa morta e podre. O nariz dela é ímpar. Ela é um prodígio, sabe? Baixa magia, contudo, ainda assim inigualável. Tenho quase certeza de que há sangue Consagrado em algum lugar na linhagem dela. Eu confio nos instintos dela nesses assuntos.

— Você... acha que eu... *cheiro mal?*

— Illaria acha. Eu nunca senti nenhum cheiro que não fosse o da sua pele, da colônia que você usa. — Parei antes de explicar como eu achava delicioso o aroma da tal colônia e como esse aroma vinha fazendo parte dos meus sonhos ultimamente. — Mas acontece que eu não sou um prodígio. Por que ela acharia isso de você? O que isso quer dizer?

— Sinceramente, não sei. Eu... Talvez seja o meu sangue vauzaniano, um cheiro que não é familiar para ela. — O rosto dele se iluminou com uma inspiração súbita. — Ou talvez seja uma emanação ligada ao meu poder empático. Nunca ouvi falar em algo assim, mas eu também nunca tinha conhecido uma perfumista-prodígio antes. A ideia certamente é estranha, mas acho que é possível.

A tensão no meu corpo começou a cessar à medida que ele falava. Examinando o rosto de Talan, eu não conseguia encontrar nada além de confusão sincera.

— Talvez ela possa elaborar uma essência para neutralizar a minha natural — continuou ele. — Eu certamente não quero repelir ninguém. A última coisa que eu precisava era ir ao baile de máscaras e a rainha suprema me banir pelo meu fedor.

Ele disse isso de uma maneira tão séria que eu tive que rir.

— Como isso seria engraçado!

Talan deu um leve sorriso, que sumiu logo.

— Qualquer que for a razão, isso é lamentável. A sua melhor amiga não confia em mim.

— Na verdade, acho que ela despreza você.

Ele arqueou as sobrancelhas.

— Não posso controlar o meu cheiro.

— Não é só isso. — Desviei o olhar, mexendo em um galhinho de gipsófila que tinha se soltado da coroa de tranças na qual Kerrish entrelaçara os meus cabelos. — Ela está... com ciúme. Venho ignorando Illaria desde que você chegou. Estou ignorando a maioria das coisas que não sejam você. Eu não sou assim.

— Não a culpo por ter ciúme. — Suavemente, Talan enfiou as flores de volta nos meus cabelos. — Eu também ficaria enciumado se achasse que alguém estava tentando roubá-la de mim.

Olhei para ele, admirando a linha acentuada do seu queixo.

— Como se eu fosse sua.

Ele me deu um sorrisinho triste.

— É verdade. Uma escolha ruim de palavras. Mas você entendeu o que eu quis dizer, gatinha selvagem. Só nos conhecemos há um mês, e mesmo assim eu sinto como se você fosse parte de mim. — Ele levou a minha mão aos lábios e beijou os meus dedos, os olhos fixos nos meus o tempo todo. — Perder você seria como arrancar a minha própria pele.

— Isso é nojento — sussurrei, me sentindo bem perdida pelo uso do afeto dele por mim — e também bizarramente romântico.

Talan engoliu em seco com força; seu pescoço, meio escondido pelo colarinho, me hipnotizava. Pus-me na ponta dos pés e dei um beijo casto naquele pedaço branco de pele. A pulsação dele martelou embaixo da minha boca como um tambor quente.

— Gemma — sussurrou ele, os lábios no meu cabelo. — Gemma, Gemma...

Talan mudou de posição, as mãos deslizando subindo pelo meu corpete. O tecido era tão fino que eu sentia como se ele estivesse acariciando a minha pele nua.

Dei um passo para trás, lutando para manter a compostura.

— Vou convidar Illaria para jantar, hoje. Você vai ser agradável com ela. Vai fazer com que ela goste de você. Vai bajular a minha amiga até ela concordar em preparar uma essência para você.

Talan concordou, o olhar quente e intenso.

— Faço qualquer coisa que você me pedir. Me diga o que quer, e eu obedeço.

As palavras dele me enlaçaram, me arrebataram. *Me pegue*. A minha resposta fervilhava dentro de mim, um fogo embaixo da minha pele que eu não conseguia ignorar, a preocupação de Illaria que se danasse. *Me faça sua. Me arrebate até eu não conseguir enxergar direito.*

Um enorme barulho de asas batendo fora da copa do carvalho destruiu o momento, nos levando de volta ao nosso juízo.

— Maldição — murmurou Talan, passando uma mão nos cabelos —, estamos atrasados.

Espiei além dos galhos em direção aos picadeiros de dominação de animais, onde uma reluzente nuvem preta de penas espiralava no ar. De alguma maneira, consegui falar:

— O feitiço?

Talan, o sorriso sombrio, tirou do bolso do paletó o pequeno sapo de metal. Um arrepio nervoso me rasgou por dentro; o momento chegara, e de repente eu estava tomada de dúvidas.

Por seu lado, Talan já estava saindo apressado do abrigo do carvalho. Eu o segui rapidamente e deslizei o meu braço no dele, forçando-o a diminuir o passo. Ele me lançou um olhar agradecido, e, na hora em que chegamos ao picadeiro, a multidão abrindo caminho para nós com os olhos deslumbrados, o nosso ritmo era lânguido, seguro. Eu era lady Gemma Ashbourne, linda e invejada, e estava de braços dados com um estrangeiro elegante com maçãs do rosto primorosas. As suspeitas de Illaria e a pedra vigia roubadas eram coisas do passado.

Um par de mulheres embasbacadas nos ofereceu os seus cobiçados lugares na fileira da frente, e de repente eu estava sentada na sombra dos corvos de Alastrina Bask.

Alastrina estava parada no centro do picadeiro de gramado com os braços estendidos. O seu vestido era preto, lógico, para combinar com os corvos, com um brilho de opalina que reluzia ao sol — jade, água-marinha, índigo. Penas enfeitavam a gola e as mangas, e os seus cabelos pretos curtos se achavam presos em um coque elegante. Ela devia parecer fora de lugar sob o sol brilhante do meio da manhã — pálida, do norte, com os olhos atentos, um porte extraordinário e um vestido mais adequado para o inverno. Mas na verdade parecia perfeitamente natural que ela estivesse ali, gritando comandos em uma língua ríspida do norte enquanto os seus corvos a rodeavam. Ela mantinha a plateia extasiada; todos que haviam admirado quando Talan e eu passamos logo se esqueceram de nossa presença lá, e passaram a assistir à fantástica exibição à sua frente.

Felizmente. Não podíamos ser vistos nos esgueirando pelas sombras; dado o que estava prestes a acontecer, aquilo pareceria suspeito. Nem queríamos que a nossa chegada chamasse atenção.

À medida que o show se desenrolava, com os corvos de Alastrina deslizando em várias formações como se fossem água negra, de tanta fluidez, espreitei em volta, fazendo-me de entediada. Nenhuma Ashbourne se permitiria aparentar estar impressionada por um Bask, não importava o seu talento. Mas na verdade eu *estava* impressionada, e inquieta, com o meu estômago apertado e revirado. Eu me lembrava muito bem daquele tapete brilhante de corvos na clareira da floresta semanas antes, assim como os olhinhos pretos do pássaro que havia encontrado a mim e Talan nos escondendo na samambaia.

Então, enquanto bocejava, com a mão tapando a boca, eu o vi.

Ryder Bask, vestido com uma roupa preta com penas para combinar com a da irmã — um casaco comprido com ombros quadrados acentuados, uma bengala escura coberta com uma pedra obsidiana, gélidos olhos azuis delineados com lápis preto e olhando diretamente para mim.

Imediatamente, me lembrei de tudo sobre a nossa última noite em Ravenswood: a sinistra aparição vigia, a dor lancinante por Ryder torcer o meu braço às minhas costas, o fedor de esterco e óleo.

Resistindo à vontade de me encolher ao lado de Talan, terminei o bocejo e arqueei uma sobrancelha, mantendo os olhos fixos com frieza em Ryder até que ele desviou o olhar, voltando-se para a irmã.

Talan deve ter sentido o meu medo, ou então sentiu o trovão das batidas do meu coração, que por um momento era o único som que eu ouvia. Ele procurou as minhas mãos e cobriu os meus dedos bem fechados com os dele. Eu me concentrei agradecida no calor da pele dele, como se eu estivesse balançando para fora de um despenhadeiro e o toque de Talan fosse a minha única chance de salvação. O meu ombro latejava com a lembrança da dor. A minha cabeça girava; eu estava presa nas sombras daquele estábulo ao norte. A qualquer momento agora, Ryder arrancaria o meu braço do corpo.

— Talan — sussurrei, a voz fraca por baixo do ruído ensurdecedor de asas de corvos. — Por favor...

Não ousei falar mais, mas Talan entendeu. Uma sensação de segurança me envelopou, tão quente e sólida como se ele tivesse envolvido os seus braços em torno de mim e me enfiado no santuário escuro do seu casaco, onde ninguém podia me encontrar e nada podia me machucar. O meu coração no seu coração, a minha fraqueza abrigada na sua força rígida e magra.

Foi naquele momento, enquanto o meu corpo relaxava no efeito do poder de Talan, que a verdade me atingiu como um soco no estômago. Fiquei completamente imóvel, o choque trepidando silenciosamente dentro de mim, e o meu corpo inteiro se estreitou nesse espaço pequeno — Talan sentado ao meu lado, em um banco, embaixo de um céu sem nuvens cheio de pássaros.

Eu sabia que podia muito facilmente amá-lo.

Eu podia amar Talan — e talvez já amasse.

Um leve clique soou à minha esquerda. Olhei de soslaio e vi o sapo de metal meio escondido na palma da mão de Talan, seu corpo aberto para revelar o vazio no interior.

Ele tinha soltado o feitiço que encomendara de Serra Breen — o feitiço que arruinaria a exibição impressionante de Alastrina Bask.

Apertei a mão de Talan com força, a minha cabeça abalada pela constatação. Eu podia amá-lo, *eu podia amá-lo*.

— Talan, *espere* — sussurrei —, eu não estou pronta...

Ele me silenciou com uma sensação de calma. Sedosa e lenta. A sensação deslizou descendo pelo meu corpo, como se eu tivesse entrado em uma cachoeira quente e tranquila. Eu me inclinei contra ele, mole e fluida. Talan me segurou ereta com um braço firme em volta do meu torso e sussurrou o meu nome, falando baixo, uma vez que os seus lábios estavam bem perto do meu ouvido. Várias vezes ele mumurou o meu nome, e disse *Não se preocupe*, disse *Nós queríamos isso*, disse *Eu estou com você, gatinha selvagem*.

E então, da direção do picadeiro, a voz de Alastrina se interrompeu no meio do comando e se dissolveu em um coaxar horrível e gutural.

A estranheza daquilo foi sinistra. No início ninguém sabia como reagir. Alastrina permaneceu lá imóvel, perturbada, a boca, uma linha fina, e a mão apertando a garganta. No outro lado, Ryder, com uma expressão tensa, se remexia, nervoso. Eu meio que esperava ver as suas orelhas se levantarem, como as de um lobo.

Nos ares, os corvos desfizeram sua formação arrumada com alguns gritos ásperos e esparsos e começaram a voar, confusos.

Alastrina pigarreou e ergueu o queixo com um olhar sério e determinado. Estava tudo em silêncio, o público, esperando pelo gracejo.

Ela tentou mais uma vez, abrindo a boca para proferir o comando seguinte — mas o que saiu não foi a sua voz, e certamente não foi uma palavra.

Foi uma série de coaxares, cada um mais feio e mais duro que o outro. E ela não parou. Alastrina gritava aos céus, à sua pobre e confusa nuvem de corvos, tentando repetidas vezes proferir os comandos adequados. Mas era inútil. O único som que sua boca produzia estava enfeitiçado — os gritos de uma rã-touro macho durante a temporada de acasalamento, como Serra Breen havia prometido.

A demonstração se dissolveu em um caos. Os corvos se espalharam — alguns voaram para longe, mergulhando como bêbados; alguns caíram no chão; alguns giraram uns contra os outros, seus gritos dolorosos e indignados em cascata pelo ar como um eco perverso dos coaxares de Alastrina.

Uma parte do público correu, cobrindo as cabeças. Outra parte ficou imóvel, horrorizada, incapaz de desviar o olhar. Outra ainda dava gargalhadas, aos uivos, enquanto a ira de Alastrina explodia em uma fúria total. Manchas vermelhas marcavam a sua pele de alabastro. Ela enxotou os curandeiros e árbitros que correram para acudi-la e gritou para os corvos que cambaleavam de um lado para o outro aos seus pés, como se aquilo os incitasse a obedecer aos comandos que eles não conseguiam entender.

Ryder correu aos empurrões em direção à irmã, se enfiando no meio da multidão fervilhante, segurou o seu rosto nas mãos, gritou com ela em um idioma do norte. Os coaxares se transformaram em alguma coisa bestial e horrível. Ela pegou o cajado de obsidiana do irmão e o arremessou como uma lança, e berrou com ele.

A multidão se dividiu, fugindo para longe de onde o cajado tinha caído no solo tal qual um raio preto. A torrente de corpos fez com que eu e Talan nos levantássemos dos nossos lugares, e nós corremos para longe junto com os demais, a cacofonia da ira de Alastrina nos perseguindo a todos pela área do torneio. Talan disparou comigo no meio da praça central com as barracas de comida, onde espetos de carne assada chiavam no ar esfumaçado. Em outras arenas do torneio, os competidores tinham interrompido as suas apresentações, boquiabertos, assistindo com uma fascinação mórbida àquele caos.

Quando finalmente irrompemos no refúgio abençoado da minha tenda de dormir vazia, Talan estava rindo.

— Você viu a cara dela? — Ele enxugava os olhos. — Ah, pelos deuses, isso foi ainda melhor do que eu imaginei que seria! Vamos ter que mandar um pagamento extra para Serra. Ela se superou.

Dei uma risada fraca. O meu coração não estava ali. Eu me sentia tonta com tudo o que tinha acontecido, com a beleza brilhante e radiante do rosto de Talan enquanto ele ria.

— Eles vão ficar com tanta raiva... — murmurei.

Ele me lançou um olhar confuso.

— Claro que vão. Era esse o objetivo, não era? Humilhá-los e reduzir a posição social deles? Enfraquecê-los aos olhos da rainha? Você jurou que estava preparada para quaisquer repercussões, que a possível retaliação valia o risco.

— Sim, eu sei, mas... Ryder. — Com os braços em volta do meu corpo, olhei as abas das tendas por cima do ombro. Do lado de fora, os sons distantes de tumulto continuavam. — Ele me viu do outro lado do picadeiro. Estava olhando para mim como se soubesse de tudo. Do feitiço, dos nossos encantamentos...

— Bobagem. Ele não sabe de nada a não ser que você é uma Ashbourne e que é a mulher mais bonita do mundo. O que o irrita, com certeza. Ele ia preferir muito mais que você fosse uma bruxa horrorosa.

Talan segurou as minhas mãos e me girou em uma dancinha de triunfo, cantando uma música boba sobre a mais nobre e ardilosa Casa dos Ashbourne que logo me deixou tonta e dando risinhos, mesmo que eu não quisesse. As mãos dele estavam em todos os lugares — em volta das minhas, segurando o meu rosto, guiando os meus lábios para os dele —, e me afundei no seu toque, ávida por uma fuga e por segurança.

Eu podia jurar que os olhos de Ryder me seguiram pelo espaço do torneio quando escapamos do picadeiro de dominação de animais. Sem dúvida ele estava totalmente focado em ajudar a irmã, e mesmo assim eu não conseguia afastar essa sensação, não por conta própria.

Eu precisava de distração, alguma coisa para clarear a minha mente de toda as preocupações. Não queria pensar nos Bask, ou em Illaria, ou na pedra vigia roubada. Queria um doce esquecimento. Eu *ansiava* por isso. Ao segurar a cabeça de Talan, os meus dedos se enrolando nos cabelos dele e o forçando a encontrar os meus olhos, a inebriante onda de medo dentro de mim explodiu e se tornou ardente e desesperada.

— Me beije — sussurrei com força contra a boca de Talan. — Continue, Talan, por favor.

A risada dele sumiu. Ele se afastou só um pouco, os olhos cheios de estrelas.

— Você está com medo.

Apertei os lábios.

— Do quê?

Balancei a cabeça, oprimida demais para explicar. O cheiro estranho de Talan. O atalho verde secreto do meu pai. O aviso enigmático da sra. Baines. A raiva de Alastrina. Os olhos de Ryder me apunhalando com um gelado azul de raiva. Mara, empurrada para um canto culpado da minha mente que eu me recusava a reconhecer.

O meu pânico, a minha dor — sempre presente, interminável.

A salvação que podia estar me esperando se algum dia encontrássemos o Homem com a Coroa de Três Olhos. A salvação, ou a desgraça, ou talvez fossem uma coisa só. Talvez a salvação *fosse* a minha desgraça. Uma escapatória. Um fim. Uma paz que eu nunca conhecera.

— De tudo — respondi, erguendo o olhar para Talan. Tremendo de nervoso, me sentindo de repente como a garota virgem que eu não era havia anos, encontrei uma das mãos dele e a deslizei pelo meu corpo para colocá-la no meu seio. — Me toque, Talan. Não quero ter medo. Só por pouco tempo. Quero esquecer tudo. Quero esquecer tudo isso.

A expressão dele se abrandou. Talan encostou a testa na minha.

— Não posso... — Ele balançou a cabeça e cerrou as pálpebras. — *Pelos deuses*, eu quero, você não tem ideia do quanto eu quero, mas... aqui não. Não rápido e desajeitado em uma tenda qualquer onde alguém pode entrar e nos encontrar.

— Então só me beije mesmo — ordenei. — Me beije, com força.

Talan examinou meu rosto por mais um instante, os olhos brilhando, e depois me empurrou para trás devagar até eu encostar no poste central da tenda. Com cuidado, ele guiou as minhas mãos para trás do poste, as prendeu lá com a própria mão e então se inclinou por cima de mim e me encheu de beijos — meu pescoço, meu queixo, minha testa, meus cabelos. Não foi suficiente; eu precisava de mais. Soltei as minhas mãos, agarrei as mangas dele, emiti um pedido sem palavras.

Obedecendo, Talan seguiu o longo caminho de pele nua do decote do meu vestido, roçou os lábios da garganta aos seios, ao umbigo. Ele se ajoelhou na minha frente e segurou os meus quadris, pressionou o rosto nas minhas coxas, inspirou profundamente, soltou um gemido suave de desejo. Talan me beijou entre as pernas, uma vez, sua respiração quente, e os seus lábios, bem no lugar onde eu queria.

Gemi, torci os dedos nos cabelos de Talan e enfiei o rosto dele com firmeza contra mim, sem pensar, devassa. Todo o desejo que senti por ele no último mês, a ternura, o prazer secreto do nosso plano louco — tudo explodiu dentro de mim, me deixando perdida. Eu era uma mulher ardente, bêbada com a proximidade dele, tonta com o seu cheiro. Circulei os meus quadris contra ele, sem fôlego, e então Talan se levantou, tomou a minha boca com a dele, abriu os meus lábios com a sua língua. Ele beliscou o meu pescoço de leve, apertou com delicadeza os meus mamilos através do tecido transparente do meu vestido. Então, tateou com os dedos contra o meu calor várias vezes, o rosto enterrado no meu pescoço enquanto me beijava, os seus dedos ágeis trabalhando sem parar entre as minhas pernas, me provocando dentro das minhas saias, pressionando mais forte, mais forte, para cima e para cima.

— Talan! — solucei, tonta, leve. Eu me pressionei contra a mão dele com desespero. — Por favor, *deuses*...

— Sim, é isso, Gemma — sussurrou ele contra os meus lábios.

Os meus olhos piscaram, se abrindo apenas o tempo suficiente para vê-lo me observando, o seu olhar de desejo tão escuro que por um momento louco eu não consegui ver nenhum branco nos seus olhos, apenas uma escuridão fechada e líquida.

— Goze para mim, minha garota encantadora — gemeu ele. — Criatura linda.

Talan subiu as minhas saias, deslizou a mão subindo pela minha coxa e encaixou os dedos embaixo do cetim enfeitado com renda da minha roupa íntima.

Logo antes de me tocar, ele parou. A palma da sua mão ficou apoiada em mim; a respiração dele tremeu contra a minha face. Eu me excitei embaixo dele, implorando, ardendo.

Talan se inclinou para mais perto, pressionou os lábios na pele macia embaixo da minha orelha.

— Nunca na minha vida inteira — murmurou ele — eu quis tanto uma coisa quanto comer essa doce e perfeita delícia no meio das suas pernas.

A deliciosa obscenidade das palavras dele me chocou com tanto prazer como eu jamais sentira antes. Gritei, agarrei os seus ombros e me arqueei contra ele. Senti o seu desejo, quente e duro contra a minha perna, e fiquei incandescente, o meu corpo tenso de urgência. Atordoada, encontrei os seus olhos escuros, os seus cílios grossos, o leve brilho de suor nas suas têmporas — foi quando Talan deslizou dois dedos para dentro de mim, enfiou-os dentro de mim várias vezes, pressionou o polegar contra mim uma vez, duas vezes, três vezes.

Quando o meu corpo chegou ao clímax, foi com uma força tão súbita que a minha visão escureceu. Estremeci, presa entre o corpo de Talan e o poste duro atrás de mim, e gritei dento da boca dele, enrolei o meu corpo em torno do dele, gemi contra os seus beijos. A minha respiração travou, capturando cada choque de prazer que reverberava no meu corpo. Murmurei o nome de Talan, escondi o rosto contra seu peito, firmei as coxas trêmulas ao seu redor e cavalguei na sua mão até ficar sensível e exausta demais para me sustentar.

Depois disso, o mundo ficou lânguido e vago, a minha mente, abençoadamente tranquila. Eu me lembro de Talan levar seus dedos molhados para os meus lábios; juntos, os sugamos e os limpamos. Eu me lembro de ele me carregar para a minha cama, murmurando algo sobre se trocar para o almoço. Um beijo suave embaixo dos meus dois olhos, a minha cabeça cheia do meu próprio cheiro forte e doce, e o mundo, uma névoa dourada ao meu redor enquanto eu caía contente em um sono satisfeito e cheio de sonhos.

16

Depois, naquela tarde, a luz cada vez mais reduzida e dourada à medida que o sol descia lentamente pelo céu do oeste, corri para os camarins da tenda mais grandiosa do torneio, uma imensa construção de lona azul-marinho salpicada de milhares de estrelas prateadas.

Era nesse palco onde os artesãos e os prodígios do torneio se apresentariam — pintores criando novas obras-primas diante dos olhos de uma plateia boquiaberta; dramaturgos extraordinários estreando suas novas e angustiantes peças; bailarinos girando sem esforço de um lado ao outro da cortina.

E músicos, claro — ou, mais precisamente, uma pianista.

A área coberta do camarim estava silenciosa, o seu vazio reforçado por uma barreira dos guardas impassíveis do meu pai. A minha única outra companhia era Gareth. Ansioso, ele caminhava de um lado para o outro nos bastidores, o colete aberto, a gravata desfeita e as mangas dobradas displicentemente até os cotovelos.

— Você vai deixá-la nervosa — eu o repreendi, pegando delicadamente a sua mão. — Pior, você está *me* deixando nervosa.

Gareth soltou uma risada hesitante. Ele apertou os meus dedos uma vez, depois se afastou e esfregou as mãos pelos cabelos e pelo rosto; em seguida, pegou a minha mão de novo e segurou os meus dedos com força.

Olhei para a sua cabeleira loira rebelde, os seus óculos, que agora estavam ligeiramente tortos, e me esforcei para não sorrir.

— Pareço um louco, não é? — perguntou ele, sério.

— Os seus cabelos realmente estão bastante... bem, *desgrenhados* não parece uma palavra enfática o suficiente.

Gareth abriu um fraco sorriso, fitando a minha irmã do outro lado do palco. Farrin estava sentada ao piano completamente imóvel, os olhos fechados e as mãos pousadas de leve em cima das teclas envernizadas brancas e douradas. Ela usava um dos seus muitos trajes cinzentos, dessa vez um vestido com mangas compridas abotoadas, uma gola alta e um corpete severamente estruturado que lembrava o peitoral de uma armadura que um soldado do Exército Inferior poderia usar. A sua boca era uma linha fina, e uma única mecha de seus cabelos castanho-dourados tinha se soltado da sua trança.

Ver aquilo partiu o meu coração. Eu me segurei para não correr até lá e prender a mecha rebelde. Ela fazia a minha irmã mais velha parecer jovem demais, pequena demais, ofuscada pelas gigantescas cortinas de veludo. Além do refúgio escuro do palco, o baixo murmúrio da plateia à espera ia aumentando, crescendo.

— Você sabia — Gareth perguntou baixo — que todos os outros músicos que tinham se inscrito no torneio desistiram depois de saber que ela ia se apresentar?

O meu coração se inchou de orgulho.

— O meu pai disse que nenhum deles nem se importou de perder potenciais convites para o baile da rainha. A única coisa com o que eles se importavam era...

— ... ouvir Farrin tocar — completou Gareth, um pouco melancólico, um pouco triste. Obviamente ele estivera naquela apresentação terrível e turbulenta, dez anos antes, que havia afastado a Farrin de catorze anos daquilo que ela mais amava no mundo: **sua música**.

— Você se lembra daquele dia horroroso? — perguntou Gareth depois de uma pausa, num murmúrio reverente, como se falar em voz alta sobre aquele acontecimento fosse incitá-lo de volta à vida, como algum ato fétido de necromancia Antiga. — Todas aquelas pessoas gritando o nome dela. Inebriadas pelo talento dela, pedindo "mais um!" atrás de "mais um!". Sem prestar atenção nenhuma *a ela*, apenas ao que ela podia fazê-los sentir.

— Se o meu pai não tivesse impedido, tenho certeza de que você teria matado alguém.

— Ou muitos alguéns.

— Que os deuses não permitam que algum incauto olhe para Farrin com admiração.

Gareth zombou.

— Nem um único daqueles idiotas babões implorando para casar com ela merecia ficar a menos de quinze quilômetros de distância de Farrin. Ou, para falar a verdade, nem no mesmo continente.

Olhei para ele com um sorriso afetuoso.

— Sei que você está cansado de eu falar isso, mas...

Ele fez uma careta.

— Essa sua obsessão está inconveniente.

— Mas não seria *mais fácil* para vocês dois se...

— Se fôssemos apaixonados um pelo outro? Se quiséssemos ir para a cama, ter bebês e... Não sei, o que mais as pessoas que se amam fazem? Lavam as costas uma da outra?

Mal abafei a risada.

— E esfregam entre os dedos dos pés da outra.

Ele encolheu os ombros.

— A vida romântica é realmente abominável. Mas tenho certeza de que você sabe tudo sobre isso.

— Eu... O quê?

— Ah, vamos lá, Gemmy-Gem. Não seja acanhada. Você está toda sonhadora e satisfeita, e cheira a sexo.

Envergonhada, eu me afastei dele.

— Isso com certeza *não* é verdade.

— Ah, está bem, então. — Ele deu de ombros. — Deve ser outra pessoa. — Gareth olhou em volta, apontando para todo o espaço vazio. — Humm... Bem, olhe, isso é estranho.

Dei um golpe no braço dele.

— Está bem, seu horroroso. Talan e eu, logo antes do almoço... bem... Não é o que você está pensando.

— Mas pelo menos é *uma parte* do que estou pensando?

Minhas bochechas ficaram quentes.

— Uma parte, sim. Talvez.

Gareth, sorrindo, se abaixou para me examinar.

— O que é isso? Gemma Ashbourne ficando vermelha? Nunca imaginei que você fosse tímida para essas coisas. Ele realmente deve tê-la envolvido em volta do seu... bem, vamos exercitar alguma moderação e dizer *dedo*, não é?

Engoli em seco com força e desviei o olhar, as palavras de Illaria mais uma vez martelando nos meus ouvidos.

Por baixo, Gemma, é podre.

— Se eu estou envolvida em volta de alguma coisa, com certeza — falei com firmeza —, fiz tudo sozinha e pela minha própria vontade, muito obrigada.

Alguma coisa deve ter transparecido no meu rosto antes que eu conseguisse escondê-la. Gareth deu a volta e segurou os meus ombros com delicadeza.

— Ah, Gem. Sinto muito, fui longe demais. Culpe os meus nervos, acho, embora isso não seja justificativa. — Ele se abaixou para me fitar, em silêncio agora, e sério. — O que foi? Você parece profundamente triste.

Recompondo-me, eu me concentrei não nele, mas na gravata caindo solta em torno do seu colarinho amassado — uma gravata de professor da universidade em Fairhaven, a cidade da rainha, com listras nas cores dourado, azul e preto, de bibliotecário. Eu teria achado pretensiosa e arrogante a insistência de qualquer outra pessoa em usar a gravata em um ambiente fora da universidade. Mas sabia que Gareth a usava por uma única razão: para que algum filósofo amador curioso ou um humilde professor do interior pudesse notá-la e se aproximar, ansioso para conversar sobre todas as coisas que Gareth amava. Seu trabalho em uma nova e completa coleção sobre lendas populares coletadas no continente inteiro. Algum tópico obscuro de arcanos da Antiga Nação, como a linhagem complicada dos clãs com menos magia. A Névoa do Meio.

Meu estômago se apertou.

A Névoa.

De repente, uma das muitas perguntas sem resposta que eu trancara a sete chaves com êxito e na qual evitara pensar retornou com força total. A minha memória me levou de volta a Rosewarren no dia da transformação de Mara, a como eu havia me aconchegado a ela naquele silencioso templo de pedras e vegetação, tentando em vão decifrar as suas estranhas palavras.

Todas as armas nas palmas das minhas mãos, e ainda assim elas estão atadas há muito tempo...

Talvez vocês três juntos possam fazer algo antes que seja tarde demais.

Nós três. Farrin, Gareth, eu.

A vergonha deixou o meu rosto quente. Sem dúvida, fazia semanas que Mara esperava uma carta nossa, ou até uma visita. E eu não tinha feito nada para ajudá-la, não havia contado para ninguém o que ela dissera. Em vez disso, enganei a sra. Baines, me esgueirei para dentro do atalho verde secreto do meu pai, perdi uma pedra vigia e tive devaneios intermináveis sobre Talan enquanto quebrava cada uma das regras do meu pai com o objetivo de encontrar um demônio que podia, talvez, se ele existisse, dar *a mim* o que eu sempre quisera — a mim, e a mais ninguém. Enquanto isso, Mara servia à Ordem e não ia para casa em Ivyhill desde o dia em que a Guardiã a levara de nós. Mara nunca sequer *conhecera* Gareth. Ele e Farrin tinham se tornado amigos quando ela estava com treze anos e ele quinze, durante uma das nossas férias em família à cidade da rainha — uma cidade que Mara não visitava fazia anos.

Fiquei enjoada, envenenada pelo meu próprio autodesprezo ao pensar na lista que eu tinha queimado na minha lareira: *Gareth — mandá-lo a Rosewarren no meu lugar?* Uma escapatória fácil, e eu não conseguira fazer nem isso pela minha irmã.

— Gareth — sussurrei, segurando a manga da camisa dele —, preciso falar uma coisa com você, e vai ser difícil de explicar.

Porém, bem nessa hora, fez-se um silêncio persistente. As cortinas enfeitiçadas do palco foram abertas, revelando Farrin sentada ao piano, sozinha, calada, imóvel. Na frente dela, o que deviam ser milhares de pessoas a fitavam, esperando — tão caladas e tão imóveis quanto Farrin. Elas enchiam as fileiras de cadeiras curvadas, se aglomeravam em pé na beira do palco, se penduravam em galhos de árvores para conseguir uma visão melhor do palco.

— Merda! — xingou Gareth, segurando a minha mão. — Venha, estamos atrasados.

Nós nos apressamos em direção às duas cadeiras vazias na fileira da frente, que os quatro guardas do meu pai protegiam do público ansioso. Com palavras mudas de agradecimento aos guardas, deslizei para a minha cadeira entre Illaria e Talan, sem ousar olhar para nenhum dos dois e desejando fervorosamente que eu não tivesse me esquecido de passar perfume antes de sair da minha tenda.

Felizmente os dois mantiveram as bocas fechadas. O que estava prestes a acontecer era mais importante, e eles sabiam, e eu os amava por isso. Segurei as mãos deles e as apertei, me confortando com a pressão dos anéis de Illaria e o calor macio da palma de Talan.

Então eu encontrei os olhos da minha irmã.

Farrin estava sentada ao piano, ainda imóvel, mas a sua cabeça tinha se inclinado ligeiramente em direção à plateia, e ela me olhou, o seu olhar escondido por aquela mecha teimosa de cabelos. A expressão no rosto dela — medo, euforia, uma súplica silenciosa e infantil.

O meu peito deu um nó apertado. Eu desejava ser possível para mim me sentar do lado dela e segurar a sua mão durante a sua apresentação, protegê-la do público com o meu corpo, ou, melhor ainda, tirá-la do palco como um dos furtivos Ventos Antigos e levá-la de volta para casa em segurança. Nós poderíamos nos esconder na sua cama, testa com testa, os dedos entrelaçados em um nó inseparável, da mesma maneira como fizéramos todas as noites nos meses longos e horríveis depois de Mara ter sido tirada de nós, e então de novo depois de a nossa mãe ir embora. Eu nunca me sentira mais segura do que naquelas noites, abrigada da tristeza com a ausência de Mara pelo abraço caloroso de Farrin e a luz impetuosa dos seus olhos castanhos. A proximidade do seu rico sangue mágico era excruciantemente dolorosa, e ainda assim eu havia apreciado do mesmo jeito.

Quando a minha tristeza me sufocava, quando o meu corpo estremecia de dor, e febres estranhas me deixavam convencida de que as sombras do quarto eram feras farejando o meu cheiro, eu pedia a Farrin para ficar acordada de noite e nos proteger contra os meus terrores imaginários. E ela ficava, toda vez, sem questionar nem ridicularizar. Apesar da sua presença, eu nunca dormia profundamente nessas noites e, sempre que acordava, não me mexia. Eu continuava respirando de forma lenta e constante, e toda vez que abria os olhos, via que os de Farrin estavam bem abertos, sem cansaço e medo. Ela acariciava os meus cabelos e mantinha as nossas colchas enfiadas em volta de mim para dar segurança, olhando enfezada para as sombras como se as desafiasse a tentar alguma coisa.

Porém, isso foi muito tempo atrás, antes de nós crescermos e em seguida nos afastarmos sem muito alarde, antes de a maldição ser quebrada e os Bask retornarem, reacendendo a rixa de sangue entre as nossas famílias; antes de eu voltar as minhas atenções às festas, aos vestidos, aos amantes, a qualquer coisa que pudesse me ajudar a esquecer as coisas que me causavam dor — o meu corpo, a minha mãe desaparecida, a minha irmã aprisionada, o meu pai distante.

Como eu era tola. Só naquele momento, vendo Farrin inspirando e fechando os olhos, uma expressão de dor pungente assolando o seu rosto enquanto ela pressionava os dedos nas teclas, que passou pela minha cabeça que ela talvez fosse solitária.

Talvez aquelas noites sem dormir zelando por mim dessem a ela um conforto do qual ela penosamente sentia falta. Talvez ter a confiança do nosso pai não fosse um presente tão desejável quanto eu sempre supusera. Tentei me lembrar da última vez em que eu estivera sozinha com Farrin e conversara sobre algo que não fosse os Bask ou nosso pai ou algum assunto da propriedade. A resposta chegou imediatamente: sentada aos seus pés no Salão de Baile Verde três semanas antes de ela apresentar a obra que ela compusera sobre o garoto que brilhava.

E antes daquilo?

A vergonha costurou a minha garganta com tanta força quando percebi que eu não conseguia encontrar a resposta... Antes daquele dia no salão de baile, quando eu e Farrin tínhamos desfrutado de uma conversa de verdade, um momento só nosso? Quando fora a última vez em que pensáramos em procurar uma à outra para compartilhar segredos, rir como bobas por causa de alguma fofoca idiota, conversar sobre temas reais e verdadeiros?

Havia muito tempo. Qualquer que fosse a razão, quem quer que fosse o culpado, fazia tempo demais.

Você, uma vozinha cruel sibilou para mim, uma das muitas que viviam na minha cabeça. *Você é a culpada.*

Inspirei e quase me engasguei, os olhos se enchendo de lágrimas. A voz falava uma verdade cruel. Farrin administrava a propriedade, Farrin ajudava o nosso pai com as suas maquinações, Farrin mantinha as engrenagens de Ivyhill lubrificadas e funcionando.

E eu... Eu sentia dor, por dentro e por fora, e me escondia. Um refúgio de seda, ligações amorosas e festas que varavam a noite ainda era um refúgio. Uma fuga. Uma desculpa.

Talan acariciou a palma da minha mão com o polegar, me trazendo de volta. Do meu outro lado, Illaria se aproximou.

— Gemma? — sussurrou ela. — É o pânico?

Balancei a cabeça e redirecionei a minha atenção para o palco, para Farrin, para a melodia doce e ponderada que ela tecia nas teclas — o trecho de abertura da sua composição original. A obra que contava a história de uma garota presa em um incêndio e do garoto que brilhava e era a sua salvação.

A música rapidamente me tirou do pântano que eram os meus pensamentos e me colocou no que parecia ser outro território completamente diferente — algum lugar verde e ameno iluminado suavemente por um sol nascente, o ar tenso e silencioso pela ansiedade. Eu podia ver tão claramente a história que Farrin contava... A paz de Ivyhill antes de dar tudo errado, as insinuações sinistras, surgindo lentamente, sobre a nossa rixa com os Bask, as idas e vindas de luz e escuridão, perigo e segurança, uma cilada realizada aqui, uma terrível discussão pública ali... Em meio a tudo, uma melodia doce e esperançosa aparecia e sumia, lutando por ar. Cada vez que as notas voltavam, elas soavam mais atormentadas, mais desesperadas.

A minha pele se arrepiou. Aquilo éramos nós. Aquela melodia brigando por uma posição eram Farrin, Mara e eu, cambaleando em direção a uma tristeza que não podíamos ver chegando.

Prendi a respiração, assistindo aos dedos de Farrin voarem nas teclas — a elegância dos seus braços finos e incansáveis, a maneira como o seu corpo se movia junto com a música, como se ela, o crescendo ondulante das notas e o piano em si fossem uma só criatura.

O público em volta de mim, atrás de mim, acima de mim nas árvores parecia tão extasiado quanto eu — imóvel, mal respirando, todos nós inclinados para a frente nos nossos assentos como pássaros famintos nos esticando para pegar comida.

Pela visão, pelo som, paladar e toque, rezei com fervor, *pelo aroma do vento e a força dos meus membros, agradeço a Kerezen, deusa do meu corpo, criadora de osso e sangue. E que seja assim para sempre.*

Mantenha firmes os guardas do meu pai.

Mantenha calmas e lúcidas essas pessoas.

Mantenha segura a minha irmã.

No início, parecia que as minhas preocupações eram infundadas. Farrin seguia tocando, uma série de passagens de *staccato* crescentes significando a descoberta do fogo, e o público ainda permanecia nos seus assentos. Ousei me virar uma vez e olhar para as pessoas, e vi que todas elas, milhares de indivíduos, fitavam o palco, os seus rostos, suaves, os seus olhos, brilhantes. Algumas tinham sorrisinhos ausentes; outras estavam com as mãos fechadas embaixo dos queixos, as bocas tremendo pelas lágrimas abafadas. Outras choravam abertamente. Gareth, sentado do outro lado de Illaria com os cotovelos nos joelhos e as mãos dobradas na frente da boca, sorria radiante mirando o palco, os olhos brilhando e o rosto iluminado de orgulho.

Ao vê-lo, um tanto da tensão sumiu dos meus ombros. Virei-me de novo para o palco e me forcei a respirar. A música de Farrin continuou, a fúria do inferno recuando antes de o tema do garoto que brilhava começar — uma passagem melódica descendo das teclas mais altas, misteriosa e elusiva a princípio, depois mais forte, vibrando de esperança.

O poder da música devastava o meu corpo. Ondas de agonia silenciosa pulsavam dentro de mim, do topo da cabeça às pontas dos pés, mas eu não me importava. Na verdade, eu as acolhia. Essa dor eu podia suportar, e com alegria.

Essa dor significava que a minha irmã, por um momento, estava se esquecendo da sua própria.

Então, sem aviso, o caos eclodiu.

Um grito cortante, masculino, me fez girar. A minha boca ficou seca de medo.

Ryder Bask disparava em direção ao palco.

Ele atravessou empurrando a multidão de pessoas como se elas não fossem nada, meras ervas daninhas no caminho da foice da sua força. Ryder passou por cima de ombros, saltou em colos. As pessoas estendiam os braços para segurá-lo, tentando detê-lo, mas Ryder se soltava com facilidade. Ele batia e as afastava com a ponta de obsidiana do cajado. Os seus olhos estavam selvagens, o rosto, corado de excitação, e o sons que saíam dele eram animalescos — necessidade, desespero, fúria contra qualquer um que ousasse tentar contê-lo.

— O que houve, pelo amor dos deuses? — Illaria sussurrou ao meu lado.
— Ele ficou louco.

O rompante de Ryder acendeu a multidão, inflamando uma histeria desesperada. As pessoas escalavam atrás dele, algumas o encorajando, encantadas com a chance de chegar mais perto do palco. Outras puxavam os braços de Ryder, davam socos, berravam para ele parar. Mas ele estava incontrolável, uma força brutal selvagem com os olhos fixos na minha irmã.

Gareth saltou em direção ao palco, se impulsionou para cima da borda e se jogou na frente de Farrin, bloqueando o caminho de Ryder. Ela, que parara de tocar, ficou sentada na banqueta do piano, aflita de medo, mas, quando Ryder se aproximou, uivando palavras do norte que eu não conseguia entender, Farrin se ergueu devagar, meio se escondendo atrás de Gareth, e fitou o alvoroço além dele. Eu não conseguia ler a sua expressão. Pavor? Admiração?

O meu pai berrou para os seus guardas bloquearem o piano, e então disparou pela multidão fervilhando como uma flecha arremessada. Quando ele bateu em Ryder, senti o impacto nos meus dentes, escutei o trincado nauseante do osso e os gritos histéricos da multidão ansiosa.

A voz de uma mulher perfurou a gritaria, terrível e engasgada por soluços furiosos, implorando para o meu pai parar: Alastrina Bask, que de alguma forma tinha aberto caminho até o irmão mesmo com quatro árbitros de torneio desesperados tentando contê-la. Os seus cabelos haviam se soltado. As penas do seu vestido estavam partidas, amassadas. Um árbitro deu um tapa no rosto dela, sem dúvida esperando que o choque a detivesse, mas em vez disso ela o derrubou com um rápido chute na virilha.

E Ryder ainda gritava, sua voz agoniada abafada pelo que quer que o meu pai tivesse feito com ele. Ryder perdera o seu casaco, e a sua camisa estava pendurada no seu corpo em farrapos, revelando extensões de músculos contraídos e pele firme, áspera pelo trabalho. O último vislumbre que tive dele foi o seu braço, estendendo-se desesperadamente em direção ao palco. Tentei fixar as suas palavras estrangeiras na memória para poder procurar o significado depois, mas o tumulto da magia dispersa ziguezagueando pela multidão me esmurrava. Uma faca quente de dor atingiu o meu crânio, e cambaleei, minha visão ficando turva.

— Venha, Gemma — o sussurro de Talan de repente soou no meu ouvido. — Não temos mais nada para ver aqui.

Achei ter ouvido um tom de alegria na voz dele, e meu coração se apertou quando avistei o seu rosto — os olhos reluzindo, a boca luxuriante franzida em um sorriso satisfeito. Procurei Illaria, mas ela estava ocupada ajudando um grupo de mulheres idosas assustadas a ficarem em segurança.

Enterrando os meus calcanhares na terra, olhei para trás por cima do ombro, procurando por Farrin, mas só os guardas do meu pai permaneciam no palco. Farrin e Gareth tinham sumido.

— Não tenha medo — Talan me tranquilizou, o seu braço forte em volta de mim enquanto ele me guiava atravessando o tumulto. — Ela e Gareth estão seguros. Ele está levando a sua irmã para as tendas da universidade. É mais tranquilo lá.

Aquilo parecia totalmente sensato. Deixei Talan me levar, os seus passos largos e o seu casaco escuro esvoaçante cortando caminho de modo eficiente no meio da multidão caótica. Quando finalmente entramos na minha tenda de dormir, os sons da confusão estavam mais fracos, e a sufocante pressão da magia tinha passado. Tremendo, afundei em uma das almofadas com franjas que ficavam no chão.

Talan achou um pedaço de pano perto do lavatório, pegou um copo de água e se juntou a mim.

— Precisa de ajuda? — murmurou ele, dando batidinhas com o pano na minha testa febril com tanta delicadeza que parecia cômico à luz da violência que tínhamos acabado de testemunhar. A incongruência me provocou uma risada estranha. Empurrei a mão de Talan.

— Não, não me ajude, não se atreva — falei com firmeza. — Você fez aquilo, não foi? Você entrou na cabeça de Ryder. Você o induziu a ficar violento, desesperado. Não foi ele próprio.

Uma ponta de culpa passou pelo rosto de Talan, mas ele a afastou e empinou o queixo, desafiador.

— Como era a nossa intenção.

— Sim, mas *não* na apresentação de Farrin. O plano era incitar Ryder a ser violento *amanhã* nas *arenas de luta*. Humilhá-lo lá, onde ele podia ser facilmente controlado e ninguém além das sentinelas ia se ferir. E em vez do combinado, você fez *aquilo*.

Eu me levantei desequilibrada, lágrimas de irritação ardendo no meu rosto.

— Você arruinou a apresentação de Farrin. Colocou-a em perigo. Nada importa além disso. Nem as pedras vigias, nem os Bask, nada. Entendeu?! — Deixei sair um choro engasgado, me lembrando da última vez em que estive nessa tenda com o nome de Talan nos lábios, as suas mãos me acariciando até o êxtase. Uma lembrança fantástica, agora manchada. — Por que você fez aquilo, Talan? Me explique, por favor.

Ele me observava quieto, a expressão desolada. Fiquei satisfeita de ver a sua mudança de comportamento, a culpa imprimindo uma expressão abatida incomum no seu lindo rosto.

— Me desculpe, Gemma. Eu... — Ele cerrou as pálpebras, desviou ligeiramente a cabeça, fechou as mãos em pulsos e as soltou. — Entendo por que você está com raiva.

Eu me ajoelhei na frente dele, virando o seu rosto de volta para mim. Quando Talan abriu os olhos, estavam brilhantes de vergonha.

— Então me explique — pedi em voz baixa. — Me ajude a entender. — Com um leve arrepio de frio, eu me lembrei do brilho malicioso no olhar dele. — Você achou que seria divertido? Queria me assustar?

Os olhos dele se arregalaram.

— Não. *Nunca*. Eu nunca quis assustar você, ou a sua irmã, ou a sua amiga Illaria, que deve estar uma companhia interessante para o jantar de hoje depois disso tudo — acrescentou ele, ironicamente.

Não respondi, observando-o de perto.

— Eu sabia do plano — continuou ele. — Claro que sabia. Amanhã nas arenas de luta. Mas aí eu senti Ryder, Gemma. Eu senti... alguma coisa estranha. Não sei o que era ou como explicar. Mas ele...

Talan parou, franzindo a testa.

— Acho que a melhor maneira de descrever é que algo nele acordou. Fez com que ele ficasse chocado. Confuso. Sentando lá, escutando a música, Ryder estava atormentado, a agonia era quase física, e ele não sabia por quê. — Talan soltou uma expiração lenta, a expressão distante, assombrada. — A sensação era... surpreendente, para dizer o mínimo, e inebriante. Assustadora. Eu não entendia, e queria entender, e também sabia que não daria muito trabalho levar aquele medo e aquela confusão que Ryder sentia para uma histeria total. E o imenso potencial de humilhação com uma multidão de testemunhas daquelas vendo-o perder o controle...

Aparentemente sem palavras, ele estendeu as mãos, um homem desolado, e me olhou com ar desamparado.

— Agi sem pensar. Ou melhor, eu só estava pensando em nós dois, você e eu, ou no nosso plano de desgraçar os Bask. Como Ryder a machucou em Ravenswood... — A expressão dele ficou pesada. — Por aquilo, eu não me arrependo do que fiz. Ele mereceu cada soco que seu pai lhe deu.

A explicação dele fazia sentido, e seu remorso parecia genuíno, mas uma persistente sensação ruim me pinicava. Fitei-o por um bom tempo, satisfeita em deixá-lo sofrer, admirada como, mesmo minado de cor e tenso de preocupação, ele tinha uma aparência que valia a pena ser contemplada, irritantemente encantadora. Os seus enormes olhos escuros brilhavam de tristeza, e aquele lindo queixo perfeito se mexia como se ele estivesse lutando contra uma tristeza terrível. O sol despejou a sua luz vespertina pelas janelas teladas da tenda e pintou suaves figuras douradas nos seus brilhantes cabelos escuros.

O meu corpo e a minha mente estavam em guerra. Absurdamente, mesmo depois do que acabara de acontecer, eu desejava abraçá-lo, mas ele precisava entender a seriedade do que tinha feito.

— Não sei o que falar para você agora — confessei finalmente, contente de escutar a firmeza no som da minha voz. — Entendo por que fez aquilo, e estou tão curiosa quanto você sobre que coisa estranha era essa que Ryder estava sentindo. E eu estaria mentindo se dissesse que não estou satisfeita de como esse ataque descontrolado vai ser o assunto de todas as festas de agora em diante até o baile da rainha. — Ignorei o seu sorriso breve e triste e me controlei. — Entretanto, o fato de você ter considerado atrapalhar a apresentação de Farrin e colocar a vida dela em perigo, de você ter alterado os nossos planos sem me consultar... essa é uma enorme quebra na minha confiança, Talan.

Inalei de forma trêmula e me levantei.

— Não tenho certeza de como você pode consertar essa quebra de confiança — murmurei —, ou até mesmo se tem conserto.

Então me virei, com a expressão impassível, e o deixei. Só quando cheguei à tenda do meu pai, onde dois guardas se afastaram para me liberar a entrada, foi que me deixei abater. O punho pressionado na boca, os meus olhos ardendo fechados com força, me encolhi em uma bolinha na cama do meu pai e tentei me lembrar de como era respirar.

17

Partimos de volta para Ivyhill no dia seguinte. Considerando o que tinha acontecido, os árbitros do torneio permitiram que a comitiva da minha família fosse embora cedo com sessenta convites para o baile de máscaras da rainha em mãos — dez pela vitória do meu pai nas arenas de luta e mais cinquenta como um pedido de desculpas pela apresentação interrompida de Farrin. Nunca antes fora concedido um número tão grande de convites de uma recepção real para uma única família.

E mesmo assim a nossa viagem de volta para Ivyhill era um desânimo só. Ocupei uma pequena carruagem de duas rodas sem cobertura, tendo a companhia apenas da minha prima tagarela Delia, que conduzia a nossa dupla de cavalos. Eu não conseguia suportar ficar presa dentro de uma carruagem fechada com o meu pai, Farrin ou Talan, e a faladeira Delia tinha algo que eu queria: a tradução das palavras que Ryder Bask gritara enquanto abria caminho em direção ao palco do torneio.

Infelizmente, para conseguir essa informação, me foi preciso aguentar o apetite insaciável de Delia pela própria voz, e até o momento em que ela guiou os nossos cavalos para a grandiosa entrada de pedras de Ivyhill, já tinha passado por vinte tópicos de conversa adicionais e acabara de começar o vigésimo primeiro — como as suas lindas botas novas tinham cortado os seus tornozelos, um sacrifício pelo qual ela estava feliz de ter passado, já que acreditava que o belo calçado lhe havia proporcionado o cartão de visitas de um desafortunado jovem soldado do Exército Inferior da costa sul.

Delia desceu da carruagem assim que os cavalos pararam, com os seus cachos ruivos em movimento e a popeline verde com babados sem dúvida adorável. Esgueirei-me para longe rapidamente quando ela encontrou um destinatário muito mais interessado nos seus pensamentos — um tratador de cavalos bonito, jovem e deslumbrado, que parecia chocado por ser o mais novo amigo de Delia.

Passei correndo pelas gigantescas portas da frente de Ivyhill, todas as quatro abertas para a tarde, e encontrei refúgio na pequena sala de estar rosa perto do saguão principal. Segura dentro das paredes decoradas com heras, caminhei de um lado para o outro, minha mente acelerada.

Minha amada, Delia me dissera. *Estrela da minha vida.*
Não me deixe.

Fora isso o que Ryder gritara — não, uivara em agonia — ao correr como um louco desesperado na direção da minha irmã, e eu não consegui entender por quê. A palavra *amada* caiu no meu estômago como uma pedra viscosa.

O comportamento de Ryder com certeza me lembrou daquele dia em Ravenswood quando Talan usou o seu poder para fazê-lo afastar-se de mim correndo, gritando o nome da irmã em completo pavor.

O maior temor de Ciaran Bask, Talan dissera. *Não foi difícil descobrir, nem me aproveitar disso.*

Parecia sensato que o maior medo de Ryder Bask fosse a perda da irmã. Isso não era uma grande surpresa.

Mas que ele disparasse em direção a Farrin como se ela fosse uma pessoa querida e preciosa, que ele a chamaria de *amada*, parecia impensável.

— Meu palpite é que a maldição que manteve os Bask presos na propriedade da família entrou na cabeça deles ao longo dos anos e os deixou um pouco malucos — Delia comentara sem rodeios. — Ryder provavelmente achou que Farrin fosse outra pessoa, alguma garota de um sonho, ou uma amante. Argh, você pode imaginar ir para a cama com um Bask? — Ela estremecera delicadamente antes de me olhar de lado. — Você acha que isso é possível? Que a maldição possa ter envenenado as mentes deles?

Não era a primeira vez que alguém me importunava por informações sobre a floresta amaldiçoada que havia aprisionado os Bask, e decerto não seria a última — principalmente não a última de Delia, cuja curiosidade era tão infatigável quanto a sua boca.

Mirei para fora da janela da sala, os painéis de vidro âmbar e rosa marcados com pequenos salpicos de folhas verdes. Talan desceu da sua carruagem, moreno e alto, ágil como um gato se desenrolando de um poleiro aquecido pelo sol. Ele se espreguiçou, limpou o seu casaco de primavera de cor verde e apertou a mão do meu pai; eles tinham dividido uma carruagem, percebi, um fato que tanto me deixava alarmada quanto aliviada por motivos que eu não sabia expressar. Então, Talan se virou em direção à janela da sala de estar, o casaco dobrado caindo por cima do seu braço. Era como se ele de alguma forma soubesse que eu o observava por detrás do vidro colorido.

Uma excitação de calor vibrou dentro de mim, uma adrenalina tanto de medo quanto de desejo. Puxei as cortinas adamascadas de franjas para fechá-las e pressionei as minhas costas contra elas, tentando controlar a respiração. A minha cabeça estava cheia demais, o meu corpo, exausto de dor e desejo. Eu ansiava o tranquilo santuário dos meus aposentos, Jessyl me acalmando com chá e mexericos da casa, e avaliava qual a melhor maneira de me deslocar pela casa sem ser vista.

Porém, antes que eu pudesse fazer isso, uma série de gritos bárbaros perfurou o ar, seguidos de advertências e apelos em uma voz instável que reconheci imediatamente.

— Vá embora! Não toque nela! *Não toque nela!*

O meu sangue virou gelo. A voz pertencia à sra. Baines.

Corri para o saguão, junto com muitas pessoas de olhos arregalados vindas de todas as direções — criados atordoados, viajantes da nossa comitiva. Vi Gareth e Farrin, Delia, depois Talan, cuja presença tentei ignorar, embora pudesse sentir os olhos dele em mim. Duas criadas desceram correndo a grande escadaria, ambas com lágrimas desesperadas. Uma delas — Marys, uma mulher esbelta e extremamente meticulosa que trabalhava em Ivyhill desde que eu me lembrava — estava perturbada demais para falar.

A outra, a jovem Lilianne, sua touca de limpeza torta, as sardas saltando claramente nas suas bochechas pálidas, gritou:

— Ela a matou! Ah, pelos deuses, alguém nos ajude!

Gilroy as encontrou na base da escada, claramente mortificado pela comoção. O rosto dele estava inteiro vermelho até a linha dos cabelos grisalhos.

— O que diabos você está gritando? — ele exigiu saber.

O meu pai irrompeu pelas portas da frente no seu comprido casaco, tirando as luvas com uma careta.

— Gilroy, pare de vociferar e ajude a pobre Marys a se sentar em algum lugar. — O papai tirou o chapéu, os cabelos castanho-dourados ligeiramente úmidos da viagem, e se ajoelhou na frente de Lilianne. — Agora, me conte o que aconteceu, devagar e com clareza.

A gentileza na sua voz me despedaçou. Eu não conseguia me lembrar da última vez em que ele falara comigo de uma maneira tão doce.

— Marys e eu estávamos no corredor do terceiro andar da ala leste, terminando a nossa limpeza da semana — disse Lilianne, a voz tremendo —, e encontramos...

Ela se dissolveu em novas lágrimas.

O mundo à minha volta ficou imóvel, a minha garganta tinha um nó de pânico. O terceiro andar da ala leste — o local da minha sala segura, onde eu havia encontrado a sra. Baines apenas dois dias antes.

Desesperada, olhei para Talan, mas ele mirava o mezanino do segundo andar, a expressão totalmente apavorada.

Segui o seu olhar e vi o motivo. As minhas mãos voaram para a minha boca, o meu estômago se revirou.

Lá no alto das escadas estava a sra. Baines — os cachos castanhos uma bagunça, os olhos vermelhos e loucos, uma faca nas mãos, e a frente do seu corpo inteiro molhada de sangue.

— Ah — ela falou com fraqueza —, você está em casa.

Eu queria vomitar.

A sra. Baines olhava direto para mim.

O saguão irrompeu em ação. O meu pai subiu as escadas correndo, seguido de perto por Farrin. Gilroy e Gareth mantiveram os outros para trás, bloqueando-lhes a passagem.

Eu deslizei passando por eles, ignorando a súplica de Gareth para que eu ficasse onde estava. Talan estava bem atrás de mim, a sua presença silenciosa e tranquila um bálsamo no meio de tanta loucura. Quando chegamos ao patamar da escada, vi o papai se abaixando nas sombras do corredor, aonde a luz das janelas do saguão não chegava direito. Ao lado dele, uma pilha de alguma coisa, um monte imóvel. Farrin estava parada do lado, o corpo tenso e rígido.

A sra. Baines se aproximou deles devagar, ainda empunhando a faca.

— Meu lorde? — perguntou ela, atordoada, com o tom de voz fraco. — Está tudo bem? — Um sorriso vacilante cruzou o seu rosto. Ela ergueu a faca, depois recuou e soltou um soluço alto.

Com um xingamento, Talan correu na minha frente e segurou o pulso da sra. Baines.

— Deixe-me pegar isso, Adamantia — disse ele suavemente, baixando o braço da sra. Baines e a guiando para longe do meu pai e de Farrin. — Você não quer mais isso.

— Não quero? — perguntou a sra. Baines, piscando para Talan como uma criança perdida.

— Não, não é mais seguro. É hora de guardar.

Quando Talan soltou os dedos dela do cabo da faca, eu me senti tonta de alívio. A sra. Baines se abaixou no tapete e se sentou em um silêncio de placidez e expectativa.

Engoli em seco com força, passei correndo por Talan e me juntei a Farrin ao lado do meu pai. A minha irmã parecia congelada em choque, mas o meu pai me viu e se levantou, segurou as minhas mãos e disse com uma gentileza atípica:

— Gemma, minha querida, não, por favor.

Mas era tarde demais.

Senti o cheiro do corpo antes de ver o rosto — Jessyl, *a minha* Jessyl. Olhos abertos, garganta cortada, coberta com uma cortina brilhante do próprio sangue.

Depois daquilo eu não consegui mais ficar em pé. Cambaleei para trás, afastando-me do corpo de Jessyl com as pernas moles. Alguém me pegou, e, além do choro do meu choque, escutei pessoas falando: meu pai, Farrin, Gilroy. A sra. Seffwyck, a governanta-chefe.

Talan.

— Pelos deuses, sinto muito, Gemma. — A voz dele me alcançou como em um sonho. — Respire, amor. Estou com você. Você está bem. Está segura.

Virei-me na direção de Talan, deixei-o me esconder nos seus braços. Era um lugar quente e escuro, sólido e estável, e tinha o cheiro dele. Pinho, jacarandá e anis, Illaria teria dito. Uma pitada de capim-limão e um odor podre por baixo.

Pressionei o rosto na sua escuridão, inalei com tanta força que isso fez minha cabeça girar, mas não consegui encontrar nada estragado, apenas mais Talan. Ávida e desesperada, apreciei o seu cheiro. Se eu enchesse o meu corpo com o seu perfume até que não restasse nada de mim, então tudo que eu tinha acabado de ver deixaria de existir — o sangue, a morte, Jessyl me encarando com os seus olhos congelados e vidrados —, e eu só tomaria conhecimento de Talan.

Alguém se moveu; *eu* estava me movendo, embora eu não tivesse dito às minhas pernas para me carregarem a lugar nenhum. Afundei em uma maciez, senti um delicado roçar de calor na minha testa. Um farfalhar de tecido, um suave deslizar de anéis de metal — cortinas sendo fechadas. A luz à minha volta suavemente mais fraca.

Com um esforço imenso, me apoiei sobre os cotovelos e vi não Talan, mas Farrin. Ela fechava as cortinas do meu quarto. A severa determinação no seu rosto foi a coisa que me tirou do choque. A minha irmã usava aquela expressão para me proteger dos monstros da sombra, e agora ela era adulta, e eu também, e as coisas das quais ela precisava me proteger eram infinitamente mais assustadoras.

— Farrin? — A minha voz tinha encolhido desde a última vez em que eu a usara.

— Ah, que bom... — Ela se afastou da janela para se juntar a mim. — Mais alguns minutos e eu acho que teria que dar um tapa para você voltar à vida.

Uma brincadeira, mas a sua voz soava gentil, seu sorriso era triste. Ela tocou no meu rosto, e agarrei a sua mão, segurando-a com força. Eu estava cambaleando na beira do precipício, e segurar em Farrin era a única coisa que me impedia de despencar. A minha mente girou, pensando no caos sem dúvida se desenrolando lá embaixo.

— O papai não precisa da sua ajuda com... — A bile subiu, amarga e quente na minha garganta. — Com tudo?

— Sou mais necessária aqui — respondeu Farrin.

Concordei, os meus lábios cerrados, e continuei concordando, pressionando a mão de Farrin contra o meu rosto. Se eu tentasse com muito empenho, talvez pudesse absorvê-la de alguma maneira — a sua força, sua calma, sua vida que não tinha acabado de ser despedaçada.

Delicadamente ela fez com que mudássemos de posição, me guiando para me deitar do lado dela na cama. Farrin pressionou a testa contra a minha, enfiou os nossos dedos entrelaçados entre os nossos corpos. O meu ninho de travesseiros florais emolduraram o seu rosto com pétalas azuis e cor-de-rosa. Os seus olhos eram uma imensidão estável de castanho mel profundo salpicado de verde e dourado.

A proximidade de Farrin, a força suave das suas mãos em volta das minhas, me quebrou. Emiti um som arfante horrível, como se alguém tivesse tirado todo o ar de dentro do meu corpo, e então, agarrando a minha irmã com desespero, chorei à exaustão na segurança dos seus braços.

Quando acordei, Farrin tinha ido embora e Talan estava no seu lugar — não na minha cama, mas ao lado.

Ele usava uma camisa de linho branco, calça escura com um leve brocado iridescente, lindas botas de couro pretas decoradas com uma elaborada estampa em relevo de folhas de cinco pontas. Estava sentado na cadeira de Jessyl com uma perna comprida cruzada languidamente por cima da outra e um livro aberto no colo. Do lado de fora das minhas cortinas fechadas, uma chuva leve batia nas janelas. Quando ele notou que eu me mexia, ergueu o olhar e deu um sorriso gentil.

Vê-lo ali me deixou sem ar, uma confusão de alegria e repulsa florescendo dentro de mim. Talan falou o meu nome, baixinho, e se esticou para pegar a minha mão.

Afastei a sua mão com um tapa.

O seu sorriso sumiu.

— Fomos nós que a matamos — sussurrei, rouca. Pensar em falar o nome dela quase me arrasou, mas eu me obriguei: — Nós matamos Jessyl.

Talan esperava aquilo.

— Não, não fomos nós — ele respondeu com firmeza. — Foi a sra. Baines que a matou.

— E desde aquela noite na biblioteca, a sra. Baines não era mais a mesma, graças a nós. — Sentei-me, segurando as colchas apertadas em volta de mim. Ainda bem que Farrin tinha me vestido com uma das minhas camisolas mais modestas e simples. — Precisamos confessar o que fizemos, isentá-la.

Talan arqueou as sobrancelhas.

— E no processo me revelar como um empático? Depois do que aconteceu, serei banido do continente pelo poder justiceiro e furioso de todas as tropas do Exército Superior para além de cento e cinquenta quilômetros. Ou pior, pelo seu pai.

— Então você vai ser banido do continente — afirmei, embora até mesmo imaginar aquilo fizesse o meu peito se apertar de dor.

— E depois? Você vai abandonar a nossa busca pelo Homem da Coroa de Três Olhos ou continuará sozinha, sem contar para ninguém o que planejávamos, e talvez dar de frente com o demônio que manteve a sua família à mercê dele por décadas, sem ninguém para ajudá-la? Ou pretende revelar tudo o que fizemos, cada viagem a Ravenswood, a pedra vigia roubada, o feitiço que soltamos em Alastrina Bask, e viver o resto da vida presa nesta casa assim como a sua irmã está presa em Rosewarren, privada de liberdade? O que o seu pai pensaria de tudo isso, Gemma? Com que intensidade a verdade destruiria qualquer amor que ainda exista entre vocês?

Sua veemência implacável me deixou sem palavras. Ele estava perto de mim agora, as mãos segurando as minhas, a expressão séria e suplicante.

— Talan...

Não consegui falar mais nada. As palavras dele me rasgaram e encheram as minhas entranhas contorcidas com um pavor tão abjeto que eu sabia que ele estava certo: eu nunca contaria a ninguém o que tínhamos feito. Farrin iria me desprezar, e o meu pai... O pouco e precioso tempo que ele passava comigo ia desaparecer completamente. Ele providenciaria para que eu fosse confinada aos meus aposentos, alimentada, vestida e banhada, e eu nunca mais o veria. Ele faria a sua obrigação paterna, e então se afastaria enfurecido de mim para sempre, sem olhar uma única vez para trás. Eu sabia disso com uma certeza tão sólida quanto a terra. Soltei uma expiração trêmula e senti a vontade de brigar me abandonando.

Talan me observou por um momento, o rosto ilegível. Então, me soltou, passou a mão com força pelos cabelos, se levantou depressa, atravessou o quarto e parou na porta do átrio, de costas para mim. Gotas de chuva pingavam alegremente no telhado de vidro.

— Enfim, não importa — disse ele após um tempo, a voz sem variação de tom e cansada. — Isentá-la não é mais uma possibilidade. A sra. Baines está morta. Ela se enforcou no quarto.

Antes de me dar conta do que fazia, pulei da cama e corri até ele.

— Você também fez isso? — desequilibrada, eu o empurrei sem força. — Você a fez se matar?

A minha cabeça doía de tanto chorar. Talan me pegou antes de eu cair, e bati inutilmente no peito dele. Eu não conseguia suportar a ideia de que ele me consolasse, embora eu desejasse o seu toque tão desesperadamente que o meu corpo inteiro doía.

Talan tentou me levar de volta para a cama, murmurando coisas doces e tranquilizadoras, mas eu o afastei de novo, mais forte dessa vez, e cambaleei para longe dele.

Ele ficou parado ao pé da minha cama, me observando com tanta desolação no rosto que senti um novo arrepio de vergonha.

— Você acha mesmo que é minha culpa — ele afirmou, baixo. — *Nossa* culpa. Você acha que é verdade. Que eu induzi a sra. Baines a tirar a própria vida.

— A morte de Jessyl — eu disse, o queixo cerrado de nojo — inegavelmente é nossa culpa.

— Você não sabe. — Talan correu de volta para mim, e eu o deixei pegar as minhas mãos com um alívio eufórico horroroso ardendo em mim. — Você *não tem* como saber. Nem eu. As emoções da sra. Baines eram terrivelmente confusas, indecifráveis. A sua mente era doentia de uma forma estranha, e isso não foi um trabalho meu, e agora ela está morta. Como podemos saber se a mente dela não estava prestes a enlouquecer independentemente da nossa interferência? Como sabemos que outra magia não invadiu os seus pensamentos e a levou à loucura?

— Não temos como saber disso — admiti. — Mas a coincidência é extrema demais para ignorar. Nós a induzimos a revelar informações. Ela ficou abalada, ela... — Engoli em seco com força, lutando contra o surgimento de lágrimas. Elas eram um alívio que eu não merecia. — Ela matou Jessyl. A *minha* criada. A *minha* amiga. E depois se matou. Se essa cadeia de eventos não começou devido às nossas ações, é realmente impressionante.

— Coisas impressionantes acontecem todos os dias. — A testa de Talan estava franzida de tristeza; eu desejava alisá-la com um beijo, permitir aos dois um momento de consolo.

Em vez disso, afastei-me. Ele soltou as minhas mãos e expeliu um som fraco e desolado, como se eu tivesse arrancado algo dele.

— Eu não fiz com que ela se suicidasse — ele falou com um tom neutro. O seu olhar era inexpressivo, seu rosto, sombrio. — Juro para você, Gemma. Qualquer que tenha sido a força cruel que a empurrou em direção àquele caminho, não veio de mim.

Um pensamento horrível surgiu.

— Talvez isso seja verdade — falei, devagar. — A força cruel pode ter vindo do demônio. Talvez ele esteja nos observando esse tempo todo. Ele pode ter nos visto com a sra. Baines na biblioteca, assistido a você trabalhando com a sua magia empática, e pensado *Ah, uma oportunidade*, e plantado a semente na cabeça da sra. Baines naquela mesma noite. E a semente cresceu e revirou a mente dela até ela não se reconhecer mais, ou o que era certo e errado, ou até mesmo o rosto de Jessyl.

Talan concordou com ansiedade.

— Pensei a mesma coisa. E me ocorreu que, se conseguíssemos encontrar registros de outros incidentes assim e traçar paralelos entre eles, tudo poderia ser explicado, talvez até mesmo isso nos fornecesse as informações que estamos buscando. É assim que poderemos *encontrá-lo*, Gemma.

Uma sugestão sensata. Mas aí pensei em Ryder Bask uivando palavras de afeto para a minha irmã, indo até ela como um homem condenado até mesmo enquanto o meu pai lhe dava uma surra.

— Pode ser que a sra. Baines tenha pensado que Jessyl fosse outra pessoa — cogitei, tremendo um pouco. — Talvez Ryder tenha olhado para a minha irmã e visto alguém diferente diante de si.

Talan mal respirava, me fitando com uma esperança angustiada.

— A sra. Baines perdeu a cabeça e matou Jessyl. Ryder Bask perdeu a cabeça temporariamente, ou quase isso, e eu me recuso a pensar no que ele podia ter feito se tivesse chegado a Farrin. Não posso ignorar essas semelhanças, Talan. E você não pode esperar isso de mim.

— Não, Gemma — a voz de Talan falhou. — Isso não fui eu. Senti o estranhamento em Ryder, lembra? Aquela sensação de desorientação e medo extremos. Que era toda dele. A música de Farrin fez essa sensação acordar dentro dele, ou outra coisa o fez. Outra *pessoa*. Eu aproveitei a oportunidade, sim, e amplifiquei o que ele estava sentindo para atingir o nosso objetivo, mas eu não...

— A questão é que você enganou Ryder — eu o interrompi —, mesmo que a mentira tenha sido pequena, um mero empurrãozinho contra quaisquer sentimentos maus que já habitassem dentro dele. E você enganou a sra. Baines naquela noite na biblioteca. — Inspirei, soltei o ar. — E você enganou *a mim* quando se encarregou sozinho de mudar os nossos planos no torneio.

— Aquilo foi um erro de julgamento, não uma mentira.

Balançando a cabeça, me afastei dele e libertei minhas mãos do seu aperto desesperado.

— Não posso confiar em você — falei, sentindo como as palavras estavam desagradáveis na minha língua. Eu as desprezava. Eu desprezava Talan, e a mim mesma, e o desejo doloroso partindo o meu coração despedaçado em pedaços ainda menores. — Talvez eu volte a confiar um dia, mas não agora.

Fiz uma pausa, relutei em verbalizar as palavras seguintes, mas eu precisava fazê-lo, e ele precisava escutá-las. Na verdade, ele provavelmente já as sentira.

— Tenho medo de você, Talan — sussurrei. — Tenho medo de como desejo você tão ardentemente. Tenho medo do que possa ter feito, do que eu me torno quando estou perto de você. A minha amiga está morta, e se você não tivesse vindo para cá, ela provavelmente ainda estaria viva.

Toda luz saiu dele, o desespero tomando conta do seu rosto como uma sombra. Até mesmo a sua estatura pareceu diminuir, como se as minhas palavras tivessem cortado centímetros da sua altura. O seu queixo se mexia enquanto ele lutava para se controlar, e eu fechei os punhos para me impedir de ir até ele. Fosse o destino ou uma coincidência que tivesse ligado os nossos corações, que tivesse nos reunido, eu desejava ardentemente poder cortar o elo.

Quando ele finalmente tornou a falar, os seus olhos escuros brilhavam de tristeza.

— Eu entendo, Gemma, e não a culpo. Eu só queria... — Ele engoliu em seco com força, desviou o olhar por um momento, depois se endireitou, o rosto inexpressivo. — Vou deixá-la agora. — E então pegou seu livro e seu casaco da cadeira de Jessyl e deslizou para fora do meu quarto sem dizer mais nenhuma palavra.

Na manhã seguinte, eu ainda estava na cama, mordiscando indiferente o meu café da manhã, quando Lilianne — o rosto manchado, os olhos inchados de chorar — me levou dois bilhetinhos selados e fez uma reverência tímida antes de sair, apressada.

Com o coração martelando freneticamente contra o meu esterno, abri o primeiro bilhete e notei a caligrafia extravagante de Gareth. Ele tinha ido embora naquela manhã, voltando para Fairhaven com muitos dias de antecedência.

O seu amigo Talan me propôs uma linha de pesquisa incrivelmente intrigante a que eu, estudioso enfadonho que sou, não pude resistir: incidentes de transtorno espontâneo em indivíduos aparentemente sãos e a possibilidade de influências demoníacas. Fantástico! Bizarro! Você pode entender o meu fascínio. Me perdoe por não me despedir adequadamente, Gemmy, mas vou vê-la no baile em duas semanas, não é? Serei um bom menino e usarei algo chocantemente adequado — SEM a minha gravata, juro. Os deuses me viram escrever isso, e não posso arriscar de jeito nenhum acrescentar essa ofensa à minha já extensa lista. Tenho certeza de que eles não ficaram nada impressionados por aquela noite no mês passado quando eu... Ah, não importa, deixarei essa história para outra hora. Ou você pode perguntar à sua irmã, que me passou uma descompostura muito merecida, mesmo. Cuide dela, por favor, Gem. Ela não é tão forte quanto parece. E anime-se, querida — toda vez que eu falei com a sua Jessyl ao longo dos anos, ela estava feliz, saudável, sincera. A vida dela foi boa, e ela a amava de forma inabalável.

Seu,
Gareth

Com o coração retorcido de dor, deixei a carta de Gareth cair e abri o segundo bilhete — um simples pedaço de papel, sem assinatura, com duas frases curtas escritas em uma caligrafia refinada:

Não vou descansar enquanto não ganhar de volta a sua confiança. Cuide-se, minha gatinha selvagem.

18

Por dois dias me mantive nos meus aposentos, mal comendo, atormentada por sonhos terríveis que me jogavam de volta ao mundo real coberta de suor e certa de que alguém me observava. Destruí os quartos, arrancando livros das prateleiras, desenraizando e replantando todas as plantas do átrio, esvaziando o armário até que o chão estivesse bagunçado com pilhas cintilantes — renda, *chiffon*, seda, pele, veludo, miçangas.

    Nada. Nenhum olho me encarando, nenhum monstro escondido. Rearrumei tudo meticulosamente. Lilianne interrompeu o meu trabalho diversas vezes com comida, bebida, ofertas tímidas para lavar e trançar os meus cabelos. Farrin a designara para ser a minha nova criada pessoal, uma decisão que eu questionava seriamente. A pobre garota mal tinha dezessete anos e parecia morrer de medo de mim, e eu não podia culpá-la. Toda vez que ela entrava nos meus aposentos, eu a dispensava com o máximo de gentileza que conseguia transmitir, e imaginava se ela via o terrível sorriso vermelho da garganta cortada de Jessyl sempre que olhava para mim.

    Eu via aquele sorriso. Eu o via toda vez que fechava os olhos, e, embora eu não tivesse visto a sra. Baines pendurada nas vigas, também imaginava aquilo com uma nitidez total e implacável. Na minha mente, eu invocava o seu quarto na ala dos criados, os lençóis brancos que ela amarrara juntos, a cadeira derrubada, o seu rosto sem vida. Forcei-me a imaginar a sensação da vida sendo espremida para fora de mim pela minha própria concepção. Na segunda noite após a morte de Jessyl, acordei sufocando de um sono letárgico e febril, convencida de que havia mãos apertando a minha garganta.

    Horas mais tarde, enquanto o meu pai e Farrin dormiam e a sra. Rathmont, no andar de baixo, começava a acender o fogo para as refeições do dia, esgueirei-me para fora da casa na roupa mais simples que eu tinha — uma bata de um linho azul-acinzentado que eu costumava usar quando ia cuidar das minhas plantas —, passei apressada pelos jardins silenciosos e molhados pelo orvalho, atravessei o labirinto de heras e me encaminhei direto para o atalho verde que nos levava a Rosewarren.

    O meu sofrimento era violento, a ausência de Jessyl, uma ferida aberta, e, sem Talan por perto, eu me sentia perdida, como se tivesse esquecido de como viver dentro da minha própria casa.

    Eu precisava fugir. Não para sempre, mas por um tempinho.

    Precisava de Mara — e tentei não pensar em como, quando ela precisou de mim, eu a afastei dos meus pensamentos, abalada demais para lhe dar a minha atenção, apavorada com o que ela teria a dizer e como aquilo desequilibraria a minha vida.

Tentei não pensar em como eu falhara com ela e no que ela podia pensar quando eu aparecesse no priorado sem anunciar, pedindo por uma ajuda que eu não merecia.

Sem o meu pai e Farrin ao meu lado, as gigantescas portas de Rosewarren se assemelhavam mais ainda a feras — enormes placas de madeira escoradas com grossas barras de ferro e cobertas por um par de falcões de pedra em pleno voo. Os olhos dos pássaros estavam semicerrados e ferozes. Eles olhavam para baixo, me avaliando em silêncio, notando todas as lesões vibrantes sob a minha pele onde os dentes do atalho verde tinham me mastigado.

Quando as portas se abriram, havia uma garota parada lá — pele marrom, cabelos grossos pretos presos em duas tranças, grandes olhos castanhos. Ela usava uma túnica comprida de linho cinza, calça escura, botas de couro na altura de cano longo. Amarrado nos seus quadris, um cinto portando três facas embainhadas.

Ela me olhou de cima a baixo, a expressão cautelosa. Embora não pudesse ter mais de treze ou catorze anos de idade, a sua postura era muito impressionante.

— Você está aqui para ver Mara, não é? — demandou.

— Sim, mas...

— Mas os outros já vieram. O seu pai e a sua irmã. Foi a visita do mês para Mara.

O meu estômago revirou. O meu pai e Farrin tinham vindo *sem* mim.

Soltei uma risada fraca e triste. Claro que eles tinham vindo; eu podia imaginar a conversa com a maior clareza. Teria sido breve:

Mas, papai, e Gemma?

O comportamento descuidado dela da última vez que visitamos Rosewood lhe tirou o privilégio de visitas posteriores — a não ser, Farrin, que você esteja particularmente querendo trazer mais dor e caos desnecessários para a vida de Mara.

— Entendo — murmurei.

Antes eu teria tentado usar o meu charme para me deixarem entrar, apesar das regras. Eu era uma Ashbourne, e a minha irmã era o orgulho de Rosewarren.

No entanto, naquele dia, eu tinha deixado os últimos restos da minha coragem no atalho verde, e a notícia da visita secreta da minha família me destruiu.

— Sinto muito por incomodá-la — murmurei, envergonhada por me sentir perto de chorar, como se eu fosse uma criança repreendida muito nova e boba para suportar a derrota. — Eu não sabia... Desculpe.

Dei meia-volta para ir embora, mas a garota segurou o meu pulso. O seu toque era forte, mas delicado.

— Espere. — Ela olhou por cima do ombro, depois de volta para mim, muito séria. — Me siga. Não fique para trás ou você estará sozinha. Meu nome é Cira.

Perplexa, obedeci, seguindo-a pelo gigante hall de entrada, subindo um lance curvo de escadas e passando por partes do priorado que eu nunca vira antes — corredores compridos e silenciosos com sossegadas salas de aula; pequenas bibliotecas organizadas com palavras como CAMINHANTES DOS SONHOS e TITÃS gravadas em placas de bronze acima das portas; pátios internos cheios de jardins, o ar fresco e verde com perfume herbal; e, finalmente, os quartos privados das Rosas.

Ali, os tapetes vermelhos e painéis opressivos de madeira escura dos corredores em curva abriam em um complexo cavernoso. Quartos e banheiros circulavam uma árvore colossal que brotava do chão de pedra e quase alcançava o pé-direito alto. Enormes claraboias de vidro ondulado admitiam raios da luz da manhã, transformando o espaço em alguma coisa muito mais alegre do que o resto do priorado. Nos galhos mais baixos da árvore haviam sido pendurados pedaços de vidros coloridos cortados em diversos formatos — andorinhas, raposas vermelhas, grandes veados saltando —, e roseiras cresciam exuberantes ao longo de paredes curvas de pedra lisa. Era um espaço grandioso, mas enfeitado de forma despretensiosa, todas as decorações simples e feitas à mão.

Algumas das imensas raízes da árvore se projetavam para fora do chão, criando estranhas passagens disformes e alcovas cobertas de lodo. Algumas Rosas estavam aninhadas nesses pequenos buracos lendo, cochilando, conversando baixo, remendando meias, consertando calças. Algumas eram garotas, outras, mulheres adultas. Nenhuma delas parecia muito velha, o que não me surpreendeu. A maioria das Rosas não sobrevivia além dos trinta anos, talvez trinta e cinco — um destino que eu havia muito me convencera de que não se abateria sobre a minha irmã.

Todas olhavam para cima à medida que passávamos, a maioria observando com um silêncio inocente. Mas uma das jovens que parecia talvez alguns anos mais velha do que eu assobiou baixo e lançou um olhar alegre para Cira, dizendo:

— Você está louca se acha que vou manter isso em segredo por você. A Guardiã não vai gostar nada.

— E todas nós sabemos, Danesh, como você sabe *intimamente* do que a Guardiã gosta — Cira respondeu com frieza.

As outras Rosas por perto riram e vaiaram. Danesh, ruborizando, fechou com força o livro que estava lendo. Fiquei feliz de dobrar para um outro lado no labirinto das raízes de árvores e escapar do seu olhar furioso.

Mas logo Cira me levou até o fim de um corredor que se ramificava da sala principal, as paredes de uma estranha combinação de pedras, tábuas de madeira e cascas nodosas de árvore, e de repente eu já não me importava a mínima com Danesh.

Cira havia me levado ao quarto de Mara. A porta estava aberta. Cira chegou para o lado para me deixar entrar, o seu rosto com uma nítida curiosidade.

Mas não consegui me mexer. O choque me prendeu à soleira. Eu queria olhar para todos os lugares ao mesmo tempo, absorver tudo em uma respiração só para a dor cessar rapidamente, mas havia muito para ver, e o meu coração não conseguia comportar aquilo tudo.

A minha irmã tinha pintado Ivyhill.

A imagem cobria cada centímetro das paredes e do teto do quarto — os terrenos verdes ondulados e as áreas de fazendas, a reserva de caça, as trilhas a cavalo e os estábulos, o lago, a pequena ponte que atravessava o riacho na parte inferior do gramado sul, as estufas explodindo de cores. A casa grande, claro, era o elemento mais impressionante, uma representação meticulosa de cada torreão, cada janela, cada ampla varanda. No meio de tudo, ligando a casa ao lago e ao chafariz, viam-se veios de hera pintadas em tons de esmeralda, verde-musgo, verde-menta, verde-folha.

— Comecei a pintar você e Farrin — uma voz tranquila surgiu atrás de mim —, mas eu não conseguia acertar bem os seus rostos, então desisti. Sou bem melhor com paisagens do que com pessoas.

Eu me virei para trás e joguei os braços em volta de Mara, lutando com força contra as ondas de tristeza ameaçando brotar por trás dos meus olhos. Foi um abraço esquisito — ela carregava uma sacola de roupas para lavar —, mas não me importei. Apreciei o seu pequeno *ufa* quando colidi contra ela; devorei os sonoros tons da sua risada. Eu teria ficado daquela maneira por uma hora se ela me deixasse.

Em vez disso, Mara se afastou de mim com delicadeza, se inclinou para dar um beijo suave na cabeça de Cira como agradecimento e me guiou para dentro do seu quarto. A última coisa que vi antes de ela fechar a porta foi o rosto de Cira, aberto e suave de amor enquanto observava Mara se afastando, e percebi com um gosto amargo na garganta que, embora eu fosse a irmã caçula de sangue de Mara, Cira se tornara a sua irmã caçula em todas as maneiras que efetivamente importavam.

Talvez tenha sido aquela ponta amarga de ciúme que me fez contar tudo para Mara — Talan, o demônio que destruíra a família dele, o acordo que tínhamos feito um para ajudar o outro, o atalho verde do nosso pai na lagoa, as nossas noites em Ravenswood, a pedra vigia. A sra. Baines. Jessyl. O encantamento que eu realizara semanas antes e não ousara tentar de novo. A apresentação de Farrin no torneio e como acabara em um caos. Os beijos de Talan, sua beleza, sua ternura. O fogo que ele havia acendido dentro de mim, iluminando todos os bons segredos do meu corpo e disfarçando os maus.

Quando afinal terminei, eu estava completamente exausta. Nós nos encaramos na cama, bem do lado das árvores do parque de corças de Ivyhill pintadas na parede. Olhos pequenos e redondos de uma corça espreitavam da densa floresta de pinheiros. Eu mexia de nervoso as costuras da colcha de Mara entre dois dedos. A minha irmã ficou um bom tempo quieta, o olhar distante e a expressão séria. Segui o caminho fraco e irregular de uma antiga cicatriz na sua bochecha descendo para o pescoço até desaparecer embaixo da gola.

Desesperada para quebrar o silêncio, acrescentei com tristeza:

— Tudo isso e acabei não escrevendo para você. Não contei a Farrin e Gareth o que você disse naquele dia no templo. Você me pediu ajuda, e eu não fiz nada. Não tenho desculpa. Eu simplesmente não queria pensar naquilo. Junto com todo o resto, parecia demais para mim. — Sorri de leve. — Sou muito boa em fingir que as coisas que me assustam não existem, como você sabe. Acho que você devia pedir ajuda a Farrin da próxima vez.

A piada pareceu patética no momento em que saiu dos meus lábios. Mara ergueu o olhar para encontrar o meu; um lampejo de sombra surgiu no seu rosto e sumiu.

— Me desculpe, Mara, e me desculpe sobre aquele dia, eu... — Pisquei para conter uma ponta de tristeza, me lembrando da beleza grotesca do seu eu transformado: escamas e pele, mulher e não mulher. — Não sei como tudo virou uma confusão assim, mas virou, e não sei o que fazer. Eu não suportava ficar mais tempo em Ivyhill. Tinha que sair de lá e ver você. Mas é injusto da minha parte vir aqui assim. Eu devia ter escrito antes, e devia ter voltado para vê-la muito antes, não só quando os meus problemas me sufocaram. Mara, me desculpe.

Mara balançou a cabeça.

— A Guardiã não teria permitido que me visitasse sozinha, Gemma. Você conhece as regras. — Ela lançou um olhar preocupado para a porta fechada. — Vou ter que falar com ela em favor da Cira. Ela pode ser crudelíssima, e apesar de Cira parecer corajosa, o coração dela é gentil demais para esse tipo de trabalho.

— Como o seu? — perguntei.

Ela soltou uma risada suave.

— Você não diria isso se soubesse como sou agora. Estou falando sério, se soubesse *de verdade*.

Aquele olhar sem emoção no seu rosto me assustou.

— Do que você...

— Farrin e papai vieram sem você. Tenho certeza de que Cira contou.

Eu me encolhi.

— Sim, ela contou.

Mara me observou com serenidade — os olhos castanhos do meu pai no rosto claro da minha mãe. Os cabelos escuros e compridos da minha mãe e a habilidade do meu pai de nocautear um homem com um único soco.

— Foi errado da parte deles — disse ela.

— Não, foi inteligente. Eu não sou boa para ninguém... Você, Jessyl, Farrin.

— Pare com isso. É uma maneira idiota de pensar. Preciso confessar que partiu o meu coração entrar nas salas de recepção naquele dia e ver somente os dois, e você não. Dei uma reprimenda imensa no papai por causa disso. Ele nunca me ouvira xingar daquela maneira antes. Você precisava ver o rosto dele depois. É maravilhoso... As coisas das quais consigo me livrar... O que ele pode fazer, afinal? Me banir da Névoa?

Fungando, soltei uma risada fraca. Mara pegou o meu rosto com as mãos, o toque das suas palmas calejadas tão suave que me deu vontade de chorar — *de novo*.

— Não chore, Gemma querida — ela pediu com suavidade. — Fico arrasada quando você chora. Me lembra de quando éramos pequenas. Você foi tão pequenininha por tanto tempo. Eu tinha tanto medo de machucá-la que me recusava a pegá-la no colo. Agora me arrependo disso. — Ela sorriu com melancolia. — Teriam sido boas lembranças.

— Pelos deuses, você é uma imbecil. — Desmoronei na cama e enfiei a cabeça no colo dela. — Você me diz para não chorar e depois fala uma coisa assim?

Mara afagou os meus cabelos e riu.

— Bem, você atravessou a Névoa e me deu um puta susto. Acho que estamos quites agora.

Dei uma olhadinha para a minha irmã. A maneira como ela usava os cabelos — a grande massa escura reunida em um nó desleixado, pequenas tranças escondidas no meio — me fazia lembrar algo animalesco e selvagem, e fiquei pensando se, quando Mara se transformava, as penas eram tão macias quanto os seus cabelos.

— Me desculpe mesmo, Mara.

Ela balançou a cabeça.

— O que importa é que você está aqui. Você iluminou um dia muito triste. Apesar de que não faço ideia de como reagir a tudo o que acabou de me contar, a não ser dizer, claro, que lamento muitíssimo pela pobre Jessyl. E... — ela parou de fazer carinho nos meus cabelos para delicadamente levantar o meu queixo e me mirar nos olhos — ... que a morte dela *não foi sua culpa*. Está me ouvindo?

— Estou.

Os seus olhos se estreitaram.

— Acredita em mim?

Eu não podia mentir para ela. A sua presença era muito querida, muito preciosa.

— Não, não acredito. Ou melhor, eu discordo de você. — Continuei, interrompendo o protesto dela: — Me diga o que você não teve oportunidade de falar naquele dia. Não posso mudar o fato de que não fui de nenhuma ajuda para você até agora, mas estou aqui neste momento. As suas mãos estão atadas, você disse. Você queria que eu falasse alguma coisa para Farrin e Gareth antes que fosse tarde demais.

Mara olhou para mim por um bom tempo.

— Falando de evitar alguma coisa, é essa a sua tentativa de se esquivar de conversar sobre o seu amigo Talan? Porque eu tenho *muitas* perguntas sobre ele, entre as quais onde ele estava quando a sra. Baines se matou.

Mordi a parte de dentro do meu lábio. Era tanto um absurdo quanto chocantemente íntimo ouvir Mara pronunciar o nome de Talan, como se ele fosse uma criatura inventada que até recentemente tinha vivido apenas na minha cabeça.

— Eu quero mesmo saber, Mara. Já se passaram semanas desde aquele dia. Você esperou tempo demais. Podemos conversar sobre Talan depois, prometo.

Um segundo, depois dois. O olhar de Mara era uma lâmina afiada.

— Se eu lhe disser, a maneira como você vê o mundo mudará para sempre. Até agora você conseguiu escapar dessa coisa assustadora me ignorando. Está preparada para enfrentá-la agora?

A voz dela não era rude, era simplesmente realista, mas as palavras me atingiram como uma ferroada. Determinada a não sucumbir à autopiedade, tentei parecer corajosa. Era o mínimo que eu podia oferecer.

— Estou preparada — respondi.

Mara se levantou e estendeu a mão.

Com o seu toque, uma delicada onda de dor varreu o meu corpo. A magia de Mara estava aumentando, como se ela estivesse se preparando para uma batalha. Engoli em seco com força contra uma pontada de medo.

— Então, a melhor forma de falar — disse ela — é mostrar.

19

Bem no interior da floresta ao sul de Rosewarren, na direção oposta à Névoa do Meio, emaranhados de arbustos e ervas daninhas crescidos demais escondiam a boca de uma caverna tão pequena que precisávamos entrar engatinhando.

Uma vez do lado de dentro, podíamos ficar em pé, mas a escuridão era sufocante, o lampião de Mara mal penetrava no breu. Ela abria caminho com facilidade pelas descidas e viradas estranhas de diversas passagens de pedra, me avisando onde pisar com cuidado, apontando poças perigosas de limo. O ar à nossa volta ficava cada vez mais úmido e frio. Assustada, percebi que estávamos descendo — para onde, eu não podia imaginar.

Talvez sentindo o meu pavor, Mara delicadamente pegou a minha mão.

— Este não é o caminho mais direto para onde estamos indo, e me desculpe por isso. Mas a sua chegada inesperada a Rosewarren pode ter sido percebida, talvez tenha incitado alguma coisa. As Terras da Névoa guardam muitos segredos, muitos olhos e ouvidos. Nenhum cuidado é exagerado.

Até as sombras têm olhos. A minha pele se arrepiou. Olhei para trás por cima do meu ombro, mas não consegui ver nada além do fraco anel balançando da luz do lampião de Mara.

— Eu posso ter sido notada? — sussurrei. — Por quem? Pela Guardiã?

— A Guardiã é uma mulher complicada, mas não é perigosa. — Mara não se aprofundou no assunto, mas eu estava assustada demais para perguntar de novo.

Finalmente a passagem que atravessávamos se ampliou. Descemos com dificuldade uma ladeira de pedra lisa, passamos por cima de um córrego de água pingando e nos esgueiramos por baixo de um arco de pedra cinza antes de entrarmos em uma caverna imensa. Formações de estalactites de pedra se projetavam do teto. O chão era uma colcha de retalhos de pedras lisas, punhados de líquen, dedos magros prateados de água corrente.

Parei de repente, perplexa e muda de espanto.

O recinto era um museu do obscuro e do abominável — fragmentos chamuscados de artefatos estranhos e uma vasta gama de pinturas e esculturas, cada uma retratando cenas de violência chocante. Um homem rasgando a garganta de um bebê usando os próprios dentes. Uma matilha de cães de olhos amarelos arrancando pedaços fibrosos de pele de um bando de crianças fugindo. Uma mulher sentada na frente de um espelho, extraindo os próprios olhos enquanto a sua boca se contorcia de agonia.

E também havia os cadáveres, todos preservados com alguma espécie de substância fétida verde brilhante que fazia os meus olhos arderem. Homens, mulheres e crianças, algumas humanas — tons de pele que reconheci, membros e olhos como os meus — e outros muito provavelmente não. Havia uma moça de membros compridos com mãos com membranas e escamas iridescentes descascando da sua pele azul desbotada. Uma criatura agachada com formato humano feita inteiramente de pedra. Um homem de chifres, peludo e com cascos, com garras longas e curvas nas pontas dos dedos e pupilas estreitas como as de um gato, um sorriso congelado cheio de dentes no rosto. E animais também — um coelho, um cervo, um abutre. Uma criatura de braços compridos com mãos imensas e robustas, gigantescas orelhas de morcego, um focinho cabeludo. Um pequeno cavalo branco com um chifre fino e em forma de fuso na cabeça.

Dei uma gargalhada abafada e assustada, e me virei para deparar com a minha irmã me observando.

— Um unicórnio?

Mara confirmou.

— O único que encontramos até agora, graças aos deuses. Cira ficou inconsolável. São as suas criaturas Antigas preferidas.

Olhando mais de perto para o unicórnio, a minha bile subiu.

— Eles estão todos *deformados*, cada um deles.

Eu não tinha percebido imediatamente; só quando me forcei a andar entre as criaturas rijas, presas na morte, que vi os membros torcidos, os rostos desfigurados, as unhas quebradas. Cabeças desabadas, pernas saindo de estômagos. Linhas irregulares de prata delineavam as bochechas mutiladas de algum animal que eu não conseguia nomear e lembrava vagamente um urso. Lascas de pedra preta brilhante tinham empalado o pescoço de uma criatura ossuda e pálida sem olhos.

Examinei essa última mais de perto, lutando contra o desejo de vomitar quando me aproximei da criatura, que tinha uma pele flácida cheia de pústulas. As pedras que se projetavam para fora do seu pescoço eram bulbosas e retorcidas, como se de alguma forma tivessem sido derretidas e remodeladas.

Cada nervo no meu corpo tinia de pavor. *Mara não teria me trazido para um lugar assim se fosse perigoso*, eu me tranquilizei. *Mara não brinca. Mara me ama.*

Virei-me para ela, a garganta seca como areia.

— O que aconteceu com eles?

— Nós os chamamos de Incêndios da Névoa — ela falou com seriedade. — Em um momento a Névoa do Meio está como ela é. Prateada. Esperando. Observando. Dócil, até. Em outro, ela se contrai, queima. Sem aviso, sem tempo para correr. Se você é pego em um Incêndio da Névoa... — Ela gesticula para os corpos. — A força pode fazer você explodir, esmagar você contra qualquer coisa por perto: pedras, árvores, outra pessoa. Ou pode acabar com você. Aconteceu com uma amiga, uma vez. Eu vi com os meus próprios olhos. Um gigantesco estrondo de trovão, um som horrível de estouro, e ela tinha sumido. O sangue dela caiu no chão como chuva.

Sentindo-me um pouco tonta, apoiei-me em uma rocha perto, que graças aos deuses me manteve em pé.

— E isso acontece com pessoas e animais aqui em Edyn e...

— ... e com os Antigos. Encontramos esses corpos em Edynside. Além da Névoa na Antiga Nação? Não temos como saber quantas vidas os Incêndios da Névoa tiraram de lá.

— Há quanto tempo isso vem acontecendo?

— Faz alguns meses. Primeiro os incêndios eram raros. Agora alguém explode em algum lugar ao longo da Linha da Névoa pelo menos uma vez por semana.

— E isso... — Olhei para uma pintura perto.

Respingos de cores berrantes e linhas cruas rabiscadas mostravam uma fera com o torso de um homem e um rosto peludo selvagem, e mostrando os dentes em um sorriso. Ele segurava uma mulher no colo. Ela dormia, ou talvez estivesse morta. O homem roía o pé dela, a língua comprida e manchada.

— As pinturas foram feitas por pessoas que moram por toda a Terra da Névoa. — Mara caminhou na frente das metódicas filas das pinturas, examinando cada uma friamente. — Elas sofriam de visões, imagens horríveis que precisavam tirar das cabeças. As que tinham sorte entre elas conseguiam fazer isso através da arte, da escrita, da música. A arte é mais fácil de roubar para nós estudarmos posteriormente.

— Nós? — repeti. — Você quer dizer a Ordem da Rosa?

Mara olhou para mim.

— Sim.

Algo na voz de Mara me garantiu que ela estava mentindo, mas não a pressionei.

— Por que vocês estudam essas artes?

— Achamos que está tudo conectado. Os Incêndios da Névoa, a série de visões invadindo os sonhos das pessoas, até mesmo quando estão acordando. Os ataques mais audazes nos postos avançados da Ordem.

Enquanto ela falava, eu me lembrei do que a Guardiã tinha dito semanas antes, no dia em que testemunhei a transformação de Mara: *Recentemente temos ouvido relatos recorrentes de um grupo de mulheres monstruosas que percorrem o campo sequestrando civis.*

— Algum desses ataques foi executado por... mulheres estranhas? — hesitei, as palavras parecendo tanto ridículas quanto assustadoras demais para pronunciar. — Mulheres monstruosas?

— Na verdade, sim. Nós, na Ordem, não conseguimos ver direito ainda, mas as histórias são numerosas e consistentes demais para ignorar. As mulheres são velozes e espertas. Parece que elas conseguem se disfarçar com tanta eficácia quanto qualquer animal selvagem. — Mara me fitou, com curiosidade. — Você ouviu rumores sobre isso lá no sul?

— A Guardiã comentou conosco, o papai, Farrin e eu, quando viemos ao priorado da última vez.

Uma expressão sombria passou pelo rosto de Mara.

— Ela não devia ter dito nada para vocês, mas ela gosta muito de se vangloriar. Provavelmente esperava que essa história os impressionasse.

— Não me impressionou, me apavorou — sussurrei. — Me deixou ainda mais preocupada com você do que eu já estava.

— Essa reação a satisfaria mais ainda — Mara disse, suavemente. — O principal de tudo o que estou lhe contando é que alguma coisa primordial nestas terras está mudando, e não sabemos por que nem mesmo o que exatamente. Eu ainda não soube de casos de visões atormentando colônias ao sul, mas a loucura está se espalhando mais a cada dia. É só uma questão de tempo.

Os meus pensamentos embaralhados se detiveram em um detalhe.

— Naquele dia no templo, você disse que as suas mãos estavam atadas. Alguém a está impedindo de estudar tudo isso, e esse é o motivo de estudar em segredo. Você recolhe os corpos e a arte e traz tudo para cá, procura os padrões, mantém um registro. Mas não sozinha.

— Não. Não estou sozinha.

— No entanto, a Guardiã não gosta disso — adivinhei. — Ela não acha que é seguro. Principalmente, ela não quer perder *você*. Então você precisa esconder o que está fazendo.

Aquela expressão sombria e silenciosa mais uma vez.

— Tentei dizer a ela que há algo errado, mas ela não me escuta. A Guardiã acha que sou dramática, fantasiosa. Às vezes me acusa de indolência. Na verdade, ela está com medo. Se está acontecendo alguma coisa na Névoa do Meio, o que isso significa para ela? Para nós?

Abracei a mim mesma, sentindo-me pequena e enjoada, a minha cabeça, uma confusão de perguntas e imagens terríveis.

Então eu vi — um fragmento de uma pedra familiar onde uma estrela gorda de sete pontas tinha sido entalhada. Manchas prateadas polvilhavam a pedra cinza — resquícios de um Incêndio da Névoa, presumi — mas fora isso, ela estava intocada.

Um arrepio de frio passou pelo meu corpo.

— Ah, e isso é o que eu mais queria mostrar a você — disse Mara. — A sua história sobre as viagens para Ravenswood me lembraram dessa pedra. Encontrei perto do lugar de um Incêndio da Névoa recente. Eu vasculho as ruínas quando posso. A terra sangra depois de um Fogo da Neve. Carbonizada e bruta, latejando. Grita por ajuda.

Eu me juntei a Mara do lado da mesa improvisada de pedra em cima da qual o fragmento estava, um pouco cautelosa por causa da estranha cadência na sua voz. Os seus olhos estavam escuros nessa caverna, intensos, penetrantes como estrelas. Havia uma potência nela que eu não estava acostumada a ver, como se Mara fosse muito mais velha do que era de verdade e soubesse de coisas antigas que eu não podia compreender.

Ela apontou para o fragmento marcado com a estrela. Vários outros pedaços o cercavam, formando o eco incompleto de um cubo.

O meu coração martelava no fundo da minha garganta. Estendi as mãos com dedos trêmulos para tocar em cada pedaço da pedra e me convencer de que o que eu estava vendo era real.

Uma estrela gorda de sete pontas. Um único olho encarando. Uma mão espalmada erguida como se quisesse afastar um inimigo.

Cada pedra tem um projeto único, Talan dissera naquela noite na lagoa, *tanto no interior quanto no exterior.*

— É possível que esses fragmentos sejam de um artefato totalmente diferente, e não daquele que você mencionou — sugeriu Mara. — Não consegui encontrar todos os pedaços. Os outros devem ter sido destruídos pelo Incêndio da Névoa.

Ela estava certa; os fragmentos diante de mim podiam ter pertencido a qualquer coisa. Sem todos os pedaços, eu não podia ter certeza.

Mas por dentro eu sabia a verdade. A magia central que antes preenchia esses resquícios tinha sumido, mas um mínimo eco ainda restava, e cada vestígio disso provocava em mim um choque de dor fraco e familiar, que penetrava nos cantos sensíveis do meu corpo.

Eu não tinha dúvida de que esses eram os restos da pedra vigia que eu e Talan tínhamos pegado em Ravenswood. Alguém a havia roubado da minha sala segura em Ivyhill e, de alguma forma, a pedra vigia chegara até a Névoa do Meio antes de explodir em pedaços.

Será que o ladrão simplesmente tivera azar? Ou a sua intenção era exatamente essa, para tirar a mim e Talan do caminho do demônio que caçávamos?

Eu suspeitava da segunda hipótese.

— O que você acha que isso significa? — Mara perguntou em voz baixa.

— Talan e eu estávamos no caminho certo — sussurrei —, e alguém descobriu e não gostou. — Enquanto eu encarava o olho em sua cama de pedra reluzente, o pavor corria pelos meus ossos. — Não gostou nada.

Durante a longa caminhada de volta a Rosewarren, a minha cabeça era um turbilhão de imagens grotescas. Um nó de cadáveres emaranhados, o sorriso triste de Talan, os olhos fixos de Jessyl morta, a sra. Baines suja do sangue de Jessyl, a aparição vigia dando risadinhas em Ravenswood. A mistura confusa de tudo aquilo se revirava na minha mente com uma velocidade alucinante. Quanto mais andávamos, o meu corpo gritando de fadiga, menos eu conseguia espantar as imagens. Uma fisgada na minha lateral latejava dolorosamente, e a proximidade da Névoa corroía as minhas extremidades como queimaduras de frio.

Na base de uma leve rampa de madeira que levava ao gramado de Rosewarren, parei para me apoiar em um carvalho velho e curvado. Pontos pretos dançavam diante de mim, e pisquei com força para removê-los. Um início de pânico martelava silenciosamente no fundo da minha mente, provocado pelo choque do que eu havia visto e por todas as perguntas alarmantes vibrando por respostas que eu não tinha.

Mara pegou o meu braço.

— Aqui, venha se sentar. Vamos descansar por um momento.

Frustrada, eu a repeli e gesticulei com firmeza para o priorado próximo.

— Estamos quase lá, pelo amor dos deuses. Eu consigo.

— Essa teimosia não tem sentido. Isso não vai me impressionar. — De repente, Mara ficou rígida de tensão. — Pelos deuses destruídos!

Eu segui o seu olhar até o gramado. Parada no topo dos largos degraus de pedra cinza que marcavam a entrada da frente do priorado estava uma figura imóvel e pálida, as mãos na cintura. Alta e magra, os cabelos escuros puxados em um coque apertado, ela nos observava, impassível. Seu vestido preto era simples e sério, os ombros ligeiramente rígidos. Ela me lembrou uma coruja no seu poleiro, olhando para o mundo embaixo, em silêncio e sem piscar.

A Guardiã.

— Siga até o atalho verde e vá para casa — disse Mara, a voz pesada de frustração. Ela perdera um tanto da sua força primordial, ficando sem cor e sem vida. — Falar com ela só vai piorar tudo.

Na verdade, fiquei aliviada com a chance de escapar, o frio gelando os meus ossos pela raiva estática e óbvia da Guardiã. Porém, hesitei, tocando de leve o cotovelo de Mara.

— Ela vai machucar você? — Era uma coisa que eu sempre pensava. Os métodos da Guardiã eram um mistério, e às cartas de Mara para casa nunca davam pistas.

— Não é do feitio dela — Mara respondeu simplesmente. Pensei ter visto algo no seu rosto: uma sombra, uma lembrança. Então ela apertou de leve a minha mão. — Por favor, vá. Eu escrevo para você. Pense em tudo o que mostrei, mas não conte para Farrin ou Gareth. Eu estava cansada naquele dia e fui boba de pedir isso para você. Quanto menos pessoas souberem sobre tudo, melhor. Pelo menos por ora. Eu te amo, Gemma. Mantenha os olhos abertos.

Quando ela começou a longa marcha subindo para o gramado, eu me apressei a seguir entre as árvores com uma caminhada rápida, minha postura imperturbável. Se a Guardiã estivesse me observando ir embora, ela não veria vergonha nem medo.

Todavia, assim que senti que estava a uma distância segura e olhei para trás para confirmar que não podia mais avistar Mara ou a Guardiã, apenas o volume escuro e intimidante de Rosewarren, o meu pânico mal contido explodiu, e eu corri. O meu corpo protestou, mas eu o ignorei, batendo desajeitada nas árvores. Por mais desesperadamente que eu tivesse querido sair de Ivyhill naquela manhã, agora eu precisava sair desse lugar horrível — a estranha casa sem fim, as Rosas presas, os segredos monstruosos da caverna gotejante. Quando alcancei a familiar área de trevos e grossas camadas de trepadeiras de flores de inverno que marcavam o atalho verde escondido que servia à minha família, parei por um momento e me apoiei no muro de pedra que me escondia da vista do priorado. Sem fôlego, lutei em vão por calma.

Cantos de pássaros soavam do alto, injustamente alegres, e me doía pensar na pobre Mara subindo o gramado, com toda a coragem, em direção a alguma punição que sem dúvida a esperava.

Então o canto dos pássaros parou de repente. O ar à minha volta ficou imóvel, como se todos os buracos secretos dentro dele tivessem se fechado abruptamente.

A súbita mudança me aterrorizou. Acalmei a minha respiração e me encolhi contra o muro de pedra.

Algo estava perto. Eu sabia disso com a certeza de uma presa encurralada. Era a mesma sensação que eu havia tido na noite da minha festa, me levando à penteadeira.

Eu estava sendo observada. Uma presença tinha me encontrado, embora eu não soubesse dizer se era humana, bestial ou outra coisa, *alguma* outra coisa. Senti-me impelida a correr, mas não de medo — eu queria correr simplesmente porque de súbito me senti forte o suficiente para isso. A minha dor não desapareceu, mas diminuiu. Um poder se formava em mim. A minha visão se aguçou. Eu me sentia inquieta, ávida; uma excitação nervosa borbulhava no meu estômago. Com grande esforço, mantive os meus pés plantados firmes no chão.

Esperei, vasculhando nas árvores, mas nada vi, nada ouvi — nem mesmo o mais leve farfalhar do vento — até um som muito fraco chegar aos meus ouvidos. Alto e suave, cristalino. Ondulante.

Uma música.

O meu primeiro pensamento louco foi que a música pertencia a Farrin. Ela viera me levar para casa, e por alguma razão inimaginável decidira anunciar a sua chegada cantando.

Mas quando o meu coração aos pulos diminuiu o ritmo, entendi que aquela canção lamuriosa e sem palavras não pertencia a Farrin. Não, era uma voz estranha aos meus ouvidos, tão melancólica e solitária que eu mal conseguia respirar. Talvez fosse uma criança, perdida e assustada na floresta, ou alguém lamentando a perda de um grande amor.

À medida que eu escutava, a minha cabeça se esvaziava de todo o pânico, de todo o pavor. O meu corpo estava tão sólido e forte quanto uma pequena montanha. As cores sombrias da floresta escura se tornaram vibrantes. Folhas verdes cintilantes, musgo branco brilhante, solo preto que reluzia com manchas de dourado quando iluminado pelo sol poente.

O meu objetivo era claro: eu precisava seguir a música.

Sem medo, entrei na floresta, deixando a batida pulsante da magia do atalho verde para trás. O chão era um veludo sob os meus pés. Áreas de dormideira se enroscavam timidamente com a minha chegada. Apenas momentos antes, essa floresta tinha sido uma fonte de pavor, um labirinto desconhecido cheirando à Névoa próxima — mas não mais. Forjei um caminho fácil pelas árvores, observando com satisfação quando os seus troncos ficaram mais altos, inchados, como se abundassem com todas as formas de mistérios.

Estranho que eu sempre tenha achado o cheiro da Névoa pútrido. Inalei profundamente, apreciando os aromas prazerosos de madressilva, chuva de primavera, terra recém-remexida, chá de canela com especiarias. Todos os cheiros que eu adorava. Eu me empanturrei com eles, engolindo-os como se fossem pratos em um banquete.

A música que eu seguia ficou mais alta, o seu tom de trombeta, claro como a lua cheia. Comecei a correr, ansiosa para encontrar o músico misterioso, qualquer que fosse ele, capaz de criar uma canção tão deslumbrante. Os meus músculos obedeciam avidamente, as minhas pernas funcionando como pistões lubrificados. Saltei por cima de uma ravina com a facilidade graciosa de uma corça. O ar ficava mais frio, e pingava entre os meus dedos como riachos de neve derretida. A música enchia os meus ouvidos.

Um pequeno pássaro azul apareceu no ar bem na minha frente, as asas brilhando com formas prateadas que lembravam estranhos rostos gritando. Corri mais rápido, alcancei-o, estendi a mão e me encantei quando a criatura voou para descansar na palma da minha mão. Fiz um carinho na sua cabecinha sedosa, sorri quando ele fechou os olhos com prazer. A sua garganta tremia; talvez estivesse se preparando para cantar, ansioso em expandir o solo da voz para um dueto. Pressionei um beijo suave no seu peito, espantada com as batidas quentes e frenéticas do seu coração.

Foi quando um barulho estrondoso eclodiu atrás de mim — uma batida estridente, uma janela quebrada.

Ofegante, confusa, perscrutei a floresta procurando respostas, piscando com força para clarear a minha cabeça que de súbito passara a zumbir, e vi que o mundo inteiro tinha mudado — não mais um verde vivo ensolarado, mas um prateado desagradável. A luz estava fraca, e eu não conseguia localizar o céu. A única iluminação parecia vir do mar frio prateado passando em ondas por mim como uma correnteza silenciosa e rápida.

Uma dor intensa chamou a minha atenção para baixo. Nenhum grito poderia conter o meu terror; fitei em silêncio o meu vestido esfarrapado, as minhas pernas e os meus braços sangrando. Eles estavam muito arranhados. Os meus pés e dedos latejavam, feridos de escalar.

Eu tinha subido em uma árvore.

Eu estava *em* uma árvore, agarrada nos galhos altos, agachada lá como uma coisa selvagem. O meu coque se desfizera, e os meus cabelos estavam soltos. O meu ombro esquerdo estava nu, sujo de um líquido gelatinoso verde; a manga tinha sido arrancada.

Quando vi o que eu agarrava com a mão direita, quase caí de lá de cima. Sangue, carne arrancada, penas destruídas. Um pássaro — eu estava seguindo um pássaro. Limpei a mão desesperadamente nas minhas saias rasgadas. As unhas dos meus dedos eram luas crescentes pretas; havia lama e sabe-se lá mais o que embaixo delas.

Ao ouvir um som de farfalhar por perto, em algum lugar na escuridão prateada, congelei e cobri a boca com a mão para abafar um choro apavorado. Esperei, escutei, pelo que pareceu ser uma era interminável de tormenta.

E aí eu a vi lá embaixo, se movendo em silêncio entre as árvores — uma mulher com a pele avermelhada com cabelos loiros desgrenhados. Um graveto estalou sob o seu pé, um som familiar, e percebi que foi esse som que me tirou da minha corrida louca — um leve estalar de madeira que os meus ouvidos claramente perturbados tinham amplificado em um estouro horrível. A mulher era alta e robusta, incrivelmente musculosa, e usava uma túnica cinza, calça escura e um cinto com facas em volta dos quadris. Uma aljava de setas se achava pendurada em uma faixa de couro em torno do seu torso, e em uma das mãos ela segurava um arco comprido e lustrado.

Uma Rosa. A mulher era uma Rosa fazendo a ronda.

As peças sobre o que tinha acontecido finalmente se encaixaram na minha cabeça. De alguma forma, sem perceber aonde os meus pés me levavam, eu tinha corrido direto para dentro da Névoa do Meio.

O meu estômago se revirava. O terror me deixou desajeitada; quase escorreguei do galho, e soltei um grito abafado.

Em um único movimento fluido, a Rosa se virou, tirou uma flecha da aljava, a encaixou no arco e mirou.

Levantei uma mão trêmula, implorando para Zelphenia fazer com que a Rosa visse a verdade: eu não era uma estranha criatura Antiga a enganando. Eu era uma mulher idiota meio fora de si de tanto medo.

— Por favor, não me machuque! — A minha voz soou rouca, como se eu tivesse gritado. — Eu... Meu nome é Gemma. Sou irmã de Mara. Vim vê-la. — Olhei para baixo, para a floresta, e cerrei as pálpebras com força. A minha respiração se acelerou; a minha cabeça começou a rodar. — Eu não... não sei como voltar. Não sei quanto eu corri. Havia uma voz, uma música linda, e eu não consegui... Não sei onde... Por favor, me ajude. Me diga para onde ir.

Eu não estava com vergonha de como a minha voz estava fraca e patética. O meu medo era absoluto; eu não sentia mais nada.

A Rosa baixou o arco e colocou a flecha de volta na aljava. Ela se aproximou da minha árvore e subiu nela com tanta facilidade e velocidade que por um momento temi que ela fosse algum espírito Antigo da floresta disfarçado.

Mas aí ela chegou do meu lado, tão perto que eu podia ver o lastro fraco das cicatrizes no seu pescoço e a intensa luz cautelosa nos seus olhos azul-claros. Senti o cheiro almiscarado de suor, senti o calor do esforço irradiando dela. Ela se mexeu um pouco, ajeitando a maneira como segurava os galhos. A sua expressão estava séria. Não era fácil para ela ficar pendurada ali.

Eu esperava que isso significasse que ela era humana. O alívio me enfraqueceu.

— É um longo caminho para descer, mas existem muitos pontos de apoio. — A sua voz era rouca, entrecortada. Fria, mas não grosseira. As linhas finas ao redor dos seus olhos me fizeram pensar que ela era um pouco mais velha do que as outras Rosas que eu vira. — Siga o caminho que eu fizer. Depois eu acompanho você em segurança — Ela fez uma pausa. — O meu nome é Brigid. Eu amo muito a sua irmã. Não vou deixar que nada te aconteça.

Lutei contra a vontade de cair no choro.

Brigid desceu devagar, parando para orientar a minha descida. Ela estava certa — a casca rugosa da árvore fornecia uma boa escada para baixo —, mas comecei a suar frio mesmo assim, as minhas mãos úmidas e trêmulas. Como era possível que eu tivesse subido até uma altura daquelas sozinha?

Quando cheguei embaixo e senti a terra macia sob os meus pés, os meus joelhos quase cederam. Brigid enganchou um braço sólido em volta de mim e me ajudou a ficar em pé.

— Você consegue andar? — perguntou ela. — Rápido?
Olhei em torno, agitada.
— Estamos em perigo?
— Por enquanto, não. Mas isso pode mudar a qualquer momento. Consegue andar?
— Acho que sim.
— Me diga se você se cansar. Eu posso carregá-la.
Mordi o lábio por dentro, tentada a pedir que ela me carregasse logo, mas em vez disso eu a segui em silêncio entre as árvores.

Agora que os meus pés estavam firmes no chão, o meu choque começou a diminuir, dando espaço a ondas quentes de dor. A força atípica que eu sentira antes desaparecera completamente. Movimentar-me era trabalhoso, lento, como se eu estivesse andando dentro d'água. Cada respiração que eu dava no ar úmido prateado parecia sufocante. Imaginei a Névoa se derramando pela minha garganta, se infiltrando na minha pele, se enterrando embaixo das minhas unhas imundas. Andamos por séculos, ou talvez por apenas alguns momentos. Eu estava perdida na passagem do tempo. A Névoa sufocava tudo em volta.

Brigid se virou para trás e deu uma espiada em mim.
— Continue respirando. Estamos quase lá.
Tentei ao máximo obedecê-la. Naquele momento, eu teria feito qualquer coisa que ela me pedisse. *Morra, Gemma*, ela poderia ter dito, e eu teria me deitado lá na terra esperando qualquer destino que a Névoa pudesse fazer acontecer.

Por fim, a cor sangrou de novo no mundo: musgo verde brilhante, um tapete vermelho-ferrugem de agulhas de pinheiro, o esvoaçar preto e dourado de um passarinho. Escutei as flores de inverno primeiro, soando alegremente como mil sininhos pequenos, e então vi a cortina branca formada por elas, o muro de pedra e o portão de ferro na frente, a cobertura macia de trevos. Uma vegetação densa de trepadeiras emaranhadas marcava a entrada do atalho verde privado da minha família e o meu caminho para casa.

Deixei sair um choro fraco.
— Ah, meus deuses. Estou viva, estou viva. — Joguei os braços em volta de Brigid, sem me importar com a minha dignidade. — Obrigada, *deuses*, obrigada!
Com um ligeiro rubor, ela se desprendeu do meu abraço choroso.
— Bem. Sim. Você teve muita sorte. Existe uma razão, sabe, para a Guardiã ser tão rígida com visitantes, permitindo apenas em dias pré-agendados. Esse lugar é perigoso, Gemma. Já temos coisas demais para fazer, não precisamos correr atrás de irmãs perdidas.

Concordei, enxugando o rosto.
— Claro que sim. Não acontecerá de novo, prometo.
O rosto de Brigid estava impassível exceto por um ligeiro erguer de uma das sobrancelhas.

— Sem dúvida. Vou esperar aqui um tempo e garantir que nada siga o seu caminho. — Ela hesitou, depois estendeu o braço e tirou uma pena preta e macia dos meus cabelos. — Você disse que ouviu uma música... Pode descrevê-la?

— Era uma única voz. Alta e clara como um sino. — Um arrepio me fez tremer com a lembrança.

— Tinha palavras?

— Não. Era simplesmente... triste. Solitária. O desespero da música me emocionou. Precisei segui-la. Eu corri. Eu estava feliz, forte. Tudo estava luminoso e fácil. Quando dei por mim, estava em cima daquela árvore. — O meu coração se contraiu; o rosto de Brigid estava pálido de confusão. — Você já ouviu falar de uma coisa assim acontecendo antes?

— Nunca, mas isso não quer dizer nada. Novas coisas estranhas ocorrem na Névoa todos os dias. Ela gosta de pregar peças. É mais viva do que você pensa. — Brigid fez um gesto com a cabeça em direção ao atalho verde. — Vá. — E com a minha óbvia hesitação chocada, acrescentou: — Mara me contou, algum tempo atrás, sobre o atalho verde secreto da sua família, para o caso de algum cenário terrível acontecer. Ela também contou para Cira. Somos suas auxiliares. Mas, mesmo assim, não falarei para ninguém o que aconteceu hoje, nem mesmo para Mara, a não ser que você queira.

— Não, por favor, não conte. Ela já tem muito no que pensar. — Hesitei, pensando com desgosto na Guardiã. — Você pode tomar conta dela? De Mara, quero dizer. Você disse que a ama. Fico feliz. Ela merece amor, e de tão longe, não posso dar sempre esse amor para ela.

A expressão inflexível de Brigid se suavizou só um pouco. Ela confirmou uma vez com a cabeça.

— Você precisa ir agora — ela afirmou, delicadamente.

A cabeça doendo, o corpo vivo de dor, entrei na boca agitada do atalho verde e pensei em Mara — a corajosa Mara — cercada de amor. Cira, Brigid e certamente outras Rosas também. Ela não estava sozinha; a sua vida não era sem afeto. Eu me agarrei nessa pequena e fraca alegria enquanto a tempestade feroz de magia verde me carregava para casa.

20

Duas semanas depois da minha estranha visita a Rosewarren, chegou o dia do baile de máscaras do solstício do verão organizado pela rainha suprema — uma noite que em tempos mais inocentes teria me deixado radiante.

Era a maior e mais luxuosa festa do ano, e uma das únicas ocasiões nas quais a Cidadela no coração de Fairhaven abria as portas, não apenas para cortesãos Consagrados e embaixadores de outros países, mas para qualquer cidadão que conseguisse despertar o interesse da rainha. Qualquer pessoa de qualquer lugar do mundo podia receber um convite, fosse Consagrado ou de baixa magia ou não possuísse absolutamente nenhuma magia.

Após entrar no Salão de Baile Pérola do Mar — uma enorme caverna de pedra opalescente, com paredes espelhadas e cinco níveis de mezaninos que davam para uma pista de dança —, deslizei para longe do meu pai e de Farrin, ignorando os protestos da minha irmã, e peguei uma taça de cristal de espumante do primeiro garçom que passou. Infelizmente, descer a maior parte do conteúdo da taça em um único gole desesperado não ajudou em nada a acalmar os meus nervos, então continuei andando, encontrei outro garçom com uma bandeja de taças, e bebi outra rápido, e depois peguei uma terceira.

Cambaleando um pouco, parei no canto da pista de dança e tentei recuperar o fôlego. O vinho efervescia subindo e descendo pelo meu corpo, embora não tão vividamente quanto a safra da família de Talan.

Eu sofria ao pensar nele — seu rosto, seu sorriso, a maneira como ele me segurara depois que escapamos de Ravenswood, a maneira como me tocara naquele dia, no torneio. Tinham-se passado duas semanas, mais ou menos, desde que ele deixara Ivyhill com Gareth, e a sua ausência ainda era uma ferida aberta. Muito para a minha decepção, a visita perturbadora a Rosewarren só aprofundara o sentimento de perda. A esperança atormentada que eu mantinha no coração — de que veria Talan no baile de máscaras, de que Gareth iria convencê-lo a vir — era vergonhosa, apavorante. Quem era eu para desejá-lo depois do que ele tinha feito? Arruinar a apresentação da minha irmã, colocar a vida dela em perigo, pensar que era uma boa escolha contanto que favorecesse os nossos planos. Aquele homem imprudente, egoísta, intoxicante, irresistível.

Pior ainda do que esses pensamentos era outro mais sombrio, mais assustador: por que um homem como ele ia querer uma mulher como eu? Uma mulher tão frágil, que vivia com tanta dor que se tornava exaustiva para amar e impossível de se viver junto?

Uma mulher que se perdeu na Névoa do Meio como uma criança boba. Levada pela loucura, sangue e penas espalhados na mão, a sua mente fraca e o corpo ainda mais fraco atraídos para o perigo por uma música — essa não era uma mulher que merecesse a afeição de ninguém. Essa era uma criatura grotesca. *Eu* era grotesca.

Tentei não parecer ansiosa nem maluca ali, parada com a minha bebida, o meu coração na garganta e a minha pele pinicando de autoaversão, mas eu tinha certeza de que qualquer pessoa olhando para mim podia ver claramente que eu procurava por alguém. O que ninguém seria capaz de ver era a verdade — que lady Imogen Ashbourne, já meio bêbada e encantadora em um vestido de seda verde, vinha, nas últimas duas semanas, enlouquecendo lentamente. Não por causa de uma briga com o seu amante — embora isso fosse uma parte —, mas porque entrara na Névoa do Meio, e o rio prateado ardiloso de lá a fizera lembrar quem ela era de fato.

Abri caminho pela multidão, ignorando qualquer um que tentasse uma conversa. No baile de máscaras do ano anterior, eu dançara e bebera por horas, me recusando a ser intimidada pela grande mistura de pessoas e suas dolorosas magias se deslocando rápido e sem rumo. Provei cada prato preparado pelos cozinheiros reais, todos prodígios Consagrados, até eu jurar nunca mais comer na vida. O ponto alto da noite foi a mais agradável meia hora passada em uma saleta perto do salão de baile, onde um lindo capitão grisalho do Exército Inferior me beijara até me deixar sem sentidos.

Nessa noite, porém, cada cotovelada me fazia estremecer como se eu tivesse levado um golpe. Cada parceiro de dança esperançoso que se aproximava era um ser desprezível do qual eu me esquivava com um pânico inimaginável.

Avistei a porta de um lavatório na parede mais distante. Fui para lá apressada, xingando o tamanho do salão. O espaço era tão gigantesco que o maior salão de baile de Ivyhill podia caber lá três vezes. Um mosaico de azulejos que se expandia pelos tetos altos retratava os deuses, com mantos e joias, dançando em uma celebração eufórica. Guirlandas de imensas flores costeiras com gordas pétalas sedosas pendiam de cada viga, enfeitiçadas para sacudirem e brilharem como vaga-lumes. O seu perfume revirava o meu estômago; os sons de risada, dança e copos tilintando doíam nos meus dentes. Uma gota de suor correu pelas minhas costas.

Comecei a correr, sem dúvida provocando mais do que alguns olhares estranhos, mas não conseguia respirar, e era muito possível que eu fosse vomitar, e precisava correr, eu precisava *sair* ou ia morrer.

Todo o medo, a confusão e o nojo que estavam esquentando dentro de mim fazia dias finalmente ferveram. O pânico chegou com uma força feroz, como se fosse uma criatura de carne e osso, voraz e sem misericórdia.

Irrompi no lavatório, que graças aos deuses estava vazio, cambaleei em direção à pia de mármore no canto mais distante do banheiro, fechei a pesada cortina de brocado, caí de joelhos e vomitei.

Havia algo dentro de mim, uma detestável sensação de medo que queimava a minha garganta a cada respiração. Eu não conseguia engoli-la, não conseguia expulsá-la. Um pensamento horrível me ocorreu de que, enquanto corria pela Névoa, sem pensar, eu podia ter consumido sem saber alguma coisa contaminada e maligna que agora ia criando raízes no meu intestino. Arranhei a língua, cavei em volta da garganta até engasgar.

Ofegante, me agarrei na pia. Os meus olhos ardiam de exaustão e do medo horrível de que eu ia morrer em breve — não da minha doença, da maneira como eu sempre esperara, mas de qualquer que fosse a *coisa* inumana Antiga que tinha se arrastado para fora da Névoa e, se contorcendo, penetrado em mim.

A minha pele coçava, quente e pinicando toda. Eu me sentei com força no chão, levantei as saias e comecei a coçar as minhas pernas com meias com um impulso animal e desesperado. As unhas dos meus dedos — pintadas de rosa antigo e enfeitadas com esmeraldas bem pequenas, cortesia de Kerrish — rasgavam a pele das minhas coxas. Através do borrão da minha agitação, vi linhas finas de sangue aparecerem. O vermelho vivo familiar e a pontada de dor me sufocaram de alívio. Qualquer que fosse o mal a morar dentro de mim, qualquer que fosse o sofrimento que me esperava, no momento eu ainda era humana, e estava viva.

— Gemma? — a voz de Illaria surgiu de repente por detrás da cortina. — Estou entrando.

— Não, espere — murmurei, envergonhada de ela me ver naquele estado, mas a minha amiga já se esgueirava pela cortina.

Por um instante, ela simplesmente me observou em silêncio. Em seguida, se ajoelhou ao meu lado, as tonalidades azul-celeste e verde-água do seu vestido formando uma piscina linda no chão reluzente. Ela tinha decidido ir à festa de pavão. Uma máscara dourada com um bico curvo se achava pendurada no seu cotovelo. As cores do seu vestido e os brincos azul-turquesa cintilantes combinavam perfeitamente com a sua pele cor de mel e os seus longos cabelos pretos brilhantes.

— Você está tão linda... — sussurrei sem energia.

— Me diga o que está acontecendo. — A entonação de Illaria era macia como veludo, dura como ferro. Ela pegou as minhas mãos e fez com que parassem de tremer. — A *verdade*, veja bem, ou eu vou literalmente arrastar você para fora deste palácio, enfiá-la na minha carruagem e levá-la direto para casa. E depois vou vigiá-la dia e noite. Você não conseguirá escapar de mim. Irei me sentar em cima de você e amarrarei os seus tornozelos.

Eu ri, as lágrimas escorrendo pelas minhas bochechas.

— É um pequeno ataque de pânico, Lari. Eu só precisava de um momento sozinha.

— Não, não é isso. O pânico, talvez, mas tem mais. Eu te vi correndo para cá agora mesmo. Farrin me contou que você mal saiu dos seus aposentos ultimamente, e que a sua nova criada tem que convencê-la a comer. A sua irmã está muito preocupada, e eu também. — Illaria me olhava fixo. — E então? Estou esperando.

Uma música distante flutuava no silêncio. Nesse momento, a porta do lavatório se abriu, deixando entrar o barulho de risadas e saias farfalhantes.

Illaria entreabriu a cortina apenas o suficiente para mostrar o rosto a quem chegara. Era um trio de garotas dando risadinhas alegres — jovens, talvez com dezesseis anos. Despreocupadas, eufóricas, radiantes.

Eu me escondi atrás de Illaria, me sentindo um monstro. As minhas pernas ardiam, vermelhas e feridas, e o meu lindo vestido verde parecia de repente uma piada cruel, como se alguém tivesse pegado um rato arrepiado e o enfeitado com uma tiara de diamantes. Centenas de flores de seda primorosamente confeccionadas enfeitavam as dobras flutuantes do traje, os meus cachos dourados presos, os meus dedos, os laços da minha máscara de tela fina. Petúnias, rosas, madressilvas, glicínias.

— Saiam — Illaria ordenou com autoridade, modulando a entonação com o sotaque formal comum aos residentes da capital. — Saiam agora ou não vou ter outra escolha a não ser contar aos seus pais das suas escapadas para beber nos jardins reais.

As garotas ficaram em silêncio, os olhos arregalados de pavor.

— O que foi? — Illaria sorriu. — Acham que ninguém viu?

Sem mais uma palavra, as garotas saíram correndo, nos deixando sozinhas de novo.

— Tolas — murmurou Illaria. — Elas estão fedendo a uísque, vômito e terra fresca. Não me surpreenderia se tiverem vomitado em todas as rosas da rainha.

Eu encarava as minhas mãos, mal escutando as palavras de Illaria. Folhas delicadas decoradas com finas correntes douradas e uma linha de gaze verde-floresta envolviam os meus braços, se enrolando nos meus pulsos e dedos em vez de luvas. Eu era um brilhante jardim de verão repleto de flores que eu não merecia — um modelo escolhido por mim e Jessyl.

— Nós ficamos acordadas até amanhecer — sussurrei —, eu e Jessyl, debruçadas sobre os desenhos que Kerrish tinha mandado. Este vestido foi o preferido de Jessyl, e então também se tornou o meu.

— Por mais terrível que seja ter perdido Jessyl, o que está acontecendo com você vai além disso — insistiu Illaria. — É Talan? Ele te fez alguma coisa?

— Não. Ele está aqui na capital com Gareth há mais de duas semanas.

— Isso não responde a minha pergunta.

De repente me senti cansada demais para mentir. Todo o ar sangrou de mim, a história sendo derramada para fora junto com ele.

— É a Névoa — sussurrei. — Fui ver Mara dois dias depois de Jessyl ser morta. Ela me mostrou umas coisas, coisas terríveis. Algo está acontecendo nas Terras da Névoa. As pessoas estão tendo visões relacionadas à violência e monstros. Uma música me atraiu para a Névoa. Eu persegui um passarinho, e acho que fiz alguma coisa horrível com ele, mas não consigo me lembrar do quê. Corri sem parar, sem me dar conta de que corria. Eu estava tão *forte*, Lari. Podia ter corrido por dias. Quando voltei a mim, as minhas mãos estavam cobertas de sangue, e descobri que eu tinha subido em uma árvore, uma árvore imensa. No meu perfeito juízo, eu nunca teria conseguido fazer algo assim. Uma Rosa que fazia a ronda me encontrou e me ajudou a sair da Névoa, mas acho que eu trouxe alguma coisa de lá comigo.

Dei um tapa na garganta.

— Tem algo dentro de mim. Consigo sentir, mas não consigo tirar. Talvez o que eu esteja sentindo seja só pânico, uma nova maneira que ele encontrou para me atormentar. — Balancei a cabeça. — Mas acho que é outra coisa. Acho que tem algo acontecendo comigo. Não é possível parar de pensar na música que ouvi. Acordo cantarolando essa música em algumas manhãs.

Illaria parecia enjoada.

— Pelos deuses, Gemma. E você não contou nada disso a ninguém desde que foi para casa?

— Na noite da festa em Ivyhill — prossegui, ignorando a pergunta —, eu fiz um encantamento.

— Isso não é possível. Você não tem magia.

— E mesmo assim aconteceu. Alguma coisa me puxou para fora da cama. Eu senti uma presença em algum lugar próximo, me observando. Me sentei na frente do espelho. Me senti forte, inteira, lúcida, da mesma forma que me senti na Névoa quando ouvi a música. Fiz um encantamento de cores nos meus cabelos. Os meus olhos ficaram azuis e dourados. — Tracei devagar a linha da minha mandíbula. — As minhas bochechas ficaram mais pronunciadas. As cores brilhavam embaixo da minha pele. Foi como se o meu corpo tivesse começado a se transformar.

Illaria se levantou de repente e estendeu a mão.

— Venha comigo agora mesmo. Vamos para casa. Especificamente para a minha casa, onde ninguém foi morto e nenhum estrangeiro misterioso se deitou com você.

— Mas o baile acabou de começar — protestei automaticamente.

— Você está se ouvindo? Você fez magia quando não devia ser capaz de fazer. Você mudou o formato do seu rosto. Você correu no meio da Névoa como uma louca.

Embora eu tivesse dito as mesmas coisas para mim mesma, escutar de outra pessoa me deixou arrepiada, como se eu estivesse escutando um julgamento injusto sendo proferido por alguém que eu amava muito.

Então Illaria olhou para as minhas pernas. Ela se ajoelhou mais uma vez.

— Você se machucou, Gemma — ela disse, gentilmente.

Eu não sabia o que dizer sobre aquilo. Encarei a minha amiga e dei de ombros de leve.

— Você já fez isso antes? — ela quis saber.

Continuei sem falar nada, com vergonha da verdade e com mais nojo de mim mesma do que nunca.

Illaria estava muito quieta.

— Por que fez isso?

Contar a ela me mataria, mas eu sabia que Illaria não aceitaria o silêncio.

— Ajuda a me sentir melhor quando o pânico vem — sussurrei. — Se eu não fizer isso, morrerei. É assim que me sinto. A dor me destrava, me ajuda a respirar de novo. Eu consigo suportar a dor. Dor não é nada para mim, e é tudo. Dor é o meu dia a dia. Mas o pânico... — Fechei os olhos, cada palavra me deixando em frangalhos. — O pânico eu não consigo aguentar. Quando ele vem, preciso fazer alguma coisa com ele ou enlouqueço.

Houve um silêncio por um momento. Depois Illaria disse, com suavidade:

— Posso te abraçar, minha querida?

Concordei com tristeza, e, quando os braços de Illaria me envolveram, foi o abraço mais doce que já senti. Eu me agarrei a ela e escondi o rosto nos seus cabelos.

— Você sabe que se machucar não vai mandar o pânico embora de verdade — ela afirmou.

— Não sou idiota.

— E você sabe que essa revelação é algo que eu não posso ignorar.

Cerrei as pálpebras, imediatamente me arrependendo por ter aberto a boca.

— E se eu pedir com muito jeitinho?

— Infelizmente, sou imune a jeitinhos. — Illaria me soltou. — Consegue se levantar? Hora de ir. Prometo que não vamos precisar falar sobre nada mais até estarmos na minha casa, com você acomodada em segurança na sua cadeira, mas iremos embora assim que a minha carruagem for trazida.

— Eu não irei a lugar nenhum — murmurei, enxugando o rosto. Como consequência da minha confissão, eu me sentia ridícula, desnudada contra a minha vontade. Essa sensação fez os meus pelos se arrepiarem. Eu tinha respondido às perguntas de Illaria, mas não responderia mais. — Você sabe o que ia parecer se eu desaparecesse antes de a rainha Yvaine chegar?

— Mesmo assim... você vai aguentar um mal-estar desses? — Illaria agarrou a minha mão e me puxou para cima. — Vou mandar uma mensagem ao seu pai dizendo que você ficou doente.

Eu ri com amargura. Pensar no meu pai reforçou a minha determinação e me ajudou a clarear a minha cabeça dolorida.

— Isso deve ser exatamente o que o meu pai espera: que eu fique doente e precise ir embora. Não vou dar esse gostinho a ele.

— Gemma, pelo amor dos deuses...

— Não vou embora, Lari. Obrigada pela sua ajuda, mas já passei pelo suficiente para esta noite. Estou me sentindo muito melhor agora, na verdade, e tenho um cartão de dança inteiro para cumprir.

Amarrei a minha máscara no lugar e saí como um furacão, sentindo as minhas pernas feridas apenas ligeiramente instáveis, enquanto eu retornava ao salão. Escutei Illaria correndo atrás de mim e fugi dela o mais rápido que pude, desviando de uma chuva de magia dispersa. Ela se chocava em mim de todas as direções, enquanto os foliões mascarados giravam na pista de dança. Cerrei os dentes por causa da agressão e continuei andando, ignorando os incessantes cumprimentos alegres dos convidados, alheios ao que eu estava passando, e esperando que a minha máscara escondesse o pior da minha aflição. Eu não sabia direito para onde estava indo, mas não suportava mais continuar perto de Illaria e ver a tristeza nos seus olhos quando ela olhava para mim.

Infelizmente a minha amiga era tão hábil em se locomover no meio de um salão de danças lotado quanto eu. Assim, ela logo me alcançou e segurou a minha mão.

— Gemma, pare de fugir de mim — disse ela, furiosa, os olhos brilhantes. Illaria se esquecera de amarrar a máscara de volta. — Você está doente, e ficar aqui no baile não ajudará.

Eu me soltei das mãos de Illaria, ignorando quem pudesse estar assistindo.

— Claro que estou doente. Estou sempre doente. Mas me recuso a permitir que isso me torne uma prisioneira. Vou aproveitar a minha vida, já que é a única que tenho.

Atrás de Illaria, um homem alto chamou a minha atenção — cabelos escuros, casaco escuro. Ao avistá-lo, o meu corpo inteiro se eriçou, interrompendo o meu discurso. Mas então ele se virou, e eu vi o seu rosto. Não era Talan; era só um homem com a aparência perfeitamente agradável com feições comuns que parecia desconcertado ao ver Gemma Ashbourne embasbacada por ele.

Illaria olhou para trás, viu o homem e depois se virou de novo para mim, irritada.

— Isso é sobre aproveitar a sua vida ou sobre aproveitar Talan?

— E se as duas coisas forem a mesma? — disparei de volta, surpreendendo até a mim mesma.

Illaria ficou parada piscando para mim, perplexa, mas, antes que ela pudesse falar mais alguma coisa, um som grave e baixo de cornetas soou do outro lado do salão. No início, foi uma simples nota prolongada. Depois, se expandiu para um acorde majestoso e soturno. A orquestra, na extremidade do salão, parou de tocar; curiosos se reuniram nos mezaninos, e os que estavam na pista de dança rodopiaram e interromperam o seu movimento. Ofegantes, eles se viraram para mirar a ampla escadaria central. Illaria e eu nos viramos com eles, por um momento esquecendo a nossa briga.

Duas colunas de músicos se alinharam na escada de mármore, as cornetas brilhando. O som de sinos repicando em algum lugar acima de nós se fez ouvir, como se dezenas deles tivessem sido escondidos nas vigas. A toada das cornetas aumentou, o movimento de um acorde a outro enchendo os meus olhos de lágrimas de admiração, mesmo eu já tendo testemunhado aquilo uma dúzia de vezes.

Como Farrin chamara aquilo? Uma progressão harmônica. Essa em específico partiu o meu coração, exatamente como era a sua intenção ao ser composta — um lamento para os deuses mortos e uma oração de agradecimento para a mulher que eles escolheram para zelar por nós em seu nome.

As badaladas viraram um clamor alegre. O ar se ampliou com a música; o chão vibrou embaixo dos nossos pés. Então, de uma só vez, fez-se um silêncio ressonante.

A rainha suprema Yvaine Ballantere chegara.

Um silêncio respeitoso acompanhou a sua lenta descida pela escada. Ela era bem miúda, embora o seu porte enganasse e fizesse com que parecesse mais alta do que qualquer pessoa presente. As teorias sobre quem ela era antes de ser escolhida pelos deuses variavam, embora todas as narrativas históricas que tinham sobrevivido coincidissem em um ponto: os deuses haviam designado Yvaine Ballantere para tomar conta do mundo que eles criaram porque o espírito dela era mais puro e mais forte do que de qualquer outro ser humano vivo.

O que quer que os deuses tivessem feito com ela nos últimos dias antes da Destruição lhe conferira uma vida excepcionalmente longa. Também a deixara com uma cicatriz rosa em formato de estrela no centro da testa e os olhos de duas cores diferentes — um era violeta escuro, o outro era dourado claro. A sua pele e os seus cabelos haviam assumido, com o choque, um branco glacial impressionante. O seu penteado era uma teia elaborada de grampos com joias, tranças reluzentes, aglomerados de penas iridescentes. O corpete do seu vestido violeta e lilás tinha uma aparência bem rígida, com gola alta abotoada e mangas compridas com um ligeiro brilho que grudava nos seus braços — talvez pele seca de cobra ou luvas de pedras preciosas bem pequenas. Mas as saias eram muito mais divertidas, até juvenis — uma cascata de babados nas cores lavanda, dourado brilhante, azul-turquesa forte, e renda branca franzida.

A multidão se abriu quando ela deslizou pelo salão, todos por quem ela passava afundando silenciosamente em mesuras e reverências. Essa era a mulher que os deuses tinham escolhido para servir como protetora de Edyn, uma grande unificadora, uma mantenedora da história do mundo, a maior autoridade na magia dos deuses, e eu sabia, mesmo sem olhar, a quem ela se dirigia ao cruzar o salão.

Quando a rainha Yvaine achou Farrin — uma pomba simples com uma máscara básica cinza com um bico, penas brancas e marrons enfeitando as suas saias cinzentas —, a cabeça da minha irmã estava abaixada em uma reverência como a de todo o mundo, mas a rainha não permitiu aquilo por muito tempo. Ela estava de costas para mim, mas eu podia *sentir* o seu sorriso, como ele se propagava pelo salão e iluminava o ar como o primeiro raio de luz do dia. A multidão deu risinhos felizes, extasiada e maravilhada, ecoando a alegria da rainha Yvaine. Ela fez a minha irmã se erguer, beijou cada uma das suas bochechas e a envolveu em um abraço afetuoso.

De repente, a celebração foi retomada. Os músicos reais se alinharam sérios na escada, a maestrina da orquestra organizou os seus músicos de volta aos seus instrumentos, os dançarinos encontraram os seus parceiros e saltaram alegremente para uma nova valsa.

— Pronto, está vendo? — Illaria apertou de leve o meu braço. — A rainha está aqui, então você pode ir embora com segurança sem ficar agoniada por causa de um deslize social que na verdade não importa.

Eu a ignorei. De repente o meu coração estava martelando no meu peito, e mesmo a rainha suprema com toda a sua estranha glória sumiu da minha mente.

Em vez dela, a minha atenção se voltou para o meio do salão, concentrando-se em um grupo de pessoas conversando: o meu pai, resplandecente em um terno de brocado verde com debrum prateado, uma máscara de falcão prateada combinando; Gareth, usando uma máscara dourada de raposa sorridente e, fiquei feliz de ver, um casaco caramelo perfeitamente respeitável e elegantemente cortado por cima de um colete vermelho refinado e calça castanho-avermelhada. Os seus cabelos loiros cheios estavam um pouco desgrenhados, parecendo ligeiramente mais desalinhados do que seria apropriado para um baile na Cidadela, mas decidi lhe permitir esse ligeiro deslize.

E então lá estava Talan.

Ao avistá-lo, senti o meu corpo ficando quente. Ele se destacava como uma figura alta e impactante do lado do meu pai, usando um casaco comprido de brocado branco e dourado. As mangas terminavam em espetaculares punhos de veludo verde-claro debruado com linha dourada circular — as cores eram uma referência a Ivyhill, pensei, tremendamente satisfeita. Botas na altura dos joelhos em camurça marrom-clara, calça creme que se ajustava nele de uma forma perfeitamente deliciosa. Um colete branco, bordado com desenhos botânicos verdes, azuis e marrom-claros, se alongava até o colarinho branco franzido com uma linha nobre de botões lustrados de bronze. A sua máscara dourada era debruada de flores esculpidas, arrematado no topo com os chifres de um veado.

Se eu era um jardim explodindo de cores, ele era o lorde do alto verão.

Comecei a me mover na direção do grupo, mas Illaria me segurou logo.

— Só pode ser brincadeira — ela sibilou. — Nem dez minutos atrás você era uma bagunça sangrenta e chorosa no chão do lavatório. Vamos embora. *Por favor*, Gemma.

— Só preciso de alguns minutos — eu lhe assegurei. — Não o vejo há...

— ...duas semanas, sim, você comentou. E dois *meses* atrás, você nem o conhecia.

— Muitas pessoas começaram a amar alguém em muito menos tempo do que isso.

Illaria me encarou.

— Amar — ela murmurou.

— Sim, amar — respondi, percebendo de repente que era verdade, que estar longe dele não foi nada eficaz para diminuir os meus sentimentos por Talan, e que na verdade só tinha atiçado o fogo. Desviei os olhos de Talan para encarar Illaria desafiadoramente. — Eu o amo — declarei. Eu não conseguia esconder o meu sorriso crescente. Dei uma risada leve. Aquelas palavras pareciam malucas, bizarramente maravilhosas. Experimentei dizê-las mais uma vez: — Eu o amo.

Illaria pareceu derrotada.

— E as minhas preocupações? Eu falei para você do cheiro. Não se importa nada com o que eu acho? Você não confia no meu julgamento?

— Claro que sim, mas nem mesmo o *seu* nariz é perfeito. E, de qualquer maneira, não vai acontecer nada comigo se eu for simplesmente falar com ele. A rainha está aqui, pelo amor dos deuses. E Gareth está com ele. Sem dúvida eles vêm estudando lendas demoníacas desde que foram embora de Ivyhill. Talvez ele tenha conseguido informações que expliquem tudo: Jessyl, Madame Baines, o que aconteceu com Ryder no torneio...

Como se a minha voz tivesse viajado até ele em meio à algazarra, Talan se virou e me encontrou do outro lado do salão. Eu não conseguia ver os seus olhos atrás da máscara, mas vi o seu sorriso suave e carinhoso, e senti o meu corpo inteiro se soltar, todos os nós tensos dentro de mim se derretendo. Por um precioso momento de paz, esqueci cada pensamento horrível que já tinha tido sobre mim mesma.

— Ele disse que não ia descansar enquanto não recuperasse a minha confiança — falei baixo. — Não devo a ele uma oportunidade de tentar?

— Na verdade — disse Illaria —, eu não tenho certeza mesmo se você deve.

Soltei uma expiração impaciente. De repente, o desânimo amargo de Illaria pareceu mais exaustivo do que o pânico.

— Lari, eu preciso dele. Preciso da alegria dele, de como ele me ilumina por dentro e me ajuda a esquecer todas as coisas que passo todos os dias tentando esquecer. Preciso acreditar que ele e eu conseguimos consertar coisas, e preciso tentar. Me deixe fazer isso.

Atrás da sua máscara emplumada de pavão, os profundos olhos verdes de Illaria estavam tristes, mas resolutos.

— Se você me deixar justo agora, Gemma, quando estou tentando de novo te ajudar, não posso garantir que vou querer oferecer essa ajuda da próxima vez que você precisar.

As palavras dela doeram, mas tornaram mais fácil a minha decisão de me afastar.

— Entendo — falei com frieza. — Eu te amo, Lari. Nada mudará isso, nunca.

Ela hesitou como se fosse dizer alguma coisa, depois se virou e me deixou. Eu observei o seu vestido azul vivo se perder na multidão, lutando teimosamente contra uma onda crescente de tristeza. Eu não deixaria que aquilo tomasse conta de mim. Não me deixaria ser derrotada — nem por Illaria, nem pelo pânico, nem pela maldita Névoa do Meio.

Quando a orquestra aumentou o som rumo ao fim da alegre valsa que tocava, atravessei o salão, me esquivando de saias que rodopiavam e casacas que giravam. Talan me encontrou na metade do caminho assim que as notas finais soaram. Aplausos de apreciação encheram o ar na hora em que ele pegou a minha mão e ergueu até os lábios. Atrás do dourado esculpido da sua máscara, os seus olhos escuros brilhavam.

— Lady Gemma — murmurou ele, a boca quente contra os meus dedos. — Não tenho certeza se consigo expressar adequadamente a alegria que é ver a senhorita novamente.

O som da sua voz me arrebatou — tão grave, formal e terno, como se eu fosse a rainha, e ele, um mero criado devoto. Por um momento, considerei mandá-lo embora. Pelo que eu sabia, nada havia mudado desde a última vez em que eu o vira. Nada podia desfazer as suas ações impensadas do torneio. Uma pessoa mais sábia teria passado a desconfiar dele para sempre depois daquilo.

E ainda assim a ideia de me afastar dele de novo, agora que ele estava tão perto, parecia impensável.

— Sr. d'Astier — eu disse em vez de me afastar, sorrindo, me sentindo subitamente acanhada. — Eu o encorajo a tentar.

O rosto dele se iluminou com um sorriso largo e fácil, tão aberto e feliz que por um momento eu perdi o fôlego. Sem desviar os olhos dos meus, Talan dobrou a minha mão delicadamente na dele e colocou a sua outra mão na minha cintura. O seu toque enviou uma carga de eletricidade pelo meu corpo, a sua palma, quente contra a minha pele mesmo através do tecido do meu vestido.

A orquestra começou a tocar uma valsa rápida, pulsante, a melodia cadenciada agridoce e apaixonada. Dançarinos giravam à nossa volta, mas eu mal os notava enquanto Talan me conduzia para o meio do salão.

Dançamos em silêncio, os nossos passos leves e fáceis, e perfeitamente entrosados. Quando ousei olhar para ele, vi uma timidez no seu rosto, uma deferência, como se ele mal pudesse acreditar na sua sorte e estivesse nervoso de olhar para mim. Quando a música parou, não nos soltamos para aplaudir a orquestra. A outra mão de Talan caiu para a minha cintura; coloquei as palmas das minhas mãos contra o brocado sedoso do seu colete e senti a pulsação do seu coração sob os meus dedos. O desejo de beijá-lo era insuportável, mas, antes que eu pudesse fazer isso, a imagem de Illaria se afastando passou diante dos meus olhos, uma intrusão muito inoportuna. Pressionei o meu rosto contra o peito dele e soltei um soluço suave de frustração.

— Acho que acabei de perder a minha melhor amiga — falei —, tudo porque eu fiquei feliz ao ver você.

Talan delicadamente segurou a parte de trás da minha cabeça e acariciou a minha nuca com o polegar.

— **Tem certeza de que foi só por esse motivo?**

— Claro que não — eu disse, cansada —, mas não quero falar sobre nada disso. Não sobre Illaria, não sobre a Névoa, não sobre o pânico. Eu só quero... — Balancei a cabeça contra ele, desanimada.

— O pânico? — Talan soou confuso.

Eu me afastei e coloquei as mãos nas faces dele.

— Senti saudade — afirmei, simplesmente, e aí abandonei toda a minha pretensa dignidade. Eu me estiquei na ponta dos pés, embora sentisse doer as minhas coxas cortadas ao fazê-lo, e deslizei os braços em volta do pescoço dele. — Senti saudade — repeti, mais baixo, o rosto enterrado no seu colarinho. — Mas não devia ter sentido. Eu estava tão irritada com você, Talan... Ainda estou, mas isso quase não importa. Neste momento, nada importa, a não ser que você está aqui.

Talan me segurou firme contra si por um momento, depois me baixou delicadamente, pondo os meus pés no chão. A orquestra começou a tocar uma nova valsa; nós estávamos sem dúvida obstruindo a pista de dança. Mas eu não conseguia me soltar dele. Se me movesse, ele podia desaparecer de novo, e eu achava que não suportaria perder o apoio da sua presença, o calor do seu corpo.

— Sei que a sua confiança em mim continua perturbada — disse Talan, a voz baixa e rouca, os olhos escuros fixos ardentemente no meu rosto —, e sei que temos muita coisa para conversar. Primeiro, no entanto, tenho de dizer uma coisa: Gemma, estar longe de você me deixou de uma maneira que eu mal conseguia raciocinar direito. Você esteve na minha mente toda noite e toda manhã e em todos os outros momentos. Posso ousar acreditar que a dança que acabamos de compartilhar significa de verdade que você não me afastou totalmente?

Sorri para ele.

— Alguém mais inteligente do que eu talvez se retirasse agora, quem sabe para sempre. Mas eu não quero, Talan, mesmo que isso faça de mim uma boba. Nunca mais quero me afastar de você.

Ele cerrou as pálpebras, colou a testa na minha, segurou as minhas mãos no seu peito.

— Gemma — sussurrou ele, como se essa palavra o machucasse, como se essa única palavra contivesse seu coração inteiro. Quando ele abriu os olhos de novo, seu olhar estava tão suave que quase não consegui suportar fitá-lo. — Podemos encontrar um lugar calmo para nos sentarmos e conversar?

Fiz um biquinho debochado.

— Conversar e nada mais?

Ele riu e beijou a minha testa.

— Lady Gemma, a senhorita e a sua boca serão minha destruição.

Exultante por ouvi-lo rindo, eu me afastei, ainda de mãos dadas com Talan. Comecei a guiá-lo para os jardins no lado de fora, onde poderíamos conversar com liberdade. Porém, quando me voltei para sorrir para ele, uma coisa impossível capturou o meu olhar, e congelei, abalada com um pavor tão frio e absoluto que perdi o ar.

Franzindo a testa, Talan se virou para seguir o meu olhar. Quando ele viu o que eu tinha visto, o seu corpo inteiro ficou tenso, e ele se colocou na minha frente, como se para me proteger de uma terrível explosão. Mas era tarde demais; a explosão tinha aterrissado diretamente no meu coração.

Uma mulher clara e de cabelos escuros atravessava o salão, correndo em direção ao meu pai — muito magra, sem máscara, as roupas surradas, o rosto listrado de lágrimas.

Philippa Ashbourne.

Minha *mãe*.

21

Os minutos seguintes se desenrolaram rápido.

A minha mãe disparou pelo salão lotado em um pânico louco, gritando o nome do meu pai, empurrando qualquer um que bloqueasse o seu caminho. Primeiro, a multidão pareceu simplesmente confusa, irritada, mas alguns deles reconheceram o rosto da minha mãe, o que foi suficiente para que o salão logo começasse a emitir um burburinho excitado de curiosidade: Philippa Ashbourne, que havia desaparecido durante a noite doze anos antes, deixando a sua família inteira para trás, estava de volta.

Os dançarinos giraram e travaram. Os músicos pararam de tocar, fazendo com que a maestrina jogasse as mãos para o alto com irritação por mais uma interrupção. Os convidados descansando ao longo do salão abandonaram as conversas para olhar.

No meio de uma nuvem de choque — incapaz de me mexer, mal registrando a mão firme de Talan na minha lombar —, assisti à minha mãe cair de joelhos aos pés do meu pai. Ele a encarou, pálido, rígido de estupefação.

— Gideon, você está aqui, você está seguro! Ah, graças aos *deuses*. — Chorando, ela agarrou o casaco do meu pai, o usou para se impulsionar para cima, então desmoronou contra o peito dele. — Eles me levaram, querido, eles me levaram da nossa cama naquela noite. *Espectros*, meu amor.

A multidão boquiaberta se mexeu, murmúrios de alarme rasgando o salão. Espectros eram espíritos dos mortos presos na Antiga Nação por demônios, necromantes, sua própria curiosidade fatal ou simplesmente um azar terrível. Aprisionados lá, eles não podiam passar para Ryndar, o Reino da Luz Distante, onde, de acordo com a lenda deixada para nós pelos deuses, todas as coisas começam e terminam. Os espectros apareciam com frequência nos arcanos Antigos, mas uma aparição genuína em Edyn não tinha sido confirmada por estudiosos nem uma única vez.

— Eles me sufocaram para que eu não conseguisse gritar — a minha mãe continuou, a voz engasgada, lacrimosa. — Abafaram os seus ouvidos para que você não pudesse escutar enquanto eles me arrastavam pela porta. Tentei lutar, mas eu não era forte o suficiente.

Ela girou, ainda agarrada no casaco do meu pai, e esquadrinhou desesperadamente o salão, os olhos arregalados, os cabelos, uma bagunça emaranhada.

— Elas estão aqui? Ah, por favor, os deuses me salvem se elas seguiram o meu caminho...

— Philippa? — Quando finalmente conseguiu falar, o meu pai ergueu a mão e tocou nos ombros dela, no seu rosto, na parte de trás da sua cabeça. Era como se ele não conseguisse se lembrar de como abraçá-la. — Você está aqui. Você está viva.

A minha mãe pegou as mãos do meu pai e lhe deu um sorriso molhado.

— Estou, Gideon. Sinto muito que esta evasão tenha me levado tantos anos longos e insuportáveis, mas estou aqui agora. Voltei para você e para as meninas. Ah, deuses destruídos, as minhas pobres meninas... — A minha mãe se endireitou, ainda agarrada ao meu pai. Ela olhou em volta, sua voz embargada e esperançosa. — Farrin? Gemma?

Senti a multidão se abrir em torno de Talan e de mim, permitindo uma melhor visão aos meus pais. Uma coisa similar tinha acontecido perto da sala de estar da rainha suprema, que ficava aberta para o salão e era cercada por guardas de armadura dourada. A multidão se afastou, revelando a minha irmã sentada do lado da rainha. Eu não conseguia ler bem a expressão dela, mas o seu corpo estava rígido de choque. Gareth, sentado com elas, se ergueu devagar, os ombros eretos e as mãos fechadas.

Eu entendi a sua raiva. Philippa Ashbourne abandonara as filhas, e Gareth havia muito tempo jurara que nunca a perdoaria por isso.

— Tem algo errado — murmurou Talan. — Se não houvesse tantas pessoas aqui, eu conseguiria descobrir o quê.

Inspirar era como inalar areia. Apertei a mão de Talan com tanta força que deve ter doído.

— O que foi? — perguntei a ele. — O que você está sentindo?

A rainha Yvaine deu um passo à frente, um escudo franzino mas temível, que escondeu Farrin completamente da minha linha de visão.

— Pelo amor dos deuses, alguém dê um casaco e um pouco de água para essa mulher — ordenou ela —, e mandem-na ao curandeiro de plantão.

Enquanto dois pajens reais corriam para obedecer, observei o meu pai, cuja expressão estoica se abrandara em alguma coisa suave e irreconhecível. Mesmo de onde eu estava, podia sentir a alegria silenciosamente se desdobrando nele, como uma borboleta saindo do seu casulo. Eu estava desesperada para desviar o olhar e implorar que todos fizessem o mesmo, constrangida de vê-lo naquele estado. Era íntimo demais, horrível demais. Eu sabia o que Farrin diria, o rosto impassível e transbordando de uma raiva mal contida: *A mamãe não merece vê-lo feliz. Ela abriu mão de seus direitos em relação a nós há muito tempo.*

O meu pai então fez um barulho, um horrível soluço de risada que finalmente o libertou do choque. Ele puxou a minha mãe para um abraço muito apertado e a beijou; ela jogou os braços em volta do pescoço dele, e o salão se encheu de risos nervosos e aplausos — primeiro, desconfortáveis, depois, seguros, calorosos. Que cena feliz era aquela, a reunião do marido e da mulher, e como era um milagre ter acontecido na noite do solstício de verão, na Cidadela, com tantos olhos testemunhando.

Enjoada por um medo que eu não entendia, de repente apavorada por estar tão longe da minha irmã, comecei a correr na direção de Farrin, mas Talan agarrou a minha mão.

— Não, ainda não — ele disse com veemência, os olhos estreitos fixos nos meus pais se abraçando. — Espere um momento, se eu pudesse só... — E ficou completamente imóvel. Então, cerrou o queixo. — Merda... Gemma, por favor, não olhe...

Mas é claro que olhei, e assim, vi o momento em que o corpo da minha mãe começou a mudar. Uma centelha de escuridão reverberou pelo corpo dela como a sombra veloz de um pássaro. Os cabelos compridos, rebeldes e emaranhados encolheram até a altura dos ombros, ficando brilhantes e pretos. A pele coberta de lama e feridas clareou até atingir uma cor de alabastro, livre de imperfeições. Ela ganhou um pouco de altura, seu vestido esfarrapado se esticou em volta de um corpo mais alto e mais esguio.

O tempo pareceu se arrastar. Uma coisa assim não devia ser possível. Guardas veneráveis em conjunto com um rodízio de enfeitiçadores Consagrados negavam entrada a qualquer pessoa com encantamento quando a rainha suprema abria as suas portas ao povo. A magia do encantamento era destruída, e os guardas dominavam o infrator a chicotadas.

E mesmo assim ali estava um encantamento se desfazendo sem dificuldades para revelar o seu usuário.

O salão irrompeu em suspiros, risadas nervosas, gritos de horror.

O sangue pulsava nos meus ouvidos enquanto o mundo se resumia a um único ponto: o meu pai abrindo os olhos e vendo não a minha mãe fitando-o de volta, mas Alastrina Bask, um sorriso triunfante no rosto.

— Gideon querido — cantarolou ela, zombando dele, zombando de todos nós que tivemos a ousadia de ter esperança —, estou *de volta* para você. Não vai me beijar de novo?

A tensão no salão explodiu em risadas chocadas, pois uma grande parte da multidão tinha uma opinião clara de que aquilo tudo era um grande entretenimento.

Um calor forte e nauseante subiu pelo meu corpo enquanto eu observava o rosto do meu pai se alterando para um desespero abjeto, toda a vida se esvaindo dele. Ele não brigou, não se moveu; simplesmente ficou parado lá, um homem derrotado. Alastrina deu tapinhas afetuosos no rosto dele.

O meu choque foi tão completo que não vi Ryder Bask se aproximando até já ser tarde demais. Vestido com um elegante traje de montaria completo preto e azul, com uma capa de veludo esvoaçante, chapéu vistoso com penas e um chicote de montaria preto de couro, ele pegou a mão do meu pai e a ergueu, como se eles fossem atores em um palco.

— Meus amigos — Ryder gritou para a multidão —, por favor, aplausos para o grande, o nobre, o brilhante e o *impressionantemente* sagaz lorde Gideon Ashbourne!

Um clamor de aplausos e risadas aos gritos varreram o salão — bêbados, entusiastas de escândalo, pessoas satisfeitas por verem o chefe de uma poderosa família Consagrada tão humilhado. Eu fiquei entorpecidamente agradecida por ver que nem *todo* convidado da rainha se deleitou com a humilhação do meu pai. Muitos convidados pareciam horrorizados ou permaneceram imóveis em um silêncio perplexo, sem saber o que fazer a seguir. Mas eu sabia que essa humilhação, a crueldade da ação, o insulto de ser enganado no palácio da rainha suprema — o presente do rosto da minha mãe, por mais que fosse falso —, seguiria o meu pai pelo resto dos seus dias e o incitaria a revidar como ele nunca fizera antes.

Entorpecida, revoltada, assisti a Ryder soltar a mão do meu pai, girar e dar um soco na mandíbula dele. O meu pai não se esquivou da pancada, embora eu soubesse — todos soubessem — que ele podia facilmente ter se esquivado. Ryder era um dominador de animais como a irmã, um encantador das línguas dos animais; apesar de musculoso e assustador, ele não era uma sentinela. E ainda assim derrubou o meu pai como se ele fosse um mero menino fraquinho.

A distância, ouvi Ryder colocar a sua fúria para fora enquanto chutava o meu pai repetidamente; ele montou no papai e o socou; bateu nele com o seu chicote de montaria. E o meu pai, inerte, riscado de sangue, deixou acontecer. Ele humilhara Ryder no torneio, batera nele sem dó; agora parecia estar satisfeito de aceitar essa punição.

Muitos correram na direção deles — os guardas pessoais do meu pai; Gareth; meu primo de segundo grau Finn e os seus cambaleantes filhos bêbados; os guardas particulares dos Bask, todos vestidos como pássaros diversos. Os guardas reais mergulharam no caos, arrancaram Ryder de cima do meu pai e contiveram Alastrina, que ficou parada, desafiadora e sorrindo de maneira cínica nos seus trapos frouxos.

— *Ariinya voshte!* — Ryder urrou em uma língua áspera do norte. A ira na sua voz fez a minha pele formigar de pavor. Mesmo quando os guardas da rainha o arrastaram para longe, ele continuou gritando sem parar: — *Ariinya voshte! Ariinya voshte!*

E os seus vassalos, também capturados pelos guardas reais, responderam da mesma forma.

A rainha Yvaine irrompeu para o meio do salão, o seu olho violeta e o seu olho dourado duros como aço, e a multidão se afastou rápido, dando-lhe passagem. Um reluzente chão de mosaico representando as mãos unidas dos deuses marcava o centro do cômodo. A rainha Yvaine parou de repente sobre o mosaico e levantou o braço para o ar. Um rápido movimento do seu pulso e todo o barulho do salão desapareceu com um estalo de sucção.

A rainha suprema quase nunca realizava magia. Alguns estudiosos acreditavam que os deuses lhe haviam concedido o dom de apenas uma quantidade limitada, forçando-a a preservá-la pelo restante da sua vida talvez imortal. Outros achavam que era uma artimanha eficiente; restringir demonstrações de poder a raros momentos estratégicos assegurava uma mística que gerava adoração ao mesmo tempo que reforçava a sua autoridade.

Qualquer que fosse a razão para essa raridade, nessa noite a magia da rainha Yvaine se espalhou pelo salão como um clarão de cólera fulminante. O seu poder me atingiu com força, afiado como uma lâmina nova. Cambaleei e me apoiei nos braços de Talan. Uma dor ardente eclodiu no meu corpo. A minha visão embaçou, escureceu, depois se ajeitou. Por um momento insuportável, existimos em completo silêncio; eu não conseguia sequer escutar a minha própria respiração.

Então a rainha baixou o braço. De repente, o mundo voltou a nós — murmúrios nervosos, risadas de alívio, burburinhos de comentários cochichados. Porém, os gritos furiosos de Ryder e seus soldados tinham, felizmente, desaparecido. Com um pequeno e enfático gesto da cabeça por parte da rainha, a maestrina, junto com os músicos da orquestra, deu início a uma valsa comicamente alegre.

O meu corpo era um tambor de pavor, a minha cabeça no ponto onde as baquetas batiam — de modo incisivo e cruel, bem entre as minhas orelhas. Os meus membros pulsavam com os ecos da magia da rainha. Eu estava enjoada, tonta. Farrin — eu precisava de Farrin. Procurei por ela e a avistei ao lado da rainha. Os guardas reais tinham formado um círculo protetor em torno delas e as estavam levando em direção a uma porta com uma cortina — para uma sala silenciosa, uma bebida forte, paz e segurança. Tentei chamar a minha irmã, mas a minha mandíbula estava travada, a minha voz, presa.

— Por aqui, querida — murmurou Talan, falando de um modo ardentemente terno. — Venha, estou com você. Apoie-se em mim. Posso ajudar? Por favor, Gemma, me deixe ajudar.

Eu me movi na direção da sua voz, e me virei, indefesa, para o abrigo dos seus braços. Em algum lugar nos cantos confusos da minha mente, senti que estávamos sendo observados, objeto de intensa curiosidade para todos ao redor.

— Por favor, marido — sussurrei, com uma risada bem fraca ao me lembrar das nossas escapadas encantadas. — Sim, por favor. Me ajude.

Ele pressionou os lábios na minha testa.

— Esposa, você só precisa pedir.

Uma onda de calor caiu sobre mim — devagar, cuidadosa, completa. Estremeci de alívio e agarrei a mão de Talan. Senti a sua proximidade de maneira difusa — o seu braço em volta de mim, os seus passos rápidos, como ele nos deslocava com agilidade pela multidão e se esquivava de cada tentativa de solidariedade, de cada provocação.

Nós atravessamos um mar nebuloso de cores, sons e máscaras. As vozes aumentavam e diminuíam: *Estamos com vocês Ashbourne, lady Gemma. Os Bask são simplesmente sujos. Uma linhagem abominável, asquerosa de verdade. É isso o que a senhorita merece, lady Gemma, a senhorita e todos os Ashbourne. Tão altiva e poderosa. A senhorita não merece o que os deuses lhe deram. É trágico, lady Gemma, o que aconteceu com a senhorita e as suas irmãs. Onde a senhorita acha que a sua mãe está de verdade, lady Gemma?*

— Miseráveis desprezíveis — murmurou Talan. — Todos eles. Bajuladores e manipuladores.

— Não sei se essa atitude vai melhorar o seu legado ou da sua família — consegui falar com fraqueza. — Você quer que essas pessoas o auxiliem, lembra?

— Neste momento, eu preferiria vagar sem nome e sem dinheiro pelo resto da vida.

— Mentiroso. Você não conseguiria viver sem os seus muitos sapatos elegantes. Uma hora eles iam gastar, sabe?

— Hum. Um leve contratempo, sem dúvida. Chegamos. Sente-se, amor.

Levantei a cabeça e descobri que Talan tinha nos tirado do salão e nos levado para os jardins reais. Velas enfeitiçadas flutuantes e fileiras esvoaçantes de vaga-lumes dominados iluminavam os caminhos de seixos. O ar estava doce com perfume floral — rosa, madressilva, gardênia. Árvores floridas e muros de pedra carregados de cortinas exuberantes de hera formavam trilhas escondidas e abrigos verdes silenciosos. O baile continuava alegremente sem a nossa presença, como se nada tivesse acontecido. O burburinho de conversas distantes e da valsa melodiosa da orquestra se juntava ao coro mais doce e mais simples de grilos chilreando.

Talan encontrara um trecho isolado de grama embaixo dos galhos pesados de um velho carvalho, muito parecido com o que ficava ao lado do chafariz de Kerezen em Ivyhill. Perto, havia um muro baixo de pedra coberto de hera e glicínia, e ele me guiou para lá, me ajudou a me sentar, desamarrou delicadamente primeiro a minha máscara e depois a própria. A visão do rosto dele — lindo ao luar, com a testa franzida e grandes olhos tristes — me deu um pouquinho de coragem.

— Você não podia ter escolhido um lugar mais romântico. — Desesperada por alguma leveza, tentei esboçar um sorriso sedutor. Mas nem mesmo o poder ou a beleza de Talan podia abrandar o horrível nó de dor na minha garganta. Trêmula, inspirei e exalei um único soluço fraco.

— Gemma... — disse Talan, a mão delicadamente no meu rosto. — Eu sinto muitíssimo, demais mesmo.

O som da voz dele me destruiu. Eu não estava mais conseguindo conter a minha tristeza, nem tentei. Escondi o meu rosto no seu peito e chorei, soluços horríveis e enormes que fizeram o meu estômago e a minha cabeça doerem. Eu não conseguia esquecer aquelas imagens horríveis: o meu pai no chão, atordoado de tristeza, enquanto Ryder o esmurrava. O meu pai abraçando a minha mãe; por mais falsa que fosse, a visão dos meus pais reunidos me atingira profundamente. Fiquei perversamente reconfortada por Talan sentir cada pedacinho de dor que eu senti. Eu a empurrei para ele com os meus soluços trêmulos, na esperança de que as ondas de desespero e raiva batessem nele sem misericórdia. Eu o amava, mas precisava que ele entendesse. Mais do que qualquer outra pessoa, ele precisava entender.

— Estou com você — afirmou Talan, a cabeça inclinada de maneira protetora por cima da minha, sua voz engasgada de tristeza. — Você está segura agora. Está tudo bem. Estou te ouvindo, estou entendendo, e estou bem aqui com você. Minha gatinha selvagem, estou aqui. — Ele afagou os meus cabelos. Ajudou a me acomodar com mais conforto, as minhas pernas dobradas por cima do seu colo, o meu corpo inteiro aninhado no dele.

Chorei até ficar exausta e a minha cabeça zumbir de esgotamento. Talan fez carinho nas minhas costas com delicadeza. Permanecemos em silêncio por um bom tempo.

— Toda a parte da frente da sua roupa agora está uma bagunça de lágrimas e catarro — finalmente falei, a minha voz rouca de tanto chorar.

— Para que mais servem as roupas? — ele respondeu, resoluto. — Limpe-se, minha querida, com vontade.

Ri um pouco e olhei para ele, sabendo que com certeza eu estava um horror absoluto.

— Você não está — disse ele, colocando uma mecha de cabelos atrás da minha orelha, carinhosamente. — Eu senti isso, e você não está. Os seus olhos estão cansados, o seu rosto, manchado, você está deslumbrante nesse vestido e eu senti saudade de você. — Ele sorriu com suavidade. — Tanta saudade que até doeu. Nunca senti isso antes, nem uma vez na vida. Eu não sabia que era possível.

Estremeci um pouco. O seu olhar era tão sincero, tão ardente... Eu me apeguei a ele com um desespero voraz. Olhar para Talan me deu força e um pouco de ânimo.

— Acho difícil acreditar que um homem com a sua aparência teria problemas nesse departamento — provoquei.

— Encontrar alguém para dividir a minha cama não é a mesma coisa que encontrar alguém cujo espírito se identifica com o meu — ele respondeu, baixo

—, cuja mente, cuja voz e cuja companhia eu deseje com tanta paixão quanto desejo o seu corpo. — Talan beijou a minha mão, o olhar fixo no meu. — Eu acho que você sabe disso, Gemma.

O meu coração batia em um ritmo enlouquecido contra o esterno, o calor crescendo em mim enquanto a sensação entre nós se modificava, ficava mais urgente. Essa era uma coisa que eu podia ter — simples, fácil, deliciosa e naquele momento. Uma divagação, uma distração, uma negação. Aqui nas sombras, eu podia pedir o que queria e me deleitar com o poder particularmente egoísta de ignorar todas as outras coisas horríveis implorando pela minha atenção.

— Temos muita coisa para conversar — falei devagar, repetindo as palavras dele de mais cedo.

— Sim, é verdade, mas talvez não hoje, depois do que aconteceu.

Então a mão dele pousou delicadamente na minha coxa, e eu estremeci com a suave pontada de dor. A lembrança deplorável do meu ataque no lavatório surgiu na hora, antes que eu pudesse afastá-la devidamente.

Talan ficou completamente imóvel. O silêncio nos envolveu. Eu mal respirava, como se isso de alguma forma o impedisse de sentir a verdade.

Porém, ele sentira, claro que sentira — a vergonha, a dor, o medo desesperado que me levou a arranhar a minha pele, o alívio que veio depois. Um vislumbre daquela sensação, e ele passou a saber de tudo. Tentei me virar para o outro lado, tremendamente envergonhada, mas Talan pegou a minha mão, depois levantou o meu queixo e me encarou.

— Gemma... — ele sussurrou. — Gemma, eu sinto muito.

Tentei rir, mas soou terrivelmente triste.

— Você fala o meu nome com muita frequência, sr. d'Astier.

— Porque eu amo o seu nome. Porque falar o seu nome me traz alegria, cada vez mais. — Ele olhou para as minhas pernas. — Posso ver? Você vai me mostrar?

Eu nunca tinha mostrado a ninguém essa coisa horrível que eu fazia comigo mesma quando o pânico ficava forte demais para suportar. Mas naquela noite, empoleirada naquele muro de pedra macio por causa das heras e das flores, levantei a saia e mostrei a Talan. Eu lhe mostrei as minhas meias rasgadas e as marcas novas de raiva nas minhas coxas. Eu lhe mostrei, e depois esperei, enjoada e com medo, para ver o que ele faria.

O que ele fez foi analisar os machucados com cuidado, depois olhar para mim e segurar o meu rosto como se fosse uma coisa preciosa, um tesouro que morreria antes de quebrar. Ele me deu um beijo delicado na boca e do lado de cada um dos meus olhos.

— Entendo como você se sente fazendo isso — ele garantiu, sério e sereno.

— É diferente para mim, e ainda assim, igual. Eu já fiz... não isso, mas outras coisas. Entendo o que significa. Entendo o alívio horrível que a destruição traz.

Isso me espantou. Eu não conseguia encontrar palavras a não ser o seu nome. Agarrei-me a ele, chorando de novo; pelo jeito, eu não conseguia parar.

— Sério? — As lágrimas corriam silenciosamente pelas minhas faces.

Talan roçou os polegares nas minhas mãos, e depois pareceu não ser mais capaz de olhar para mim. Ele fitou as nossas mãos, a expressão cada vez mais pesada. As sombras da recordação, pensei.

— Você vai me contar? — Eu nunca tinha me sentido tão tímida e tão ousada ao mesmo tempo. — Como é para você, quero dizer.

— Vou — respondeu ele —, mas não hoje, se você me perdoar. Hoje eu só quero tomar conta de você. — Ele ergueu o olhar para o meu. — Você esperará aqui enquanto eu pego algumas coisas? Prometo que volto. Isso não me assusta nem me causa repulsa. — Ele me beijou, doce e suave. — Longe disso, Gemma.

Eu não tinha forças para protestar ou perguntar a que tipo de material ele se referia, então esperei no muro, sozinha e trêmula, até ele voltar alguns minutos depois com pomada e ataduras, caminhando na minha direção como um homem com um objetivo único.

— Você invadiu os armazéns reais? — perguntei com uma risada lacrimejante. — Ou encantou um dos curandeiros?

Talan deu um sorrisinho maroto.

— Vou deixar a resposta para a sua imaginação fértil.

— Eu devia repreendê-lo por isso.

— Pode repreender. Vou encantar mil curandeiros, exaurir todo o meu poder e continuar assim mesmo, se isso significar que posso te ajudar.

Ele disse isso como se não fosse nada, depois franziu a testa concentrado quando começou a cuidar de mim. Primeiro se encarregou das minhas meias, desamarrando as fitas de seda que as amarravam às minhas roupas íntimas; depois, desenrolou o tecido delicado pelas minhas pernas com uma ternura infinita. Estremeci, sem fôlego, observando-o com uma atenção extasiada enquanto ele aplicava uma pomada nos meus machucados, um bálsamo gelado que me fez estremecer pela ardência, mas eu não podia imaginar um enfermeiro melhor, e logo me esqueci de tudo que não fosse o seu toque — impossível ser mais delicado, os seus dedos frios e rápidos. Ele desenrolou as ataduras, as envolveu nas minhas coxas, amarrou com cuidado em torno de cada perna e depois, antes de baixar as minhas saias, se ajoelhou na minha frente e me beijou duas vezes em cada coxa: uma vez em cima da ponta de baixo de cada curativo, perto do joelho, e outra em cima, onde a pele era macia e tremia ao seu toque. O topo da sua cabeça roçou contra as minhas saias recolhidas, e logo ele ficou em pé, arrumando o meu vestido em volta de mim.

Ainda chorando, gesticulei com tristeza para o meu rosto cheio de lágrimas, e enfim consegui falar:

— Talan, por favor, venha aqui. — Porque eu não conseguia suportar viver mais um minuto sem tocar nele.

Talan obedeceu. Colocou os braços ao meu redor e pressionou o rosto contra os meus cabelos. Ele sussurrou:

— Nós vamos nos ajudar. Eu entendo, Gemma, e não tenho medo. Por favor, saiba que você não merece isso, essa dor. Me escute quando digo isso e acredite.

— Eu prometo que vou tentar. — E, embora parecesse uma coisa simples demais para se dizer depois do que ele tinha feito, puxei o seu lindo rosto na direção do meu e sussurrei contra os seus lábios: — Obrigada. — Senti o gosto do sal dos meus próprios lábios, e depois o beijei.

Talan correspondeu com o máximo de cuidado, completamente imóvel acima de mim, muito delicado, até que delicadeza não fosse mais o que eu desejava, então segurei o seu colete para deixar isso claro e enganchei uma perna em torno do seu corpo para puxá-lo para mais perto.

Ele recuou para me fitar, os olhos quentes e escuros, e balançou a cabeça.

— Gemma... — Talan tocou no meu rosto, nos meus cabelos. — Não temos que fazer isso. Você precisa descansar.

— Eu preciso de *você* — insisti —, e neste momento não quero pensar em mais nada que não seja isso. — Coloquei as mãos nos cabelos dele e me estiquei para beijar o seu pescoço, o seu queixo. — Contanto que você não se importe com algumas lágrimas nos beijos.

Talan riu baixo, um som que virou um gemido suave quando os nossos beijos se intensificaram. Girei em cima do muro, desesperada para me mover para mais perto dele, embora eu já estivesse bem pressionada contra o seu corpo. As suas mãos estavam firmes e quentes nos meus quadris, me apoiando, e então a sua mão subiu até os meus cabelos, segurando a parte de trás da minha cabeça, e a sua língua estava na minha boca, e qualquer tênue controle que eu ainda mantivesse se esvaiu de mim.

Ofegando, falei o seu nome, agarrei o seu colarinho, me puxei metade para fora do muro de forma que pudesse alcançá-lo melhor. Os seus braços me envolveram com rapidez, me levantando, e então era ele que estava sentando no muro, e eu, no seu colo, as minhas saias amassadas para cima e o calor duro dos seus quadris embaixo de mim.

Ele me beijou até a minha cabeça girar, até precisarmos nos separar para pegar ar.

— Está machucando? — Talan quis saber, respirando com força. — As suas pernas?

Balancei a cabeça, dei beijos nos seus cabelos e nas suas sobrancelhas. Ele virou o rosto para cima para encontrar os meus beijos, os olhos fechados, e beijei os seus cílios escuros e espessos, as suas têmporas, cada pedacinho de pele que eu conseguia encontrar. Logo Talan murmurava o meu nome como uma prece fervorosa. Eu me contorci um pouco no seu colo, senti como nos encaixávamos com perfeição, e soltei um gemido suave. Irrompeu de mim um desejo grande demais para conter. O som desfez alguma coisa nele. As suas mãos encontraram os meus quadris, e ele me puxou com força para baixo, soltando um palavrão curto e grosso, o que me fez rir, totalmente encantada, fora de mim de tanto amor.

Então ele fez algo maravilhoso. Talan me colocou mais alto no seu colo, ardentemente delicado embora eu pudesse sentir muitíssimo bem o quanto ele me queria, e beijou os meus seios por cima do tecido macio e fino do meu vestido.

Os meus braços voaram em volta dele. Segurei a sua cabeça contra a minha, ardente, os cantos da minha visão brilhando. Com a boca de Talan em mim, fiquei livre da dor; o meu corpo formigou, forte, vivo, fluido e inquebrável. O céu me puxava; arqueei para cima, convencida de que a qualquer momento eu descobriria que podia voar.

— Gemma, você é deslumbrante — Talan gemeu contra os meus seios, a voz abafada pelos beijos ininterruptos. — Quase não estou conseguindo aguentar.

Arqueei a minha cabeça sobre a dele e o segurei perto de mim. Talan começou a mexer no tecido do meu vestido, puxando de leve o corpete com dedos trêmulos.

— Tudo bem? — ele sussurrou. — Quero ver você, amor. Posso?

— Se você não tirar — ofeguei —, eu mesma tiro.

De alguma forma conseguimos — os botões que descem pelas minhas costas, as fitas em volta dos meus pulsos. O corpete deslizou pelo meu torso e caiu até os meus quadris, e então as mãos de Talan estavam na minha pele — meu pescoço, minhas costas — me segurando nele enquanto ele baixava a boca para os meus seios com um gemido, um pequeno e surpreso som de incredulidade.

— *Pelos deuses,* Gemma! — ele falou de maneira áspera, e eu nunca tinha sentido um toque como aquele, nunca sentira beijos como aqueles.

Eu não sabia se era o seu poder empático, a sua habilidade de ler o livro do meu desejo para descobrir exatamente o que eu queria, ou outra coisa, algum capricho estranho que os deuses mortos tinham feito para nos juntar — mas, qualquer que fosse a razão, ele sabia exatamente o que eu queria. Onde colocar a boca, como mover a sua língua do jeito certo. Talan provocava o meu seio direito com os dedos e atormentava o outro com a boca, e, quando roçou na pele delicada com os dentes, eu quase perdi o equilíbrio e precisei segurar os seus ombros com força.

— Peguei você — sussurrou ele contra o meu esterno; e pegou mesmo, os braços, um berço quente de força que me mantinha ereta, firme, segura.

Eu me mexi em cima dele, tonta de prazer. Ele gemeu ao me sentir me movendo em círculos contra o seu corpo, e eu sorri com o som. Ergui o olhar para os galhos sobre nós e as estrelas além. A luz me ofuscou e acendeu um fogo fresco na minha barriga. Eu ansiava por mais — mais de Talan, sim, mas de outra coisa também, algo semelhante à luz das estrelas, aos galhos tremendo acima e às flores balançando ao vento à nossa volta. Eu não conseguia nomear a fome, e ainda assim a buscava, puxando a boca de Talan de volta para a minha e reivindicando-a como minha. A sensação dele embaixo de mim, o beijo do ar frio da noite nos meus ombros nus, o perfume inebriante das flores — senti-me refeita por tudo aquilo, como se os nossos beijos tivessem soldado o meu corpo frágil em uma estrutura mais forte e mais firme.

Em algum lugar na névoa do prazer, uma sensação familiar rastejou pela minha nuca: alguém ou algo nos observava. Era a mesma sensação de proximidade que eu sentira na minha penteadeira e depois novamente na Névoa do Meio, uma sensação de me aproximar de alguma coisa importante, ou da coisa importante se aproximando de *mim*. Um aperto no meu peito, uma inquietude sob a minha pele. Com os braços de Talan em volta de mim, a sensação não me assustou. Na verdade, eu a apreciei.

— Até mesmo as sombras têm olhos — sussurrei, sorrindo, os meus lábios formando palavras que eu não os mandei falar. — E elas nunca fecham os olhos, e nunca dormem.

— O quê? — Talan olhou para mim, as faces rosadas, os olhos escuros de desejo. — O que você disse?

Balancei a cabeça, me firmei com vergonha contra ele. Eu não podia falar. Enterrei o meu rosto nos cabelos dele.

— Isso... assim... — ele murmurou, me segurou bem junto a si e soltou uma respiração sibilada no meu pescoço. — Você vai gozar para mim, não vai? Agora mesmo, assim mesmo.

Concordei, quase sem acreditar que o meu corpo pudesse encontrar o alívio com tanta facilidade, com tanta totalidade. Enquanto eu me movia contra ele, vibrações profundas de prazer pulsavam dentro de mim. Falei ofegante o nome de Talan, agarrei os seus ombros. Ele segurou os meus quadris com uma firmeza de aço, me ajudou a me mover bem onde eu queria, murmurou incentivos contra a minha pele até eu desabar nos seus braços e toda a tensão no meu corpo se derreter em ondas trêmulas de deleite.

Depois, eu me agarrei a ele, arquejante, rindo um pouco, meio soluçando. Eu tinha me deitado com muita gente, tinha desfrutado o alívio inúmeras vezes, mas nunca de uma forma tão poderosa assim — não apenas o prazer em si, mas a renovação que vinha depois. Segurei as trepadeiras sob os nossos corpos enquanto recuperávamos o fôlego. As ondas do meu prazer continuavam vindo, como se o sol estivesse me pintando em círculos intermináveis de calor. O ar ficou tenso contra a minha pele; a sensação de olhos observando parecia mais próxima agora, arrebatada de ansiedade.

E então Talan ficou tenso embaixo de mim. Rígido, paralisado, ele soltou um som engastado de medo.

— Deuses destruídos... — sibilou. Ele me ergueu do seu colo e me colocou no muro, depois se afastou com pressa, o rosto frouxo de medo. — O que é isso? O que aconteceu com você?!

Perplexa, fiquei lá sentada, meio nua nos montes de hera e flores, o meu corpo ainda tremendo, e olhei para baixo.

O que eu vi fez o meu sangue gelar.

Acontecera de novo, da mesma forma como havia acontecido na noite da minha festa em Ivyhill — um encantamento, dessa vez mais espontâneo e mais poderoso do que o último. Eu tinha *me transformado*. A minha pele brilhava com pulsações fracas de luz iridescente; os meus cabelos estavam soltos e caindo em mim em mechas reluzentes de dourado, prateado, cobre, rosa. Toquei no meu rosto e percebi, com uma familiaridade assustadora, as maçãs mais acentuadas. Uma dor incômoda na boca me fez arrastar a língua pelos dentes, o que provocou solavancos de medo no meu estômago. Os meus dentes estavam mais afiados, mais compridos. Eu tinha presas, como uma criatura selvagem da floresta.

Fechei a boca com força, engoli um grito de pavor.

— Os seus olhos — sussurrou Talan, pálido. Ele se afastou de mim. — Eles estão... O que foi que você fez?

Quando não respondi, ele gritou, e eu me retraí.

— O que foi que você *fez*?!

Estendi as mãos para o alto a fim de acalmá-lo e de me defender, e logo as escondi nas minhas saias. As unhas dos meus dedos estavam alongadas e com pontas brilhantes.

— Está tudo bem — a minha fala saiu tensa, irregular. Familiar, mas nem tanto. — Por favor, não se assuste. — Deixei escapar uma risadinha trêmula, e imediatamente desejei que não tivesse feito isso, não com Talan parecendo tão apavorado. — Não sei o que isso significa, mas não vai durar.

— Quer dizer que isso já aconteceu antes?

Confirmei com tristeza.

— Na noite da minha festa. Eu falei para você que senti uma atração, como se alguém estivesse me observando, me chamando. Segui a atração até a penteadeira e consegui realizar um encantamento naquela noite, bem parecido com este agora. — Gesticulei impotente para mim mesma. — Mas não sei por que ou como. Não tentei fazer desta vez, e assim mesmo aconteceu igual.

Talan continuava se afastando de mim, e resmungou, rouco:

— Você devia ter me dito isso. — Ele não me olhava. Fitava qualquer coisa, *menos* a mim.

Fiquei enjoada observando-o, os meus olhos ardendo dessa humilhação completa e impensável.

— Me desculpe. Fiquei com medo de contar. Quase contei quando chegamos ao torneio, mas aí aconteceu aquilo tudo, e então você foi embora.

Talan balançou a cabeça, ainda se recusando a me encarar.

— Não, não, não — ele murmurou, irritado. — Eu não sabia. Não percebi.

Talan analisou as árvores com uma expressão terrível e intensa no rosto até finalmente olhar de novo para mim. A luz desesperada nos seus olhos me deixou sem ar. Angústia, pavor, repulsa — eu não conseguia decifrar.

E então, sem mais uma palavra, ele se virou e correu.

Eu o chamei, cambaleei desajeitadamente saindo do muro com as pernas bambas, e caí no chão. Quando tornei a olhar para cima, tremendo com um frio repentino e um medo primitivo e terrível, Talan tinha ido embora.

22

Fiquei embaixo da árvore, molhada e tremendo, até o meu corpo voltar ao seu formato normal — pele clara, dentes e unhas sem pontas, cachos loiros despenteados, cada músculo gritando com uma dor recente. As minhas juntas doíam como se faixas de metal tivessem sido enfiadas dentro delas e agora seus amplos sorrisos prateados estivessem partindo os meus ossos.

Era esse o tipo de agonia que Mara sofria toda vez que se transformava?

Soltei um pequeno soluço engasgado ao pensar nisso, me arrastei até o carvalho e usei o seu tronco para me levantar. Ajeitei o meu vestido o máximo que pude, lutando com as tiras do meu corpete. Respirei algumas vezes para me tranquilizar, juntei dois punhados de coragem e saí de debaixo da árvore sem olhar para trás.

Os jardins estavam em grande parte vazios, pois os visitantes sem dúvida tinham voltado ao palácio com a confusão de mais cedo. *A confusão de mais cedo* — essa era uma expressão boa, que eu podia pensar comigo mesma com uma precisão fria, o que fiz repetidas vezes — um encanto, uma oração.

Eu me movi furtivamente pelos jardins, me encolhendo a cada som, até emergir dentro do imenso pátio de pedra que abrigava as carruagens dos visitantes. Corri em direção à pequena carruagem coberta que reconheci como sendo de Gareth. Gerações antes, a rainha suprema ofertara à minha família uma linda casa de campo nas colinas próximas, que os meus ancestrais nomearam de Casa Verde. Nós raramente a usávamos, em vez disso preferindo passar as nossas visitas à capital na própria Cidadela, mimados com todos os luxos que desejávamos — iguarias culinárias do mundo todo, longas horas no vapor dos banhos reais, camas altas com lençóis macios como barriga de gatinhos filhotes.

Porém, eu não podia suportar ficar mais nem um minuto nos jardins do palácio — não naquela noite, talvez nunca mais. As nossas próprias carruagens estavam estacionadas a alguma distância nos estábulos reais, e eu não conseguiria andar tanto assim. Em vez disso, me encaminhei direto para o velho lacaio de Gareth, Jerob, um homem gentil que trabalhava para a universidade e era o assistente pessoal de Gareth havia anos. Ele descansava no banco do cocheiro com um livro na mão, mastigando, distraído, a ponta do seu cachimbo, mas deixou os dois objetos caírem quando me viu. O seu olhar perplexo desceu pelo meu corpo rapidamente antes de ele se recompor com um rubor constrangido e se sentar ereto.

Claramente os meus esforços para parecer apresentável não foram **bem-sucedidos**.

— Lady Gemma — disse ele rispidamente, com uma pequena reverência. — Já faz algum tempo desde que tive o prazer.

— Olá, Jerob. É bom ver você. Perdoe a interrupção, mas eu... — Inspirei, trêmula, a minha coragem vacilando ao ver o seu rosto familiar com bigode. — Preciso pedir um favor.

— Qualquer coisa, senhorita.

— Peço-lhe que mande uma mensagem a lorde Ashbourne e a lady Farrin de que eu me retirei para a Casa Verde pela duração da nossa estada e de que eles devem me pegar lá quando forem embora. E depois, Jerob, você poderia me levar lá? — A minha voz se encolhia à medida que eu falava, cada palavra minando mais as minhas forças. — Gareth não irá se importar. Na verdade, eu acho que ele aprovaria, considerando o que aconteceu.

Jerob franziu a testa sem entender. Aparentemente os comentários sobre a animação da noite ainda não o tinha alcançado.

— Claro, senhorita. — Ele me ajudou a entrar na carruagem, depois convocou um pajem para entregar as minhas mensagens.

Antes de partirmos, Jerob abriu a porta da carruagem e olhou para mim.

— Senhorita, existe alguma coisa que eu possa fazer para ajudá-la? — ele perguntou, muito gentil. — Posso talvez mandar um curandeiro...

Os meus olhos arderam quando consegui falar:

— Não estou machucada, Jerob. Não precisa se preocupar. Eu só desejo me esconder por um tempinho. Essa festa já não serve para mais nada.

— Isso eu compreendo, senhorita. Eu mesmo nunca fui um amante de festas. Me parece que o que a senhorita precisa é de uma casa silenciosa e um bom livro, que é o remédio para a maioria das coisas.

Eu lhe dei um sorriso fraco. Os seus gentis olhos castanhos me lembraram os de Una, e o meu queixo tremeu quando tentei não imaginar o conforto do seu corpo quente e magro encolhido do meu lado.

— Somos parecidos nisso, Jerob — eu disse. — E obrigada.

Ele apertou a minha mão, depois fechou a porta em silêncio. Enquanto Jerob chamava o seu cavalo com suavidade e a carruagem rodava para fora do pátio, eu me envolvi com os meus braços — o meu estômago doendo, o meu peito apertado de sofrimento — e chorei.

UMA VEZ DE VOLTA A IVYHILL, PERMANECI NOS MEUS APOSENTOS POR dias. Ninguém me perturbou exceto Lilianne, que me manteve alimentada e me convenceu a beber água de tempos em tempos.

Eu não via Farrin ou meu pai desde a nossa viagem horrível e constrangedora de volta para casa. Os curandeiros reais tinham proibido que o meu pai viajasse por atalhos verdes até ele se recuperar totalmente, nos forçando a passar uma semana medonha seguindo para casa a cavalo e carruagem. Durante o trajeto, todos nós falamos talvez umas cinco palavras um com o outro. Farrin tinha se trancado, seu rosto, uma porta fechada, e eu mal ousava olhar para o nosso pai.

Não conseguia olhar para ele sem escutar o barulho pavoroso das botas de Ryder Bask contra as suas costelas.

Entrar finalmente nos meus aposentos foi um alívio devastador. Fechei a porta, deslizei para o chão e pressionei as palmas das minhas mãos com força contra as têmporas, desesperada para silenciar o rufar incessante de pensamentos terríveis. O rosto de Talan se contorcendo de pavor, o frio doloroso do seu abandono. O encantamento de Alastrina Bask sumindo e revelando o seu rosto verdadeiro. O meu pai aceitando os socos de Ryder com uma resignação inexpressiva.

Talan embaixo de mim, me beijando, me amando. A sua voz baixinha falhando enquanto ele sussurrava o meu nome.

O meu corpo transformado — mais marcado, mais forte e selvagem, iluminado por uma luz interna que eu não entendia.

Quando a pressão das minhas mãos se provou ineficaz para silenciar os meus pensamentos atribulados, passei a dar tapas nas minhas têmporas — golpes fortes e rápidos com as palmas das mãos que me deixaram tonta, cambaleante. Incapaz de recuperar o fôlego, rastejei até o meu banheiro e me encolhi no chão na frente do lavatório. Tentei forçar o vômito, e não consegui. O pânico continuava crescendo, expandindo entre os meus ouvidos. Apertei a barriga, desesperada para arrancar a sensação doentia agitada dentro dela. Em uma crise de pavor, despi as roupas de viagem; o tecido era sufocante, abrasivo, e, se eu não o tirasse, ele me mataria.

Nua no chão, arranquei as ataduras das pernas, pressionei a face no azulejo frio e cocei as coxas que pinicavam até as feridas reabrirem. A pontada quente de dor fez o meu estômago parar de revirar, até eu olhar para baixo e ver a bagunça devastadora que eu fizera. Levei os joelhos ao peito. Cansada demais para chorar, choraminguei baixinho, suaves gemidos de animais.

Uma hora se passou, durante a qual eu entrava e saía de um sono irregular. Depois, me arrastei para a banheira e a enchi com água pelando. Esfreguei a pele para limpar, tirei a água imunda da banheira, peguei roupa e pomada dos abundantes suprimentos de Jessyl.

— Jessyl — falei sem ar. A pequena despensa ainda tinha o seu cheiro. Lágrimas deslizaram pelo meu rosto. Milagre. Eu tinha certeza de que não restava mais nenhuma. — Me desculpe, querida — sussurrei para os meus aposentos vazios.

Toquei na sua cadeira. Então, amarrei as ataduras de uma forma desajeitada em torno das minhas coxas, me arrastei até a cama e adormeci.

Quando acordei, na manhã seguinte, a minha cabeça estava extremamente clara. Observei o alegre vento do verão pintar manchas de luz do sol pelas janelas até Lilianne chegar com o desjejum. Certamente todos os nossos funcionários sabiam que os Bask tinham atacado o meu pai no baile da rainha, o que lançara uma mortalha na casa toda, mas eu não havia contado a ninguém sobre Talan e eu, e não ia contar.

Lilianne, entretanto, era mais perceptiva do que eu supusera — ou talvez eu não tivesse tanta habilidade em esconder o meu coração partido como pensei.

— Bom dia, senhorita — ela me cumprimentou, entrando com uma pequena reverência.

Lilianne colocou a minha bandeja na mesa de cabeceira e caminhou pelo quarto com uma angústia óbvia. Eu a observei, enquanto mexia na comida. Ela abriu a boca diversas vezes como se estivesse se preparando para dizer algo, mas logo parava, e depois se controlava, balançava um pouco a cabeça e continuava a arrumar.

Após alguns minutos disso, a minha paciência se esgotou.

— O que foi? Você está aborrecida com alguma coisa. — Pensando em Jessyl, fiz uma pausa até conseguir falar de novo: — Sei que deve ser difícil para você estar perto de mim depois de tudo o que aconteceu.

Ela pareceu mortificada.

— Não, senhorita, não é nada disso. Se me permite falar abertamente, apesar de eu querer que Jessyl estivesse viva, que os deuses a tenham e a guardem, estou feliz de ser sua dama de companhia. Eu me encaixo melhor neste trabalho do que, acho, no trabalho doméstico. A sra. Seffwyck nunca me achava cuidadosa o suficiente. — Ela segurava com força o pano de limpeza, aflita. — Não que eu não vá ser cuidadosa no meu trabalho com a senhorita. Só estou dizendo que a sra. Seffwyck é terrivelmente minuciosa. Como deve ser, claro.

Eu a interrompi com um aceno antes que ela ficasse ainda mais nervosa.

— Entendi o que disse, Lilianne. Não se preocupe. Mas não é por isso que você está aflita, é?

— Não, senhorita.

Observei a sua agonia e esperei.

Enfim, ela falou:

— É só que... bem... aconteceu uma coisa. Um hóspede chegou hoje de manhã, senhorita, e não quero perturbá-la, mas acho que a senhorita devia saber.

A péssima expressão no rosto dela me disse tudo. O meu corpo ficou todo quente, uma sensação horrível e envergonhada. O que Lilianne devia pensar de mim, de tudo isso?

— É o sr. d'Astier, não é? — eu indaguei, baixinho, com dor na garganta. — Ele voltou da capital.

— Sim, senhorita. Ele e lorde Ashbourne estão tomando café da manhã na sala de jantar neste momento.

Coloquei a torrada de volta no prato, tendo perdido de repente o pouco apetite que eu tinha.

— Ele me mandou alguma mensagem? — perguntei com cautela. — Você o ouviu falar algo sobre mim para lorde Ashbourne ou para lady Farrin?

Lilianne hesitou.

— Não, ele ainda não perguntou pela senhorita. Mas tenho certeza de que vai perguntar.

Eu ri. Não, claro que ele não perguntara, nem iria. Ele havia beijado um monstro. Talan chegara perto de ir para a cama com um monstro. Ele ia terminar de realizar o seu negócio com o meu pai, assegurar que o vinho da sua família estivesse presente em todas as salas de jantares mais elegantes da capital, e então partiria para se limpar em outro lugar. Eu nunca mais o veria. E estava feliz por isso.

— Ele não perguntará por mim, Lilianne; e se perguntar, você vai dizer que não me sinto bem e não estou recebendo visitas nem mensagens. — Olhei para ela com firmeza, me lembrando de deixar a minha voz em um tom amável. Nada dessa bagunça era culpa dela. — É só isso, obrigada.

Lilianne, surpresa, saiu apressada, me deixando sozinha mais uma vez. Eu me recostei de volta no meu ninho de travesseiros, observei o meu café da manhã esfriando e deixei os meus pensamentos se solidificarem ao redor de uma única verdade: o que quer que tivesse existido entre mim e Talan tinha terminado. Eu estava sozinha, e, deitada lá com o coração partido na minha cama, comecei a me sentir estranhamente aliviada.

Era minha escolha levar a cabo ou descartar os planos que nós tínhamos feito, e eu sabia o que eu faria, o que *devia* fazer. Eu desperdiçara tempo demais embasbacada por ele como uma criança apaixonada, esperando por alguma coisa que eu nem conseguia nomear. A pedra vigia tinha sido roubada, mas isso quase não importava. As nossas noites vagando por Ravenswood tinham sido uma tolice, o resultado da minha própria covardia. Eu temia demais o meu pai para arriscar um caminho direto para o que queria. Eu tinha medo demais do impossível para admitir de verdade a ideia de uma Antiga criatura dominando a minha família, e, como alternativa, escolhera cair na lábia do bonito estranho de Vauzanne.

Não mais.

Depois do que acontecera comigo no baile, achei fácil aceitar — com todo o meu coração, com todo o meu ser, sem dúvida ou questionamento, que o demônio existia. Uma mulher sem magia começara a se transformar em outra coisa, uma coisa repulsiva e desconhecida. Em um mundo onde algo assim podia acontecer, um demônio podia, e devia, existir.

Eu encontraria esse demônio, o Homem com a Coroa de Três Olhos, antes que o meu pai determinasse o seu caminho de retaliação e mergulhasse nós todos em um caos mais violento. Eu não conhecia outra maneira de seguir em frente. Era isso que acalmava a minha mente e me impedia de me machucar mais — um problema que eu não podia mais me permitir ter. Eu iria me curar, recuperar a minha força e em seguida encontrar esse demônio e ordenar que ele levasse a família Bask — tudo o que eles possuíam, tudo o que eles amavam — à ruína irremediável.

E em troca eu lhe ofereceria o meu próprio corpo deplorável. Eu não me importava mais com o que havia de errado nele, em como consertá-lo, em como entender os encantamentos que eu tinha realizado. Eu queria simplesmente me livrar dele.

Semanas antes, a sra. Baines admitira a existência de dois atalhos verdes conhecidos somente pelo meu pai. Um levava a Ravenswood, e o outro? *O escondido,* ela tinha chamado. *O submerso, o que vai direto para...*

Sem pensar direito, eu a interrompera, naquele momento só me importando em como chegar a Ravenswood. Mas um atalho verde escondido e submerso me parecia exatamente o tipo de caminho que alguém pegaria se quisesse falar com um demônio... Se fosse possível encontrá-lo.

Sem a distração de Talan, livre do peso da esperança, uma tarefa assim seria muito mais simples.

Sentei-me ereta na cama, calma e lúcida, aceitando a minha familiar dor diária sem reclamar. Eu não teria que suportá-la por muito mais tempo. Peguei papel e caneta na mesa de cabeceira e comecei a elaborar um plano.

Todo dia eu mordiscava obedientemente as refeições que Lilianne me trazia. Descansando na minha cama com a comida, eu pedia que ela me contasse tudo o que acontecia na casa. O que o meu pai estava fazendo? E Farrin? Eles tinham voltado às suas rotinas normais? Quando o meu pai ia para o escritório no andar de cima? Ela teria escutado alguma conversa entre lorde Ashbourne e o sr. d'Astier?

No início, Lilianne falava com hesitação, claramente desconcertada por ter sido escolhida como minha parceira de conversa. Mas ela logo apreciou a ideia e começou a tagarelar sem parar enquanto eu comia, relatando as minúcias da casa com detalhes impressionantes. Lilianne era um ratinho perfeitamente observador e se orgulhava de entender o mecanismo da vida em Ivyhill.

O meu pai passava a maioria dos seus dias em reuniões com Talan e outros visitantes, ela relatava. Convidados chegavam e iam embora pelo menos uma vez por dia. Ela me dava seus nomes: Willem Boyde, um tenente do Exército Superior que eu conhecia por ser um elemental habilidoso; lorde Ossian Killipar, o embaixador aidurrano; lady Plumeria Gelling, uma enfeitiçadora Consagrada de uma família do norte que desfrutara de uma popularidade sem precedentes enquanto os Bask permaneciam presos na floresta amaldiçoada dos meus pais.

A lista de nomes fazia o meu estômago revirar. Um elemental. Um diplomata. Uma enfeitiçadora. E Talan, um estrangeiro desgraçado cuja única fortuna estava do outro lado do oceano em uma casa cheia de vinho.

O que o meu pai estava armando? Eu não conseguia compreender ou descobrir o lugar de Talan no plano. Pensar naquilo me causava insônia, me deixava acabada de preocupação e curiosidade. Tornou-se claro para mim que eu não podia mais me esconder nos meus aposentos.

Eu precisaria me tornar uma sombra, veloz e sorrateira, onisciente. *Até as sombras têm olhos*, a sra. Baines dissera. Bem, agora esses olhos seriam meus.

Falei para Lilianne me deixar descansar sem ser perturbada, que eu a veria na hora das refeições e, fora isso, tocaria o sino se precisasse de seu auxílio. Quando ela trazia a minha comida, eu fazia questão de que ela me pegasse chorando desconsoladamente por causa da carta antiga de Talan, ou olhando pela janela com tristeza. Então, um dia, durante o almoço, um ansioso ajudante de cozinha entregou uma carta de indignação da minha prima Delia, que tinha ficado horrorizada ao ouvir sobre a terrível cilada armada pelos Bask no baile de máscaras. Na pressa, o ajudante de cozinha se esqueceu de bater na porta e irrompeu na minha sala sem anunciar. Lilianne o repreendeu como uma fera:

— Saia daqui antes que eu chame a sra. Seffwyck, e ela mande levarem você arrastado para fora da propriedade! — sibilou ela, saindo dos meus aposentos pisando duro e agarrando o colarinho do pobre rapaz com uma das mãos. Embora ele fosse mais alto do que ela, o criado se encolheu diante da fúria de Lilianne. — Lady Gemma já tem coisa suficiente para lidar sem ser importunada por gente como você. E coloque a camisa para dentro da calça!

Assistindo à cena se desenrolar, sorri com a mão tapando a boca. Lilianne vinha se tornando um soldado muito leal. Com a sua proteção, o meu isolamento sem dúvida estaria seguro.

Durante as horas silenciosas entre as refeições, dei início ao meu estranho e novo trabalho. Eu me esgueirava pela porta secreta escondida atrás de uma parede de azulejos no meu banheiro e vagava pela rede de passagens da mansão. Elas tinham sido construídas havia muito tempo para fornecer aos moradores rotas de fuga em tempos de crise. Eu lembrava a mim mesma dos caminhos que conhecia e me apresentava aos que não conhecia. Levava caneta e papel para desenhar um mapa, que estudava à noite. Tomei notas de quais portas eu não podia abrir, já que tinham sido encantadas para serem usadas apenas por outros membros da família. Também marquei os lugares de onde se podia dar uma espiada para o interior da casa principal e espionar sem ser observada — grades de ferro, frestas finas nas paredes revestidas de madeira, pequeninos buracos em partes desgastadas das paredes de pedra. Negligenciada na ausência da minha mãe, a hera crescia descontroladamente pela propriedade e aos poucos se encravava para dentro da estrutura da construção, empurrando-a e separando-a. Uma consequência mais que conveniente dos gostos excêntricos de Philippa Ashbourne.

Certa vez virei no lugar errado, e depois em vários outros, até finalmente deparar com uma grade de ventilação na parede à minha frente, admitindo para dentro da passagem diversos pontilhados de luz. Apressei-me na direção dela, ansiosa para me orientar, mas quando espiei pela elaborada grade de ferro, o meu estômago revirou.

De alguma maneira eu tinha achado o caminho para a ala onde os convidados estavam hospedados, e bem do outro lado da parede avistei Talan, o torso nu, o cinto aberto nos quadris. Ele se vestia para o jantar na frente do espelho. Era uma visão bonita à luz do lampião, os cabelos escuros brilhando. A sua expressão se mostrava distante e séria.

Observando-o, eu mal respirava. Talan colocou uma camisa de seda que caiu lindamente no seu peito magro, e depois começou a afivelar o cinto; e eu devia ter me mexido, devia ter ido embora na mesma hora, mas algo me manteve enraizada lá, uma parte de mim que desejava a agonia de ficar olhando para ele.

De repente, Talan ficou imóvel. Devo ter feito algum mínimo som. Os seus olhos foram em direção a mim pelo espelho, e me afastei da grade rapidamente com o máximo de silêncio que consegui, aplainei as costas contra a parede do lado, tapei a boca com a mão e esperei.

Um momento, e então ele estava lá. Eu podia senti-lo do outro lado da parede, real e sólido, me atraindo através da madeira e da pedra. Fechei os olhos e imaginei: ele olhando através da grade para dentro da escuridão à sua frente, escutando, pensando. Ele não veria nada; ele não ouviria nada. Ele colocaria a mão na parede.

Espalmei a minha própria mão contra a pedra, como se até através desses centímetros a minha mão pudesse tocar na dele. Detestando constatar a intensidade do meu amor, e como eu estava furiosa e triste, esperei até Talan se afastar, colocar o paletó e sair do quarto. Fez-se silêncio, e, depois de alguns minutos, me senti segura o suficiente para me mover. Ele não voltaria. Não voltaria nunca mais. Ele logo iria embora, e isso seria o fim de tudo, e eu estava contente com esse término. Eu estava contente. Eu tinha coisas a fazer, e não queria vê-lo em nenhum lugar perto de nada daquilo.

Deslizei para o chão na passagem empoeirada e me abracei até o desejo de chorar passar.

Eu passava os dias e as noites andando apressada entre as paredes da casa — observando os criados, o fluxo interminável dos convidados do meu pai, e o meu pai e Farrin mais do que tudo. Eu os seguia do quarto ao escritório, à cozinha, à livraria. Percorria até mesmo as passagens que davam para fora da casa e iam para os jardins, marcando onde cada uma saía — além da reserva de caça, em um matagal; em um armazém de depósito de equipamentos de montaria nos estábulos; no templo redondo de pedra dedicado a Neave, deusa dos animais, que ficava perto das fazendas na fronteira norte da propriedade.

Durante dias essa foi a minha vida, e a encarei com um intenso entusiasmo. A distração que ela me trazia, o objetivo, era inebriante. Descobri que eu gostava da vida como reclusa, principalmente quando Lilianne me relatava todos os dias que Talan permanecia na casa. Tentei não dar importância ao fato de que nem o meu pai nem Farrin tivessem vindo averiguar o meu estado, dizendo a mim mesma que eles estavam simplesmente respeitando o meu pedido de isolamento, e na verdade não tinham abandonado o meu ser monstruoso para sempre. Tentei não me preocupar ao descobrir que os cômodos onde o meu pai fazia suas reuniões tinham sido envoltos em um feitiço que abafava todo o som, tornando impossível bisbilhotar. Trabalho de lady Plumeria Gelling, a enfeitiçadora, presumi, uma das hóspedes mais frequentes do meu pai.

Mais do que tudo, tentei resistir à passagem que levava ao quarto de Talan. Que bem me faria a angústia de espioná-lo? Além disso, eu era muitas coisas, mas pervertida, não.

Uma semana se passou, e mais outra. Então, certa noite, aquilo pelo que eu esperava finalmente aconteceu.

Na noite anterior, eu havia descoberto uma nova passagem. Descia pela casa por uma escada em caracol estreita até chegar aos jardins e emergir em uma das estufas. Coberta de teias de aranha, ela sem dúvida não era usada havia algum tempo. Eu a visitei de novo na noite seguinte, me movendo devagar, escutando o silêncio intenso, procurando sinais de magia verde por perto — um sibilar vibrando como água fervendo, um açoite de um pouco de magia dispersa se soltando do seu elo —, mas não ouvi nada.

Decidi descansar na estufa por um tempinho antes de pegar o longo caminho de volta subindo a escada e, enquanto eu estava lá, escondida da vista por montes de flores, um lampejo de movimento na noite escura além do vidro chamou a minha atenção. Fiquei completamente imóvel, o coração batendo forte, e assisti a duas figuras distantes correrem pelo terreno em direção ao chafariz.

Era lua nova, o céu estava riscado de nuvens finas. Precisei estreitar os olhos para distinguir quem era — Farrin e meu pai, usando capas escuras. Eu os observei desaparecerem embaixo dos galhos do velho carvalho, consumidos pelas sombras. Fitei a árvore e contei um minuto, depois outro, esperando que eles aparecessem. Quando um terceiro minuto se passou, não consegui mais aguentar. Enfiei os mapas no bolso da minha própria capa e atravessei correndo o gramado até o carvalho, mas, quando entrei embaixo dos galhos pesados, Farrin e o meu pai não estavam lá. Eu estava sozinha com a árvore, a noite e o golpe cortante da minha frustração, e logo senti outro golpe súbito e cortante, esse como uma rápida mordida na palma da minha mão esquerda.

Sibilei e girei, o coração na garganta. Num primeiro momento, não vi nada; mas depois, apertando os olhos, me esgueirando para mais perto, espantada e apavorada, vi no grande e grosso tronco do carvalho uma escuridão ondulada, fina como uma lâmina, alta como um homem. Ela oscilava, desaparecia, depois reaparecia. Sempre que a escuridão se revelava, um chicote silencioso de magia cortava o meu corpo. Alguma coisa bem no interior da árvore retumbou, depois sibilou baixo. Carne em uma panela quente.

O meu estômago revirou. Eu conhecia esse tipo de magia, a granulação quente-fria na minha língua.

Era um atalho verde, a sua entrada costurada no tecido desse velho carvalho cansado. Como eu pudera nunca ter notado antes era um mistério impressionante — a não ser, pensei, a minha mente disparada, que ele só aparecesse quando convocado, permanecendo escondido no resto do tempo. Era essa a coisa submersa da qual a sra. Baines falara?

Com medo de que a estranha aparição do atalho verde pudesse sumir a qualquer momento, de que eu fosse perder essa preciosa oportunidade, me preparei, prendi a respiração e andei na direção da atração exercida pela magia. Quatro passos rápidos, e ela me arrancou do chão e me engoliu.

Esse atalho verde era fino, apertado, sua passagem rápida e brusca, muito mais terrível do que o atalho verde que levava a Rosewarren, mas também muito mais curto.

Caí do outro lado em uma pequena clareira cercada por um bosque desconhecido, e por um momento só consegui ficar lá deitada, sem ar, o meu corpo ensopado de magia verde e gritando de dor. Assim que encontrei forças, cambaleei de volta para o meio das árvores e me agachei nas sombras, respirando com força. O ar estava parado, abafado e silencioso, sem nenhuma perturbação de vento nem de alguma criatura, e as copas das árvores eram tão espessas que eu não conseguia ver o céu. Imediatamente detestei aquele lugar. O silêncio anormal fez a minha pele arrepiar. Não havia sinal de Farrin ou do meu pai, mas, depois de um momento tenso, ouvi o murmúrio de vozes. Elas aumentaram e diminuíram, depois aumentaram de novo. A voz do meu pai e da minha irmã. Uma discussão.

Eu me esgueirei para dentro da mata em direção aos sons e parei quando consegui vê-los. O papai, de costas para mim, se postava de frente para uma porta preta alta e estreita com uma extremidade pontiaguda. Não era uma porta sólida, mas uma abertura, um espaço vazio emoldurado por uma grossa parede de árvores. Ao avistar aquilo, gelei de medo.

Farrin estava parada ao lado dele, as mãos fechadas.

— Isso é um absurdo — ela dizia. — Por que me trazer aqui e então se recusar a me deixar ir com o senhor?

— Não quero você em nenhum lugar perto dele por nem um momento até que seja necessário — afirmou o meu pai, a entonação estranhamente calma. — Mas me ocorreu há pouco que, se alguma coisa acontecer comigo, ninguém vivo saberia como encontrar este lugar. Agora você sabe. Você vai precisar, um dia. Talvez logo.

Farrin tocou no braço dele.

— O que está planejando, pai?

Como ele não respondeu, ela continuou:

— O que quer que seja, o senhor não precisa fazer. Podemos acabar com essa briga, podemos finalmente ter paz, se o senhor tiver coragem de fazer essa escolha. Os Bask...

— Os Bask vão morrer, e eu não descansarei até que isso aconteça. — O meu pai a afastou com uma violência abrupta e chocante. — Se você vier aqui de novo enquanto eu estiver vivo, vou saber na hora. Os guardas dele me contarão, e que os deuses te ajudem se isso acontecer, minha filha. Você nunca me viu zangado de verdade, mas verá nesse dia.

Farrin ficou branca, se afastando dele.

— Sim, pai — ela disse, baixinho.

O meu pai soltou uma expiração cansada. Sofri vendo a parte de trás da cabeça dele, os seus ombros caídos.

— Vá para casa agora — ele ordenou, monotonamente. — Me deixe.

Farrin se virou para obedecer, mas o meu pai pegou o pulso dela com delicadeza. Ele nem sequer olhou para Farrin, e mesmo assim pude ver o carinho na maneira como ele a segurava, a confiança de que ela o obedeceria, a tranquilidade familiar que existia entre eles mesmo em um momento tão tenso. Um desejo horrível me perfurou. Eu me encolhi nas sombras, a mão cobrindo a boca.

Farrin se esticou para beijar o rosto do meu pai e depois saiu, a expressão dura de desespero ao passar por mim apressada em direção à clareira. Eu me encolhi entre as árvores, imóvel como um coelho, rezando para que elas me escondessem.

Quando perdi a minha irmã de vista, me virei para o meu pai bem a tempo de vê-lo atravessando aquela porta preta horrível. Ele deu um passo para baixo, dois, talvez usando um lance de escada para dentro da terra. O seu corpo estremeceu. Uma violenta torrente de magia me chicoteou através das árvores, tão poderosa que sugou o ar dos meus pulmões. Lutei para manter os olhos abertos contra o súbito e violento ataque de dor, assistindo ao meu pai desaparecer, depois reaparecer. Houve som agudo como facas contra metal — breve, ensurdecedor —, e depois o meu pai desapareceu mais uma vez, e o som parou de repente.

Fitei o lugar onde o meu pai havia estado, inspirando de forma irregular e apavorada. Eu não tinha ideia do que fazer — segui-lo? Esperar que ele voltasse? Correr para casa e nunca mais retornar?

O tempo passava se arrastando de maneira insuportável. Cada nervo no meu corpo cansado gritava para eu correr, mas a determinação desesperada dos últimos dias me manteve no mesmo lugar onde eu estava. *Os guardas dele vão me contar*, o meu pai dissera. *Ele* tinha que estar falando do demônio. Se eu corresse para casa em segurança, podia perder essa oportunidade de encontrá-lo, e nunca mais ter outra.

Os meus olhos haviam começado a se fechar quando o meu pai surgiu, pálido e calado, saindo da horrível porta preta. Eu não conseguia ler a sua expressão, mas ele não tinha sinal de ferimentos, e, com exceção da palidez gritante do seu rosto sob a barba, parecia exatamente o mesmo de antes.

Eu o observei andar de volta em direção à clareira que levava para casa, esperando até não poder mais avistá-lo. Então, inspirei com força e forcei as minhas pernas trêmulas a me carregarem em direção à porta preta. Não parei; se eu hesitasse por apenas um instante, sucumbiria e fugiria. Atravessei a porta, dei um passo para baixo em um calor estranho e úmido e em cima de alguma coisa fétida e esponjosa. Eu me retraí. Um atalho verde realmente impressionante estava perto, maior e mais velho do que qualquer um que eu já tivesse visto. O ar nos meus dedos vibrou pela força da sua fome. A sua magia inundou o meu nariz e a minha boca com uma fumaça ácida.

Dei outro passo e, quando o meu pé foi amortecido por alguma coisa nojenta que formava o chão embaixo de mim, a minha cabeça explodiu com um som repentino de gritos. Uma enorme força de sucção me agarrou pelos tornozelos, pela garganta, pelos pulsos e me engoliu até lá embaixo.

23

Caí de quatro em uma clareira úmida cercada por finas árvores brancas. A agonia da minha passagem pelo antigo atalho verde me fez me contorcer em uma cólica que queimava e revirava as minhas entranhas da cabeça aos pés. Vomitei na terra, a minha boca aberta em um choro silencioso.

— Ah, a Ashbourne menor — disse uma voz sussurrante e aveludada. — Que surpresa adorável.

Enquanto a voz falava, ela se dividia em várias, um acorde pavoroso — um tom alto e agudo, um outro, baixo e glotal, e entre eles, um emaranhado de timbres turvos que eu não conseguia decifrar. Então, a voz se solidificou na sua identidade singular mais uma vez.

Um movimento me circulava, estranho e esvoaçante, um bater sugador de asas nuas, mas, quando ergui os olhos, tudo o que vi foram as árvores e a escuridão além delas. Fracas ondulações se moviam na extensão do preto — outra floresta balançando em um vento que eu não conseguia sentir? Captei uma vibração de um movimento com o canto do olho. Virei-me atabalhoadamente na terra e só vi um fio de fumaça preta, o brilho de uma bota.

O meu medo era cristalino, tão afiado quanto uma lâmina, e descia por toda a minha espinha. Pensei ter sentido alguma coisa tocando a minha nuca — algo frio e duro —, e me virei desengonçadamente para olhar, mas de novo não vi nada.

Enfim, recuperei o fôlego e dei um impulso desequilibrado para ficar de pé.
— Você é o Homem com a Coroa de Três Olhos? — perguntei à escuridão.
— Sou — a voz respondeu.
A simplicidade da sua resposta me fez estremecer. Eu esperava uma conversa de meandros e malícia, repleta de dissimulação. A sua franqueza não me deu tempo para reunir os meus pensamentos. Eclodi em um suor frio, resistindo à vontade de enxugar as palmas das mãos na minha capa.
— Você é o demônio que prendeu a minha família e a família Bask em uma rixa de sangue?
— Sou.
Aquele som esvoaçante me cercou de novo — carnudo, grudento. Passos estranhos bateram em um chão preto como piche. Eu me virei para olhar, captei um vislumbre de pele felpuda, uma figura alta e agitada.
Cerrei o queixo para abafar uma pontada de medo.
— Por que fez isso?
— Você é uma mulher de muitas perguntas — respondeu ele, como que achando graça. — Espera que eu responda a todas elas?
— Eu peço que sim.
— E o que pretende me dar em troca? — sussurrou ele, de repente muito perto.
A sua respiração era quente contra o meu pescoço, sua entonação, contorcida e molhada. Eu não ousava olhar para trás; encarei a árvore mais perto de mim, o formato familiar e reconfortante do tronco e dos galhos. Eu conseguira ir tão longe... não podia fraquejar agora. Pensei em Farrin, em como ela se manteria destemida e inabalada em um lugar assim.
— Responda às minhas questões primeiro — consegui falar — e ouça o meu pedido, e então vamos discutir os termos.
Prendi a respiração e esperei, o silêncio pesando como chumbo.
— Uma maneira incomum de conduzir negócios — disse ele finalmente —, mas gostei da inovação. Muito bem. Me faça a pergunta de novo, criança querida.
A palavra carinhosa me deixou enjoada.
— Não sou criança.
Alguma coisa passou chicoteando perto de mim, um rápido roçar felpudo.
— Você é um saco de ossos e carne como qualquer um — ele afirmou com rispidez. — Você vive e morre, e eu continuo a viver. Vocês todos são crianças. As moscas vêm ao mundo. Elas zumbem por aí, batem em janelas, desovam suas larvas, morrem sem dignidade nem sentido. Assim são você e o seu tipo para mim. Agora, me faça a sua pergunta de novo. Aconselho que não teste a minha paciência.
Engoli com dificuldade, a boca seca.
— Por que você aprisionou as nossas famílias nessa briga?
— Porque eu posso. Porque eu estava entediado. Porque o seu gosto é bom.

— Certamente existem maneiras mais interessantes de você passar a sua longa vida.

A risada dele rastejou para dentro dos meus ouvidos.

— O que te faz pensar que eu estou confinado a só uma forma de entretenimento?

Não ousei pedir esclarecimentos nesse ponto.

— Você sabe o que aconteceu no baile de máscaras da rainha suprema? — decidi mudar de assunto. — Você sabe o que os Bask fizeram com o meu pai?

— Vi a multidão feliz, boquiaberta. Senti a bota do garoto Bask se conectar com as costelas do seu pai. Senti o horror da sua irmã e o seu também, pequena Ashbourne. A violência daquilo tudo, o choque de tanta maldade em uma ocasião tão brilhante. Delicioso. Dormi totalmente satisfeito naquela noite.

— Como você viu tudo daqui, de tão longe?

— Ah-ah, ora, ora. Eu não posso contar *todos* os meus segredos. Acabamos de nos conhecer, afinal, e precisamos nos prestar pelo menos a algumas gentilezas.

— E você também viu Ivyhill queimando há treze anos? — demandei. — Assistiu à minha irmã quase morrer?

— Sim, vi isso também — sussurrou ele.

— Você mandou os Bask fazerem aquilo conosco?

— Ah, não. Nenhum dos ataques cruéis que as suas famílias fizeram uma à outra ao longo dos anos foi comandado por mim. Não me importo com o que vocês fazem; eu só me importo que vocês façam. É realmente maravilhoso... As coisas que a mente humana pode pensar... Tanta barbaridade, um gosto tão insaciável por sangue.

Algo escorregadio riscou os meus lábios, um beijo reptiliano, embora eu não pudesse ver nada na escuridão. Eu me encolhi, tentei me afastar e dei de costas com alguma coisa invisível e firme — uma parede onde não havia parede.

Procurei respirar mais devagar, sem sucesso.

— Como você é?

— Como você acha que eu sou?

Imagens surgiram na minha mente — ilustrações de cada livro sobre os arcanos da Antiga Nação que Gareth empurrara em mim. A minha garganta ficou apertada quando pensei nele, na minha casa, na simplicidade extraordinária de algo tão inofensivo quanto livros.

— Ninguém pode ter certeza de como são os demônios — respondi, tremendo —, mas eu li muitas histórias que dizem saber. Serpentes gordas que cospem fogo. Homens imensos e pesados com cabeças e cascos de touros que deixam um rastro de sangue por onde andam. Pilares de carne sem rosto que envolvam qualquer um que vira as costas para eles.

— Que histórias tão pitorescas! — cantou o demônio. — E em qual você acredita?

Hesitei, com medo de a pergunta ser algum tipo de armadilha.

— Prefiro manter a minha mente aberta a todas as possibilidades.

— Ah, você é uma *alegria*, pequena Ashbourne. Muito mais divertida do que o seu pai. Gideon está velho, gasto, uma luva cheia de furos, todas as ideias dele são antiquadas e irritantes. Você, entretanto, é tão nova. Núbil e fresca, querendo agradar.

Então ele parou. O ar tremeu com uma repentina onda de calor.

— Pequena Ashbourne — disse ele, a voz tensa, radicalmente mudada de alguma maneira. Mais fina, mais cansada, como se tivesse se partido e sido costurada de novo vezes demais. — Se eu pudesse...

Outro silêncio, carregado de alguma coisa terrível e urgente que me fez querer correr. Porém, em vez disso, prendi a respiração, esperando, e a voz do demônio voltou logo, macia e contente. Qualquer estranheza que eu tivesse sentido havia passado.

— Sim, eu gosto muito de você — disse ele —, e por isso vou lhe oferecer o presente de me ver. Mas só por um instante. Olhe de perto. Se você piscar, vou considerar a mais grave das ofensas.

Obedeci, encarando a escuridão por tanto tempo que a minha visão começou a embaçar de medo. Na hora em que os meus olhos começaram a querer fechar, a escuridão preta entre as duas árvores brancas mais próximas se transformou de uma maneira intermitente. Uma imagem borrada se manifestou, aparecendo e desaparecendo na minha visão — um vislumbre de grossos chifres de carneiro; um corpo comprido e sinuoso de pelagem escura com uma barriga branca; embaixo de uma crista bulbosa de osso, um espaço vazio onde deveria haver um rosto, e três olhos amarelos que me encaravam.

O mundo sacudiu, e de repente o demônio pairava sobre mim. Um dedo com garra tracejou a linha da minha garganta. Algo me ergueu; os meus pés balançaram no ar.

Então a imagem oscilante desapareceu, se extinguiu como uma vela. Eu caí no chão e me encolhi na terra, e o meu corpo convulsionou com um soluço ofegante.

— Pronto, pronto — sussurrou ele de algum lugar sobre mim, perversamente gentil. — Quanto mais tempo passarmos juntos, mais fácil vai ser para você me ver. E estou ansioso para isso. É injusto que eu possa olhar com tanta facilidade para a sua beleza enquanto é negada a você a visão da minha.

Eu me impulsionei para cima com braços trêmulos e encarei o espaço onde ele estava. Recusei-me a lhe oferecer o prazer de uma resposta a esse último comentário.

— Por que você é chamado o Homem com a Coroa de Três Olhos? — perguntei, com raiva.

Uma ligeira pausa. O ar ficou agitado, depois se acalmou.

— Porque é o correto — replicou ele, de um modo mais duro agora.

— Esse é seu nome verdadeiro?

— Tenho muitos nomes, todos eles verdadeiros. A maioria, se você os ouvisse serem pronunciados, a matariam.

A ameaça era clara, mas o horror de vê-lo, mesmo que só por um instante, naquele momento tinha me anestesiado para o meu próprio medo. Eu me arranquei do chão para ficar de pé.

— Você vai libertar a minha família do que nos liga a você, seja o que for?
— Não.

Eu esperava por isso. Enxuguei o rosto, tentando estabilizar as minhas mãos.

— Muito bem. Sendo assim, eu peço que me ajude a destruir a família Bask. Não apenas esse vaivém insignificante que se arrasta esse tempo todo. Um ataque aqui, uma maldição ali. Eu quero uma destruição completa. A extinção da existência deles. Podemos elaborar o plano de uma maneira que a violência contida vai manter você por anos.

— Anos? — Um som pipocou na clareira como uma língua gorda estalando molhada e macia. — Não percebi que você sabia tanto como funcionam os desejos demoníacos.

Sua entonação, contudo, o traiu. Eu o havia intrigado.

— Eu não pediria que você fizesse isso por mim sozinho — continuei. — Você já me deu um presente. Estou simplesmente pedindo a sua ajuda, não o seu serviço. Uma troca.

Um silêncio prolongado se deu. Depois veio o som de passos pesados — uma criatura enorme, dando voltas em torno do lugar onde eu me encontrava.

— E o que você me ofereceria como pagamento, pequena Ashbourne?

Fiquei rígida.

— O meu corpo, a minha mente, o meu espírito, para fazer o que você quiser por quanto tempo desejar.

Uma gargalhada soprou na minha orelha.

— Que grande importância você se dá. Eu já possuí muitos ao longo dos anos.

— Mas ninguém como eu — rebati. — Existe algo dentro de mim que eu não entendo. Uma doença, mas também, acho, um poder. Na minha vida inteira, o poder da magia dado à minha linhagem me foi negado pelos deuses. Mas duas vezes nos últimos três meses, sem estudo ou prática, eu invoquei a magia e modifiquei o meu corpo como um estilista faria. Uma vez foi proposital; na outra, aconteceu espontaneamente. Os meus dentes se tornaram presas. A minha pele brilhou, ficou luminescente. Depois eu voltei a ser eu mesma.

Parei de falar e lambi meus lábios ressecados.

— Não tenho o conhecimento adequado dos arcanos para descobrir o que isso significa, mas você podia fazer isso, aposto. Você, com todo o seu poder e o seu domínio do Antigo. — Senti um esvoaçar de movimento à minha direita e empurrei a minha mão na escuridão. Uma pata áspera e enrugada raspou a minha palma. Alguma outra coisa, uma garra, um pé, se enganchou na bainha da minha capa. Então, os passos me circulando pararam de repente. A sensação estranha e tensa de antes voltou, deixando o ar quente e estanque.

— Não — sussurrou o demônio na escuridão, a sua voz transformada mais uma vez, com traços de cansaço, fina de raiva. — Não, você não pode.

O silêncio se seguiu a essas palavras enigmáticas. Ele estava me dizendo que eu não podia ir embora? Que eu não podia tocar nele? No entanto, quase soou como se ele estivesse falando com outra pessoa, e não comigo. A minha bile subiu; engoli em seco com força, quase não conseguindo conter a minha vontade de fugir. A tensão era insuportável, e eu me esforçava para respirar.

Foi quando, finalmente, o ar mudou e esfriou. O demônio retomou os seus passos lentos, enquanto caminhava em um círculo em torno de mim.

— Pequena Ashbourne — ele falou suavemente —, você me tenta com a sua oferta e com a sua bajulação ousada. Não há nada que um demônio ame mais do que um mistério, nem mesmo violência. O desconhecido é sedutor, irresistível.

Ele parou atrás de mim, a sua altura, imponente como uma montanha. Dois pesos suaves pousaram nos meus ombros, mas eu estava assustada demais para olhar para baixo e determinar as suas formas — mãos com dedos e polegares? Nuvens gêmeas de sombra turbulenta?

— Entretanto, enquanto eu avalio a sua proposta, você deve fazer uma coisa para mim — disse ele, suavemente. — Um compromisso de boa-fé.

— Muito bem — eu disse, meu corpo rígido. — Me diga o que você quer.

— A sua irmã, a Ashbourne mais velha. Ela é musicista.

O meu estômago se revirou.

— Sim — murmurei.

— Desejo ouvi-la tocando e cantando. Não aqui. Este lugar não é adequado para um concerto. Não, eu desejo ouvi-la se apresentar para mim, um recital apropriado, no conforto da sua própria casa. Lá ela pode ser o máximo de si mesma, o poder do seu talento Consagrado ganhando uma potência inigualável. — Ele soltou uma respiração trêmula. — Eu já a ouvi em outro lugar, mas preciso ficar mais perto. Desejo a proximidade das notas contra a minha pele.

Um medo histérico subiu pelo meu corpo ao imaginar Farrin nas garras dessa criatura medonha.

— Os demônios apreciam música?

— Estamos vivos, assim como você. Apreciamos o que nos dá prazer como você. Comida e bebida, música e sexo.

A sua respiração aqueceu o topo da minha cabeça. As mãos nos meus ombros desapareceram, e um buraco de escuridão se formou no ar bem diante dos meus olhos, como a superfície plana da palma de uma grande mão sem carne nem definição. No meio daquilo, havia um olho opaco de metal do tamanho de uma noz.

— Pegue — sussurrou ele. — Coloque perto do instrumento da sua irmã **ou em algum lugar onde ela possa cantar para o seu próprio prazer. Seja discreta.**

Para irradiar com a maior clareza, deve ficar tranquilamente envolto em sombras, imperceptível por qualquer pessoa, exceto você. Encoraje-a a cantar, a tocar. Diga que você quer que ela lhe faça um concerto particular. Um presente para a irmãzinha.

Hesitei, os meus dedos pairando sobre o olho. Essa era a coisa mais idiota que eu já havia considerado fazer. Até mesmo com apenas o meu conhecimento superficial dos arcanos para me basear, eu sabia que confiar na palavra de um demônio era um convite à desgraça certa. Mas se obedecê-lo significava o fim dos Bask, uma chance de paz para a minha família, e um fim para o tormento que era o meu corpo, então era um risco que eu precisava assumir.

Ergui o olhar para onde achei que o demônio pudesse estar e só consegui ver o grotesco brilho molhado do que eu temi ser talvez uma língua.

— Você não vai machucar a minha irmã? — perguntei.

— Se eu a machucar, ela não vai poder tocar para mim — respondeu ele, impaciente. — Pense antes de falar, criança.

— Você não vai machucar ninguém mais em Ivyhill?

— Não, se eu ficar satisfeito com o que estiver ouvindo.

Isso era ameaçadoramente vago.

— Defina o que significa ficar satisfeito com o que estiver ouvindo.

Uma força invisível, quente e efervescente, golpeou o meu peito e me fez voar para o chão. A minha cabeça bateu com força na terra, e inspirei o ar, chocada, o mundo girando à minha volta.

— Você ficou atrevida demais, pequena Ashbourne — disse o Homem com a Coroa de Três Olhos, a voz, um coro de cuspe. — Não fique pensando que o meu interesse na sua proposta exime você de se comportar direito.

O olho caiu no chão perto do meu rosto com um baque pesado que reverberou no meu peito.

— Temos um acordo? — ele perguntou com imensa suavidade.

Fitei o olho por apenas um momento antes de curvar os meus dedos em volta dele. Senti o seu calor nos meus dedos, e a minha boca tinha gosto de sangue.

— Sim — sussurrei. — Temos.

24

A minha jornada para casa, ao sair do covil do demônio, foi um borrão agitado: o atalho verde que me trouxe de volta à porta preta, a floresta densa, o outro atalho verde que morava dentro da árvore velha perto do chafariz, a trilha subindo o gramado e os amplos degraus da varanda, a suave agonia dos nossos vigias de defesa reverberando contra a minha pele como fogo, os guardas confusos acenando para mim com a cabeça enquanto eu passava apressada por eles no hall de entrada.

— Não consegui dormir — murmurei. — Precisei dar uma caminhada.

— Claro, senhorita — responderam eles, e depois com certeza começaram a conversar sobre as várias excentricidades da nossa família.

Durante os meus dias de espreitar pelas passagens da casa, eu ouvira muitas conversas assim entre os criados. Nenhum deles havia sido cruel, mas simplesmente irônicos, perplexos e pacientemente carinhosos, como se nós fôssemos crianças que não pudessem ser culpadas pelo caos que atraíam.

Se eles soubessem onde eu estivera naquela noite, o que tinha visto e prometido... Eu segurava apertado o olho do demônio na palma lisa da minha mão, sem nenhuma coragem para enfiá-lo em um dos meus bolsos. De alguma maneira, parecia mais seguro mantê-lo onde eu pudesse ver, sentir e ser lembrada do que eu tinha feito.

Engoli uma gargalhada histérica quando entrei no Salão Verde. As sombras da noite faziam o piano de Farrin lembrar uma fera adormecida. Não parei para ponderar; corri em direção a um pedestal fino feito de mármore com veios verdes que ficava perto de uma das janelas altas. Em cima do pedestal havia uma samambaia exuberante em um vaso. Pousei o olho no ninho de folhas da samambaia, decidindo que o Homem com a Coroa de Três Olhos não precisava de uma linha de visão direta para a minha irmã ao piano. Ele seria capaz de escutá-la; isso deveria ser suficiente.

Em seguida, corri, me sentindo perseguida por alguma coisa que não estava lá. No andar de cima, nos meus aposentos, Una trotou para me receber e depois parou, farejando, uma pata hesitante no ar. Ela recuou, se encolhendo com um rosnado, as orelhas para cima, a cauda enfiada entre as pernas. Só depois de eu enrolar as minhas roupas, enfiá-las em um canto do armário e me esfregar vigorosamente no banho foi que ela finalmente chegou perto o suficiente para que eu afagasse os seus pontos sedosos atrás das orelhas. Una se sentou do meu lado na cama, descansou a cabeça nas minhas colchas e ganiu baixinho, me encarando com uma óbvia preocupação aflita até eu adormecer.

Naquela noite eu sonhei com pelagem e osso, e acordei sentindo gosto de fumaça.

Os dias se passaram com crises de medo.

Apavorada que o meu pai ou Farrin pudessem sentir o cheiro do demônio em mim, eu tomava banho constantemente e pedia a Lilianne para pentear os meus cabelos com óleos perfumados pelo menos uma vez por dia. Ela não se importava; na verdade, parecia apreciar o tempo em silêncio no meu banheiro, o deslizar do meu pente com ponta de pérola. Eu deixava que ela escolhesse as essências — canela, alecrim, hortelã. Desesperada para me assegurar de que não havia nenhum perigo por perto, eu a escutava tagarelando relatórios sobre o estado da casa e esmiuçava cada frase procurando algum sinal de mal latente. Mas as coisas em Ivyhill seguiam da mesma maneira que antes. O meu pai e os seus muitos visitantes passavam horas a fio trancados em reuniões. Algumas vezes Talan se juntava a eles; outras, eu olhava pela minha janela e o via caminhando pelos jardins, parando ao lado de cada árvore para admirá-la. Um dia eu o observei caminhando junto com nosso jardineiro-chefe, o sr. Carbreigh. Quando eles pararam para conversar a respeito de um olmo imponente que marcava o caminho para o laranjal, fechei as cortinas com uma crise de raiva.

Eu poderia ter ido até ele. Poderia ter ordenado que explicasse o que ele e o meu pai vinham tramando, por que ele continuava em Ivyhill, por que me deixara naquela noite no baile da rainha.

Porém, eu era uma covarde. Permaneci no meu canto e comecei a odiar me olhar no espelho.

Quando Una pareceu ser ela novamente, galopando muito alegre pelos meus aposentos comigo e se aninhando do meu lado de noite, considerei que estava seguro me tornar a sombra de Farrin. Eu fazia as refeições com ela, assombrava os seus aposentos à noite para ler ao seu lado. O suspense da espera decerto me mataria se isso continuasse por muito tempo. Eu precisava que ela produzisse algum tipo de música, e logo, antes que o demônio irrompesse pelas portas da frente de Ivyhill, impaciente e enraivecido.

Certa manhã, observei Talan saindo da propriedade em um dos nossos cavalos e virar na estrada distante que em algum momento levava ao sul para a capital. Para se encontrar com Gareth, Lilianne me informara, e continuar a pesquisa que os dois faziam sobre possessão demoníaca. A imagem de Talan galopando, o casaco de viagem esvoaçando, o vento nos seus cabelos escuros, fez o meu coração dar um nó.

Para me distrair, acompanhei Farrin na sua caminhada diária pela propriedade. Ela se achava involuntariamente adorável nas suas enormes botas de couro, calça encardida e casaco surrado, um lenço amarrado em torno dos cabelos e um cajado na mão. Os seus bolsos estavam inchados com luvas de trabalho, tesouras e pequenos buquês amarrados com fitas de seda. Nós íamos fazer as nossas visitas aos fazendeiros arrendatários depois da nossa inspeção pelo terreno, e Farrin gostava de levar flores das estufas para eles.

— Traje interessante que você escolheu para isso — comentou ela, me olhando de lado.

A minha boca se afinou no meu esforço para acompanhar o ritmo das passadas rápidas da minha irmã — uma tarefa difícil, com as minhas botas cinza macias e o vestido de verão com babados de popeline listrado azul, peças que decididamente *não* são adequadas para andar sobre lama e mato.

— Eu estava distraída hoje de manhã — murmurei, o que era verdade.

Seis dias haviam se passado desde a minha conversa com o demônio, e cada momento que se arrastava parecia mais preocupante que o anterior. Eu não tinha como ter certeza de quanto tempo ele esperaria pelo que queria. O meu único conforto vinha do pensamento de que ele estava sem dúvida apreciando me observar sofrendo, e podia se satisfazer com isso por algum tempo.

— Você vive distraída, ultimamente — Farrin disse. — Lilianne me contou que você mal dorme.

Engoli um sobressalto de raiva. Talvez Lilianne não fosse uma aliada tão leal quanto eu pensava.

— Lilianne é fantasiosa e procura intriga onde não existe. E de qualquer modo, estou aqui agora, não é? Achei que você ficaria feliz por isso.

— Estou feliz, e também curiosa. Você vai continuar rondando os meus aposentos *toda* santa noite ou em algum momento vou desfrutar de uma noite em paz sozinha? Você leva um susto com cada barulho, o que também me sobressalta.

— Cuidado, Farrin. E se eu de repente me tornasse uma reclusa, antecipando o dia em que a minha doença não me deixar alternativa nessa questão? Você ia se arrepender de me amedrontar.

Farrin bufou.

— Você, reclusa? Esse papel é meu. Você não duraria um mês. — Ela me olhou intensamente; eu podia sentir o seu olhar, embora continuasse mirando em frente. — Quer conversar sobre algum assunto? — perguntou ela, gentil. — Estou preocupada, Gemma. Você não parece você mesma.

Eu precisava falar alguma coisa, *qualquer coisa*, para sufocar a confissão queimando na ponta da minha língua.

— Nem todo mundo consegue se recuperar de uma noite como a do baile de máscaras tão rápido quanto você, Farrin.

Ela riu com força, sem mais nenhum traço de suavidade.

— Não tenho tempo para me prolongar nessas memórias. Há uma propriedade para administrar, contas para lidar, criados para tratar.

— Assim como esquemas para tramar com o papai e todos os seus amigos.

Caiu um silêncio sepulcral entre nós.

— Sim — Farrin confirmou, com amargura, depois de um momento. — E também existe isso.

Não havia mais sentido em continuar a falar sobre o assunto como se não fosse nada. Assim, soltei uma lista de perguntas:

— Que tipo de retaliação ele está planejando contra os Bask? Eu vi Byrn preparando a carruagem do papai. Para onde ele irá? Para que são todas essas reuniões? E por que Talan está participando? Ele é um vendedor de vinho de uma família arruinada, não um aliado de qualquer valor.

— A respeito de Talan, tudo o que eu sei é que ele vem se tornando uma espécie de queridinho do papai. O nosso pai gosta de ter pessoas interessantes ao seu redor, e Talan é interessante. História triste, rosto bonito, inteligência aguçada. Ele vai encontrar o papai amanhã no Mosteiro Pallas, na verdade. O papai visitará um monge especializado em remédios para dor nas costas, seja lá o que *isso* signifique.

Farrin respondera o que queria e ignorara o resto. Lutando para ter paciência, tentei não imaginar o meu pai e Talan na estrada, um entretendo o outro com histórias sobre como eu sou um peso, uma coisa curiosa, como uma espécie a ser mantida sob uma redoma. Talvez Talan contasse ao meu pai o que acontecera no baile de máscaras, o que provavelmente não o chocaria nem um pouco, muito pelo contrário, confirmaria o que ele sempre suspeitara: havia algo errado comigo, e eu deveria ser trancada para a proteção de todos.

— Pode ser que o papai simplesmente esteja com as costas doendo — salientei, tentando não chorar.

— Um mal que nós podíamos tratar muito bem aqui em casa. Só posso pensar que é uma desculpa para disfarçar o seu objetivo real. De qualquer forma, eu não deveria ter mencionado isso. Você não vai querer fazer parte de nada desse negócio.

A velha contestação me eriçou.

— Porque eu não preciso saber, não é? Não sou forte o suficiente. A minha saúde é o que importa.

— É isso mesmo — respondeu Farrin, seguindo em frente.

Com uma sensação cruel de satisfação, imaginei o que a minha família iria pensar quando os Bask estivessem mortos e ela percebesse a quem devia agradecer. A pobre, frágil e estranha Gemma, com o seu pobre e estranho corpo. Imaginei se, depois que eu não estivesse mais lá, a culpa de saber o que eu sacrificara pesaria neles pelo resto da vida.

Esperei até o nó na minha garganta se dissolver, depois falei despreocupada:

— Você está certa, acho. E falando em mal, você parecia muito abatida hoje de manhã. Talvez deva tocar o seu piano mais tarde. Sabe que isso a faz relaxar, não é? E já faz um tempo desde o torneio. Que melhor maneira para desafiar os Bask do que apreciar a música que eles interromperam com tanta crueldade naquele dia?

Foi isso o que fez Farrin parar de andar.

— É a oitava vez esta semana que você fala alguma coisa comigo sobre a minha música. Por quê? Você nunca foi tão insistente.

A voz dela mostrava irritação. Eu me virei para encará-la. Ficamos paradas no topo de uma colina íngreme perto de um muro de pedra da altura dos meus quadris. Adiante havia um campo de girassóis, que balançavam alegremente no vento leve. Um pequeno riacho corria fraco na base da colina, e pardais se banhavam nas suas águas rasas.

— Eu só quero que você fique feliz — comecei.

— Não, não quer. Você não quer que eu ou o papai fiquemos felizes. Uma punição por termos te excluído.

Fiquei boquiaberta, as minhas bochechas se avermelhando.

— Isso não poderia estar mais longe da verdade — menti —, e não é justo.

Ela me encarou firme por um momento, depois suspirou e olhou para o outro lado. A luz do sol lançou um alívio severo para o seu rosto cansado.

— Me desculpe — ela falou, parecendo exausta —, por tudo. Eu não devia ter dito isso, não é o que eu acho, e não quero discutir. Só quero terminar o meu trabalho e ir dormir. — A minha irmã apertou a minha mão. — Vou pensar no assunto. A música, quero dizer. Está bem?

Uma vibração nervosa de medo cresceu no meu peito. Eu queria que ela fizesse isso, eu *precisava* que ela fizesse isso — todos nós precisávamos, embora ninguém além de mim soubesse. E mesmo assim eu queria pegá-la pelos ombros, sacudi-la e gritar para Farrin nunca mais tocar piano, nunca mais cantar uma nota e me contar todos os segredos que ela e o meu pai escondiam, para me ajudar a sair dessa situação horrorosa que eu criara para mim mesma.

Em vez disso, abri o meu sorriso mais doce.

— Vou montar guarda na porta e socar qualquer um que ficar olhando embasbacado por muito tempo.

Ela soltou uma risada aguda.

— Eu queria ver isso. Você pelo menos consegue socar?

— Acho que sim, se eu tiver a motivação certa.

Por um instante, ela me olhou com carinho, o vento brincando com as mechas dos cabelos castanho-dourados que haviam se soltado do lenço. Então, a minha irmã deu um beijo no meu rosto e voltou a andar. Eu me apressei para acompanhar o ritmo, os saltos das minhas botas afundando na terra molhada a cada passo. Uma sombra esvoaçou por cima do meu corpo, e o vento sussurrando nos girassóis trouxe junto o cheiro fraco de alguma coisa estragada e efervescente. Mas quando procurei uma silhueta alta e de chifres, um couro peludo e uma barriga branca, não vi nada além de uma floresta amarela e verde, e da próxima vez que inspirei, o vento estava de novo ameno e doce, temperado por nada além do verão.

* * *

Naquela noite, durante as horas mais escuras, acordei ao som de Una chorando de dor.

Pulei para fora da cama, ou tentei, mas uma pressão sufocante me manteve deitada, como se eu estivesse sendo asfixiada por um cobertor grosso. Uma intensa torrente de dor atravessou o meu corpo. A magia me prendendo era violenta e sólida, pesada como pedra. Lutei contra ela, arranhando o ar. O som do sofrimento de Una me deixava louca. Empurrei e chutei, os ossos doendo cada vez mais, os músculos gritando de agonia.

Bem quando achei que eu fosse vencer a pressão, um ponto quente de luz apareceu no meu peito, rápido e raivoso como um punho se fechando apertado, e depois explodiu.

O som alto de um choque perfurou os meus ouvidos e, quando consegui me içar para fora do leito, pingando de suor, olhei ao redor, tonta, e vi que a janela mais perto de mim tinha se estilhaçado. Pisei no vidro com cuidado, tropeçando por cima dos cobertores que eu tinha lançado para fora da cama, procurando uma pedra ou um pedaço de bala, alguma coisa que explicasse o que havia acontecido com aquela janela, mas não encontrei nada. O meu corpo se contraiu com um medo terrível e devastador.

Fui até Una, que se contorcia perto da porta do meu quarto de dormir, e afundei de joelhos ao seu lado. Apalpei-a por inteiro, procurando machucados que não existiam, mas algo claramente estava errado. Ela gania sem parar, esfregando o rosto com as patas. Una desabou no chão, arrastou um lado do corpo no tapete, depois se ergueu e caiu do outro lado.

Em um frio lampejo de compreensão, percebi que Una devia estar escutando alguma coisa, ou sentindo o cheiro — alguma coisa horrível e errada, alguma coisa que não pertencia a esta casa.

Atirei-me contra a porta para abri-la e desci o corredor velozmente. Os aposentos de Farrin estavam vazios, sua porta, entreaberta. O meu pavor me sufocava. Corri pela casa como uma mulher enlouquecida, a minha mente fervilhando com imagens tão terríveis que eu mal conseguia respirar. Não pensei em encontrar uma arma ou acordar o meu pai; não pensei em nada além de Farrin, e em correr, e no soco sombrio de raiva abrindo um buraco no meu peito.

Quando desci as escadas cambaleando para a ala central da mansão, o hall estava assustadoramente silencioso, o ar, quente e fétido. Precisei me impulsionar por ele como fosse um lamaçal grosso. Caminhando com dificuldade em direção ao Salão Verde, a minha cabeça, tonta pelo esforço de me mover, avistei Marys, uma das nossas criadas, encolhida embaixo da escada. Lágrimas silenciosas corriam pelo seu rosto. Os seus olhos estavam arregalados, fixos. Ela se balançava devagar de um lado para o outro e, quando me notou, sacudiu a cabeça com uma incredulidade infantil.

Osmund, o gato preto de Farrin, caminhava freneticamente de um lado para o outro, diante das portas fechadas do Salão Verde, todo o seu pelo eriçado. Vi a sua boca se mover, sabia que ele devia estar gritando, mas eu não conseguia ouvir nenhum som. O ar era tão espesso que abafava tudo. Até os meus próprios passos se mostravam silenciosos. Eu me estiquei em direção às portas, empurrei Osmond delicadamente com um pé, gritei para ele correr em segurança. Eu escutei o meu grito — a minha voz, distante e distorcida, como se estivesse embaixo d'água.

Joguei o meu corpo contra as portas com uma explosão louca de força. Elas se abriram bruscamente, e eu cambaleei para dentro. O som voltou em uma rajada violenta que estalou nos meus ouvidos, e a primeira coisa que escutei foi Farrin gritando.

Ela estava no chão, de camisola, sendo arrastada para longe do piano tombado por uma massa agitada de sombras com duas vezes a altura do meu pai. A massa piscava loucamente, uma confusão irregular de escuridão, e uivava, um urro furioso e agonizante, tão alto e terrível que os meus joelhos cederam e eu desmoronei contra a parede. Ao som das portas se abrindo, a coisa girou violentamente, provocando um redemoinho de preto, e vi formas piscando nas profundezas do seu corpo — um flanco preto peludo, um chifre grosso, uma garra de homem, punhos cheios de crostas, três olhos amarelos redondos.

O Homem com a Coroa de Três Olhos.

Ele soltou um grito agudo e penetrante, e uma massa repleta de minhocas pretas se contorcendo e impensáveis vísceras carnudas foram vomitadas do seu corpo. Eu me desviei daquele monte e corri, engasgando com o fedor, pois só os deuses sabiam o que se estatelou no chão ao meu redor.

Corri na direção dele, sem pensar, a minha mente reduzida a uma fúria animal. Ele mentira para mim. Ele tinha dito que não machucaria a minha irmã, e ali estava ela no chão, ele segurando-a pelos cabelos. Eu a vi ferida e sangrando; soluçando, pedia misericórdia. Eu soube então que o olho que ele havia me dado lhe permitira enganar os nossos guardas e invadir a minha casa — e eu o deixara fazer isso.

Não sei o que deu em mim então, ou o que aconteceu — talvez eu houvesse proferido um comando bem dentro de mim sem perceber, ou talvez algum resquício fraco e antigo dos deuses, com pena de mim, tivesse resolvido saltar para dentro do meu corpo. Qualquer que fosse a razão, quando corri em direção ao demônio com um incêndio de ira desesperada queimando o meu coração, tornei-me tão incandescente quanto as estrelas.

As mãos fechadas em punhos, voei para o demônio sem nenhuma estratégia ou sutileza, um aríete determinado a destruí-lo. Joguei-me violentamente sobre ele, tive um vislumbre dos seus três olhos me encarando — perplexos e amarelos com pupilas pretas finas como pelos —, e aí uma imensa erupção partiu o ar, quente como um relâmpago e ensurdecedora. O salão desapareceu em um clarão branco, e uma chuva de agulhas perfurou a minha pele — milhares delas, milhões.

Desabei no chão e bati a cabeça com força. A minha visão rodando, o gosto de sangue inundando a minha boca, mantive os olhos abertos tempo suficiente para ver Farrin se arrastando na minha direção, soluçando o meu nome, e então parei de resistir e me deixei apagar.

25

A PRIMEIRA COISA QUE PERCEBI QUANDO ABRI OS OLHOS FOI QUE A MINHA pele tinha mudado.

Eu estava no chão com a cabeça no colo de Farrin, e a minha mão, pousada na sua perna, brilhava, uma sutil pátina iridescente. Esfreguei a mão na camisola de Farrin, curiosa para ver se o estranho brilho sairia, mas ele não se alterou. Virei a mão no ar e fitei os meus dedos suavemente reluzentes em total perplexidade.

Foi quando a voz de Farrin flutuou sobre mim com uma respiração lacrimosa:

— Ah, graças aos deuses! Você está viva!

Tentei me sentar, mas eu me sentia trêmula, recém-nascida, e não consegui sem o apoio de Farrin. Ela colocou os braços ao meu redor, me segurando contra si, e eu vi os arranhões sangrando na sua pele e me lembrei de tudo.

Desvencilhei-me dela e girei, procurando desesperadamente pelo Homem com a Coroa de Três Olhos, mas só encontrei Farrin, e o meu pai parado a alguns passos de distância nos seus trajes de dormir e roupão, e Gilroy rondando as portas do salão com diversos criados atrás.

Com a visão embaçada, procurei pelo rosto de Talan, esperando que ele irrompesse pelas portas a qualquer momento, corresse na minha direção, me abraçasse e me aninhasse nos seus braços em segurança. Tudo seria como antes, e nunca mais falaríamos sobre aquela noite terrível no baile de máscaras.

Mas Talan não estava lá, eu me lembrei. Ele tinha ido para a capital trabalhar com Gareth. Uma pontada de decepção se fechou em volta da minha garganta. Tentei falar para mim mesma que a sua ausência não era nada para mim. O importante era Farrin estar segura. Eu estava segura. O demônio tinha sumido — assim como, percebi de repente, as janelas.

As molduras se achavam vazias e limpas; cada pedacinho de vidro desaparecera. A mesma coisa com os espelhos que antes se alinhavam no salão. As altas molduras douradas estavam lá, mas nenhum vidro permanecia dentro.

Pensei na janela estilhaçada do meu quarto e procurei por sinais de vidro quebrado, mas o chão estava limpo, a não ser pelo piano destruído, o banco virado e alguns riscos do sangue de Farrin.

— O que aconteceu? — sussurrei. Olhei de volta para a minha irmã, mas a sua atenção não estava mais em mim, e sim no nosso pai, cujo rosto se mostrava muito branco.

— Eu tocava piano, e de repente o salão ficou escuro e quieto — disse Farrin, com firmeza. Ela olhava, furiosa, para o meu pai, o que achei estranho. — Quando me dei conta, eu estava sendo arrastada no chão por... — fez um barulho esquisito na garganta, balançou a cabeça — ... aquela *coisa*. Gritei e lutei com ele, que me disse para não ter medo. Me lambeu inteira. Me falou que o meu gosto era muito bom para resistir. Ele era um homem, uma fera e uma sombra.

— O Homem com a Coroa de Três Olhos — murmurei.

O olhar do meu pai se desviou para mim.

— Como você sabe disso?

— Ele tinha três olhos amarelos, para começar — respondi, exausta —, e era um monstro com uma aparência horrenda. Um palpite fácil de dar.

Fui obrigada a falar devagar. Era difícil até raciocinar com uma dor de cabeça latejando tanto, e eu não queria que eles soubessem a verdade sobre o acordo que eu havia feito, e eu não conseguia parar de olhar para a minha própria pele.

— E aí, Gemma me salvou. — Farrin me abraçava com força. A minha irmã imbatível, que de alguma maneira tinha energia para falar. — Não sei o que você fez, querida, mas eu a vi correndo na minha direção, e então houve um enorme clarão de luz, um estouro que balançou as paredes. As janelas se estilhaçaram, e os espelhos também. Caí no chão, cobri a cabeça com os braços, mas não senti dor. Esperei e, quando olhei para cima, o demônio tinha sumido, assim como cada caco de vidro.

Farrin hesitou. O seu polegar roçava a minha mão com delicadeza. Ela estava quente, agradável e macia; eu quase consegui imaginar que éramos crianças novamente, nos abraçando para dormir.

— Está doendo? — ela quis saber.

— Não — respondi, admirada, e então enterrei as unhas no meu braço antes que ela pudesse me impedir. Mas nem isso removeu o brilho.

— Todo o vidro da casa sumiu — o meu pai falou, baixo. Os seus olhos estavam acinzentados, inexpressivos e impenetráveis. — Todos os espelhos, todas as vidraças.

— Estão em mim, não estão? — Olhei para Farrin, e em seguida para o meu pai, e estendi o braço para cima. Milhares de partículas minúsculas brilharam um pouco quando me mexi. — Foi para cá que eles vieram.

A expressão sofrida no rosto do meu pai me causou arrepios. Quando o meu olhar se fixou no dele, eu soube que a minha suposição estava correta. Não havia choque no seu rosto. O papai não estava surpreso pelo que havia acontecido. O seu semblante era o de um homem que havia finalmente visto a coisa da qual tinha medo.

— Como algo assim é possível? — perguntou Farrin.

— Um ato de magia tão poderoso pode trazer consequências para quem o realiza — o meu pai falou com intensidade. — Já vi isso antes. O que você fez estilhaçou o vidro, e então o vidro se fundiu em você, Gemma. Uma segunda pele.

À medida que ele falava, os seus olhos ficavam mais brilhantes, o que me apavorou. Eu não o via chorar fazia anos. Eu me convencera de que ele não era mais capaz disso. O meu pai se virou e escondeu o rosto nas mãos.

— Papai? — chamei, baixinho.

Um pensamento horrível começava a tomar forma na minha mente. O meu pai tinha visto esse tipo de coisa acontecer antes, ele dissera. Eu me agarrei às palavras com cuidado, assustada com o que elas podiam significar.

Um silêncio terrível se seguiu, o que aparentemente fez com que Gilroy recobrasse o controle. Ele mandou os criados embora apressadamente e fechou as portas.

Uma vez que estávamos sozinhos no salão, a voz áspera de Farrin partiu o silêncio em dois:

— É interessante para mim, papai, o que o senhor disse quando nos encontrou aqui: "Me desculpe, Gemma". O senhor repetiu isso várias vezes. E não se aproximou mais do que a distância em que está agora. O senhor parecia enojado. "Me desculpe." Que coisa estranha para falar para a sua filha. Que coisa estranha sem dúvida não vir imediatamente para o lado dela depois que ela quase perdeu a vida, e em vez disso ficar aí parado chorando e escondendo o rosto como se não conseguisse suportar olhar para ela. — Os braços de Farrin ficaram tensos em torno de mim como se protegesse a nós duas de uma explosão. — Pelo que o senhor se desculpou, pai? O que aconteceu aqui? Por que está com medo de Gemma?

Ele balançou a cabeça e passou as duas mãos pelos cabelos castanho-dourados.

— Não estou com medo dela — sussurrou ele, claramente mentindo.

— Você a olha como se estivesse — afirmou Farrin. — Venha aqui. Abrace a sua filha. Ela fez algo milagroso, e isso me salvou. Não vale nem um pouquinho do seu amor? Por que o senhor está simplesmente *parado* aí?!

O meu pai fitou o chão. A sua barba estava desarrumada, os seus trajes de dormir, amassados. Pensei, de uma maneira bem desagradável, que ele parecia patético — uma luva gasta cheia de furos, assim como o demônio dissera.

— Está tudo bem, pai — eu garanti, de repente insuportavelmente cansada. — Já sei há algum tempo que o senhor não me ama, pelo menos não como ama Farrin e Mara. Eu já aceitei.

O meu pai fechou os olhos apertado e emitiu um barulho horrível.

— Gemma, vamos lá para cima. — Farrin me encarou com firmeza. — Não consigo suportar isso. Deixe que ele fique aí de boca aberta como um covarde sem um pingo de juízo na cabeça. Vamos pedir para a sra. Moreen examinar você e preparar um tônico que ajude a dormir.

— Não, não vão — o meu pai pediu, baixinho. — Por favor. Eu só preciso de mais um momento para pensar.

— Pensar no quê? O que há de *errado* com o senhor? Por que está olhando para ela dessa maneira? — A raiva de Farrin transbordara.

Ela começou a se erguer, e eu soube que, se eu deixasse, ela iria até ele e tomaria uma atitude da qual se arrependeria depois. Assim, segurei o seu pulso e a mantive imóvel.

— Ele sabe o que eu fiz — falei, me dando conta da verdade com perfeita clareza. — E ele sabe como eu fiz. Todo esse tempo achei que eu não tivesse magia, mas tenho sim, e ele nunca me contou, mas ele sabe o que é.

— Não sei, não! — o meu pai explodiu. — Nem sei nada de como funciona, que é exatamente o motivo pelo qual nós... — O papai andou para longe, tenso e agitado.

Por um agonizante momento, ele permaneceu imóvel, de costas para nós, os ombros altos e rígidos, como se estivesse se abraçando.

— O que nós fizemos foi para mantê-la segura, Imogen — disse ele, por fim, sussurrando. — Você precisa entender isso. As coisas que você fazia... Elas eram diferentes, imprevisíveis. Assustadoras. Mara tinha a força, Farrin, a música. Mas você... A sua magia não era tão simples.

Ele se virou para me olhar, o rosto extenuado.

— Uma manhã, quando você era bem pequena, pequena demais para andar, você acordou sufocando. A sua garganta estava bloqueada, cheia de flores brancas. Enfiamos a mão na sua boca para puxá-las, mas elas continuavam surgindo. Você ficou azul, sem conseguir respirar. Pensamos que íamos perdê-la. Porém, quando tiramos a última pétala encharcada, você se reanimou e começou a gargalhar, ilesa e feliz. A sua mãe não dormiu por meses, nem você. Ela te acordava e verificava a sua boca a cada cinco minutos. Todos os nossos pesadelos eram cheios de flores.

O meu pai balançou a cabeça, respirou fundo e prosseguiu:

— Quando você tinha quatro anos, estava brincando de pega-pega com a sua mãe e fez um encantamento transformando a aparência dela em um homem alto e sem rosto com longas abas de pele clara e uma coroa de galhos. Ela não percebeu o que havia acontecido, nem você. Eu cheguei até onde vocês estavam e pensei que alguma criatura Antiga estava te atacando. Corri até a sua mãe e a joguei para o outro lado do quarto. Ela bateu na parede e abriu a cabeça. O encantamento sumiu. Você ficou agarrada nela vendo-a sangrar e gemer, apavorada. A sra. Moreen a salvou, mas por pouco. Eu disse que Philippa tinha caído da escada.

Ele falava rápido, como se as palavras estivessem amaldiçoadas e ele desesperadamente precisasse se livrar delas. Era uma história grotesca, fantástica demais para ser real, mas os meus ossos doeram quando a escutei, e aquilo me garantiu que a história era real. O meu corpo se lembrava, mesmo que a minha consciência não.

— Quando tinha seis anos — continuou ele, os olhos brilhantes —, você brincava de esconde-esconde com Farrin e Mara nos jardins, e acho que você pensou: "Ah, não seria inteligente se eu fosse uma árvore e pudesse me esconder à plena vista?". Saímos de casa correndo quando te ouvimos gritando. Você estava presa dentro dos galhos que cresciam de uma enorme árvore antiga que eu nunca vira antes. As folhas saíam da sua boca, pequenas flores brancas saíam das suas unhas, a casca se infiltrando devagar perto dos seus olhos.

A voz do meu pai falhou. Ele afundou devagar, ficando de joelhos. Farrin esmagava os meus dedos, o corpo rígido ao meu lado.

— Não sabíamos como tirar você de lá — disse ele, chacoalhando a cabeça. — A árvore era uma coisa separada ou a árvore era *você*? Se partíssemos a árvore, você morreria? Mas a árvore estava crescendo rápido demais para pedirmos ajuda. A casca tinha coberto completamente o seu rosto. Você parara de gritar. Não tínhamos escolha. Achei um machado nos estábulos e comecei a cortar até o seu corpo sair. Se eu desse mais uma machadada, teria arrancado o seu pé esquerdo.

O meu pai levou a mão trêmula ao rosto.

— Graças aos deuses era dia de festival. Todos os criados estavam na cidade, menos a sra. Seffwyck, que ficou o tempo todo dormindo. E as suas irmãs ainda vagavam pelos jardins. Elas tinham encontrado um cervo perdido e se esqueceram totalmente da brincadeira. Tivemos sorte. Conseguimos explicar cada coisa terrível que você já tinha feito. Mas sabíamos que aquela sorte não duraria.

O papai olhava com tristeza para as mãos, e mesmo antes de confessar o resto para nós, eu sabia o que ele ia dizer. Eu sabia bem no fundo da minha barriga, exatamente no lugar onde o medo e a raiva viviam, e o odiei por isso. A sensação cresceu como uma erva daninha dentro de mim; o meu coração se partiu. Eu o detestava, e detestaria para sempre.

— O que o senhor fez? — sussurrou Farrin.

— Foi preciso que fizéssemos — afirmou o meu pai, um leve desafio na voz. — Ninguém que consultamos conseguiu nos dizer em nome de todos os deuses o que havia de errado com ela.

— *Comigo*. — Eu me sentia como se tivesse engolido fogo. — Estou bem aqui. Ninguém conseguiu dizer a vocês o que havia de errado *comigo*.

Ele olhou para mim, o rosto cuidadosamente inexpressivo.

— Muito bem, então. E se da próxima vez que *você* acidentalmente encantasse a sua mãe, os curandeiros não conseguissem reconstruir a cabeça dela? E se você se sufocasse com espinheiros enquanto dormia, ou se as suas irmãs se sufocassem? E pode imaginar se os Bask pusessem as mãos em você? Se as coisas continuassem como estavam, o rumor ia se espalhar, e ou os Bask ou outro alguém teria tentado sequestrá-la ou matá-la ou abri-la para estudar o seu corpo, ou talvez jogá-la na Antiga Nação. Talvez os Bask a fizessem se virar contra nós, convencendo--a de que éramos a causa desses incidentes terríveis, e você nos destruísse.

A voz do meu pai falhou. Ele enxugou o rosto com a manga da camisa e me fitou com um pedido de desculpas nos olhos — um pedido de desculpas que eu não tinha interesse em escutar.

— Pai, o que o senhor *fez*? — Farrin perguntou de novo, com desespero.

O meu pai inspirou, depois expirou, em seguida se levantou sem equilíbrio. Ele revelou o resto em voz baixa, no mesmo tom. Uma conclusão horrenda.

— A sua mãe e eu contratamos um artífice, exilado da Antiga Nação e feliz com o trabalho. Pedimos a ele que enterrasse qualquer poder que você tivesse, e ele fez isso. Tecemos uma rede de sangue, ossos e tendões que manteria o feitiço preso e adormecido no fundo do seu corpo. Você tinha seis anos quando o encontramos. O processo levou vários dias, e foi preciso que você ficasse acordada em uma parte. A sua mãe se manteve ao seu lado o tempo todo, mas não me deixou entrar no quarto. Ela disse que, por ter gerado você, fora ela a falhar, então ela se obrigaria a assistir enquanto ele cortava o seu corpo. Ela disse...

O papai cerrou a mandíbula e tentou falar três vezes antes de conseguir:

— A sua mãe me contou que todos os dias depois daquilo ela ouvia os seus gritos enquanto dormia. Ela se lembrava do seu pequeno corpo se debatendo toda vez que cerrava as pálpebras. Você teve sorte. O artífice garantiu que você não se lembrasse de nada.

O sangue do meu corpo retumbava nos meus ouvidos. Desvencilhei-me de Farrin com ímpeto e a afastei quando ela tentou me alcançar de novo.

— É por isso que... — Gesticulei para o meu corpo.

Os meus dedos polvilhados de vidro brilhavam suavemente, e eu queria vomitar, queria botar para fora tudo que estava dentro de mim, todas as coisas Antigas nojentas que o artífice fizera comigo, e enfiar tudo goela abaixo do meu pai, deixar que *ele* sentisse a dor de ser partida e costurada de volta contra a sua vontade.

— É por isso que eu sou doente? — Mal consegui formular as palavras. O pavor de tudo aquilo era cruel demais, imenso demais. — É por isso que a magia me machuca?

O meu pai encarou o chão mais uma vez. Eu o odiei mais do que tudo por aquilo. Depois de tudo o que tinha feito, ele não conseguia sequer olhar para mim.

— Acreditamos que sim — respondeu ele. — O artífice nos avisou que podia haver consequências, certas sensibilidades. A magia Antiga pertence à Antiga Nação, não a Edyn. E essa técnica era particularmente velha. Uma prática antiga, ele comentou, raramente realizada. Ele falou que o seu corpo talvez lutasse contra isso para sempre. Mas, se sobrevivesse ao procedimento, você viveria e ficaria segura. O seu poder dormiria. — Ele estava com as mãos fechadas nas laterais do corpo. — Gemma, por favor, você precisa entender. Nós estávamos apavorados por você, por todos nós. Não conseguíamos suportar o medo constante de perder a nossa filha para algum ato pavoroso da sua própria magia. Tínhamos de correr o risco.

— E todos os curandeiros para quem vocês me levaram, os estudiosos que vocês trouxeram aqui para me avaliar?

— Ele precisava agir como um pai que se importava que você estivesse com dor. — Farrin o fitava com profundo desprezo. — Ele não podia deixar você nem ninguém suspeitar de que ele sabia exatamente o que te afligia, e na verdade era a causa daquilo.

O meu pai encarou Farrin com as pálpebras vermelhas.

— Você teria preferido que a deixássemos ficar descontrolada e um dia destruísse todos nós?

— Ela era só uma criança, o seu poder ainda dava os primeiros passos! Com o tempo e cuidados, podia ter se ajeitado, mas vocês negaram a ela a chance de descobrir.

Toquei na perna de Farrin, silenciando-a.

— Por isso é que a mamãe foi embora, não? — Uma súbita calma caiu sobre mim, sufocando a minha raiva, apagando toda a minha ira. — Ela não conseguiu parar de sonhar com aquilo, não conseguiu parar de se lembrar de como eu sofri. Toda vez que olhava para mim...

A expressão do meu pai ruiu, e quando ele encontrou os meus olhos, desejei que não o tivesse feito. Essa conversa claramente tinha lhe custado. Ele parecia ter sido estripado.

— Toda vez que olhava para você — ele murmurou —, ela não via nada além de culpa e vergonha. Então os Bask provocaram o incêndio, e Mara foi para Rosewarren. Ela não conseguiu suportar tantos golpes.

E aí o meu pai disse a pior coisa que podia dizer. Não sei o que o levou a falar isso. Talvez estivesse simplesmente cansado depois de uma confissão daquelas e não conseguisse mais raciocinar direito.

— Se você não tivesse nascido... — o olhar do meu pai vagava, distante —... ela provavelmente ainda estaria aqui. As suas irmãs ainda teriam a mãe. Eu ainda teria a minha mulher.

As palavras me atordoaram, me deixaram sem ar. Vagamente senti Farrin me afastar dela, depois a vi correndo em direção ao meu pai e golpeá-lo no rosto. Ela gritava com ele, o seu corpo inteiro tremendo de raiva.

Deixei que ela batesse nele e decidi que não ficaria na minha casa naquela noite, que eu nunca mais poderia ficar naquela casa. Saí do salão e passei pelo hall de entrada com os restos retalhados da minha camisola. Sem dúvida deixava pouco para a imaginação dos criados, perplexos, mas eu não me importava a mínima naquele momento.

Enquanto eu, parada nos degraus do lado de fora das portas da frente, esperava a minha montaria, depois de mandar buscá-la, Lilianne correu até mim. Os seus olhos brilhantes de lágrimas estavam ferozes, a minha Lilianne... Ela se agarrou a mim sem medo e perguntou se eu a levaria comigo, para qualquer lugar a que eu estivesse indo. Eu precisaria dela, foram as suas palavras. Não era certo que eu ficasse sozinha em um momento assim. Eu não disse nada. Delicadamente me desgrudei dela e me afastei.

Alguma estúpida parte de mim continuava esperando que Talan chegasse de repente galopando estrada abaixo com o seu cavalo, chamado de volta para a propriedade por um instinto protetor que lhe permitisse fazer a viagem de volta da capital em poucos minutos. Claro que isso não fazia sentido. Ele não veio, e não viria.

Fitei a noite, sem piscar, até os meus olhos arderem. Decidi que não ia chorar, por mais que eu quisesse. Eu choraria por outras coisas, sofreria e sentiria raiva, mas não por aquilo. Não por Talan, e não pelo tanto que eu desejava que ele aparecesse.

— O que você está fazendo? — Farrin abandonara o seu discurso para se juntar a mim. — Venha para dentro, venha se sentar comigo. O papai se trancou nos seus aposentos, e que fique por lá. Precisamos ter certeza de que você não está machucada.

— Não estou machucada. — Eu a afastei. — Me deixe sozinha, Farrin. Saia de perto de mim. Vá até a sra. Moreen e cuide dos seus machucados.

Ela chorou um pouco.

— Gemma, *por favor*...

— Saia de perto de mim! — gritei e a empurrei com força, e imediatamente me desprezei por fazê-la se sentir daquele jeito.

Aquela expressão ferida que ela logo escondeu. Farrin não queria que eu me preocupasse com ela; não queria que eu fosse embora. Nenhuma de nós sabia como falar as coisas que deviam ter sido ditas.

Um ajudante do estábulo trouxe Zephyr, que parecia emburrada e cansada. Eu me balancei e montei na sela, tremendo com os pés descalços, e impulsionei Zephyr a trotar, depois a andar a meio galope, e depois a galopar extremamente rápido. A minha mente estava limpa, o meu rosto, seco. Um vislumbre branco captou o meu olhar — Una se juntando a nós, suas pernas compridas e fluidas, e mesmo assim eu não chorei, nem mesmo quando parei na porta de Illaria, bati e vi os olhos da minha amiga arregalados ao me avistar, desgrenhada e brilhando, a minha pele salpicada de vidro.

Ela não me evitou nem bateu a porta na minha cara por abandoná-la no baile de máscaras, como podia muito bem ter feito. Eu não a teria culpado por isso. Ao contrário, ela me puxou em um forte abraço e beijou o meu rosto. Una, ofegante e feliz, pressionou o corpo contra a perna de Illaria.

Foi isso o que me despedaçou: a imagem da minha cadela ignorante do que acontecia saudando uma das suas amigas mais antigas da maneira como ela preferia — recostando-se educada e silenciosamente.

Chorando, escondi o rosto nas mãos e deixei Illaria me ajudar a entrar.

26

Illaria cuidou de mim por dias.

Sempre que não estava na sua oficina, coordenando uma dúzia de aprendizes e inventando a sua nova fragrância genial, ela se ocupava me paparicando, oferecendo chá de lavanda com rosas e saborosos chocolates aidurranos, e uma pilha dos nossos alegres romances cômicos preferidos — nenhum deles apresentava demônios, morte ou nada além de baixa magia irrelevante, e nenhum deles me fazia rir como um dia fizeram, embora eu tentasse por causa de Illaria. Eu nem conseguia me sentir culpada por tomar todo o tempo dela como uma sanguessuga voraz. Não sei o que eu teria feito comigo mesma se ela não viesse me ver mais ou menos de hora em hora, com uma nova distração.

A minha amiga não me perguntou nem uma única vez como eu me sentia, nem mencionou o meu pai, Farrin, a minha mãe, a minha nova pele de vidro ou a coisa terrível que havia sido feita comigo quando eu era criança. Ela nunca sequer perguntou sobre Talan, apesar da maneira como as coisas entre nós terminaram na noite do baile de máscaras. Eu lhe contara tudo quando cheguei na primeira noite, e aquilo me esvaziou, me deixou como uma concha sofrida de mim mesma.

— Nunca mais quero falar sobre isso — eu sussurrara para ela, sentada na minha cadeira azul preferida, tremendo e com frio, recusando chá ou um cobertor até expelir cada palavra terrível de dentro de mim.

No mesmo minuto em que fiz esse pedido, percebi que era infantil e não poderia manter, mas Illaria, os deuses a abençoem, o honrara até então. Eu a amava por isso. Naqueles primeiros dias tenebrosos, essa era a única coisa que eu *podia* sentir: que eu a amava e que teria morrido se ela não tivesse aberto a porta para mim. Eu teria continuado correndo até Zephyr desabar de exaustão, e então teria feito a mesma coisa, o tempo todo rezando para o Homem com a Coroa de Três Olhos saltar das sombras, furioso e vingativo, e acabar comigo.

Os meus pensamentos eram delirantes, dramáticos demais, e mesmo assim eu não conseguia contê-los. A dor que eu sentia era imprevisível; às vezes desaparecia por horas, apenas para retornar sem aviso em pulsações de sofrimento ardente que me tornavam incapaz de ficar em pé, embora Illaria tivesse restringido a magia realizada na minha parte da casa. Isso não parecia importar; o que quer que eu tivesse feito naquela noite permaneceu dentro de mim como uma infecção. O demônio entrava nos meus sonhos sempre que eu ousava dormir — **uma massa de sombras, um quadril peludo, três olhos amarelos cheios de ódio.**

Quando encontrava força para me mover, eu vagava dos meus aposentos na casa de Illaria para a biblioteca, ou às vezes para um dos bancos do lado de fora da sua oficina, embora eu soubesse que a proximidade com a magia fosse piorar a minha dor. Sentada lá, o meu nariz e a minha boca formigando por causa dos aromas intensos e inebriantes que temperavam o ar — abóbora, canela, azevinho vermelho picante; ela estava colocando os toques finais nas suas fragrâncias do outono e do inverno —, eu não fixava o olhar em nada e escutava os sons dos tanques de óleo a vapor, os pistões de compressor sibilantes, as conversas alegres dos aprendizes de Illaria. Una, deitada aos meus pés, bufava irritada sempre que alguém que entrava ou saía correndo da oficina se demorava tempo demais perto dos bancos, olhando para mim de modo furtivo. Eu não tinha certeza do que Illaria dissera a eles todos, e não me importava muito, mas eu me divertia imaginando o que eles deviam pensar de mim — a garota Ashbourne calada com sombras embaixo dos olhos e pele brilhante, sentada lá sem expressão como uma estátua bizarra.

Eu esperava assustá-los. Esperava pelo menos que alguns deles estremecessem quando passassem por mim e rezassem à deusa Zelphenia que o que quer que tivesse acontecido comigo nunca acontecesse com eles.

ALÉM DOS MEUS APOSENTOS NA CASA PRINCIPAL, ILLARIA ME OFERECEU o uso de um dos chalés privados para hóspedes nos jardins. Embora eu achasse que ela ficava nervosa de me deixar longe da sua vista, Illaria reconhecia instintivamente que eu ansiava por reclusão e a quietude que a acompanhava.

O chalé era pequeno, um ninho aconchegante de privacidade, e, como tudo na propriedade dos Farrow, era luxuosamente equipado — paredes de azul-cobalto vibrantes, lençóis sedosos bordados com flores em tons de amarelo vivo, revestimentos de bronze brilhando na agradável mobília de mogno. A cama era gigantesca, uma luxuosa e fofa nuvem de tecidos de seda com franjas drapeadas nos pilares.

Retratos encantadoramente pintados dos antepassados de Illaria adornavam as paredes. Joguei cobertores sobre cada um para que eles não me vissem nua na frente do espelho de corpo inteiro examinando o meu novo corpo.

Cada centímetro da minha pele clara cintilava com um delicado brilho que reluzia a cada toque de luz. Não era feio, nem um pouco; na verdade, eu suspeitava que, uma vez que fizesse a minha próxima aparição pública, se algum dia eu aparecesse de novo, pintar-se com um pó brilhante — não apenas um toque nas faces e na clavícula, mas da cabeça aos pés — viraria moda.

A ideia me deixava enjoada. Procurei desesperadamente *alguma* parte de mim que tivesse sido deixada de fora, mas parecia que a magia que eu realizara no salão, qualquer que tivesse sido, lançara todos os pedacinhos de vidro que encontrara para dentro da minha pele. Nenhuma parte de mim tinha sido deixada de fora — o meu couro cabeludo, a minha barriga, a curva acima do meu traseiro, a parte de trás dos meus joelhos. A minha pele era um mapa de constelações que eu não conseguia ler e, quando me ocorreu uma noite que o meu exterior agora combinava com o meu interior — ambos marcados por atos de magia que eu não consentira —, chorei de rir.

Naquela noite tomei um banho de horas na banheira com pés de garra do chalé. Esfregar sem parar não adiantou; a minha pele polvilhada de vidro era imutável, cintilante, polida como uma pérola. Na noite em que cheguei, quando Illaria já tinha ido para a cama, cutuquei e arranhei os meus braços até sangrarem, mas até mesmo essas cicatrizes agora tinham um brilho. Eu as fitei no banho, tremendo com a água esfriando. Poderia eu me cortar em pedaços, parecia, e nada mudaria. O vidro se tornara uma parte de mim, profundamente enraizado.

Sentei-me no banho até a água esfriar, olhando para o nada, e depois cambaleei para dentro do quarto, nua e pingando, enfiei uma camisola para cobrir pelo menos uma parte da minha pele e me arrastei com tristeza para a cama. A minha cabeça doía de tanto eu chorar; arranhei e soquei a minha barriga até ela doer também. O que quer que o artífice tivesse feito, qualquer que fosse a coisa Antiga abominável que morasse dentro de mim, eu a arrancaria para fora um dia. Quer com magia ou com as minhas próprias mãos, eu tinha certeza de que faria isso, e, óbvio, não seria capaz de continuar vivendo depois, eviscerada e destruída.

Que alívio seria: o derramar das minhas vísceras enquanto as minhas entranhas se esvaziavam, todos os cacos de vidro que haviam se tornado parte de mim caindo no chão como joias espalhadas. Como imaginava, eu não sentia pavor, só alegria. Não haveria mais dor depois daquilo, não mais segredos, e que bênção seria para o meu pai, cuja vida eu arruinara, e para Farrin, já que ela não teria mais que se preocupar com pelo menos isso. E talvez a minha mãe, se ainda estivesse viva, um dia viesse a saber o que havia acontecido comigo e ficaria reconfortada por descobrir que a filha que ela mutilara não precisava mais sofrer.

Essa imaginada sequência de eventos me embalou em uma estranha calma. Uma chuva suave começou a cair. Eu a observei escorregando pela janela até os meus olhos se fecharem e eu dormir.

Acordei com o som de alguém batendo na porta do chalé.

Despertei sobressaltada e fiquei deitada na cama por um momento com os olhos arregalados, escutando. A chuva leve tinha se transformado em uma tempestade que chicoteava as janelas, e o vento uivava, fazendo um apito que descia pela chaminé e chacoalhava a passagem fechada.

Estranhamente, não fiquei com medo nem da tempestade nem das batidas insistentes. Na verdade, uma calma tomou conta de mim. Talvez fosse o início do fim que eu imaginara; talvez o demônio surgisse nos degraus, fumegando de raiva, louco para me estripar. Se fosse isso, eu o receberia bem. Não havia necessidade de temor.

Deslizei para fora do leito e, entorpecida, peguei um xale de franjas no pé da cama e o amarrei em torno dos ombros. Fazia frio no chalé, e não vi nenhuma razão para viver os meus últimos momentos com um desconforto desnecessário. Enquanto atravessava o quarto, tive um vislumbre da minha nova aparência no espelho e soltei um soluço que me surpreendeu. Eu queria isso, não era? E mesmo assim o meu corpo não se importava que fosse uma atrocidade; era simples e animal, e só queria sobreviver.

Estremeci com o frio repentino, abri a porta da frente e congelei de choque imediatamente.

Talan, parado nos degraus do chalé, cada pedacinho dele encharcado de chuva — um casaco grosso de viagem, botas ensopadas, os cabelos escuros colados na testa clara. A tristeza intensa no seu rosto me espantou. Ele deu um passo na minha direção, levantou as mãos como se fosse tocar no meu rosto e então parou, baixou os braços, fechou os punhos nas laterais do corpo.

— Farrin escreveu para Gareth para contar o que tinha acontecido — disse ele com a voz rouca —, e viemos para Ivyhill o mais rápido possível. Farrin informou que você tinha fugido naquela noite, que Illaria enviara um bilhete dizendo apenas que você estava sendo muito bem cuidada e que nós devíamos ficar afastados, mas eu... Gemma, eu precisava te ver. Eu precisava te ver com meus próprios olhos e saber que está segura.

Pisquei para controlar uma torrente fresca de lágrimas, o meu corpo traidor desejando ardentemente se lançar para Talan, com roupas encharcadas e tudo, mas não permiti. Recuei um passo, para dentro do chalé, o xale apertado firme na garganta.

— Você me deixou — sussurrei.

Talan fechou os olhos como se estivesse com dor.

— Eu sei. Eu sei, me desculpe.

— Você me deixou lá embaixo daquela árvore. Você olhou para mim como se eu fosse um monstro. — Dei uma risada amarga. — Acho que não estava errado.

— Você não é um monstro, Gemma.

— Então por que correu de mim?

— Entrei em pânico. Você se transformou nos meus braços, bem diante dos meus olhos. No meu susto, achei que você talvez fosse alguma criatura Antiga disfarçada, tendo tomado a aparência de Gemma Ashbourne para me seduzir. Foi um pensamento infantil, e eu estava errado de pensar aquilo.

— Ah, mas eu sou um tipo de criatura Antiga disfarçada — sussurrei —, ou pelo menos bem perto disso. Acredito que Farrin tenha contado o que meus pais fizeram comigo.

— Ela contou tudo para Gareth, que me contou. Talvez ele não devesse ter feito isso.

— Não me importo para quem ele vai contar a minha história. Logo todos saberão. No minuto em que me virem, vão saber que eu sou *outra* coisa. — Apontei para o meu corpo, mal conseguindo falar. — Vá embora, por favor. Não quero mais te ver. Quero ficar sozinha.

Ele deu um passo na minha direção, depois se afastou mais uma vez e tirou os cabelos molhados do rosto, agitado e infeliz.

— Por favor, antes de eu ir, preciso falar uma coisa. E depois vou embora para sempre se você me pedir, apesar de que isso me destruiria. Gemma... — Talan ergueu os olhos cansados para os meus. — Eu te desejo ardentemente desde aquela noite. Estou sofrendo tentando descobrir se, quando e como me aproximar de você e o que dizer, embora na verdade seja uma coisa simples: lamento imensamente por aquela noite na Cidadela. Eu te abandonei justo quando você mais precisava de mim. Foi imperdoável, e mesmo assim, aqui estou eu, um idiota e um covarde, apesar disso, pedindo, *implorando*, para você me perdoar.

Ele continuou, sussurrando:

— Minha gatinha selvagem... — E então pegou o meu rosto com delicadeza entre as mãos, as luvas ensopadas frias contra a minha pele, os seus olhos procurando o meu rosto com uma esperança aflita. — Eu te quero, Gemma. Você inteira, tudo o que você é, até as partes que não entendemos ainda. Coisas horríveis foram feitas com você, e eu quero ajudá-la a viver com essa verdade e passar por ela para que um dia se sinta segura de novo. Quero te proteger de tudo o que eu puder, e lutar do seu lado contra tudo que eu não puder. Quero passar as minhas noites na sua cama, mimando você com todo o prazer que você merece, te ajudando a esquecer tudo o que machuca.

A expressão de Talan abrandou quando ele sorriu para mim. Os seus olhos brilharam, e uma única e pequena gota de chuva parou na ponta do seu nariz, uma coisa tão doce de ver que eu precisei tocar nele, precisei me inclinar e beijar o seu nariz frio e pegar aquela gota para mim. Talan cerrou as pálpebras com o toque dos meus lábios.

— Estou sozinho há tanto tempo — disse ele, baixinho — que nunca sequer aprendi como ser uma pessoa apaixonada. O amor, para mim, tem sido uma coisa ruim, nada além de mentiras e falsas esperanças. O demônio que destruiu a minha família prometeu amor, deu amor e depois o tirou. Há muito tempo decidi que não era seguro ficar vulnerável, permitir que alguém me *visse* de verdade.

Ele inspirou profundamente e abriu os olhos, e a paixão que vi brilhando naquelas profundezas sombrias me deixou sem ar.

— Porém, você me deixou te ver naquela noite, Gemma, você *toda*, até as partes secretas, as coisas que a apavoram. Pode não ter sido sua escolha me revelar qualquer poder que você carregue, mas sem dúvida foi um presente, que eu fui idiota demais para apreciar na hora. Quero ter a chance de tentar de novo e retribuir aquele presente de qualquer modo que eu possa. Deixar você *me* ver como ninguém mais me viu. Tenho pouco a oferecer, mas ofereço assim mesmo. A minha devoção e proteção, o meu corpo, a minha mente e o meu coração.

Ele se aproximou, com cuidado, como se estivesse com medo de que eu fosse afastá-lo a qualquer momento.

— Você me recebe, Gemma? Você me dá a chance de me redimir e tentar ganhar de volta o seu amor? — Ele engoliu em seco com força, uma súplica silenciosa queimando nos seus olhos. — Você me amou, Gemma, não amou? Quer dizer, até eu estragar tudo. Por favor, me diga que não errei ao pensar que você poderia me amar.

As suas palavras me deixaram arrasada. Olhei para ele com o máximo de firmeza que consegui.

— Você nunca veio até mim depois do baile de máscaras. Você esteve em Ivyhill e não foi me ver nenhuma vez.

— Imaginei que você não ia querer que eu fosse. Mas eu precisava ficar lá assim mesmo. Não pelos contatos de negócios do seu pai ou pelo maldito vinho da minha família, mas por *você*. Decidi que falaria ou faria qualquer coisa que eu precisasse para ganhar um quarto na casa do seu pai pela mínima chance de ver você, de que você fosse me ver e me permitir me desculpar. Ou que eu encontrasse coragem para ir até você, não importava se você fosse me rejeitar. Eu não a teria culpado se fizesse isso.

— Dá para considerar você um covarde por ficar longe de mim, Talan, ou ainda pior, julgar que você não tem coração. Eu sabia que você estava lá em casa e que escolheu se manter longe de mim mesmo assim. Eu que fui magoada, e ainda assim você esperava que eu tomasse a primeira iniciativa? Você podia ter ido até mim. Podia ter tentado. — As lágrimas deslizavam pelo meu rosto enquanto eu falava. — Eu devia ter dito para o meu pai mandá-lo embora. Em vez disso, escolhi sofrer sozinha.

A expressão de Talan estava completamente arrasada.

— Gemma, estou sentindo a horrível e devastadora verdade do que você está dizendo. Eu senti o que você sofreu, e me desculpe por isso. Você está certa. Tudo o que fiz foi trazer tristeza para você. — Ele desviou o olhar, passou a manga da camisa no rosto. — Sou um imbecil de pensar que eu podia oferecer-lhe alguma outra coisa. Vou embora agora. Sinto muito. E sentirei pelo resto da vida.

Então ele começou a dar meia-volta, e eu não pude mais suportar ficar lá parada e continuar afastada dele. Era tolo e imprudente da minha parte; eu devia ter batido a porta na cara de Talan. Em vez disso, agarrei o seu casaco e o puxei de volta para mim, sussurrei o seu nome e me espichei para cima, para beijá-lo — os cantos da sua boca, o seu queixo, as suas bochechas, os seus lábios. A minha mente me repreendeu, descontente, mas o meu corpo cantou por estar perto dele novamente, como se uma parte de mim tivesse sido perdida e agora encontrada. Com a força sólida de Talan sob as minhas mãos, me senti uma vez mais como a Gemma antiga — ignorante do que sabia agora, a minha pele totalmente humana.

Talan estava congelando, ensopado até os ossos, mas ele logo derreteu sob o meu toque desesperado, e os nossos beijos se aprofundaram. Coloquei os braços em volta do pescoço dele, determinada a aquecê-lo. O meu xale deslizou para o chão e estremeci quando as suas mãos frias desceram pelas minhas costas.

— Eu não devia te amar — murmurei entre beijos, um nó quente na minha garganta. Desespero, medo, raiva: eu não sabia, e não me importava. — Eu devia te dizer que me deixasse em paz e nunca mais voltasse.

As mãos dele agarravam o tecido fino e esvoaçante da minha camisola.

— Me diga para ir embora e eu irei — murmurou ele contra a minha boca. — Me diga para cair de joelhos diante de você e eu cairei. Qualquer coisa, querida. Faço qualquer coisa que você pedir, mesmo que me destrua por completo.

Rocei o nariz no pescoço dele, sentindo o gosto da chuva na sua pele.

— Então, entre e me mostre esse amor que você diz sentir. — Abri os olhos para encontrar os dele. — Me ajude a esquecer o que aconteceu, só por um tempo. Me ajude a esquecer tudo, Talan. Quando estou com você, tudo parece um pouco mais fácil, mesmo quando dói. Será que isso faz sentido?

Ele estremeceu um pouco com as minhas palavras e inclinou bem a cabeça, procurando o meu rosto.

— Você precisa ser clara, Gemma. Me falar abertamente o que quer de mim. Me diga em palavras.

Eu me estiquei para pressionar a minha bochecha contra a dele.

— Faça amor comigo, Talan — sussurrei. — Me mostre que não estou errada em pensar que posso ainda te amar.

Ele me abraçou, soltou uma risada abafada de alívio junto ao meu cabelo, e depois cambaleamos para dentro, desajeitados e ansiosos como virgens. Eu o ajudei a desabotoar o casaco e a camisa, e ele tocou no meu corpo inteiro com as mãos trêmulas. Talan levantou alguns cachos dos meus cabelos e pressionou o rosto contra eles, e então a sua boca estava na minha. Os seus beijos eram longos e lentos, provocando grandes espirais de luz no meu ventre, me deixando mole e frouxa nos seus braços. Sacudi a língua contra os lábios dele, e ele entreabriu a boca para mim com um gemido.

Juntos tiramos a sua camisa ensopada e a jogamos no chão. Passei as mãos pelos músculos macios das suas costas, a superfície plana da sua barriga, a linha de cabelos escuros que levou os meus dedos a descerem tateando até o seu cinto.

— Não tão rápido, gatinha selvagem — ele falou, ofegante, pegando as minhas mãos. — Deixe-me tomar um tempo com você. Deixe-me desvendá-la centímetro por centímetro.

Segurei na cintura dele com um gemido impaciente, dividida entre o prazer com a ideia de uma noite longa e lenta fazendo amor e o desespero de senti-lo dentro de mim de uma vez.

Então, olhei por cima do ombro dele e nos avistei no espelho que ficava na parede — ele, sua linda pele sedosa, os músculos magros das costas, e eu, quase esquelética depois de tudo o que havia acontecido, o meu corpo, estranho e brilhante.

O meu estômago se revirou. Eu me separei dele e lhe dei as costas.

— O que foi? — perguntou ele, respirando com força, tocando no meu ombro. — Gemma, fale comigo, por favor.

Embora o meu corpo ainda latejasse pelos seus beijos, me desvencilhei do calor da sua mão.

— Olhe para mim. — Eu lutava contra a urgência de meter as unhas no meu corpo e arranhá-lo até não existir mais nada para ver. — Só *olhe* para mim. Eu não posso fazer isso. Nunca mais poderei fazer isso, com ninguém.

— Estou olhando para você — ele disse, com delicadeza —, e vejo diante de mim a mulher mais fascinante, mais inebriante e mais bonita que já vi. O que vejo é a mulher que eu amo.

Os meus olhos arderam com uma tristeza renovada.

— Você não me ama. Você não pode. É impossível. — Distanciei-me dele e o forcei a encarar o meu reflexo cintilante e abatido. — A menos que eu encontre o artífice que me abriu e me costurou de volta e me transformou nessa... nessa *criatura* que está diante de você, nunca vou saber o que eu era ou o que sou de verdade. Quem sabe o que mais pode acontecer comigo um dia? Ninguém sabe, ninguém é *capaz* de saber. Lutei contra um demônio e quebrei todos os vidros da minha casa. Brinquei com a minha mãe e mudei a aparência dela para uma coisa tão assustadora que o meu pai quase a matou.

Talan andou devagar na minha direção. O vento da tempestade do lado de fora e a luz fraca no canto conspiravam para formar figuras fascinantes no seu peito nu. Olhei para ele desamparada, apavorada por ele me tocar e desejando isso ao mesmo tempo — a segurança do corpo dele contra o meu, a calma que ele podia me dar se eu deixasse. Mas como eu poderia?

— E se eu te machucar um dia? — sussurrei. — Eu podia fazer isso agora até, aqui, hoje. Não aguento pensar nisso. — Mexi na mão dele quando ele me alcançou, pressionei a palma dele contra a minha boca com um beijo intenso. — Não quero te machucar, nem agora nem *nunca*.

— Venha aqui. — Talan puxou de leve a minha mão. — Quero que veja isto.

Ele me guiou para o espelho, o seu toque tão arrebatador que não consegui me livrar. Eu o deixei nos posicionar na frente do espelho e baixar os meus braços. Talan ficou atrás de mim, o topo da minha cabeça na altura do seu ombro. Ele se inclinou para beijar a minha face, e os seus olhos encontraram os meus no reflexo.

— A primeira vez que olhei para você na sua festa — disse ele —, achei que você era adorável, sim, e certamente a pessoa mais fascinante do lugar, mas foi só quando vi os seus olhos que me encantei.

Ele levantou as mãos para acariciar a minha face, apenas um levíssimo roçar do seu toque contra as maçãs do meu rosto, depois os arcos das minhas sobrancelhas.

— Os seus olhos são tão cheios de vida, tanta *vida* — continuou ele. — Você tem uma força indomável. Acho que não sabe disso. Você se vê como menor que as suas irmãs. Seu temor é ter para oferecer apenas a sua aparência, o seu conhecimento social, e que isso não seja suficiente, nem perto de suficiente, para compensar o peso que você é para a sua família. Mas você não é um peso, Gemma. Não para mim, nem para os seus familiares e, embora o seu pai possa falar rispidamente em momentos de raiva ou medo, ele te ama intensamente. Eu sinto. Eu sinto toda vez que ele olha para você.

O polegar dele roçou nos meus lábios, e eu estremeci, chorando baixinho, sofrendo mais com cada palavra de Talan.

— Você é *forte*, Gemma — ele murmurou contra os meus cabelos. — O seu espírito é um oceano, vasto, implacável e faminto.

As mãos dele baixaram, parando nas amarrações da minha camisola.

— Posso, amor? — sussurrou ele. — Quero mostrar o que vejo.

Confirmei, sem ar, sem palavras. Desviei os meus olhos dos dele para assistir aos seus dedos ágeis desamarrarem as fitas da minha gola, depois abrirem a linha de cinco pequenos botões abaixo. Frouxo, o tecido caiu pelos meus ombros, deslizou pelo meu corpo e se amontoou aos meus pés.

Horrorizada pela imagem de mim mesma, tentei me virar, mas Talan não permitiu. Ele pegou a minha mão e beijou os meus dedos, os olhos ainda nos meus no espelho, e com a outra mão desenhou linhas carinhosas nos meus ombros, no meu braço, no declive da minha cintura, na leve ondulação dos meus quadris. Eu estava tão paralisada pela visão da mão dele em mim que nem notei o brilho suave de vidro na minha pele.

— Pelos deuses, olhe para você — disse ele, a voz baixa e rouca. — Você é maravilhosa, Gemma. Você já era antes, e ainda é agora. O seu corpo pode ter mudado, mas você não mudou, não para mim. Quero fazer amor com você sob a lua cheia e ver a luz brincando na sua pele. — As suas duas mãos estavam em mim agora. Uma segurava o meu seio, o polegar suavemente acariciando o meu mamilo; a outra deslizou pela minha barriga em direção às coxas. — Quero tomar você no chão na frente de uma lareira crepitante para que a luz do fogo a deixe dourada como chamas.

— Mas, Talan — solucei, arqueando com o seu toque —, e se... E se...

— Nós podemos passar a vida nos preocupando com qualquer *e se* — disse ele — ou podemos começar todos os dias nos amando, prontos para encarar juntos o que der e vier.

Ele virou o meu rosto para o dele, segurou-o com delicadeza para poder me beijar — primeiro com suavidade, reverência, e então uma paixão crescente que me deixou ofegante, quase em lágrimas, desesperada por mais. A mão de Talan deslizou entre as minhas pernas, e quando ele me encontrou, quente, molhada e desejando ansiosamente por ele, gemeu e começou a fazer círculos em mim com o polegar, devagar, provocante.

— Você é linda, Gemma — ele sussurrou junto aos meus cabelos, depois voltou os seus olhos escuros e brilhantes para o espelho. — Olhe para você, se contorcendo contra a minha mão.

Eu me contorci, atordoada, e por um momento ardente e precioso, vi o que ele estava fazendo — os seus braços em torno de mim, uma mão acarinhando o meu pescoço com delicadeza, a outra se movendo entre as minhas coxas. Nua e pálida, reluzente do vidro e um brilho fraco de suor. As minhas pernas tremeram quando ele deslizou um dedo para dentro de mim, os meus cabelos dourados soltos caindo nos meus quadris. Talan inclinou a sua cabeça morena até o meu pescoço e me beijou, chupando de leve a minha nuca.

— Você é maravilhosa — arfou ele. — É perfeita. E nunca mais me afastarei de você. Eu juro. Não importa o que o futuro trouxer, eu sou seu, agora e para sempre, se você me quiser. — Então ele mirou o nosso reflexo e disse o meu nome, sua voz falhando: — Gemma, olhe para nós. *Olhe* para nós. Assista enquanto eu faço você gozar. Veja como você é linda.

Mesmo sendo quase impossível manter os meus olhos abertos, obedeci, notando ardentemente cada detalhe delicioso: as mãos dele em mim, os seus dedos em mim, o meu corpo tremendo, as suas bochechas coradas, a sua boca pressionada contra a minha têmpora, o seu olhar ardente encontrando o meu no espelho. Arqueei as costas para trás contra o seu peito, e ele nos conduziu rápido até a cama, sentou-se na beirada e me puxou para o seu colo. O calor ereto do seu desejo pressionou contra o meu traseiro nu, e eu solucei e gemi com prazer, e me contorci contra ele. Talan levantou a minha perna esquerda e a colocou por cima do seu braço, depois engachou a sua própria perna em volta da minha perna direita, abrindo as minhas coxas, me fazendo ficar grudada nele. Essa posição lhe permitiu mais espaço, mais controle, e ele usou essa vantagem deliciosamente, os seus dedos se curvando mais profundos dentro de mim. Observar o nosso reflexo fez minha cabeça girar — as minhas pernas bem abertas, o meu corpo preso nos seus braços, os seus olhos escuros vagando pela minha pele, famintos. Talan pegou o meu queixo e pressionou o polegar entre os meus lábios. Eu o agarrei e chupei; ele falou absurdos no meu ouvido, murmurou como eu era linda, como eu era divina.

Uma onda quente de prazer subiu pelo meu corpo, me puxando cada vez para mais perto. Os dedos dos meus pés se curvaram no ar, e comecei a tremer.

— *Isso.* Gemma, assim — sibilou ele, e, embora eu quisesse continuar assistindo ao quadro vivo sensual do meu corpo se contorcendo contra o dele, não consegui, não lá no fim, quando gritei e desmoronei nos seus braços.

Meus olhos se fecharam com força, e dobrei o meu corpo ainda com a sua mão em mim, ainda me contorcendo, cavalgando nas ondas do meu clímax pelo máximo de tempo que consegui. Talan me abraçou com força e sussurrou palavras de estímulo, enquanto o meu corpo sacudia contra o dele.

Quando terminei, me agarrei a ele, murmurando coisas sem sentido e formigando inteira, e Talan beijou a minha testa, me ergueu nos braços e deu a volta na cama para me deitar ternamente contra os travesseiros. Agarrei o seu pulso antes que ele pudesse se afastar e olhei para ele.

— Mais — sussurrei, puxando-o de volta para mim, depois para cima de mim. Passei os dedos pelos seus cabelos escuros molhados, depois peguei a sua mão e a movi pelo seu torso nu até encontrar a extensão dura de Talan dentro da calça. Movi a palma da sua mão, guiando-o para se acariciar, e ele soltou uma respiração sibilada, fechou os olhos com força e mordeu o lábio. Comecei a abrir seu cinto, e ele riu e fechou a minha boca com um beijo.

— Espere, Gemma — murmurou. — Temos tempo para fazer isso devagar, como deve ser.

Sorri, os meus olhos fixos nos dele.

— Esperamos tempo demais, Talan. Quero você agora. Devagar pode esperar. — Deslizei a mão para dentro da sua calça e me excitei ao encontrá-lo duro e quente, me desejando. — Você disse que jamais quis nada tanto quanto comer a doce e perfeita delícia no meio das minhas pernas; então me *coma*.

As minhas palavras o levaram a perder o controle. Talan gemeu e baixou a calça só o suficiente para se libertar, depois baixou os quadris nos meus e se esfregou contra mim. As minhas pálpebras se fecharam, vibrando com prazer, enquanto eu desfrutava da sensação de Talan me provocando — duro contra macio, seu deslizar fácil contra as minhas dobras encharcadas. Quando finalmente entrou em mim, com uma lentidão de desejo, Talan soltou um gemido rouco que quase me levou ao clímax mais uma vez.

— Mas hoje, mais tarde — disse ele, se apoiando por cima de mim, respirando forte —, hoje, mais tarde vou tomar você devagar como eu quero.

Agarrei os seus quadris e o puxei mais ainda para dentro de mim. Com um impulso forte, Talan me preencheu completamente, e eu enganchei as pernas ao redor do seu corpo para mantê-lo firme. Ele ficou lá por um momento, murmurou o meu nome, a voz grossa, e depois começou a se mover, estocadas profundas e constantes que me empurravam delicadamente para trás nos travesseiros.

— Promete? — eu disse, fechando os olhos e sorrindo. — Vamos fazer isso de novo hoje? E de novo e de novo?

Ele enterrou o rosto contra o meu pescoço e chupou a minha pele.

— Sim — murmurou Talan —, quantas vezes você me quiser.

— Você vai me envolver com os seus braços para eu poder sentir você, você *inteiro*? — Estremeci, arqueada contra ele, todas as minhas fantasias dos últimos meses urrando no meu corpo. — Você vai me pegar por trás se eu quiser? Vai me fazer gozar usando só a sua língua?

— *Sim* — ele gemeu, com uma estocada forte. — Tudo isso e mais, minha linda.

Gritei, enrolei os dedos nos cabelos dele e puxei.

— Faça isso de novo.

Ele obedeceu, chupando a minha pele. O som dos seus quadris batendo contra os meus me extasiou.

— De novo, Talan — sussurrei, e então não consegui mais falar. Soltei os cabelos dele para agarrar os seus ombros e o segurei forte enquanto ele se empurrava para dentro de mim sem parar, tão duro e profundo que a minha boca se abriu em um grito silencioso de prazer.

Outra onda intensa de êxtase cresceu dentro de mim, mais forte e mais rápida desta vez, e, quanto Talan terminou dentro de mim com um grito ofegante e rouco, o rosto enterrado nos meus cabelos, eu o segui e me segurei nele, nós dois ensopados e tremendo, e pronunciei o seu nome na noite tempestuosa.

— Talan, eu te amo. — Beijei o seu ombro e pressionei o rosto contra o dele.

Quando verbalizei essas palavras, os meus olhos arderam. O alívio tomou conta de mim, além de uma sensação de certeza, e de esperança de que o que ele dissera fosse verdade: Talan me protegeria contra o que pudesse e lutaria contra o que não pudesse. Ele seria meu, corpo, mente e coração. Esses pensamentos apagaram todos os demais. Naquele momento, com o meu corpo contente e vibrando, eu era uma romântica irremediável, devotada a ele e a nós, e nada mais. Os meus pensamentos estavam tão claros quanto o céu ensolarado, e todas as minhas preocupações haviam sumido.

— Minha gatinha selvagem... — As mãos de Talan tremiam enquanto tiravam os meus cabelos do rosto. A expressão dele estava cansada, suave e feliz.

— Eu te amo, eu te amo, eu te amo.

Ele me beijou com uma reverência que fez o meu peito doer, e, quando puxou os cobertores por cima de nós, murmurou o meu nome várias vezes, uma doce litania. Os seus braços me envolveram de uma maneira sonolenta e possessiva. Talan acariciou os meus cabelos, e os meus olhos se fecharam. A tempestade estava diminuindo, os trovões tinham parado; eu me encontrava aquecida e segura, abraçada a um homem que me amava, a quem eu também amava. Era um milagre, uma bênção dos deuses.

O meu corpo zumbia de satisfação, pesado, cansado e livre de toda dor. Naquele momento, eu era só uma mulher. Adormeci satisfeita.

27

Mais tarde naquela noite, acordei Talan deslizando devagar pelo seu corpo e o tomando na minha boca. Não muito depois, ele fez o mesmo por mim, delicadamente me convencendo a acordar com beijos macios nas minhas coxas. Segurei a cabeça dele contra mim enquanto ele prendia os meus quadris no colchão, enterrava o rosto entre as minhas pernas e usava a língua para me desvendar completamente. Escorregadia e me contorcendo, enrolei os dedos nos seus cabelos e me arqueei contra a sua boca faminta e habilidosa diversas vezes. Talan gemeu junto à minha pele molhada, a voz abafada e profunda, e o som da sua satisfação devoradora foi o que me levou ao clímax com um grito rouco.

Depois, os lençóis da cama completamente bagunçados e o meu corpo trêmulo enroscado no dele, Talan me provocou mais uma vez com beijos suaves no pescoço. Nós nos beijamos até os meus lábios formigarem, e então sussurrei uma sugestão no ouvido dele, e ele obedeceu, o seu olhar escuro quente de desejo. Talan me virou de bruços e elevou os meus quadris para entrar em mim por trás.

A chuva ainda caía batendo nas janelas, uma cascata infinita, como se tivéssemos arrumado uma casa dentro de uma cachoeira branda. Fechei os olhos, segurando firme os lençóis enquanto Talan se movia dentro de mim, e, no meio de uma névoa inebriante e maravilhosa, fiquei escutando o suave sussurro da chuva, os gemidos baixos de Talan, o bater dos nossos quadris à medida que o seu ritmo aumentava. Implorei por mais, e ele acatou. Talan colocou um antebraço contra os meus ombros e me prendeu no colchão, segurou os meus quadris com a outra mão e se impulsionou para dentro de mim com uma paixão tão ardente que, quando o meu prazer finalmente chegou ao auge e explodiu, vi manchas, como pequenas espirais de ouro flutuando, e soltei uma risada trêmula. Quando Talan me fechou nos seus braços depois, chorei encostada no seu peito.

— É de êxtase — expliquei. Era importante que ele soubesse que as minhas lágrimas não eram um sinal de dor ou sofrimento, mas sim de prazer avassalador e incrível. — É só que eu nunca me senti assim antes, nunca tão completa. Eu estou... Eu me sinto... — A minha habilidade para formar palavras desapareceu. Pressionei o rosto contra o pescoço de Talan e o beijei, cansada e feliz.

— Eu entendo — ele murmurou. — Pelo menos acho que sim. Estou sentindo a mesma coisa. Eu... — Talan parou e apertou mais os braços em volta de mim. — Ainda existe muita coisa que você não sabe sobre a minha vida antes de eu vir para Ivyhill. Como era solitária, como era desolada. Eu falei um pouco, mas não tudo, e, quando eu falar, você vai entender como isso é incrível para mim, o presente de estar com você. — Respirou fundo, tremendo. — Uma coisa preciosa, totalmente não merecida.

Eu me deitei em silêncio no ninho dos seus braços. As minhas pálpebras estavam ficando pesadas; eu dormiria de novo e, quando acordasse da próxima vez, estaria no amanhecer, e eu beijaria Talan sob a luz dourada do sol da manhã. Sorri cansada ao pensar nisso.

— Que dupla nós somos. Você se acha não merecedor do meu amor, e eu olho no espelho e vejo uma criatura destruída e extenuante, que não deveria ser tocada. Somos dois bobos, eu acho, e por isso combinamos perfeitamente.

Talan deu risada. O som era estranhamente triste.

— Talvez possamos ajudar um ao outro a aprender a abandonar esses pensamentos, e juntos adquirir sabedoria verdadeira.

— Hum, talvez — concordei, enrolando a minha perna sobre a dele e me inclinando para mais perto. — Mas vamos precisar de uma quantidade imensa de pesquisa, creio eu, para conseguirmos algo assim.

Ele riu de novo, desta vez uma suave explosão de prazer genuíno, dizendo:

— Ah, para garantir. Inumeráveis horas de prática, experimentação criativa...

Sorri quando as suas mãos deslizaram pelas minhas costas. Ele agarrou o meu traseiro e me puxou para mais perto do seu corpo, e por mais exausta que eu estivesse, me animei ao senti-lo duro contra a minha barriga.

— Você nunca se cansa? — indaguei, sorrindo. Não pude resistir a girar os meus quadris contra ele. — Existe uma coisa chamada dormir, sabe, durante a qual as pessoas descansam e *não* fazem sexo. Uma ideia chocante para você, talvez.

— Só mais uma vez? — ele sussurrou com um beicinho divertido. — Estou curioso... será que consigo fazer você gozar mais uma vez?

Soltei um gemido satisfeito e estiquei o corpo. O movimento aproximou os meus seios da boca de Talan, que logo os atacou.

— Você é insaciável. — Dei uma risadinha, mas então ele tomou o meu mamilo de leve entre os dentes e estalou a língua contra ele, e a minha risada se transformou em um grito agudo e lascivo.

— Diga sim, Gemma — Talan murmurou contra os meus seios, uma das mãos segurando a minha cabeça e a outra desenhando pequenos círculos entre as minhas pernas. — Você me quer ou eu devo parar?

Agarrei os ombros dele. Eu já estava molhada por causa dele tudo de novo, as minhas pernas tremendo de ansiedade. Eu dormiria depois, ou talvez nunca. Naquele momento, não me importava.

— Não pare — sussurrei.

— Me diga quando — ele pediu, a voz macia, tensa.

Talan pressionou só um pouco dentro de mim, e dei um grito, acendendo com o meu desejo por ele, por ser preenchida por ele, por sentir a força dele entrando em mim, me tomando como sua.

— *Sim*, deuses, sim, por favor, *agora*, Talan! — Eu arfava, desesperada, e então ele me penetrou com uma estocada suave e me beijou. Deslizei os dedos pelos cabelos dele, retribuí os beijos com avidez, e não dissemos mais nada.

Não deve ter se passado muito tempo depois disso quando acordei de novo; o espaço estava cheio das mesmas sombras suaves. A alvorada ainda não chegara.

    Talan dormia atrás de mim, eu de costas para ele, um dos seus braços por cima do meu corpo — um peso quente, pesado de sono. Ele ressonava bem de leve, pequenos sopros de ar contra o meu pescoço. Embora tudo estivesse calmo, a minha pele formigava com um aviso que primeiro eu não entendi. Sem me mover, olhei para fora da janela mais perto da cama e vi que a chuva tinha parado e uma névoa grossa tomara o seu lugar. Por um bom tempo nada aconteceu; os meus olhos começaram a se fechar enquanto eu observava a janela. Deixei para lá o estranho formigamento de alarme, pensando ser um resquício que sobrou de um sonho.

    Então eu vi — rápido e escuro, um movimento veloz pela névoa como um peixe na água.

    Despertei totalmente na mesma hora, o meu estômago sendo inundado com uma onda violenta de medo. Eu sabia com certeza que era o Homem com a Coroa de Três Olhos que tinha vindo para cobrar a sua vingança. Mas então outras sombras velozes cortaram a névoa, pelo menos uma dúzia, os seus trajetos rápidos e irregulares, como uma raposa. Elas corriam para o chalé com tanta velocidade que, antes de eu conseguir sair do choque e acordar Talan, as sombras já haviam chegado perto o suficiente para eu entender que não eram nem sombras nem o demônio, mas sim mulheres — um bando grande esgueirando-se rápido pelo terreno como aranhas, as suas barrigas baixas, os seus membros nus ossudos e agitados.

    Eu soube na mesma hora o que eram, o que deviam ser: as mulheres monstruosas que tanto a Guardiã quanto Mara tinham mencionado, mulheres que vagavam pelas Terras da Névoa, atacando povoados e sequestrando civis.

    E agora elas estavam aqui, no coração de Gallinor, longe da Névoa, e se encaminhavam direto para nós.

    O meu súbito medo atordoante devia ter atingido Talan mesmo com ele dormindo. Imediatamente ele acordou e saiu da cama. Olhou para fora da janela as mulheres rastejando se aproximando de nós, e se ele estava com medo, eu não conseguia ver. Seu rosto se mostrava duro e furioso.

    Talan atravessou o quarto para pegar o seu casaco jogado e tirou um elegante revólver com cabo de pérola de um dos bolsos. Apanhou um atiçador de fogo da lareira, e devia parecer absurdo — ele parado lá, nu e desgrenhado por causa do sono, armas nas mãos —, mas em vez disso pareceu destemido e primitivo, como uma criatura ancestral que só sabia que precisava proteger a sua companheira. Eu nunca o vira tão feroz. Talan sempre parecera forte, sim, e capaz, mas nunca como um guerreiro. Claramente aquela percepção estava errada. Ele se moveu com uma graça fluida, a expressão mortal.

— Esconda-se, Gemma, *agora* — ele falou com autoridade por cima do ombro —, e quando você me ouvir gritar "gatinha selvagem", corra para a casa e não olhe para trás. Diga a Illaria para trancar todas as portas e janelas e reúna armas e quaisquer pessoas que possam lutar.

Então ele saiu pela porta da frente do chalé e a fechou com um estrondo.

Cambaleei para fora da cama, desajeitada pelo pânico, e corri para o pequeno armário no banheiro, que estava repleto de lençóis empilhados e uma seleção de roupas apropriadas para a estação. Se eu tivesse que correr para salvar a minha vida, iria preferir não fazer isso sem nenhuma roupa. Peguei uma bata de linho de um cabide e a vesti com dedos trêmulos. Parecia que Talan sabia quem eram aquelas mulheres, ou *o que* elas eram, e isso me trouxe uma pequena ponta de esperança, mesmo com sons horríveis do lado de fora chegando aos meus ouvidos: tiros do revólver e depois batidas fortes, de ossos quebrando. O atiçador da lareira, eu esperava, bem nas cabeças daquelas mulheres medonhas. Talan urrava palavras aleatórias enquanto lutava — *idoso, maçã, garanhão* —, o que me deixou confusa até eu perceber que, no meio da torrente de palavras, *gatinha selvagem* ficaria disfarçada, sem sentido para qualquer um que não fosse eu.

Eu me agachei no chão, me preparando para fugir, mas então caiu o silêncio, abrupto e aterrorizante. Talan parou de gritar; os tiros cessaram.

A porta da frente do chalé se abriu, interrompendo a minha oração desesperada. Segurei o fôlego e tentei escutar passos, mas não ouvi nada. O silêncio do ar era pesado, uma presença em si. Alguma coisa estava na casa comigo. Coloquei a mão na boca, disse para mim mesma para não gritar. De repente, a porta do armário tremeu; algo estava do outro lado, farejando como um cão de caça. Escutei o suave deslizar de um pé no piso de azulejos.

Um instante de silêncio, horrível e portentoso, e então a porta se abriu, revelando não Talan, mas uma mulher — alta e esbelta, a pele alarmantemente clara e rachada por toda parte, imensos olhos pretos, uma boca manchada de roxo e unhas escuras de podridão. Os seus cabelos longos eram uma massa emaranhada de ervas daninhas, arbustos e mechas castanhas embaraçadas, e uma dúzia de cicatrizes viscosas alinhadas com brilhantes flores silvestres marcavam a pele que eu podia ver, como se machucados antigos tivessem sido costurados não com linha, mas com caules e raízes que tinham germinado uma nova vida. Ela usava um traje que não entendi — eu nem conseguia ter certeza se *era* um traje ou simplesmente uma protuberância do corpo dela —, uma cobertura de casca de árvore, tela e couro de animais, tudo costurado junto em mangas, calça e uma túnica que abraçava as linhas juncosas do seu corpo como uma segunda pele.

Ela segurava um cajado preto e comprido, e havia uma coleção de facas penduradas em um cinto de couro nos seus quadris.

Com uma ânsia de enjoo no meu estômago, vi que uma das facas brilhava com sangue.

Ela me viu encarando e inclinou a cabeça, como um pássaro, parecendo levemente irritada.

— Você não é o que eu esperava — observou ela, a voz incongruentemente suave e bonita, e então agarrou o meu braço e me arrancou do banheiro.

Fiquei louca, gritando e a arranhando, mas ela me segurava com mãos de aço, dando passos longos e inabaláveis. Ela me arrastou pelo chalé e para fora, na manhã nebulosa, onde outras três mulheres esperavam, todas com a aparência similar à da minha sequestradora. Procurei por Talan entre as árvores, gritei por ele, mas não consegui encontrá-lo. Procurei dentro de mim por qualquer coisa que eu tivesse feito para espantar o demônio no salão em Ivyhill; eu encontraria aquele poder, transformaria aquelas mulheres em pó e usaria as suas cinzas na minha pele pelo resto dos meus dias.

Porém, o medo me tornou incapaz, os meus pensamentos, uma bagunça difusa. Onde estava Talan?

Uma das mulheres limpou o sangue dos lábios, a sua pele cinza e áspera como o tronco de uma árvore. Uma ponta de desespero se abriu dentro de mim. Elas o tinham matado; elas o tinham *devorado*.

Eu me debati e gritei, a mulher que me segurava sibilando para eu ficar quieta, mas eu não ficava, eu não *podia*. Eu ia gritar até a minha garganta sangrar e acordar todo mundo na casa, que estava parcialmente encoberta pela neblina e tão longe que parecia ter um oceano de distância entre nós.

A mulher com a boca sangrenta xingou em uma língua desconhecida e caminhou até mim com uma expressão cruel. Ela me deu um tapa forte no rosto; a explosão de dor me cegou, me deixou em silêncio pelo choque.

— O seu homem matou duas de nós — disse ela, com muito mais rispidez do que a outra mulher. — Rennora não vai ficar feliz.

Então ela arrancou uma flor espinhosa do ombro, as pétalas de um sinistro vermelho brilhante, e apunhalou a minha garganta com ela. Soltei um grito abafado que não chegou a lugar nenhum, o meu corpo inundado por uma sensação aguda de formigamento, como se estivesse ficando anestesiado, e a última coisa que eu vi antes de desmaiar foi a porta do chalé, entreaberta e com sangue respingado. Tentei falar o nome de Talan, mas a minha boca estava inútil, a minha voz sumira. A mulher que me encontrou no armário me ergueu e me colocou no seu ombro. A escuridão penetrou minha visão: morte, pensei, e não tive escolha senão deixá-la vir.

* * *

Pontadas maçantes de dor me trouxeram de volta à vida.
Eu não estava morta; estava viva, e cada centímetro do meu corpo latejava como se tivesse sido todo socado. Quando tentei me sentar, uma fisgada de dor perfurou o ponto dolorido atrás dos meus olhos, e os meus braços se dobraram sob o meu peso. A minha cabeça bateu no chão, e permaneci deitada, um pouco ofegante, grãos de terra na boca, e tentei forçar os meus pensamentos lentos a se ordenarem.

Eu estava em uma floresta escura de pinheiros. Fazia muito mais frio aqui do que na propriedade dos Farrow. Com uma sensação de desgraça, me dei conta de que me achava muito longe de casa agora.

Eu tinha um gosto horrível na boca, como se não limpasse os dentes havia dias. Pisquei algumas vezes, tentando clarear a névoa nos olhos, e percebi que não estava sozinha; as mulheres estranhas que tinham atacado o chalé estavam todas em torno de mim. Enquanto eu permanecia ali deitada, morta de medo, contei pelo menos doze. Algumas eram pálidas como a que havia me encontrado no armário; outras tinham a pele com tons de cinza e marrom, e algumas mostravam até uma cor verde-abacate, mas todas as cores eram esmaecidas, desbotadas, como folhas secas. Ecos de coisas que um dia tiveram vida. Todas trabalhavam arduamente — uma esfolava um coelho, outra limpava um conjunto de facas e uma outra cortava madeira. Entre as árvores, avistei tendas assimétricas feitas de couro animal e, ao examiná-las, notei que todas tinham sido construídas do lado de um grande muro de pedra, musgo e arbustos com poucas folhas. Olhei cada vez mais para cima até o meu pescoço dolorido protestar, e descobrir que o grande muro na verdade era parte de uma montanha gigante, cujo cume eu não conseguia ver. O céu estava escuro, pontilhado de estrelas brilhantes.

Uma súbita rajada de ar à minha direita, fria e cortante, me fez levantar a cabeça e procurar a sua origem. Quando achei, o meu corpo se inflamou de medo; gritei, sufocando na minha própria respiração, e me afastei cambaleante para sair da beira de um precipício, além do qual havia uma queda imensa na escuridão.

Sem sentidos, as palmas das mãos pegajosas de suor, rastejei para trás até atingir uma coisa sólida. Ergui o olhar e deparei com uma mulher parada por cima de mim com um cajado comprido na mão. Os seus olhos eram piscinas pretas, e a sua pele, um marrom escamoso, desbotado e doentio, e recortada por linhas irregulares de flores e palha trançada. Ela tinha uma trança grossa nos cabelos pretos embaraçados e usava um vestido marrom simples que caía solto no seu corpo ossudo. Seu fedor era terrível — almiscarado e azedo, fecal, e embaixo disso, uma nota de doçura enjoativa que me lembrava uma fruta passada.

Eu me engasguei e dei um solavanco para me afastar dela, o que a fez vociferar uma gargalhada. Quando vasculhei as árvores ao redor, percebi que todas as outras mulheres tinham parado para nos observar — algumas sorrindo, algumas rindo, algumas simplesmente olhando com uma curiosidade intensa.

— O meu nome é Rennora. — A mulher se inclinou para olhar para mim. — E você é Imogen.

— Talan... onde está ele? — perguntei, a minha voz picotada e a garganta doendo.

— Ele fugiu — respondeu Rennora, sua voz intensa pela idade e ausência de qualquer gentileza. — Ele matou duas de nós, e as outras o afugentaram. Ele correu sem olhar para trás, como uma criança faria. A sua escolha de parceiro é péssima. Uma pena que você não vai ter chance de tentar de novo.

— Você está mentindo. Ele não me abandonaria.

— Mas abandonou.

— Ele foi buscar ajuda, então.

— E fez um bom trabalho, eu diria.

Uma onda de risadas se moveu no meio das árvores. O pavor do que estava acontecendo se instalou nos meus ossos, me deixando enjoada e febril. Um pequeno lampejo de movimento chamou a minha atenção para a garganta de Rennora, onde um punhado de pequenas flores amarelas tinha sido tecido na pele desbotada e enrugada de uma antiga cicatriz bulbosa. Uma pequena aranha cinza andava entre elas.

O sorriso de Rennora era horrível e impassível. Ela apontou para a cicatriz; a ponta preta e podre do seu dedo se enterrou nas flores.

— Elas me mantêm fresca — explicou ela. — Logo você também vai ter, igual a mim. Enfeites bonitos para essa sua pele brilhante.

Ao pensar naquelas mulheres costurando flores na minha pele por um motivo que eu nem podia imaginar, o meu crescente terror aumentou, e os meus braços se dobraram embaixo de mim mais uma vez. Eu não conseguia evitar de pensar na história grotesca que o meu pai me contara — eu criança sufocando com a garganta cheia de flores. Será que na verdade eu era uma dessas mulheres? Elas me conduziriam em algum ritual cruel de transfiguração para a minha forma real?

— Por favor, me deixe ir — sussurrei, jogada no chão. — O meu pai pode pagar o que você quiser. Nunca mais faltará nada para vocês.

— Essa oferta chegou muitos anos atrasada para ser útil — afirmou Rennora.

Enquanto chorava, derramei saliva no pé da mulher, e, quando ela limpou os dedos dos pés no chão, perdeu pedaços secos de carne marrom rachada como penas na muda.

— Phaidra!

Uma mulher pálida saiu correndo das árvores — a mesma que me puxara para fora do armário. Em vez da estranha armadura de casca de árvore e couro, agora ela usava um vestido cinza simples bem parecido com o de Rennora, embora o dela tivesse uma linha de flores toscas bordadas perto da gola.

— Sim, mãe? — Phaidra disse com uma reverência rápida.

— Alimente Imogen. Dê sapatos para ela. Construa a sua força. Vigie-a como um falcão. Espero não me arrepender de confiar isso a você.

Phaidra manteve a cabeça abaixada.

— Não vou desapontá-la, mãe.

— Garanta que ela esteja pronta quando eles chegarem.

— Quando quem chegar? — demandei. Eu mal conseguia estabilizar a minha voz. — O que você quer de mim?

Rennora não respondeu. Em vez disso, o seu olhar irritado deslizou pelo meu corpo, me avaliando. Ela franziu ligeiramente a testa como se alguma coisa a tivesse confundido, e depois se virou de costas e foi embora.

A mulher chamada Phaidra me levantou rispidamente e me colocou de pé. Lembrando-me da sua força evidente, abandonei todos os meus meio formados pensamentos sobre fuga. Ela segurava firme o meu braço; eu não seria capaz de lutar com ela, a não ser que de alguma forma eu conseguisse invocar a força que encontrei no salão, e para fazer isso, eu ia precisar pensar, e para pensar, eu precisava fazer alguma coisa, *qualquer coisa*, para abrandar o meu medo.

Phaidra me guiava entre as árvores, e eu me concentrei na minha respiração, nas pisadas desajeitadas dos meus pés descalços no chão cheio de pedras. Eu era lady Imogen Ashbourne. Eu estava viva, e tinha passado a minha vida inteira seduzindo estranhos. Por que seria diferente com essas mulheres animalescas das montanhas?

Engoli uma gargalhada assustada enquanto Phaidra me levava para um pedaço de grama baixa na frente de uma das tendas. Eu a observei quando ela acendeu o fogo e preparou um ensopado de raízes, batatas e pedaços sangrentos de carne que eu evitei olhar muito de perto. Ela era hábil com a faca; pegou potes descombinados de ervas e temperos de dentro da tenda e começou a espalhar pitadas de coisas na panela. De vez em quando, mergulhava um dedo retorcido na mistura e o lambia antes de voltar aos potes para mais tempero.

Eu a observava, fascinada apesar de tudo, e, depois de calçar as botas de couro macio que ela me dera, decidi tentar uma conversa:

— Rennora é sua mãe?

Phaidra me deu uma olhada, os seus olhos pretos aguçados como uma faca.

— Ela foi a primeira — Phaidra respondeu simplesmente.

— Ela foi a primeira de todas vocês que moram aqui?

Phaidra nada disse. Ela jogou um pedaço de carne na panela fervendo. Tentei de novo:

— Quem são vocês exatamente? Nunca vi mulheres como vocês antes.

— Somos as Vilias — ela respondeu de forma monótona —, e em breve você vai saber tudo o que há para saber sobre nós, então se sente e fique em silêncio agora.

Hesitei apenas por um momento.

— As flores na sua pele são lindas — falei, deixando escapar uma nota de espanto e fascínio. — O que significam?

Ela virou a cabeça para me encarar, séria.

— Você sabe o que significa ficar em silêncio?

A minha boca ficou seca de medo. Concordei, muda.

— Então, fique em silêncio ou vou costurar os seus lábios.

Aquela conversa me drenou de qualquer coragem escassa que eu tinha conseguido reunir. Encolhi-me na terra enquanto Phaidra terminava de cozinhar a nossa refeição, depois aceitei humildemente o pote que ela me deu. Ela começou a comer na hora, uma elegante colher de prata que ela segurava como se fosse um martelo, e foi quando me dei conta de que os potes onde comíamos eram de porcelana esmaltada pintada com um padrão delicado de flores rosa e azuis. Eram pesados, bem feitos. A minha própria colher também era de prata, com um elaborado cabo torcido.

Curiosa com a incongruência de ver elegância em um lugar assim, provei com cautela uma colherada, consciente do meu estômago torturado e duvidando do conteúdo do ensopado, mas fiquei chocada ao descobrir que estava delicioso — substancial e aromático, o tempero apimentado, um conforto inesperado. Comi calada por alguns momentos, depois olhei para cima e fiquei paralisada. Phaidra tinha parado de comer para me observar e, antes que ela pudesse esconder de mim, vi no seu rosto uma expressão de desejo cru — não por mim, mas por algo que eu não conseguia nomear, alguma coisa além de mim, maior do que eu. Ela estava fitando não o meu rosto, mas a minha mão, com a qual eu segurava a colher de prata.

Um segundo de silêncio tenso, e então os olhos dela voaram para encontrar os meus. A sua expressão desanimou, se tornando reservada e hostil novamente. Ela se concentrou na comida, ainda agachada como se estivesse cuidando do fogo, e colocou colheradas barulhentas dentro da boca com uma energia feroz.

Voltei a comer, o coração batendo tão forte que eu mal conseguia engolir. Passados alguns momentos tensos, senti Phaidra olhando para mim mais uma vez, me analisando. Olhei de soslaio quando ela se dobrou no chão, desajeitada, para se sentar de pernas cruzadas, do mesmo modo que eu. Ela mexeu na colher até, em vez de a segurar como se fosse um bastão, segurá-la delicadamente, como se estivesse sentada à mesa. Depois disso, comeu com menos barulho, os movimentos deliberados e cuidadosos, e me ocorreu um incrível pensamento de que Phaidra estava me imitando, tentando ser mais requintada.

Eu não sabia o que significava, mas fiquei pensando naquilo mais tarde, ao tentar dormir, Phaidra, uma sentinela vigilante do lado de fora da tenda. O chão era duro e gelado, e a minha única proteção para o frio da noite era um cobertor fedorento costurado com peles de animais; mas lembrar a expressão curiosa e infantil de Phaidra me trouxe um estranho tipo de conforto, e me distraiu da esperança miserável de que Talan realmente *tivesse* ido buscar ajuda, o medo o levando a me abandonar. Pelo menos, isso significaria que ele ainda estava vivo.

28

Sob o cuidado rudimentar de Phaidra, eu passava tanto as minhas horas acordadas quanto dormindo na sua pequena tenda, presa não por cordas ou correntes, mas simplesmente pela obscuridade intensa do seu olhar vigilante.

O meu corpo doía por dormir no chão e pela proximidade da magia. Phaidra não parecia usar nada disso nas suas tarefas diárias, mas ela sem dúvida tinha magia; o ar mudava quando ela se movia, como se ficasse agitado com a sua presença. Eu me acostumei com as ondas de dor que me golpeavam sempre que ela simplesmente mudava de posição. A dor era diferente de tudo o que eu já experimentara — mais profunda, mais intensa, e deixava um gosto amargo na língua, como se eu tivesse mordido alguma coisa metálica —, o que me fez pensar que a magia causando a dor também era diferente.

Phaidra costumava se manter em um silêncio enlouquecedor; decidi que eu também ficaria, assustada e derrotada demais para expressar qualquer uma das perguntas martelando na minha cabeça. Ela esculpia com frequência perto do fogo, entalhando criaturas de madeira a partir de troncos — raposas, andorinhas, lobos. A sua lâmina era afiada, os seus dedos, rápidos. As pequenas criaturas me encantavam contra a minha vontade. Elas tinham detalhes primorosos e eram bonitas de verdade.

Eu observava Phaidra trabalhando enquanto fingia dormir; havia algo fascinante no movimento da sua faca.

Na segunda noite no meu estranho e silencioso cativeiro, quando o nosso fogo tinha se tornado brasa e as pálpebras de Phaidra finalmente se fecharam, esperei, tremendo embaixo do meu cobertor fedorento, e contei até quinhentos. Convencida de que ela dormia, tentei correr.

Deslizei para fora do cobertor, o coração disparando tão violentamente que eu tinha certeza de que ia me denunciar, e fugi. Rasguei o caminho entre as árvores sem ideia de para onde eu ia ou a que distância estava de qualquer tipo de país civilizado.

A montanha despontava, e além dela havia uma vasta terra de escuridão. A linha fraca do horizonte iluminada pela meia-lua era inútil para mim. Eu não via cidades nem estradas, apenas montanhas com florestas e cumes cinzentos descampados.

Saltei por cima de uma árvore caída coberta com um musgo verde brilhante e cambaleei no meio de um monte de samambaias molhadas, e então Phaidra me pegou. Eu estava correndo por talvez dez segundos, se tanto. Ela era rápida, ágil, quase silenciosa. Passou por mim e voltou para me derrubar no chão. Ela montou em mim, me prendeu no solo e me encarou sem expressão enquanto eu lutava e depois desistia, chorando mais de frustração do que de qualquer outra coisa. Eu me achava tão esperta para correr, e aonde isso havia me levado?

Exausta e humilhada, trabalhei com afinco para recuperar a calma enquanto Phaidra me levava de volta ao abrigo. Ela me empurrou para o chão e falou rispidamente:

— Correr só vai deixar você cansada. Pode tentar todos os dias até eles chegarem, e eu vou pegar você todas as vezes. Então, durma e não seja idiota.

— Quem são *eles*? — perguntei, assim como perguntara a Rennora. — Quem está vindo?

Phaidra não respondeu. Ela alimentou o fogo e não disse nada por um bom tempo. Eu me deitei na terra, puxei o meu cobertor fedorento de peles até o nariz e tentei dormir.

Bem na hora em que os meus olhos ficaram pesados, Phaidra começou a falar baixinho:

— Nós, Vilias, não somos mulheres livres, nem vivas. Já fomos, e durante aquela vida, grandes injustiças foram feitas conosco.

Totalmente acordada agora, eu a observei e escutei. Ela trabalhava em um pedaço de madeira com a sua faca enquanto falava:

— Algumas de nós foram mortas pelos nossos amantes, ou traídas, levadas à morte. No momento em que exalamos os nossos últimos suspiros, no lugar que fica entre este mundo e o próximo, os Brethaeus nos encontraram. Eles nos deram uma escolha: morrer ou viver de novo como mortas-vivas e buscar vingança contra os que nos machucaram. Eles não nos contaram que as nossas novas vidas seriam apenas meio vividas, nem que estaríamos presas a eles para sempre; então, concordamos.

Ela parou de falar. Só consegui suportar o horrível silêncio por um tempo.

— Quem são os Brethaeus? — sussurrei.

— Necromantes — respondeu ela. — Uma família antiga de necromantes. Muitas Vilias servem a eles. Não chegamos nem perto de sermos as únicas.

Um frio horrível caiu sobre mim.

— Necromantes. Mestres dos mortos.

Ela me deu uma espiada.

— Então você não é tão ignorante quanto parece. O que mais sabe sobre eles?

— Não muito.

A sua boca afinou.

— Bem, você logo saberá tudo o que precisa saber. Eles estão vindo, e quando chegarem, vamos dar você a eles.

A minha boca ficou seca. Eu me sentei imediatamente.

— O quê?! Por quê?!

— Porque Rennora diz que devemos, e ela está certa — Phaidra afirmou.

— Nós trazemos pessoas para eles. Nós os mantemos alimentados. O interessante, o grotesco, o forte, o patético. Os seus apetites variam. Algumas almas eles consomem. Algumas eles ressuscitam e nos devolvem para aumentar os nossos números.

Os olhos dela piscaram para os meus, e depois ela voltou a trabalhar.

— Não sei o que eles farão com você. Se decidirem te consumir, talvez você satisfaça o apetite deles por um curto tempo. Se em vez disso escolherem tornar você uma Vilia, você será como nós, uma serva dos mestres dos mortos, e nós vamos ficar mais fortes com mais uma para ajudar a caçar e alimentá-los. É uma caçada interminável. Esse é o preço que pagamos para sermos trazidas de volta da morte e renascidas: eles são nossos mestres, e a sua fome por almas não é saciada nunca. — A sua expressão ficou mais sombria enquanto o fogo estalava. — Nós somos idiotas. Nenhuma vingança vale o que nos tornamos.

A história que ela contou era impensável. A minha mente gritava para eu fugir, não importava se aquela fuga seria inútil, mas fiquei exatamente onde estava, enraizada por um pavor sem esperanças.

— Por que vocês *me* capturaram? — Pressionei os dedos dentro da terra, buscando em vão por força. — Eu ouvi falar do seu povo. Vocês vinham capturando civis nas Terras da Névoa, mas agora estão aqui. Vocês vieram até aqui por minha causa?

Phaidra fixou os seus olhos pretos insensíveis em mim.

— Sentimos na noite em que você lutou contra o demônio. Foi um choque para a terra e foi sentido por quilômetros e quilômetros, não apenas pelas Vilias. Você é uma coisa estranha e poderosa, embora não pareça. É intrigante e vai satisfazer os Brethaeus. Isso é o que fazemos. Satisfazemos os Brethaeus.

Os meus pensamentos giraram violentamente com o pânico. Eu me sentia como se tivesse saído de mim mesma, saído do mundo que eu conhecia, e estivesse pendurada na minha sanidade por um mero cordão.

— Como é possível que os Brethaeus venham aqui? — perguntei em desespero. — Eles são necromantes. São Antigos. A Névoa...

— A Névoa do Meio é uma barreira, e nenhuma barreira permanece sem buracos para sempre. — Phaidra me olhou de maneira intensa. — Acho que você sabe disso. Acho que a sua irmã Rosa também sabe.

Afastei depressa os pensamentos sobre Mara. Eles eram queridos demais, perigosos demais. Eles iriam me desmontar, e eu já estava achando difícil respirar.

— Você não precisa fazer isso, Phaidra. A minha família é extraordinariamente poderosa, estimada pela rainha suprema. Se você me ajudar a fugir...

— Não existe escapatória para isso. — A voz dela era ríspida, sua expressão, dura. — Durma. Se você estiver fraca e doente quando eles chegarem, nós todas vamos sofrer, você mais do que todas. Você deve impressioná-los. Se fracassar, Rennora vai estripá-la e garantir que você sinta cada punhalada da sua faca.

Ela se afastou de mim, deixando claro que a nossa conversa tinha terminado. Chorei baixinho, triste, abraçando o meu corpo dolorido e tentando não imaginar qual a sensação de ser devorada. Chorei até me sentir enjoada e cansada demais, e então me deitei tremendo na terra. Quando finalmente sucumbi à exaustão, pensei ter visto Phaidra olhar para mim de modo desconfortável, como se ela estivesse com vergonha da sua parte na minha iminente desgraça — mas imediatamente me desiludi daquela ideia fantasiosa. Eu estava desesperada por qualquer tipo de conforto, era só isso.

Fechei os meus olhos vermelhos e escutei o fogo. Era estúpido da minha parte fazer isso, mas mesmo assim imaginei que estava de volta no chalé de Illaria, segura na cama e aquecida nos braços de Talan. A pele dele deslizando contra a minha, os seus lábios nos meus cabelos, o cheiro dele — o aroma de pinheiro da sua colônia, o travo salgado do seu suor. A sua voz murmurando o meu nome. Cada uma das lembranças era um tormento, mas eu as mantive perto assim mesmo. Rezei para Zelphenia implorando que Talan viesse me procurar, que ele não descansasse até me achar, que ele se aproximasse do nosso acampamento justo naquele momento. Caí em um sono inquieto.

Outra semana se passou, e depois outra. A floresta me tentava, mas nunca mais tentei correr. Parecia não ter sentido. Eu dormia, me arrastava apaticamente no encalço de Phaidra enquanto ela realizava as suas tarefas diárias, dormia de novo.

Quando ela foi até a clareira onde acordei pela primeira vez, que parecia ser o principal local de reunião do seu povo, eu a acompanhei. Ela renovou os seus itens de comida, trocou por suprimentos, escolheu entre montes do que deviam ser coisas roubadas — joias, lençóis elegantes com bainha de renda, casacos pesados de lã, faqueiros e cutelaria. Jaulas de madeira rústica escondidas nas árvores abrigavam figuras amontoadas: duas mulheres, três homens, um adolescente, todos inexpressivos e vestidos com roupas esfarrapadas.

Engoli em seco de repugnância vendo Phaidra empilhar o seu saque nos meus braços.

— Quem são eles? — perguntei em voz baixa.

— Comida — respondeu ela.

— Para vocês ou para os Brethaeus?

Ela me olhou, brava.

— Vilias não comem pessoas. Você enlouqueceu?

Isso me pareceu absurdamente engraçado. Mal abafei uma gargalhada histérica. Se eu *tinha* enlouquecido? Esperava que sim. Isso significaria que eu estava simplesmente perdida em um sonho horroroso.

— Por que eles estão presos em jaulas enquanto eu estou livre? — consegui falar.

— Eles são ração. Você é outra coisa. E não se pode dizer que você esteja livre.

Eu não podia discutir sobre aquilo. Baixei os olhos para o solo e me encolhi para longe dela enquanto ela falava com a outra Vilia. Contei vinte e cinco ao todo. O idioma delas era uma estranha mistura do idioma comum e alguma outra coisa, talvez dois outros idiomas, nenhum dos quais reconheci. Palavras familiares surgiam nas conversas delas como bolhas na água corrente e então estouravam e sumiam. Eu estava perfeitamente consciente das outras Vilias me observando enquanto eu me movia entre as árvores, os seus olhos pretos inescrutáveis. Foi um alívio retornar para a segurança da tenda de Phaidra.

O meu sono era intermitente. Eu entrava e saía de sonhos, algumas vezes acordava sobressaltada pelo medo de que Phaidra fosse me abandonar no meio da noite, de que as outras Vilias a matariam por falar comigo de uma maneira muito franca e me levariam para a minha própria jaula. Vê-la sentada no outro lado do fogo, carrancuda e vigilante, me enchia de alívio. Eu me aproximava dela cada vez mais toda noite até começar a adormecer do lado dela, a minha cabeça a meros centímetros do seu joelho ossudo e coberto de pele rachada e pálida. Eu fingia que o seu corpo era o de Talan, de Farrin ou de Mara. Fingia que ela era o meu pai, que eu estava deitada no joelho dele no tapete na frente da lareira e tinha adormecido ao som de algum livro horrível e ressecado que ele lia, sobre estratégia militar ou relações intercontinentais, um pilar havia muito desaparecido da minha infância. Ele sempre tentara, sem sucesso, me afastar dos meus romances.

Fiquei imaginando se ele estava me procurando ou se sentia-se feliz por eu ter desaparecido, aliviado por nunca mais ter que me olhar nos olhos.

Quando Phaidra tomava banho no riacho perto — uma visão grotesca, com a sua pele podre e rugosa, e claramente dolorosa, já que ela cerrava os dentes durante todo o suplício —, eu também tomava banho. Mais de uma vez, eu a peguei fitando o meu corpo nu com nostalgia, mas não havia nada de predatório naquilo, e eu estranhamente não tinha medo. Ela parecia mais fascinada do que qualquer outra coisa, e saudosa.

Depois de tomarmos banho juntas pela terceira vez, ela pegou a minha camisola imunda e me deu um vestido novo de linho rosa desbotado, simples, mas limpo. Era bem grande — eu precisei enrolar o cinto duas vezes em volta da minha cintura —, e fiquei relutante ao vesti-lo, uma relíquia de alguma garota roubada, muito provavelmente morta, ou agora ela mesma uma morta-viva. Porém, eu não podia permanecer nua, e Phaidra já tinha começado a rasgar a minha camisola em faixas, talvez para limpeza ou tratar machucados. Eu me recusei a vê-la fazendo aquilo; aquela roupa era tudo o que restara do mundo de onde eu havia sido tirada.

Esperei até ela terminar, e então a encarei e disse:

— Obrigada pelo vestido. — E eu falava sério. Depois do banho e do presente da roupa limpa, eu me senti renovada, mesmo que um torpor resignado caísse sobre mim. Essa era a minha nova vida, mas pelo menos eu não estava mais coberta de sujeira.

Phaidra piscou para mim, claramente pega de surpresa. Por um instante, a sua expressão se suavizou, e achei que ela diria alguma coisa gentil de volta. Mas então ela resmungou, olhou para o outro lado e começou a cozinhar o nosso jantar. Ela não tornou a olhar para mim naquela noite. Dormi o sono dos mortos, e parte de mim esperava que eu não acordasse.

Um dia, Phaidra me levou junto quando ela se aventurou na floresta para caçar e procurar alimentos.

Precisamos nos afastar da tenda para encontrar qualquer presa — parecia que nenhum animal ousava se aproximar do território das Vilias —, e na hora em que Phaidra começou realmente a caçar, lança na mão e uma aljava de flechas pendurada nas costas, eu estava exausta, fraca e propensa a tropeçar no terreno rochoso. Eu lutava para acompanhar o seu ritmo, batendo desajeitadamente nas árvores, o que nos fez perder a nossa presa pelo menos meia dúzia de vezes até Phaidra, por fim, jogar as mãos para cima e me atacar verbalmente:

— Você é uma potra recém-nascida? Ou uma criança aprendendo a andar? Sabe como usar as suas pernas?!

— Me desculpe — sussurrei, cansada demais para me sentir envergonhada. — Posso me sentar aqui e esperar por você. Não vou fugir, prometo.

Phaidra me observou por um momento e, quando ergui o olhar, a sua expressão estava mais gentil, e ela não tentou disfarçar.

— Aqui — disse ela, mais baixo agora. — Olhe. Me observe.

Phaidra demonstrou com uma paciência renovada como se movia pela floresta — que tipos de plantas evitar porque elas abrigavam um certo tipo de besouro ou pássaro que saía fazendo barulho quando a planta se mexia, ou porque as frondes deixavam um aroma acre no seu corpo que assustava os animais; onde pisar, *como* pisar, como usar o vento como aliado, como ler os sinais da floresta.

Era muita informação para guardar de uma vez só, e eu estava com muita vergonha de fazer perguntas, mas escutei com atenção, e o simples fato de que Phaidra tentava me ensinar me imbuiu de uma certa quantidade de determinação. Ela diminuiu o ritmo, e eu a segui com uma ferocidade obstinada e estranha. Nós pegamos dois coelhos e uma única codorna — uma recompensa patética pelos nossos esforços, pensei, até ver Phaidra sorrindo radiante para mim. Apesar da minha determinação em não me importar, a imagem do seu grotesco rosto sorrindo me encheu de orgulho.

Quando afinal concluímos o longo caminho de volta ao povoado, para contribuir com a nossa caça, e depois até a tenda de Phaidra, para comer e dormir, eu delirava de exaustão, a minha visão brilhando, cada músculo doendo. Pelo menos a dor era de atividade mais do que de magia, e por isso eu me sentia estranha e pura, um prazer bizarro. Devorei a comida que Phaidra preparou para mim — coelho assado, uma salada de amoras azedas, raízes marrons duras e folhas amargas —, e logo me encolhi na terra do lado dela.

— Você é forte, Imogen — Phaidra afirmou, baixo, enquanto minhas pálpebras pesadas se fechavam —, e a cada dia se torna mais forte. Não tenha medo. Isso poderá salvá-la. — Ela parou. — Pode mudar tudo.

Uma coisa curiosa para se dizer, e mais do que um pouco assustadora, mas a minha exaustão era imensa e insistente. Não lutei.

TRÊS NOITES DEPOIS, ACORDEI DE UM PESADELO DE QUE NÃO ME LEMBRAVA, lágrimas nos olhos e o meu corpo inteiro ensopado de suor.

Phaidra estava lá, deitada do meu lado na terra, os olhos sérios. Ela afagou os meus cabelos. As sombras iluminadas pelo fogo aprofundavam em desfiladeiros a sua pele rachada, pintavam de um laranja oscilante as pequenas flores rosa costuradas no ombro e na garganta.

— Você sonhou com o seu amor — ela disse, baixinho. — O homem com quem lutamos. Você disse o nome dele. Você estava sofrendo. Não acordamos umas às outras de sonhos, bons ou ruins. Se eles não podem se completar, eles continuam dentro de nós e apodrecem.

— Talan — sussurrei, me lembrando. — Estávamos na cama. Estávamos... — Parei, acanhada. Parecia estranho falar de coisas assim com a minha sequestradora morta-viva.

— Você estava acasalando com ele — adivinhou Phaidra.

Confirmei.

— E então alguma coisa mudou, alguma coisa deu errado. De repente ele ficou imóvel, tão pesado em cima de mim que eu não conseguia respirar. Eu estava encharcada, e olhei para cima e vi os seus olhos congelados, arregalados. Ele estava morto. O seu sangue, todo espalhado em mim.

— Você está sofrendo pela ausência dele. Os seus sonhos também.

Por um momento, fui tomada de tanta dor que não consegui falar. O meu estômago estava apertado, o meu peito, doendo. Encolhi-me e rezei para Caiathos, deus da terra, pedindo que o chão se abrisse e me engolisse. Talan estava morto, eu, sozinha, e os necromantes vinham vindo me buscar. Depois de eles terminarem comigo, será que teriam apreciado o sabor de Ashbourne e iriam até Ivyhill? Era esse o enredo final dos Bask, criado para arruinar a minha família de uma vez por todas?

Eu podia imaginar claramente: Alastrina e Ryder no covil do Homem com a Coroa de Três Olhos junto com os seus pais, lorde Alaster e a lady Enid. Não cheguei a conhecê-los; eles eram reclusos e pareciam satisfeitos por deixar os seus filhos lutarem uma guerra no seu lugar. Eles pareciam com a sua prole, eu presumia, todos pálidos, com os cabelos escuros e ferozes olhos azuis, todos lindos e horripilantes. Nesse cenário imaginado, todos riam, assim como o demônio, os cinco amontoados juntos conspirando como lobos rasgando uma presa. No centro, jazia o corpo de Talan, que sem dúvida seria usado por eles para algum objetivo medonho. Talvez o demônio fosse fazer um banquete com ele, digerindo-o devagar ao longo dos anos.

Os meus pensamentos em espiral mergulharam na escuridão; a minha pele pinicava com uma coceira familiar de pânico. Afastei-me de Phaidra bruscamente e comecei a arranhar a minha pele, determinada a arrancar as imagens das quais a minha mente se recusava a desapegar. Eu estava tão enjoada que mal conseguia falar, mas consegui, me virando em desespero para Phaidra:

— Me mate — sussurrei para ela. — Por favor, Phaidra. Você me tratou com bondade, e acho que você não precisava ou nem deveria. Creio que você não me odeia. Você pode até gostar de mim. Por favor, então, faça essa última coisa para mim.

Ela se sentou e me encarou, claramente desconcertada.

— Você quer que eu te mate?

— Quero.

— Não posso fazer isso. Rennora me mataria. Ou os Brethaeus. Prometemos a eles um grande tesouro.

— Nesse caso, tudo bem. É só fazer com que pareça que eu me matei para que você não seja culpada. Ou talvez eu *possa* me matar, eu só... O meu corpo não vai querer morrer, então não sei se conseguirei ir até o fim. Existe algum veneno que você possa me dar, algo concebível que eu possa ter comido por conta própria? Acho que veneno é menos assustador do que...

Phaidra me deu um tapa, e fiquei em silêncio pelo choque.

— Pare com isso! — ela disse, duramente. — Você não vai morrer, não pelas suas mãos nem pelas minhas. Como ousa desejar a morte na minha presença? Como você pode... — Ela parou de falar, visivelmente lutando para se conter. Quando falou de novo, a sua raiva estava mais comedida: — Por que está agindo assim? Porque seu amor foi embora?

A voz dela derramava desprezo. Balancei a cabeça com tristeza.

— Não é só isso. Estou *cansada*, Phaidra. Estou cansada disso, de tudo isso. — Gesticulei com fraqueza para o meu corpo. O meu braço polvilhado de vidro captou a luz do fogo e reluziu. E então contei tudo a Phaidra, as palavras sendo cuspidas para fora de mim como uma torrente baixa e desesperada. A dor com a qual eu convivia desde que me entendia por gente; o pânico que assolava os meus pensamentos e o meu corpo, sem aviso; a violência horrível que os meus pais haviam feito comigo; a violência horrível que eu havia feito com eles, e comigo mesma, quando eu era pequena e incauta.

Contei dos planos que eu e Talan havíamos planejado para arruinar os Bask e procurar o demônio que colocara a minha família contra a deles, o que Talan e eu tínhamos feito com a sra. Baines. Os olhos de Phaidra se estreitaram com isso, mas ela escutou com uma paciência notável até eu terminar o relato — o acordo que eu fizera com o demônio, o seu ataque a Farrin, o meu ataque a *ele*. Talan, Talan, Talan. Como a minha dor desaparecia quando eu estava com ele, mesmo quando ele não estava usando seu poder para me ajudar. Como ele viu uma força em mim que ninguém nunca tinha visto. Como ele me amava, e como eu o amava, como eu nunca amara ninguém antes.

Quando terminei, caiu um silêncio, quebrado somente pelo fogo crepitando. Depois de contar a minha história, o desejo de acabar com tudo aquilo se assentou na minha mente como a última folha do outono. Eu me senti totalmente limpa, oca, mortalmente cansada. Se Phaidra tivesse naquele momento oferecido um punhado de frutas venenosas, eu as teria comido de uma tacada só.

— Você não vai morrer — ela falou devagar, o olhar distante. — Não pelas minhas mãos e não pelas suas próprias. Os Brethaeus vão tentar, mas... — Uma pausa, e então ela me olhou com intensidade. — Nunca menti para você. Você *é* forte, talvez forte o suficiente para lutar contra eles de uma maneira que nós não conseguimos sozinhas.

Foi uma coisa tão inesperada ela falar aquilo que por um momento eu simplesmente a encarei.

— Vocês querem *lutar* contra os Brethaeus?

Phaidra apertou a boca em uma linha fina. Ela olhou em volta, depois balançou a cabeça.

— Amanhã, quando formos caçar, contarei tudo para você.

29

Pela manhã, segui Phaidra pela floresta até o meio-dia, quando ela, por fim, parou e me permitiu descansar. O sol estava quente no meu pescoço, mesmo no alto das montanhas onde nos encontrávamos e com todos os pinheiros à nossa volta.

Eu me sentei em cima de uma árvore caída, enxuguei o rosto suado com a manga e tomei um longo gole do odre d'água de Phaidra. Ela se absteve, de alguma maneira sem sede nenhuma. Com o seu comprido cajado amarrado nas costas, ela escalou agilmente um toco alto — duas vezes o seu tamanho, coberto com musgo grosso, e cercado pela massa em zigue-zague das suas próprias raízes. As roupas de caça de Phaidra eram as que ela usara quando as Vilias atacaram o chalé — um traje colado à pele, de couro de animal, tela rústica e casca de árvore costurados juntos como placas de armadura. Ela se empoleirou lá em cima na beira irregular do toco como um felino selvagem e examinou as árvores em volta, totalmente imóvel a não ser pelas pequenas viradas da cabeça.

Vestida como estava, com a sua pele manchada e as cicatrizes de flores, ela parecia uma verdadeira criatura da floresta. Eu meio que esperava que ela arrebatasse do ar um dos pequenos pássaros pretos que voavam por perto sem saber do perigo — uma imagem que me lembrou daquela arremetida louca e horrível na Névoa do Meio, o pássaro que eu havia perseguido, as minhas entranhas se revirando depois sem parar, o que me levou cambaleando para o banheiro no baile da rainha suprema, convencida de que algo vivia dentro de mim, algo perverso e conspiratório. Acho que alguma coisa *realmente* vivia dentro de mim: o trabalho do artífice que os meus pais contrataram para me refazer, uma magia de anos atrás talvez estimulada pelo poder da Névoa. Talvez fosse isso o que eu sentira naquela noite na Cidadela — a fera sufocada que o artífice criara revirando em seu sono.

Que mundo distante — que *vida* distante — aquilo tudo parecia. Como parecia estranho, e longínquo, como se estivesse lendo os acontecimentos da minha vida em um livro ao qual eu fosse totalmente indiferente.

Eu estava, sentada lá, refletindo, quando um arrepio se arrastou pelo meu corpo me pinicando. No início, eu o ignorei; por que me importaria com um arrepio? Por que eu me importaria com o que quer que fosse?

Porém, o arrepio aumentou, e o meu estômago se revirou com uma náusea repentina. Havia uma magia imensa por perto.

Virei-me para vasculhar os arredores, seguindo a sensação, mas a floresta era apenas uma floresta: samambaias, árvores e depois mais do mesmo. Eu quase havia desistido, convencida de estar imaginando coisas, quando a minha visão avistou uma depressão no chão da floresta — uma ravina comum coberta de musgo. O ar, porém, era diferente em torno dela, fechado e escuro. A floresta continuava imóvel e silenciosa; apenas uma luz pálida do sol conseguia se infiltrar pela grossa copa verde. Mas esse lugar, essa ravina, tinha um tipo diferente de tranquilidade, não de vazio, mas de espera.

Curiosa, eu me levantei e comecei a andar naquela direção, embora cada passo mandasse uma nova pontada de dor disparando para as minhas pernas. Na hora em que alcancei a ravina, manchas pretas pontilhavam a minha visão. Os meus ouvidos tinham se fechado, abafando o som dos meus passos, e a minha garganta se apertava a cada respiração; o ar pressionava forte contra mim, como se estivesse cheio a ponto de explodir e logo fosse romper e me levar com ele.

    Ajoelhei-me, respirando com força, e espreitei o caminho sinuoso descendo a ravina em direção à floresta adiante, onde as árvores cresciam tortas e mais grossas do que nunca, um emaranhado preto como breu absorvendo cada resquício da luz clara do sol. Mirei um lugar escuro, assustada com aquela visão mesmo sendo apenas um matagal de árvores nas sombras. Senti um gosto ruim na boca; a dor pulsava firme nas minhas têmporas. Havia algo nas árvores, algo com magia forte o suficiente para me destruir.

    Contudo, a ravina estava seca, o seu musgo, de um alegre verde brilhante. Parecia um caminho convidativo, e eu quase me arrastava para lá. Os meus braços e as minhas pernas não me pertenciam mais; a magia se juntava no meu peito como um punho e pressionava.

    Então, senti uma mão agarrar o meu ombro e me puxar para longe da ravina.

    Caí de costas com força e fiquei no chão, atordoada, enquanto Phaidra e outras duas Vilias surgiram à vista, olhando para mim.

    Uma das novas Vilias era baixa e magra com cabelos grisalhos opacos presos em dois nós desleixados. Uma alarmante extensão da sua pele verde era coberta de feridas infectadas e podridão preta e gangrenada. A sua expressão era plácida, os seus movimentos, pomposos. A outra Vilia era alta, musculosa, assustadora, a sua pele, áspera e cinza como a casca de uma árvore. Com uma pontada de medo, eu a reconheci como uma das Vilias que eu vira no chalé — a que me apunhalou com a flor venenosa.

    — Phaidra? — sussurrei. Apesar de toda a minha bravata fatalista do dia anterior, de repente senti um medo horrível. — O que é isso?

    Ela ignorou a minha pergunta e, em vez de responder, apontou para a ravina e as árvores escuras adiante.

    — Nunca mais chegue perto desse lugar — disse ela. — Nem mesmo olhe para ele. Nem para a ravina nem para as árvores. Segure a respiração quando passar por lá. É um lugar terrível. Alguma coisa má e Antiga vive aí. Já vimos animais serem atraídos para lá, dóceis e destemidos, como se estivessem sendo guiados por uma voz amada. Eles não voltaram. Chamamos de Boca, e é um bom lugar para reuniões secretas. Nenhuma das outras vem aqui. Elas têm medo demais. Podemos falar livremente.

    Phaidra procurou em um dos seus bolsos e tirou uma coisa para mim — uma lebre de madeira entalhada em um cordão fino de couro.

    — Aqui — disse ela —, use isto. Um talismã. Vai aterrar você no seu próprio mundo e ajudá-la a resistir ao chamado Antigo.

    Perplexa com o presente, hesitei.

    — Mas é seu. Não quero tirá-lo de você.

    — Tenho muitos. — Para provar, ela pegou vários outros do bolso e me mostrou o que usava embaixo da túnica: um lobo com um olhar assustador.

Era perfeitamente adequado para ela; eu me vi estranhamente comovida pela imagem das suas patas delicadas.

Deslizei o colar por cima da minha cabeça e imediatamente me senti mais tranquila com o peso leve da lebre contra o meu esterno.

— Se os talismãs são feitos para ajudar a resistir ao chamado Antigo, eles não deveriam ajudá-las a se livrar dos Brethaeus, Phaidra?

A Vilia mais alta, me observando com os braços cruzados, me olhou, me avaliando.

— Ainda não — respondeu Phaidra, guardando o lobo —, mas um dia vão ajudar, se eu fizer uma quantidade suficiente deles.

— Phaidra — a Vilia mais alta chamou, sem ser indelicada — insiste em ter esperança nas coisas.

Phaidra pareceu desafiadora.

— A esperança não machuca ninguém mais além de mim. — Então ela estendeu a mão para me ajudar a levantar.

A Vilia mais alta me observou ficar de pé com dificuldade, claramente pouco impressionada.

— Que ela seja tão facilmente atraída pela Boca não inspira confiança, Phaidra. Achei que ela devia ser forte. Uma assassina de demônio. Aos meus olhos, ela é simplesmente uma garota rica e bonita com a pele resplandecente de vidro.

— Nem todo tipo de força neste mundo parece a sua, Nesset — disse a Vilia mais baixa, cuja voz era gentil, mas rouca, como se fosse difícil mantê-la intacta.

— Imogen, essa é a Nesset. — Phaidra apontou para a Vilia mais alta. — E essa é Lulath.

Ela ajudou a Vilia mais baixa, que se movia de forma hesitante, a se sentar na árvore que eu tinha deixado.

— Elas são minhas amigas. Eu confiaria a minha própria vida às duas — continuou, com um sorriso irônico, o que fez Nesset soltar uma gargalhada.

— Precisamos prestar atenção à hora — murmurou Lulath, mirando o céu. Os seus olhos eram molhados e cinzentos. Um imenso abscesso com pele escurecida em volta tinha tomado um dos cantos da sua boca. — Não podemos voltar para casa sem comida.

— Sim, claro. — Phaidra se virou para mim, as mãos nos quadris. — Há muito para contar, Imogen. Escute, e escute bem. Eu falei que sentimos a sua luta contra o demônio mesmo de muito longe. Você possui um poder que nós não possuímos, e com esse poder, você encarou um dos seres Antigos mais poderosos e sobreviveu.

— Os primeiros demônios nasceram das lágrimas de Zelphenia — murmurou Lulath. — Crianças de tristeza amaldiçoadas para sofrer com a desgraça da sua deusa.

A melodia arrepiante da sua voz me causou uma profunda apreensão. Eu mal resistia a espiar a Boca e suas sombras.

Nesset colocou uma mão gentil no ombro de Lulath e olhou para mim com severidade.

— Lulath gosta de divagar sem parar sobre a história Antiga. Simplesmente ignore quando ela começar com isso.

Lulath balançou a cabeça.

— Quando eu começar com isso — contestou ela serenamente —, você deve me escutar mais do que nunca. Existe verdade na história, uma verdade que pode salvar a sua vida, ou a de alguém.

— Não é uma coisa comum — continuou Phaidra — um ser humano lutar contra um ser tão poderoso quanto um demônio e vencer. Nem mesmo um ser humano Consagrado. Esperamos muito tempo até encontrar alguém como você.

— Foi como uma tempestade aqui em Little Grays — disse Lulath, feliz. — Quando você lutou com ele, balançou as montanhas como os trovões fazem.

O meu coração se apertou quando o mapa de Gallinor surgiu na minha mente. Eu sabia que estávamos bem longe de Ivyhill, mas não queria acreditar que as Vilias tinham me levado para um lugar tão distante quanto as Little Grays, uma grande cadeia de montanhas na costa oeste do continente, a quase cento e sessenta quilômetros de distância de casa.

— Algo dentro de você tem força suficiente para expulsar um demônio — disse Phaidra —, e depois do que você me contou na noite passada, acredito nisso ainda mais. As coisas que você fez quando era criança sem dúvida foram poderosas. Foram violentas e horríveis. Foram únicas. Os seus pais sabiam disso. Você os assustou de uma forma que as suas irmãs não fizeram.

— Que coisas? — perguntou Nesset, ansiosa de repente. — O que ela fez? Matou alguém?

Phaidra ergueu a mão, silenciando-a.

— Mas o meu pai disse que o artífice que eles contrataram refez a minha parte interna completamente — falei, sem energia —, enterrando a minha magia embaixo sabe-se lá do quê. O que quer que haja lá, o que quer que eu possuísse já ao nascer, está morto há muito tempo, deformado, mutilado.

— Talvez isso tenha sido verdade um dia — admitiu Phaidra —, mas parece, Imogen, que não é mais. Esse poder que você carrega ainda vive, não importa o que o artífice tenha feito com ele. Parece que alguma coisa está despertando esse poder. Você podia ter ficado mais fraca durante os dias de cativeiro, mas na verdade se tornou mais forte e mais corajosa. — Ela inclinou a cabeça, me avaliando. — Quanto mais força você consegue obter, e quanto mais o seu poder pode crescer?

De repente me lembrei da minha pergunta na noite anterior, e a razão para essa reunião secreta se tornou clara para mim.

— Você quer que eu lute com os Brethaeus por vocês — eu murmurei. — Quer que eu as liberte.

Phaidra veio até mim e segurou os meus braços com as suas mãos ásperas. Havia uma luz de ansiedade nos seus olhos que eu nunca vira antes.

— Nesset, Lulath e eu não desejamos mais servir aos Brethaeus — ela confirmou. — As outras também, acho, pensam como nós, mas Rennora não deseja lutar contra os nossos mestres. Ela está satisfeita com a sua vida de servidão. Ela faz isso há tantos anos que se lembra de pouca coisa fora isso. Nós, que queremos lutar, estamos fartas da escravidão, e desfaríamos as nossas escolhas se pudéssemos. Mas não podemos, então, em vez disso, desejamos nos livrar da maldição que nos liga aos Brethaeus. E queremos que você nos ajude nisso.

A conversa me fez sentir impotente e um pouco perturbada.

— Phaidra, nem uma única vez na vida eu quebrei uma maldição. Nunca nem mesmo li sobre como fazer isso. Eu não saberia por onde começar.

— Nós ajudaremos. A resposta sem dúvida está no poder que você possui.

— Sem dúvida? Phaidra, eu tenho muitas dúvidas, e você também deveria ter. Quando o demônio atacou a minha irmã, eu agi sem pensar, e não consegui fazer isso de novo desde então. E nada sobre aquela noite teve algo a ver com quebrar uma maldição.

A determinação de Phaidra era inabalável.

— Vamos ajudá-la a aprender como usar o seu poder com intenção. Essa vai ser a primeira coisa.

— E como exatamente você fará isso?

— Tenho observado você nos últimos dias, aprendido sobre a sua determinação, do que a sua mente e o seu coração são feitos. Ouvi a história que me contou. Começaremos daí.

Sentei-me de novo na árvore e segurei a cabeça entre as mãos.

— Essa não é exatamente uma resposta. Isso que você me pediu está, na melhor das hipóteses, incompleto.

— Vê? — Nesset se dirigia rispidamente a Phaidra. — Eu disse que isso era uma bobagem.

Olhei para Nesset.

— *Você* sabe alguma coisa sobre quebra de maldição?

Ela balançou a cabeça, parecendo indignada conosco.

— Só sei que essa maldição é uma tríade, criada em três partes para ganhar mais força.

— Eu já a vi ser feita muitas vezes — Phaidra garantiu. — Eu assisti quando ataram Nesset.

— E eu assisti quando eles ataram Phaidra — Lulath acrescentou, com carinho. — Uma pequerrucha que ela era. Recém-renascida.

— Phaidra... — Eu lutava para soar razoável, embora não me sentisse nada assim. — Os Brethaeus trouxeram você de volta da morte e lhe deram vida. Se tentar se livrar deles, eles não poderão destruí-la de novo com facilidade, desta vez para sempre?

Nesset soltou uma gargalhada forte.

— Nada é *fácil* na vida e na morte.

— Nós não podíamos *tentar* nos livrar deles — disse Phaidra. — Teríamos que conseguir.

— E depois? — insisti. — Quando você estiver livre dos Brethaeus, como escapará da ira deles? Na certa eles iriam persegui-la ou prendê-la de novo antes que você pudesse fugir direito. Será que algum dia você estaria segura de verdade em algum lugar? E sem a maldição mantendo o seu corpo, será que conseguiria até continuar vivendo?

— Ela faz boas perguntas — murmurou Nesset. — Perguntas que eu já me fiz.

A paciência de Phaidra acabou. Ela lançou um olhar tão irritado para Nesset que até Lulath pareceu assustada.

— Eu preferiria morrer uma mulher livre, ou ter liberdade até mesmo por um instante antes de perdê-la de novo, do que viver mais um dia como vivo agora! Qualquer coisa que façamos vale o risco. Nós decidimos isso.

Envergonhada, Nesset não comentou.

Então, Phaidra se virou para mim e disse, com firmeza:

— E você, Imogen? Se não nos ajudar, se não tentar fortalecer o seu poder e usá-lo contra os Brethaeus, então o dia em que eles chegarem vai marcar o fim da sua existência. Ou você será morta, a sua alma, consumida, ou vai se tornar uma de nós. Não uma mulher, não uma pessoa morta, mas uma morta-viva. Presa para sempre em uma vida no meio do caminho. É isso que deseja que aconteça?

Olhei para ela em silêncio por um momento, avaliando o seu rosto estranho, rugoso, com as flores trançadas. Um pássaro mergulhou entre as árvores acima, lançando a sua pequena sombra sobre nós.

— Não — falei, baixo. — Não é isso o que eu quero.

— O que você quer? — Lulath me fitava de maneira agradável. Um líquido marrom nojento pingou para fora da sua boca e desceu pelo seu queixo.

Eu não tinha certeza de como lhe responder, e disse isso.

O sorriso de Lulath foi de pura satisfação.

— Eu também não sei, não depois do momento que encontrarmos a nossa liberdade. Que divertido, vamos descobrir juntas!

Eu continuava cautelosa; esse *plano* mal merecia ser assim chamado. Mas a alternativa era se render, sentar e esperar morrer, ou aguardar por alguma coisa perto o suficiente da morte, e de repente eu descobri que não queria nada daquilo.

Eu queria viver.

O sentimento era tênue, frágil. Eu me prendi a ele por um momento antes de ousar me mexer, depois me levantei do meu assento e estendi a mão para Phaidra.

— As Vilias apertam as mãos?

Phaidra sorriu.

— Não fomos esculpidas do nada, Imogen. Já fomos mulheres exatamente como você.

Então ela envolveu a sua mão na minha e a balançou uma vez, com firmeza, e assim o trato estava feito. Um arrepio de mau presságio me balançou, mas eu culpei a Boca, pairando escura e estranha no fim da ravina. Recusei-me a olhar de volta para lá, embora quisesse desesperadamente; coloquei a mão em cima da minha pequena lebre entalhada sob o meu vestido e segui Phaidra entre as árvores, deixando a Boca para as suas sombras.

Qualquer que fosse o meu poder, onde quer que ele vivesse dentro de mim, as Vilias e eu logo descobrimos que ele não queria despertar.

Phaidra e eu começamos a trabalhar silenciosamente na tenda dela, a minha cabeça inclinada por cima de uma pilha de facas e trapos. Nós mal nos falávamos. Ela ficava parada olhando para mim com as mãos nos quadris e uma expressão carrancuda e assustadora no rosto. Se Rennora ou qualquer outra Vilia caminhasse pela floresta e nos visitasse, só veria Phaidra colocando a sua prisioneira para trabalhar com tarefas intermináveis.

— Tente essa em seguida — ela murmurou, andando em volta de mim com uma clara impaciência.

Eu esperava que fosse fachada, parte do nosso teatro, mas suspeitava que não, que ela estava desconcertada pela minha falta de progresso.

— *Firintala foratalem talembora talabirin* — sussurrou Phaidra.

Escutei com atenção e me concentrei na samambaia próxima, que havíamos escolhido para o treinamento. As flores na minha garganta quando criança, a árvore que eu fizera crescer e onde fiquei presa — Phaidra apontava isso como evidência de que eu havia herdado da minha mãe algum tipo de magia elemental.

— *Firintala foratalem* — repeti, as palavras estranhas e desajeitadas na minha língua — *talembora talabirin*.

Era um pequeno feitiço, um dos muitos que Phaidra, Lulath e Nesset tinham reunido nos longos anos depois do seu renascimento. Elas mesmas não conseguiam realizar aqueles feitiços; qualquer magia que possuíssem nas suas primeiras vidas reais havia sido perdida depois da morte, assim como as suas lembranças de magia. Elas só sabiam o que haviam reunido durante os anos em que passaram, semivivas, roubando e caçando almas para os Brethaeus. E tinham coletado bastante coisa. Gareth teria ficado muito satisfeito se tivesse tido a chance de conversar com elas: três espectros de verdade com uma vasta biblioteca de conhecimento de magia ilícita adquirido.

A minha garganta se apertou ao pensar nele, em casa e em Una, e em Farrin me observando dormir. Na cadeira do meu quarto onde Jessyl sempre se sentava. Os braços de Talan ao meu redor naquele pequeno chalé, os seus sussurros ardentes contra a minha cabeça.

— Pense com mais força, Imogen — Phaidra disse, baixo. — Não de antes, não de depois, mas de agora.

Era uma repreensão recorrente; com muita frequência os meus pensamentos se desviavam para desespero, raiva, lembranças. Eu estava exausta, completamente desmotivada. Até o momento, não tinha avançado nada. Não conseguira sequer um mínimo trabalho de magia. O antigo e familiar pânico borbulhava nas minhas entranhas, mantido a distância apenas por pura força de vontade. Se eu o deixasse crescer, arruinaria outro feitiço. O encanto ia se alojar na minha mente, tenso, amargo e intratável.

Soltei uma expiração forte e fixei os olhos em uma única folhagem de samambaia azarada. Se eu conseguisse realizar o feitiço, nasceriam espinhos tão venenosos no caule que uma única espetada poderia derrubar um homem grande por uma hora inteira, e um homem pequeno por até mais tempo. Um feitiço útil, eu achava, e decerto discreto o suficiente para praticar disfarçadamente, mas eu detestava a ideia de trabalhar a magia com palavras, e esse feitiço parecia particularmente desajeitado na minha língua, como se eu estivesse tentando dobrar o meu corpo em uma forma dolorosa.

— *Firintala foratalem* — falei mais uma vez — *talembora talabirin*.

Phaidra e eu esperamos, observando. Prendi a respiração.

Nada aconteceu. Pensei ter visto a samambaia tremer um pouco, como se tivesse sido empurrada, mas podia ter sido simplesmente o vento.

Curvei-me, exausta e derrotada. Aquele era o sexto feitiço que eu tentava naquele dia, e o sexto fracasso.

— Acho que eu não sou do tipo que faz magia com palavras — comentei, envergonhada demais para olhar para Phaidra. — Gostaria que os próximos trabalhos que eu tentasse fossem em silêncio.

Se Phaidra ficou decepcionada, escondeu perfeitamente bem. Ela se sentou e continuou a remendar uma túnica listrada rasgada.

— Vamos descansar, então — disse ela —, e tentar de novo amanhã.

Amanhã, pensei. Depois disso, de acordo com Phaidra, seriam apenas seis dias até a chegada dos Brethaeus. O meu medo e a minha frustração me deixaram petulante. Apontei com a cabeça a peça nas mãos dela.

— As Vilias matam as pessoas de quem roubam? — perguntei.

— Algumas — respondeu Phaidra, a voz muito mais calma do que a minha. — Eu não.

Envergonhada, não falei mais nenhuma palavra pelo resto do dia.

Na manhã seguinte, Phaidra me acordou me empurrando e sibilou para eu correr.

Uma onda de medo me fez me levantar tropeçando. Fiz o que ela mandou, rasgando a floresta nos seus calcanhares. Uma vez, olhei para trás por cima do ombro para ver o que nos perseguia, mas não vi nada, e aquilo de certa maneira foi pior do que se eu tivesse visto uma fera disparada no nosso encalço, ou talvez Rennora em fúria, após ter descoberto o nosso plano secreto.

Corremos até eu não conseguir mais. Desabei contra uma árvore, sugando o ar dolorosamente, a minha visão cheia de pontos pretos.

Phaidra, nem um pouco ofegante, se aproximou de mim com um sorriso presunçoso.

— Bom. Viu? Você pode ser péssima com feitiços, mas o seu corpo ficou muito mais forte. Algumas semanas atrás, você teria se cansado muito mais rápido.

Eu a fitei, estupefata e encharcada.

— Você quer dizer que não existia nenhum motivo para correr? Estávamos apenas *correndo*?

Ela deu de ombros.

— Depois que derrubar os necromantes, você vai precisar correr, e correr para longe. Eles não vão ficar caídos para sempre. Agora... — ela apontou a cabeça para um broto de árvore próximo — ... faça crescer.

Eu detestava a sua fé em mim, em como era inabalável. Mal-humorada, mirei o broto.

— Já tentamos nesse.

— Tente de novo.

Soltei uma expiração forte e olhei intensamente para o broto, tão cansada e irritada que eu queria me sentar e gritar.

— *Gorenbula garamberen!* — exclamei.

Um estreito canal de ar, se esticando entre o broto e o meu corpo, ondulou de repente, como se uma flecha invisível tivesse sido atirada através dele. Houve um zunido alto e rápido, e então o broto se partiu ao meio. A metade de cima tombou sozinha e caiu no chão, exalando um aroma azedo e defumado de um jantar queimado.

Phaidra deu um tapa no meu ombro.

— Bom trabalho, Imogen!

Eu ri, tremendo, mais do que um pouco assustada com o que fizera.

— Mas esse foi um feitiço designado para fazer *crescer* uma planta, não para atacá-la.

— Então vamos tentar de novo até que consiga acertar. Mas você está aprendendo o que o seu poder pode fazer, e isso não é pouca coisa. Quando os Brethaeus chegarem, você estará pronta.

— Phaidra... — A sua confiança me deixou em desespero. — Quebrar um broto de árvore não é o mesmo que quebrar uma maldição.

— Acho que uma coisa não é tão distante da outra para uma assassina de demônios Consagrada.

— Mas eu não sou uma enfeitiçadora! Não tenho conhecimento de como a feitiçaria devia ser, ou até mesmo se sou capaz de realizá-la.

Phaidra dispensou as minhas preocupações com um aceno leve.

— Venha. Vamos pegar o nosso almoço.

Ela saiu caminhando com o seu cajado na mão, sorrindo e triunfante, mas eu me prolonguei no broto de árvore, assustada com aquela visão e estranhamente entristecida. Com pressa, eu o cobri com folhas, para não precisar olhar para ele, e depois corri atrás de Phaidra, me sentindo mal pela certeza de que a decepcionaria.

MAIS QUATRO DIAS DO MESMO JEITO — FEITIÇOS SEMIFEITOS, CORRIDAS-
-surpresa pela floresta com Phaidra, Nesset me ensinando uma gama de movimentos básicos de combate defensivo —, e eu começava a entrar em pânico de verdade. Em dois dias, os Brethaeus chegariam, e, além do broto de árvore decapitado, a magia mais impressionante que consegui fazer foi uma listra azul-celeste encantada nos meus próprios cabelos, que desapareceu em cinco minutos.

— Não entendo — resmungou Nesset, caminhando ferozmente pela floresta. — Como uma criatura assim lutou com um demônio e *venceu*?

Phaidra, pela primeira vez desde o nosso acordo, não pulou em minha defesa. Enquanto Nesset andava de um lado para o outro, com Lulath sentada no solo, distraidamente trançando uma coroa de flores, Phaidra permanecia imóvel com os braços protetores em volta de si mesma, parecendo perdida e pequena.

Estávamos longe das nossas tendas na parte silenciosa da floresta perto da Boca, que se tornara o nosso lugar secreto para nos encontrar e treinar. Desviei o olhar do rosto triste de Phaidra e me permiti uma olhada de soslaio para a Boca, que se agigantava à minha esquerda, um distante corte irregular de escuridão. Desanimada como eu estava, a Boca nunca me parecera tão atraente. Talvez os animais atraídos para a ravina tivessem passado por aquela escuridão para cair em esquecimento e tenham ficado felizes com aquilo. O esquecimento era silencioso, nem bom nem mau; e não exigia nada.

— Ela diz que invocou flores e árvores quando era criança — vociferou Nesset, sem diminuir o ritmo dos seus passos —, mas quando tenta agora, só consegue um punhado de fumaça ou um graveto quebrado. Ela diz que mudou a aparência da mãe para a de um monstro, e no entanto, tudo o que ela consegue mudar agora é a cor dos *cabelos*.

— Estou tentando ao máximo — comecei a falar, mas Nesset me silenciou com um olhar bravo.

— O que você é, garota rica? Elemental ou estilista? Filha de Caiathos ou filha de Kerezen? Quer saber o que eu acho?

— Não, nenhuma de nós quer — Phaidra afirmou, demonstrando cansaço.

— Acho que ela é o que nos contou no início. Acho que ela é mutilada. Ela está morta por dentro. Aquilo que ela era, fosse o que fosse, está corrompido e sem conserto.

Os meus olhos se encheram de lágrimas furiosas.

— Nada disso é minha culpa. Eu tenho tentado cumprir a minha parte o tempo todo em que estou acordada desde que fizemos o nosso acordo. Magia falada e magia silenciosa, feitiços, maldições e encantamentos. Fiz tudo o que vocês pediram, e mais ainda.

Nesset parou para me encarar, o seu olhar duro e impassível.

— Não vou contestar isso. Mas foi um erro nosso colocar as nossas esperanças de liberdade em você.

Caiu entre nós um silêncio horrível e desanimado. Nesset disparou entre as árvores, e Phaidra correu atrás dela. Lulath se levantou, a coroa de flores na mão, e se aproximou cambaleando, com o seu sorriso horripilante e cheio de bolhas. Ela gesticulou para eu me abaixar de modo que ela pudesse colocar a coroa na minha cabeça. Obedeci, desconcertada pelo bizarro ato de gentileza, mas, apesar de tudo, agradecida. Talvez não fosse tão horrível ser uma mulher morta costurada com flores bonitas.

— A coroa manterá você segura enquanto eu pego as outras — Lulath disse com a sua voz rouca. — Nesset não falava sério sobre as coisas que lhe disse. Ela está simplesmente com medo.

Tentei um sorriso.

— Conheço essa sensação.

Observei Lutath saindo meio desequilibrada em direção às árvores. Com a sua ausência, o silêncio era assustador. A floresta parecia crescer à minha volta, as árvores se esticando cada vez mais altas, o tapete grosso de samambaias se aproximando lentamente. O ar úmido era opressivo. Fitei os meus pés e me concentrei na minha respiração, determinada a não olhar para nada além das botas que Phaidra me dera. A coroa de flores me protegeria. Eu estava sentada rígida, com as mãos espalmadas nas coxas. Não tinha motivo para me mover daquele lugar.

Entretanto, a Boca estava bem ali, não muito longe de mim, a sua magia turbulenta incomodando silenciosamente as pontas dos meus dedos. A minha curiosidade era grande demais, a minha solidão, completa demais. Eu decepcionara as minhas amigas; decepcionara a mim mesma.

Talvez, pensei, a Boca tivesse todas as respostas. Esquecimento ou, menos provável, uma salvação que eu não conseguia imaginar.

Esquadrinhei as árvores para ter certeza de que as outras ainda não estavam voltando, e então me levantei com pernas trêmulas. Inspirei profundamente e fechei os olhos; depois, virei o rosto para a ravina, mantendo a palma da mão na lebre embaixo da túnica. Eu esperava que Phaidra estivesse certa e a escultura me amarrasse ao que era real, bom e natural. A ravina serpenteava pela floresta a talvez sessenta metros de distância, coberta com árvores, sua trilha uma língua musgosa de um verde brilhante. Desci, usando as raízes das árvores como apoios para os pés. O chão macio cedeu de leve quando pisei nele, me acolhendo. Quando olhei para baixo em direção à Boca, o meu corpo pulsou de dor. Os meus olhos arderam como se eu estivesse encarando alguma coisa brilhante demais. Suspirei, aliviada. A agonia da magia da Boca nas proximidades era tranquilizadora, familiar. Eu estava no caminho certo.

Segui a ravina por séculos, passando por samambaias emaranhadas e galhos pesados de musgo. A difícil e interminável caminhada me embalou em um devaneio exausto, e nem notei quando a floresta mudou, quando um silêncio renovado caiu, até a calmaria se tornar tão completa e sufocante que me deu um tapa para acordar.

Ergui o olhar abruptamente e fiquei paralisada. As sombras eram grossas como véus contra a minha pele. A única iluminação era doentiamente pálida, e eu não conseguia determinar a sua origem. Olhei por cima do ombro para vasculhar a ravina e a avistei a uma grande distância, uma picada de um verde-vivo em uma paisagem preta. Ouvi um som abafado — alguém me chamando de uma grande distância. Um vislumbre de movimento no meio do verde. Phaidra correndo atrás de mim?

Virei-me de volta para as sombras à frente, o coração martelando.

Eu entrara na Boca — e enquanto vasculhava a vasta extensão das suas trevas, percebi, o estômago revirando, que eu já estivera lá antes.

Densa e imóvel, sem vento, sem animais, sem céu. As árvores não eram os pinheiros simples das Little Grays; elas eram antigas, mais formidáveis. Galhos bulbosos com musgo cresciam de troncos grossos como as torres da Cidadela. Uma ladeira cheia de vegetação rasteira podre descia levando a uma clareira mergulhada no chão, cercada por finas árvores brancas. Uma magia Antiga e terrível estava perto; um atalho verde, por onde eu já passara antes.

De repente, não consegui respirar. Eu conhecia aquelas árvores. Eu conhecia aquelas sombras.

Aquele era o covil do demônio.

Um movimento atrás de mim me fez virar com um grito na garganta, mas eram só Phaidra, Nesset e Lulath. Elas tinham vindo me buscar; entraram correndo na Boca e vieram atrás de mim. Estendi o braço para Phaidra em um pânico cego. A sua mão firme pegou a minha, e ela tentou me puxar para trás em direção à ravina distante, mas eu me recusei a me mover. O meu medo selvagem me deu uma força selvagem. Embora eu não conseguisse entender, um instinto terrível me impeliu a ficar exatamente onde eu estava.

— Eu conheço este lugar — sussurrei para ela. — Já estive aqui antes.

Os olhos de Phaidra se arregalaram. Nesset, respirando com força, grunhiu uma pergunta em uma língua que eu não conhecia. Lulath torcia as mãos, os olhos fechados apertados. Ela estava murmurando algo, talvez uma oração. Só captei uma palavra: *Zelphenia*.

O ar na clareira abaixo de nós estava mudando, ficando mais denso em volta de um imenso peso novo. O meu coração batia no fundo da minha garganta. Levei um dedo trêmulo aos lábios, implorando que as Vilias ficassem em silêncio. Estrelas brancas de dor explodiam em cada junta do meu corpo; algum ato de magia poderosa estava se desenrolando, e o sensato teria sido correr. Mas eu precisava vê-lo, o que quer que fosse. O meu desespero era maior que a curiosidade, maior do que um desejo pela morte. Era uma necessidade animal e voraz.

De repente, uma presença medonha surgiu na clareira: pesada, veloz, uma pedra de magia caindo na água. Fiquei bamba, lutando para respirar. Phaidra me manteve em pé, mas por pouco. Eu me forcei a abrir os olhos para ver um grosso emaranhado de sombras se desenrolando dentro do círculo de árvores brancas — preto para cinza para branco intenso, depois preto de novo, a grande massa inteira trepidando com força como se estivesse sendo puxada para a frente e para trás por dois exércitos em guerra. Das sombras, saiu um flanco peludo, um chifre grosso e enrolado e uma comprida barriga branca. Vi um rápido lampejo de amarelo — três olhos flutuando na escuridão.

Então o ar se transformou mais uma vez, violento e horrível, como se todo o vento do mundo tivesse mudado de direção em um momento intermitente. Os meus ouvidos estalaram; o meu coração explodiu de dor.

As sombras na clareira abaixo se afastaram uma das outras. Algumas se espalharam pelas árvores como baratas; outras subiram pelo ar e se juntaram, um nó entrecortado de fumaça, e formaram uma figura conhecida: um homem, agachado na terra, os olhos fechados como se estivesse rezando. Ele era alto, claro, os cabelos escuros molhados e cacheados. Ele se levantou, os olhos fechados, enquanto as últimas sombras remanescentes se enrolavam amorosamente em torno do seu corpo branco despido e o vestiam — calça simples e um casaco respingado de lama. Os seus pés e o seu peito permaneceram nus. Ele respirou profundamente e abriu os olhos. Olhos escuros, emoldurados por cílios grossos. Ele caminhou pela clareira em direção a um buraco oco na base de uma árvore imensa, todos os seus movimentos seguros e familiares.

Enterrei os dedos na carne destruída do braço de Phaidra, lutando para não desabar completamente. O homem na clareira não era um prisioneiro, com medo da terrível floresta onde se encontrava; ele tinha a confiança fluida de alguém seguro em casa. Hipnotizada e horrorizada, eu o observei se ajoelhar ao lado de uma pequena poça, pegar água com as mãos e lavar o rosto e o pescoço. Ele ergueu a cabeça, os olhos fechados, e deixou as gotas correrem pelo seu tórax.

Por favor, Zelphenia, rezei, *tenha misericórdia de mim. Me mostre a verdade.*

Mas a deusa do desconhecido estava morta havia muito tempo, e o homem na clareira abaixo de mim não era um truque, nem uma ilusão.

Era Talan.

O Homem com a Coroa de Três Olhos era Talan.

30

No início, não consegui me mexer. O horror do que estava acontecendo me prendeu a terra. Eu não era capaz sequer de engolir. Não sentia os meus dedos. O mundo se arrastou em volta de mim, e eu não fazia mais parte dele.

— Gemma? — Phaidra perguntou, tensa. — O que está acontecendo aqui? Quem é aquele?

Pensar em responder, admitindo como eu fora completamente traída, acendeu o fogo da minha ira. Desvencilhei-me dela e disparei para a clareira. Talan girou para me encarar, perplexo. Ele não conseguia acreditar, ele não conseguia entender como eu estava lá, e não teve a chance de perguntar. Abriu a boca, e eu voei para cima dele com um grito tremendo e furioso. De repente, tudo ficou claro para mim. Havia raízes grossas ao nosso redor, tão grossas quanto o tórax de um homem; eu as alcancei, puxei-as do chão e arremessei direto no peito de Talan. Quebrei galhos dos troncos e os lancei como arpões. Arranquei trepadeiras do solo, mandando para cima jatos cortantes de terra, e açoitei Talan com elas, transformando-as em chicotes.

Ele se esquivou de algumas das minhas armas, mas não conseguiu evitar todas. Uma raiz imensa balançou no ar com um grande barulho de estalo e o atingiu bem no peito. Um galho lançado esfolou o seu pescoço. Em pouquíssimo tempo, consegui jogá-lo no chão, os seus pulsos e tornozelos presos nas trepadeiras, e mais uma se enrolando lentamente em torno da sua garganta. Montei nele, urrando sem parar, a minha pele quente e eriçando, e fiquei sentada lá em cima dele chorando, furiosa, vendo-o sufocar.

— Gemma, espere — arfou ele, arqueando contra as amarras em desespero. — Me desculpe, eu... Gemma... — Lágrimas rolavam pelo rosto de Talan. O seu corpo ficou mole e os seus olhos se fecharam, piscando. — Me desculpe. Eu não... Eu nunca quis...

O som sufocado da sua voz era horrível. Eu não conseguia aguentar. Saí de cima dele, arranquei as trepadeiras, e bati nelas com os pés para se nivelarem, assustada pela forma estranha com que elas responderam aos meus desejos.

Phaidra se juntou a mim, quieta e séria, Nesset e Lulath de olhos arregalados atrás dela. Phaidra se ajoelhou do lado de Talan e o inspecionou. Eu temia o pior; os seus olhos estavam fechados, ele mal se movia.

Ela me fitou.

— Ele está vivo. Quer que eu o mate?

Lulath balançou a cabeça com pesar.

— Não — eu disse. — Deixe que viva.

Nesset soltou uma respiração perplexa.

— Deuses destruídos, o que foi *isso*?

Como efeito da minha explosão, eu estava fria, todo o meu corpo doendo.

— Não estou entendendo. Ele mentiu para mim. Esteve mentindo o tempo todo. Ele estava dentro de mim, estava *dentro de mim*, e ele...

Ele me amava e eu o amava. As palavras estavam bem lá entre os meus dentes. Eu me recusava a pronunciá-las.

A expressão de Phaidra mostrava o seu tormento.

— Você não me falou a verdade, Imogen. O seu pai é uma sentinela, e a sua mãe, uma elemental com talento para plantas e flores? Não, acho que eles são mais do que isso. A magia que você acabou de realizar foi selvagem. Foi Antiga. Olhe. Olhe para o que você fez.

Olhei, e o que eu vi me deixou confusa: a clareira estava destruída, cada árvore fina e branca reduzida a lascas, cada toco amassado e plano, exceto pelo toco enorme ao lado do qual Talan estava deitado. No meio de pilhas de trepadeiras trituradas havia raízes decepadas das árvores caídas por todo lado, como um ninho de cobras zangadas. Algumas delas estavam carbonizadas e fumegando; outras piscavam de uma forma estranha, as suas cascas virando escamas e depois voltando ao normal, como se estivessem tentando se transformar, bem na frente dos meus olhos, nas serpentes que eu imaginara. Insetos e minhocas jaziam espalhados na terra, desenterrados pelo caos, alguns mortos, outros retorcidos na confusão. Era em tanta quantidade que o chão tremia, assim como brilhava com tantas asas tremulando.

Uma faixa de musgo grosso e de samambaias imensas na encosta ao longe oscilava, aparecendo e sumindo — o musgo arrancado, as samambaias pisoteadas, e uma escuridão familiar e escancarada se agitando intermitente além deles. Era o atalho verde que eu pegara na noite em que seguira o meu pai e Farrin, o mesmo atalho verde que me trouxera aqui para negociar com um demônio feito de sombras, e parecia que eu o havia destruído.

Atônita e revoltada, eu não sabia o que dizer. Olhei para as minhas mãos sujas e cintilantes.

— Não estou entendendo — falei mais uma vez. — Não tentei fazer tudo isso. Eu estava com raiva de... — A minha voz parou no nome dele. — Eu estava com raiva.

Phaidra, quieta, me observava. Então, ela disse:

— Você conhece as fadas?

Concordei com exaustão. As fadas, lindas e estranhas, longevas e sagazes, eram assuntos de muitas histórias infantis.

— O deus Caiathos e a deusa Kerezen foram amantes por um tempo — sussurrei, recitando o conto familiar —, e dessa união nasceram gêmeas, cada uma possuindo os poderes de ambos os pais: os sentidos e a terra. E elas foram as primeiras fadas.

— Os seus poderes eram amplos e imprevisíveis — acrescentou Phaidra —, já que elas reuniam os domínios de dois deuses. Me conte mais sobre a sua mãe.

Eu ri sem acreditar. Estava incrivelmente cansada; queria me deitar no chão e nunca mais me levantar.

— Você acha que Philippa Ashbourne era uma fada?

— Acho que ela pode ter sido.

— Isso explicaria muito de... — Nesset abanou a mão para mim. — *Disso*.

— A minha mãe era uma mulher humana com um talento elemental para a botânica — eu disse —, e a sua família de baixa magia também era humana, como a minha. Nem uma única vez eu vi qualquer evidência do contrário.

— As fadas são mestres da dissimulação — Lulath falou baixo —, igualadas apenas aos demônios.

— Talvez a sua mãe tenha sido levada quando criança, e uma criança fada foi colocada no lugar dela — sugeriu Nesset. — Ela pode não ter sabido que era uma fada até muito mais tarde na vida. Eu ouvi falar de lendas assim. Crianças trocadas, era como essas crianças eram chamadas.

Phaidra ficou pensativa.

— Quem sabe tenha sido por isso que ela foi embora... Ela estava começando a entender a sua verdadeira natureza.

— Sim, eu li tudo sobre essas histórias também — falei com rispidez, ficando logo impaciente e assustadíssima. — Também já li histórias sobre como os deuses temiam as fadas, suas próprias criações, e colocavam armadilhas para elas em todo lugar, além da Névoa do Meio e outras defesas do tipo, para que elas nunca entrassem em Edyn.

— Eles não tomaram as mesmas medidas para defender Edyn contra os demônios? — Nesset apontou.

Phaidra confirmou com a cabeça.

— Demônios e fadas. Dois dos mais poderosos seres da Antiga Nação. Tantas armadilhas colocadas para se proteger deles. E mesmo assim aqui diante de nós há um demônio. — Phaidra olhou para Talan. — Acho que não podemos dizer que alguma fada nunca poderia encontrar um meio de entrar neste mundo.

Pensei nos Incêndios da Névoa, nas cavernas de Mara cheias de corpos prateados e arte perversa, e de repente senti muito frio. Se alguma coisa estivesse errada com a Névoa do Meio — e Mara com certeza achava que sim —, então será que um dia Edyn seria invadido por essas criaturas? Demônios, fadas e sabem lá os deuses que outras criaturas. A ideia parecia impossível, horrível demais para considerar.

— E quanto às minhas irmãs? Farrin é prodígio, Mara é sentinela. As habilidades delas sempre foram claras para todo o mundo. Se a nossa mãe fosse uma fada, elas não teriam o mesmo sangue que eu?

Phaidra não pareceu tocada pelo meu desespero crescente.

— Não sou estudiosa de arcanos. Só sei dos trechos que compartilhei com você. Não posso responder a essa pergunta.

— Eu posso, pelo menos em parte.

A voz de Talan falhava, e ele mal conseguia se sentar, o seu rosto e o seu peito nu riscados de sangue — mas os seus olhos escuros estavam límpidos, familiares e fixos firmes em mim.

Phaidra deu um pulo para trás, se afastando dele, o punho erguido para golpear. Com um grunhido, Nesset preparou o seu cajado, e Lulath me alcançou como se quisesse me tirar do caminho do perigo.

— Esperem. — O desejo de tocar em Talan era terrível, avassalador. O meu coração ansiava por vê-lo, mesmo agora, mesmo depois de tudo. — Fale rápido — ordenei, fria como gelo.

A minha entonação sem dúvida o abalou. Quando Talan falou, as suas palavras eram suaves e pesadas de dor:

— Não posso falar por Mara e seu poder, já que não a conheci...

— E não vai conhecer nunca — afirmei com rispidez.

Ele se encolheu, mas não desviou o olhar de mim.

— Mas há algo que eu *posso* dizer. Mesmo sendo verdade que o poder de Farrin é mais evidente que o seu, tanto em sensação quanto em manifestação, o que eu presumo significar que o corpo dela não foi modificado por um artífice, como o seu, existe um mistério no coração dela, do mesmo modo que existe no seu. O que já vimos do poder de Farrin é incompleto. Não acho que ela esteja escondendo a verdade de todos; sou da opinião de que ela não sabe.

Detestei o som da voz de Talan, como estava irregular, como ele lutava para respirar. Eu tinha feito aquilo com ele, e era o que ele merecia, mas eu detestava assim mesmo. Eu me vi sem saber com que propósito rezar: para o meu amor por ele desaparecer logo e para sempre ou para eu acordar no dia seguinte e descobrir que nós dois ainda dormíamos no chalé com a chuva batendo nas janelas e os braços dele ao meu redor, pesados pelo sono.

— Quer dizer que você acha que nós temos sangue de fada, como Phaidra sugeriu? — indaguei com dificuldade.

— Não sei o que pensar. Só sei que você e a sua irmã são cheias de coisas que não consigo ver. Quando alcanço você, consigo sentir a superfície do que você está sentindo: paixão, medo, raiva. Mas existe uma parte inferior, bem vasta, que está além do que o meu poder consegue ler. E eu nunca encontrei isso em ninguém, jamais.

Ele deu um pequeno sorriso; foi o sorriso mais triste que eu já vi.

— Essa foi uma das razões por que me apaixonei por você. O seu mistério. O desafio e a paz. Foi um alívio não conhecer você inteira de uma só vez. Eu tinha encontrado alguém que não entendia totalmente, e para mim isso foi uma bênção. Conhecê-la foi como se finalmente eu tivesse achado um lugar que pudesse chamar de lar.

Fiquei de pé e me afastei dele, os meus braços rígidos dos lados do corpo. Eu não ia chorar, não ia gritar; ia simplesmente ficar lá parada e esperar até conseguir falar de novo.

— Ah, por favor, garota rica, me deixe matar esse homem — Nesset pediu.

— Furar a garganta, espetá-lo nesse toco e deixá-lo preso aí apodrecendo enquanto criaturas vêm pegar a carne dele. Diga *sim* e eu faço.

Eu a ignorei e me virei de volta para olhar para Talan. Ele não se movera, ainda estava deitado, pálido, na terra.

— Como posso acreditar em qualquer coisa que você diga?

— Não sei. Eu também não confiaria em mim, Gemma. Só o que posso fazer é pedir desculpas, dizer que todos os dias em que enganei você foram um tormento, uma das coisas mais terríveis que já passei, e que eu nunca teria feito isso se tivesse escolha nesse assunto. Jamais teria enganado você, nunca a teria magoado. *Nunca.*

Nesset escarneceu. Phaidra não se pronunciou, mas o seu silêncio estava repleto de fúria. Ela olhou para mim, a sua expressão clara: *Aja com cuidado.*

E eu agiria. Mas eu merecia respostas, e queria tê-las, mesmo que não pudesse confiar inteiramente nelas.

— Qual o seu nome verdadeiro?

— Talan — respondeu ele, a palavra saindo em uma respiração cansada. — Sou Talan do Mar Distante.

— Não é Talan d'Astier?

— O nome d'Astier é uma invenção.

Dei uma risada sombria.

— Que parte de você *não é* uma invenção?

— A minha família não tinha o nome d'Astier — disse ele. — O nosso sobrenome é sagrado, e não vou revelá-lo aqui, neste lugar abominável. Mas nós morávamos perto da água, de um mar chamado Mais Distante, em uma casa remota, enorme, esplêndida, fria e escura, então eu sou Talan do Mar Distante.

— E você é um demônio.

Ele respondeu sem hesitação:

— Sim. Sou um demônio.

Pensei na sua forma escurecida, o seu breu horrível e trêmulo, os vislumbres de coxa, osso e chifre, e a minha boca se encheu de bile.

— Você ocultou a sua natureza verdadeira de mim, se escondeu em uma linda concha humana e me encantou, me beijou e me *comeu* — eu cuspia cada palavra.

Talan gesticulou para o seu próprio corpo.

— Isto não é uma concha. Isto sou *eu*. A fera que você viu, a criatura, é uma forma que assumo quando o meu mestre manda, uma das muitas, e eu a odeio tanto quanto você. — Talan lutou para se sentar, o seu peito espancado, um mapa de hematomas surgindo. — Tantas vezes eu quis confessar tudo para você, mas sempre que eu começava, as palavras congelavam na minha língua. Nem tenho certeza se consigo falar agora.

O rosto dele mudou quando ele falou, perturbado e angustiado, e então Talan se curvou e vomitou no chão, uma bile amarelo-esverdeada pútrida. Phaidra e Nesset se afastaram horrorizadas; Lulath simplesmente encarou, fascinada.

— Não, por favor... — Talan gesticulou para elas. — Por favor, eu imploro, aproximem-se. A magia dos Brethaeus é Antiga, clara e forte, e corre profundamente em todas vocês. Vai confundi-lo por um tempo.

Ele ergueu o olhar, estendeu a mão no chão para mim, e, quando me ajoelhei do seu lado, ignorando todo o bom senso que eu possuía, Talan tateou desajeitadamente para pegar a minha mão e pressionou o polegar na minha palma, com delicadeza e cuidado, a sua expressão se enrugando.

— Aqui está você — sussurrou Talan, me dando um sorriso fraco. — Aqui está você.

Phaidra se mexeu, desconfortável.

— Imogen...

Olhei para ela, depois para Nesset e Lulath, implorando:

— Por favor, façam o que ele está pedindo, e, se ele tentar alguma coisa, se vocês sentirem até mesmo uma centelha de perigo, matem-no.

Isso pareceu satisfazer Nesset. Ela andou para a frente e se agachou ao lado dele, o cajado a postos. Phaidra e Lulath fizeram o mesmo.

Eu esperava não ter acabado de sentenciá-las à morte.

Inspirei profundamente e olhei de volta para Talan.

— Esse é você — eu o provoquei. — A fera, não.

Ele balançou a cabeça.

— O meu mestre gosta de brincar comigo. Ele ama jogos e ama causar dor. Quando consegue combinar as duas coisas é quando ele fica mais feliz. Esse é o meu corpo verdadeiro. — Talan colocou a mão trêmula no peito. — Os demônios são como qualquer outra criatura inteligente que anda nesse novo mundo ou no Antigo. Alguns são bons, outros são maus, a maioria está em algum lugar do meio, e todos nós somos confusos, complicados e cheios de fraquezas e paixões, assim como os humanos. Nós simplesmente temos mais poder que vocês, então a nossa bondade e a nossa maldade são igualmente mais extremas. A nossa lenda nos conta que nascemos das lágrimas da deusa Zelphenia, apesar de a nossa lenda ser tão fantasiosa quanto a sua, e ninguém pode dizer com autoridade o que é verdade e o que é floreio. Temos a vida longeva e somos difíceis de matar, mas não é impossível. Somos de carne, sangue, ossos e nervos, como vocês, mas temos muitos dons, e um deles é criar ilusões, por isso posso assumir muitas formas além desta, a minha forma verdadeira.

Ele falava rápido, cada palavra baixa claramente um esforço. Estava tão pálido que me assustou; a sua pele reluzia com um brilho doentio de suor.

— Existem demônios maiores — sussurrou ele — e demônios menores; a minha família é do primeiro tipo. Isso significa que na minha ancestralidade ferve tanto o sangue de Zelphenia, como acontece com todos os demônios, quanto o de Jaetris: a deusa do desconhecido e o deus da mente. Imagino se eles sabiam que coisas monstruosas essa união criaria e decidiram acasalar assim mesmo. Imagino se Caiathos e Kerezen sabiam que a sua paixão geraria as selvagens e mortais fadas.

Ele soltou uma risada triste e balançou a cabeça.

— Ter o poder dos dois deuses na minha linhagem é uma honra. Uma honra assustadora, uma coisa para ser tratada com cuidado. Mas os meus pais abusaram dessa bênção. Eles foram cruéis, e isso é um eufemismo. Pense nas piores coisas que as suas histórias já contaram sobre como os demônios são e você começará a entender. Eles eram poderosos, e os seus muitos apetites, vorazes e depravados. Adotavam quaisquer formas que as suas vítimas achassem mais assustadoras e relutavam em assumir os seus corpos verdadeiros, muito similares aos humanos, o que eles consideravam um insulto dos deuses. Temperamentais, sádicos, eles amavam pregar peças e contar mentiras, e o poder mais do que tudo. Mais do que os seus filhos: as minhas irmãs, que agora estão mortas, e eu.

Talan fechou os olhos. A mão dele, em volta da minha, estremeceu enquanto ele tentava recuperar o fôlego. Toquei na sua testa escorregadia e puxei para trás uma mecha molhada dos cabelos escuros.

Nesset sibilou um aviso, mas tudo o que Talan fez foi abrir os olhos, sorrir para mim e esfregar o polegar suavemente nas minhas articulações. O meu coração doeu, ardendo de raiva, piedade e uma ternura terrível e insistente. Não me permiti retribuir o seu sorriso.

— Continue — eu disse, a minha voz cuidadosamente neutra.

— Como você pode imaginar, os abusos dos meus pais nos trouxeram muitos inimigos. Não havia nenhum ser que eles não atormentassem, nenhuma criatura, por mais poderosa que fosse, que eles hesitassem em seduzir, confundir e mutilar. Eles gostavam acima de tudo quando podiam simplesmente ficar lá sentados, dar ordens e observar as suas vítimas cometendo a violência elas mesmas, contra os seus próprios corpos, contra os seus entes amados. Eles não gostavam de sujeira. A nossa casa era imaculada. Os criados se matavam de trabalhar e ficavam felizes com isso, porque eles adoravam os meus pais, porque tinham recebido ordens para os amarem, e não tinham escolha a não ser obedecer. Os poderes da mente de Jaetris e os poderes de dissimulação de Zelphenia se mesclaram neles. Não apenas demônios, não simplesmente empáticos ou telepatas, mas todas essas coisas e mais. Nunca devia ter acontecido. Quando Zelphenia deu à luz o primeiro demônio maior, ela devia ter visto o terror que estava por vir e matado aquela coisa antes que conseguisse chorar para respirar. Mas ela não fez isso, e então, eras depois, aqui estou eu.

Talan inalou o ar, se acalmando.

— Certa noite, quando eu era bem mais novo, catorze anos, eu diria, na sua contagem dos anos, acordei com os sons de uma batalha. A nossa casa se encontrava sob ataque. Os titãs haviam saído dos oceanos para nos afogar enquanto dormíamos. Eles não gostavam do que os meus pais vinham fazendo com os seus marinheiros, sabe? Existem mais humanos na Antiga Nação do que vocês possam imaginar, descendentes de escravos e prisioneiros, ou tolos que se aventuraram longe demais na Névoa do Meio e foram atraídos para longe de Edyn. Eles eram presas fáceis para os meus pais, que não tinham respeito pelo território e pela propriedade alheia. E então um clã de titãs do mar foi nos destruir com punhos de espuma e enormes redemoinhos no lugar das bocas. Mas claro que os meu pais revidaram. Ou, melhor dizendo, eles fizeram as minhas irmãs revidarem e lutarem. As suas três filhas, todas cruéis, ardilosas e ansiosas para ganhar o amor dos nossos pais. A minha mãe principalmente sempre as favorecia, o que significava que eu era deixado por minha conta na maioria dos dias, o que eu apreciava.

Talan deu uma pequena pausa, o olhar distante.

— A casa balançou com as marés, a água jorrando através de cada rachadura e cada janela, inundando cada corredor. Claro que os nossos pais não lutariam. Covardes... Por um tempo, pareceu funcionar. As minhas irmãs eram rápidas, espertas e enganavam os titãs, fazendo uns golpearem os outros. No entanto, continuaram a chegar titãs, cada vez *mais*, uma quantidade interminável, e as minhas irmãs não conseguiram contê-los. A casa começou a desabar. Uma viga caída me prendeu, esmagou as minhas pernas, e eu consegui me soltar apenas quando tudo se deslocou de novo dentro da casa sob a investida, e a viga rolou me desprendendo. Manquei para fora da construção ao som das minhas irmãs sendo partidas em pedaços. Corri e não olhei para trás. A dor era inimaginável. Se eu fosse humano, não conseguiria me mexer. Ouvi os titãs puxarem a nossa casa para o mar. As ondas me caçaram até a floresta, que foi onde topei com ele.

A raiva na voz de Talan, o medo cru, provocou arrepios pelo meu corpo. Olhei para as Vilias; as três estavam totalmente envolvidas pela história, assim como eu.

— Ele? — perguntei.

— O nome dele é Kilraith — informou Talan. — Não sei o que ele é. Ele usa muitos rostos, e não sei qual é de verdade e qual é de mentira, ou se são todos falsos.

— Ele é um demônio também? — perguntou Phaidra, tensa.

— Não. Não é demônio nem fada. Nem titã, nem Vento, nem vampiro. Não sei nomeá-lo. — Talan olhou para mim, e nos seus olhos grandes e escuros pude ver a história que ele contou: o rapazinho encharcado e aterrorizado, e uma grande casa sendo devorada por um mar bravio. — Ele me encontrou na floresta. Estava à procura de um criado novo, e o ataque dos titãs à nossa casa deve ter chamado a sua atenção. Às vezes acho que ele sempre esteve lá, que estava lá desde a época dos deuses. A minha impressão é de que ele está em todos os lugares ao mesmo tempo.

Talan segurou a minha mão com mais força.

— Não me recordo de tudo sobre aquela noite, sobre ele. Mas eu me lembro de um ser alto e pálido com braços nus e mãos quentes. Ele apareceu do nada. A floresta estava vazia, e de repente não estava mais. Ele se ajoelhou e abriu os braços para mim. "Os seus pais estão furiosos", ele disse, e soou tão pesaroso com aquilo... "Pobre criança querida. O que você fez? Por que fugiu? Eles o matarão se o encontrarem. Vão matá-lo e usar a sua pele." Eu não conseguia parar de chorar. Estava desesperado de dor por causa das minhas pernas quebradas e tremendo todo, exausto, apavorado. Não consegui mais me manter em pé. Caí, e ele me apoiou e me segurou. "Você vai ser meu, então?", perguntou. "Se disser que sim, vou mantê-lo seguro. Eles nunca o encontrarão. Você nunca mais vai precisar voltar para casa, nunca mais mesmo."

A voz de Talan mudou quando ele falou como a sua entidade, esse Kilraith, ficando suavemente gentil e melíflua. Ele fechou os olhos.

— Eu disse sim — sussurrou ele. — Eu disse *por favor*. Não sabia mais o que fazer. Sentia frio, e ele estava quente. Ele tocou em mim e de repente não senti dor. Nem perguntei o seu nome, e ele não me falou, só anos mais tarde. Os meus palpites o divertiam.

A expressão de Lulath era solene e compreensiva.

— Você está preso a ele.

— Estou. No meu desespero daquela noite, concordei com a minha própria desgraça. Não sou mais eu, não inteiramente. O que quer que me prenda a ele é muito mais abominável e muito mais complexo do que qualquer maldição rotineira. Ele *vive* em mim. Apenas uma fração dele, e na maior parte do tempo ele está longe, mas não posso prever quando ele vai aparecer e falar através de mim, ou me mandar fazer alguma coisa terrível. Sou parte da vontade de Kilraith, seus olhos, seus ouvidos e suas mãos. Atormento do modo como ele me instrui. Por anos fui para onde ele mandava, cometi crimes que eu não podia recusar. Sou um de muitos, longe de ser o único instrumento de terror que ele controla. Há muito tempo desisti de lutar contra ele. Tentei escapar e falhei muitas vezes, e me resignei a esse destino, a nunca mais tomar as rédeas da minha vida, até...

Ele abriu os olhos, a sua expressão suave cheia de amor, enquanto me contemplava.

— Até eu conhecer você, Gemma.

De alguma maneira, consegui falar:

— Ele é o responsável, não é? Kilraith. Foi ele que virou a minha família e a dos Bask uma contra a outra.

— Sim, e sou simplesmente o mais recente de uma longa corda de marionetes que ele engendrou para atormentar vocês. — A expressão dele tremeu com a lembrança. — O que tinha a minha posição antes era um demônio menor. Quando Kilraith se cansou dele, ele o esfolou e me colocou no lugar. Eu me tornei o Homem com a Coroa de Três Olhos. O nome é velho, mas o servo que carrega a maldição e o seu título nunca são o mesmo por muito tempo.

— Mas *por quê*? Por que ele faz tudo isso? E por que não fazer tudo isso ele mesmo?

— Não sei. Talvez porque ele não precise. Para que se esforçar se não for por escolha? Mas não posso dizer ao certo. Apesar de todos os anos que passei acorrentado a ele, sei muito pouco sobre a sua verdadeira natureza. O que descobri, porque ele ama falar quando está entediado, quando está irritado comigo e quando está feliz comigo, é que ele é a força por trás de muitos trabalhos sombrios tanto em Edyn quanto na Antiga Nação. Sou um dos seus instrumentos, e a sua família e os Bask não passam de duas das suas vítimas. O que essas ações representam, o que fazem por ele, ou se ele simplesmente acha que são passatempos divertidos, isso eu ignoro.

Impressionada pelo horror das palavras de Talan, eu só conseguia continuar fazendo as minhas perguntas em tom baixo:

— Por que você foi para Ivyhill?

— Porque, com um demônio novo para preencher o papel do Homem com a Coroa de Três Olhos, Kilraith queria tentar uma nova estratégia também — respondeu Talan. — Uma estratégia mais íntima. Eu deveria me insinuar para ganhar as boas graças da sua família, fazer vocês pensarem que eu estava ajudando a família, e depois matar um de vocês, um plano de séculos, e colocar a culpa nos Bask. Vocês não se atacavam havia muito tempo, e ele estava ficando impaciente por sangue. Ele se entedia com facilidade.

A maneira como ele disse isso, realista e cansado, me deixou enjoada — por causa dele e por mim.

— Primeiro eu fiz o que ele mandou. Mas então conheci você, Gemma, e depois disso... — Ele balançou a cabeça, sorrindo com tristeza. — Tudo mudou. O que ele me pedira para fazer, me infiltrar na casa da sua família na minha própria pele, encantar todos vocês com o meu próprio rosto, foi o que me levou a você, e às primeiras vibrações de revolta que senti em anos.

— E as visitas a Ravenswood? — perguntei, tão enojada, zangada e horrivelmente, completamente triste que me sentia anestesiada. — Os nossos esquemas para humilhar Alastrina e Ryder?

— Achei que, se eu o entretivesse bem o suficiente de outras maneiras, ele ficaria satisfeito por um tempo. E achei... — Ele levou a mão trêmula ao meu rosto. — Achei que quanto mais tempo eu passasse com você, quanto mais perto de você eu pudesse ficar, mais forte eu me tornaria. E aí, talvez eu pudesse lutar contra ele, lutar de verdade, como eu nunca ousara fazer antes. Quem sabe, com você do meu lado, eu encontrasse coragem...

Peguei a mão dele e pressionei a minha bochecha na sua palma.

— E a pedra vigia? Foi você que roubou, não foi? Você deixou a pedra na Névoa para ser destruída.

Ele confirmou com tristeza.

— A pedra vigia foi enfeitiçada para reconhecer qualquer demônio ligado a Kilraith. Se Gareth a tivesse desmontado, ele saberia o que eu era. Eu não podia permitir.

— Você sabia onde eu a tinha escondido. Você me seguiu até a sala segura.

Talan cerrou as pálpebras, dominado por uma vergonha que eu esperava desesperadamente que fosse verdadeira.

— Você estava realmente na capital com Gareth?

— Estava sim, Gemma, procurando respostas sobre a sra. Baines, Ryder e a possessão demoníaca. Isso era verdade.

— Mesmo assim você foi até Ivyhill para atacar Farrin e depois voltou para a cidade muito rápido. Então você foi até Illaria me encontrar. Como conseguiu?

— Eu posso viajar com muita velocidade, se quiser — respondeu ele —, e o meu tempo servindo Kilraith me fez conhecer velhos atalhos verdes, até mais velhos e mais bem escondidos do que os do seu pai.

Eu me sentia esgotada pelas perguntas, mas não podia me permitir descansar até questionar tudo.

— Você mandou a sra. Baines matar Jessyl?

O sofrimento tomou conta do rosto de Talan.

— Não, eu não fiz isso. Mas mesmo assim, acho que fui responsável pela morte dela, por ambas as mortes. Fui imprudente naquela noite em que tiramos informações da sra. Baines. Alguma coisa de Kilraith deve ter entrado nela, ou uma parte intencional dele ou um mero pensamento perdido. Seja o que for, creio que penetrou nela e a enlouqueceu devagar.

Precisei fechar os olhos por um momento. Deixei a culpa pela minha parte em tudo aquilo afundar totalmente em mim, com dentes e tudo.

— E por que você correu de mim... — sussurrei finalmente, vermelha de vergonha com a lembrança — ... naquela noite nos jardins?

— Fiquei apavorado. Eu não fazia ideia do que tinha acontecido com você, mas sabia que a sua transformação era interessante o suficiente para chamar a atenção dele. Ele sentiria através de mim. Ele sentiria *você*, e talvez viesse atrás de você em pessoa. Precisei fugir. Não podia deixá-lo ver você. E além disso...

Ele apertou os olhos, desviando o olhar de mim.

— Pelos deuses, Gemma. Eu temi que ficar perto de mim estivesse corrompendo você. Você ficou desorientada pela sua transformação; pareceu que não tinha controle sobre aquilo. E lá estava eu, beijando e abraçando você, um demônio, preso a uma coisa ainda pior do que aquilo, ainda mais poderosa, contaminando você com a minha própria sordidez. Precisei fugir. Eu nunca deveria ter voltado para Ivyhill, mas ele me mandou voltar. Ele podia sentir que eu me apaixonara por você e achou isso divertidíssimo. Um romance condenado. Eu destruiria a sua família e partiria o meu próprio coração no processo.

— E quando te encontrei naquela noite, quando você estava... — Engoli em seco com força, revoltada com a lembrança. — Quando eu estava aqui, e você não era você mesmo. Por que me disse para levar aquele olho para Ivyhill para espionar Farrin?

— Kilraith ama a música de Farrin — ele falou simplesmente. — Depois da apresentação no torneio, ele queria ir a Ivyhill e tomá-la como um troféu. O olho era um acordo. Eu lutei com unhas e dentes, e o convenci que seria um grande jogo. Achei que daria tempo para você salvá-la, tempo para lutar comigo. Quando voltei para cá, lambendo as minhas feridas, eu disse a ele que o seu pai me atacara. Tenho certeza de que ele não acreditou em mim, e ele me repreendeu violentamente por ousar retornar sem Farrin, mas as minhas mentiras eram entretenimento suficiente, imagino. Não tenho certeza da extensão do poder dele. Ele mantém escondido, é um enigma ainda maior do que você, Gemma, mas acho que ele pode entrar na minha mente e controlar os meus pensamentos sempre que quer, descobrir todas as minhas mentiras e desculpas, perceber como amar você me deu vontade de lutar contra ele, mesmo de pequenas maneiras. Mas onde estaria a graça disso? Ele prefere brincar com o seu alimento, deixá-lo confuso.

A voz de Talan soava rouca e fraca. Ele soltou uma expiração e se acomodou contra a terra cheia de musgo. Havia gotas de suor na sua testa; os seus lábios tinham perdido a cor. Tentei não me sentir culpada por ter lhe dado uma surra tão grande.

Nesset soltou o seu cajado e esfregou os cabelos pretos emaranhados com as mãos, tirando pedaços de terra, pele e folhas velhas quebradiças.

— Merda dos deuses — xingou ela. — Nem uma única vez desde que renasci nesta bosta de corpo eu desejei tanto ainda poder ficar bêbada.

Lulath soltou uma risada nervosa com uma vibração fraca. Ela pegou a minha esfarrapada coroa de flores e a colocou de volta na minha cabeça, indecisa, depois tornou a pegá-la e, em vez de na minha cabeça, encaixou-a na de Talan. Ela ficou imóvel, avaliando-o, enquanto eu tentava encontrar as palavras certas. Phaidra me observava, sem piscar, o cajado ainda pronto para ser usado. Se eu ordenasse, ela o atacaria. Aquilo me dava um conforto muito necessário.

— Talan — falei, por fim —, você sabe alguma coisa sobre quebra de maldição?

Ele deu um sorriso fraco, os olhos ainda fechados.

— Uma ideia boa, mas o que quer que Kilraith tenha usado para me prender, como eu disse, não é uma simples maldição. É profundo demais para tocar. Quando eu estava na capital com Gareth, fiz a minha própria pesquisa enquanto ele dormia. Não consegui achar nenhuma menção, em nenhum livro, a um ser como Kilraith, a um vínculo como o meu. Tentei enganá-lo, fugir dele, e tudo o que consegui foram alguns momentos aqui e ali. Um dia, no máximo, quando algum ato de magia próxima tem poder suficiente para confundir o que me prende. — Ele estendeu o braço e segurou a minha mão com uma ternura comovente. — Depois que você me atacou no salão, aproveitei os dois dias mais calmos da minha vida. Mesmo conhecendo todos os meus esconderijos, ele levou algum tempo para me encontrar. A sua magia turvou os sentidos dele.

— Eu não estava pensando em quebrar a *sua* maldição. — Olhei para Phaidra. — Ainda não.

De olhos arregalados, Phaidra baixou o cajado.

Talan se apoiou nos cotovelos e me fitou com curiosidade.

— De repente você ficou esperançosa. Está pensando no quê?

O meu coração realmente estava disparado com um súbito ataque de inspiração.

— Phaidra, Nesset e Lulath querem quebrar a maldição que as prende aos Brethaeus. Se conseguirmos fazer isso, poderá ser uma magia forte o suficiente para confundir Kilraith por algum tempo? Tempo suficiente para você fugir?

Talan me fitou intensamente.

— Está falando sério.

— Não é possível?

— Gemma... — A expressão dele se suavizou e ficou horrivelmente triste. — Para onde eu fugiria? Ele acabaria por me encontrar, fosse em três dias, cinco ou dez.

— Nesses três dias, cinco ou dez, nós acharíamos uma maneira de romper de vez o vínculo que prende você a ele. — Fiz um gesto para Talan ficar em silêncio antes que ele pudesse protestar. — Só me acompanhem por um momento, todos vocês, e respondam às minhas perguntas.

Talan, com um semblante infeliz, olhou para Phaidra.

— Qual é a natureza da sua maldição? Sangue? Ossos?

— E dentes — respondeu Phaidra.

Talan fez uma careta.

— Uma tríade. Já vi maldições assim antes. Quebrá-las não é impossível, mas é certamente difícil. Eu mesmo nunca tentei.

— Mas você sabe a teoria? — insisti.

— Sim, mas...

— Então explique para mim do início ao fim.

Ele balançou a cabeça.

— Você precisa fugir daqui, Gemma. Pegue o atalho verde de volta para Ivyhill. — Talan inclinou a cabeça para a encosta da clareira ao longe, onde sombras se agitavam intermitentemente no meio de uma bagunça de samambaias desenraizadas. — As Vilias vão se mudar desta floresta alguma hora, e, quando elas fizerem isso, Kilraith sentirá que alguma coisa estranha aconteceu. Ele vai querer saber por que uma magia das mortas-vivas estava atrapalhando os seus sentidos por tanto tempo e virá investigar. Quero que você esteja bem longe de mim quando isso acontecer.

Fui categórica:

— Não irei para casa. Agora não. Ainda não.

— *Gemma...*

— Não me importa se é uma coisa difícil — eu o interrompi com firmeza. — Quero libertar as Vilias e, quando isso estiver feito, quero que você fuja comigo, e nada que você diga pode mudar o meu pensamento. Vamos deixar esta floresta e encontrar um esconderijo seguro, e depois mandar chamar Gareth. Se existe uma maneira de libertar você de Kilraith, ele saberá onde encontrar, ou pelo menos onde começar a procurar.

A expressão de Talan era tão querida, tão piedosa, que olhar para ele me deixou quase sem conseguir respirar. O amor dele era muito óbvio, a sua cor, muito pálida. Ele não achava que eu pudesse fazer essa coisa impossível que eu estava propondo.

Virei-me de costas para ele e mirei nos olhos de Phaidra, depois de Nesset e por último de Lulath, que, com as mãos fechadas sob o queixo, sorria para mim. Senti apenas uma pontada de remorso ao ver a sua animação; eu esperava não decepcioná-la.

— Phaidra, você e Lulath disseram que viram os Brethaeus preparando a magia de ligação — eu disse. — Vocês se lembram da sequência inteira do início ao fim?

— Creio que sim.

— Ótimo. E quantas das Vilias são como vocês, prontas para lutar?

— Nove, incluindo nós três. — Os olhos de Nesset brilhavam com entusiasmo. — O resto é leal a Rennora.

Estremeci; o número não era o ideal.

— O que está propondo, Imogen? — Phaidra me observava de perto.

Eu a conhecia bem o suficiente agora para ver que ela tentava desesperadamente se manter calma e lutar contra a onda de esperança.

Inspirei profundamente para tomar coragem. Eu estava acostumada a planejar festas, não batalhas. Mas a única outra opção era impensável: as Vilias ainda prisioneiras; Talan, preso para sempre a Kilraith; eu mesma uma morta-viva ou simplesmente morta, ou em casa e de coração partido, esperando Kilraith matar Talan em um acesso de raiva e mandar outro demônio destruir a minha família.

Não, essas possibilidades eu não podia tolerar.

— Amanhã à noite nós voltaremos de uma caçada com Talan a tiracolo. Um prisioneiro. — Acenei para Phaidra. — Você caça pessoas para presentear os seus mestres. Bem, vou presentear Rennora com Talan, um tributo aos Brethaeus, para provar o meu valor para ela.

Nesset arqueou as sobrancelhas, surpresa, mas Phaidra simplesmente sorriu, o que esticou a cicatriz com flores costuradas na bochecha, dizendo:

— Um plano engenhoso, Imogen. Isso satisfazerá Rennora.

Encorajada pelo meu óbvio orgulho, continuei:

— Ela presumirá que o meu tempo com você me fez me afeiçoar ao seu povo, que eu anseio a morte para me tornar uma de vocês. Então ela também vai ficar feliz com você. Ela dormirá tranquila, sem suspeitar de nada. Talan usará o seu poder para se certificar disso. E no dia seguinte os Brethaeus vão chegar, sem saber o que os aguarda. Eu os atacarei, Talan quebrará a maldição, e você, Nesset, Lulath e as suas aliadas vão segurar Rennora e as outras até o nosso trabalho estar completo. O ato de quebrar a maldição será forte o suficiente para confundir Kilraith por um tempo. Talan e eu fugiremos. Phaidra, você e as outras vão ser livres para tomar o próprio caminho.

Phaidra se endireitou e empinou o queixo.

— Vou com você, Imogen. Se conseguirmos, acompanharei e protegerei você pelo tempo que eu puder.

— Assim como nós — acrescentou Nesset, empurrando Lulath com o cotovelo. Lulath, o rosto pressionando o cajado com carinho, como se já estivesse imaginando a carnificina que viria.

Profundamente tocada pela oferta delas, apertei a mão de Phaidra e depois me virei para Talan. Ele, sentado cabisbaixo na terra, balançava a cabeça.

— Não, Gemma... Você não pode fazer isso. É perigoso demais. Sabe o que acontecerá se você morrer? Ele vai me manter vivo pelo máximo de tempo que puder. Terei que viver sabendo da sua morte por séculos. Não vou aguentar. Por favor, não me peça isso.

Eu me ajoelhei ao lado dele, peguei o seu rosto nas minhas mãos e o fiz me encarar.

— Você disse que me conhecer fez com que sentisse que tinha encontrado um lugar que um dia poderia chamar de lar, Talan. Acha que é o único que se sentiu assim? — Sorri com tristeza. — Eu devia te odiar. Eu devia ter nojo de você, não importando o seu passado trágico, mas mesmo agora eu não odeio e não sinto nojo. Você me fez mais forte do que eu era. Perto de você, não me importo muito sobre o tanto que viver dentro do meu corpo me machuca. Quando você olha para mim, me sinto linda não por causa da minha aparência ou do nome da minha família ou de todas as minhas coisas bonitas, mas porque eu tenho algum *valor*.

Lembrando aquela noite nos jardins da rainha antes de tudo dar errado, sussurrei:

— Naquela ocasião, quando você viu o que eu tinha feito comigo mesma, você não recuou nem me repreendeu. Você se preocupou comigo. Cobriu os meus machucados e disse que eu era maravilhosa. Você foi tão bom comigo...

Ele balançou a cabeça, desamparado.

— Gemma, meu amor...

Eu não permitiria que ele me dissuadisse. Assim, continuei:

— Desde a nossa primeira dança juntos, você falou que há um fogo queimando dentro de mim, e ninguém nunca me disse isso, *nunca*. E pela primeira vez na vida, comecei a acreditar que pode ser verdade. — Acariciei o rosto dele com os meus polegares. — Eu me recuso a te deixar desistir. Nós vamos libertar as Vílias e depois você fugirá comigo, e nós encontraremos uma maneira de te libertar. Eu juro, Talan. Encontraremos uma maneira de libertar nós dois.

Eu o beijei rápido e com força, e depois encostei a minha testa na dele.

— Eu seria um idiota de argumentar depois disso — ele murmurou, com lágrimas nos olhos. — Me diga então, gatinha selvagem, para onde fugiremos?

Tive uma ideia, tão perfeita e organizada que precisei sorrir.

— Acho que você não deveria saber até chegarmos lá. Por ora, me diga tudo o que sabe sobre maldições feitas em tríades.

— Existe... — Talan lutou para conseguir falar e roçou o meu queixo com a parte de trás dos dedos. — Gemma, há tanta coisa para ser dita.

Peguei a mão dele e a pressionei no meu rosto.

— Eu sei.

— Eu magoei você, mesmo não querendo. Deuses, eu não queria.

Beijei os dedos dele, silenciando-o. Recordar tudo o que Talan fizera, tudo o que ele escondera de mim, me deixou apreensiva. Afastei esse sentimento. Depois eu teria tempo para descobrir como me sentia com tudo isso — pelo menos assim eu esperava. Torcia para não estar cometendo um erro terrível.

— Conversaremos sobre isso mais tarde, quando estivermos em segurança — falei rapidamente para ele. — Agora, olhe para mim e se concentre. A maldição: me diga como quebrá-la.

Ele concordou, apertou a minha mão e começou a falar.

31

Como Rennora tinha dito, os Brethaeus chegaram dois dias depois — cinco deles, respingando da alvorada como riachos de água escura. Estavam todos vestidos de preto, das botas altas à ponta dos dedos, às linhas pronunciadas das mandíbulas. Usavam até capuzes pretos, justos nas cabeças, e as suas túnicas compridas esvoaçavam como asas pretas de mariposas, e eles escondiam os rostos com máscaras brancas combinando — inexpressivas, lisas a não ser **pelas quatro pequenas aberturas: olhos, nariz, boca.**

Usando um bonito vestido de seda azul que Phaidra tinha escolhido do seu estoque de bens roubados, observei os Brethaeus chegarem, uma pontada de medo no estômago. Atrás de mim, amordaçado e amarrado a uma árvore com uma corda preta grossa ao lado de todos os demais prisioneiros marcados para consumo, encontrava-se Talan. Eu me mantive de costas para ele, assustada com o que eu faria, o que eu demonstraria, se me virasse e visse o rosto dele, ensanguentado e machucado dos socos de Phaidra. Estratégia ou não, era uma imagem horrível e, embora esse plano fosse meu, embora as coisas entre Talan e mim estivessem novas e estranhas, eu não podia garantir que não iria até ele, pondo tudo a perder.

As Vilias se ajoelhavam respeitosamente, atrás de Rennora, que recebeu os Brethaeus de pé, com a cabeça em reverência e um punho fechado contra o peito. Os Brethaeus não disseram nada; todos os cinco foram até Rennora e colocaram as mãos nos ombros dela, os seus movimentos fluidos em uma sincronia assustadora. Se eles falavam com ela de alguma maneira, eu não conseguia ouvir, mas o braço da líder das Vilias erguido para apontar onde eu estava era claro o suficiente.

Todos ao mesmo tempo, os Brethaeus se viraram para olhar para mim. Se eu estivesse em pé com as minhas próprias pernas, elas teriam cedido. Os Brethaeus deslizaram na minha direção, os seus passos macios e silenciosos. As Vilias saíram do caminho de forma atrapalhada, o mais próximo possível do chão, as cabeças ainda em reverência. Eu não ousava olhar para Phaidra, Nesset ou Lulath. Eu era uma recruta ansiosa. Mantive a cabeça erguida.

— O meu nome é Imogen — eu disse, me lembrando das instruções de Phaidra —, e estou diante de vocês com a morte no coração. Aqui está um homem que me enganou, e ofereço o sangue dele a vocês em tributo.

Então me aproximei de Rennora, o estômago dando nós. Ela sorriu, sem dúvida satisfeita com todas as vantagens que isso lhe traria, e estendeu um cajado — novo, recém-entalhado e pintado, feito para mim. Eu o peguei e andei devagar até Talan, passando pelos Brethaeus, que assistiam e aguardavam, o meu coração martelando cada vez mais forte a cada passo. Talan, preso à árvore, começou a lutar, se contorcendo contra as cordas que o amarravam, e não pude mais adiar o inevitável. Olhei para ele.

Os nossos olhos se encontraram — os meus, frios; os dele, apavorados. Ele gritou, a sua voz abafada pela mordaça enfiada na sua boca. O som me rasgou; ele era bom demais em fingir pavor. Milhares de pensamentos desesperados passaram pela minha cabeça: a que lembranças Talan recorria para criar aqueles gritos desesperados e angustiados? Ele estava colocando para fora sentimentos de medo, como disse que faria, para convencer Rennora, as Vilias e os Brethaeus de que a história que montamos era verdade? Ele garantira que teria cuidado. Ele dissera que mexeria com as mentes delas apenas o suficiente para convencê-las de que estava tudo bem, e nada mais. Ele afirmara que isso não seria o bastante para alertar Kilraith de que alguma coisa estava acontecendo, que a sua marionete tensionava as cordas.

Ele tinha dito tudo isso, mas naquele momento, enquanto eu elevava o meu cajado e me preparava para dar um golpe, senti uma traiçoeira oscilação de dúvida. Talvez isso fosse loucura. Talvez as Vilias leais a Rennora fossem nos dominar em um segundo ou Kilraith chegasse e esfolasse todas nós.

Parei, o cajado no ar, acometida pelo pavor — até uma sensação leve de afago me impulsionar. Uma sensação de segurança tão afetuosa quanto um beijo.

Talan.

Ele estava ali, sem ferimento algum, e a sensação da crença dele em mim crescia na minha mente como uma onda.

Fechei os olhos e me permiti um instante para respirar, para pensar no que eu deveria fazer, assim como eu e Talan tínhamos ensaiado.

Pensei em Farrin sendo arrastada pelo chão do salão e em como eu ficara tão furiosa que irrompi pelas portas e voei atravessando o salão sem pensar, sem medo. A minha irmã estava na minha mente, e Talan também — o ódio que eu sentira depois de perceber quem ele realmente era; o prazer eufórico de beijá-lo nos jardins do palácio.

Em cada um desses três momentos, eu realizara magia. Não tive intenção de fazê-lo; eu estava com medo, com raiva, excitada pelo prazer, e a magia viera. *Eclodira.* Selvagem e Antiga, como Phaidra descrevera. A minha magia era selvagem.

Pense em como você se sentiu a cada vez, Talan tinha me dito enquanto planejávamos o nosso ataque nas ruínas do seu covil. *Pense na paixão, na fúria. Lembre-se de tudo. Viva tudo de novo. Pavor, desejo, raiva. Essas são as suas armas. Use-as.*

Pavor. Desejo. Raiva. Nos dois dias anteriores, eu praticara mergulhar nessas lembranças e descobrir as suas texturas, os seus formatos, as suas cores. A explosão de calor furioso no meu peito quando eu vira as sombras se desdobrando para revelar o rosto de Talan, como eu correra até ele e rasgara as árvores como se fossem papéis, e o açoitara até ele desabar. As ondas frias de pavor que tinham colidido dentro de mim quando vi o demônio arrastando a minha irmã pelo chão. O êxtase do corpo de Talan embaixo do meu enquanto eu me pressionava contra o dele no muro do jardim — as nossas peles escorregadias de suor, as minhas saias de seda puxadas para cima em volta dos meus quadris, as mãos dele segurando o meu traseiro enquanto eu me movia em cima dele, mais rápido, mais forte, desejando-o, *precisando* dele.

Imaginei os Brethaeus mentalmente, a imagem deles nítida e terrível. Eles usavam tiras de couro finas em torno dos quadris e dos peitos, cada tira pesada com centenas de saquinhos de veludo. Eu sabia o que havia naqueles saquinhos:

dentes, ossos e frascos de sangue. Eu não fazia ideia de quais pertenciam às minhas Vilias, e não me importava. Queimaríamos todos.

Os meus olhos se abriram de repente, a minha mente, clara e aguçada como o vidro que cobria a minha pele. Pavor, desejo, raiva — as minhas armas. Elas bradavam no meu sangue, e me agarrei às suas lâminas com ambas as mãos.

Respirando forte, girei e deixei o meu cajado voar.

A minha magia era uma fera liberada. Uma dúzia de raízes irromperam da terra, grossas, se enrolando e gemendo, seguindo o arco do meu cajado. Lancei-as nos Brethaeus, todas as doze de uma vez. Elas atingiram os necromantes de todas as direções, e o ar explodiu em estalos horríveis — costelas quebradas, crânios batendo em crânios. Os Brethaeus caíram.

Nesset correu, e com um grande golpe de faca cortou todas as cordas que prendiam Talan. Rennora urrou de fúria e tirou um punhal do cinto, mas Phaidra, que já corria para ela, trombou nela, e as duas desabaram no chão. O punhal de Rennora voou para as árvores.

O tumulto se espalhou rápido. As Vilias leais a Rennora saltaram para cima de Phaidra, mas ela não estava sozinha. Quatro outras Vilias se apressaram para defendê-la, incluindo Lulath, seu cajado voando velozmente e o seu rosto sério e cheio de bolhas enfurecido com a batalha.

Eu me joguei no chão, tentando afastar a dor que atrapalhava a minha visão e xingando o artífice que operara o meu interior. A magia se movimentando rapidamente no meio do caos me golpeava dos pés à cabeça. Nesset disparou de volta para a batalha, e Talan correu até mim, mancando ligeiramente. Ele me ajudou a me levantar, as mãos nos meus braços e a sua mente tocando na minha.

— Talan — sussurrei só uma vez, uma leve respiração roubada de agradecimento, e em seguida corri com ele até os Brethaeus, arrastando comigo um vibrante ninho de trepadeiras, arbustos e galhos caídos. Enquanto eu entrelaçava uma pira de elementos da floresta em torno dos necromantes, prendendo os seus corpos juntos com grossas trepadeiras cheias de espinhos e rezando para todos os deuses que a minha incipiente destreza com o meu poder não falhasse, arrisquei uma olhadela para Talan.

Ele estava péssimo, pálido, os cabelos grudados no pescoço. Eu não sabia se era devido aos socos de Phaidra ou se Kilraith começara a sentir a rebelião de Talan e já estava a castigá-lo. O meu estômago revirou. Talan me garantira não menos do que vinte vezes que a quebra da maldição o esconderia de Kilraith — mas por quanto tempo?

Talan estendeu a mão.

— Não tema por mim, Gemma — disse ele, o seu olhar escuro me acalmando. — Passou da hora de eu lutar com ele. Eu quero isso. Quero estar com você, não importa o que venha depois.

Engoli os meus protestos, a minha garganta doendo de amor, e coloquei a mão na dele. Talan retirou uma pequena faca do bolso de dentro do casaco, e tentei não estremecer quando ele cortou a carne macia do meu antebraço. O meu sangue não era morto nem demoníaco; Talan tinha, portanto, o considerado o mais seguro a ser usado para quebrar a maldição. Ele guiou o meu braço por cima dos Brethaeus, deixando o sangue pingar nos seus corpos amarrados e espancados.

— O que foi feito agora está quebrado — entoou Talan em voz baixa. — O que estava preso agora está livre.

Era um feitiço que tínhamos escrito, reunindo as lembranças de Talan de outras maldições que ele encontrara. Rezei desesperadamente para que funcionasse; nenhum de nós era um enfeitiçador com prática em trabalhos desse tipo. Precisávamos torcer para que o poder demoníaco de Talan e o meu poder não identificado fossem suficientes para que o feitiço surtisse efeito.

Lulath se esgueirou para perto de nós com uma tocha acesa na mão e olhou para mim de forma questionadora. Eu estava zonza de dor. Ela me deu um pequeno sorriso, o seu rosto podre e manchado se esticando de uma forma grotesca. Em seguida, jogou a tocha nos Brethaeus.

Com uma rajada estrondosa de ar quente, o fogo acendeu a pira que eu havia feito e se alastrou rapidamente, reduzindo a tocha a cinzas em um instante. Os corpos dos necromantes se contorceram, mas não queimaram. Com cada sacudida do corpo deles pipocava um som fraco de guincho, como madeira estalando em uma lareira acesa.

Talan estremeceu, e eu tropecei contra ele, sentindo cada guincho como se fosse uma lâmina cortando a minha pele. Ele conduziu o meu braço sangrando para cima dos Brethaeus mais uma vez. O sangue chiava onde caía, e a cada gota as chamas cresciam. Os meus olhos lacrimejaram por causa do calor ascendente, e o meu corpo se transformou em uma coluna latejante de dor.

— O que foi feito está quebrado agora — repetiu Talan, a voz mais alta, o braço tremendo enquanto ele mantinha o meu no alto. — O que estava preso está livre agora.

Os Brethaeus se agitaram, se contorcendo, os seus corpos repuxando as grossas camadas de trepadeiras e raízes que os prendiam a terra. Eles talvez estivessem acordados ou talvez ainda estivessem desmaiados, furiosos mesmo sem consciência; com as máscaras brancas lisas escondendo os seus rostos, era impossível dizer.

Os guinchos viraram um coro, estridente e raivoso, o seu tom crescente espiralando cada vez mais tenso, como se logo o som fosse abrir e liberar algo terrível. Mesmo tão perto do medonho calor do fogo, mesmo com o suor descendo pelo meu corpo, eu sentia um frio terrível. Eu batia os dentes e me tremia toda, e de repente me pareceu totalmente sensato enfiar o meu braço no adorável calor do fogo.

Talan me puxou para trás contra o seu corpo antes que eu fizesse isso. Ele não podia falar — isso confundiria o encanto —, mas a maneira como me puxou foi urgente, até dolorosa, e me trouxe de volta aos meus sentidos.

O medo caiu em cima de mim como uma cortina de gelo quando me dei conta do que eu quase tinha feito. *Maldições são ardilosas, principalmente as que prendem*, Talan tinha me dito quando treinamos. *Ela não vai querer morrer. Vai fazer qualquer coisa que puder para nos deter.* A expressão dele fora sombria e amarga, e imaginei quantas vezes ele teria murmurado feitiços sobre si mesmo, desesperado e sozinho; como eles o feriram quando falhavam; e se Kilraith ficava assistindo o tempo todo, se divertindo com os esforços inúteis de Talan.

Inspirei, trêmula. As chamas aumentando lambiam os nossos dedos, e a minha cabeça latejava com tanta violência que era um tormento não estender as mãos para cima e pressionar as palmas contra as minhas têmporas. Uma maldição tripla. Mais uma vez, e estaria feito.

Talan segurou firme o meu braço sangrando e o levou por cima do fogo. Ele apertou mais sangue do machucado; senti uma dor aguda no meu corpo inteiro. As chamas rugiram mais alto, chegando cada vez mais perto da nossa pele. O ar estava preto de fumaça, e os Brethaeus, derrotados, os seus corpos virando formas horríveis e anormais. Eles urravam de raiva, e os seus gritos bestiais me arrepiaram até os ossos.

O corpo de Talan cedeu contra o meu, nós dois tremendo com o esforço de nos mantermos em pé. Cada centímetro da minha pele estava arrepiado, terrivelmente quente e pinicando, mas eu não podia coçar, eu não podia deixar a maldição me persuadir a desistir. Soltei um único som arfando e pensei: *Depressa, Talan!*

— O que foi feito está quebrado agora! — gritou Talan, mais alto do que o estrépito todo. — O que estava preso está livre agora!

De uma vez só, as centenas de saquinhos amarrados nos Brethaeus explodiram em chamas. A floresta irrompeu em gritos penetrantes e agonizantes — a maldição quebrada, Talan dissera, seria uma coisa horrorosa de ouvir. Lulath, aterrorizada, colocou as mãos nos ouvidos e se agachou bem no chão.

Uma explosão balançou o mundo, derrubando todos nós. Os meus ouvidos zumbiam, a minha cabeça era uma tempestade estrondosa de dor; tateei às cegas procurando Talan e soltei um grito de alívio quando a sua mão suada encontrou a minha. Nós nos ajudamos a nos levantar, um agarrado ao outro, e olhamos o que tínhamos feito — os Brethaeus presos, agora imóveis e em silêncio, os seus corpos cobertos de centenas de chamas pretas cuspindo enquanto os saquinhos trêmulos de sangue, ossos e dentes viravam cinzas.

Phaidra correu até nós, seguida por Nesset. Elas pareciam desajeitadas, frenéticas e desorientadas pela própria liberdade.

— Há outras? — perguntei, tossindo com a fumaça.

Phaidra balançou a cabeça. Os seus olhos estavam intensos e tristes.

— Matamos nove — disse ela. — O resto fugiu quando a maldição foi quebrada.
— Rennora?

Nesset, toda pingando com um líquido preto que eu achei que devia ser o sangue das Vilias, nos deu um sorriso malvado.

— Nem mesmo uma morta-viva pode resistir a uma faca na cabeça.

Lulath fitou admirada o estrago que causamos.

— Eles não estão queimando — ela informou, a luz do fogo lançando formas sinistras no seu rosto. — Todo o resto está em chamas, mas eles não.

— E não vão queimar — Talan falou com a voz rouca, me segurando firme contra si —, mas isso vai segurá-los por semanas, espero, e confundir todos os traços de magia por quilômetros.

Uma onda de medo me balançou quando ouvi as palavras que ele não verbalizara. O nome de Kilraith pairava no ar, não pronunciado e terrível. Eu não me deixaria levar pela suposição de que Talan estivesse errado — ou pior, de que ele estivesse mentindo por algum motivo que eu não conseguia perceber. Eu seria capaz de imaginar todas essas coisas horríveis quando estivéssemos em segurança, e nem um minuto antes. Já podia sentir o pânico se formando em mim, em algum lugar profundo e substancial, sendo mantido sob controle apenas pela exaustão e necessidade de fugir.

— Dos seus lábios para os ouvidos dos deuses — murmurou Phaidra. — Espero que você esteja certo, demônio.

— Aqueles que dominam a arte da morte não deixarão que ela os derrote com facilidade — acrescentou Lulath, suavemente, a expressão séria. — Eles vão se erguer e se erguer de novo.

— E eu não quero estar aqui quando isso acontecer! — exclamou Nesset. — Vamos. É uma longa caminhada até o nosso destino. — Então ela saiu andando, o cajado em uma das mãos e uma faca na outra, Lulath cambaleando avidamente atrás.

Talan olhou para mim, cansado.

— Para onde *estamos* indo?

— Para o norte. — Entreolhei Phaidra, e ela acenou, o ar sombrio, pronta para partir. — Estamos indo para o norte.

Quando bati nas portas da frente de Rosewarren, sentia-me exausta a ponto de delirar, cansada demais para ser intimidada pelo par de falcões de pedra me encarando com desdém.

As portas se abriram, revelando uma criança de talvez dez anos de idade. Ela era pálida e clara, usava um vestido marrom simples por cima de uma calça marrom comum, os pés descalços; e ela me olhou boquiaberta. Eu não podia realmente culpá-la por isso. Eu estava imunda e fedendo, o meu braço, com um curativo grosseiro, o meu vestido de seda azul, esfarrapado e chamuscado, e os pedacinhos de pele que não estavam cobertos de lama e suor brilhavam de leve no crepúsculo.

— Sou lady Gemma Ashbourne — anunciei —, e estou aqui para ver a minha irmã Mara. Chame Mara, por favor, ou traga Cira no lugar, ou Brigid. Mas não diga à Guardiã ou a qualquer outra pessoa além delas três que estou aqui. Você pode fazer isso?

Quando terminei de falar, a garota me encarava com os olhos astutos apertados. Ela nada disse, claramente esperando por algo.

Suspirei.

— A Guardiã dá um pequeno salário mensal para você, não dá? E você pode gastar com o que quiser quando vai para a cidade?

A garota confirmou com prudência.

— Bem, eu darei dez vezes essa quantia se você fizer o que pedi. Farei com que lorde Gideon Ashbourne em pessoa mande a quantia direto para você. Mara se responsabilizará por mim e por ele. A minha irmã já deu motivo para você desconfiar dela?

Depois de um momento, a garota relaxou e balançou a cabeça.

— Muito bem, então. Qual é o seu nome?

— Vash — ela informou, lacônica.

— Obrigada, Vash. Você pode esperar o seu pagamento no fim do mês. Vá agora, e rápido.

A garota saiu apressada pelas sombras do priorado, deixando a porta fechar, e nem cinco minutos depois Mara apareceu correndo no lado de fora da casa para me receber, suada e vermelha, as roupas e as botas sujas de lama. O ar em volta dela se achava repleto da pungente magia de sentinela; ela estava treinando. Eu me apoiei com força contra a parede de pedra do priorado, lutando contra a vontade de cair.

— Gemma... — arfou Mara. — A sua *pele*.

Eu a afastei antes que ela pudesse me abraçar.

— Preciso que você junte comida, roupas — falei baixinho — e suprimentos médicos básicos, como curativos e tônicos para dor, suficientes para cinco pessoas, e dois cavalos do priorado, se você conseguir tudo isso sem chamar atenção indevidamente. E aí será necessário que venha comigo, agora, e explico tudo enquanto cavalgamos. Ah, e há um cavalo roubado amarrado naquelas árvores lá que precisa de uma boa esfregada, água, comida e um lugar nos seus estábulos até eu conseguir devolvê-lo para o dono.

Os deuses abençoem a minha irmã — a vida na Ordem da Rosa a ensinou a se recuperar do choque depressa. Ela acenou com a cabeça para um grupo de árvores perto da casa.

— Espere ali, Gemma. Volto em quinze minutos.

Eu obedeci, vigilante, me agachando nas árvores, embora tudo o que eu quisesse fosse me deitar em cima dos trevos e das ervas daninhas e dormir por um ano. Quando Mara voltou, eu podia chorar de alívio. Ela trazia sacolas de suprimentos e dois animais descansados, pequenas éguas delgadas que pareciam loucas para correr. Mara me ajudou a montar em uma delas, com o pelo marrom-escuro, e pegou a cinza com manchas escuras para si.

— Para onde estamos indo? — ela quis saber, tensa de preocupação, me seguindo enquanto eu disparava entre as árvores. — Vamos nos encontrar com quem? E, Gemma, por favor, *o que* aconteceu com a sua pele?

Atrás de nós, a Névoa despontava por cima das torres do priorado e das árvores além, sua enorme tela prateada sangrando para o céu. Até mesmo pensar nisso me fazia formigar toda, como se a Névoa *soubesse* que eu estava pensando nela e quisesse que eu *soubesse* que ela sabia, que ela me observaria pelo tempo que pudesse.

Para me distrair, contei tudo a Mara, desde a noite terrível do baile de máscaras à minha jornada rumo ao norte nos últimos dois dias. Talan, as Vilias e eu andamos quilômetros pelas Little Grays até finalmente alcançarmos o estreito e velho atalho verde que nos levou ao norte. Phaidra o descobrira meses antes durante uma caçada, e desde então as Vilias o usaram diversas vezes para roubar itens de vestuário e comida das cidades nas Terras da Névoa. O atalho verde era espinhento e desagradável, a sua magia claramente afrontada pela nossa presença, mas nos deixou perto da pequena cidade de Fernwood, bem como Phaidra tinha dito.

Fernwood ficava ao sul do priorado, a uns bons quinze quilômetros, mas pelo menos estávamos fora das Little Grays. Com a ajuda de Talan, persuadi um cavalo a deixar o seu padoque em uma fazenda perto, exausta demais para me sentir culpada sobre esse ato. Eu o devolveria depois, prometera a mim mesma, ou mandaria um pagamento para o fazendeiro, com juros; porém, com as minhas roupas destruídas e a minha pele brilhando, eu não podia sair caminhando em Fernwood e comprar um cavalo sem criar um tumulto. Depois, eu cavalgara bastante; sozinha, exausta e olhando para trás constantemente, mas nada me perseguira. Eu não queria que Talan se aproximasse nem um pouco da Névoa, e as Vilias tinham ficado para trás para protegerem-no, todos amontoados em um matagal inóspito cheio de sarças. Quanto a mim, me mantive perto das árvores e observei o céu do norte procurando a Névoa. Nunca na vida fiquei mais feliz de ver aquela horrível agitação prateada quanto naquele momento.

— E agora aqui estou eu — terminei, exausta de contar a história. — Não revelei a Talan que vamos para a capital. Não quero que ele se assuste. Mas se alguém pode nos ajudar, é Gareth, e vamos precisar de todos os livros e pedaços de papel a que ele puder ter acesso.

Mara permaneceu calada, o rosto com uma expressão familiar de reflexão.

— Você quer que eu esconda as Vilias nas cavernas enquanto você não estiver aqui — adivinhou ela.

— Só enquanto Talan e eu estivermos na cidade. Elas vão detestar ser deixadas para trás, mas não sei como essa liberdade tão recente delas irá afetá-las, e não quero que elas fiquem no caminho enquanto se recuperam. Elas definitivamente não podem ir para a capital. As cavernas são o lugar mais seguro em que pude pensar.

— E quanto mais gente souber sobre elas, menos seguras ficam.

— Eu não pediria se não fosse importante, Mara — sussurrei.

— Eu sei — a entonação dela se suavizou.

Cavalgamos em silêncio por um tempo, e então ela disse:

— Esse Kiltraith. Estou curiosa sobre ele. Nunca ouvi falar nessa entidade. Terei que perguntar à Guardiã...

— Não. Não conte a ninguém sobre ele, ainda não. Até Talan estar livre com segurança, quanto menos pessoas souberem sobre Kilraith, melhor.

— Se ele *puder* ficar livre.

— Ele pode. — Agarrei as rédeas com mais firmeza, me recusando a olhar para ela. — Não aceitarei que uma maldição inquebrável seja possível. Tudo pode ser quebrado.

Mais silêncio, com o peso da preocupação de Mara. Fiquei toda corada, de repente envergonhada e insegura; passados só alguns minutos na companhia da minha irmã, as dúvidas que eu tinha afastado de forma tão implacável começavam a voltar à tona.

— Você pode confiar nele? — Não havia julgamento na voz da minha irmã.

— Não sei. Eu quero confiar. Não posso abandoná-lo depois do que ele me contou. Se pelo menos uma parte for verdade, é interesse da nossa família mantê-lo por perto.

— Mantê-lo por perto mesmo com Kilraith supostamente incorporado nele?

— A alternativa é matá-lo — falei depressa e com firmeza —, e não estou preparada para fazer isso, nem tenho certeza se *conseguiríamos* matá-lo. Kilraith poderia surgir nele e *nos* matar por tentar. Esse é o plano de ação mais seguro, Mara. Pensei muito em todo o caminho até aqui e não consegui nenhuma outra alternativa aceitável.

Depois de um tempo, Mara disse, devagar:

— Acho que está certa, pelo menos por ora. Mas você o ama, Gemma, e não se pode confiar no amor. Preciso fazer essas perguntas. Os meus olhos estão claros, os seus não.

A minha garganta ficou com um nó terrível. Lutei para conseguir dizer:

— Eu sei, e você está certa em perguntar.

Depois disso não consegui mais falar. Incitei a minha montaria a um ritmo mais acelerado. Cavalgamos em silêncio.

* * *

Um sonho me acordou, mas eu não conseguia me lembrar dele. Os meus olhos se abriram de repente, e fiquei deitada em um silêncio confuso, buscando me orientar.

As cavernas estavam tranquilas. Mara fazia a vigia, e Phaidra, Nesset e Lulath dormiam. Elas não precisavam, Phaidra tinha me dito, mas era um prazer dos vivos do qual elas sentiam muita saudade, e então quando podiam — quando estavam tão cansadas como agora —, faziam o ritual de qualquer maneira. De manhã, Mara as distrairia para que Talan e eu levássemos os cavalos de volta a Rosewarren, onde usaríamos o atalho verde que dava em Ivyhill. Pegaríamos Farrin, viajaríamos com ela até a cidade da rainha e levaríamos o problema de Kilraith para Gareth.

Senti um nó no estômago quando pensei em ver Farrin de novo depois de tudo o que acontecera. Eu não me orgulhava da maneira como a deixara logo depois do ataque de Talan no salão, com o sangue ainda fresco no rosto e o corpo inteiro tremendo de raiva por causa da confissão do nosso pai. Cerrei as pálpebras por um instante, envergonhada ao pensar que ela tinha lidado com aquela tempestade em particular sem mim, sozinha, com o meu pai destroçado e toda a criadagem bisbilhotando.

Virei-me, desesperada pelo alheamento do sono, mas sem confiança de que conseguiria dormir de novo. O meu corpo estava todo dolorido de dormir na pedra úmida, e as meias e o vestido ásperos que Mara trouxera do priorado faziam a minha pele coçar. Então eu vi Talan. Ele estava deitado muito perto de mim, dormindo em um palete de cobertores roubados, mas tinha algo errado. Ele suava, a testa franzida e o corpo inteiro tremendo. Um pesadelo ou coisa pior.

Era tolice ir até ele. Por tudo o que eu sabia, o pesadelo era Kilraith sussurrando para Talan acordar e me estrangular. Mas eu não podia vê-lo tão obviamente atormentado e não fazer nada.

Deslizei para mais perto, o meu corpo rijo protestando, e me deitei ao seu lado. Ele estava de braços cruzados e enrolado de uma forma protetora em volta da cintura. Tirei da sua testa mechas molhadas dos seus cabelos. Ele parecia tão jovem e vulnerável tremendo lá no escuro...

Finalmente abriu os olhos, que notei vermelhos e apavorados. O seu semblante se contorceu quando me viu, e ele colocou os braços em torno de mim e me puxou com força contra si. Enterrou o rosto nos meus cabelos e inspirou, estremecendo.

— Ele está zangado — sussurrou. — Posso sentir, apesar de ele estar longe. Como uma dor aborrecida que se consegue ignorar no início. Ele não sabe onde estou, perdeu o meu rastro, mas me procura, e algum dia, daqui a não muito tempo, os necromantes irão acordar e se recompor, voltar para casa e lamber as suas feridas, e a nuvem da nossa quebra de maldição desaparecerá. Então ele vai me encontrar. Vai me procurar. Eu quero que ele suma, Gemma. — Talan soltou um soluço engasgado contra o meu pescoço, pegou a minha cabeça com a mão tremendo e se agarrou a mim. — Eu o odeio. — A sua voz falhava, desesperada. — Não deixarei que ele te machuque. Não vou machucar você. *Não vou.* Não você, meu amor.

O meu coração martelava de medo — por mim, por ele, por todos nós —, mas não me afastei. Uma das suas mãos segurava forte as minhas costas; desdobrei os dedos desesperados da outra mão e a levei para ficar entre nós. Com delicadeza, coloquei a palma dele contra o meu peito e a cobri com a minha própria. Olhei para Talan; não o deixaria ver que eu estava com medo.

— Me escute. Olhe para mim, Talan. Eu estou aqui. Estou bem aqui, e ele, não. Você está seguro agora. Estamos todos seguros. Estou aqui com você, e não vou a lugar algum.

Ele pressionou a testa na minha, os seus olhos tão próximos que senti que podia mergulhar neles e flutuar para sempre lá dentro, um oceano escuro e quente.

— Aí está você — falei, sorrindo — e aqui estou eu. Estou com você.

Depois de um tempo, os olhos dele piscaram e se fecharam. O seu corpo relaxou; a tremedeira passou. Talan deslizou o braço de novo em volta de mim, me aninhou carinhosamente contra o peito e me beijou.

— Obrigado — disse ele baixinho contra os meus cabelos. — A minha corajosa Gemma.

Abraçados, em cima daquela pedra fria e horrível, dormimos até Mara nos acordar suavemente ao nascer do dia.

32

Quando bati na porta do quarto de Farrin, eu me preparei, esperando o pior: ela estaria furiosa, incisiva, os seus olhos duros como ferro e a sua espinha feita de aço. Eu a deixara, fugira sem explicações, e ela nunca me perdoaria. Talvez ela me fixasse na parede com correntes e montasse guarda em mim sem nenhuma arma além da sua língua feroz.

Fiquei parada no corredor comprido e amplo onde se achavam os quartos da nossa família, nervosa e furtiva depois de me esgueirar para dentro da mansão pela malha de passagens secretas, olhando para trás a cada dois segundos para me certificar de que não fora vista por ninguém. A casa estava silenciosa e parecia perturbadoramente imensa. O meu corpo doía por causa de Talan e da minha passagem para o sul pelo atalho verde, e cada minuto que passava me deixava mais perto do pânico. Eu tinha deixado Talan do lado de fora no labirinto de cerca-viva, uma decisão que pareceu tola de repente. Melhor tê-lo trazido para dentro e arriscado que ele fosse visto por alguém, não importavam as perguntas que pudessem surgir sobre o seu estado enfraquecido, do que deixá-lo escondido lá na propriedade, sozinho e vulnerável.

Não consegui mais aguentar. Cheguei à porta de Farrin bem na hora em que ela se abriu. A minha irmã ficou parada do outro lado, perplexa e com os olhos inchados, usando uma das suas camisolas cinzentas modestas de gola alta com fitas amarradas firmemente nos pulsos e no pescoço. Os seus cabelos castanho-dourados caíam sobre os ombros em uma trança solta, e o seu rosto estava abatido, como se ela não viesse dormindo bem. Quando viu que era eu parada lá, ela pegou a minha mão e me levou para dentro imediatamente. Fechou a porta sem fazer barulho, depois me puxou para os seus braços com um som baixo e angustiado.

— Achei que você estivesse morta — sussurrou. — Illaria e Gareth ouviram tiros. Encontraram o chalé vazio, sangue na porta toda. Gemma...

Farrin se afastou para me olhar e pegou o meu rosto nas mãos, com carinho, atônita, como se não pudesse acreditar que eu estava lá de verdade.

— Como está você? Machucada? O que aconteceu? O papai sabe que você está aqui?

Peguei as mãos dela e as segurei imóveis entre nós.

— Não, ele não sabe, e não quero que saiba. Farrin, precisamos conversar, e rápido.

Os olhos dela se estreitaram, mas Farrin não disse nada. Nós nos sentamos na cama — toda branca e arrumada, como se ela não tivesse sequer se aproximado dela a noite toda —, e lhe contei tudo. Quando expliquei quem — *o quê* — Talan realmente era, Farrin ficou assustadoramente imóvel, o rosto pálido e furioso. Quando revelei sobre Kilraith e a história da família de Talan, ela se levantou abruptamente e foi até a janela, de costas para mim. Ficou lá parada até eu terminar.

Exausta, totalmente esgotada, esperei que ela falasse.

— E agora pretende que eu vá com você para a capital — disse ela com o tom inexpressivo — e ajude a achar uma maneira de libertar esse *demônio* do seu mestre. Esse demônio, lembre-se, que me atacou. Um ataque que você tornou possível, graças à sua tentativa equivocada de... O quê? Acabar com tudo isso por conta própria? Agir pelas costas do papai com um plano formado pela metade e possivelmente enfurecer o demônio que tem as nossas vidas nas mãos?

A voz dela estava tão fina e baixa de fúria que me chocou, mesmo tão preparada quanto eu estava.

— Sim — respondi simplesmente —, quero que você vá comigo para a capital. Tentei resolver isso tudo sozinha e não funcionou. Preciso de você e de Mara comigo, as duas. Ela já fez a parte dela e vai fazer mais se eu pedir. Agora preciso que você faça a sua.

Farrin girou para me encarar, muito brava.

— Como pode confiar nele? Ele me machucou, Gemma. Ele me atacou na minha própria casa.

— Ele não queria fazer isso.

Ela zombou.

— Se ele realmente não quisesse, poderia ter parado no meio.

— Assim como você poderia ter encarado o papai quando ele a mandou administrar a propriedade porque não podia ser incomodado, guardar os segredos dele, deixá-lo controlar a sua vida e algum dia controlar essa guerra que pertence a ele, e dito *não*?

Se eu tivesse dado um tapa em Farrin, ela não teria parecido mais atordoada.

— Pense em todas as lições dos arcanos que Gareth vomitou para nós ao longo dos anos — eu disse, delicadamente. — Acha mesmo, dado tudo o que ele nos contou, e imaginando tudo o que *não* contou, que é impossível uma criatura como Kilraith existir? Uma criatura que pode possuir outra e dobrar a vítima à sua vontade, como ele fez com Talan?

Farrin deu dois passos rápidos na minha direção, as pupilas brilhando.

— Talan é um *demônio*. Ele é o demônio que consumiu cada pensamento do nosso pai durante anos. O demônio que virou os Bask contra nós, e nós contra eles, e, deuses, pense na pobre sra. Baines e na sua Jessyl! Ele é a causa de tudo de horrível que já aconteceu com a nossa família!

Escutar o nome de Jessyl foi um golpe horrível, mas empinei o queixo, desafiadora.

— Ele é só um dos muitos que Kilraith possuiu e forçou a carregar o título de Homem com a Coroa de Três Olhos. E *ele* não é a causa de nada horrível. Nenhum deles foi. Kilraith é que é.

Farrin jogou as mãos para cima e atravessou o quarto em um ímpeto.

— Essas distinções não importam para mim, e não deveriam importar para você. Vou aceitar por um momento a ideia de que a vontade de Talan não tenha pertencido a ele por algum tempo, que ele nunca tenha querido machucar nem uma mosca. Isso deveria me confortar? Uma criatura aprisionada desse jeito, cuja lealdade não pode ser seguramente determinada, merece a sua confiança? O seu amor?

Abri a boca para discutir com ela, mas Farrin prosseguiu, não me permitindo nem uma palavra:

— Se não fosse por Kilraith ou Talan ou algum outro demônio, me parece que são todos o mesmo, talvez nós nunca tivéssemos começado a brigar com os Bask. Talvez mamãe e papai não houvessem ficado com tanto medo de você e da sua estranha magia caindo nas mãos erradas. Talvez eles nunca tivessem contratado aquele artífice e você tivesse crescido e se tornado uma mulher normal.

Sem palavras, só consegui encará-la. Uma expressão de pavor surgiu no rosto de Farrin. E eu me senti sinistramente satisfeita ao vê-la.

— Me desculpe, Gemma — a minha irmã sussurrou. — Deuses destruídos, me desculpe. Eu não quis falar dessa maneira. Eu quis dizer que você não teria que viver com essa dor infinita, que poderia usar magia como todos nós...

— Eu sei o que você quis dizer. — E eu sabia, e estava cansada demais para ficar com raiva dela. — Por favor, Farrin. Faça isso por mim. Por *nós*, pela nossa família. Essa pode ser a resposta. Se nós libertarmos Talan, talvez seja possível garantir que Kilraith não prenda mais ninguém, nenhum demônio e nenhum ser humano, nunca mais. Isso pode ser o fim da nossa subjugação, dessa guerra interminável que eu sei que você odeia, e a salvação para todos nós. Você consegue imaginar? — Soltei uma risada amarga. — Viver uma vida *normal*?

— Não — ela respondeu, baixinho. — Não consigo imaginar.

Algo cedeu no seu rosto, alguma couraça que se abriu para demonstrar o cansaço por baixo. Essa era uma parte da minha irmã que eu raramente via, e não conseguia suportar assistir àquilo, ao modo como ela parecia enfraquecida, no limite e desesperadamente infeliz. Eu me levantei da cama, me aproximei dela e peguei a sua mão com amorosidade.

— Imagine o seguinte, Farrin. Nós estaremos na capital e, se Talan se revelar um mentiroso e nos trair, poderemos contar para a rainha Yvaine, e ela sairá em disparada da Cidadela rugindo para salvar você.

Farrin arqueou uma sobrancelha.

— Rugindo? Ela não é um tigre.

— Você provavelmente nem vai precisar falar com ela. A rainha sentiria que você estaria em perigo e simplesmente apareceria lá antes que qualquer uma de nós pudesse inspirar de novo.

Farrin me olhou com carinho por um momento, e depois se inclinou e beijou a minha bochecha com tanta doçura que eu quis chorar. Ela apanhou uma capa e botas do armário, e colocou-as por cima da camisola.

— Vamos trazer Talan para dentro para tomar um banho — ela demandou enquanto agilmente fazia uma trança mais arrumada nos cabelos. — Conheço uma passagem que leva do labirinto de cerca-viva aos aposentos dos hóspedes no segundo andar. Ninguém nos verá trazendo Talan para dentro. E você também precisa de um banho. Um banho *bem tomado*. Não podemos aparecer na universidade com vocês dois parecendo ter acabado de rastejar para fora de um poço de lama. E tenho certeza de que você quer que essa viagem aconteça o mais rápido possível. Portanto, vamos pegar um dos atalhos verdes do papai para a capital em vez de viajar de carruagem. Mas você nunca poderá contar para ele, de jeito nenhum, que eu mostrei onde é, e você também não pode usar sozinha; não sem mim.

Corri e dei um abraço enorme e desajeitado nela, interrompendo-a.

— Obrigada — sussurrei, colada ao capuz da sua capa. — Obrigada, *obrigada*.

— Pare de choramingar — murmurou —, você está me *esmagando*.

Mas pelo reflexo do espelho pude ver um sorrisinho que ela não conseguiu esconder, e aquele pequeno vislumbre pareceu o mesmo que me aquecer no sol.

Eu esperava que ela não precisasse, nunca, se arrepender do maravilhoso gesto de confiar em mim.

* * *

A CIDADE DA RAINHA EM FAIRHAVEN FICAVA NO TOPO DE COLINAS ALTAS e claras sobre a Baía dos Deuses, na costa sudoeste de Gallinor. Um labirinto em cascata de ruas ordenadas levava até deslumbrantes praias brancas de um lado e se estendia em penhascos do outro lado. O palácio da rainha — a Cidadela — marcava o centro de tudo, uma construção imponente de pedras brancas coberta por uma paisagem de domos brilhantes e torres em espiral.

Eu sempre gostara de ir à capital, apesar da agitação de magia que permeava o ar — ou talvez por causa dela, já que eu sabia que isso deixaria o meu pai nervoso, e os momentos em que ele estava irritado comigo ou preocupado comigo eram os únicos momentos em que ele prestava qualquer atenção a mim.

Se pelo menos eu soubesse, durante todos aqueles anos desejando o amor do meu pai, que ele não merecia nenhum amor da minha parte...

Pensei nisso no instante em que Talan, Farrin e eu entrávamos apressados pelo grande hall de entrada da maior biblioteca da universidade, que abrigava o escritório privado de Gareth. Na verdade, pensei em cem coisas diferentes; a minha mente estava como uma colmeia de pensamentos agitados desde que saímos de Ivyhill. Os nossos passos ecoavam como tiros no chão de mármore com veios dourados. Eu detestava como aquele salão gigantesco era aberto, quantos olhos podiam cair sobre nós nos mezaninos acima, nas salas de leitura ladeando o hall, os professores e alunos pelos quais passamos na escada para o terceiro andar. E a minha pele não ajudava; para passantes casuais, o vidro podia facilmente passar por pó brilhante com o objetivo de contrabalançar o tafetá cinza sério do meu vestido, mas eu me sentia como um farol chamando Kilraith direto para nós. Os meus pensamentos giravam para lugares terríveis e sombrios. Eu precisaria me ensinar a realizar encantamentos seguros, e rápido, se o meu poder permitisse coisas assim. Eu precisava ter esperança de que sim, que as diversas ocasiões em que eu mudara a minha aparência — tanto por acidente quanto de propósito — significassem *alguma coisa*.

Talan pegou a minha mão esquerda e a apertou com delicadeza, me tirando da minha agitação mental. Olhei para ele e senti uma horrível pontada de medo no peito. A cada momento que ele se afastava mais do seu covil, a cada momento que Kilraith procurava por ele e não conseguia encontrá-lo, o deixava mais exausto, como se ele estivesse constantemente puxando uma corrente com força. Ele estava péssimo — pálido e suado, círculos escuros sob os olhos. Nós precisaríamos enxugá-lo quando chegássemos à sala de Gareth. As pessoas iam achar que ele estava com febre ou com um encantamento pobre. Farrin tinha roubado um terno preto com um colete liso de brocado prateado do armário do nosso pai, e eu desejava que o tivéssemos vestido com alguma coisa mais simples. Nesse traje tão elegante, a sua cor doentia se tornava ainda mais óbvia.

— Estou bem, Gemma — ele falou, baixinho, com um sorriso débil. — Não é tão ruim quanto parece.

Mas eu sabia que era mentira. E da mesma maneira como sabia que Gareth soltaria fogos de artifício quando soubesse que estávamos levando um mistério daqueles para ele.

— Não falta muito — sussurrei. — Só se segure em mim.

Eu me apertei o mais próximo de Talan que consegui sem nos fazer tropeçar. Meu desejo era me desviar para uma sala escura e silenciosa e trazê-lo para mim, como se simplesmente o escudo do meu corpo pudesse protegê-lo do monstro que o caçava.

Vi uma porta entreaberta logo adiante no corredor e quase o puxei para lá, a mão de Talan na minha, para nos trancarmos no escuro por um tempo, apenas por um tempinho. Eu podia acalmá-lo até que ele dormisse, da mesma forma como fizera na caverna. Podia beijá-lo para espantar o seu medo, e o meu também.

Mas logo Farrin batia com força na porta da sala de Gareth, e a sua assistente, uma mulher jovem e séria chamada Heldine, que tinha o hábito de olhar enfezada com uma suspeita fulminante para qualquer um que ousasse solicitar um momento do tempo de Gareth, nos conduziu para dentro.

O escritório de Gareth era um pequeno conjunto de salas tomadas por livros, em pilhas desarrumadas quase despencando em cada superfície e em cada canto. Seu gabinete privado era a sala mais bagunçada de todas, grande parte dela ocupada por uma mesa desproporcionalmente imensa toda entalhada com feras Antigas — grifos, tritões, quimeras. Gareth estava lá sentado, a cabeça apoiada em uma das mãos, os óculos em cima da cabeça nos seus cabelos loiros despenteados, fitando atentamente uma confusão de papéis espalhados. As mangas da sua camisa, manchada de tinta e café, se achavam dobradas até os cotovelos, e ele puxava, nervoso, um dos seus suspensórios. Quando Heldine anunciou a nossa presença com uma pequena tosse empertigada, ele olhou para cima, ficou parado congelado de choque por um momento, depois deu um pulo e se pôs de pé.

— Gemma! Ah, graças aos deuses! — O alívio era evidente no seu rosto.

Ele deu a volta na mesa rapidamente, derrubando as azaradas pilhas de livros que estavam no caminho. Heldine fitou o teto como se silenciosamente pedisse paciência aos deuses e saiu, fechando a porta.

Gareth me puxou para um dos seus típicos abraços de quebrar os ossos.

— Achamos que você tinha sido morta. Ah, querida, eu estava enlouquecido de preocupação, faltando às aulas, sem comer... E Talan, meu amigo, estou muito feliz de ver que você está vivo e...

Gareth estendeu o braço para apertar a mão de Talan e em seguida parou, espantado. E deixou cair o braço.

— Bem... Me desculpe por dizer isso, mas você está péssimo. O que houve?

— Gareth olhou para todos nós, a expressão ficando séria. — **Alguma coisa está errada. Me contem.**

— Me desculpe por não ter escrito — começou Farrin —, mas não queríamos arriscar que a mensagem fosse interceptada...

— Precisamos da sua ajuda — eu disse, me afastando de Gareth para segurar a mão de Talan, e então botei para fora a história toda.

Quando terminei, Gareth estava sentado na ponta da mesa, os olhos cheios de estrelas. Eu podia praticamente *sentir* as engrenagens da sua mente girando loucamente.

— Kilraith — sussurrou ele. — Nunca ouvi falar desse nome, mas isso não significa nada. Os arcanos são vastos.

Ele pensou por um momento, depois bateu uma mão na outra e atravessou a sala para examinar uma das suas estantes de livros, que era um caos completo como todas as outras.

— O que quer que esteja prendendo você, Talan, obviamente é um tipo de maldição, mas para Kilraith dominar um demônio seria necessária uma magia de força extraordinária. Podemos começar com maldições dos arcanos superiores, talvez maldições de fadas, que são notoriamente traiçoeiras... Ou quem sabe maldições escritas durante a Quarta Era dos Deuses, apesar de que... — Ele estalou a língua. — Ora. A literatura daquela era que conseguimos escavar e restaurar com uma precisão ao menos moderada lamentavelmente é incompleta. Se pelo menos existissem cinco de mim... Dormir, sabe, interfere de verdade na produtividade. Isso vai levar um tempo.

Eu nunca tinha amado Gareth com tanta força quanto naquele momento. Ele nem lançou dúvidas sobre a herança demoníaca de Talan nem duvidou da veracidade da sua história. Os seus amigos precisavam de um mistério resolvido, e seria ele a resolver.

Porém, tempo era uma coisa que não tínhamos em abundância.

Talan afundou em uma cadeira, os olhos se fechando, e a minha garganta deu um nó de preocupação. Ele estava cansado, e havia pouco tempo precioso para descansar, e eu não podia confiar que algum lugar fosse seguro para ele — a não ser um único, se eu conseguisse nos fazer chegar lá.

— Precisamos de informações logo, Gareth. Será que você poderia nos levar aos arquivos reais, talvez? As bibliotecas das universidades são extensas, eu sei, mas...

Gareth girou e me interrompeu com uma gargalhada incrédula.

— Ah, você é engraçada, Gemmy-Gem. Os arquivos reais? Sabe quanto tempo leva para conseguir uma permissão para entrar? Tenho um pedido aberto há *três meses* só para passar cinco minutos em *uma coleção* para verificar *uma única citação* de um estudioso velho e sem graça de cinquenta anos atrás. *Três meses.* E eu sou um professor titular. *Titular!*

— Tudo bem, Gareth, se acalme. — Farrin apertou a parte de cima do nariz.

— Mas você está certa em pensar que os arquivos reais são a melhor aposta quando se trata de procurar informações obscuras. Ninguém sabe qual é a extensão exata deles, mas são *extensos* mesmo. Quero dizer, *muito grandes*. Acho que nem a rainha Yvaine sabe tudo o que tem lá. Algumas pessoas, como eu, acreditam que, com a Destruição, os deuses não apenas fizeram o que fizeram para tornar a rainha suprema a rainha suprema, torná-la branca como papel e lhe dar uma longa vida e assim por diante, mas eles *também* criaram os arquivos, um oceano inteiro de textos cifrados dos quais até agora não conseguimos conhecer sequer uma ínfima parte. E existe uma equipe gigante de estudiosos praticamente morando naquele lugar, transcrevendo do amanhecer ao anoitecer, tentando quebrar essas cifras divinas e descobrir de onde elas vieram...

— *Gareth* — Farrin ergueu o olhar, irritada. — Por favor, vá direto ao ponto.

— Certo, claro. O ponto é que os arquivos reais são tanto a nossa melhor quanto a nossa pior possibilidade. Eu apostaria a minha vida no fato de que as informações que precisamos estão lá. Mas encontrá-las pode levar uma vida inteira.

— A não ser que peçamos a ajuda da rainha. — A ideia me ocorreu só naquele momento. — Ela pode não saber tudo sobre os arquivos, mas certamente sabe mais do que qualquer um, não é?

— Possivelmente — concordou Gareth. — Quem pode dizer que todos aqueles textos indecifráveis nos arquivos não são cópias de qualquer conhecimento que os deuses tenham inserido na mente dela antes de morrerem?

Olhei para a minha irmã, ansiosa.

— Farrin?

Ela estava sentada rígida como uma tábua na sua cadeira, a expressão séria.

— De jeito nenhum.

— Mas, Farrin...

— Não vou tirar vantagem da minha amizade com Yvaine para conseguir um lugar nos arquivos furando fila.

— Farrin querida — disse Gareth com ternura —, a sua preocupação eterna em seguir as regras é quase preocupante. Você podia aprender alguma coisa com a sua irmãzinha, sabe? E além disso, por que se importa em furar a fila de um monte de professores enfadonhos que também calham de ser meus concorrentes pelas verbas da universidade? — Ele levou a mão ao peito. — Querida, você me magoou.

— E nós não estaríamos tirando vantagem da sua amizade — acrescentei depressa. — Simplesmente contaríamos à rainha o que aconteceu e pediríamos o seu conselho. Ela pode muito bem sugerir nos levar aos arquivos sem que nem precisemos pedir.

Gareth estalou os dedos.

— Isso! Está vendo? Uma excelente sugestão.

— E você não acha que ela ia *querer* saber sobre um ser como Kilraith, se já não sabe? Eu ia querer, se eu fosse a rainha suprema.

Farrin levantou uma sobrancelha.

— Deuses, essa é uma possiblidade pavorosa.

Um gemido agudo de Talan não me deixou falar mais nada. De repente, de uma forma assustadora, ele se dobrou na cadeira, o peito nas coxas, como se fosse vomitar no chão. A sua respiração estava pesada e irregular.

— Os deuses me ajudem — arfou ele, segurando o peito.

Corri para me ajoelhar ao seu lado.

— Talan? O que foi? — O medo deixou o meu estômago frio e comprimido. — É Kilraith?

Ele balançou a cabeça, fechando bem os olhos.

— Não. Ainda não. Não completamente. Mas ele está se aproximando. A magia da quebra de maldição deve estar começando a desaparecer para valer. Não consigo... — Ele estendeu o braço para mim, a mão tremendo. — Gemma... — O som estava sufocado, a voz de Talan presa em um soluço.

— Estou aqui. Talan, estou aqui. — Coloquei a cabeça dele no meu ombro, abraçando o seu corpo trêmulo.

— Parece que... algo dentro de mim está... — ele se agarrou ao meu corpo, os dedos cavando desesperadamente nas minhas costas — ... *se movendo*. Se rasgando dentro de mim. Como uma... — Talan pressionou o rosto com força contra o meu pescoço. — Como uma fera se revirando bem no fundo do oceano. Se agitando... bolhas grossas subindo para a superfície... um calor grande, pelando...

As suas palavras ficaram sem nexo. Tentando não chorar, olhei para Farrin, desesperada.

— *Por favor*, Farrin! Além de acessar os arquivos, estar perto da rainha suprema poderá dar algum alívio a ele. Se a magia da quebra de maldição pôde confundir os sentidos de Kilraith, então com certeza a magia da rainha pode fazer isso de uma forma ainda mais eficaz.

— Tudo bem. — Farrin se levantou da cadeira, o rosto pálido ao ver Talan estremecer.

Encontrei um pequeno conforto em saber que com certeza agora, na expressão do sofrimento dele, ela não podia mais duvidar de que o que Talan dizia era verdade.

— Gareth, mande vir a sua carruagem — a minha irmã demandou. — Iremos direto daqui para o palácio assim que ela chegar.

33

Eu tinha feito muitas visitas ao palácio na capital, mas sempre somente na ala destinada aos convidados. O resto da Cidadela era um mistério para mim e, enquanto dois dos silenciosos guardas da rainha, de armadura dourada, nos levavam aos aposentos da soberana — as suas expressões inescrutáveis, os seus rostos duros como pedra —, senti uma leve excitação de medo, como se eu estivesse entrando em outro mundo inteiramente diferente, um mundo ao qual eu não estava destinada.

A ala da rainha era enorme. Eu não podia imaginar usos para todos os cômodos por onde passamos, as suas portas fechadas entalhadas com cenas das lendas populares favoritas. O Pastor Que Ouviu a Música dos Céus parado no topo de uma colina com os braços abertos e o seu rebanho pastando em torno dele, esquecido. O Pintarroxo e o Corvo, um dando voltas em torno do sol, o outro em torno da lua, condenados a se amarem sem nunca se encontrarem. Valtaine, a pequena varredoura de lareiras, agachada nas cinzas com a sua vassoura, os olhos arregalados, por ter acabado de descobrir mensagens escritas na língua indecifrável dos deuses — mensagens que ela milagrosamente conseguia entender.

Os guardas da rainha atravessaram conosco a última porta para uma pequena antessala, luxuosamente decorada: grossos tapetes azuis com estrelas douradas tecidas por toda parte — *arrumadas como se fosse um céu de uma noite do verão*, sussurrou Gareth, fora de si. Lá estava a Ursa Maior, lá a Vidente. Lindas tapeçarias eram vistas penduradas nas paredes escuras revestidas de madeira, e o teto era de pedra branca gravado com um padrão em redemoinho de estrelas arrastando caudas de luz.

— Gemma... — sussurrou Talan, se apoiando pesadamente sobre mim. Ele olhou em volta, atordoado, os olhos turvos. — Será que eu posso me deitar em algum lugar?

Os guardas da rainha perto de mim lançaram um olhar fulminante para Talan, claramente insatisfeitos com aquele homem suando, talvez doente, chegando tão perto da soberana. Mas eles não ousaram protestar; a rainha queria ver Farrin e os seus amigos, e todos obedeciam à rainha.

Ajudei Talan a se acomodar em um pequeno divã no canto da sala, o tecido um veludo macio com cor de ferrugem. Ele afundou no divã com um pequeno gemido de alívio. Encaixei uma almofada enfeitada embaixo da sua cabeça e me ajoelhei ao seu lado. Farrin encontrou uma pilha de guardanapos de linho dobrados do lado de uma bandeja de chá e bolos; ela levou um para mim, e um jarro de água. Peguei os dois com gratidão e usei na testa febril de Talan.

— A dor melhorou alguma coisa desde que entramos na Cidadela? — perguntei, baixo.

Ele concordou, grudado na almofada.

— Está mais fraca aqui, por dentro e por fora. Eu me sinto... instalado. Exausto, mas instalado, ou pelo menos me *instalando*. Como se eu tivesse andado cento e cinquenta quilômetros e finalmente pudesse me sentar e descansar os meus pés destruídos. Eles estão ardendo com bolhas, mas pelo menos não estou mais andando. — Talan olhou para mim com um sorriso cansado e levou o meu pulso à boca. Fechou os olhos e me beijou — o pulso, a palma da minha mão, os dedos. Suspirou junto à minha pele.

— Deuses, este é um sofá muito bom — Talan murmurou —, e você é uma enfermeira muito boa.

O meu coração inflou de ternura. Ele parecia tão cansado deitado lá, o seu corpo comprido encurvado em uma posição que não podia ser confortável, e ainda assim o seu rosto estava tranquilo, finalmente em paz. Rocei os lábios na sua testa. Eu o queria nos meus braços, mas aquele pequeno beijo teria que ser suficiente.

— Descanse, querido — sussurrei. — Estarei aqui quando você acordar.

Perto de nós havia uma cortina adamascada pendurada no teto, presa na parede com uma faixa de franjas dourada. Eu a soltei e a deixei cair, escondendo Talan de vista, e depois me juntei a Farrin e Gareth à mesa de chá. Nenhum de nós tocou em uma migalha de comida.

— Se ele conseguir dormir por pelo menos alguns minutos... — falei em voz baixa.

Farrin pegou a minha mão.

— Seria uma bênção.

O silêncio caiu e se estendeu por tanto tempo que fui ficando mais inquieta, e me pus a caminhar de um lado para o outro, os meus passos abafados pelo tapete grosso. Gareth apanhou um livro vermelho enorme de uma prateleira próxima, deu uma folheada rápida, depois o deixou aberto, olhando fixamente para o livro, sem virar uma única página, a sua perna balançando pela agitação. Farrin estava sentada com as mãos bem entrelaçadas em cima da mesa, sem falar nada, a boca apertada.

Parei de andar por um instante na frente da porta fechada. Os dois implacáveis guardas se mantinham imóveis, um de cada lado, mas eu os ignorei e examinei os entalhes da porta. Eram os mesmos do outro lado, uma imagem espelhada — Valtaine, vestida em farrapos e de joelhos nas cinzas, fitando as mensagens que só ela conseguia ver.

De repente os guardas se enrijeceram, mais atentos do que antes, e de trás de mim ouvi um suave farfalhar de tecido e uma voz mansa:

— E quaisquer segredos que as cinzas guardassem, Valtaine não contou a ninguém. Em vez disso, construiu com as suas próprias mãos o Mosteiro

Falkeron, o primeiro e maior templo dedicado à adoração da deusa Zelphenia, e, quando ficou pronto, ela tirou a própria vida para que o conhecimento secreto que obteve das cinzas morresse com ela.

Surpreendida, eu me virei e deparei com a rainha Yvaine parada do lado de Farrin, com a mão no ombro da minha irmã. Se ela tinha entrado na sala por uma porta oculta ou simplesmente aparecido lá através de algum feitiço obscuro, eu não sabia dizer. O fato de não saber não caía bem dentro de mim.

— Majestade — murmurei, afundando em uma reverência profunda.

A rainha estava, como sempre, resplandecente, o seu vestido, uma suave cascata de *chiffon* pêssego com mangas transparentes esvoaçantes que se fechavam nos punhos com fitas de cetim. A sua pele brilhava na fraca luz do lampião, e ela os seus cabelos brancos se achavam presos com um enfeite de diamante cravejado com pequenas rosas cor de vinho. O seu olhar se desviou para mim — ela parecia imperturbável diante do brilho do vidro cobrindo a minha pele —, e quando os meus olhos se fixaram nos dela, um violeta, o outro dourado, fiquei imaginando se, na sua longa vida, ela já tinha visto alguma coisa como eu.

— Você ficou impressionada com a arte — a rainha disse com um sorriso, se juntando a mim perto da porta. — A história de Valtaine é a sua preferida?

Surpresa pela pergunta, respondi com franqueza:

— Não particularmente, Majestade. Na verdade, acho terrivelmente triste.

A rainha examinou a porta de uma maneira pensativa, como se nunca antes tivesse considerado que uma história sobre uma mulher que se matou pudesse ser triste.

— Sim — disse ela em voz baixa depois de um instante. — Sim, acho que é.

Pensei ter visto alguma coisa passando pelo seu semblante, um sinal muito tênue de uma sombra, mas logo desapareceu. Talvez tenha sido simplesmente a minha própria imaginação perturbada.

Ela virou as costas para a porta e nos deu um sorriso sereno.

— Bem, talvez durante a sua próxima visita eu possa mostrar todas as histórias das portas e contar sobre os artesãos que as confeccionaram. Mas por ora precisamos falar de outras coisas. — Ela olhou para a guarda real. — Vocês podem sair, por favor.

Duas reverências rápidas, um tinido de armaduras enquanto eles passavam pela porta de Valtaine, e os guardas saíram. Estávamos sozinhos.

A rainha Yvaine relaxou — o seu rosto, as linhas do seu corpo, a sua voz. Ela pegou a minha mão e me levou de volta à mesa. O seu toque era macio e frio, os seus dedos, assustadoramente leves nos meus. Tive receio de, sem querer, parti-los em dois.

Ela se sentou do lado de Farrin e me fitou, serena.

— Pronto. Primeiro preciso me desculpar pela minha demora. Hoje está sendo um dia um tanto estranho aqui no palácio. Estou distraída e irritada, e não consigo controlar a minha cabeça. — Lá estava de novo. Aquele leve sinal de preocupação no seu rosto, como se ela estivesse tentando se lembrar de um sonho que ficava escapando da memória. — Mas estou aqui agora e pronta para escutar. Farrin me disse que você está preocupada, Gemma, que alguém que você ama se encontra em grande perigo. Por favor, me conte o que houve, e farei tudo o que eu puder para ajudar.

Na ausência dos seus guardas, a rainha Yvaine era ainda mais esplêndida — mais calorosa, mais presente, como se ela antes fosse simplesmente um eco frio de uma mulher, e agora estivesse aqui conosco de verdade, em carne, osso e infinita bondade, a sua presença, um farol de luz; a sua beleza, estonteante.

Engoli em seco com força, nervosa de repente, e comecei mais uma vez a contar a história de tudo o que havia acontecido. Farrin e Gareth, os deuses os abençoem, me ajudaram na tarefa. Ao falar do que os meus pais tinham feito, a minha voz falhou o tempo todo. Parecia a centésima vez que eu verbalizava aquelas palavras horríveis, e ainda assim o meu coração não conseguia suportar o peso delas. Farrin pegou a minha mão e a segurou firme; o seu toque inabalável me impulsionou.

Porém, quando comecei a contar a história de Talan — os titãs atacando a sua casa ancestral, a sua fuga para a floresta —, alguma coisa mudou. A rainha perdeu a atenção; embora os seus olhos ainda estivessem em mim, eu podia ver algo distante se movendo atrás deles. Ela estava lá conosco, e ainda assim estava em outro lugar também. Continuei falando, apesar da vibração dos nervos na minha garganta. A testa da rainha franziu, uma única linha delicada logo abaixo da sua cicatriz rosa em forma de estrela. E então pronunciei o nome de Kilraith, e ela ficou muito imóvel, o seu corpo inteiro se enrijecendo. Parei de falar imediatamente, um pequeno arrepio deslizando pelos meus braços, e olhei para Farrin pedindo ajuda.

Ela tocou na mão da rainha, o que me chocou. Embora a amizade delas não fosse surpresa, eu sempre ficava nervosa quando via as evidências: certamente tocar no braço real não era um privilégio dado a nenhum outro convidado.

— Yvaine? — Farrin chamou com suavidade. — O que houve? Você está bem?

— Sim, eu... — A rainha franziu a testa, parecendo tão desnorteada quanto nós. — Não estou bem certa do que... Estranho. — Ela estremeceu e acenou para mim. — Por favor, continue.

Continuei, com alguma hesitação; mas, quando comecei a explicar como chegamos à capital buscando informações que poderiam nos ajudar a quebrar a maldição de Kilraith, a rainha se encolheu, como se alguma coisa a tivesse mordido, e se levantou depressa.

— Acho que começo a entender. — Ela segurou o espaldar da cadeira de onde tinha se levantado, soltou-a, se afastou dela. Depois olhou direto para mim, os seus olhos brilhantes como pedras preciosas. — Onde ele está? Talan do Mar Distante. — A rainha olhou em volta pela sala, silenciosamente agitada, como uma criança percebendo que tinha perdido a mãe na multidão, até encontrar a cortina e fitá-la. — Preciso vê-lo. Preciso vê-lo com os meus próprios olhos.

Ela atravessou a sala às pressas e abriu a cortina com força, revelando a figura adormecida de Talan. Ele estava morto para o mundo, as feições frouxas pela exaustão. Eu teria ficado satisfeita de ver que um pouco de cor tinha voltado ao seu rosto se eu não estivesse tão assustada. Algo estava terrivelmente errado.

— Farrin? — sussurrei, mas ela não tinha respostas para mim.

Gareth agarrou com as duas mãos o livro que estava lendo, como se estivesse se preparando para usá-lo como uma arma.

A rainha afundou de joelhos ao lado de Talan. Ela estendeu a mão para o rosto dele, depois recuou. As suas mãos pairavam no ar, tremendo.

— Quem é você? — ela arfou. — Quem é esse me chamando?

Os olhos de Talan finalmente se abriram. Ele ainda estava com um sono pesado. Talan piscou ao ver a rainha, confuso, mas o susto o despertou completamente.

— Majestade. — Talan tentou dar um impulso para se sentar. — Minhas desculpas...

— O que quer que tenha feito você — disse ela, encarando-o — é antigo e furioso. Não você. A coisa dentro de você. Imóvel. — Ela tocou no rosto dele. — Fique imóvel.

Talan obedeceu, parecendo desconfortável. Eu mal conseguia respirar vendo a rainha roçar os dedos no rosto dele, no queixo, na testa. Ela fechou os olhos, lutando contra alguma coisa. Os olhos escuros de Talan encontraram os meus, com um medo infantil.

— Era isso o que eu estava sentindo — a rainha sussurrou. — Alguma coisa... aqui. Senti o dia inteiro. Senti que estava chegando. Ouvi... vozes. Familiares. Distantes.

Farrin se sentou na ponta do divã e examinou o semblante da rainha de perto. Se ela estava com medo, disfarçava bem.

— Que vozes, Yvaine? O que elas diziam?

A rainha balançou a cabeça e ficou estática. Depois, com um cuidado excruciante, pegou o rosto de Talan com os seus dedos brancos e finos.

— Uma maldição. Terrível, cruel. Ela se alimenta de você, e ele também. Tem sede de sangue. Ela anseia, e você a mantém, você e muitos outros. Ela precisa de violência para sobreviver, engole mentiras e desespero como uma criança morrendo de fome, e você tem sido negligente com as suas obrigações, Talan do Mar Distante. Por que fugiu de mim?

Os olhos dela se abriram de repente. A rainha segurou a cabeça dele com força, o rosto enrugado.

— *Por que você fugiu de mim?!*

Um estrondo baixo retumbou na sala como uma pulsação de sangue acelerada. A rainha Yvaine caiu para trás e se afastou cambaleando de Talan. Ela se arrastou de volta para o centro da sala, ofegante, e depois se levantou desequilibradamente, de costas para nós.

— O que quer que você tenha feito nos anos servindo a ele — disse a rainha, sua voz baixa e irregular —, o que quer que todos vocês tenham feito, você e os demais antes de você, isso o alimentou, o deixou mais forte. Ele está com as garras em muitos.

Yvaine olhou por cima do ombro para Talan, respirando rápido, os olhos brilhantes, apavorados.

— Não posso ficar perto dele, nunca mais. Não enquanto essa coisa viver dentro dele. Ela é silenciosa, confusa, mas todo dia se aproxima mais. Está com fome, louca de vontade, e do que mais tem fome é de mim.

Farrin estava arrasada.

— Yvaine, me desculpe, eu não sabia.

— Claro que não. Nem eu mesma sei como interpretar tudo o que eu acabei de ver. Vocês podem ficar aqui esta noite. Vou mandar alguém para levá-los aos seus aposentos. Mas devem ir embora de manhã, e vocês não vão me ver de novo enquanto estiverem aqui. Sinto muito por não poder permitir que vocês entrem nos arquivos. — O olhar dela se desviou para o livro que Gareth tinha nas mãos, depois mais uma vez para Talan. — Não tragam mais esse homem para cá, nem mesmo para a cidade. Talan do Mar Distante... — Ela balançou a cabeça, a expressão pesada de tristeza. — Eu sinto muitíssimo.

Então a rainha saiu apressada pela porta de Valtaine e nos deixou.

Os nossos aposentos para passar a noite eram uma suíte luxuosa de frente para o oeste da Cidadela. Uma parede de janelas amplas se abria para um terraço extenso que tinha uma vista maravilhosa da baía bem abaixo, as suas ondas ganhando um beijo vermelho do sol poente. Cada um de nós tinha a sua própria cama, empilhada com imensas nuvens de travesseiros e mantas e coroadas por cortinas leves que flutuavam na brisa salgada que vinha da água. Havia um banheiro enorme, imaculado e cintilante, com azulejos creme e coral e acessórios dourados polidos até o brilho perfeito.

Porém, não consegui relaxar, e mal consegui comer. Mordisquei o jantar que nos mandaram — uma refeição leve de verão composta de sopa fria de ervilhas verdes coberta com ervas frescas e anéis de cebola crocantes; um prato de frutas recém-cortadas; queijo curado fatiado; e biscoitos salgados finos polvilhados de alecrim — mas até mesmo as poucas mordidas caíram como pedras pesadas no meu estômago.

Todos estavam inquietos devido ao episódio de perturbação da rainha, Talan principalmente. Eu o convenci a ingerir um tanto de comida, e então ele desapareceu no quarto mais afastado da entrada da suíte. Dei a ele talvez cinco minutos sozinho, mas depois não aguentei ficar mais tempo afastada. Deixei Gareth debruçado sobre o livro que ele tirara da antessala, Farrin espiando confusa por cima do ombro dele, e deslizei para o quarto dos fundos, fechando a porta suavemente ao entrar.

Encontrei Talan sentado na beirada da cama, fitando a janela e o mar adiante. As suas mãos estavam fechadas em cima das coxas, e, quando ele se virou para olhar para mim, vi o seu rosto riscado de lágrimas.

— Eu odeio aquele desgraçado, Gemma. A maneira como a rainha me olhou como se eu fosse um monstro, uma coisa anormal e perversa. Você não sabe quantas vezes pensei em acabar com tudo... — Talan balançou a cabeça, a expressão tensa de repulsa. — Mas nem sei se consigo fazer *isso*. Muito provavelmente eu chegaria perto, e então ele me puxaria de volta da morte no último momento. Sim, acho que isso é exatamente o que aconteceria. Ele vai me manter vivo para sempre. Um eterno prisioneiro.

Talan parou de falar, a mandíbula se mexendo. Os seus olhos estavam ferozmente tristes e sombrios de novo, como se as horríveis palavras sussurradas pela rainha tivessem drenado dele alguma coisa essencial e boa.

Dei a volta para ficar de frente para Talan e ergui o seu queixo. A tristeza no seu semblante torceu o meu coração e me deixou ansiosa — para tocá-lo, protegê-lo, ser a coisa a incutir luz de volta nos seus olhos.

— Eu penso na morte também — confessei, com toda a calma. — Você sabe que sim. Com mais frequência do que gostaria de admitir, eu penso na morte.

Ele juntou as minhas mãos, levou-as à boca e as beijou, fechando os olhos com força como se eu tivesse lhe causado um golpe horrível.

— Por um bom tempo — continuei em voz baixa —, eu não conseguia ver além de um dia, talvez dois. Tentei dizer a mim mesma que eu gostava de ser eu. Rica e linda, tudo o que eu podia querer nas palmas das minhas mãos. Mas era uma mentira, e o que eu realmente queria, viver sem dor ou pânico, me sentir amada, *verdadeiramente* amada, e não ressentida ou esquecida, pertencer ao mundo e não sentir como se eu vivesse fora dele, tudo isso parecia um sonho impossível. Então, eu pensava na morte. Às vezes, rezava por ela. Acho que entendo pelo menos um pouco do que você está sentindo. Quisera eu poder tirar esses pensamentos de você, trancá-los bem longe, onde nunca conseguissem encontrá-lo. Ah, Talan...

Sorri para ele.

— Lembra aquela noite no jardim, antes de dar tudo errado? Não. — Coloquei um dedo nos lábios dele. — Não, aquilo não foi culpa sua, e não vou ouvi-lo dizer que foi. Você estava certo em me deixar. Você estava tentando me proteger. Agora, lembre-se: você viu o que eu fiz, como me machuquei, e me disse que não tinha medo. Você me disse que entendia. Bem, eu entendo você. Não me importo com as cicatrizes que carrega porque eu também tenho as minhas.

Não tenho medo do seu sofrimento. Vou ajudá-lo a lidar com ele, Talan, e você me ajudará a lidar com o meu. Nunca mais iremos precisar aguentar esse peso sozinhos, nunca mais.

Ele soltou um som suave, um pequeno choro rouco.

— Gemma... — Ele balançou a cabeça, dominado. — Está falando sério? Você consegue olhar de verdade para mim agora, sabendo o que eu sou, e me amar mesmo assim?

Como resposta, em me inclinei e dei um beijo nele, lento e macio, e segurei o seu rosto com delicadeza, um tesouro entre as palmas das minhas mãos. Quando Talan respondeu com um gemido, abrindo a boca para aprofundar o beijo, tentei afastá-lo, sabendo que, mesmo estando inflamada de paixão por ele, Talan precisava descansar — mas ele me manteve perto, as mãos suaves nos meus quadris, e pressionou o rosto contra o meu.

— Fique comigo — ele pediu, a voz rouca e aveludada, a respiração quente no inchaço dos meus seios. — Por favor, Gemma. Eu preciso de você.

Talan olhou para mim com aqueles olhos tristes, luas pretas gêmeas, assustado e solitário, e a minha respiração ficou presa na garganta. Ele sempre fora lindo, mas naquele momento, com o rosto livre de tudo o que não fosse desespero e necessidade angustiada, Talan estava perto de divino.

— Entendo se você não quiser — sussurrou —, e se você não quiser, por favor, me diga, mas eu... Deuses, eu poderia ouvir você falar para sempre, eu poderia não fazer nada além de tocar em você e ser feliz. Você é a única coisa que faz algum sentido para mim. — Ele acariciou as flores bordadas que forravam o meu corpete e soltou uma respiração trêmula. — Gemma, Gemma... Fique comigo, querida.

E eu fiquei, porque não conseguia pensar em nada que eu quisesse mais no mundo do que estar com ele, envolvê-lo nos meus braços e mantê-lo o mais perto possível. Sem Kilraith, sem rainhas estranhas murmurando. O quarto estava cheio de pôr do sol, tangerina e rosa, tudo agradável, tudo fraco e dourado, a luz mais suave que eu já vira. Eu me abaixei mais uma vez para beijá-lo.

— Estou bem aqui — murmurei contra a boca dele. — Estou aqui, e isso é tudo, agora. Isso é tudo. Você e eu.

Afundei no seu colo enquanto falava, e o som que ele fez quando os meus quadris tocaram nos dele foi insuportavelmente terno. Alívio e prazer, e as suas mãos me apalpando como o lento escorrer do mel. Os nossos beijos eram lânguidos, confiantes, e, quando mexi os meus quadris em círculos, eu o senti duro contra mim, e arfei, soltando uma risada suave. Eu nunca me cansaria de senti-lo pressionado contra mim, o seu desejo óbvio e excitante. A minha felicidade o inspirava; ele me jogou de volta para baixo, o meu nome saindo rouco dos seus lábios, e me segurou apertado contra si enquanto nos movíamos, os nossos quadris encaixados como se já estivéssemos unidos. Outro momento daquele e a minha cabeça girava de desejo. Eu precisava de mais Talan; eu precisava dele *inteiro*.

Nós nos atrapalhamos ajudando um ao outro a tirar as nossas roupas, e não sei como conseguimos, com os dedos trêmulos, o zumbido dos nossos corpos e o vermelho do pôr do sol nos lançando uma luz incrivelmente suave, incrivelmente adorável. Mas em seguida ele me puxou de volta para si, e a pressão de pele com pele era tudo — suave e macia até embaixo, o seu corpo quente e duro contra o meu. Talan se sentou na cama e me puxou para cima dele, e eu me afundei nele com um soluço na garganta, as minhas pernas já tremendo. Ele me ajudou a me acomodar direito, as suas mãos delicadamente nos meus quadris, e então ele empurrou para cima e para dentro de mim, e eu soltei um gemido forte e ofegante de prazer que Talan reteve com um beijo.

Coloquei os braços em volta dele, enrolei os dedos nos seus cabelos e inclinei a cabeça por cima da dele, começando a me mover devagar, murmurando o que eu queria no seu ouvido. Talan achou os meus seios e os beijou inteiros, roçou um e outro com um suspiro irregular, e depois os seus braços foram rápido em volta do meu corpo, desesperados, e ele me segurou junto a si, os seus movimentos mais intensos e erráticos. Eu me agarrei a ele, disse o seu nome diversas vezes, disse que era dele, que ele era meu, que o que ele estava fazendo era tão bom que eu ia gritar se ele não tomasse cuidado. Falei isso com um sorriso, e Talan ouviu a minha voz, olhou para cima e sorriu de volta para mim, tonto e corado, antes de me erguer, me virar e me deitar de costas na cama.

A separação foi horrível, mas logo ele estava ajoelhado, abrindo as minhas pernas com delicadeza.

— Aí está você — sussurrou ele, dando beijos na minha barriga palpitante, na dobra da minha coxa. — Deuses, você é linda, Gemma. Você é mais bonita do que as estrelas.

Talan pressionou o rosto entre as minhas pernas, os roçou meus cachos loiros, e depois olhou para mim, a sua expressão sincera e séria, como se ele tivesse algo para me dizer, alguma coisa que eu precisava saber imediatamente.

— Eu te amo, Gemma — ele declarou, maravilhado, como se mal pudesse acreditar na sua sorte, a sua voz suave e limpa como a esmaecida luz do sol. Então Talan colocou a boca em mim, e eu me arqueei para cima contra ele com um grito silencioso, o prazer lambendo o meu corpo como fogo.

Enrolei os dedos nos cabelos pretos sedosos dele e, quando olhei para baixo, para a extensão brilhante do meu corpo, a minha pele tingida como um pôr do sol dourado reluzente, a imagem de Talan me fez desmoronar. A sua cabeça enterrada entre as minhas pernas, as suas mãos pressionando a carne das minhas coxas, me mantendo aberta para ele. Talan gemeu, a sua língua leve como a asa de um pássaro, e eu gozei de repente, o meu corpo como um arco esticado, pronto para atirar uma flecha dourada como o meio-dia. Afundei de volta no colchão com um gemido mudo, alcancei-o através da minha névoa de êxtase e o puxei para cima de mim.

— Dentro de mim — implorei, ainda tremendo. Eu o beijei, enganchei as minhas pernas em torno dele e agarrei a sua nuca, tateando, sem artifícios. — Por favor, Talan.

Sem hesitar, ele se apoiou por cima de mim, e eu estendi o braço para baixo e encontrei o seu calor queimando a palma da minha mão, e o guiei para me penetrar. Talan soltou o meu nome arfando e levou as mãos à minha cabeça, enlaçou os nossos dedos, e me prendeu lá enquanto se movia, suado, quente e rápido. Eu me virei e beijei o seu braço, pressionei os calcanhares nos seus quadris e o puxei mais profundamente para dentro de mim. Eu tinha certeza de que Farrin e Gareth podiam nos ouvir no outro quarto, se eles não tivessem ainda saído correndo da suíte com as mãos sobre os ouvidos, uma imagem que me fez arquear para cima contra o corpo de Talan com uma risada.

Ele gemeu e me beijou.

— Eu amo o som da sua risada. — Talan pressionou a testa na minha, e eu me enrolei em volta dele, grudada nele.

Quando Talan terminou, foi com um soluço abafado, o seu corpo inteiro tremendo enquanto ele se movimentava. Talan tentou sair de cima de mim, mas não deixei; mantive as pernas presas com firmeza enlaçando o seu corpo. Eu ficaria dolorida no dia seguinte, e tremi de prazer ao pensar nisso, em como eu me moveria no mundo com a lembrança da paixão de Talan impressa nas minhas coxas.

Eu o abracei e acariciei os seus cabelos. O quarto começou a esfriar, o sol quase se fora. Talan deu um beijo nos meus cabelos, se aninhou do meu lado e me puxou para a curva quente do seu corpo. Enterrei a cabeça no seu pescoço quando ele puxou a coberta por cima de nós, um casulo de suor, sexo e pele macia. Ele deslizou a mão entre os meus cabelos, molhados e despenteados. Havia palavras para serem ditas, medos para aliviar, mas no momento aquilo tudo pareceu distante de nós, fraco e sem importância. Ele aninhou o rosto perto do meu, roçou a bochecha na minha, extremamente macia, e me beijou — os meus lábios, a minha garganta e os meus cabelos, a ponta do meu nariz, os pontos macios atrás das orelhas — até eu cair feliz no sono.

34

Ainda estava escuro quando acordamos com um som que parecia ser alguém tentando derrubar a porta do quarto. Os braços de Talan enrijeceram ao meu redor, o seu corpo subitamente tenso e alerta.

— É melhor todos aí dentro estarem vestidos — falou a voz abafada de Gareth —, ou pelo menos estarem enrolados em alguma coisa que cubra todos os pedacinhos, ou as pessoas *aqui* fora vão ficar muito chateadas.

Talan caiu de volta na cama e cobriu os olhos com o braço.

— Isso não pode esperar até de manhã, Gareth?

— Infelizmente, não. — Passou-se um segundo. — E aí? Vocês estão decentes?

Dando risadinhas, me sentei correndo encostada na cabeceira e puxei o braço de Talan.

— Vamos lá, se cubra apropriadamente.

Talan obedeceu resmungando, e quando estávamos enfiados de uma forma segura embaixo dos lençóis da cama, gritei, com a dignidade inabalada:

— Pode entrar.

A porta se abriu, e Gareth entrou apressado, trazendo na mão o livro que pegara na antessala da rainha Yvaine. Farrin vinha logo atrás dele e zelosamente evitou olhar para mim ao acender os lampiões do quarto. Abafei um sorriso. Eu sabia que Farrin tinha ouvido pelo menos algumas das minhas ligações românticas anteriores, mas talvez nenhuma delas tivesse sido tão chocantemente entusiasmada.

Gareth deu a volta para se sentar em uma cadeira do lado da cama, dizendo:

— Vou fingir que não estou vendo essa bagunça de roupas no chão e contar o que descobrimos.

Ele largou o livro em cima da cama e apontou para as páginas do que me pareceu serem coisas completamente sem sentido, indecifráveis e obviamente arcanas. Porém, antes que ele pudesse começar a explicar, um estrondo fez o quarto tremer. Nem alto nem violento; se Talan e eu ainda estivéssemos dormindo, nem sei se teríamos sentido.

Do jeito que as coisas estavam, a sensação me apavorou. Agarrei a mão de Talan, desejando de repente que tivéssemos tido tempo de nos vestir.

— O que foi isso? — perguntei. — Um terremoto?

Todos nos entreolhamos por um momento, perturbados, escutando com atenção. Então aconteceu de novo: um tremor, mais alto do que o primeiro, depois uma pausa, e logo outro tremor, ainda mais alto, e então mais um, como ondas monstruosas batendo.

— Alguma coisa está aqui — murmurou Talan, franzindo a testa. Ele levantou as mãos e as virou, inspecionando os dedos e as palmas.

O pavor parecia uma chuva fria.

— É Kilraith?

Quando ele olhou para mim, o seu rosto estava branco.

— Não, acho que não. Mas é algo que não deveria estar aqui. Precisamos sair *agora*.

Na mesma hora um furioso clamor de sinos soou, tanto dentro quanto fora dos muros do palácio. Talan saiu atabalhoado da cama e eu o segui, o meu coração batendo forte no fundo da garganta. Enfiamos as nossas roupas e os nossos sapatos; Farrin me ajudou a apertar o corpete o mais rápido possível, os dedos tremendo. Gareth entrou correndo em cada quarto, juntando atiçadores de fogo e pinças compridas de ferro de cada lareira. Ele deu a cada um de nós uma arma, depois enfiou o livro embaixo do braço e correu para a porta; ele a entreabriu e ficou escutando com atenção. Os tremores continuavam, mais um retumbando a cada poucas respirações.

— O que tem nesse livro, Gareth? — eu quis saber.

Ele me olhou sério.

— Uma coisa importante demais para se deixar para trás.

Farrin agarrou o seu atiçador com as duas mãos.

— Você está vendo alguma coisa?

— Não, mas estou ouvindo algo. Parece...

Um barulho interrompeu Gareth — distante e feroz. De algum lugar abaixo de nós, ouvimos uma batida explosiva de vidro quebrando. O meu corpo inteiro teve um estremecimento involuntário enquanto eu me recordava da noite do ataque de Talan no salão. A minha pele formigava, como se cada mínimo pedacinho cravado de vidro tivesse se arrepiado em atenção.

Talan fitava o chão, o olhar distante.

— Eles estão se aproximando.

— *O que* está se aproximando? — perguntei.

Outro estrondo, e outro, e em seguida um coro de pânico — soldados gritando ordens, hóspedes berrando de medo.

— Alguma coisa está vindo para pegar Yvaine — sussurrou Farrin. — Ah, deuses... E se nós tivermos guiado Kilraith direto para ela?

— A rainha é a pessoa mais segura neste palácio — Gareth afirmou. — Se alguma coisa está vindo atrás dela, terá que passar por mil guardas e incontáveis armadilhas.

Talan se recompôs e olhou intensamente para Gareth.

— O atalho verde que nos trouxe de Ivyhill até aqui... existe algum mais perto?

O semblante de Gareth estava sombrio.

— Não que eu saiba. Farrin?

Ela balançou a cabeça.

— Tenho certeza de que existe, mas nenhum a que eu tenha acesso.

O meu estômago revirou quando me lembrei do longo trajeto de carruagem que nos levara da universidade até o palácio e seus parques arborizados.

Um grito agudo vindo de baixo me fez correr até a janela mais próxima para espreitar do lado de fora. Um rio escuro de formigas se juntava atravessando os pátios do palácio abaixo.

— As pessoas estão descendo a cidade até a orla — informei aos outros.

— E depois? — indagou Gareth. — Vão ficar presas entre a baía e o caos que estiver se desenrolando aqui.

Talan parecia cada vez mais agitado, um brilho fresco de suor na testa.

— Precisamos ir embora *agora*. Vamos na direção oposta de todo o barulho e nos encaminhamos o mais rápido possível para a universidade, e sem olhar para trás.

— Eu não vou deixar Yvaine — disse Farrin em voz baixa.

Gareth soltou uma expiração forte.

— *Farrin...*

— Não. Não vou fazer isso. — Ela ficou parada, imóvel e alta, as juntas dos dedos brancas em volta da sua arma improvisada, os olhos castanhos brilhando. — Não abandonarei a minha rainha e, mais importante, minha *amiga*, enquanto sua casa está sob ataque. E se ela precisar da nossa ajuda?

Outro tremor, violento o suficiente para abalar o meu equilíbrio. Cambaleei e me segurei na moldura da porta, mas a minha cabeça, um dos meus pés e uma parte do meu braço se estenderam para o corredor e, na hora em que isso aconteceu, foi como se eu tivesse mergulhado essas partes do meu corpo em óleo quente. Uma corrente de magia surgindo do corredor raspou na minha pele, me escaldando. A dor foi tão abrupta e imensa que por um momento eu não consegui respirar nem falar. Aturdida, olhei para baixo, esperando ver a pele machucada e bolhas brilhando, mas os meus braços estavam exatamente do mesmo jeito de antes.

— Ela tem muitos soldados para ajudar, Farrin — Gareth estava dizendo, a sua voz quase abafada pela dor urrando no meu ouvido. — Nós só iríamos atrapalhar.

— Gemma? — Talan segurou a minha cintura, me estabilizando. — O que aconteceu?

— Dói — murmurei, e depois o afastei de mim e joguei o meu corpo inteiro no corredor.

A magia correndo pelo tapete me derrubou de quatro. Fiquei lá encolhida, arfando em choque. Nós iríamos precisar correr, e eu esperava que me aclimatar a essa nova dor ofuscante fosse semelhante às primeiras ondas do verão antes de o oceano aquecer — melhor mergulhar de uma vez só do que entrar pé ante pé.

Talan se agachou do meu lado, e Farrin também, mas Gareth permaneceu em pé, de guarda. Eles todos falavam comigo, mas as suas vozes estavam distorcidas, incompreensíveis. Enterrei os dedos no tapete, apoiei os braços no chão e respirei entre as pulsações quentes de dor — para dentro e para fora, devagar, calculado, até finalmente conseguir erguer a cabeça de novo. Peguei o talismã de Phaidra debaixo da minha gola e percebi que na pressa eu me esquecera de colocá-lo de volta. Mas não havia tempo para perder. Precisávamos nos mover.

— Estou bem — falei com fraqueza.

A minha língua estava gorda, as minhas palavras, lentas, mas com Talan de um lado e Farrin do outro, consegui me levantar. Apoiei-me em Talan enquanto nos esgueirávamos pelo corredor, colados na parede até sairmos no átrio: teto com um vitral elaborado, árvores costeiras imponentes e altas em cada canto, o espaço central delimitado por seis mezaninos retangulares abertos para o piso abaixo. Barulhos horríveis chegavam até nós: gritos borbulhantes, tiros, ossos quebrados, o corte de espadas na carne.

Um rugido irrompeu no ar, um som gutural estridente, furioso e faminto, e então o rugido se tornou um guincho, os seus tons se dividindo em um acorde pavoroso. Alguém abaixo de nós no átrio gritou:

— Não, *não*, espere... — E então emudeceu de repente.

Gareth se agachou bem, rastejou até o parapeito de madeira envernizada e espreitou por cima. E ficou completamente imóvel. Então, um estalo horrível vindo de baixo o fez se afastar e correr de volta para nós.

— Quimeras! — exclamou ele, a expressão sombria de fúria.

Agarrei o braço de Talan, apavorada. De repente, os sons da violência vindos de baixo fizeram um sentido terrível. A minha mente se encheu de imagens de cada pesadelo dos meus livros de histórias da infância: serpentes gordas rastejantes com seis pernas peludas; monstros felinos de pelo marrom-amarelado com chifres e patas traseiras escamosas terminando em cascos fendidos; feras com asas de couro e três cabeças — ave de rapina, morcego, veado — todas elas furiosas, todas elas sombras horrendas e malformadas das suas contrapartes em Edyn. Lendas Antigas nos contavam que Neave, a deusa das feras, em um velho ato de vingança, tinha vasculhado a Antiga Nação procurando todas as criaturas que já a haviam traído e as transformara em quimeras como punição. Outras lendas insistiam que Neave criara as quimeras não por um ato de vingança, mas sim por um desejo incansável de conseguir a entidade bestial perfeita.

Qualquer que fosse a razão da sua existência, as quimeras eram Antigas e não deveriam ter podido colocar um único pé em Edyn, muito menos na Cidadela — e mesmo assim o fizeram, e a minha fé no conhecimento de Gareth era completa demais para duvidar da sua análise.

Farrin, entretanto, o fitou, horrorizada.

— Quimeras? Mas isso não faz o menor sentido!

— Concordo, e mesmo assim aqui estamos — Gareth respondeu, sinistramente.

— Você está me dizendo que não só há... Quantas são?

— Que eu pude ver? Cinco.

— Está me dizendo, então, que não só *cinco* quimeras invadiram a Névoa do Meio de algum modo, mas elas também percorreram toda a extensão sul de Gallinor e conseguiram invadir a Cidadela sem ninguém impedir? Ninguém mandou uma mensagem de alerta a Yvaine? Impossível.

Talan colocou a cabeça nas mãos e gemeu baixinho. Eu me apoiei nele, tentando mantê-lo de pé da melhor maneira que conseguia mesmo com o meu corpo latejando de dor. Mas pelo menos eu não estava oprimida por uma maldição que me prendia a alguma entidade que ninguém compreendia. Cerrei os dentes e tentei aceitar a dor chicoteando os meus músculos.

— Mara acha que existe alguma coisa errada com a Névoa — falei rapidamente. — Incêndios surgindo sem aviso, matando tudo o que tocam. E os Brethaeus conseguiram prender a eles mortas-vivas humanas aqui em Edyn. — Eu me senti mal quando os meus pensamentos viajaram a todos os tipos de lugares terríveis, o pânico formigando nas pontas dos meus dedos. — Acho que na verdade é bem possível, Farrin.

Os olhos de Gareth estavam arregalados.

— Espere, incêndios? Na Névoa? O que você quer dizer com incêndios?

— Mais tarde, Gareth — Farrin falou asperamente, olhando para mim. — E estou falando sério, Gemma. Parece que você não nos falou tudo o que sabe.

Antes eu teria ficado branca com a expressão furiosa no rosto de Farrin. Mas eu sabia que a sua raiva mascarava algo mais profundo, um temor pavoroso que eu também sentia. Se a Névoa do Meio estava danificada, talvez de forma irreparável, a vida para Mara se tornaria ainda mais perigosa do que já era.

Eu me segurei em Talan com mais força e disse, sucinta:

— Certo. Mais tarde conversamos. Mas agora precisamos correr.

— Não é possível escapar delas — murmurou Talan, o rosto pressionado contra a minha testa. — Vão continuar vindo e vindo até conseguirem o que querem. Ele vai garantir isso.

Gareth se agachou para fitar Talan nos olhos.

— Quem são *elas*, Talan? As quimeras? Ou outra coisa? É Kilraith quem as está controlando?

Fiz um gesto com a cabeça em direção ao átrio.

— Farrin, qual a rota mais rápida para sair daqui que nos mantenha longe do combate?

Farrin mexeu a cabeça, severamente.

— Por aqui.

Nós a seguimos pelo palácio, um caminho de escadas dos criados e corredores sinuosos que parecia enlouquecedoramente tortuoso, como se nunca fôssemos escapar da Cidadela e estivéssemos fadados a percorrer os seus labirintos para sempre. O pânico nos atingia de todos os lados — os criados do palácio gritando uns com os outros para correrem, convidados de todos os continentes disparando para as portas de pijamas e camisolas. Uivos bestiais nos seguiram o caminho inteiro até o andar térreo, cada um diferente do outro — berros, guinchos, gemidos estrondosos —, e percebi com um choque de medo que as cinco quimeras que Gareth contara não podiam estar sozinhas.

Quando finalmente emergimos no Salão Pérola do Mar, soltei uma risada com choro de alívio. O chão reluzente era extenso, mas do outro lado havia portas levando aos jardins, e de lá, a cidade com o seu ar fresco e ruas amplas, e além delas, as planícies costeiras e estradas que levavam ao norte para um lugar seguro.

— Me lembre de escrever para a rainha Yvaine e agradecer por hospedar você tantas vezes ao longo dos anos — sussurrei para Farrin. — Muito bom, querida.

Ela me deu um sorrisinho, e, embora não tenha dito nada, pude ver a preocupação com Yvaine nos seus olhos.

Enquanto atravessávamos o salão em disparada, o peso de Talan e a minha própria dor me deixando desequilibrada, pensei na rainha e fiz uma rápida oração a Zelphenia: *Ah, deusa do desconhecido, que você consiga levar a Morte à sua cama; ah, deusa divina, que você possa por uma noite afastar o seu olhar cruel.*

Tínhamos quase conseguido chegar às portas quando uma coisa enorme bateu no chão bem atrás de nós, tirando o nosso equilíbrio. As minhas pinças da lareira voaram para as sombras. De quatro, procurei cambaleando por Talan — e depois congelei, me encolhendo de medo da criatura se elevando sobre nós a menos de dez passos de distância.

A sua cabeça era reptiliana, delgada e maliciosa, emoldurada com um rufo de pelo emaranhado que brilhava de sangue. O seu corpo imenso era lupino; a sua cauda açoitava sem parar o ar como um chicote, grossa e pelada, como a de um rato. Ela olhou para nós com oito olhos amarelos, inclinou a cabeça, ronronou no fundo da garganta como se estivesse satisfeita com a visão de todos nós nos encolhendo diante dela. Cada uma das garras serrilhadas das patas da frente tinha pelo menos doze centímetros de comprimento. A minha boca ficou seca. Eu não conseguia me mover, não conseguia nem mesmo virar a cabeça para procurar Talan.

Então, de um canto do meu olho esquerdo, vi Farrin se impulsionar para cima de onde estava caída, se sacudir um pouco, tentando se levantar. Ela estava tonta, havia batido a cabeça. Ainda não vira a quimera. Tentei gritar o seu nome, mas a minha voz falhou. A quimera se agachou, pronta para atacar. Atrás de mim, Gareth gritou um alerta desesperado, mas era tarde demais. Farrin se virou, os olhos arregalados, na hora em que a criatura se lançou nela, as garras para fora, as presas à mostra.

Alguma coisa surgiu voando pelo ar — houve um som rápido e intenso como o estalo de um chicote, e então uma batida forte e sólida. O corpo da quimera sacudiu e desabou no chão, dando a Farrin tempo para se afastar aos tropeços. A fera não estava morta, mas uma imensa flecha preta tinha perfurado a sua lateral, e a criatura cambaleou por um momento, atordoada, gorjeando como um pássaro.

Eu me virei para procurar o arqueiro que salvara a minha irmã e avistei Ryder Bask, vestido com roupas simples: uma túnica cinza, calça marrom, botas marrons. Ele estava imundo, sujo de sangue, e mais magro do que da última vez em que eu o vira, mas ainda era um homem enorme, veloz apesar do tamanho, e bonito, com aquela barba escura por fazer na pele clara e os movimentos sinuosos e felinos. Ele se jogou entre a quimera e Farrin, ergueu um arco e flecha gigante com o brasão real e soltou mais três flechas no peito atônito da quimera.

O monstro urrou, furioso, e empinou com um rugido gorgolejante terrível. Era uma criatura gigantesca, e mesmo as quatro flechas não foram suficientes para fazê-la cair. Ryder se afastou devagar, encaixou a última flecha e a ergueu. Ele estava murmurando algo em língua arcana que eu não conhecia.

Gareth rastejou na minha direção, o rosto pálido de dor. Ele segurava um braço contra o peito; estava claramente quebrado.

— Ele está falando ekkari — grunhiu Gareth. — Um idioma bestial arcano. *Vá para casa* — traduziu ele. — *Vá para baixo. Essa mulher é veneno. Essas pessoas são veneno.*

— Para baixo? — sussurrei.

A quimera balançou a cabeça, agitada. Bateu algumas garras no chão e fez cinco sulcos recortados no piso arruinado.

Então outra voz se juntou à de Ryder.

— *Vá para casa* — Gareth continuou a traduzir entre os dentes cerrados. —, *Vá para casa e nunca mais volte.*

Alastrina Bask saiu devagar das sombras, um braço esticado, os olhos azuis que combinavam com os do irmão fixados com firmeza na quimera. As suas roupas eram iguais às de Ryder, os seus cabelos pretos caindo oleosos e soltos nos ombros, e, enquanto eu assistia à sua aproximação, a minha perplexidade deu lugar à compreensão: os irmãos Bask usavam o traje dos prisioneiros. Eles estavam na Cidadela havia semanas, detidos pela rainha desde a noite do baile.

Uma alegria feroz se enroscou no meu coração quando os imaginei encolhidos em quaisquer acomodações miseráveis que a rainha Yvaine lhes havia fornecido — mas então um milagre aconteceu. A quimera se encolheu, a barriga no chão, e curvou a sua cauda nua em volta das pernas. Esperou por Alastrina, plácida como uma gatinha e, quando ela tocou na sua cabeça escamosa, choramingou, agachada.

Alastrina a encarou, o rosto frio de repulsa, e proferiu uma última frase:

— *Vá para casa* — traduziu Gareth, a voz tensa —, *escale a montanha mais alta, encontre um despenhadeiro nas suas encostas e se jogue de lá.*

A quimera não hesitou nem por um momento. Ela se esgueirou pelas sombras e se debruçou como se esperasse um golpe. A minha bile subiu enquanto eu a observava indo embora; era uma criatura cruel, com certeza, mas enquanto eu a imaginava obedecendo aos comandos de Alastrina, cuja voz gélida permaneceria presa na sua cabeça até o momento da sua morte, senti uma pontada de piedade. Não era uma morte que eu teria escolhido para ninguém.

Quando a quimera foi embora, Alastrina oscilou, o rosto mortalmente pálido, e caiu. Ryder a alcançou imediatamente, segurando a sua cabeça, ajudando-a a se levantar.

De alguma forma, consegui falar:

— O que foi tudo isso? O que vocês fizeram?

— Nós dominamos a fera para longe de vocês — resmungou Alastrina. — *Não* foi fácil. — Os seus olhos azuis se abriram piscando e olharam para mim, irritados, cintilando de raiva. — Não tem de quê.

— Mas por quê? — As correntes da magia de dominação dos animais dos Bask tinham me deixado fraca, os joelhos instáveis, mas me esforcei para ficar em pé de qualquer jeito e encontrar os olhos raivosos de Alastrina. — Você salvou Farrin. Você salvou todos nós. Mas você odeia a nossa família. Podia ter deixado a quimera matar todos nós, e isso teria sido... — Parei antes que pudesse dizer mais alguma coisa, intensamente consciente de Talan tremendo aos meus pés. — Por que, pelo contrário, você nos ajudou?

— Eu não queria — disse Alastrina, as suas palavras arrastadas. — Eu queria voltar e ajudar os guardas da Cidadela a matar o resto das quimeras. Mas Ryder... Bem, ele viu aquela quimera atacando vocês e não pôde resistir a bancar o herói. Principalmente...

— Cale a boca, Trina! — Os olhos de Ryder encontraram os meus, depois se desviaram de alto a baixo para o meu corpo. A sua testa franziu, revelando confusão, e percebi que essa era a primeira vez que ele via a minha pele vítrea. — Se vocês estão fugindo para Ivyhill, nos levem junto — disse ele, rispidamente.

— A viagem para o norte é longa e cansativa, e tanto a minha irmã quanto eu estamos fracos demais para isso. Nós contamos o que vimos, como as quimeras invadiram a Cidadela. E vocês... vocês sabem de que se trata tudo isso, não sabem? — Estreitou os olhos. — Ou pelo menos a sua irmã sabe. A Rosa na Névoa. Vocês nos revelam o que vocês sabem. Uma troca de informações.

Mantive o rosto inexpressivo, determinada a não entregar nada. Parada na frente de Ryder, Farrin balançou a cabeça para mim, a expressão furiosa.

Ryder soltou um suspiro impaciente e passou a mão pelos cabelos despenteados.

— Olhe, Ashbourne, não quero ajudá-la mais do que você quer me ajudar, mas nada disso vai importar se a Antiga Nação nos partir em pedaços. E se o ataque dessas quimeras tiver sido só o primeiro de muitos? Quem ficará no caminho delas e protegerá as pessoas de Gallinor? Não foi por isso que os nossos ancestrais foram Consagrados, não foi esse o motivo de terem nos dado poder, afinal de contas? Para proteger e defender o nosso povo quando os deuses não pudessem mais?

Ryder me deu um sorriso triste e intenso, e completou:

— Você sabe que estou certo, apesar de todos nós desejarmos que eu não estivesse.

Eu não tinha argumentos contra aquilo, por mais que quisesse. Até mesmo Farrin estava com uma expressão de aceitação relutante. Eu me ajoelhei do lado de Talan e carinhosamente ergui o seu queixo para olhar nos olhos dele.

— Ele está falando a verdade — sussurrou Talan. — Não sinto nada além de honestidade vindo dele, e exaustão.

— E nojo, e ódio — acrescentei, baixo, tirando os seus cabelos molhados do rosto.

Talan sorriu com fraqueza.

— Eu estava tentando ser diplomático.

O meu coração se contorceu ao fitá-lo. Os seus olhos transbordavam de dor.

— Ele está se aproximando, não está? — sussurrei. — Kilraith.

Talan estremeceu e colocou a face na palma da mão. Não disse nada, mas essa foi a única resposta de que eu precisava.

Aliar-me aos Bask, mesmo que temporariamente, ia contra tudo em que sempre acreditei. Cada nervo meu gritou em protesto. Mas as quimeras tinham invadido a Cidadela, e a Névoa do Meio estava com incêndios, e Ryder tinha razão — os deuses haviam escolhido as nossas famílias por um motivo, e juntos éramos mais fortes do que separados.

Eu precisava acreditar naquilo.

Precisava acreditar que, enquanto gesticulava com irritação para os irmãos Bask nos seguirem, não estava cometendo um erro terrível, e que eles não nos matariam assim que perdêssemos a nossa utilidade.

35

Não me atrevi a levar o nosso pequeno e estranho grupo a Ivyhill. O meu pai ia dar uma olhada nos Bask e entrar em um ódio mortal, e eu mesma não estava com ânimo de encará-lo ainda. Eu não o via desde a noite da sua terrível confissão, e percebi com uma fraca pontada de inquietação que não senti saudade dele nas semanas que se passaram desde então. Não senti saudade dele nem uma única vez.

Fiquei remoendo esse pensamento particularmente horroroso enquanto Illaria — os deuses a abençoem — ia de um lado para o outro na sala para onde nos levara com comida, chá, cobertores e curativos. A sua governanta a ajudava, assim como uma criada que reconheci como empregada da propriedade dos Farrow havia anos. Os seus semblantes estavam sérios; elas trabalhavam em silêncio. Os únicos sons na sala eram o fogo estalando na lareira e as suas palavras murmuradas — *dê uma mordida, levante o braço, você gostaria de outra almofada?*

Quando elas finalmente terminaram, Illaria levou as duas mulheres para a porta, abraçou as duas brevemente como agradecimento e as despachou. Em seguida, virou-se de novo para nós, os seus olhos verdes, normalmente calorosos, agora irritadiços e intensos. Ela tirou um pequeno banco almofadado de uma escrivaninha perto da porta, o levou em direção ao nosso patético pequeno círculo, se estatelou nele e cruzou as mãos sobre o colo.

— Então — disse ela energicamente —, Gemma me contou um pouco do que aconteceu, mas não em detalhes suficientes para me satisfazer. Alguém me contará o resto? Ou só vamos ficar sentados aqui nesse silêncio constrangedor?

A entonação de Illaria era tensa. Ela deu uma olhada ao redor, fitando-nos, mas o seu olhar passou rapidamente por mim. Encarei a xícara de chá nas minhas mãos, envergonhada. Eu nunca esqueceria o barulho abafado de alívio que Illaria fizera ao me ver — viva e bem, finalmente de volta após ela ter passado semanas achando que eu estava morta —, e, em vez de tranquilizá-la, em vez de permitir que ela tivesse um tempo a sós comigo para lidar com a sua mágoa, eu a sobrecarregara com mais outra história louca, e imediatamente pedi que ela hospedasse não apenas Farrin, Gareth e a mim, mas Ryder e Alastrina, a quem ela detestava por minha causa, e Talan, a quem ela detestava por conta própria.

Olhei para Talan, que dormia inquieto no divã do meu lado, com a testa franzida, os movimentos de um sonho piscando no seu rosto à luz do fogo. Eu acabara de enxugar a sua testa com um lenço limpo, mas a sua pele já estava ensopada de suor. O meu coração doía de vê-lo assim, o seu corpo tremendo com uma dor silenciosa.

Eu morria de medo de que chegasse o momento em que aquela dor se tornasse demais para suportar. Seria quando Kilraith viesse pegá-lo, quando todas as suas defesas teriam sido consumidas e não haveria nada mais entre ele e seu mestre além do poder da maldição que os prendia um ao outro?

Recordar-me das palavras de Talan na Cidadela me fizeram sentir enjoada e trêmula. Talan tinha dito que Kilraith nunca deixara que ele próprio se machucasse, nunca *deixaria* que ele próprio se machucasse, mas isso foi antes, e agora tudo estava diferente. Talan tentava escapar; ele lutava contra Kilraith com cada pedacinho de força que tinha. Nenhum de nós poderia prever o que Kilraith poderia fazer a seguir, impulsionado pela ira e por vingança.

A minha mente repleta de pânico sempre fora prolífica em invocar cenários catastróficos para me apavorar, e dessa vez me mostrava um cenário terrível de verdade: Talan, sorrindo e contente, a mente nublada pela vontade de Kilraith, levando uma faca até a própria garganta.

Pousei a minha xícara para não derramar.

— E então? — Illaria perguntou mais uma vez. — Que alguém fale, ou vou jogar vocês todos na floresta.

— É simples — respondeu Alastrina, sentada em uma espreguiçadeira de veludo perto da lareira. Os seus olhos estavam fechados, a respiração, curta. As quimeras que nos atacaram não eram as únicas feras que ela dominara na Cidadela, e, mesmo com Ryder a ajudá-la, o esforço a deixara completamente enfraquecida. — As quimeras invadiram a Cidadela. Os guardas soltaram nós dois, eu e Ryder, das nossas celas para ajudá-los a lutar contra elas porque sabiam que possuímos a magia da deusa Neave. Nós realmente ajudamos, mas então vimos a sua amiga e a irmã dela, e Ryder insistiu em usar o que restava da nossa energia para ajudá-*las*, logo elas, imagine só...

— Você disse que sabia como elas conseguiram — falei para Ryder, interrompendo Alastrina antes de a sua voz ficar mais maldosa. — As quimeras: como elas entraram no palácio?

Ryder, empoleirado ao lado da irmã num banquinho que era pequeno demais para ele, mais parecia um abutre taciturno em um galho que mal conseguia suportar o seu peso. Ele ficou olhando carrancudo para o chão.

— As quimeras não vieram de fora da Cidadela — ele afirmou, em voz baixa. — Elas vieram de dentro.

Um silêncio medonho se seguiu às suas palavras. Gareth, sentado perto da janela com o braço em uma tipoia, encarou Ryder sem acreditar.

— Você está brincando — disse ele.

— Bem que eu queria — respondeu Ryder.

— Mas a Cidadela é uma fortaleza — continuou Gareth. — Os deuses em si a construíram antes da Destruição!

Ryder ergueu os olhos cansados para fitar Gareth com muita seriedade.

— Qual o seu nome mesmo?

Gareth se endireitou no assento e empurrou os óculos no nariz com um dedo comprido.

— Eu sou Gareth Fontaine, professor titular e bibliotecário na...

— Excelente. Você é Consagrado?

Gareth piscou para ele.

— Sou. Sou um sábio Consagrado.

— Mais excelente ainda. Vamos precisar de alguém como você para descobrir o que de fato está acontecendo. Nesse meio-tempo, tudo o que posso dizer é o que os guardas nos contaram quando nos tiraram das celas: "Alguma coisa desabou nas fundações da Cidadela. Fez uma cratera. Uma cratera de luz e sombra. E as quimeras rastejaram saindo de lá". Foi isso o que relataram. Não sei o que significa, mas talvez você saiba, professor.

A voz de Ryder zombava da palavra, mas Gareth não pareceu se importar. Ele se recostou no espaldar, esfregando a testa.

— *Uma cratera* — murmurou. — Ora, isso é interessante.

Farrin, de pé sozinha perto do fogo com os braços cruzados, disse calmamente:

— Deve ter sido isso o que ouvimos nos nossos quartos. Aquele som de estrondo como um trovão.

Gareth concordou.

— Estou pensando... Você não acha... Mas é uma possibilidade.

— Diga em voz alta, Gareth — lembrei a ele, com delicadeza.

— Certo. Desculpe. Certo, então é o seguinte: nem mesmo os deuses conseguiram criar o mundo sem algumas emendas. Existe a Floresta de Nós em Aidurra e a Crescente da Tempestade em Vauzanne. Em cada continente, há uma fenda. Algumas são menores do que outras, e a Névoa do Meio encobre a maior fenda de todas, que é o motivo pelo qual os deuses criaram a Cidadela aqui em Gallinor. E na Cidadela vive a rainha suprema, a quem os deuses escolheram para ser a maior defensora do nosso mundo.

— Os bibliotecários são todos iguais — murmurou Alastrina na sua espreguiçadeira, os olhos ainda fechados. — Nós não precisamos de uma aula de história. Sabemos de tudo isso.

A boca de Illaria se franziu em um sorriso, que ela logo escondeu.

— Aonde quer chegar, Gareth?

— Estou pensando — disse Gareth — se é possível que exista outra fenda, ou que tenha *se formado*, embaixo da Cidadela. Gemma mencionou incêndios violentos surgindo dentro da Névoa, que é uma coisa de que eu nunca tinha ouvido falar, e eu já ouvi falar em muitas coisas. Estou pensando se algo parecido está acontecendo na Floresta de Nós ou na Crescente. Será que as emendas, para estender a metáfora, estão começando a se rasgar e abrir?

Outro silêncio, esse mais frio do que o último. No seu sono, Talan murmurou algo em voz baixa demais para eu distinguir. Embrulhei-o ainda mais com o cobertor, desesperada por alguma coisa para fazer.

Farrin deu meia-volta, parecendo assustada.

— Essa é uma história louca, Gareth.

— Claro que é, e gargalhadas eclodiriam em qualquer sala de aula da universidade se eu dissesse isso, mas pense em tudo o que vem acontecendo. — Gareth se levantou e começou a andar de um lado para o outro, aparentemente se esquecendo do braço quebrado. — Incêndios na Névoa do Meio. As pessoas nas Terras da Névoa sofrendo visões grotescas. Necromantes que conseguiram criar mortas-vivas aqui em Edyn...

— Vocês do sul são como bebês na floresta — interrompeu Alastrina, dando uma risada seca e irônica.

— Você acha que os seus Brethaeus foram os primeiros necromantes a colocar os pés em Edyn? — acrescentou Ryder. — Aqueles desgraçados cavalgam na linha entre a vida e a morte, portanto, cruzar a linha entre o Antigo e Edyn para eles é mais fácil do que vocês imaginam. Venha morar no norte por um tempo e veja por si mesmo. Veja o que estamos fazendo, contra o que estamos lutando, enquanto vocês desperdiçam os seus dias em festas ao sol, gastando a magia que os deuses lhes deram. E *deuses destruídos*, Farrin, você pode por favor se afastar daí antes que as suas saias peguem fogo?

Ryder fitou a minha irmã e em seguida desviou o olhar, as mãos abrindo e fechando. Alastrina, os olhos finalmente abertos, encarou, brava, o irmão, mas não disse nada.

Farrin, parecendo tão confusa quanto eu me sentia, olhou para as suas saias, depois para o fogo e, após um momento de hesitação, lentamente se afastou da lareira.

— Deuses, o que eu não *daria* para passar um período estudando no norte... — disse Gareth com entusiasmo, alheio à estranheza do que acabara de acontecer. — Ainda não consegui convencer a diretoria a me mandar para lá, mas depois de tudo *isso*, talvez ela fique mais receptiva à ideia.

— O que estava *dizendo*, Gareth? — Illaria o incentivou a prosseguir, franzindo a testa, pensativa, para Ryder.

— Certo. Então tudo isso aconteceu, e aí está ele. — Gareth parou de andar para olhar para Talan, a expressão solene. — Um demônio preso a alguma coisa ainda mais poderosa do que um demônio, uma entidade que nem ele pode nomear. Uma entidade que aterrorizou a própria rainha suprema. Simplesmente *saber* sobre ele através da mente de outra pessoa foi suficiente para fazê-la tremer nas bases. E bem naquela noite, as quimeras da Antiga Nação invadiram a Cidadela. Não consigo aceitar que tudo isso seja simples coincidência.

Nenhum de nós tinha argumentos contra aquilo. Ficamos sentados em um silêncio desconfortável.

Foi quando Talan se mexeu do meu lado. A almofada embaixo dele estava ensopada. Eu a joguei para o lado com um olhar de desculpas para Illaria e o ajudei a acomodar a cabeça no meu colo. Talan emitiu um balbucio e se virou, deitando de costas, e eu pude ver o seu rosto completamente. Era incrível como ele era bonito até mesmo assim, a pele escorregadia de suor, os lábios rachados, sombras nas cavidades sob os olhos. Ele ainda estava lá por baixo daquela máscara de dor — as suas lindas maçãs do rosto, a linha lisa e acentuada do seu queixo. O meu desejo era me abaixar e beijá-lo, mas me contentei em tocar as ondas molhadas dos seus cabelos.

— O que foi, Talan? — sussurrei. — Fale de novo, querido.

— O livro, Gareth — ele falou, com a voz rouca. — O que tem no livro? Importante demais para deixar para trás, você disse.

Gareth estalou os dedos.

— Ah! Sim. Agora, *isso* pode ser a coisa mais interessante que aconteceu esta noite, e não é pouca coisa. — Gareth pegou o livro que tinha tirado da sala de recepção da rainha, puxou uma cadeira até o nosso pequeno círculo e o colocou aberto no colo. — Quando esperávamos pela rainha hoje, mais cedo, peguei esta obra e a folheei para ter alguma coisa para fazer, mas ela não era nada atraente. Oitocentas páginas sobre tipos diferentes de conchas que se podem encontrar na costa sul de Gallinor. O que, tudo bem, tenho certeza de que alguém acha fascinante, mas eu certamente não. Todavia, não percebi que eu tinha enfiado o livro embaixo do meu braço até já estarmos lá em cima, nos nossos aposentos. Acho que estou tão acostumado a carregar livros por aí, sabe, que foi natural segurar este. E então vocês dois... — ele olhou para Talan e para mim com uma piscadela marota — ... foram cambaleando para a cama, *aham*, e Farrin e eu demos uma olhada neste livro, e encontramos... bem, uma coisa excepcionalmente estranha.

Talan lutou para se sentar, estreitando os olhos para o livro. Eu o ajudei a se levantar, e o meu coração vibrou quando ele delicadamente entrelaçou a mão na minha.

— Está escrito em neskatesh — observou Talan, pura confusão na voz.

— É verdade — concordou Gareth. — Um dos idiomas sagrados, uma língua que já foi falada pelos deuses. Eles a deixaram inserida em artefatos e pedras ao redor do mundo. Os estudiosos levaram anos para compilar e entender.

Alastrina parecia cética.

— Você está dizendo que a rainha suprema deixa livros sagrados jogados por lá no palácio para qualquer visitante encontrar?

— Gareth, você falou que o livro que você tirou da prateleira tinha oitocentas páginas. — Apontei para o volume no colo dele. — Esse aí *não* tem oitocentas páginas.

— Você está certa, Gem. — Gareth ergueu o livro para todo o mundo ver: um volume fino encadernado com couro preto manchado.

Eu tinha certeza absoluta de que me lembrava de ver Gareth folheando um livro vermelho imenso enquanto esperávamos a chegada da rainha.

O frio arrepiou a minha nuca.

— Nos poucos minutos entre sairmos da sala de recepção e chegarmos aos nossos aposentos no andar de cima — Gareth seguiu em frente —, não só este livro de alguma maneira diminuiu *e* mudou a cor da capa como também mudou o seu conteúdo completamente. Este livro, quando o vi pela primeira vez, estava escrito na língua comum. Não está mais.

A expressão de Ryder era circunspecta.

— O que isso significa?

— Pode significar muitas coisas. Um feitiço, um encantamento, alguma ideia de piada de um bibliotecário habilidoso... Tire o livro do seu local apropriado e ele vai mudar de cara. — Gareth suspirou, melancólico. — Vou precisar pensar em contratar um enfeitiçador para enfeitiçar a minha própria coleção com proteções assim.

— Gareth! — Farrin o chamou com firmeza.

— Certo, desculpe. Agora, a coisa mais extraordinária: sou uma das talvez dez pessoas em Gallinor que são realmente fluentes em neskatesh. É um dos idiomas sagrados inferiores, muito simples e direto. Portanto, poucos estudiosos se interessam por ele. Saiu de moda. As outras línguas sagradas *brilham* muito mais, para colocar de uma maneira simples.

— No entanto, esse livro foi escrito em neskatesh — Illaria disse devagar —, e de alguma maneira encontrou o seu caminho até você.

— Sem dúvida. E este livro... — Gareth olhou para Talan — ... tem um único foco: maldições. Inteiro, de trás para a frente. E não apenas quaisquer maldições. Algumas obscuras, incluindo umas de que eu nunca ouvi falar, nem em todos os meus anos trabalhando com os arcanos. Uma delas, uma maldição de prender, é particularmente interessante. — Ele inclinou a cabeça por cima do livro e apontou para um trecho em particular. — Os deuses chamavam de *ytheliad*, ou é o que o livro diz, e eles a temiam, porque quando era realizada por um ser terrível demais, esse poder podia ser carregado por outro e "atravessar os grandes rios".

— Os grandes rios — murmurei. — Como a Névoa.

Gareth concordou.

— Talvez. E como a Floresta de Nós, e a Crescente, e talvez o que tem agora embaixo da Cidadela. Talan foi preso a Kilraith na Antiga Nação, entretanto, a maldição ainda é efetiva aqui em Edyn. "Atravessando o grande rio." O que me faz pensar que essa, Talan, é a maldição que prende você. Os deuses destruíram todo o conhecimento da *ytheliad* antes da Destruição por medo de que alguém, tanto no nosso mundo quanto no deles, conseguisse criá-la sozinho e abusar dela se o limite separando os reinos algum dia começasse a se enfraquecer.

— Como está acontecendo agora — Ryder falou de uma maneira sombria.

Farrin olhou séria para ele.

— Nós não sabemos disso.

— Claro que não. Mas podemos supor, e aposto que, se perguntássemos para a sua irmã na Névoa o que ela acha, ela concordaria comigo.

— Não ouse falar sobre a minha irmã — disse Farrin, a voz tensa de raiva. — Você já fez isso duas vezes até agora, e não vai fazer mais uma.

Ryder ergueu uma sobrancelha escura, os olhos azuis brilhando, achando graça.

— Quem vai me impedir? Você? O que fará, pardalzinha? Cantará até eu me tornar submisso?

Alastrina deu risada.

— Não, irmão, ela não faria isso mesmo se pudesse. Ela é um pássaro canoro, bonito, mas inútil, e morre de medo de deixar a sua gaiola.

O meu corpo inteiro ficou quente e vermelho de ira, mas a mão de Talan em torno da minha me prendia ao divã. Farrin, entretanto, atravessou o corredor em disparada em direção aos Bask, os punhos cerrados dos lados. Alastrina soltou uma gargalhada; mortificada, precisei concordar que Farrin parecia uma idiota completa atacando os dois, como um filhote de cachorro mostrando os dentes para os lobos. Ryder se levantou e esperou com as mãos às costas, como se ele *quisesse* que Farrin lhe desse um soco. Fiquei confusa pela expressão que vislumbrei no semblante dele — não de raiva ou ódio, mas, em vez disso, alguma coisa velada e terrivelmente triste, que não fez nenhum sentido para mim.

— Chega! — Illaria exclamou, brava, o que fez com que Farrin estacasse no meio do caminho.

Assisti, com um nó na garganta de constrangimento, a minha irmã se virar de costas para Ryder e esconder o rosto, os seus ombros retos e tensos. Ryder afundou de volta no banco e fitou os sapatos, carrancudo.

— Se qualquer um de vocês se agredir na minha casa — Illaria falou, calmamente —, isso marcará o fim da minha hospitalidade. Vocês são hóspedes aqui, e vão se comportar de acordo. Agora... — Ela se virou para Gareth. — Me explique como o conhecimento dessa maldição, dessa *ytheliad*, que supostamente foi toda destruída pelos próprios deuses, conseguiu entrar nesse livro, e por que chegou até *você*.

— Acho que a rainha suprema é uma biblioteca ambulante — Gareth afirmou sem rodeios, tão chocado pela força enorme do olhar de Illaria que resumiu as suas conclusões: — Creio que os deuses criaram os arquivos reais como uma medida extra de segurança. Todos aqueles livros e pergaminhos sendo constantemente decifrados, traduzidos e copiados pelos estudiosos mais brilhantes do mundo... penso que são meros ecos do conhecimento que existe na mente da rainha. Na minha opinião, aquela mente é impenetrável, e nem mesmo ela sabe tudo o que contém. E acho que Yvaine nos deixou naquela sala de recepção pensando muito em Talan, Kilraith e na maldição que os une. Ela nos disse como lamentava, e que não podia permitir que entrássemos nos arquivos, e talvez o medo que sentiu a tenha deixado desprotegida, os seus pensamentos flexíveis e abertos...

— Você acha que ela nos mandou esse livro — sussurrei, boquiaberta.

Gareth concordou.

— Possivelmente sem nem saber.

Até Alastrina parecia abalada.

— Isso é... Professor, isso é extraordinário.

— Assim como a rainha.

O silêncio na sala de repente pareceu reverente, como se, ao falar da rainha Yvaine dessa maneira, nós tivéssemos pisado em algo sagrado.

— O livro fala... — Talan umedeceu os lábios rachados; eu mal conseguia suportar ver a expressão esperançosa no seu rosto. — O livro fala alguma coisa sobre como quebrar a *ytheliad*?

Gareth virou algumas páginas, depois passou o dedo em uma linha do texto.

— A *ytheliad* requer uma âncora para funcionar, um objeto de algum tipo que mantém a maldição atrelada no físico, no real. De outro modo, o poder da maldição fica fraco demais para "atravessar o rio".

Ele olhou para Talan ansioso.

— Você se lembra de ver um objeto assim? Deveria estar presente na hora do seu aprisionamento, e podia ter sido qualquer coisa, um artefato, um pedaço da terra. Se conseguirmos encontrá-lo e trazer de volta para Edyn, poderemos contratar uma equipe de enfeitiçadores para destruí-lo. — Gareth olhou para mim. — Vai custar uma boa quantia de dinheiro. Duvido que precise de menos do que uma dúzia de quebradores de maldição para desatar algo tão forte.

Talan balançou a cabeça.

— Eu não... — Ele tocou na têmpora, fitando algo bem além de qualquer coisa naquela sala. — É difícil lembrar. Eu me lembro... Eu me lembro da floresta. Eu me lembro do mar bravo.

Beijei as suas articulações frias e úmidas.

— Pense bem, Talan. Eu sei que você não quer se lembrar daquela noite, mas...

Talan pressionou as mãos no coração e fechou os olhos.

— Havia uma luz. Uma pressão terrível. As mãos em mim, e uma boca no meu estômago. Aberta. Me puxando. Olhos... olhos nos meus ossos...

Com um movimento súbito que me apavorou, Talan se afastou de mim de um salto e se levantou cambaleando. Ele se distanciou de todos nós, as mãos em cada lado da cabeça, e fez várias inspirações longas e irregulares. Quando tentei me aproximar, ele me afastou.

— Não toque em mim! — gritou ele. — Se tocar em mim, ele vai te encontrar!

Lutei contra a pontada de medo e acalmei a minha voz:

— Me escute, Talan. Estou bem aqui, e não irei a lugar algum, e ele não pode nos encontrar. Ele *nunca* vai nos encontrar. Está me ouvindo?

— Não, não, você não está entendendo. Ele se alimenta de mim. Ele tem sede de sangue. Ele anseia, e tem fome, e eu o alimentei, eu o deixei mais forte. Ele está com as garras em muitos.

Aquelas eram as palavras da rainha Yvaine, as palavras que ela proferiu apavorada quando se ajoelhou ao lado de Talan com as mãos no rosto. Um medo terrível percorreu o meu corpo, deixando um rastro frio ao passar.

— Talan, olhe para mim... — comecei.

Ele girou, pura angústia no seu semblante.

— Ele está com as garras em muitos! — Talan gritou, e em seguida se afastou de mim cambaleando, as mãos estendidas como se para me repelir. Ele colidiu com uma cadeira, que tombou, depois se agachou ali perto, as mãos nos cabelos, cada respiração um soluço.

O meu coração batia furiosamente de medo, mas eu o ignorei. Farrin e Illaria me pediram para me manter longe, mas eu me recusei a escutar. Fui até Talan, me apoiei e me ajoelhei do lado dele. Toquei no seu braço.

— Talan, olhe para mim.

Ele balançou a cabeça, a boca fechada com força.

Tentei mais uma vez, mantendo a suavidade:

— Olhe para mim, querido. Olhe para mim e veja como eu te amo. Ele não pode tirar isso de você. Não importa o que aconteça, isso é uma coisa que ele nunca será capaz de tocar.

Esperei, o meu coração na garganta, até Talan finalmente erguer a cabeça e olhar para mim. Os seus lindos olhos escuros estavam inchados e vermelhos, como se ele não dormisse havia dias.

— Gemma... — A sua voz falhou, e então ele me puxou com força contra o seu peito. Talan se agarrou em mim como um homem à beira da morte, as mãos nos meus cabelos, o rosto pressionado no meu.

— Estou aqui, Talan — sussurrei, lutando para falar por causa do pavor no meu coração. — Estou aqui. Você está seguro.

Alastrina sibilou uma expiração impaciente, quebrando o terrível silêncio que se seguiu ao surto de Talan.

— Por que estamos perdendo tempo com isso? — ela indagou com rispidez. — Posso lembrar a todos vocês que esse é um *demônio* choramingando aqui na nossa frente? Exatamente um daqueles que têm participado do longo tormento das nossas famílias? — Ela voltou os olhos furiosos para Talan, a boca se curvando de desprezo. — Fui paciente até agora, mas basta. Eu sugiro que joguemos esse demônio na Névoa e deixemos o seu mestre fazer com ele o que quiser.

— Trina... — Ryder sussurrou, cansado, ainda fitando o chão.

— Não é possível que você vá me dizer que está com pena dessa criatura — Alastrina o repreendeu.

— Você é uma idiota. — Farrin fulminou Alastrina com o olhar. — Não estava escutando nada? Talan é uma parte disso. Ele tem *alimentado* a criatura que apavora até a rainha suprema, e ele está sem forças para resistir a fazer isso. Quebrar a maldição que prende Talan só pode nos ajudar. A todos nós, o que inclui você.

Illaria concordou, muito séria.

— Se esse Kilraith é uma parte do que está acontecendo à Névoa, e eu concordo com Gareth que essa confluência de eventos não pode ser coincidência, então tirar um dos servos de Kilraith pode adiar o que ele vem tentando realizar, seja o que for.

O meu amor por ambas me dominou com tanta força que precisei desviar o olhar ou perderia a compostura. Eu não podia fazer isso, não com Talan desmoronando diante de mim.

Gareth, que nos observava, pensativo, indagou:

— Talan, você acha que consegue se lembrar de *onde* Kilraith o prendeu a ele? Mesmo se não conseguir se lembrar do artefato que ele usou como âncora, me parece que o local onde aconteceu seria o lugar mais lógico para começar a procurar.

Talan respirou fundo.

— Eu me recordo daquela floresta — respondeu ele, bruscamente. — Jamais esquecerei.

— Mas essa floresta está na Antiga Nação — destaquei.

Gareth piscou para mim.

— Claro que está.

Farrin olhou irritada para ele.

— Gareth, não podemos ir para a Antiga Nação.

— Podemos *sim* — ele garantiu. — Não devemos, mas com certeza podemos. Mesmo antes de esses últimos incidentes começarem, certas coisas escapavam da Névoa de vez em quando. Se isso não fosse o caso, não haveria a Ordem da Rosa, pois não haveria utilidade para elas. Então...

Ele parou de falar, olhando primeiro para minha irmã e em seguida para mim.

— Não — Farrin se expressou com dureza.

— Farrin, eu acho que ela faria — comentei com a voz calma.

Ela me lançou um olhar incrédulo.

— Não vou pedir à nossa irmã para quebrar todas as regras que ela jurou obedecer e nos fazer invadir o lugar onde ela arrisca a vida *todos os dias* exatamente para nos proteger de lá. Não consigo acreditar que você pediria isso para ela.

— Mara já quebrou as regras da Ordem — disparei de volta. — Ela já fez isso mais de dez vezes. A Guardiã não quer que ela vasculhe os lugares em torno dos Incêndios da Névoa e recolha cadáveres, mas Mara está fazendo isso assim mesmo porque sabe que tem algo errado, e ninguém mais está se mexendo com a velocidade suficiente para impedir que essa coisa piore, seja ela o que for.

Gareth suspirou, olhando infeliz para o livro no seu colo.

— Na verdade, poderá ser uma ajuda nossa a longo prazo, Farrin. Se Kilraith está por trás de tudo isso, mesmo em parte, e se libertar Talan o enfraquece, ainda que temporariamente...

— ... então talvez a Névoa se torne menos perigosa — terminou Farrin, sem mais nenhum sinal de raiva. Ela se abraçou de novo, fitando o fogo com tristeza. — Entendo o seu ponto.

Vi os olhos da minha irmã reluzirem por lágrimas não vertidas, e o meu coração doeu de tantas emoções. Desejei desesperadamente o vazio abençoado do sono.

— Também não gosto da ideia — falei, tranquilamente —, mas nenhuma das nossas outras opções é particularmente agradável para mim.

— Não podemos abandonar o demônio — admitiu Alastrina, de má vontade. — Ele sabe muito agora. Ele andou pela Cidadela inteira.

— O nome dele é Talan. — Eu a encarei, eriçada.

Alastrina me olhou, carrancuda.

— *Talan*, então.

— Isso pode ser uma armadilha? — sugeriu Ryder, erguendo o olhar. Foi o máximo que ele disse em muito tempo, e o som da sua voz grave me assustou. — As quimeras, o livro... Tudo isso pode ter sido criado para que nós fizéssemos exatamente o que pretendemos? Para que nos aventurássemos na Antiga Nação e entrássemos direto em uma emboscada criada por Kilraith?

Nenhum de nós respondeu, porém, quando observei ao redor da sala, vendo os rostos sérios reunidos perto do fogo, eu soube que cada uma das respostas seria a mesma.

Sim, tudo o que tinha acontecido podia muito bem ser parte de uma armadilha — mas isso não importava. Faríamos de qualquer maneira, com a esperança de que, se algum destino monstruoso estivesse nos esperando no fim do caminho, seríamos espertos o suficiente para escapar.

36

No dia seguinte, o crepúsculo caindo, lá estava eu às portas de Rosewarren, mais uma vez me recusando a me acovardar diante dos falcões de pedra carrancudos. Dessa vez, pelo menos, eu não estava sozinha: tinha Farrin ao meu lado, segurando a sua capa cinza apertada contra a garganta, como se deixar visível um mero fragmento de pele fosse sujeitá-la a algum horror desconhecido espreitando nas árvores.

Com razão, eu não podia censurá-la por isso.

Bati nas portas mais uma vez. O som era horrível, um estrondo ressonante que ecoava alto no silêncio crepuscular e fez Farrin se encolher. O trajeto ao norte através dos atalhos verdes — primeiro da capital até Ivyhill, e depois de Ivyhill até Rosewarren — deixara as minhas articulações destruídas com uma dor tão contorcida e lancinante que a minha visão estava cheia de pontos brilhosos vermelhos e pretos. Precisei de todas as forças que eu possuía para me manter de pé. O pânico começava a borbulhar na minha barriga, e, se alguém não abrisse as portas logo, ele iria insurgir e me afogar de dentro para fora.

Cada momento que se passava era mais um separada de Talan, que eu havia deixado nas cavernas de Mara junto com os outros — inclusive Phaidra, Nesset e Lulath, que quase tinham esmagado as minhas costelas com a força triplicada do seu abraço. Phaidra principalmente ficara imensamente infeliz por ser deixada para trás de novo, mas me pareceu muito arriscado trazer mais alguém para Rosewarren. O priorado ficava próximo demais da Névoa; até as cavernas estavam próximas demais para o meu gosto.

E, por mais que eu detestasse admitir — algo que eu nunca faria na sua presença —, Farrin seria a menos eficaz para ajudar a defender Talan, se fosse necessário.

Não bastasse, eu estava contente com a companhia.

As portas começaram a ranger e se abrir. Sem pensar, peguei a mão de Farrin, assustada com algum medo primitivo deixado pela minha infância. Eu me sentia cansada e amedrontada, e a minha irmã ia me proteger.

Foi quando vi quem abrira as portas do priorado, e o meu coração se apertou.

Lá estava a Guardiã, empertigada e pálida, vestida no seu costumeiro traje preto: mangas compridas justas; uma gola alta e rija, que cobria cada centímetro da sua garganta; ombros retos assustadores. A combinação desses ombros e as suas sobrancelhas pretas severas fazia com que parecesse realmente poderosa. De novo, a sua figura me fez lembrar uma coruja observando pacientemente as árvores, vasculhando a floresta escurecida em busca do seu café da manhã.

Ela emitiu um ligeiro som com a garganta, um suave pigarro de surpresa.

— Farrin e Imogen Ashbourne. — Ela estalou a língua. — Eu lhes faria um lembrete sobre as nossas regras de visitas de familiares aqui no priorado, mas temo que isso soaria como um insulto à sua inteligência.

Impassível, abri um sorriso doce.

— Me desculpe, Guardiã, pela intrusão, mas estamos aqui para ver Mara, e é um assunto de máxima urgência. Infelizmente não podemos nos demorar muito mais.

Em seguida, passei por ela e caminhei serenamente pelo saguão de entrada, puxando Farrin. A Guardiã não nos seguiu. Ela permaneceu perto das portas e nos observou enquanto nos afastávamos, tão sinistramente imóvel que eu sabia que a sombra da sua silhueta estática iria assombrar os meus sonhos.

— Pelos deuses reconstruídos — murmurou Farrin depois de estarmos fora do alcance do ouvido. Ela soltou uma risada nervosa quando começamos a subir uma série de escadas amplas, em caracol. — Isso foi incrível, Gemma.

Eu me deixei desfrutar por um instante do aconchego do seu elogio.

— O que ela pode fazer? Nos acompanhar para fora da propriedade como criminosas comuns? — murmurei em resposta. — O papai ia ter um ataque quando soubesse, e ninguém quer lidar com isso, nem mesmo a Guardiã.

O comentário saiu antes que eu pudesse contê-lo, e de imediato desejei não ter falado aquilo. Mencionar o nosso pai me deixou com um terrível nó de tristeza na garganta, e uma dor no peito que eu temia que apareceria de maneira intermitente para o resto da minha vida, uma companheira tão constante quanto o pânico. Farrin não disse nada, mas apertou a minha mão e a manteve apertada — um consolo melhor do que quaisquer palavras que ela pudesse oferecer.

Enquanto eu a conduzia pela casa, seguindo o trajeto que Cira me mostrara quando visitei Rosewarren semanas antes, formas claras tremulavam nas sombras — Rosas nos observando, talvez nos seguindo pelas escadas e descendo cada corredor sinuoso por ordem da Guardiã. Porém, elas não interferiram, nem mesmo na enorme sala no lado de fora dos dormitórios, onde se agrupavam nas raízes da árvore gigantesca e nos viam passar com olhos arregalados, cochichando umas com as outras. Pensei ter visto Danesh nos analisando das sombras com uma expressão furiosa e assustadora, mas não me atrevi a olhar duas vezes para confirmar.

Quando chegamos ao quarto de Mara, a porta estava entreaberta, a luz no interior, quente e dourada. Antes que pudéssemos empurrar a porta, Mara a abriu. Ela nos encarou com ar carrancudo por um momento, mas não foi capaz de manter a raiva por muito tempo. O seu semblante se suavizou, e ela nos disse para entrarmos. Depois de fechar a porta, nos abraçou — os seus braços compridos quentes como uma fornalha em torno de mim —, e depois recuou, assumindo um ar sério novamente.

— O que, em nome dos deuses, vocês estão fazendo aqui? — perguntou, com uma fúria contida. — *De novo*, Gemma? Entende o que acontece sempre que você vem aqui fora de hora? As outras ficam com o coração partido. As mais jovens ainda não estão acostumadas com a vida aqui. Elas choram todas as noites, assim como eu no início, quando cheguei. E as famílias de algumas Rosas mais velhas deixaram de visitá-las muito tempo atrás. Elas ficam devastadas toda vez que alguém vem visitar porque têm esperança, sempre, de que será alguém para vê-las, e nunca é. E a minha família sempre me visita, agora *mais* do deveria. Não é justo com elas. Vocês não estão sendo justas.

Ela se virou, se recompondo. Quando tornou a nos olhar, o seu rosto estava corado, mas os seus olhos estavam secos.

— Por que estão aqui?

Fiquei tão abismada que mal consegui falar.

— A Guardiã ficará brava com você?

Mara fez um gesto para deixar para lá.

— Não me importo com ela. Eu me importo com as garotas sob o meu cuidado e com as mulheres que vivem aqui há mais tempo do que eu. Os seus corações solitários, todas as mágoas que tentam esconder...

— Nós não nos demos conta... — Farrin iniciou.

— Claro que não. Para vocês, o mundo é vasto, cheio de possibilidades. É muito fácil, acho, se esquecer de nós aqui. O nosso mundo é pequeno, reduzido. Facilmente posto de lado. — Mara fez um gesto de escárnio e fitou o teto. — Eu não queria lhes dizer essas coisas. Queria abraçá-las e enfiar as duas debaixo das cobertas comigo, como fazíamos quando éramos pequenas, e nunca deixar nenhuma das duas ir embora. Mas vocês tinham que entrar aqui como malditas pirralhas mimadas sem nenhuma consideração pelos sentimentos das outras pessoas e arruinar tudo.

Para falar francamente, fiquei sem palavras diante da óbvia cólera demonstrada por Mara. Eu não estava acostumada a vê-la em tal estado. Ela era a mais estável de todas nós, sempre fora assim. Eu era uma criatura de pânico constante transbordando, e Farrin se enfurecia com alguma raiva profundamente contida bem no fundo que nem eu compreendia. Mara, porém, tinha um temperamento equilibrado, destemido. Ela chorara no dia em que a Guardiã a levou de nós, mas em silêncio, educadamente. Eu tinha chorado até vomitar, e Farrin, esbravejado com qualquer um que escutasse, mas Mara apenas se deixou levar e nos falou para não nos preocuparmos. Ela ficaria bem. Tudo, ela nos prometera, os seus olhos castanhos e corajosos cheios de lágrimas, ficaria bem.

— Me desculpem — balbuciou Mara, o rosto ainda virado para o teto. Ela cerrou as pálpebras. — Eu realmente *não* queria dizer essas coisas para vocês. Sei que não teriam vindo a não ser que fosse algo importante.

Ela inspirou profundamente e nos fitou, pegando as nossas mãos com delicadeza, e nos conduziu até a sua cama desarrumada, os simples lençóis cinzentos salpicados aqui e ali com uma tinta que combinava com as paredes: o verde de Ivyhill, o azul de Ivyhill.

— O que foi, então? — Mara quis saber. — O que aconteceu?

Nós contamos tudo, Farrin e eu, com todos os detalhes, como as garotas que éramos antigamente — três irmãs cochichando segredos quando deveriam estar dormindo. Quando terminamos, prendi a respiração, me preparando. Mara odiaria aquilo tudo. Ela ia pensar que tínhamos perdido a cabeça, talvez fosse nos confinar em quartos silenciosos em Rosewarren até recuperarmos o bom senso.

No entanto, ao contrário, ela apenas concordou, a expressão séria e reflexiva, e disse:

— A primeira coisa que precisamos fazer é convencer a Guardiã de que eu mandei vocês embora. Depois, esperemos um dia, talvez dois, para garantir que a atenção dela esteja voltada para outra coisa. E aí entraremos na Névoa. Eu lhes direi onde me encontrar. Atravessar para a Antiga Nação é mais fácil em alguns lugares do que em outros.

Mara fez uma pausa e deu uma olhada em cada uma de nós com a testa ligeiramente franzida.

— Tenham em mente que atravessar vai ser doloroso. Sobretudo para você, Gemma. Eu mesma nunca fiz isso, mas já ouvi todo tipo de histórias horríveis das Rosas mais velhas. Quando perseguiram alguma criatura de volta à Antiga Nação e acidentalmente avançaram demais. Ou estavam patrulhando a Névoa Profunda e foram chamadas para o Ladoantigo por vozes que pareciam pertencer às suas mães. As mais sortudas encontraram o caminho de volta; a Névoa lhes permitiu isso. Algumas outras nunca retornaram.

Ela estremeceu de leve e puxou os joelhos para o peito, como uma criança.

— A Névoa nos protege, sim, e divide os mundos, mas ultimamente ela também está ardilosa e curiosa. Imprevisível. Os locais onde os Fogos da Névoa marcaram o solo são a nossa principal pista. Vou começar a minha pesquisa dali, mas não posso prometer encontrar uma abertura. Também não posso prometer que, se realmente atravessarmos para o outro lado, seremos capazes de voltar.

Inspirei lentamente, sentindo um nó na barriga.

— Eu entendo.

Ao meu lado, o joelho pressionado contra o meu, Farrin concordou.

— Eu também. O risco é terrível, mas...

— Mas, depois de tudo o que vocês me contaram, temos que assumir esse risco. — Mara desceu da cama e puxou uma cortina pendurada na outra extremidade do quarto.

Atrás dela havia um enorme mapa da Névoa. Um oceano denso e prateado com meras faixas de terra acima e abaixo dele sugerindo o resto do continente: o norte, menor e acidentado, e o sul, maior e mais exuberante.

Quando mirei o mapa, uma recordação me ocorreu: Ryder, logo antes de ter mandado Farrin se afastar do fogo, falou algo estranho: *Venha morar no norte por um tempo e veja por si mesmo. Veja o que estamos fazendo, contra o que estamos lutando.*

Palavras nefastas, e me dei conta, com um sentimento de ansiedade e exaustão, de que eu não tinha perguntado a que eles se referiam.

Havia perguntas demais a fazer, coisas demais sobre o mundo que eu não compreendia. E eu experimentei a sensação de que aquilo que eu desconhecia nem de longe se aproximava da minha real ignorância.

Resisti ao impulso de desabar nos travesseiros de Mara e puxar os cobertores sobre a minha cabeça. Em vez disso, joguei os ombros para trás e lutei contra a força do pânico fervendo lentamente por baixo da minha pele. Eu era lady Imogen Ashbourne, falei para mim mesma, e o que eu não sabia iria aprender. O que eu não conseguia ver iria descobrir.

E o que eu não conseguia combater...

Os meus dedos formigaram quando me lembrei de correr para Talan no salão de baile, destruir o seu covil na floresta, aprisionar os Brethaeus em uma armadilha de raízes e espinhos. *Pavor, desejo, raiva*, a voz de Talan murmurando me veio à mente. *Essas são as suas armas. Use-as.*

Talvez o número de coisas que eu não conseguia combater não fosse mais tão assombroso quanto antes.

— Vou patrulhar aqui primeiro, na costa leste, e depois aqui, na costa oeste — Mara dizia, apontando o mapa. — É bem possível visitarmos a Antiga Nação umas cem vezes e nunca descobrirmos o Mar Distante de Talan. É um lugar imenso, e apenas pequenos fragmentos foram mapeados, mas começar a partir dos nossos próprios mares parece razoável. É possível que... — Ela fez uma pausa, dando uma olhada no mapa com uma expressão perturbada no rosto, e logo sacudiu a cabeça.

— Seja o que for, diga — Farrin a encorajou. — Acho que não podemos nos dar ao luxo de descartar o que quer que seja, por mais absurdo que pareça.

Mara se virou para nos encarar.

— É possível — disse ela, devagar — que a Névoa nos leve para onde precisamos ir.

Soltei uma bufada de riso nervoso.

— Como assim, é só pedir com jeitinho?

— Basicamente, sim. A Guardiã desencoraja essa linha de pensamento, mas algumas das Rosas acreditam que a Névoa é menos uma *coisa* e mais uma... bem, uma entidade.

Parei de achar graça.

Farrin a encarou.

— Você quer dizer que a Névoa pode estar *viva?*

— Algumas pessoas aqui acham isso. — Mara se virou de costas para avaliar o mapa. — A Guardiã acha que essas teorias não passam de uma histeria. Nós aprendemos há muito tempo a não verbalizá-las perto dela. Ela trata as garotas malucas como infecções. Você tem que extirpá-las para não perder a perna inteira.

O seu tom neutro e direto me assustou ainda mais do que a ideia de que a Névoa seria um ser vivo com vontade própria.

— Mara... — Farrin sussurrou.

Mara ignorou o nosso evidente horror.

— Se a Névoa está viva, mesmo que apenas pela metade, mesmo que a sua *versão* de vida seja diferente da nossa... então, quem sabe possamos intrigá-la, despertar o seu interesse. Se — acrescentou ela, me lançando um olhar irônico — pedirmos com jeitinho.

Um pensamento terrível me ocorreu, e eu o verbalizei:

— Se a Névoa está viva, então o que significam os Incêndios da Névoa? Ela está... doente?

— Ou alguém vem tentando matá-la — Farrin acrescentou, debilmente.

Depois desse comentário, nenhuma de nós falou nada por um bom tempo. Mara foi a primeira a quebrar o silêncio com três rápidas pancadinhas no mapa — uma localização no sul da Névoa, cerca de dezesseis quilômetros a oeste de Rosewarren.

— Aqui vai ser o nosso ponto de encontro — disse ela —, depois de amanhã, ao meio-dia. Existe um atalho verde perto desse bosque, um dos mais confiáveis conhecidos pela Ordem. E ao meio-dia a Névoa estará tranquila, com menos probabilidade de nos incomodar. Isso nos dará tempo para viajar para o litoral que as minhas excursões de reconhecimento mostraram como o mais promissor. Chegaremos ao cair da noite, quando a Névoa estará mais ativa, nos dando assim mais chances de uma travessia bem-sucedida. — Ela me fitou. — Vamos viajar através de vários atalhos verdes da Ordem, Gemma, além desse primeiro apenas. De outra maneira, para chegarmos a algum desses litorais a pé levaríamos...

— ... semanas, eu sei. — Dei um sorriso rápido, no qual nem mesmo eu acreditava. — Nenhum motivo para preocupação. Depois do que passei... — A minha voz foi decrescendo, enquanto eu apontava para o meu corpo e a sua cobertura de vidro brilhando debilmente.

Mara sorriu, sem nenhum traço de alegria.

— É claro.

Mara nos explicava o que aconteceria a seguir — como ela nos tiraria do priorado, fingindo indignação por desconsiderarmos constantemente as regras de visitas; que trilha tomaríamos das cavernas até o nosso ponto de encontro na fronteira sul da Névoa —, e eu escutava, obediente, apesar de os meus pensamentos estarem em outro lugar, na mulher que eu fora não muito tempo antes. Aquela mulher havia provocado feridas nos próprios braços, batido no próprio rosto até ele ficar dormente, arranhado a sua pele até sangrar. Aquela mulher desejara fazer um acordo com um demônio para ter a oportunidade de ser refeita, de ter a mesma magia da sua família, de ser inteira e saudável.

Uma percepção explodiu serenamente dentro de mim, uma flor brilhante desabrochando: eu *efetivamente* possuía magia agora, ou pelo menos uma versão perversa e semiviva de magia, com a qual eu podia realizar ações aterradoras. Eu podia combater demônios e quebrar maldições lançadas por necromantes.

No entanto, eu fora abatida por um fétido poder, fosse qual fosse, trazido pelas quimeras para dentro da Cidadela. Aquela magia me escaldara, me deixara fraca tempo demais. O poder faminto e sugador dos atalhos verdes ainda me deixava ofegante, golpeada, desfalecida. O que aconteceria comigo após viajar por atalhos verdes estranhamente pintados de prateado pela Névoa? Em que estado eu estaria no momento em que, afinal, atravessássemos para a Antiga Nação, se realmente conseguíssemos? Será que eu estaria capacitada para ajudar os meus amigos, a minha família, o homem que eu amava? Ou estaria reduzida a uma pilha inútil caída no chão, muda e frouxa de dor?

Imaginei Kilraith como Talan o descrevera — uma criatura alta e pálida com braços nus e mãos quentes, e um sorriso gentil. Ele me encontraria inerte no chão, me chutaria com um pé e estalaria a língua, com pena de mim. Ele destruiria todos que eu amava enquanto eu observava, incapaz de contê-lo. Ele ia me considerar um prazer pequeno demais para se incomodar, e me deixaria chorando sozinha em uma confusão de ossos e sangue.

O pânico chegou rápido e sem avisar, uma onda quente que atravessou e torceu as minhas entranhas e acendeu cada centímetro da minha pele com um calor asfixiante e paralisante. Os meus pulmões se contraíram; a minha respiração se tornou entrecortada, patética. De repente, não consegui suportar mais ficar no quarto de Mara. Levantei-me rápido, assustando as minhas duas irmãs.

— Tem algum banheiro aqui perto? — perguntei, satisfeita que a minha voz soasse firme, apesar de as minhas entranhas estarem caóticas, velozmente devorando toda a minha coragem, todo o meu juízo.

— É claro — respondeu Mara. — Saindo do quarto, vire à direita e desça o corredor até o fim. Não dá para não ver. — Ela fez uma pausa, me olhando com mais atenção.

A sua expressão se suavizou. Eu não conseguia suportar. A sua piedade ia me destruir.

Farrin nos observou intensamente, olhando de uma para a outra.

— O que foi, Gemma? Está se sentindo mal?

— Eu só quero um minuto para me refrescar. — E saí do quarto, antes que Mara pudesse explicar a Farrin que o que ela estava vendo era o pânico, mais uma das muitas esquisitices da sua irmã caçula. Eu gritaria se tivesse que escutá-la falar isso; eu morreria se tivesse que ver a expressão de Farrin mudar, de perplexidade para uma piedade abjeta.

Entrei cambaleando no banheiro, descobri um lavatório privado e desabei lá dentro. Obviamente não consegui vomitar e encontrar algum alívio para o meu estômago embrulhado daquela maneira; claro que a pedra fria embaixo de mim não adiantou nada para abrandar a minha pele superaquecida. Fiquei sentada no chão, balançando e lutando contra a ânsia de arranhar as minhas pernas até ferir e sangrar, e tentei respirar, e tentei respirar, e tentei respirar.

Pisquei para conter as lágrimas ao mesmo tempo que lutava arduamente contra os horríveis pensamentos que batiam as suas asas contra o meu crânio: talvez o pânico não tivesse nada a ver com o trabalho do artífice. Talvez fosse algo inerente à minha existência, uma parte de mim que eu nunca poderia extirpar, por mais que eu tentasse, por maior que fosse o meu desejo intenso de me livrar dele, por mais assustadora que a minha magia poderia se tornar. Lá estava eu, um poder emergente nas pontas dos dedos e a pele pintada de vidro — e, se as desconfianças de Phaidra fossem dignas de crença, sangue de fada selvagem correndo nas veias. Ainda assim, eu não estava mais próxima de me libertar do pânico do que antes, quando Talan era simplesmente um homem bonito com quem eu gostaria de me deitar, quando eu não sabia nada do grande mal que os meus pais tinham me causado.

Talvez, pensei, chorando silenciosamente à luz suave do lampião, o verdadeiro mal dos meus pais não tivesse sido contratar o artífice para sufocar a minha magia, mas sim uma falta de ambição. Claramente, as facas do artífice não cortaram na profundidade necessária. A minha mãe e o meu pai deveriam ter insistido que ele cavasse mais, cortasse mais e costurasse tudo, até eu não ser mais Imogen Ashbourne, uma abominação doentia e crivada de pânico, mas alguém inteiramente diferente. Retalhada, escancarada e isenta de magia.

Vasculhei a mente em busca de preces. Era o que uma boa mulher de Edyn *supostamente* fazia: rezar aos deuses por paz, entendimento, consolo. Porém, eu não podia ter certeza sobre qual dos deuses era responsável pelo que eu era. Kerezen, que regia os sentidos? Zelphenia, deusa do desconhecido? Ou talvez eu não fosse uma filha de um deus e devesse rezar para alguma outra coisa — a própria Névoa, as estrelas do céu. Ryndar, o reino além da vida e da morte, além tanto de Edyn quanto da Antiga Nação. Talvez a *dor* fosse a minha deusa, e eu devesse enviar as minhas orações de volta para a minha torturadora.

Finalmente, os meus pensamentos me levaram para onde deveriam desde o início — não um deus, mas um demônio. As mãos delicadas de Talan limpando as minhas feridas, enfaixando as minhas coxas, beijando todos os lugares que doíam. Entendendo-me. Ouvindo-me. Sem medo do meu reflexo estranho e cintilante no espelho.

Fechei os olhos e, segurando-me no lavatório, o punho pressionado contra a boca, busquei essa recordação.

Talan, rezei até o pânico lentamente começar a ceder. Respirei sussurrando o nome de Talan e me concentrei em cada respiração até a seguinte, até a seguinte. Antigamente, quando a presença dos deuses mortos ainda cobria pesadamente o mundo, rezar para qualquer outro teria sido considerado uma blasfêmia. Mas, assim mesmo, eu sentia a justeza da minha prece.

Esses eram os meus deuses: o corpo e a mente de Talan, como estávamos conhecendo o coração um do outro; as minhas amadas irmãs, que com certeza eram uma parte de mim como o meu próprio sangue e os meus próprios ossos, por mais que estivéssemos a quilômetros de distância; os meus amigos, os velhos e os novos, que logo me seguiriam até o desconhecido.

Pronunciei o nome de cada um deles: *Farrin. Mara. Phaidra. Nesset. Lulath. Gareth. Illaria.*

Talan.

Hesitei. Se eles vinham conosco, seria uma estupidez não rezar por eles também. Assim, disse os seus nomes por último: *Ryder. Alastrina.*

Murmurei essa ladainha singela até ela fincar uma trilha suave na minha mente. Pessoas corajosas, mentes brilhantes, poder e propósito. Com eles, eu estava mais segura do que nunca.

Farrin.

Eu não era horrível.

Mara.

Eu não era um fardo.

Talan.

Eu não estava só.

Terminei a minha oração com um suspiro cansado e aí, com os dedos trêmulos, puxei a saia para inspecionar as minhas coxas. Eu conseguira; tinha resistido a arranhá-las até cortá-las. Elas tinham cicatrizes, mas estavam íntegras, com as marcas esmaecidas de dedos raivosos do passado apenas como faixas rosadas.

Afundei de costas contra a parede e sorri na penumbra. O ar fresco parecia sublime nas minhas pernas desnudas. Mesmo aliviada, eu sabia que o pânico nem sempre seria derrotado tão facilmente; eu estava muito familiarizada com os seus diversos truques para acreditar nessa mentira. Mas eu o derrotara pelo menos uma vez, e talvez, com sorte, pudesse fazê-lo de novo. Talvez ficasse mais fácil a cada vez que tentasse.

Levantei-me com as pernas vacilantes e retornei para perto da minha irmã, com os nomes da minha nova e estranha oração guardados como joias no meu coração.

37

No dia seguinte, todos nós nos reunimos nas cavernas de Mara para descansarmos, comermos e nos prepararmos. Gareth permaneceu na propriedade dos Farrow com Illaria; o seu braço quebrado seria um empecilho nessa jornada, embora Gareth tenha reclamado com ardor contra essa decisão até constatar que era voto vencido. Ele então resolveu rascunhar não menos do que cento e duas páginas de informações sobre os arcanos Antigos para levarmos no seu lugar.

Eu permaneci sentada em um canto tranquilo das cavernas, nervosamente mantendo um olho em Talan, que dormia perto de mim, e prendendo as anotações de Gareth em um pacote de couro que Mara tirara de Rosewarren. Os meus nervos estavam irremediavelmente abalados. Era uma coisa insana o que íamos fazer, e lá estávamos nós, quase prontos para fazê-lo. Durante horas eu tentara pensar em alternativas, mas no final só acabei me sentindo cansada e com a cabeça cheia e dolorida. Era em vão. Essa coisa insana era o nosso trajeto.

Enquanto trabalhava, eu recitava a minha prece em silêncio, buscando uma calma que permanecia ilusória: *Farrin. Mara. Talan. Illaria. Gareth. Phaidra. Nesset. Lulath. Ryder. Alastrina.*

Eu não sou horrível.

Eu não sou um fardo.

Eu não estou só.

Nesse momento, Phaidra me encontrou. Quando ela se acomodou ao meu lado no chão duro, captei um cheiro de madeira nela e o leve perfume das pequeninas flores costuradas no seu corpo.

Ela me observou trabalhar por um momento e depois disse, sem rodeios:

— Eu soube que você perdeu o talismã que lhe dei, e Farrin me contou que você tem uma cadela. — Ela esticou a mão, parecendo mais nervosa e esquisita do que nunca. Pequenas lascas de madeira cobriam os seus dedos cinzentos. — Você gostou? Está bom para você? Eu nunca vi a sua cachorra, claro, mas Farrin fez uma descrição minuciosa. Esculpi um gato para ela. O gato que ela tem em casa. Esculpi alguma coisa para todo o mundo, para nos manter em Edyn mesmo quando viajarmos para as terras Antigas.

Lágrimas pinicaram os meus olhos quando contemplei a pequena peça de madeira entalhada na mão de Phaidra. Era a minha Una — focinho comprido, pernas compridas, o abanar orgulhoso da sua cauda, até os tufos ondulados de pelo ao longo do seu corpo. Era impressionantemente preciso; ao olhar a peça, eu quase podia sentir o morno almíscar do pelo de Una, assim como a leve pressão do seu peso contra a minha perna.

— Está perfeito — sussurrei. Passei um dedo de leve em toda a extensão da espinha dessa Una em miniatura. — É um pedaço da minha casa.

Phaidra se iluminou com aquele horroroso e maravilhoso sorriso de Vilia, retorcido de um extremo ao outro. Carinhosamente toquei as pequenas patas de Una, depois coloquei o colar no pescoço e enfiei o talismã embaixo da minha gola.

— Esse foi o presente mais carinhoso que alguém já me deu, Phaidra. Você poderia criar e vender essas peças por um bom preço. Quando voltarmos, talvez você possa pensar no assunto.

Phaidra ficou calada por um bom tempo. Comecei a imaginar se a tinha aborrecido, quando ela disse baixinho:

— Lulath está morrendo.

O choque me deixou paralisada por um instante. Depois, falei sem pensar:

— Não está, não.

— Está, sim. É como você sugeriu na floresta: sem a maldição para manter unido o seu corpo remendado, ela não consegue mais fazer isso sozinha. Ela é muito velha. Foi remendada muito tempo atrás.

— Onde ela está? — Tirei tudo o que estava no meu colo e me levantei; os papéis de Gareth saíram voando.

Phaidra agarrou o meu pulso com firmeza.

— Sente-se. Lulath não quer ver ninguém agora. Não é uma coisa bonita de ver. Nesset está com ela.

Obedeci, me sentando triste na pilha de papéis. Comecei a chorar, de modo intenso e silencioso.

— É tudo minha culpa.

— *Nós* decidimos lutar contra os Brethaeus. Fomos nós que decidimos isso muito tempo atrás, não foi você. Não tire essa vitória de nós, Imogen.

Envergonhada, baixei o olhar para as minhas mãos. As lágrimas caíam sobre os meus dedos.

— Eu sinto muitíssimo, Phaidra.

Estive muito perto de fazer as terríveis perguntas que inundavam a minha mente: ela também morreria? E quando isso aconteceria? E era possível prever de alguma forma, ou evitar totalmente? Havia algum feitiço que pudesse substituir a estrutura da maldição, mas de forma delicada?

Em vez disso, comecei a juntar os papéis de Gareth e colocá-los em ordem de forma atabalhoada. Não parecia a hora certa de fazer tais perguntas. Parecia desrespeitoso com Lulath e, além disso, eu não tinha certeza se era capaz de suportar as respostas. Sem dúvida, eu não queria levar esse conhecimento comigo para a Antiga Nação. Precisava me segurar em cada pedacinho de esperança que eu pudesse.

Phaidra começou a me ajudar.

— Você é rápida demais em se odiar — disse ela em voz baixa. — Eu gostaria que você não fizesse isso.

Eu não sabia como responder a uma afirmação tão gentil. A minha prece parecia nova demais, privada demais. Eu ainda não gostaria de compartilhá-la com ninguém.

Ao contrário, pensei em como me senti no banheiro de Rosewarren, o silencioso triunfo das minhas pernas sem machucados, e disse com cautela e sinceridade:

— Está ficando mais fácil não odiar. Um pouquinho, pelo menos.

— Um pouquinho — repetiu Phaidra. — Não é uma coisa tão ruim assim.

No dia seguinte, quando os estranhos céus cinzentos das Terras da Névoa escureciam ao cair da noite, saí com um solavanco do último dos cinco atalhos verdes que tínhamos usado para viajar até a costa oeste de Gallinor e caí na hora, apoiada nas mãos e nos joelhos, o meu estômago embrulhado e a minha visão rodando. Eu mal conseguia manter os olhos abertos; o meu corpo inteiro parecia ser pressionado por algo terrível e interminável, esticado além dos meus ossos e pregado impiedosamente no solo.

A distância, percebi movimentos ao meu redor e ouvi o murmúrio de vozes, mas, depois de passar pelas bocas cruéis de cinco atalhos verdes — *cinco*, toda a desgraçada Névoa era salpicada por eles —, eu não conseguia falar nem me mexer. Deixei a pessoa próxima, fosse quem fosse, me levantar do chão, me apoiando cegamente em um pilar de sólido aconchego.

Quando tive forças para abrir completamente os olhos, vi um bosque de arbustos, terra queimada com seixos espalhados, pedaços de um céu negro. Ouvi o clamor de ondas ao longe, mas a água em si estava oculta pelo mar prateado tremeluzindo enfiado no meio das árvores: a Névoa do Meio, espessa e pegajosa. A sua luz interior era a única iluminação além dos lampiões planos enfeitiçados afixados a cada um dos nossos cintos — ferramentas usadas pelas Rosas quando se aventuravam na Névoa Profunda, onde o céu era opaco e prateado, grosso como lama. Porém, os lampiões pareciam mais fracos agora, a sua luz, pálida e bruxuleante, como se a própria Névoa estivesse determinada a extingui-las.

— Agora, pensem no Mar Distante — uma voz murmurou do alto. — Todos nós temos que fazer isso, não apenas Talan. Lembrem-se da descrição de Talan e desenhem a imagem com clareza nas suas mentes.

Eu me mexi ligeiramente, a fim de erguer o olhar para a pessoa que me segurava, e o meu coração cansado se encheu de amor quando vi Mara, forte e destemida, seus cabelos castanho-escuros presos atrás em uma trança, as antigas cicatrizes no seu pescoço brilhando com a sinistra luz da Névoa.

Ela me fitou e deu um sorriso discreto.

— Consegue ficar em pé, Gemma?

Confirmei, agradecida por sentir o seu braço em volta da minha cintura, e examinei o pouco que podia discernir do ambiente ao redor.

— Teve um Incêndio da Névoa aqui?

Mara confirmou com ar sombrio.

— Alguns dias atrás. Pode sentir como o ar está fino aqui? Menos espesso do que onde estávamos? É mais fácil para se mover.

Fiquei parada em silêncio por um instante, deixando o vento da Névoa me envolver. Mara tinha razão: apesar de estarmos mais no interior da Névoa do que antes, era mais fácil de respirar, de *pensar*, do que perto de qualquer um dos atalhos verdes pelos quais tínhamos passado. Dei um passo me afastando de Mara e não senti resistência no ar, nenhum peso sugando e tentando me empurrar para o chão. O toque da Névoa era leve e fresco. Quando eu caminhava, os meus joelhos instáveis funcionavam com mais facilidade.

Eu me curvei e toquei na terra chamuscada. Cinzas, pretas e prateadas, grudaram nos meus dedos. Imediatamente limpei a mão na calça. Eu detestava a imagem desse lugar; tudo parecia errado, o céu preto estático, o som abafado de um oceano que eu não conseguia ver.

Para acalmar o meu coração acelerado, procurei os outros, deixei os meus olhos pousarem em cada um deles por um minuto antes de prosseguir. Ryder e Alastrina usavam os simples trajes de viagem que Illaria nos dera antes de deixarmos a sua propriedade. Ryder segurava o enorme arco que ele apanhara da Cidadela, uma flecha grossa encaixada e pronta. Ele encarava sério a Névoa com os seus olhos azuis penetrantes, como se a estivesse desafiando a tentar qualquer coisa. Alastrina estava parada perto dele, de cara fechada, os braços cruzados e um cinturão cheio de facas. Tentei ignorar uma ponta de incômodo no peito quando olhei para ela. Desde a nossa fuga da Cidadela, nenhum de nós comentara sobre a rixa entre as nossas famílias; havia coisas mais importantes para levarmos em conta. Porém, a animosidade pairava no ar como as fumaças de um incêndio.

O olhar de Alastrina se desviou para mim, me provocando um sobressalto; ela percebera que eu a observava.

Eu me virei para o outro lado, encontrando Phaidra. Agachada a alguns passos de distância, mãos nuas e vazias, ela farejava o ar como um cão. Os seus cabelos castanhos de ervas daninhas emoldurava o seu rosto pálido como uma juba selvagem. Ela havia tecido novas e vivas flores silvestres nas cicatrizes do seu corpo rugoso, e costurara camadas adicionais de couro animal na estranha roupa de árvore que vestia, cobrindo-a da garganta até os tornozelos. Mantinha o cajado à mão, e o seu cinturão de facas, pesado de lâminas.

Os nossos olhares se encontraram, e Phaidra acenou sombriamente, pronta para lutar. Os seus lábios rachados formaram um sorriso grotesco, o que me tranquilizou. Ryder e Alastrina podiam estar infelizes de lutar junto comigo, mas Phaidra se mostrava ansiosa por fazê-lo, os seus instintos de Vilia afiados e a postos. Eu a amei por isso, e me concentrei nesse amor, não em Lulath morrendo nas cavernas, ou em Nesset tendo que vigiar, ou se ela e Phaidra teriam o mesmo triste fim.

Então, avistei Farrin e Talan, e toda a minha firmeza desapareceu imediatamente.

Eles estavam no chão; Talan tremia, encolhido como uma criança, o rosto crispado de dor. Ele piorara bastante desde que deixara a propriedade dos Farrow, como se Kilraith, onde quer que estivesse, soubesse exatamente o que planejávamos e estivesse determinado a tornar a empreitada o mais dolorosa possível.

Ajoelhada ao lado de Talan, Farrin valorosamente tentava ajudá-lo a se sentar; porém, quando afinal ele conseguiu, precisou apoiar todo o seu peso nela, os olhos fechados, as faces de uma palidez mortal como as de Phaidra.

— Tente ficar de pé, Talan — sussurrou a minha irmã, enganchando o braço no dele, mas, ao começar a se levantar, ele simplesmente continuou sentado, fitando-a com os olhos vidrados.

Farrin deu uma espiada em mim, o seu rosto exprimindo um medo real.

O meu desconforto brotava prestes a se transformar em um pânico completo. Será que eu cometera um erro terrível trazendo todos até aqui?

Virei-me e dei alguns passos para longe de todo o mundo, em direção às árvores. Agarrei um tronco fino, e ele desmoronou inteiro ao meu toque — uma árvore queimada pelo Incêndio da Névoa, as suas cinzas brilhantes flutuando lentamente até o chão. Encarei horrorizada a árvore destruída, o sangue pulsando nos meus ouvidos. Cerrei as pálpebras e tentei respirar, ignorando a imensa pressão me apertando por inteiro — ombros, peito, têmporas. Desesperada, concentrei-me na minha prece — *Eu não sou horrível, eu não sou um fardo, eu não estou só* —, mas as palavras se contorciam, fugindo de mim, como peixinhos.

Foi quando ouvi um movimento atrás de mim, e girei de repente, esperando ver inúmeros monstros sem rosto. No lugar deles estava Ryder. Um monstro, talvez, mas pelo menos um que eu trouxera comigo. Ryder tinha pendurado o arco no ombro, e levantou as mãos em um gesto de paz.

— O que você quer? — disparei.

Ele sorriu de modo antipático e fez uma reverência sarcástica.

— Não estou procurando briga, Ashbourne. Quero conversar. Uma das suas irmãs está ocupada patrulhando a área, e a outra, tentando evitar que o seu amante entre em colapso. Sendo assim, acho que eu é que devo conversar com você e evitar que entre em pânico.

Eu me encolhi ao ouvir essa palavra sair dos lábios dele. Era tão óbvio assim? A minha mente estava um turbilhão, pensando em como Ryder Bask poderia usar essa informação sobre o pânico contra mim.

Desesperada, só consegui pensar em uma coisa para dizer:

— Será que cometi um erro?

— Talvez — respondeu ele, sem pestanejar. Nem zangado, nem irônico; simplesmente, sincero.

Eu o encarei.

— Achei que você fosse me ajudar.

— Eu não disse que queria ajudá-la. Eu disse que queria evitar que você entrasse em pânico. Por mais absurdo que possa parecer, você é a nossa líder, e os líderes não podem se esconder atrás das árvores.

— Não estou me escondendo — soltei, envergonhada —, mas sim refletindo.

— Tudo bem. — Ryder deu de ombros. — Então faça isso em voz alta. Fale comigo.

Eu lhe lancei um olhar fulminante.

— Falar com *você*.

— Agora não é hora de fazer um drama sobre como as nossas famílias se odeiam, e acho que você sabe disso. Desse modo, fale comigo. Se não falar com alguém, você nunca sairá de perto dessas árvores. O seu medo vai comê-la viva.

O seu tom moderado me pegou de surpresa. Aquele não era o Ryder Bask que eu conhecia, o Ryder Bask que surrara o meu pai no baile de máscaras da rainha e entoara cantos do norte desafiadores enquanto a guarda real o arrastava para a prisão.

— Não somos muitos — afirmei, sem rodeios. — Devíamos ter trazido mais ajuda. Rosas, talvez, e soldados do Exército Superior que sabem como combater criaturas Antigas.

— A Guardiã jamais teria permitido que as Rosas se juntassem a nós, e se um grupo inteiro de Rosas sumisse, ela teria nos caçado e nos levado de volta. — Ryder me deu um outro sorriso breve e forçado. — Ninguém rouba as queridinhas da Guardiã, Ashbourne. Vamos lá, até o pessoal do sul sabe disso. Quanto ao Exército Superior... — Ele sibilou de leve entredentes. — Os exércitos têm regras, regulamentos, petições e cronogramas. Kilraith nos encontraria e eles ainda estariam arrumando a sua papelada de deslocamento.

Ele tinha razão. Eu sabia disso, e ouvi-lo falar com tanta naturalidade foi um consolo estranho e chocante. Porém, eu não era capaz de me livrar do meu medo com tanta facilidade.

— Nós agimos rápido demais — insisti. — O nosso plano é precipitado e depende de muitos *senões*.

— Tínhamos que agir rápido — Ryder contra-argumentou, sem se abalar. — Talan não consegue evitar Kilraith por muito mais tempo. Ele está *morrendo*, Ashbourne. Isso está óbvio até para mim, e não sou eu que venho fodendo com ele há meses. Se Talan cedesse, não sabemos o que Kilraith poderia fazer, não somente com Talan como também com Gallinor e todo o mundo. A rainha está apavorada com Kilraith. Você testemunhou isso com os seus próprios olhos. Ela disse que Talan o estava alimentando, deixando-o mais forte. Forte o suficiente para fazer o quê? Alimentá-lo com que objetivo? Essas são as perguntas mais importantes, lembre-se disso. Elas significam alguma coisa, e não é coisa boa.

Desesperada para ignorar o casual soco no estômago sobre o que ele dissera a respeito de Talan, uma parte recatada e indignada de mim optou por se fixar na sua linguagem chula.

— Talan e eu não estamos *fodendo*.

— Como você preferir chamar — disse ele, seco. — Seguindo avante, próximo problema.

Eu o encarei, odiando-o com a força de um fogo incandescente — e, no entanto, a minha mente parecia mais assentada, o meu medo, menor, mais sereno.

— Estou preocupada que Gareth e Illaria não fiquem em segurança sem a nossa presença — eu expus. — Nós não devíamos tê-los deixado no sul.

— Eles estão muito mais seguros do que nós. A atenção de Kilraith estará voltada para nós, não para eles. Deixe que desfrutem um pouco de paz, enquanto podem. E as Vilias também — acrescentou, antecipando o item seguinte na minha lista.

— Nesset e Lulath — eu o interrompi. — Esses são os nomes delas.

— Ninguém as encontrará. As cavernas são de difícil acesso, e aquela Rosa que a sua irmã levou para protegê-las é uma exímia guerreira. Ela cuidará bem delas.

— *Brigid*. Você não consegue se lembrar do nome de ninguém?

— Eu me lembro das coisas relevantes.

Fiz um gesto de escárnio e desviei o olhar.

— Você é um grosso. O seu cérebro é de pedra, e a sua falta de educação é impressionante, como a de todo o pessoal do norte. — As palavras me deixaram constrangida no mesmo minuto em que as pronunciei: mesquinhas, infantis e absolutamente não verdadeiras, pois as pessoas do norte eram boas no geral, ainda que rudes e solenes, mas não consegui me controlar; se eu tinha que trabalhar com um Bask, precisava deixar bem claro que não éramos amigos, nem **nunca seríamos.**

Ryder, porém, apenas sorriu para mim.

— Excelente. Continue.

— Gareth — falei baixo, depois de um instante. Era uma preocupação que eu não esquecia.

Ryder franziu a testa.

— Já discutimos isso.

Balancei a cabeça.

— Nós devíamos ter trazido Gareth conosco.

— Ele está com o braço quebrado. Não pode lutar. Ele teria nos atrasado.

— Mas Gareth sabe mais sobre a Antiga Nação do que qualquer um de nós. Sem ele...

— Nós temos as anotações de Gareth. E se você esqueceu, Ashbourne, o seu namorado é um *demônio*. Ele é Antigo por dentro e por fora.

— Mas Talan não é um estudioso ou um sábio — afirmei, desesperada —, e ficou no cativeiro durante anos, tendo acesso só ao que Kilraith queria que ele soubesse, fora quaisquer migalhas que conseguisse captar sozinho. E Talan mal consegue ficar de pé!

Ryder balançou a cabeça.

— Você está criando problemas na sua cabeça. É uma perda de tempo. O fato é que Gareth quebrou o braço. Ele seria um perigo tanto para si mesmo quanto para nós. Não podíamos trazê-lo. Próximo problema.

Fiquei imóvel em silêncio por um momento, vasculhando a minha mente por alguma outra preocupação para apresentar — mas a verdade era que Ryder tinha razão: Talan, o meu Talan, estava morrendo, e a rainha tinha pavor da criatura que o vinha caçando. A Névoa estava cheia de incêndios, e as quimeras haviam invadido a Cidadela.

Essas eram as coisas que importavam. Eu não podia deixar o medo me distrair dessa verdade.

Em vez disso, eu tinha que usá-lo.

O pânico era uma energia, uma coisa grande e feroz que vivia dentro de mim, talvez para sempre. Eu podia deixá-lo me consumir, podia acreditar nas suas mentiras, podia correr dele em vão — ou podia aprender a compreendê-lo de alguma forma e encará-lo, sentir o seu poder e reconhecer quando driblá-lo, quando deixá-lo furioso, quando rezar para que se acalmasse e quando contra-atacar.

Perplexa, surpresa pelos meus próprios pensamentos, inspirei uma vez, depois outra. Os meus ombros tensos relaxaram um pouquinho.

Ryder examinou o meu rosto e depois bateu no meu ombro com energia.

— Ótimo. Você está pronta. Vamos lá.

Contudo, enquanto eu o seguia para encontrar o grupo e saía do meio das árvores, os meus ouvidos captaram algo — um som, uma voz sobrenatural, suave e distante, alta e clara. Ela crescia e diminuía como um eco das ondas invisíveis.

Reduzi o ritmo, atenta, o coração acelerando de repente. Era a mesma música que eu ouvira semanas antes, a música que eu tinha seguido desenfreadamente até o interior da Névoa. Dessa vez, porém, ela era mais urgente, com um toque de desespero, como se algo estivesse cantando para sobreviver.

Parada no meio do terreno preto destruído, voltei o meu olhar para Farrin e vi a verdade nos seus olhos cintilantes.

Ela também ouvia a música.

— O que é isso? — murmurou a minha irmã.

— Pensem no Mar Distante — Alastrina falou, cheia de escárnio. Era óbvio que ela não ouvia nada além da própria voz. — Temos que pensar nele, e então a Névoa vai nos levar até lá? É isso mesmo?

— Silêncio! — ordenei com rispidez.

Indignada, Alastrina abriu a boca para protestar, mas Ryder a calou com um olhar.

Phaidra ergueu o cajado, os seus olhos apertados disparando para as árvores.

— Não estou gostando disso — balbuciou ela. — Você diz que está ouvindo uma música e agora o som do oceano se mostra cada vez mais alto, como se ele estivesse se arrastando na nossa direção.

— Você ouve, Talan? — perguntei em voz baixa.

— Ouço o quê? — Talan tremia no chão perto de Farrin, a voz rouca. Ele ergueu o olhar para mim. Estava pálido e esquelético, como se o trajeto pelos atalhos verdes tivesse sugado a carne dos seus ossos. Senti um calafrio terrível e me aproximei dele, carinhosamente tirando os seus cabelos molhados da testa.

— A música — respondi. — Você consegue ouvir?

Ele esboçou um sorriso cansado e segurou a minha mão contra o peito.

— Só estou ouvindo você. — E uma sombra atravessou o seu rosto e o seu sorriso se ampliou. — Tudo o que ouço é ele.

Farrin se ajoelhou do nosso lado, as pupilas brilhando, as bochechas coradas. Reconheci o olhar de terror e espanto no seu semblante; também senti, aquele dia na Névoa.

— É Kilraith? — ela sussurrou. — Algum tipo de truque?

— Talvez — respondi, cheia de dúvida —, mas acho que não.

Senti um puxão bem no meio do meu interior mais profundo, algo invisível incrustado em mim, me impelindo, insistente, e a minha mente se limpou de tudo, a não ser da certeza de que essa canção era destinada a mim, a nós, e que precisávamos segui-la.

Mara emergiu da Névoa e correu direto para nós, a respiração forte, os olhos meio enlouquecidos.

— Vocês também estão ouvindo. — Ela olhou rapidamente para cada uma de nós. — Dá para perceber pelas suas caras. Achei que estava ficando maluca, que a Névoa tinha entrado em mim.

Um calafrio percorreu os meus braços. Minhas *duas* irmãs ouviam a canção. Aglomeradas em torno da figura trêmula de Talan, senti a importância do momento, como se algum rito sagrado estivesse começando. Eu não entendia a sensação, a justeza daquilo, mas ainda assim os meus ossos vibravam com ela, e a minha mente estava limpa.

— Já ouvi essa música antes — murmurei —, quando visitei Rosewarren antes do baile de máscaras da rainha. Lembra?

A expressão de Mara ficou séria.

— É claro. Brigid a encontrou. Você tinha subido em uma árvore.

— E foi isso o que você ouviu naquele dia? — perguntou Farrin, bruscamente.

Confirmei com a cabeça, o meu corpo zunindo com uma emoção estranha e fria que eu não conseguia nomear. Excitação? Pavor?

— O que é que vocês estão cochichando aí? — Alastrina quis saber. — Quanto tempo vamos ficar aqui em pé esperando alguma porta se abrir? Horas? Dias?

— Cala a boca, mulher — grunhiu Phaidra. — Você está desafiando a minha paciência.

Ryder deu alguns passos na nossa direção.

— Descrevam o que estão ouvindo.

Fizemos uma pausa de um instante, deixando a música nos inundar. Eu começava a escutar ciclos da melodia, um padrão distinto; e a cada novo ciclo, a voz ficava mais alta, o seu tom, mais urgente.

Uma isca? Ou um apelo?

— A voz de uma mulher, talvez — disse Mara. — Ou será de uma criança?

— Nenhuma melodia que eu reconheça — acrescentei —, e sem palavras. Apenas...

— ... tristeza — murmurou Mara, a expressão distante, reservada.

A boca de Farrin se contorceu.

— E *raiva*. Uma raiva desesperada e atemporal.

— Estranho. — Encarei as minhas irmãs. — Para mim, soa... aterrorizada.

E de repente me dei conta do que tínhamos que fazer. Era uma ideia ridícula, mas não importava. Algo podia ser ao mesmo tempo ridículo e correto.

Curvei-me sobre Talan e beijei a sua testa febril.

— Não vou te abandonar. Não tenha medo, querido. Você vai comigo. Eu *não* abandonarei você.

Ele ergueu o olhar para mim, desnorteado, os seus olhos vermelhos cheios de dor.

— Gemma?

O meu coração se partiu ao meio ao ver o medo estampado tão nitidamente no seu rosto. Se eu continuasse a fitá-lo, ia perder a coragem. Assim, me voltei para as minhas irmãs.

— Temos que seguir a canção — eu lhes disse. — Mara, você falou que a Névoa podia estar viva de certa maneira, que ela podia nos levar para onde quiséssemos.

Mara sorriu de leve.

— Se você pedir com jeitinho.

— Parece que pedimos. — Farrin deu uma risada trêmula. — Será possível que essa voz seja da própria Névoa?

Uma pergunta louca e assustadora que nenhuma de nós sabia responder.

Virei-me para os demais.

— Alastrina, ajude Talan a andar. Ryder, Phaidra, não deixem nada acontecer a ele. Todos vocês, nos sigam.

Alastrina achou graça, pasma com a minha atitude.

— Você perdeu o juízo?

Como não respondi, ela olhou para o irmão com a expressão séria e apontou para mim.

— Ela perdeu o juízo? Você vai deixar que ela nos lidere em direção a algum fruto da imaginação dela?

— Vou, sim — respondeu Ryder, simplesmente, e então fez um gesto indicando Talan. — Ajude o demônio a caminhar. — Diante de um olhar bravo de Phaidra, ele soltou um suspiro e emendou, maldoso: — Mil perdões. Ajude *Talan* a caminhar.

Satisfeita, e sem conter um pequeno prazer com a fúria intensa da expressão de Alastrina, cerrei as pálpebras, concentrei-me no som da voz e comecei a caminhar até ela, as minhas irmãs me seguindo de perto. A cada passo, a mordida prolongada da magia do atalho verde diminuía, deixando as minhas articulações soltas e ágeis, e os meus membros, fortes e confiantes. O ar acre ficou mais doce; senti o cheiro de Ivyhill na primavera, novos brotos nas árvores, terra recém-úmida por toda parte e estufas explodindo de flores desabrochando.

Atrás de mim, Farrin inspirou profundamente, e Mara liberou um grito mudo de saudade; fiquei imaginando se elas também tinham sentido os mesmos aromas, ou se para elas seria diferente. Abri os olhos.

O terreno chamuscado se transformara em um tapete aveludado, as cinzas e os seixos dando lugar ao musgo e a pequeninas flores brancas. As árvores raquíticas se inclinavam na nossa direção, os seus galhos se alongando. As cascas de árvore carbonizadas se esvaíam em flocos, e novos brotos verdes germinavam das novas cascas de árvore salpicadas que havia embaixo — brancas e marrons, saudáveis, delicadas. Virei o rosto para o céu cinzento e me fartei daquele ar. Era frio, cortante e limpo como em uma manhã de outono.

— O que, em nome dos deuses... — disse Alastrina em algum ponto atrás de nós, a voz abalada e impressionada.

Estiquei as mãos para trás, e as minhas irmãs seguraram em mim — Farrin na mão esquerda, Mara, na direita. Começamos a correr, e não devia ter dado certo, todas nós ligadas assim; devíamos ter tropeçado e caído, despencando umas por cima das outras. Mas, ao contrário, atravessamos no meio das árvores, fácil e ansiosamente, um rio prateado às nossas costas e a canção reverberando nos nossos ouvidos. Tristeza, raiva, terror — sim, a voz combinava todas essas coisas, e ainda mais, e eu precisava entender o restante dela que eu não conseguia escutar.

O terreno se elevava em um aclive suave. Corremos no meio de tufos de grama verde brilhante, pedras planas e banhadas pelo sol, Farrin dando risada atrás de mim como ela não fazia havia anos, as passadas longas de Mara deslizando por mim, uma loba caçando. Quando atingimos o topo da subida, uma ladeira suave transbordando de trevos, pensei ouvir alguém berrando para que eu parasse. Uma voz atrás de mim, familiar e querida. Um homem, apavorado, o meu nome forte nos seus lábios.

Virei-me e gritei por cima do ombro:

— Depressa! Vocês *precisam* nos seguir agora, antes que a maré mude!

Não sei por que disse aquilo, as palavras simplesmente estavam na minha língua e precisavam sair. Não fiquei aborrecida por causa delas. Faziam parte da canção, e a canção iria me mostrar o caminho.

Um nome flutuou na minha mente: *Talan*.

A voz de homem pertencia a ele, que gritava, me alertando para parar, mas a canção ficava cada vez mais alta, estridente, exultante, e logo se sobrepôs à voz dele — um grande coro de vozes, centenas delas, uma tempestade de sons nos meus ouvidos.

Então, de súbito, o chão se abriu embaixo dos meus pés. Uma fria rajada de vento atingiu o meu rosto, me arremessou para longe das minhas irmãs e me deixou em choque e ofegante. Quando afinal consegui uma golfada de ar, o único gosto que senti foi de sal. Tateei às cegas, procurando Farrin e Mara, senti o toque frio das suas mãos, uma de cada lado. Segurei-me nelas, ouvi o choque impiedoso das ondas se fechando sobre a minha cabeça, e mergulhei aos trambolhões na escuridão total.

38

ONDE QUER QUE EU ESTIVESSE, O AR TINHA UM CHEIRO DIFERENTE — mais cheio, mais acentuado, cada aroma intensificado. Sal, argila, madeira úmida, e um ligeiro odor amargo que me lembrava das nossas férias de verão no litoral sul: os restos recolhidos de caranguejos apodrecendo ao sol, uma praia coberta de alga marinha após uma tempestade.

Inspirei de leve, experimentando o ar frio, e foi como se uma primavera cristalina tivesse me atravessado, por dentro e por fora, me lavando e me deixando limpa, por dentro e por fora.

Examinei os meus braços e as minhas pernas; eles não doíam. *Nada* doía. Passei a língua nos dentes; estavam todos intactos. Impressionante. Eu caíra com força; ainda podia sentir a vibração nos ossos. Mas a queda não provocara nenhuma dor. As minhas articulações e os meus músculos estavam tranquilos, satisfeitos.

Quando olhei em volta, a acentuada vitalidade do mundo me surpreendeu. Eu me encontrava em uma floresta. Os galhos reluziam negros — obsidiana, ônix, um carvão prateado que me fazia recordar a ruína do Incêndio da Névoa —, mas as cascatas de folhas finas tinham um incrível tom verde vivo. O solo arenoso sob os meus pés cintilava com um brilho iridescente, e além das árvores havia uma vasta planície coberta de grama dourada e junco branco.

Um vento fresco e salgado assobiava pela planície, fazendo a vegetação balançar e se agitar, e ao longe rolavam ondas verdadeiras — um oceano agitado embaixo de um céu prestes a escurecer. Mesmo daquela distância, o quebrar das ondas chacoalhava os meus ossos. Elas faziam um barulho estrondoso, como montanhas se abrindo. Uma tempestade se aproximava; ao longe sobre as águas, nuvens gordas cuspiam raios.

E bem na costa, aninhada nos penhascos rochosos entre a vegetação e o mar, via-se uma casa enorme e escura, quadrada e austera, com uma coroa de assustadores parapeitos e janelas douradas, parecendo uma dúzia de olhos abertos, sem piscar.

O meu estômago se apertou de medo. Odiei a visão daquela casa. Ela parecia maligna pousada ali, e terrivelmente solitária.

— Um mar chamado Mais Distante — murmurou Farrin. Ela havia chegado e estava perto de mim, Mara logo atrás. — Será que realmente conseguimos? Esta é a Antiga Nação?

Virei-me para fitar as minhas irmãs, e as suas figuras me deixaram sem palavras.

Elas estavam resplandecentes — as suas peles brilhavam com uma luz interior exatamente como a Névoa, exatamente como tinha acontecido *comigo*, quando o meu corpo se transformou naquela noite horrorosa nos jardins da rainha. Os seus cabelos estavam lustrosos; era um brilho novo e evidente, mesmo que os cachos escuros de Mara estivessem trançados, e mesmo que os cabelos castanho-dourados de Farrin estivessem presos em um coque na sua nuca, como se alguém as houvesse penteado com dedos mergulhados em estrelas. Os seus olhos castanhos cintilavam com pintas douradas, e o ar que as circundava tremia. Elas pareciam estar, simplesmente, rejuvenescidas, como se as suas antigas versões de si mesmas tivessem sido descascadas para revelar um tesouro secreto.

— Gemma... — sussurrou Farrin, a mão na boca.

A testa de Mara estava franzida de preocupação.

— O que aconteceu com você? — Ela deu uma espiada em Farrin. — *Conosco!*

Olhei para os meus braços. A sua cobertura brilhante de vidro cintilava ainda mais, como se eu estivesse em plena luz do sol do meio-dia. Até então, o brilho da minha pele podia ser facilmente explicado como uma opção de estilo, mas agora era diferente. Era óbvio, radiante e perigoso, um farol que tornaria impossível eu me esconder e que atrairia diretamente para nós qualquer um que espreitasse por perto. Feras Antigas, seres Antigos. Fadas, demônios, vampiros, qualquer um ávido para obter uma coisa esquisita humana e brilhante — talvez o próprio Kilraith.

Eu soube imediatamente o que tinha que ser feito. Soube instintivamente, tão certo quanto respirar. Assim como eu fizera, na longínqua noite da minha festa, sentada diante do espelho da minha penteadeira, sem entender por que eu estava ali e o que fazia, ergui as mãos e imaginei o que desejava criar: um encantamento para cobrir todo o meu corpo. Foi um trabalho rápido; as minhas mãos eram leves como penas na minha pele, e os meus pensamentos estavam afiados como um diamante. E, diferentemente daquela noite na minha penteadeira, quando a sensação era de que eu estava sendo guiada por alguma coisa, sem reconhecer os meus próprios movimentos, dessa vez, de pé nessa floresta escura, eu me sentia inteiramente no controle. O poder que corria pelo corpo abaixo era meu e unicamente meu; ele funcionaria de acordo com o meu desejo.

Quando terminei, os meus olhos pinicavam de lágrimas. Pensar na noite da minha festa me fez recordar de Jessyl, e, assim como todo o resto nessa floresta parecia uma versão ampliada e mais vívida de si mesmo, isso também aconteceu com a minha tristeza. Não descartei a sensação; eu a segurei, como se fosse uma arma, e abri os olhos para fitar as minhas irmãs.

— Funcionou? — perguntei-lhes.

— Funcionou, sim — surgiu uma voz das árvores próximas: Ryder, um pouco desequilibrado, o rosto sombrio estampando novos arranhões.

Alastrina e Phaidra vinham atrás, ajudando Talan a caminhar.

— Um encantamento sólido, Ashbourne — acrescentou Ryder. — Talvez agora tenhamos a chance de não sermos atacados por algum pássaro Antigo quando sairmos do abrigo dessas árvores.

Sua voz soava irônica e imperturbável como sempre, mas percebi uma nova cautela nos seus olhos e, quando me aproximei de Talan, Alastrina o deixou com Phaidra e, desconfiada, se afastou, os olhos arregalados e assustados ao me fitar, perplexa.

Phaidra, porém, meramente olhou para mim, sem medo.

— Sangue de fada, Imogen. Bem que eu disse.

— Sangue de fada? — Mara perguntou desconfiada. — Não é possível. Nem mamãe nem papai...

— Talvez não eles, mas alguém da sua linhagem. — Phaidra apontou para mim com a cabeça, os olhos cheios de orgulho. — Viu a facilidade com que ela criou esse encantamento? Viu o modo como as árvores se inclinam para vocês, todas vocês, como se estivessem rezando? O sangue tanto de Kerezen quanto de Caiathos queima nas suas veias assim como queimou nas veias da primeira fada.

Era verdade: cada uma das árvores pretas à vista mudara de direção. Os seus galhos agora se arqueavam para mim, Farrin e Mara, bem parecido com as árvores que se enfileiravam na comprida entrada coberta de seixos em Ivyhill. Sob o silvo do mar, o vento carregava um ruído de sussurros, e o mesmo instinto que me disse como criar o encantamento me disse que esses sussurros vinham das árvores. Elas conversavam entre si. Elas estavam falando de *nós*.

— Pelos deuses destruídos — murmurou Alastrina. Ela começava a parecer furiosa. — Tudo isso é um truque. Elas nos *atraíram* para cá. Elas nos trouxeram para servirmos como algum tipo de sacrifício para o seu profano clã de fadas...

— Não somos fadas — disparou Farrin, os olhos fuzilando. Aos seus pés, um aglomerado de algas espichadas estremeceu e se esticou em direção às suas canelas.

— Então, o que vocês são? — questionou Alastrina. — Ryder e eu estamos iguais a antes de fazermos a passagem, e as Vilias também, assim como o seu amante demônio.

Ela tinha razão. Ignorei o incômodo embrulho no meu estômago e me aproximei de Talan, pegando o seu rosto entre as mãos. As suas bochechas estavam frias e pegajosas; ele mal conseguia abrir os olhos. O seu semblante era um eco de si mesmo, magro e abatido, as maçãs sinistramente proeminentes, o queixo, acentuado como uma faca.

— Consegue me ouvir, Talan? Este é o lugar certo? Este é o mar que se chama Mais Distante?

— Gemma... — Ele virou o rosto contra a palma da minha mão com um som suave e falho. — Gemma, ele está chegando.

Acariciei a bochecha de Talan com o polegar, tentando não lhe mostrar o medo que eu sentia.

— Kilraith? Ele está perto?

— Ele está aqui, está ali, está em toda parte. — Talan riu de leve. O contorno da sua boca não era familiar, preso nos cantos, e a minha bile aumentou imediatamente, todos os pelos dos meus braços se eriçando.

Aquele sorriso não era de Talan.

Abafei o meu medo.

— Talan — falei com determinação. — Talan do Mar Distante. Olhe para mim. Ouça a minha voz e perceba a minha presença. Escute a mim, e não a ele. Eu estou aqui e eu te amo. Precisamos que você nos ajude a procurar a âncora do *ytheliad*. A âncora da maldição que te prende a Kilraith. Lembra? Precisamos levá-la de volta a Edyn para destruí-la.

Talan me encarou, a respiração acelerada. Depois fechou os olhos com força, balançou a cabeça, deu um passo para longe de mim. As suas pernas falharam, e ele tombou de joelhos.

Ajoelhei-me ao seu lado e o fiz me tocar. Eu não ficaria com medo. Eu era lady Imogen Ashbourne, e não ficaria com medo.

— Talan, você precisa se concentrar, precisa pensar — eu lhe disse. — Olhe à sua volta. Este é o mar que se chama Mais Distante? A Névoa nos trouxe ao lugar certo?

Como ele não respondesse e, em vez disso, segurasse a cabeça entre as mãos, escondendo o rosto de mim, preparei-me e tentei de novo:

— Esta é a floresta para onde você correu? Este é o Mar Distante, Talan, onde os titãs vivem? Aquela é a sua casa, lá no penhasco? Era lá que você morava quando criança? Onde os seus pais moravam?

Lentamente ele ergueu a cabeça e me fitou, atônito.

— A casa? — murmurou.

Eu detestava fazer aquilo. Gostaria de ter escondido o rosto dele em mim e nos levado para longe daquele lugar horrendo. Porém, em vez disso, apontei a casa preta ao longe, com as suas janelas douradas nos encarando.

— Aquela é a sua casa, Talan? — repeti.

O silêncio era terrível; até as árvores pareciam prender a respiração.

— É sim. — Talan contemplava, assombrado, a construção do outro lado da planície. — É a nossa casa. É muito velha. Gerações da nossa família viveram ali. Nós a chamamos de Brimgard.

Farrin se aproximou de mim e pousou a mão acolhedoramente no meu ombro. Estiquei o braço e apertei os seus dedos, agradecida. O seu toque me estabilizou; eu conseguia respirar melhor com ela perto de mim.

— Mas isso não é possível. — Talan se levantou, vacilante, fazendo um gesto para eu me afastar quando tentei ajudá-lo. — A casa caiu no mar. Os titãs tomaram a casa.

— Isso foi muito tempo atrás — falei com delicadeza. — Talvez a sua memória...

— A casa caiu no mar! — repetiu ele, agora freneticamente. Os seus olhos estavam selvagens, desesperados. Ele se desvencilhou de mim, correu no meio das árvores até o seu pé topar em uma raiz e ele cair. Talan permaneceu no mesmo lugar, as mãos tapando os ouvidos. — Não é possível, não é possível...

Fiz menção de correr até ele, mas Mara me agarrou pelo pulso e me segurou com firmeza.

— Gemma — ela disse, a voz alarmada.

Segui o seu olhar pelas árvores, e o que avistei fez o meu coração parar: cinco figuras vestidas de preto dá cabeça aos pés. Capuzes apertados, longas túnicas esvoaçantes, máscaras brancas lisas chamuscadas de cinzas.

Os Brethaeus.

E eles não estavam sozinhos.

Figuras cambaleantes surgiam detrás das árvores, acompanhando os necromantes, disparando na frente deles, ziguezagueando entre eles: cinzentas, claras e marrons, todas elas com a pele rugosa e cicatrizes trançadas arrematadas com flores murchas. Eram nove Vilias, usando os seus cajados para se impulsionar velozmente pelo terreno. E, como as máscaras dos Brethaeus, essas Vilias estavam borradas de cinzas. Queimaduras reluziam nas suas peles; feridas frescas deixavam vazar sangue preto.

Uma das Vilias, correndo na frente das outras, era conhecida — pele de escamas marrons, os olhos pretos e furiosos. O vestido marrom simples que pendia da sua estrutura ossuda estava puído.

A minha boca ficou seca.

Era Rennora. As outras oito, então, pensei desesperada, eram aquelas que tinham se mantido leais a ela, todas aquelas que Phaidra, Nesset e Lulath haviam matado no outro dia na floresta das Vilias.

Phaidra soltou um grito abafado e cambaleou para trás, o cajado pendurado, inútil do lado.

— Mas elas morreram — ela murmurou e me fitou, os olhos cheios de tristeza. — Nós lutamos com elas e as matamos. Elas ficaram *livres*.

— Os Brethaeus as refizeram — falei com fraqueza.

Notei as tiras de couro amarradas em torno dos peitos dos necromantes. Antes eles portavam centenas de pequeninas bolsas de veludo cheias de dentes, ossos e sangue, nos quais prendiam as suas mortas-vivas. Agora, essas tiras estavam vazias, com exceção de algumas bolsas novas costuradas com veludo vermelho, que balançavam dos criadores como nacos de carne crua. Nove bolsas para cada necromante.

De repente, as queimaduras e as feridas novas nas Vilias fizeram sentido, de uma forma terrível e repugnante. Sem dúvida os Brethaeus, depois de ressuscitarem os corpos das Vilias para servi-los de novo, decidiram puni-las — com fogo, com lâminas, com a sua própria magia negra.

— Necromantes — grunhiu Ryder, com asco, e depois ergueu o seu arco e disparou um único tiro, uma flecha preta e grossa que se alojou no peito de Rennora e a nocauteou por completo.

Aquilo foi o fósforo que atiçou fogo no resto. As Vilias se arremessaram contra nós, gritando, os seus dentes podres expostos. O mundo desacelerou à minha volta, enquanto eu as observava se aproximar, mas os meus pensamentos voavam como animais enlouquecidos: nós deveríamos ter trazido Nesset e Brigid, nós nunca deveríamos ter vindo, nós estávamos mortos, era o fim para nós.

Ryder disparou uma flecha atrás da outra, feroz e destemido, mas cada Vilia que ele derrubava se contorcia e se punha de pé novamente não muito depois. Alastrina recuou e se escondeu atrás de uma árvore; Phaidra correu até Rennora, o cajado no ar, um grito terrível irrompendo da sua garganta, e eu odiei aquilo, odiei o fato de mais uma vez ela ter que lutar contra a sua gente por minha causa.

Então Mara apareceu, me despertando desse torpor apavorado. Ela me empurrou, e também Farrin, para trás e entrou na batalha com tanta rapidez, com tão pouco esforço, que, mesmo em choque, tudo o que consegui foi ficar sentada no meio das ervas daninhas e observá-la. Mara era uma sentinela; ela lutava na Ordem das Rosas. Tudo isso eu sabia. No entanto, na Antiga Nação, ela se transformou em algo completamente diferente.

A transformação de Mara não foi como acontecera naquele dia, muito tempo antes; a magia antiga, semeada pelos deuses, que a destinava a servir na Névoa e permitia que ela assumisse um aspecto bestial quando em serviço, aparentemente não se estendia às terras Antigas.

No entanto, mesmo inteiramente humana, inteiramente mulher, ela era uma visão incrível para se contemplar. Mara voou pelos ares e chutou uma das Vilias no peito com um estrondo repugnante, quebrando todas as suas costelas de uma só vez. Enquanto essa caía, aos berros, Mara dava um giro para acertar uma outra na garganta. A Vilia titubeou e caiu, as mãos apertando o pescoço, sufocando.

Três outras Vilias pularam em cima de Mara, agarraram-na e grudaram nela como carrapicho, mordendo e arranhando, mas Mara soltou um grito enérgico e saltou para as árvores, arremessando as Vilias como se elas fossem insetos. As Vilias caíram com força — foi uma queda horrível —, mas quando Mara pousou entre elas, o fez com a leveza de um pássaro.

Um suave roçar no meu tornozelo chamou a minha atenção para um aglomerado de vegetação aos meus pés — folhas marrons, verdes e amarelas, flores roxas felpudas, trepadeiras lustrosas e sinuosas, salpicadas de espinhos. Eu as amei com uma repentina e absurda ternura. Eu não sabia por que todo aquele emaranhado se enrolava suavemente nas minhas pernas, se estendendo para mim, com suas pequenas folhas franzidas como bocas.

Porém, percebi imediatamente que eu poderia usá-las.

Agarrei Farrin, contraída ao meu lado, e a arrastei de volta para as árvores. Alastrina estava perto de nós, agachada atrás de uma outra árvore, as mãos estiradas sobre a casca. Ela murmurava algo que parecia ekkari, a língua bestial que Gareth mencionara na Cidadela. Eu não sabia traduzir as palavras, mas tinha esperança de que os deuses ajudassem.

Segurei a parte de trás da cabeça de Farrin, mantendo-a imóvel, forçando-a a me encarar.

— Escute — falei rapidamente. — Eu preciso que você comece a cantar.

Os olhos de Farrin se arregalaram. Ela mirou além de mim, para o caos — as Vilias caindo, as Vilias tornando a se levantar; as flechas de Ryder, o cajado de Phaidra, a potência gigantesca e incansável que era Mara; a aproximação lenta e inexorável dos Brethaeus. Olhei para trás uma única vez, e um choque terrível de medo me perpassou quando vi os Brethaeus em silêncio, como se fossem um só indivíduo, erguerem os seus braços direitos. A terra embaixo de nós começou a tremer.

Virei-me para Farrin, desesperada.

— Olhe para Mara. Ela está forte como nunca foi em casa. Acho que nós também estamos. Seja o sangue de fada, ou qualquer outra coisa, não importa. Temos que usar isso.

Farrin balançou a cabeça.

— Não. Eu não consigo. Não aqui. Não sei quais vão ser as consequências.

— Você não estará sozinha. Tenho a minha própria magia para realizar. — Obriguei-me a sorrir para ela, ainda que as minhas entranhas fossem uma confusão de medo. — Tenho que destruir esta floresta, Farrin. Vou amarrar todas as pessoas más que encontrar com raízes de árvores grossas como os seus corpos. E você vai cantar e fazer o resto cair de joelhos. Entendeu?

— Gemma, *não*. Por favor, não me peça isso.

— Você prefere a nossa morte, Farrin?

— Os outros podem, *você* pode...

Eu queria sacudi-la.

— Do que tem medo?

Os seus olhos estavam duros, furiosos, mas eu vi algo além disso. Vi a menina amedrontada de catorze anos que se posicionara para tocar piano e foi cercada alguns minutos depois por uma multidão de duzentas pessoas gritando o seu nome, chorando para que ela as tocasse.

— Você já viu o que a minha magia faz com as pessoas na nossa terra — disse Farrin, asperamente. — Como saberei o que ela pode fazer aqui?

Um grito soou atrás de mim; eu não sabia de quem era, e dei meia-volta rapidamente com o coração na boca, temendo o pior. Mara, Phaidra, *Mara*...

Porém, não era nenhuma delas. Eram os Brethaeus: primeiro um, depois dois, e logo todos os cinco gritavam uma nota aguda em um coro grotesco. Eles mantiveram o braço direito no ar e começaram a levantar o esquerdo. Os seus guinchos subiam, cada vez mais agudos, um som tão maligno e ensurdecedor que os meus ouvidos martelavam de dor.

Era uma feitiçaria. O meu corpo novo, mais forte — estimulado por algum poder Antigo, fosse qual fosse, que essa terra possuía —, não sentia dores ou cãibras, como acontecia na minha terra; no entanto, eu sentia a presença da magia fétida em que eles trabalhavam. Uma grande pressão se abateu sobre mim, me esmagando e queimando, e assim que comecei a ficar ofegante, o piso trepidante se abriu com uma explosão.

Espectros irromperam para fora da terra — espíritos dos mortos invocados pelo feitiço dos Brethaeus. O bosque de repente fervilhava com sombras ardilosas, mais altas e mais compridas do que as árvores, rápidas demais para que eu pudesse fixar nelas os olhos. Eu nunca vira espectros fora das histórias infantis e dos livros sobre os arcanos, mas mesmo assim imediatamente compreendi quem eram. Eles não mantinham o mesmo formato durante mais do que um minuto: em um instante, uma pilastra escura, larga como uma porta;

no instante seguinte, uma linha fina branca ofuscante. Senti mãos me tocando, ouvi vozes sussurrando tão perto dos meus ouvidos que pareciam vir de dentro de mim. Só falavam uma palavra: o meu nome. *Gemma. Gemma. Gemma.*

Eles obstruíram a floresta como fumaça. Eu só conseguia captar breves relances dos outros — os punhos de Mara, as flechas de Ryder, o cajado de Phaidra, as cinco máscaras brancas sem expressão dos Brethaeus.

Corri sem saber aonde estava indo, incapaz de ver mais do que alguns palmos à frente, mas ainda conseguia sentir as árvores: a rede das suas raízes embaixo de mim, a copa das suas ramas no alto. Para onde eu corresse, elas seguiam, os galhos rangendo e estalando.

Murmurei a breve prece que Talan me ensinara no dia em que encurralamos os Brethaeus: *Pavor. Desejo. Raiva.*

O meu poder respondeu imediatamente, fácil e ansioso. Raios brancos resplandeceram subindo pelo meu corpo e depois descendo de volta a terra. Arranquei raízes do solo e as arremessei direto contra as máscaras entreabertas dos necromantes. Dessa vez, porém, eles sabiam o que esperar de mim. Três Vilias pularam na frente dos necromantes, protegendo os seus mestres; as raízes as atingiram como chicotes, e as Vilias caíram, diversas partes dos seus corpos tombando na terra. Tentei de novo — estiquei o braço para alcançar uma árvore próxima com um pedido de desculpas nos lábios, puxei-a por inteiro da terra e a mandei voando em direção aos Brethaeus como um aríete —, mas as Vilias que eu tinha massacrado já haviam se recomposto, abomináveis bonecas de retalhos remendadas em um piscar de olhos. A árvore bateu com força nas suas barrigas — um, dois, três — e as fez voarem de volta para a mata.

Os Brethaeus observavam, imóveis, impávidos. Embora eu não conseguisse ver os seus rostos atrás das máscaras — não sabia ao certo se efetivamente eles *tinham* rostos —, pude sentir que estavam achando graça, estavam satisfeitos, e percebi que continuariam brincando conosco o máximo de tempo possível, pelo simples prazer daquilo tudo.

Tentei repetidas vezes, jogando emaranhados de trepadeiras sibilando velozmente pelo chão, como serpentes, mas sempre, sempre, as Vilias eram mais rápidas do que eu, rosnando intrépidas, e recebendo cada golpe desferido contra os seus mestres.

Alguma coisa dura voou e se chocou com o meu lado direto, e eu caí, batendo a cabeça no chão. Ergui o olhar, tonta, com gosto de sangue na boca, e vi Rennora agachada não muito longe de mim, as mãos apoiadas na terra, pronta para se lançar de novo.

Phaidra saltou entre nós justo na hora em que Rennora pulou. Os seus corpos colidiram, e as duas caíram no chão, entrelaçadas, retorcidas, e eu gritei o nome de Phaidra, tentei alcançá-la — mas então senti uma escuridão baixar diante de mim, abafando a minha voz por um momento antes de se dissipar agitadamente. Uma sombra comprida e cinzenta se enroscou com tanta força em torno de mim que eu não conseguia respirar, mas logo ela me soltou; uma descarga branca de calor, truncada como um raio, atravessou o meu campo de visão e desapareceu.

Espectros: eles me perseguiam. Não conseguiam ficar no mesmo lugar durante muito tempo — eles corriam onde eu estava, giravam ao meu redor, passavam rentes à minha boca e ao meu nariz, e depois desapareciam —, mas havia muitos espectros, e eles não paravam de se aproximar, os seus murmúrios horrendos sibilando nos meus ouvidos e entre os meus dentes: *Gemma. Gemna. Gemma.*

Desvencilhei-me deles tempo suficiente para berrar o nome da minha irmã.

— Farrin, *por favor*!

Mais espectros giravam ao meu redor, me chicoteando como um vento uivante, eliminando todos os outros sons — até eu ouvir, mesmo que tão baixinho, como um único ponto de luz lutando para brilhar em um céu carregado de tempestades, o timbre doce e cristalino da voz da minha irmã mais velha.

A canção era desconhecida, mas a voz de Farrin era como estar de volta ao lar — a Ivyhill, como deveria ter sido, todos nós juntos e inteiros. A mamãe nunca nos abandonou, e Mara nunca foi para a Névoa do Meio. Nenhum artífice jamais me tocou; nenhum incêndio alguma vez atingiu a nossa casa; Farrin jamais conheceu o gosto da fumaça. E quando o papai olhava para mim, ele era amoroso, gentil e bondoso — sem raiva, nem exaustão, nem culpa ou medo.

Era uma melodia cheia de nostalgia, muito mais bonita do que a voz sinistra que nos ajudou a atravessar. Não havia mentira na voz de Farrin, nem malícia ou segundas intenções. O deslizar de uma noite para a seguinte era um beijo que me deixava ansiosa. Se pudessem cantar, as estrelas teriam vozes como a de Farrin: pura e cristalina, plena, suave e atemporal.

À medida que a música de Farrin inundava a floresta, os espectros começaram a se desprender de mim. Eles disparavam para longe, depois vibravam de volta, sombras nos cantos dos meus olhos. Colidiam uns com os outros em uma confusão arrebatadora e caíam com força no chão. Espatifavam-se no alto das árvores, atirando os galhos para a direita e para a esquerda.

Eu me coloquei de pé, os meus joelhos, moles como gelatina, e minha respiração saindo abrupta e dolorosa. Rennora me atingira com força; toda a minha parte lateral parecia machucada. Procurei por Farrin e a avistei de pé perto da árvore onde eu a tinha deixado — corada de rosa e dourado pela alegria da sua música. Os seus olhos estavam abertos e límpidos, as linhas do seu corpo, relaxadas e confiantes. Um soldado do Exército Superior diante de uma quimera não se mostraria uma figura mais formidável. Era um absurdo que eu sempre tivesse considerado Farrin incapaz de combater; a sua armadura era a sua música, e suas armas eram a sua voz, a força dos seus dedos ágeis e a precisão do seu ouvido.

Ryder se postou na frente de Farrin, protegendo-a, o seu arco armado e pronto para atirar. No seu rosto barbado havia uma expressão tão apaixonada, tão feroz, que senti que eu tinha me intrometido em algo intensamente privado. Bastou um olhar para ele, e ficou claro para mim que, se qualquer pessoa ou qualquer coisa atacasse Farrin, Ryder morreria antes de deixar que a tocassem.

Tranquilizada ao constatar que pelo menos uma das minhas irmãs estava segura, rodopiei, pronta para continuar a lutar com a força que ainda me restava, qualquer que fosse, embora eu respirasse com dificuldade, me perguntando se eu não teria quebrado alguma costela. Rennora e Phaidra ainda travavam um combate, e Mara lutava contra as Vilias restantes todas ao mesmo tempo. Ela era maravilhosa, extraordinária; quando as Vilias se levantaram, ela as chutou e derrubou no chão. Quando voaram sobre ela, Mara as golpeou no ar com um único e certeiro soco.

Então, uma delas baixou a cabeça em direção a Mara, um touro prestes a atacar, correu e a acertou com força na barriga.

Observei horrorizada quando a minha irmã saiu voando. Ela derrapou no chão até as suas costas baterem contra uma árvore. Depois disso, não se mexeu.

— Ryder! — gritei, apontando freneticamente, mas ele já estava atirando, as suas flechas singrando pelos ares e atingindo os seus alvos.

Uma Vilia caiu, depois a outra — mas eu sabia, corada com um miserável arrepio de medo, que elas tornariam a se erguer, sem parar, enquanto os Brethaeus assim o desejassem.

Nesse momento, senti uma mão no meu braço: Alastrina me puxou para me esconder com ela nas árvores.

— Não! — gritei, batendo no seu braço inutilmente. Ela era surpreendentemente forte, o seu pulso parecia de ferro. — Me largue! Mara precisa de ajuda!

— Cale a boca e fique fora do caminho — sibilou Alastrina. Depois, apontou a floresta com um gesto de cabeça e abriu um sorriso. — Apenas observe.

Eu estava tão fora do meu juízo, preocupada com Mara, que por um minuto louco pensei em arrancar do chão a árvore que nos escondia e usá-la para derrubar Alastrina. Foi então que ouvi: um ressoar baixo, como um trovão próximo. No início, leve, mas depois mais alto, mais perto, ensurdecedor. Ergui o olhar para o céu, esperando ver nuvens carregadas, mas em vez de sinais de tempestade vi uma grande massa escura ondulante — distante, mas se aproximando com velocidade.

Ao meu lado, Alastrina voltara a proferir os seus murmúrios em ekkari, e compreendi imediatamente o que estava acontecendo com uma onda de alívio tão imensa que tive que me apoiar com força na árvore para permanecer ereta.

Pássaros. A nuvem preta era formada por *pássaros*.

Eles desceram na floresta, centenas deles: asas de penas pretas, corpos redondos penosos como de morcegos, caudas corpulentas bifurcadas, bicos marrons acentuados tão compridos quanto o meu dedo do meio. Observei, horrorizada e hipnotizada. Afinal, não eram pássaros; eram criaturas Antigas, vagamente semelhantes a aves no aspecto, porém monstruosas. Quimeras, talvez, ou algo ainda mais esquisito.

Dei uma espiada em Alastrina, imaginando se ela sabia exatamente o que estava atraindo enquanto dominava animais nas sombras, mas ela parecia perfeitamente contente. Havia algo animalesco na sua figura, ali imóvel, com os seus balbucios, os olhos azuis brilhando.

Os pássaros passaram pelas árvores com um barulho estrondoso, uma terrível cacofonia. Os Brethaeus se encolheram, as máscaras voltadas para o céu. Tentaram correr, mas, apesar de todo o seu poder sobre os mortos, eles não conseguiam escapar daquilo. Os pássaros os rodearam totalmente, uma onda negra incontrolável. Eles agarravam os Brethaeus com as suas garras malignas e os furavam com os seus bicos. O peso agitado e barulhento daquela massa devia ser terrível; os necromantes tombaram quase ao mesmo tempo e, quando começaram a gritar, todos enterrados naquela nuvem preta se contorcendo, os sons eram pavorosos de ouvir, irregulares e sem palavras. Nenhum poder, nenhuma inteligência — mera e pura agonia animal.

Com os Brethaeus aprisionados, as Vilias se espalharam, tão desnorteadas quanto os espectros anteriormente. Ryder acertou duas delas pelas costas enquanto fugiam, e depois baixou o arco, encarando furioso as restantes. O seu estoque de flechas tinha acabado, e ele começou a balbuciar as mesmas palavras em ekkari que a sua irmã.

Corri até Mara, apavorada com o que ia encontrar, mas ela já estava se levantando, parecendo tão forte e inteira como antes. Com um soluço, desabei sobre ela, apertei-a com tanta força que doeu, mas não me importei. Se pudesse, eu ficaria abraçada a ela pelo resto da vida.

— Estou bem, Gemma — ela murmurou, e depois delicadamente se desvencilhou de mim para dar uma olhada na floresta devastada: árvores caídas por todo lado, grandes buracos no chão de onde eu as tinha arrancado.

Finalmente, Farrin terminou a sua canção. Quando a última nota desapareceu, ela oscilou um pouco, claramente prestes a cair. De repente, Ryder parou de dominar os pássaros, deixou o arco cair e segurou Farrin antes que ela desabasse, mas ela olhou para ele uma vez e o interrompeu na mesma hora. O rosto da minha irmã estava escurecido de raiva, e ela o rechaçou.

— Não toque em mim, Bask — sibilou ela, cambaleando para longe. — Somos aliados, não amigos. Se eu precisar da sua ajuda, eu pedirei.

— Certo — ele retrucou, lacônico, a expressão inescrutável. — Da próxima vez, deixarei você cair.

Alastrina saiu com passos fortes da floresta, um ar presunçoso. Mãos nos quadris, examinou o seu trabalho, totalmente indiferente aos gritos gorgolejantes e agonizantes dos Brethaeus.

— O que você lhes disse para fazer? — eu quis saber.

— Mandei uma mensagem para qualquer criatura que estivesse por perto e com fome — respondeu ela de forma direta — e lhes disse para comerem as pessoas usando máscaras, para consumi-las totalmente até os ossos. Parece que a dominação de animais funciona tanto aqui quanto em Edyn. Não tem de quê.

— Ela fitou Ryder e fez um gesto de satisfação com a cabeça. — Bom trabalho, irmão. Eu não teria sido capaz de terminar sem a sua ajuda.

Depois, ela olhou adiante, e o seu sorriso sumiu. Pensei vislumbrar algo suave e triste estampar o seu rosto rapidamente antes que ela fizesse um gesto com a cabeça e dissesse, sucinta:

— Sua amiga Vilia, Ashbourne.

Phaidra.

Virei-me, gelada de medo, e vi o que Alastrina tinha visto — duas Vilias deitadas esparramadas no chão, imóveis. Uma delas levara uma flechada de Ryder na garganta e jazia boquiaberta encarando o céu: Rennora, o punho fechado segurando uma faca, os olhos pretos congelados com a morte — morte *verdadeira*, agora que os Brethaeus não estavam mais lá para ressuscitá-la.

E a outra...

— Não, não, não — murmurei, afundando de joelhos ao lado de Phaidra.

Toquei no seu rosto; uma crista de cicatrizes e flores pressionada contra a palma da minha mão. Os seus olhos estavam vidrados, vagueando sem rumo. Ela não conseguia encontrar o meu rosto.

Eu me recusei a chorar. Phaidra merecia toda a minha coragem.

— Phaidra — chamei. — Consegue me ouvir?

Ela estava viva, mas por pouco — uma horrível ferida no estômago cintilava preta com sangue. Flores murchas saíam do corte. O seu peito subia e descia rapidamente, a sua respiração, errática, e os seus olhos finalmente conseguiram encontrar os meus.

— Não fique de luto, Imogen — ela falou com a voz áspera. — Muito melhor do que morrer em uma gruta.

Inclinei-me e segurei o seu rosto de forma que ela só pudesse olhar direto para mim, nada mais.

— Minha amiga — sussurrei —, nós não nos conhecemos por muito tempo. Nem de longe. Eu gostaria que pudéssemos ter alguns anos.

Pensei ter visto a boca de Phaidra tremer.

— Livre.

Sorri para ela, sem conseguir mais controlar as lágrimas.

— Sim, você está livre, Phaidra. Descanse agora.

Delicadamente pressionei os lábios na pele nodosa da sua testa, bem na ponta de uma cicatriz com flores. Permaneci ali por um instante, me recompondo, e, no momento em que me sentei nos calcanhares, Phaidra estava morta.

Vasculhei desajeitada o meu casaco pela pequena escultura de Una no seu cordão de couro e o pressionei com força perto do meu coração.

Mara se ajoelhou ao meu lado.

— Ela morreu uma boa morte — Mara falou em voz baixa.

O calor firme da sua voz foi um consolo; ela sabia mais do que ninguém o que era perder uma amiga em combate.

— Phaidra morreu em uma batalha que ela escolheu lutar — acrescentou Mara, apertando delicadamente a minha mão. — Morreu como uma criatura livre. E você a ajudou a conseguir isso.

Concordei, incapaz de falar. Eu queria fazer uma prece junto ao corpo de Phaidra, suplicar que os deuses mortos afinal a enviassem para Ryndar, para o Reino da Luz Distante, onde ela finalmente descansaria em paz e onde nenhum necromante poderia encontrá-la. E então, depois disso, havia tanta coisa a fazer: vasculhar a floresta inteira, descobrir a âncora da maldição de Kilraith...

O pavor me atingiu rápido como um raio. Levantei-me às pressas e, desesperada, procurei no meio das árvores.

— Talan? — gritei. — Talan!

Corri para a floresta, me esquivei embaixo dos galhos, bati chorando nas trepadeiras que se enrolavam para me cumprimentar. Porém, quando cheguei aonde tinha visto Talan pela última vez — as mãos tapando os ouvidos, encolhido no meio das raízes de uma árvore —, o local se encontrava vazio. Ele não estava lá. Ele não estava em *lugar nenhum*.

Uma sensação de pânico borrou o mundo. Girei para voltar para perto das outras pessoas.

— Onde ele está? — indaguei, como se eles estivessem escondendo algum segredo de mim.

Encontrei Alastrina, que estava excessivamente tranquila. A minha amiga acabara de morrer, e o meu amor tinha desaparecido enquanto todos lutávamos para sobreviver, e eu precisava que essa implacável filha da Casa dos Bask sentisse o mesmo terror que eu.

— O que você fez com ele? — demandei.

Alastrina me encarou, incrédula.

— Ficou louca? Não fiz nada com ele. Eu estava aqui o tempo todo, dominando animais. E salvando as nossas vidas no processo, se você bem se lembra.

Farrin tocou no meu cotovelo antes que eu pudesse dizer mais alguma coisa.

— Gemma, olhe — ela falou em voz baixa, o olhar em direção ao mar.

Obedeci, e o meu coração se comprimiu com o que vi. Escutei Ryder resmungar um palavrão atrás de mim.

Uma figura morena cortava uma trilha rápida no meio do campo além da floresta — Talan, dirigindo-se velozmente para a orla e para a casa empoleirada acima dela como uma fera, de olhos dourados, à espera.

39

Assim que atravessamos as portas da casa ancestral de Talan — Brimgard, era assim que ele chamava —, eu soube que não estávamos sozinhos.

A casa era escura e absurdamente imensa. Cada parede era forrada por papel com padrões elaborados em carmesim forte, verde-floresta, dourado suave. Luminárias brilhavam aquecidas em braçadeiras de ferro elaboradas. Uma grandiosa escadaria de madeira escura impecável nos deu as boas-vindas enquanto Ryder empurrava para abrir as portas da frente, que tinham sido deixadas ameaçadoramente destrancadas.

Desvairada de esperança, imediatamente comecei a procurar por Talan — na escada, nas entradas de corredores que se bifurcavam a partir do saguão, em cada sombra, cada concentração de luz dourada. Porém, não o encontrei em parte alguma. Pelo que eu podia ver, a casa estava vazia.

Ainda assim, eu tinha uma sensação de proximidade, de alguém respirando na minha nuca.

Não, nós não estávamos sozinhos.

Ah, Talan, pensei. *Fique bem, esteja onde estiver. Volte para mim.*

Eu ansiava gritar o nome dele, rastrear a casa toda à procura dele, mas, em vez disso, tentei me acalmar e buscar de forma mais deliberada. O piso de tacos da entrada estava impecável, com tapetes felpudos espalhados. Nichos embutidos nas paredes abrigavam estátuas: feras de mármore com veias azuis, usando chifres e rindo com malícia; orgulhosos corcéis de bronze com uma pátina verde manchada; figuras humanas nuas feitas de bronze, algumas contorcidas em evidente agonia, as bocas abertas em gritos mudos, outras completamente escancaradas, sorrindo, dando as boas-vindas a amantes que só elas eram capazes de ver.

Aproximei-me da majestosa escadaria, cuja base continha dois grandes vasos brancos transbordando de plantas. A aparência das folhas era engraçada, uma pelugem aveludada, e o mesmo poder que tinha me ajudado a arrancar árvores da terra me empurrou para mais perto, para investigar.

Cada folha era imensa, facilmente do tamanho do meu rosto, com franjas encaracoladas nas extremidades. Saindo das folhas havia um buquê espinhoso de flores vermelhas, mas foram as folhas que me interessaram. Quando me aproximei o suficiente, percebi que a pelugem que eu tinha notado de longe na verdade era uma fina cobertura cinzenta de algo que pareciam cinzas.

Estendi a mão para tocar nas folhas, e logo hesitei. Arranquei um pequeno botão do meu casaco e o deixei cair na folha mais perto.

O botão afundou nas cinzas e desmoronou bem diante dos meus olhos, o seu acabamento de metal se desfazendo lentamente até só restar uma fina nuvem de fumaça. As folhas se ondularam de leve, balançando. Saciadas.

Agora que eu sabia o que procurar, vi que o mesmo brilho tênue de cinzas cobria cada objeto: as estátuas, as luminárias, os quadros a óleo pendurados nas paredes em molduras douradas. Eles me deixavam pouco à vontade, esses quadros. As figuras que representavam pareciam se transformar quando eu não estava olhando — uma delas mudou de uma paisagem tranquila para amantes se enroscando, e depois para um homem orgulhoso e de aparência enfadonha usando um pesado casaco de soldado com correntes douradas. Os seus olhos eram azuis e depois pretos, o seu rosto era pálido e depois peludo, olhando de modo lascivo, e aí novamente pálido, entediado e sossegado. As paredes estavam lotadas de pinturas, a iluminação era fraca; será que aquilo tudo era minha imaginação?

Tremendo, enfiei a mão embaixo do casaco para pegar a imagem que Phaidra tinha feito de Una. Eu a segurei com força, pressionando as extremidades contra os meus dedos.

— Não toquem em nada — falei para os outros. — Alguma coisa está aqui conosco. Cinzas ou fungo ou... Não sei o que é, mas queima quem toca nela. Vejam.

Caminhei até a planta que ficava no outro lado da escada, arranquei outro botão do meu casaco e o joguei em uma folha. Todos observamos o botão se dissolver e se transformar em fumaça com um leve chiado.

Alastrina encarou a fumaça, apavorada.

Farrin parecia passar mal.

— O que isso significa?

— Significa que é uma armadilha de morte — murmurou Ryder, olhando de cara feia para o corredor mais perto com o arco já armado com uma flecha e pronto para atirar. A aljava amarrada às suas costas estava cheia de novo; ele havia vasculhado a floresta à procura de todas as flechas que conseguiu encontrar.

Mara, com uma palidez horrível até mesmo para ela, disse:

— Uma outra Rosa uma vez me contou sobre algo parecido com isso. Ela não sabia o que era: fungo, cinzas ou um veneno de algum tipo. Ela foi uma das que atravessaram para o outro lado sem querer, anos atrás. Eu era bem jovem. Quando ela voltou para Edyn, não era mais a mesma. Ficava falando sem parar sobre inspirar o mundo inteiro nos pulmões, e como, quando chegava lá, aquilo mudava todos os sentidos de uma pessoa, a maneira como ela via as coisas. Eu pensei... aliás, todas nós pensamos... que ela inventara. A Rosa estava sempre inventando coisas para assustar as menores. Era parte do nosso treinamento, segundo ela mesma.

— Essa Rosa ainda está viva? — perguntou Alastrina.

— Não. — A voz de Mara parecia de aço, mas percebi nos seus olhos uma dor que ela não conseguia ocultar de todo. — Ela tirou a própria vida.

— Ah, maravilha... Se pararmos de respirar, nós morremos; e, se continuarmos a respirar, vamos encher os nossos corpos com toxinas da Antiga Nação, perder o juízo e nos suicidar.

— Assim não está ajudando, Trina — Ryder falou, tenso.

— Mantenham os pingentes de Phaidra perto — Mara se dirigia a todos nós. — Toquem neles quando puderem. Nós nos ancorarmos em casa, da melhor maneira que pudermos, vai ajudar a manter as nossas cabeças no lugar.

Ela falou com autoridade, mas eu sabia que Mara só estava supondo o que poderia nos ajudar. Entretanto, enrosquei os dedos suados em volta de Una e a apertei com força, e pensei em Phaidra, em como ela estava nervosa e afetuosa quando me presenteou com o talismã. Pensar nisso era ao mesmo tempo terrível e maravilhoso; era difícil respirar com o meu luto repentino.

Então, Farrin se aproximou de mim, rígida de tensão.

— Falando em ancorar — disse ela, quase num sussurro —, se a âncora da maldição está em algum lugar desta casa, poderia estar coberta com esse veneno. Pode ser que encontremos a âncora, mas não possamos tocá-la.

— Ou, na hora em que finalmente encontrarmos — retruquei —, teremos já respirado tanto disso que os nossos olhos começarão a nos pregar peças e vamos *pensar* que é seguro tocar quando de fato não é.

— E queimaremos e perderemos as nossas mãos — disse Farrin, assustada. — Isso se conseguirmos chegar tão longe assim. Será que o chão também tem veneno?

Eu não tinha como responder a ela. Tudo o que eu sabia era que, até aquele momento, os meus pés estavam ilesos, o que significava que alguma coisa — ou alguém — queria que eu continuasse em frente, pelo menos por ora. E eu de fato seguiria, por mais que aquilo me deixasse completamente apavorada.

Engoli em seco com força, deslizei o cordão de couro atado ao meu talismã por sobre a cabeça e pressionei Una gentilmente para dentro do bolso do meu casaco. Eu precisava que ela ficasse em um local onde eu pudesse tocá-la com facilidade. O seu peso no meu bolso era um conforto.

Avancei para além da escadaria, em direção a um conjunto de três salas grandiosas conectadas por amplas portas acortinadas, um espaço claramente designado para dar festas opulentas. Lustres pendiam do teto, com diamantes pendurados. Imensos espelhos enfeitavam as paredes de um vermelho vivo. Mirei o meu reflexo uma única vez e depois rapidamente afastei o olhar. O vidro do espelho era deformado, talvez enfeitiçado; a minha imagem estava alta, estremecida e estranha, como se eu estivesse olhando a mim mesma através da luneta distorcida de um pesadelo.

— Não podemos pensar em todas as coisas que podem dar errado — murmurei para Farrin, apesar de eu estar fazendo exatamente isso. — Temos que encontrar Talan. Ele saberá como se deslocar com segurança no meio disso tudo.

— Será mesmo? — Farrin se mostrou desconfiada. — Talan disse que a casa dele tinha caído no mar, e acredito que seja o que ele viu, o que ele acredita ser verdade. Portanto, ou o que Talan viu foi uma ilusão, ou então alguma coisa, ou *alguém*, recuperou a casa do mar e a montou de novo, ou...

— ... construíram uma casa inteiramente nova. Uma cópia de como ela foi um dia.

Nenhuma de nós ousou proferir o nome *Kilraith*, e fiquei contente com isso. Pronunciar aquele nome naquela casa horrorosa parecia a atitude mais incrivelmente idiota que podíamos tomar.

De repente, o ar no cômodo mudou, ficou carregado. O peso do ar queimava os meus ombros. Ao meu lado, Farrin se enrijeceu. Ela também sentiu.

Algo estava conosco no mesmo ambiente.

Girei em volta. Com o canto do olho, o meu reflexo tremulou escuro no espelho.

Porém, o que estava parado na entrada da sala não era nenhum monstro, pelo menos não do tipo Antigo.

Era o nosso pai.

Ele sorriu para mim, o rosto caloroso e suave.

— Olá, Imogen. Graças aos deuses você está viva. Eu estava enlouquecido de preocupação.

Senti um alívio imediato, que me deixou com o coração leve. Quase corri ao encontro do meu pai. Não importava tudo o que tinha acontecido; não importava o artífice e tantos anos de mentira. O meu pai ia me salvar. Ele ia me envolver nos seus braços e me levar com segurança para fora dessa casa horrível. Ele destruiria qualquer criatura que tentasse me ferir. Ele era lorde Gideon Ashbourne, uma sentinela Consagrada.

Porém, quando dei um passo à frente, o peso leve de Una no meu bolso bateu na minha coxa.

Parei imediatamente, a pele pinicando. O homem diante de mim sem dúvida parecia o meu pai — cabelos castanho-dourados como os de Farrin, olhos castanhos, barba feita com capricho. Alto e magro, um soldado em trajes de nobre: um terno de verão cinzento, elegante, com colarinho branco engomado, e um colete verde de brocado. A voz era a mesma, melodiosa e conhecida, a voz que eu escutara durante a minha vida toda; ainda assim, não consegui me mover ao seu encontro.

A testa do meu pai franziu delicadamente.

— O que foi, meu doce? Você parece tão amedrontada... — Ele estendeu a mão. — Venha comigo. Vamos para casa.

Era horrível eu me afastar dele, mas consegui, não sei como.

— Farrin? — Eu me virei, esperando ver a minha irmã logo atrás de mim. Porém, ela estava longe, na outra extremidade dos três salões enormes, de pé, imóvel, os punhos fechados, diante de uma porta que dava para outro corredor.

— O que você quer? — ela perguntou com aspereza. — Me deixe em paz. Me deixe ou vou te matar.

Em seguida, Farrin se afastou da porta, vermelha de raiva, e ficou parada por um momento, como se estivesse escutando algo que eu não conseguia ouvir. Uma sensação de enjoo encheu a minha garganta quando corri na sua direção. Ela parecia prestes a entrar em colapso, a sua postura, caída de frustração. Farrin escondeu o rosto entre os dedos.

— Me deixe em paz, *por favor* — sussurrou. — Você já fez isso antes, agora faça de novo. Estou suplicando.

Agarrei-a pelos ombros.

— Farrin? Farrin, olhe para mim.

Mas ela não olhou, mesmo quando me preparei e lhe dei um tapa. Ela simplesmente chorou com o rosto entre as mãos. Passei por ela em direção à porta vazia e dei uma espiada no corredor. Estava vazio em toda a sua extensão: papel de parede verde-escuro, alegres lampiões dourados, a textura brilhante das pinturas a óleo penduradas a poucos centímetros umas das outras.

Retrocedi da porta, quase caindo, enfiei a mão no bolso para segurar Una, atravessei o salão correndo, passei pela coisa que alegava ser o meu pai, e voltei ao saguão de entrada. Ao pé da majestosa escadaria, estaquei, o meu sangue gelando.

Avistei Ryder encolhido em um dos cantos distantes, o rosto totalmente angustiado, o seu arco deixado de lado no chão. Acima dele, em um nicho na parede, havia a estátua de alguém rindo e rasgando as próprias roupas.

Enquanto eu observava, Ryder se sentou ereto, repentinamente alerta, e se virou para a parede atrás de si. Colocou as palmas das mãos contra a parede, pressionou a orelha contra ela. Ofegante, ficou escutando algo.

— Os deuses me ajudem, ela está dentro das paredes — murmurou.

Depois, se virou e me viu. O seu rosto se iluminou, cheio de esperança.

— Depressa, venha me ajudar! Ela está dentro das paredes e não consegue respirar!

Ele começou a arranhar o papel de parede, primeiro com as unhas, depois com uma flecha que puxou da sua aljava. Ryder escavou a parede com a flecha, soltando terríveis gritos de desespero enquanto trabalhava. Faixas rasgadas de papel se desgarraram da parede, mas Ryder estava inconsolável, desvairado. Jogou longe a flecha, puxou a pesada estátua do seu nicho e começou a esmurrar a cabeça sorridente contra a parede.

Quase berrei para ele parar, avisando que ele ia queimar as mãos, mas Ryder não parecia machucado, a sua pele estava pálida e íntegra, e eu não conseguia decidir se ficava aliviada ou ainda mais amedrontada. Será que a casa — ou a coisa, qualquer que fosse, que tinha construído a casa — escolhia como e quando nos envenenar? Será que as mãos de Ryder iam se dissolver em cinzas uma vez que esse arquiteto desconhecido se cansasse de assistir à luta do pobre rapaz?

— Por que você não me ajuda?! — Ryder gritou para mim, furioso.

Mas eu o deixei com as suas nuvens de pó e, atordoada, cruzei o saguão. Parei bruscamente quando vi Alastrina subindo a escada, devagar. Ela olhava para cima, para o patamar do segundo andar.

Enquanto eu observava, Alastrina soltou um grito mudo e despencou de joelhos. Ela tentou se esconder atrás do elaborado corrimão de madeira e se virou para a cadeira vazia atrás de si.

— Não se mexa de jeito nenhum — ela disse —, e eles não conseguirão nos encontrar. Não aqui. Nunca.

Dei meia-volta, desesperada. Mara. Onde estava Mara?

A tal coisa que era o meu pai tinha aparecido no saguão de entrada para me observar, as mãos cruzadas às costas.

— Imogen, você está me deixando preocupado — disse ele. — Eu realmente acho que deve vir comigo agora. Este lugar não é bom para você. Venha, vou ajudá-la a sair daqui. Eu sei o caminho.

Corri para a direção oposta, passei pela grande escadaria e entrei em um corredor que ainda não tinha visto.

— Imogen, pare com isso — ele falou sério. A frustração afinava a sua voz.

Ignorei-o e procurei no meio das sombras, o meu coração batendo rápido, a minha mão suada segurando a barriga de madeira de Una. Na metade do corredor, havia duas largas portas abertas emitindo uma luz dourada. Corri para dentro, o nome de Mara nos lábios, e a descobri de pé no meio de uma cozinha reluzente, panelas de cobre pendendo do teto, quatro enormes fornos de pedra encrustados nas paredes, uma gigantesca boca de fogão com o fogo crepitando vivo.

Mara estava de pé perto de uma janela ampla que dava para o mar. Ela segurava um cutelo prateado brilhante.

— Se você acha que é melhor — disse ela, rouca de tanto chorar —, suponho que tenha razão.

Ela ergueu o cutelo até a garganta. O cutelo não mostrava nenhum sinal de fungo ou cinzas, mas a sua lâmina era suficientemente perigosa — prateada e afiada, piscando para mim à luz do fogo.

Atravessei o cômodo em disparada e colidi contra a minha irmã. O cutelo caiu e saiu rodopiando pelo piso. Agarrei o braço de Mara com uma das mãos e com a outra empurrei Una para ela.

— Mara, olhe para isso — falei com a voz embargada. — Lembra? Phaidra fez as peças para nós. São produzidas com madeira de Edyn. Da *nossa terra*. Ela fez uma para cada um de nós. A minha representa Una. Você se lembra dela. Você estava lá quando nós a trouxemos para casa, quando ela era uma filhotinha, com três meses apenas. Una está me esperando em Ivyhill. Onde está a sua escultura, Mara? O que Phaidra lhe deu?

Mara encarou a pequena Una de madeira por tanto tempo que comecei a me desesperar. Eu a tinha perdido; cheguei tarde demais. Qualquer magia perversa que habitava essa casa tinha se apoderado da minha irmã.

No entanto, ela enfiou a mão lentamente embaixo da sua túnica e puxou uma clara peça de madeira pendurada em um cordão de couro: um broto enroscado de hera. Não uma rosa da Ordem; nem algo pertencente ao priorado ou às Terras da Névoa.

Uma hera. Um pedaço do lar que ela havia perdido.

Envolvi a sua mão, pressionei os nossos dedos e os talismãs de Phaidra como se fossem um nó apertado, e os mantive contra o esterno de Mara.

— Isso mesmo, Mara — sussurrei. — É o lugar de onde viemos. E é o lugar para onde iremos voltar assim que tudo isso terminar. Vamos voltar para casa.

A vida se infiltrou de novo no rosto de Mara. Ela esfregou as bochechas e se sacudiu, depois enfiou o colar de hera para baixo da túnica e pressionou a palma da mão contra o talismã. A seguir, me deu um abraço rápido e apertado, e sussurrou:

— Obrigada.

Quando me soltou, ela era novamente dona de si mesma, com os seus olhos castanhos, cicatrizes no pescoço, destemida, bela e forte. A sua pele brilhava do jeito como estava quando chegamos.

— Ah, graças aos deuses, vocês se encontraram... — disse o nosso pai da porta, da entrada. Ele se apoiou na moldura da porta, o sorriso fácil e acolhedor. — Agora basta encontrar Farrin e ir embora. Podemos deixar este lugar e nunca mais voltar.

Mara ficou tensa de choque. Virei o seu rosto para me encarar e o mantive assim com firmeza.

— Esse aí não é o nosso pai — afirmei para ela. — Não sei o que é, mas não é ele. Não ouça as suas palavras, e não fique alarmada quando vir os outros. Não estão agindo de uma maneira normal.

— O veneno? — perguntou Mara.

— Talvez.

Ou *algo pior*. As palavras pairaram entre nós, não verbalizadas.

Mara deu uma olhada no nosso pai e tornou a me fitar.

— Temos que sair daqui rápido, com ou sem a âncora de *ytheliad*, antes que esse veneno, seja qual for, se apodere de nós para sempre.

— Não vou deixar Talan — eu fui categórica.

— Gemma...

— *Não*. Não farei isso. Nós encontraremos Talan e *depois* iremos embora, vamos voltar para a floresta. A Névoa vai nos encontrar lá e nos conduzir de volta para casa.

O rosto de Mara tremeu ligeiramente, em dúvida. O meu coração se apertou. Ela achava que devíamos abandoná-lo. Achava que devíamos fugir. Tudo dentro de mim empinava em protesto; eu queria gritar para ela que eu o amava, que jamais seria capaz de viver em paz comigo mesma se o abandonasse, que eu a odiaria para sempre se ela me tirasse dele quando Talan mais precisava de mim.

Em vez disso, tentei adotar uma conduta mais branda, uma que ela compreenderia.

— Ele está ligado a Kilraith — falei depressa —, e Kilraith é perigoso. Assim diz a rainha. Devemos manter Talan por perto, então, de modo a observá-lo, talvez atrair Kilraith até nós em Edyn, onde podemos ter mais capacidade de enfrentá-lo. Se deixarmos Talan aqui...

— É melhor um inimigo à vista do que oculto — Mara disse. — Vamos encontrá-lo, então.

Fraca de alívio, corri atrás dela para fora da cozinha, passando pela coisa horrorosa que nos esperava à soleira.

— Fascinante... — comentou a tal coisa, nos observando nos afastar.

Senti uma comichão na pele quando o escutei nos seguindo: passos lentos e calculados, as botas engraxadas do nosso pai no chão. Não havia medo no seu caminhar, nenhuma pressa. E por que iria correr? Ele estava na sua casa, e conhecia cada canto dela.

Paramos na base da escadaria. Ryder ainda arranhava e batia na parede, xingando, gritando de desespero, os dedos ensanguentados. Alastrina, encolhida no meio da escada, acalmava o ar do seu lado.

— Não tenha medo — cantarolava ela, baixinho. — Vou tomar conta de você.

Girei, olhando impotente para todos os corredores, os lances de escada acima de nós. O peso da casa me comprimia; era enorme, interminável. Podíamos procurar durante horas, sem nunca encontrar Talan.

— Para onde ir? — sussurrei. — Talan, onde você está?

— Você veio e me encontrou — disse Mara, devagar, analisando a raiva de Ryder. Depois me olhou, curiosa. — Essa... *coisa*... deixou os outros do nosso grupo imprestáveis. Fez com que perdêssemos o juízo. Mas, de alguma maneira, você a enfrentou. Você a despistou e me fez retomar o controle. Como conseguiu isso, Gemma?

Balancei a cabeça, tentando pensar no que eu havia feito, mas não conseguia me lembrar de nada ardiloso — nenhum truque, nenhuma artimanha. Toquei no meu bolso.

— Eu me agarrei a Una — respondi. — Eu a senti no meu casaco e a segurei firme, e aí eu soube que não era o nosso pai. Consegui discernir com uma enorme clareza.

Mara me fitou, ansiosa.

— Acho que é mais do que isso. Existe um motivo por que a Guardiã mantém todas as Rosas no priorado, por que nos juntamos a ela bem novas, crescemos juntas, aprendemos e treinamos lado a lado. Para combater na Névoa com eficiência, nos defendermos contra qualquer coisa que escape pela barreira entre mundos, temos que forjar elos umas com as outras, e rapidamente. Temos que nos tornar uma família. Não gosto de todas as minhas irmãs da Ordem, mas eu as amo de verdade. Eu morreria por elas, se fosse necessário. Nós pertencemos umas às outras.

O gosto do meu ciúme súbito foi amargo e me magoou profundamente; havia uma parte de Mara que eu nunca conheceria nem veria, uma parte do seu coração que pertencia à Ordem, e não à família de quem ela fora arrancada, e eu odiava essa verdade terrível.

Afastei esse sentimento.

— Aonde quer chegar?

Mara olhou para além de mim. Os passos haviam parado. A coisa-pai estava imóvel, não distante de nós, esperando, estudando.

— O que quero dizer é que acho que o seu amor por Talan a está protegendo — ela falou rapidamente. — É o mesmo amor que protege as outras Rosas e a mim; nos dá um objetivo, nos traz foco quando as nossas mentes se dispersam por causa do medo. Ninguém aqui ama Talan, exceto você. Portanto, mesmo com os talismãs dos nossos lares nos ajudando, não estávamos preparados para combater esta casa.

A casa. *Kilraith.*

Engoli em seco com força. Seria ele dentro da coisa parada atrás de nós duas? Seria ele nos fitando com os olhos do meu falso pai?

Mara segurou os meus ombros e apertou com força. Ela se abaixou para me encarar.

— Segure-se nesse amor, deixe que ele te oriente, e vá encontrar Talan. Vou despertar os outros antes que eles façam algo irreversivelmente idiota. Em seguida, iremos direto para onde você está, todos nós.

— Farrin está no salão de dança — eu informei, fraca, os meus pensamentos a mil. Senti um choque de medo: a lâmina brilhante do cutelo reluziu na minha mente. Agarrei o braço de Mara. — Espere! Se nos separarmos, como você vai se manter segura?

— Vou me manter pensando em você — respondeu Mara, sorrindo. — E mandarei Farrin fazer a mesma coisa, e depois vamos ajudar os Bask. Agora, vá; se apresse!

Ela deu meia-volta e me deixou, e não esperei nem mais um segundo, não com aquela coisa me olhando, me observando curiosa entre as sombras. Subi a escada correndo, passei por Alastrina, que continuava com os seus murmúrios, e segui em frente. A lateral do meu corpo doía com insistência, uma recordação de que eu ainda estava ferida da nossa luta na floresta. A minha respiração estava entrecortada. Ofegante, estiquei a mão para me apoiar no corrimão, mas aí me lembrei do veneno — ou fungo, ou qualquer coisa horrível que fosse — e a recolhi com um silvo. Com esforço, caminhei para a frente, para cima, pensando em Talan.

O segundo andar era aberto, um mezanino escuro com vista por cima da escada. Virei à esquerda e disparei pelo corredor principal, entrei irrompendo em todos os cômodos que eu encontrava. Não fazia sentido manter silêncio; a casa sabia que estávamos lá.

— Talan, estou aqui! — eu gritava, sem parar de correr.

Quarto de dormir, quarto de dormir, um pequeno escritório com livros, um banheiro, um quarto pintado de preto do teto ao chão, sem janelas nem móveis, sendo os seus únicos ornamentos dois lampiões tremeluzentes na parede e um único espelho redondo.

Bati a porta para fechá-la e logo me afastei do quarto; o ar dentro dele deixara um travo amargo na minha língua. Continuei a correr, sentindo os olhos lacrimejando. Eu não sentia nenhum cheiro de fumaça ou de vapores estranhos, mas sabia que algo se deslocava pelo ar: um peso, algo errado. Essa casa era só veneno, e não tínhamos outra solução senão respirar dentro dela.

— Eu te amo, Talan. — Eu ia pronunciando as palavras sem interromper a procura, lutando para manter a voz firme. A casa ia me escutar; eu não permitiria que o meu pavor em relação a ela me silenciasse. — Talan, não deixarei você aqui. Nós vamos libertar você e aí voltar para casa. Para Ivyhill. Você vai morar lá comigo. Nós caminharemos pelos prados de manhã e lançaremos sementes aos pássaros para o céu se encher de música.

O segundo andar estava vazio. Corri para o terceiro, onde o ar era mais frio e as paredes estavam divididas em duas, com dois revestimentos elaborados: papel de parede vermelho na parte de cima, painéis de madeira embaixo. Percorri de um cômodo a outro: quarto de dormir, quarto de dormir, uma sala íntima com uma parede de vidro. Além dela, abaixo de nós, o mar rugia.

— Estaremos presentes a todas as festas boas e a nenhuma das sem graça. — Os meus passos apressados se tornavam claudicantes à medida que a minha dor aumentava. Eu cerrava os dentes e prosseguia. — Vamos fazer amor embaixo das estrelas quantas vezes quisermos. Eu lerei os meus livros favoritos para você, e farei todas as vozes, mesmo as que me fizerem parecer uma boba.

Empurrei um conjunto de portas que dava para um cômodo vazio com outra porta na extremidade. Atravessei o lugar apressada e abri a segunda porta.

Ela dava para outro cômodo idêntico ao primeiro: vazio, piso de madeira exposto, uma porta aberta no outro lado. Olhei de novo para o primeiro cômodo, cuja porta ainda estava aberta para o corredor, voltei, hesitei, enfiei o braço através da segunda porta — e observei, horrorizada, o meu braço, desgarrado do corpo, se esticar para fora da terceira porta na outra extremidade do quarto, um reflexo perverso. Acenei com o braço; o meu braço acenou de volta.

Saí tropeçando para o corredor e fechei a porta com um estrondo. Quase imediatamente seguiram-se ecos: as batidas das outras duas portas que eu vira se fecharem bem como a porta-irmã ao lado da qual agora eu me encontrava.

As costas grudadas contra a parede, a respiração ofegante, lutei contra o pavor que crescia em mim. Escutei um farfalhar suave à minha direita: seria a coisa-pai subindo as escadas calmamente para se encontrar comigo?

Avancei mancando o mais rápido que pude na outra direção, apertando Una na mão, me esforçando para manter a voz firme:

— Eu adoro como você parece em paz quando está dormindo. Amo como você faz o meu corpo se sentir vivo de uma maneira tão bonita que me leva a esquecer a dor, até mesmo quando você não usa o seu poder. Adoro a maneira tão fácil como você me ama — acrescentei, a minha voz falhando. — Tudo o que é estranho em mim, cada dificuldade, cada medo, coisas que afastariam qualquer pessoa sensata... nada disso o impede de me amar.

Então, parei e olhei para trás, por cima do ombro. Quase deixara passar: uma porta embutida na parede, sem maçaneta ou tranca, os contornos quase invisíveis. Estava escondida nas sombras, o lampião mais próximo bem a uns seis metros de distância. Desesperada, rezando para não estar errada, para que o que eu tinha visto não fosse simplesmente um defeito na forração, me apoiei com o ombro na parede e empurrei com força.

A porta se abriu, abençoadamente silenciosa. Tirei Una do bolso, deslizei o cordão pelo pescoço, enfiei a peça por baixo da roupa, para que tivesse contato com a minha pele, e tirei o casaco correndo, pois a sua manga estava se tornando preta rapidamente. Era evidente que a casa, ou o seu criador, ficava cada vez mais irado comigo. Eu não tinha certeza de por quanto mais tempo eu teria possibilidade de caminhar por esses cômodos sã e salva.

Depois da porta, subia um estreito lance de escadas. No alto, havia uma outra porta, entreaberta, feita de tábuas simples de madeira com uma maçaneta de ferro e uma aldrava combinando. Além dela, um quarto mal iluminado. Uma faixa de uma pálida luz amarela, difícil de enxergar, se estendia degraus abaixo.

Às pressas, subi no meio da escuridão, me recusando a olhar para trás e tentando não entrar em pânico à medida que sentia o calor aumentando embaixo das solas das minhas botas. Será que até o piso era inseguro ao toque? Quando me aproximei da porta no alto da escada, vi que a base de cada tábua estava recortada, marcada de arranhões e grupos de indentações. Marcas de dente.

— Tentei escapar roendo as tábuas, uma ou duas vezes — soou um sussurro de dentro do quarto.

O meu coração deu um pulo: *Talan*.

40

Entrei no quarto e o avistei bem no centro, jogado em uma poltrona escura.

Dois lampiões brilhavam em arandelas dos dois lados da porta. O teto era alto e pontiagudo; perto do topo da parede do lado oposto de onde eu me encontrava, tão alta que tornava impossível para qualquer um alcançar, havia uma única janela redonda, pequena como um prato de jantar. Embaixo dela, a parede de madeira estava terrivelmente arranhada, aberta à força. As tábuas tinham sido retiradas, revelando uma extensão de tijolos cinzentos. Cerca de três metros acima do chão, não havia mais marcas.

— Eles nunca puseram nada aqui alto o suficiente para eu subir e alcançar a janela — disse Talan, as palavras pesadas, arrastadas. Ele riu baixinho. — Mas, olhe, eu tentei muito.

Corri para ele e me ajoelhei aos seus pés. O quarto estava cheio de brinquedos abandonados, todos eles pretos com o veneno. Olhar para eles me deixava enjoada. Por isso, fixei o olhar em Talan — no seu rosto pálido, nos seus olhos vidrados. Ele vestia a mesma roupa da noite em que nos conhecemos: um colete de brocado escuro embaixo de um casaco de veludo vermelho, calça e botas escuras. Tudo bonito e elegante.

— Este é o quarto de brinquedos. — Ele olhava fixo para o chão. — O jogo era tentar sair antes que o tempo acabasse. Os meus pais adoravam jogos. — Talan me encarou. Um tipo de reconhecimento surgiu na sua expressão. A sua testa se enrugou. — Acho que eu já contei isso. Acho que conheço você.

— Você me conhece *sim*. — Tive que me esforçar para abafar um soluço. Se chorasse, eu o perderia. Senti que isso era uma terrível certeza. Eu precisava mantê-lo olhando para mim, me fitando *de verdade*, e ouvindo a minha voz. — Sou Gemma. Sou a sua gatinha selvagem. Lembra?

Ergui uma das suas mãos frias e a pressionei contra a minha bochecha.

— Eu te amo e quero ficar com você para sempre. É por isso que vim buscá-lo, para te levar de volta para casa comigo.

Ele franziu a testa, confuso.

— Eu estou em casa.

— Não, esta não é a sua casa. Não esta cópia e nem a casa original. Este lugar sempre foi e sempre será um lugar do mal. O mar veio buscar a casa naquela noite. Você se recorda? E você fugiu.

Os olhos de Talan cintilaram, percorrendo o cômodo.

— Eu batia naquela porta até os meus punhos sangrarem. As minhas irmãs ficavam sentadas na escada, rindo de mim. Elas eram as prediletas. Elas faziam qualquer coisa para vencer nos jogos dos nossos pais.

Peguei o rosto dele entre as mãos, e o fiz se concentrar em mim.

— Não pense nisso, não pense mais. Já passou. Aquela época já acabou e aquelas pessoas já morreram. Olhe para *mim*, Talan. Você me conhece, não é? — Acariciei a sua testa, deixei os meus dedos beijarem os seus cabelos. — Você se lembra de mim, e se lembra do que viemos fazer aqui.

Ele me encarou por um momento, absorto. Então, a sua respiração acelerou, os seus olhos se acenderam, compreendendo. Talan procurou as minhas mãos e as apertou com força.

— Gemma — murmurou, rouco —, você tem que ir embora daqui. Corra e não olhe para trás. Corra e me deixe aqui.

— Nós *dois* vamos correr, querido, é isso o que estou tentando lhe dizer.

Ele beijou a minha testa, com calor e intensidade. Havia no beijo uma sensação de finalização, de despedida, e o meu estômago se revirou com um medo repentino.

— Não, não — murmurou ele contra a minha pele. — Gemma, você não está entendendo...

— Vamos voltar para casa e descansar, fazer você recuperar as suas forças, e continuaremos procurando a âncora da maldição lá, está bem? A *ytheliad* não é páreo para nós. — Consegui exibir um sorriso corajoso e manter a entonação leve. — Agora, levante-se. Vamos encontrar os outros e voltar para a floresta.

— *Não*, Gemma.

Talan me empurrou para longe. Eu caí de costas com força e o encarei, surpresa com a dor. Ele manteve a cabeça entre as mãos, tremendo, e pressionou forte os dedos enfiados contra a testa.

— Está *em* mim... — começou ele, e então ouvi um suave farfalhar na escada, e Talan engasgou com a própria voz.

Girei-me para olhar, me afastei da porta com dificuldade, engatinhando, mas não havia ninguém lá. O ar perto de mim se transformou, ficando frio e denso.

Nesse momento, Talan começou a rir.

Virei-me novamente para ele, o sangue batucando nos meus ouvidos. A transformação nele era óbvia — ele estava calmo, relaxado, não mais devastado de agonia. Quando tornou a erguer o olhar para mim, Talan sorria. Os seus olhos estavam ainda mais escuros, e a sua voz, quando ele falou, se mostrou dividida: era ele, e era a coisa fingindo ser o meu pai.

— Você é uma criatura muito interessante. — Talan se recostou na poltrona e apontou os dedos, me avaliando. — Jamais encontrei nada parecido com você.

Eu tremia; pressionei a palma de uma das mãos contra Una e usei a outra mão para me impulsionar e me colocar de pé. O chão queimou as pontas dos meus dedos, deixando-os vermelhos e sensíveis, e eu sibilei de dor, piscando para não chorar.

— Talan — demandei —, preciso que você venha comigo agora. Vamos para casa. Levante-se e me siga, temos de descer as escadas.

Talan deu risada.

— Maravilha! Que idiotice descarada. Como se fosse tão fácil.

Fiquei ereta, com as pernas vacilantes, e me forcei a fitá-lo direto nos olhos pretos malignos que eram uma paródia cruel do homem que eu amava.

— Quem é você? — questionei.

Ele piscou para mim, inocência pura.

— Ora, sou o seu Talan, gatinha selvagem.

— Não é, não. Você está dentro de Talan, mas não é ele, você não tem nada dele. Você não vale um único centímetro dele. O que você é? Qual é o seu nome?

— Ora, Gemma... — Ele colocou a mão no coração. — Como pôde esquecer o seu próprio pai? Estou realmente ofendido.

O ódio fervia dentro de mim. Dei um passo em direção a ele.

— O que você é? Qual é o seu nome?

— Sou Talan d'Astier, de Vauzanne. Sou Talan do Mar Distante. Sou o Homem com a Coroa de Três Olhos. Sou o herdeiro de Brimgard, da Casa dos Mais Distantes. — Ele ergueu o olhar para mim, inocente, e começou a rir. — Ah, você fica incrível quando está furiosa... Imagino que esteja acostumada com as pessoas lhe dizendo como você é bonita. — Inclinou-se para mais perto, com o olhar lascivo. — Eu sei que Talan já lhe disse isso muitas e muitas vezes. Ele está apaixonado.

Eu não ia morder a isca. Pensei em Farrin e em Mara — a sua firmeza, a tristeza que nos unia, a lembrança das mãos das duas segurando as minhas. Farrin na frente, Mara atrás de mim, os nossos dedos grudados enquanto corríamos pelos terrenos de Ivyhill em direção ao riacho que fazia limite com os campos de girassóis. A sra. Rathmont tinha enchido os nossos bolsos com doces, e nós íamos comê-los na pequena ponte de pedra, todas as três eufóricas com o verão. Eu tinha seis anos, Mara, oito, e Farrin, dez. Nenhum incêndio ainda, nenhuma Guardiã. O artífice já tinha vindo e ido embora, mas eu não sabia. A recordação ficou enterrada em algum lugar na esperta mágica Antiga do artífice. Eu só conhecia o mundo seguro e aconchegante das minhas irmãs — e, envolvida nesse momento de paz, senti as coisas se esclarecerem, uma suave explosão de compreensão.

Está em mim, Talan gritara, os dedos pressionados com força contra a testa logo antes de desaparecer atrás dessa máscara sorridente horrível, terrível.

Eu sou Talan d'Astier, de Vauzanne, a máscara me dissera, zombando de mim, se deleitando com a minha impotência.

Eu sou Talan do Mar Distante.

Eu sou o Homem com a Coroa de Três Olhos.

O Homem com a Coroa de Três Olhos.

O demônio da minha família, prestes a fazer algo muito pior.

Um instinto Antigo fluiu dentro de mim, quente e agudo, ávido. Os meus olhos se voltaram para a testa pálida de Talan. Alguma coisa estava lá, enterrada e escondida. Ele tentara me contar, antes que o monstro usando o rosto do meu pai tivesse removido a sua voz.

Lá na floresta, eu havia feito um encantamento para despistar o vidro fundido com a minha carne, disfarçando a minha pele verdadeira sob uma máscara da minha própria criação. Porém, embaixo daquela máscara, o vidro ainda brilhava; um encantamento era meramente uma cobertura, uma mentira. E eu soube com uma certeza clara como o dia o que eu tinha que fazer.

Rapidamente rezei para ter coragem: *Pavor. Desejo. Raiva.*

Mara. Farrin. Talan. Illaria. Gareth. Phaidra. Nesset. Lulath. Ryder. Alastrina.

— Você está mentindo — falei friamente, olhando séria para o não Talan. — O seu nome é Kilraith e você não é bem-vindo aqui.

O sorriso abandonou o rosto dele.

Assim como eu fizera na floresta Antiga, na montanha onde as Vilias viviam, no baile em Ivyhill e na minha penteadeira — sozinha e desnorteada no meu quarto tantas semanas antes —, deixei o meu poder surgir e me levar para onde eu precisava ir.

Lancei-me contra Talan e, com a minha mão esquerda, dei um tapa na sua testa. Subiu um fogo pelo meu corpo, grudando a minha mão na testa de Talan.

Ele gritou, um som horrível, pura agonia e cólera, e pulou para fora da poltrona, o corpo em convulsão. Ele tentou correr, mas o meu poder o segurou com rapidez, cavando sob a máscara até o que estivesse por baixo, fosse o que fosse. Efetivamente havia um encantamento nele; eu sabia qual era a sensação, pois convivera com encantamentos a vida toda. Em cada festa, em cada viagem de compras para a capital. Quando Kerrish vinha me arrumar, eu era capaz de sentir o cheiro deles sob a pele da estilista. Um deles havia caído sobre mim naquela noite nos jardins, a minha paixão por Talan transbordando em uma confusa explosão de poder. Um deles me cobria agora, escondendo a minha pele de vidro.

E um deles estava em Talan — uma concha, uma prisão, sólida e antiga —, tecido no meio do seu crânio, costurado no seu couro cabeludo e vibrando de raiva à medida que o meu poder o dilacerava. A âncora da *ytheliad*. Uma coroa amaldiçoada, oculta e maligna.

O Homem com a Coroa de Três Olhos: Kilraith havia escondido a resposta justo ali na denominação de Talan. Supostamente soaria como uma zombaria, sem dúvida, um lembrete do que prendia Talan ao seu mestre e prendera todos os outros demônios anteriores a ele. E agora essa zombaria era o que iria salvá-lo.

— Você é uma besta! — ele urrava, me arranhando. — Me largue, criatura nojenta!

Os seus golpes eram terríveis, chicotadas incisivas que faziam a dor atravessar o meu braço, mas segurei com força. Uma luz fulgurante irrompia do lugar onde a minha mão se encostava na sua testa, expelindo-se nas sombras do quarto de brinquedos como chamas brancas.

— Não tenha medo, Talan — eu disse, pregando os meus olhos nos dele.

Eu não deixaria aquela criatura horrorosa me afastar do rosto que eu amava: cachos escuros emoldurando uma expressão fechada, olhos sérios, lábios que eu beijara cem vezes e queria beijar mais cem mil vezes.

As lágrimas desciam das suas faces quando ele ergueu o olhar para mim, a luz do meu poder tingindo a sua pele de um branco-azulado berrante. Os seus olhos se grudaram nos meus; eu o vi vir à tona, o Talan que eu conhecia, o rosto retorcido de dor.

— Continue — ele suplicou, a voz entrecortada. — Gemma, não desista, não importa o que ele diga, não importa o que *eu*...

Então, o seu rosto se transformou, escurecendo com uma sombra. As suas íris relampejaram, e ele se lançou sobre mim com um rugido furioso, me jogando no chão. Talan caiu comigo; a luz do meu poder nos unia, estalando pelo meu braço e descendo pela sua espinha dorsal.

— Você não conseguirá fazer isso para sempre, *gatinha selvagem* — sibilou Kilraith, zombando. Era Kilraith, eu dizia para mim mesma freneticamente, era *Kilraith*, não o meu Talan. Ele me firmou no chão e enfiou o joelho com força na minha barriga.

Engasguei em busca de ar, a minha visão escurecendo de forma intermitente. Cerrei os dentes e agarrei o meu braço esquerdo com a mão direita, sustentando-o, empurrando para cima contra ele. Um calor terrível queimou a minha palma. Os meus dedos cavavam a pele da sua testa; o sangue descia pingando pelo seu rosto, gotejava no meu punho.

Ele se inclinou para baixo, com um sorriso largo. Uma fina película de luz e a minha mão queimando eram as únicas coisas que nos separavam um do outro.

— Eu sou o Destruidor — ele disse, rouco. — Nas minhas veias assola um cataclismo que você não pode imaginar. Quando ele chegar, até os seus deuses mortos vão chorar. E você acha que pode me derrotar? — A sua voz reverberou com o som da gargalhada do meu pai: desdenhosa, destilando repulsa. — Garota idiota. Você não é nada. Você está completamente enfraquecida até as suas patéticas entranhas remendadas.

Eu não podia ignorá-lo; ele estava logo ali, me pressionando, soprando o seu bafo azedo em mim.

Mas eu podia falar. Podia usar o que restava da minha voz:

— Talan, está tudo bem. Eu estou aqui, e não vou ceder. Eu te amo, eu te amo. Não vou te abandonar.

— *Amor* — Kilraith cuspiu a palavra para mim. Ele desviou o olhar, fechou bem os olhos e soltou um rugido de dor sem palavras. Quando os seus olhos se abriram de novo, bruscamente, estavam horríveis, injetados de sangue, animalescos, semicerrados. — E o que você faria com ele se o levasse de volta para Edyn? Um demônio, com cicatrizes externas e internas? Ele vai carregar a minha marca depois disso. Você não será capaz de escondê-la. As pessoas terão medo dele. Vão odiá-lo, e vão odiar você também. Vão caçá-lo.

O suor rolava pelo meu corpo febril. A minha mão tinha desaparecido em uma nuvem que esguichava fogo branco, mas eu ainda conseguia sentir os meus dedos, cada um deles queimado até a segunda articulação na carne, no músculo e no osso de Talan.

Balancei a cabeça mirando o chão.

— Eu vou proteger Talan, e a minha família também vai.

— Ele se cansará de você. Todo esse seu medo horrível, todo esse pânico zumbindo dentro de você como uma colmeia que foi chutada...

Diante do meu silêncio, ele abriu um grande sorriso. Ele sabia que me atingira.

— O que um príncipe demônio, que pode se sentar em um trono ao meu lado para sempre, ia querer com uma criatura patética e malformada como você? Uma mulher que não é amada nem pelo próprio pai? Uma mulher que se esconde pelos cantos e provoca ferimentos na própria pele? Ah... — Os seus olhos vibraram; o seu sorriso se ampliou. — Posso sentir o seu medo até mesmo agora, mesmo com todo o poder que você está enfiando em mim, como se isso fosse adiantar alguma coisa.

— Só que *está* adiantando — grunhi, ofegante, o mundo começando a rodar. — Todo esse *seu* poder, e você não consegue se desvencilhar de mim. E você está errado: não sou horrível. Não sou um peso. Não estou só.

Kilraith riu diante da minha prece. Ele sugou sangue para dentro da boca e borrifou no meu rosto.

— Você morreria muito antes dele — disse Kilraith, com um sorriso malvado —, e aí, quem ia manter o pobre Talan seguro?

O mundo ficava cada vez mais escuro; o meu corpo inteiro estava pegando fogo, atiçado pelo inferno na minha mão. Eu não poderia tolerar muito mais, não conseguiria prosseguir atacando essa criatura repugnante. Com a energia que ainda me restava, eu diria a Talan o que eu sabia ser verdade.

— Não me importo com as cicatrizes que você carrega, por dentro ou por fora — eu lhe disse, a respiração fraca, a voz cansada. Forcei-me a encarar os olhos pretos furiosos me fitando com raiva. — Também tenho as minhas. Não temo o seu sofrimento. Vou ajudar você a lidar com ele, Talan, e você me ajudará a lidar com o meu. Nunca mais precisaremos aguentar esse peso sozinhos, nunca mais.

Parte da raiva no rosto de Talan rachou e se abriu, fazendo-o se contorcer de dor. Lágrimas frescas desciam pelas suas faces, ao mesmo tempo que as suas mãos se fechavam com força em torno do meu pescoço.

— Gemma, me desculpe — ele gritou, reassumindo a própria voz. — Eu te amo, minha querida. Eu... Eu estou tentando lutar com ele, mas...

O seu corpo deu um pinote.

— Mas ele *não consegue*. — Kilraith tomou as rédeas mais uma vez.

O seu rosto estava vermelho de sangue, os olhos, frios e cheios de ódio. Ele estava claramente em agonia: as veias saltavam no seu pescoço, e os braços tremiam enquanto ele me estrangulava — mas, mesmo assim, logo ele ia me derrotar. Senti a minha força minguando, os meus dedos se soltando do crânio de Talan.

O sorriso de Kilraith se alargou mais ainda.

— Sim, isso mesmo. Vá dormir, lady Gemma. Os seus sonhos estão chamando você para casa.

E quase sucumbi. As minhas pálpebras estavam pesadas, os meus pulmões, queimando. Porém, uma canção perfurou o ar, alta e clara como um sino.

Kilraith, espantado, relaxou um pouco as mãos, apenas o suficiente para eu dar um último impulso contra a corrente de morte lambendo os meus pés.

— O que é isso? — ele murmurou.

Sorri, com a respiração irregular.

— É a minha irmã — falei com a voz arranhada.

Os seus olhos se arregalaram, e seu rosto se afrouxou. Ele tombou contra mim, mas não havia mais energia por trás. Ele estava atordoado; a voz de Farrin o atordoara.

Com um grito desesperado, eu me impulsionei contra ele e o joguei no chão. Agora eu estava por cima dele, montada no seu peito, cavando ainda mais fundo na sua carne com a minha mão. Pele e sangue se acumulavam sob as minhas unhas; senti ânsia de vômito à medida que lutava desesperadamente para respirar. Embaixo de mim, Kilraith se debatia, se lançava sobre mim, arranhava o meu peito. O seu corpo se contorcia com um estrondo repugnante. Ele ia quebrar todos os ossos de Talan.

Então, alguma coisa embaixo dos meus dedos cedeu: uma série de estalos como uma rede esticada se rompendo. Os meus dedos tocaram em algo duro e metálico.

A coroa.

A música de Farrin se aproximava cada vez mais. Dei uma olhada para a minha esquerda e a vi se ajoelhar ao meu lado, sem medo, o rosto iluminado pela explosão do meu poder. A sua música era a coisa mais bonita que eu já tinha ouvido na vida: melodiosa e doce, cheia de anseios e se ampliando de poder a cada nota.

À minha direita estava Mara, a expressão sombriamente determinada. Ela se ajoelhou ao meu lado e usou a sua força impensável para prender Kilraith ao chão. Por mais forte que ele esperneasse, tentando nos tirar de cima, não conseguia se livrar do aperto de Mara, mas eu não sabia quanto tempo aquilo ia durar.

— Me escute — eu disse a Talan, agora mais forte. Ter cada irmã de um lado, me ajudando, brigando por mim e por Talan, renovou a minha energia. — Vou mais fundo agora, Talan. Não quero te machucar. Sabe disso, não é? Eu não quero jamais machucar você. — As lágrimas me cegavam, nublando a luz do meu fogo. — Machucar você está me matando.

De algum modo, mesmo aprisionado na agitação da fúria agonizante de Kilraith, Talan encontrou um modo de se conectar comigo. Por um instante, o seu corpo ficou imóvel: ele ergueu o olhar para mim, o rosto, mais sangue do que pele. Sugou o ar ampla e profundamente e me deu um sorriso breve e trêmulo.

— Vá em frente, Gemma — murmurou ele.

E com a música de Farrin nos meus ouvidos e o peso sólido e acolhedor de Mara ao meu lado, eu fui em frente: empurrei toda a minha força contra ele, todo o meu poder, e enfiei os dedos na carne, agarrei o aro quente e grosso da coroa e puxei.

Era impossível, era uma loucura completa — mas a Antiga Nação era indefinível, como Gareth sempre dissera, e aqui estava uma prova disso bem na frente dos meus olhos, bem sob os meus dedos. Era como arrancar uma montanha da terra, e o corpo de Talan se arqueou violentamente contra mim com um grito de dor ensurdecedor. Eu não conseguia olhar para a cabeça dele, que tremulava entre íntegra, ilesa, e completamente mutilada, rachada no meio da sua testa. E a visão dessa *coisa* saindo do seu crânio, ensanguentada e denteada, línguas de luz batendo em volta, me fizeram querer desistir ali, naquele momento, e eu poderia ter feito isso — e eu poderia ter vomitado, desabado e deixado Kilraith me matar por cima do que restava do corpo de Talan — se não fosse pelos Bask.

Senti mãos segurando os meus ombros, grandes e fortes. Soube imediatamente que pertenciam a Ryder. Eu o ouvi berrar alguma coisa para Alastrina — a única palavra que entendi foi o nome dela —, e de repente lá estava o peso de duas pessoas Consagradas me puxando, me ajudando a arrancar a coroa de Talan e a lutar no meio do meu próprio desespero.

Eu agarrava a coroa bem firme; a face redonda e suave de uma joia pressionava a palma incandescente da minha mão. Mais um puxão e eu ia conseguir, livraria Talan da coroa. A voz de Farrin soava nos meus ouvidos. O corpo de Talan empinava e se contorcia, Kilraith cuspindo palavras sujas para nós, maldições proferidas em uma sombria língua Antiga, mas Mara, com a respiração pesada por causa do esforço, o mantinha preso.

Talan gritou, assim como eu, como se o som da sua voz puxasse a minha própria voz. Soltei um berro áspero e horrível que achei que pudesse me partir ao meio. Alguma coisa estalou se afrouxando sob os meus dedos. Uma potente energia me lançou para trás, me derrubando para além de Ryder e Alastrina. Colidi contra a parede, e a minha visão escureceu por um instante, depois piscou e voltou ao normal — e foi quando eu vi aquela coisa ensanguentada e horrorosa. Presa na minha mão, uma grossa coroa de metal cravejada com três pedras amarelas leitosas, uma para cada olho da besta.

Dei um grito, a minha voz aos frangalhos. Eu formava sons, dizia palavras, mas sem consciência. Não entendia os meus próprios movimentos e nem mesmo meus próprios pensamentos — com uma única exceção.

Talan.

Tentei rastejar até perto dele, tentei vasculhar o quarto procurando por ele, mas a minha visão era um borrão de cores alternadas, e os meus braços e pernas estavam imprestáveis. Desabei, tremendo, e senti o chão sacudir embaixo de mim. Um estranho facho de luz chamou a atenção dos meus olhos; perplexa e espantada, fitei a minha mão que segurava a coroa.

Estava toda cheia de cicatrizes, uma rede de linhas brancas incandescentes.

Ouvi vozes acima de mim. Alguém me erguia, e o mundo inteiro chacoalhava.

— A casa está ruindo! — alguém gritou, acho que Mara.

— Continue a cantar, Farrin — foi a vez de Ryder gritar. — Isso pode desacelerar o processo!

Eles corriam, me carregando por um túnel de sombras e fumaça, e havia uma música suave nos meus ouvidos — familiar, mais doce do que o canto de um pássaro, mais brilhante do que as estrelas. Ela me fazia lembrar a minha irmã Farrin, e me ocorreu que seria a última coisa que eu escutaria na vida.

41

Acordei esperando me encontrar em Ryndar. Eu morrera, e a minha alma, criada pelas mãos dos deuses, havia encontrado o seu caminho rumo ao Reino da Luz Distante, o Domínio Infinito, onde finalmente eu poderia descansar.

Em vez disso, porém, vi o rosto de Farrin, e atrás dela, uma janela com uma moldura de rosas, toda aberta para deixar entrar uma suave brisa da tarde.

— Farrin... — murmurei, rouca, e depois engasguei de leve e pisquei. A minha garganta destruída ardia. Ainda assim, eu precisava saber: — Eu morri? Talan morreu? *Você* morreu? E Mara? Onde está a coroa?

A minha irmã sorriu para mim, os olhos suaves e brilhantes.

— Não, Gemma, você está viva, e eu também, assim como todos os demais. Inclusive Talan — ela acrescentou, delicadamente. — A coroa foi guardada aqui no priorado, atrás de pelo menos uma dúzia de camadas de proteção, de acordo com Mara. Está em um lugar seguro. Você está segura.

O espanto pelas palavras de Farrin, um alívio puro e radiante contido nelas, me deixou sem ar. Engoli em seco e um soluço imprevisto me surpreendeu. Quando recuperei a capacidade de falar, mesmo com uma voz fraca e prejudicada, falei, baixinho:

— Me conte o que aconteceu.

— Assim que você quebrou a maldição, a casa começou a desabar. — O sol, dourado e agradável, tocava os cabelos de Farrin, que afagava o meu polegar com o dela. — Cantei para diminuir o ritmo. Foi uma ideia do Ryder, e funcionou. Mas assim que conseguimos sair, tudo desmoronou em cinzas, e o penhasco onde ela estava localizada caiu no mar. Nada daquilo era real. A casa inteira era uma ilusão, enfeitiçada a venenosa. O fedor da casa nos perseguiu até a floresta, e foi ali que encontramos a Guardiã.

Alarmada, tentei me sentar, os braços tremendo.

— A Guardiã? Como ela nos achou? Como ela soube?

Farrin me ajudou a apoiar as costas no ninho de travesseiros e abriu um sorriso triste que não alcançou os seus olhos.

— Ela é a Guardiã da Ordem das Rosas, protetora da Névoa do Meio. Conhece cada centímetro da Névoa e sente sempre que alguém entra nela, ou sai dela, sem permissão. Foi isso o que nos explicou, com bastante arrogância, devo acrescentar. Creio que fomos ingênuos em pensar que podíamos atravessar para a Antiga Nação e retornar sem o conhecimento da Guardiã.

Senti uma pontada de culpa.

— Mara devia saber que isso aconteceria, mas assim mesmo nos ajudou — falei. — A Guardiã está brava com ela?

— Não sei dizer. A Guardiã estava muito ocupada, graças a nós. Os curandeiros do priorado têm trabalhado dia e noite cuidando dos nossos ferimentos, principalmente os seus e de Talan.

Soltei um suspiro longo, levantei os braços e tentei esticar as pernas embaixo da colcha. Surpresa, percebi que, fora estar me sentindo tão fraca como nunca me sentira na vida, eu não estava machucada. A minha única dor era a pulsação familiar e aborrecida nos meus músculos e articulações, que reconheci com uma triste sensação de decepção.

Farrin franziu a testa.

— O que foi? Está com alguma dor?

— Sim, mas nada fora do comum. — Ergui o olhar e tentei sorrir para ela, mas na verdade me sentia embotada e envergonhada, e terrivelmente triste.

— Acho que imaginei que, com tudo o que houve e por eu ter me sentido forte e poderosa enquanto estávamos na Antiga Nação, se conseguíssemos voltar para casa, as coisas seriam... diferentes. Pensei que eu ficaria melhor.

A tristeza estampada no rosto de Farrin era insuportável; o seu silêncio, pior. Balancei a cabeça e ri um pouco, tentando esquecer tudo e olhando para qualquer lugar menos para a minha irmã. Uma flor branca bordada na colcha que me envolvia chamou a minha atenção, a delicada linha brilhando suavemente à luz do sol; ao ver aquilo, lembrei-me, horrivelmente, de Phaidra.

Virei-me para a janela e fechei bem os olhos. A vergonha apertava a minha garganta; lá estava eu, viva e bem, reclamando sobre uma dor com a qual eu me acostumara completamente, uma dor com a qual eu convivia bem havia anos, e Phaidra estava morta.

— É compreensível a sua decepção — disse Farrin, com suavidade.

Eu sabia que era uma gentileza da parte dela, mas não queria ouvir, e fiquei feliz quando a porta se abriu e Mara entrou.

Ela usava o traje simples da Ordem, as botas marrons e macias, os cabelos presos para trás com um comprido cordão de couro. O cordão no seu pescoço combinava com o dos cabelos; vi a leve saliência da hera de madeira por baixo da túnica.

Tentei sorrir. Ocorreu-me que sorrir deveria ter sido mais fácil. Estávamos vivas; estávamos seguras.

— Como estão todos? — perguntei. — Nesset? Brigid? — Fiz uma pausa. — Lulath?

— Brigid está a mesma de sempre, o que significa que não tenho certeza sobre o que ela sente a respeito disso tudo. Lulath... — Mara me olhou de forma suave. — Ela morreu, Gemma, mas não devemos ficar tristes. Ela estava feliz quando se foi. Sentia-se contente por poder descansar. Nesset me contou.

Durante um momento, escondi o rosto nas mãos, tentando não pensar ainda sobre quanto tempo demoraria antes de Nesset também morrer em uma gruta, ou ser esfaqueada por alguma criatura contra a qual eu não seria capaz de protegê-la. Pelo menos ela era a mais jovem delas, a mais nova Vilia das minhas três. Talvez ainda desse tempo de descobrir um feitiço que impedisse o seu corpo refeito de se decompor lentamente. Acrescentei isso à longa lista de coisas ainda por fazer e ergui a cabeça para sorrir corajosamente para Mara.

— Como está Nesset? — eu quis saber.

— Viva e bem, e totalmente o centro das atenções, para falar a verdade. Ela montou uma oficina na Sala da Árvore e passou a esculpir talismãs para todo o mundo, em memória de Phaidra. Não tenho certeza do que a Guardiã fez com o dela. Ela o segurou entre dois dedos e o encarou, desconcertada, como se inexplicavelmente se visse segurando um verme.

— Nesset deu uma coruja para ela?

Mara me olhou com curiosidade.

— Deu, sim. Como você sabia?

— Aquelas sobrancelhas. — Franzi a testa e estiquei as sobrancelhas, na tentativa de uma cópia malfeita do olhar taciturno e amedrontador da Guardiã.

Fiquei contente de ver as minhas irmãs rirem. Se Mara estava rindo, então qualquer problema que a nossa viagem à Antiga Nação tivesse lhe causado não podia ser *tão* horrível assim. Talvez aquela culpa em particular eu não precisasse carregar, pelo menos por enquanto.

— E Illaria? E Gareth?

— Um deles montou acampamento no saguão, dando aulas a várias jovens Rosas totalmente encantadas com óleos perfumados, e está impaciente para ver você assim que eu permitir. O outro foi chamado de volta para a capital para ajudar com os efeitos do ataque de quimeras. Não posso imaginar se você vai adivinhar quem é quem.

Sorri ao pensar neles, mas a minha felicidade foi fugaz.

— Nesset sabe o que aconteceu com Phaidra?

— Sim — Farrin afirmou com delicadeza —, e, embora ela esteja de luto, também está feliz por Phaidra ter encontrado a paz. Ela me disse pelo menos uma dúzia de vezes para garantir a você que ela não a culpa pela morte de Phaidra, ou de Lulath; e que, se você insistir em se culpar, ela vai... como foi que ela colocou? "Vou esperar até ela se recuperar e aí jogarei Gemma de bunda no chão."

Mara ergueu a mão com um leve sorriso.

— Ela me falou isso pelo menos umas *vinte* vezes.

Farrin fez uma careta para ela.

— Querendo se mostrar...

As brincadeiras entre as duas me enterneceram. Eu não as via assim — nós não ficávamos *juntas* assim, descontraídas, íntimas — havia muitos e muitos anos. A raridade surpreendente daquele momento o tornava precioso, um tesouro de que eu me recusava a abrir mão, agora que o tinha tão próximo.

— E Ryder e Alastrina? — perguntei.

Mara olhou para Farrin, mais séria.

— Por enquanto, eles voltaram para casa, em Ravenswood. Mas querem ir até Ivyhill no mês que vem e debater com você diversos assuntos: a inquietação no norte, o ataque à Cidadela, Kilraith. O que tudo isso significa.

— O papai vai ficar definitivamente fora de si. — Farrin chacoalhou a cabeça. — Os Bask hospedados em Ivyhill? Não apenas como convidados para uma festa, mas como *aliados*? — Ela franziu a testa, a expressão de súbito taciturna e cansada. — Seria melhor encontrar com eles em um lugar neutro. Talvez aqui em Rosewarren.

— A Guardiã não está entusiasmada com a ideia de o priorado se tornar um local de reuniões.

— Bem, o papai não ficará exultante com a ideia de ter os Bask dormindo na casa dele.

— Ele se adaptará. — Mara deu de ombros.

— Sim, e quem vai ficar segurando a mão dele nesse meio-tempo e aliviando as suas crises de irritação? — disparou Farrin.

O silêncio caiu entre nós, a ternura de alguns minutos antes se desvanecendo rápido.

Mara tocou delicadamente no meu braço, quebrando o horrível silêncio.

— Como está a sua mão? A dor diminuiu?

Intrigada, dei uma olhada nas minhas mãos, e foi só então que notei como a pele da minha mão esquerda mudara, marcada na frente e atrás com uma rede brilhante de cicatrizes pálidas. Eram delicadas, mas cheias de pontas, como linhas de gelo, com lesões em formato de nó aqui e ali, me fazendo lembrar flocos de neve. Três cicatrizes marcavam as minhas articulações. Uma outra maior reluzia fraca no meio da palma, uma explosão de gelo. Porém, era quente ao toque, sem se distinguir do resto da pele — a qual, reparei perplexa, não mais reluzia com o vidro.

Mara falou, gentil:

— Talan acha que, quando você arrancou o encantamento dele e quebrou a maldição, o choque de poder desfez a magia que tinha fundido o vidro com a sua pele.

— Mas ainda está nesta mão — falei descontraidamente, erguendo a minha mão brilhante —, o que me deixa feliz, para ser franca. É muito mais fácil esconder uma única mão do que o corpo inteiro.

Nenhuma de nós achou graça. Eu sabia que todas nós estávamos pensando a mesma coisa.

Farrin foi quem verbalizou:

— O que isso tudo significa? As coisas que fizemos lá, o poder que tivemos... Ryder e Alastrina são Consagrados, tal como nós, mas mesmo assim a Antiga Nação não mudou a sua magia ou as suas aparências. — Ela olhou para mim, depois para Mara. — Será que é sangue de fada, como Phaidra mencionou? Ou...

— Ou alguma outra coisa. — A expressão de Mara era séria, pensativa. — O papai pode ter alguma ideia sobre isso, se você conseguir fazer com que ele fale de qualquer outro assunto que não seja o de ele não ter mais uma guerra para combater, agora que Talan foi libertado e Kilraith foi gravemente ferido, pelo que se presume e pelo que todos esperamos.

— O papai vai ficar insuportável — disse Farrin, arrasada. — Toda festa a que ele comparecia, todo comerciante que ele patrocinava, todo governante que visitava, tudo tinha como objetivo arruinar os Bask. O nosso pai vinha planejando alguma coisa terrível nas últimas semanas, e duvido que a liberdade de Talan seja suficiente para impedi-lo de continuar com os seus planos.

Pensar nisso me causou calafrios, mas a minha cabeça estava pesada, confusa de exaustão, e eu só conseguia refletir sobre um tanto de complicação ao mesmo tempo.

— Se não pudermos descobrir o que precisamos com o papai ou os arquivos da família... — eu me preparei — ... será preciso procurar a mamãe.

Farrin soltou um suspiro incrédulo.

— A mamãe morreu, Gemma.

— Nós não temos certeza disso — assinalou Mara.

— Ela está *morta*. Se não estivesse, teria voltado para nós. Teria escrito. Quando a floresta amaldiçoada em torno de Ravenswood ruiu e os Bask ficaram livres de novo, ela teria se preocupado conosco. Ela ia querer se assegurar de que todos nós estávamos a salvo.

— Farrin... — Mara tentou de novo.

— Não me diga que ela está viva! — disparou Farrin, se insurgindo contra a irmã. — Não se atreva a tentar me convencer de que ela está viva!

Em seguida, Farrin se impulsionou para fora da cama e saiu pisando duro até a janela aberta. Ela ficou de pé, de costas para nós; os seus braços estavam esticados e rígidos para baixo.

Eu a deixei ferver de raiva por um momento e depois saí da cama, meio desajeitada, com a ajuda de Mara.

— Temos que descobrir o que somos, Farrin — eu disse, enfim. — O papai escondeu uma parte daquele segredo de mim por tempo demais. Não vou deixar nada nem ninguém me negar o resto da verdade, e você também devia pensar assim, para o nosso próprio bem, e não me refiro apenas a nós três. O que Gareth e Illaria disseram? "A confluência de eventos não pode ser coincidência." Concordo com eles. Acho que algo está se desenrolando, e que fazemos parte dele. E penso que temos que descobrir o que é, sendo da nossa vontade ou não.

Esgotada, a minha cabeça uma bagunça de perguntas exaustivas, eu me apoiei em Mara.

— Quero ver Talan — eu lhe pedi, e a deixei me levar até ele.

Talan dormia quando entrei no quarto, banhado em dourado pelo sol da tarde. O seu rosto estava tranquilo no sono, o peito, nu.

Detestando a ideia de acordá-lo, mas incapaz de resistir à sua presença tão próxima, subi na cama fazendo o mínimo de barulho possível e me aninhei contra o seu lado direito. Com um nó na garganta, examinei-o: o seu queixo marcado, a delicada linha reta do seu nariz, os cabelos pretos no travesseiro iluminados pela luz do sol, um derrame de tinta e ouro. O seu peito subia e descia; estiquei um dedo a dois centímetros dos seus lábios. Quando senti o sopro suave da sua respiração e finalmente me deixei acreditar que ele estava vivo — que nós dois estávamos aqui, que escapamos daquela casa medonha à beira-mar —, me atrevi a fitar a sua testa.

As cicatrizes ali repetiam a minha: uma teia de linhas de brilho tênue que se entrecruzavam na sua testa e se curvavam para as suas têmporas até os cabelos, um eco da coroa de três olhos. Três lesões marcavam a sua testa, pálidas cicatrizes de impressão digital que correspondiam àquela que eu tinha na palma da minha mão.

Rocei os dedos nelas e depois me inclinei e pressionei a boca, três beijos castos, no calor liso e brilhante das três cicatrizes. Quando me ergui, Talan estava acordado, o sorriso pesado de sono.

— Aí está você — ele disse, a voz rouca e baixa, tão prejudicada quanto a minha. Esticou o braço para me puxar para si e me beijou, devagar, com cuidado, segurando o meu rosto com as palmas das mãos como se eu pudesse me quebrar, como se ele temesse a própria força.

Senti no minuto em que a lembrança ocorreu a ele: as suas mãos em volta do meu pescoço, a vontade de Kilraith incitando-o a me matar. Ergui o rosto para fitá-lo e vi as lágrimas nos seus olhos quando ele falou:

— Foi um tormento olhar para baixo e ver as minhas mãos machucando você, tentar me afastar e não conseguir. Ele ria de mim por tentar. As coisas que ele disse usando a minha boca, a dor que ele causou em você através de mim... Eu lutava contra ele, mas não adiantava. A minha gatinha selvagem. A minha Gemma. — Talan balançou a cabeça, a boca tremendo. — Meu amor, eu sinto muito.

— Eu sei — sussurrei. — Conheço você. Conheço o seu semblante, e quando encarei aquele homem tentando me matar, não foram os seus olhos que vi, mas os dele.

Talan balançou a cabeça, com uma expressão que denotava total autodesprezo; porém, pus os dedos sobre a sua boca e silenciei os seus protestos.

— Você lutou, assim como eu — falei, tranquilamente. — Nós lutamos um pelo outro. Lutamos juntos.

Beijei as suas lágrimas para limpá-las, e deixei que ele beijasse as minhas. Falamos muito pouco; não havia nada a ser dito, não naquela hora, não naquele quarto tranquilo, iluminado pelos raios do sol. Estávamos inteiros e respirando, milagrosamente vivos. Tirei o meu vestido; eu precisava do calor da pele dele contra a minha. Talan me segurou contra o seu corpo, levou a minha mão com cicatrizes à boca e beijou a palma. Com o meu rosto bem pressionado contra o pescoço de Talan, a mão dele suave nos meus cabelos, grudamos um no outro e dormimos.

UMA SEMANA MAIS TARDE, ESTÁVAMOS FORTES O SUFICIENTE PARA INIciar a viagem de volta para casa em Ivyhill, e no instante em que saí do atalho verde no nosso labirinto de cerca-viva, afastei-me de todo o mundo e corri o mais rápido possível. Talan, Farrin, as nossas acompanhantes do priorado — eu não suportava ficar perto deles nem por mais um segundo.

Farrin gritou o meu nome; eu a ignorei, respirando com esforço, impulsionando as minhas pernas enfraquecidas a irem mais rápido. A magia do atalho verde permanecia dolorosamente nos meus pulsos e calcanhares, me cortando como dentes, mas o pânico era muito pior: uma tempestade se aproximando e sugando todo o meu ar, se arrastando como um raio pela minha pele.

Parei cambaleando em algum lugar perto do centro do labirinto, uma pequena clareira onde havia um banco de pedra, uma trilha de seixos e um salgueiro com folhas brancas brilhantes. Escondi-me ao lado de um buxinho perfeitamente podado e chorei, me desprezando por isso. Havia coisas a serem feitas, palavras de adeus a serem ditas, e, em vez de aproveitar cada momento que podia, eu fugira para o labirinto como uma criança chorona.

Afundei na grama, abraçando os joelhos junto ao peito. Precisei de cada centímetro da minha força de vontade para não rasgar as minhas saias e arranhar as minhas coxas até tirar pedaço. Eu sentia coceiras por toda parte, não conseguia respirar, não conseguia *pensar*, e Talan ia... E Talan ia...

Então lá estava ele, se ajoelhando diante de mim, calmo e bonito nas roupas escuras de viagem que a Guardiã comprara em Fenwood e lhe dera de presente. Com ternura ele ergueu o meu queixo e, quando vi a tristeza no seu rosto, o arrependimento, o sofrimento intenso, o meu coração se partiu ao meio.

Com uma torção, me afastei dele e corri para além do banco, no meio das sombras do salgueiro.

— Por favor, não olhe para mim. — No meu desespero, a minha voz ficou áspera. — Por favor, vá para a casa. Eu te encontro lá. Só preciso ficar sozinha um momento.

Calmamente, ele se ergueu.

— Não quero ficar longe de você, nem mesmo por esse momento. Não até eu precisar. Por favor, não me mande embora.

Contornei a árvore e pressionei as costas contra o tronco, escondendo o meu rosto para que ele não visse. Ergui o olhar para os galhos do salgueiro, o céu estrelado no alto, e apertei a barriga, as mãos fechadas enfiadas nas saias. Procurei a minha prece, e não consegui encontrar. A minha tristeza era grande demais para preces. Eu não sabia o que fazer, o que arranhar, arrancar ou esmurrar, que gritos soltar, mas eu precisava fazer *alguma coisa* para aliviar a pressão do pânico se formando dentro de mim, e não queria Talan por perto quando fizesse isso.

Ri uma vez, engasgando um pouco com a minha própria tristeza desgraçada. No dia seguinte, Talan ia me deixar. O que eu fiz no Mar Distante atordoara Kilraith, talvez até mesmo o tivesse ferido, mas nenhum de nós acreditava que ele estivesse morto. Ele estava por aí, em algum lugar, fosse neste mundo ou nas terras Antigas e, até descobrirmos mais a seu respeito, até entendermos o que enfrentávamos, Talan precisaria se esconder longe de qualquer um de nós, longe de todos.

Eu sabia que era a coisa certa, a mais segura, mas era horrível pensar nele sozinho em algum lugar, ainda sem um lar, sem ninguém para conversar, para abraçar, para amar. Eu não sabia para onde ele iria. Nenhum de nós sabia. Para a nossa própria proteção, ele não falaria nada.

Talan se enfiou embaixo dos galhos do salgueiro e me encontrou justo quando eu desisti, com uma péssima sensação de vergonha, e comecei a arranhar os meus braços furiosamente. Ele pegou as minhas mãos, o seu olhar escuro cravado em mim, e então pressionou a minha mão direita no peito e a minha mão esquerda na testa, cicatriz com cicatriz, palma da mão com testa.

— Me sinta — ele murmurou. — Estou bem aqui, e vejo você, e não quero afastar o meu olhar de você. Nem agora, nem nunca. — Talan respirava devagar, inspirando e expirando, inspirando e expirando.

O ritmo compassado aliviou a minha pele coçando. Sob as palmas das minhas mãos, senti o seu corpo quente.

— Quero que saiba que você não merece a sua dor — continuou Talan, simplesmente repetindo o que me dissera nos jardins da rainha. — Escute quando digo isso e acredite. Você me prometeu que ia tentar. — Ele beijou os meus dedos. — Você vai à curandeira que Gareth descobriu, não é? Aquela que eu mencionei.

Essa curandeira, segundo Talan me informara, era também uma estudiosa da mente, e tinha ouvido falar de um pânico igual ao meu. Aparentemente ela podia me ajudar a entendê-lo. Sim, eu iria a essa curandeira, no mínimo porque seria algo com que me ocupar quando a saudade de Talan se tornasse dolorosa demais para suportar.

— Me diga com palavras, meu amor — Talan pediu, com ternura. — Me prometa que irá à curandeira e ouvirá o que ela tem a dizer.

— Prometo. — E então ergui o olhar para ele por trás de uma cascata quente de lágrimas. — Eu achei que tudo seria diferente agora, que você fosse morar aqui comigo e nós iríamos ficar juntos sempre. Achei que o que fizemos na Antiga Nação ia remover de mim o pânico e cada porção de dor. Que eu fosse voltar para casa para viver uma vida com você, me sentindo forte como me senti lá, sob o céu Antigo. — Balancei a cabeça. — Como fui boba...

— Você não é boba. Na verdade, você é uma pessoa incrível. — Ele baixou a minha mão que estava na sua testa e a beijou. — Você é esperta e apaixonada, e a sua coragem me espanta. E essa vida com a qual você sonha, a nossa vida juntos... também sonho com ela. Rezo por ela. Eu *luto* por ela.

Os olhos dele cintilavam de convicção, uma luz intensa e firme que me fez voltar a mim mesma, a ele, à extensão do seu corpo.

— Continue falando — eu disse, a voz abafada. — Você está dizendo coisas lindas.

Talan riu baixo. Ouvi o ruído suave da sua risada junto à minha bochecha.

— Quando tudo isso acabar, voltarei para você, e nós não sairemos do quarto por um mês inteiro. Vou amar você dia e noite, e nós dormiremos enroscados um no outro, em segurança, na sua cama; e aí vou acordar você com a minha boca, e vamos recomeçar tudo de novo. — Talan beijou uma das minhas têmporas, depois a outra, me fazendo estremecer. — E aí — acrescentou, praticamente ronronando —, pedirei à sra. Rathmont que me ensine a preparar os seus pratos prediletos. E você vai comer cada um deles e comentar com exagero como são deliciosos, não importa o sabor que tenham.

Aquilo me fez rir.

— Seu tonto! — Eu sorria para Talan com os olhos cheios de lágrimas. — Eu não quero rir agora.

Ele parecia absolutamente satisfeito consigo mesmo.

— Ah, mas eu quero ver você rindo. O modo como o seu rosto se ilumina... — A expressão de Talan se derreteu e assumiu uma ternura comovente. Ele balançou a cabeça, admirado comigo. — Quero fazer isso para sempre. Quero ser a pessoa que faz você rir, que faz você chorar de prazer, que faz você se sentir segura quando está com medo e que faz você se sentir vista quando está com vergonha de mostrar o seu rosto para o mundo. Esse seu rosto... A minha linda e corajosa Gemma.

Talan deu uma olhada na minha mão esquerda. Vi o seu queixo se mexer, a sua boca torcer. Quando me olhou de novo, os olhos dele brilhavam.

— Não me importo com as cicatrizes que você carrega, meu amor. Eu também tenho as minhas.

A minha respiração ficou presa na garganta. Eu conhecia essas palavras; jamais as esqueceria. Jamais esqueceria a sensação de dizê-las, e agora jamais esqueceria a sensação de ouvi-las sendo ditas de volta para mim na voz que eu amava.

— Não tenho medo do seu sofrimento, Gemma. Vou ajudá-la a lidar com ele, e você me ajudará a lidar com o meu. Nunca mais vamos precisar suportar esse peso sozinhos, nunca mais.

A voz dele falhou na última palavra. Talan me puxou com força para junto de si, enterrou o rosto nos meus cabelos, e ali, sob o salgueiro, colei nele e inspirei o seu calor, a sua pele, o sal e o suor que emanavam dele.

— Não será para sempre, Gemma — disse ele, rouco. — Eu voltarei para você.

Uma coisa horrível de dizer quando ambos sabíamos que talvez ele não voltasse. Sozinho, obrigado a se esconder, sem Mara, Farrin, os Bask ou a mim para protegê-lo, o que iria acontecer? Se Kilraith o encontrasse, como ele seria capaz de se defender?

Ainda assim, eu o amei por me dizer aquelas palavras. Era um sonho bonito, pelo qual valia a pena lutar — e eu *lutaria* por ele, com todas as minhas forças. Eu lutaria para trazê-lo de volta para casa e para mim.

— Talan, prometa que vai tentar.

— Por tudo o que existe em mim, por tudo o que eu sou, eu prometo. — Ele recuou e me fitou, a expressão tão cheia de amor que eu mal aguentava encará-lo. — E você deve me prometer cuidar de si mesma, valorizar o seu corpo, a sua mente e o seu coração da mesma maneira como eu os valorizo.

Talan sorriu com ternura e, com os olhos brilhantes, me fitou com a testa ligeiramente franzida e um ar sério.

— É da mulher que eu amo que estamos falando. Não digo coisas assim levianamente. Cuide bem dela. Ame-a no meu lugar.

Como resposta, coloquei os braços em torno dele, me estiquei na ponta dos pés e o beijei. Talan retribuiu com uma paixão que deixou os meus joelhos bambos, os seus braços ardentes me envolvendo, a sua mão nos meus cabelos. Interrompi o beijo apenas por tempo suficiente para arrastá-lo até a espessa grama de verão. Deitei-me de costas no fresco colchão do gramado iluminado pela lua e o puxei para cima de mim, o meu peito ardendo de amor.

Era a última vez que íamos fazer aquilo por sabe-se lá quanto tempo, e estava acontecendo rápido demais; percebi isso enquanto o ajudava a tirar o casaco, enquanto as suas mãos deslizavam pelas minhas coxas e a sua língua encontrava o meu calor cheio de desejo, mas eu não conseguia parar, definitivamente não conseguia domar o fogo queimando entre nós — não agora, não naquela noite. Teríamos uma vida inteira para saborear o toque um do outro, para fazer amor tão devagar que iríamos desabar meramente com a expectativa do clímax. Eu tinha que acreditar nisso. Eu era lady Imogen Ashbourne, e ia lutar pela vida que eu queria, o *amor* que eu queria, até que ele fosse meu de verdade, com toda a segurança.

As minhas pernas começavam a tremer, os dedos dos meus pés se dobrando. Puxei os cabelos de Talan até ele ficar na minha altura, os olhos brilhando de paixão, o sorriso suave. Eu o beijei, bêbada com o gosto de mim mesma e, quando ele me penetrou, arfei junto à sua boca, abracei-o com força, arqueei o meu corpo na direção do dele.

Ele murmurou o meu nome com reverência contra o meu pescoço, e eu me mantive agarrada nele, grudada nele como se pudesse pressioná-lo para dentro da minha pele. Beijei a sua têmpora, a sua face, o seu delicioso lábio inferior. Sussurrei o seu nome e sorri quando ele repetiu o meu nome gemendo, e, enquanto nos movíamos juntos sob o céu noturno, o mundo ao nosso redor — o salgueiro, o ar, a nossa pele excitada — parecia lotado de estrelas infinitas.

* * *

Quando acordei, mais tarde, já era o início da manhã, e Talan tinha ido embora. Ele me cobrira com o seu casaco, aquele tolinho. Agora teria que encontrar outro casaco, aonde quer que ele fosse a seguir. E se ele fosse para as Terras Destruídas no extremo norte, ou o deserto de Aidurran, onde ouvi que as noites são de um frio inclemente? E se conseguir, com segurança, os trajes apropriados para tais lugares fosse arriscado demais? Quanto mais Talan usasse o seu poder para assumir uma aparência diferente, mais facilmente Kilraith seria capaz de rastreá-lo.

O turbilhão dos meus pensamentos horríveis estava se tornando rapidamente uma avalanche. Sentei-me e puxei o casaco mais apertado, me reconfortando com a ideia de que Talan poderia muito bem ter substituído aquele casaco por outro em Ivyhill antes de partir. E, além disso, ele era inteligente e criativo, e tinha o espírito resiliente e feroz.

Voltei o rosto para a manga; o tecido tinha o cheiro dele, de nós, e inalei aquele aroma como se fosse a minha última chance na vida.

Foi então que descobri um pedaço de papel dobrado dentro do bolso esquerdo do peito, trazendo a delicada letra de Talan. Ele havia escrito um bilhete simples:

Tome conta dela para mim. Ame-a como ela merece.

Apertei o bilhete contra o peito e fechei os olhos por um bom tempo, escutando o vento no salgueiro acima de mim, os cantos dos passarinhos no início da manhã, o distante relinchar de um cavalo. Ivyhill despertava.

Pus-me de pé e saí em silêncio do labirinto de cerca-viva, o bilhete de Talan apertado na mão. A casa esperava por mim no alto do terreno com uma subida suave — bela e imponente, as paredes brancas tingidas de violeta ao sol nascente, as grossas cortinas de hera reluzindo com o orvalho.

Pensei no talismã de hera de Mara acomodado em segurança junto ao seu coração e sorri. Nós tínhamos planos de visitá-la em duas semanas. Um tempo curto de espera. Logo, Farrin e eu veríamos a nossa irmã de novo.

Inalei profundamente, senti o fresco ar da manhã invadindo os meus pulmões. Olhei para o leste e rezei uma prece para a deusa Kerezen, e depois outra para o deus Caiathos. Força para o meu Talan. Mares tranquilos e céu claro por qualquer estrada que ele tomasse — as estradas que algum dia o trariam de volta para mim.

E, até lá, eu estudaria. Eu trabalharia. Eu lutaria.

Virei-me de novo para Ivyhill e comecei a subir o caminho que me levava para casa.

Leia também

SCARLETT SCOTT

O Duque Implacável

CONFRARIA DOS CANALHAS • LIVRO 1

Faro Editorial

ASSINE NOSSA NEWSLETTER E RECEBA
INFORMAÇÕES DE TODOS OS LANÇAMENTOS

www.faroeditorial.com.br

CAMPANHA

Há um grande número de pessoas vivendo com HIV e hepatites virais que não se trata. Gratuito e sigiloso, fazer o teste de HIV e hepatite é mais rápido do que ler um livro.
FAÇA O TESTE. NÃO FIQUE NA DÚVIDA!

ESTA OBRA FOI IMPRESSA
EM JUNHO DE 2024